GIDEON
A NONA

TAMSYN MUIR

GIDEON A NONA

SAGA DO TÚMULO TRANCAFIADO

TRADUÇÃO DE LAURA POHL

Rio de Janeiro, 2022

Gideon: A Nona

ISBN: 978-65-5520-590-9

Impresso no Brasil — 1ª Edição, 2022 — Edição revisada conforme o Acordo Ortográfico da Língua Portuguesa de 2009.

Dados Internacionais de Catalogação na Publicação (CIP) de acordo com ISBD

M953g Muir, Tamsyn

Gideon: a Nona / Tamsyn Muir ; traduzido por Laura Pohl. – Rio de Janeiro : Alta Books, 2022.
496 p. : il. ; 16cm x 23cm.

ISBN: 978-65-5520-590-9

1. Inteligência artificial. 2. Ficção. I. Pohl, Laura. II. Título.

2022-589 CDD 828.993
CDU 821.111(931)

Elaborado por Odilio Hilario Moreira Junior - CRB-8/9949

Índice para catálogo sistemático:
1.! Literatura neozelandesa : Ficção 828.993
2.! Literatura neozelandesa : Ficção 821.111(931)

Produção Editorial
Editora Alta Books

Diretor Editorial
Anderson Vieira
anderson.vieira@altabooks.com.br

Editor
José Ruggeri
j.ruggeri@altabooks.com.br

Gerência Comercial
Claudio Lima
claudio@altabooks.com.br

Gerência Marketing
Andrea Guatiello
marketing@altabooks.com.br

Coordenação Comercial
Thiago Biaggi

Coordenação de Eventos
Viviane Paiva
comercial@altabooks.com.br

Coordenação ADM/Finc.
Solange Souza

Direitos Autorais
Raquel Porto
rights@altabooks.com.br

Produtoras da Obra
Illysabelle Trajano
Maria de Lourdes Borges

Produtores Editoriais
Paulo Gomes
Thales Silva
Thiê Alves

Equipe Comercial
Adriana Baricelli
Daiana Costa
Fillipe Amorim
Heber Garcia
Kaique Luiz
Maira Conceição
Victor Hugo Morais

Equipe Editorial
Beatriz de Assis
Brenda Rodrigues
Caroline David
Gabriela Paiva
Henrique Waldez
Marcelli Ferreira
Mariana Portugal

Marketing Editorial
Jessica Nogueira
Livia Carvalho
Marcelo Santos
Pedro Guimarães
Thiago Brito

Atuaram na edição desta obra:

Tradução
Laura Pohl

Copidesque
Luciana Ferreira

Revisão Gramatical
Hellen Suzuki

Layout
Larissa Lima

Diagramação
Joyce Matos

Ilustração da Capa
Tommy Arnold

Editora **afiliada à:**

Rua Viúva Cláudio, 291 — Bairro Industrial do Jacaré
CEP: 20.970-031 — Rio de Janeiro (RJ)
Tels.: (21) 3278-8069 / 3278-8419
www.altabooks.com.br — altabooks@altabooks.com.br
Ouvidoria: ouvidoria@altabooks.com.br

para pT

✦

DRAMATIS PERSONAE

Em ordem de entrada em cena

A Nona Casa

Guardiões do Túmulo Trancafiado, Casa da Língua Alinhavada, as Virgens Sombrias

Harrowhark Nonagesimus — HERDEIRA DA NONA CASA, REVERENDA FILHA DE DREARBURH

Pelleamena Novenarius — SUA MÃE, REVERENDA MÃE DE DREARBURH

Priamhark Noniusvianus — SEU PAI, REVERENDO PAI DE DREARBURH

Ortus Nigenad — CAVALEIRO PRIMÁRIO DA HERDEIRA

Crux — MARECHAL DA NONA

Aiglamene — CAPITÃ DA GUARDA DA NONA

Irmã Lachrimorta — FREIRA DO TÚMULO TRANCAFIADO

Irmã Aisamorta — FREIRA DO TÚMULO TRANCAFIADO

Irmã Glaurica — FREIRA DO TÚMULO TRANCAFIADO

Alguns seguidores, fiéis e lacaios da Nona

e

Gideon Nav — SERVA PROMETIDA DA NONA CASA

A Primeira Casa

Necromante Divino, Rei das Nove Renovações, Nosso Ressurrecto, o Necrolorde Primordial

O IMPERADOR

SEUS LYCTORES

E OS SACERDÓCIOS DA CASA DE CANAAN

A Segunda Casa

A Força do Imperador, Casa do Escudo Carmesim, a Casa dos Centuriões

Judith Deuteros — HERDEIRA DA SEGUNDA CASA, CAPITÃ DA COORTE

Marta Dyas — CAVALEIRA PRIMÁRIA DA HERDEIRA, PRIMEIRA-TENENTE DA COORTE

A Terceira Casa

A Boca do Imperador, a Procissão, a Casa dos Brilhantes Mortos

Coronabeth Tridentarius — HERDEIRA DA TERCEIRA CASA, PRINCESA SUCESSORA DE IDA

Ianthe Tridentarius — HERDEIRA DA TERCEIRA CASA, PRINCESA DE IDA

Naberius Tern — CAVALEIRO PRIMÁRIO DAS HERDEIRAS, PRÍNCIPE DE IDA

A Quarta Casa

A Esperança do Imperador, a Espada do Imperador

Isaac Tettares — HERDEIRO DA QUARTA CASA, BARÃO DE TISIS

Jeannemary Chatur — CAVALEIRA PRIMÁRIA DO HERDEIRO, VALETE DE TISIS

A Quinta Casa

O Coração do Imperador, os Zeladores do Rio

Abigail Pent — HERDEIRA DA QUINTA CASA, SENHORA DA CORTE KONIORTOS

Magnus Quinn — CAVALEIRO PRIMÁRIO DA HERDEIRA, SENESCAL DA CORTE KONIORTOS

A Sexta Casa

A Razão do Imperador, os Mestres Protetores

Palamedes Sextus — HERDEIRO DA SEXTA CASA, PROTETOR-MESTRE DA BIBLIOTECA

Camilla Hect — CAVALEIRA PRIMÁRIA DO HERDEIRO, A MÃO DIREITA DA BIBLIOTECA

A Sétima Casa

A Alegria do Imperador, a Rosa Imaculada

Dulcinea Septimus — HERDEIRA DA SÉTIMA CASA, DUQUESA DE RHODES

Protesilaus Ebdoma — CAVALEIRO PRIMÁRIO DA HERDEIRA, VALETE DE RHODES

A Oitava Casa

Guardiões da Obra, a Casa do Perdão

Silas Octakiseron — HERDEIRO DA OITAVA CASA, TEMPLÁRIO MESTRE DO VIDRO BRANCO

Colum Asht — CAVALEIRO PRIMÁRIO DO HERDEIRO, TEMPLÁRIO DO VIDRO BRANCO

Dois é disciplina, o desafio a encarar;

Três é para joia ou sorriso a brilhar;

Quatro é lealdade, encarar anos conjuntos;

Cinco é tradição, e obrigação aos defuntos;

Seis para a verdade em preferência a mentir;

Sete é a beleza que floresce ao se esvair;

Oito para a salvação, sem ser repreendido;

Nove para o Túmulo, e tudo que foi perdido.

ATO UM

I

No ano perpétuo do nosso Senhor — o décimo milésimo ano do Rei Eterno, o bondoso Príncipe da Morte! —, Gideon Nav pegou sua espada, seus sapatos, suas revistas de sacanagem e fugiu da Nona Casa.

Ela não correu. Gideon nunca corria, a não ser que precisasse. Cercada pela escuridão absoluta antes do amanhecer, ela escovou os dentes sem nenhuma preocupação, lavou o rosto, e até mesmo varreu o chão da sua cela. Ela sacudiu seu manto preto enorme da igreja e o pendurou no cabide. Tendo feito isso todos os dias por mais de uma década, ela nem sequer precisava da luz para realizar as tarefas. Com o período do equinócio já tão adiantado, nenhuma luz chegaria até ali por meses, de qualquer forma; dava para identificar a estação do ano pelos rangidos no sistema de ventilação. Ela vestiu uma malha de polímero sintético dos pés à cabeça. Penteou o cabelo. Por fim, Gideon assobiou entredentes ao destrancar as algemas de segurança e as deixou educadamente ao lado da chave roubada em cima do seu travesseiro, como um bombom de hotel chique.

Saindo de sua cela e pendurando a mochila em um dos ombros, ela desceu sem pressa os cinco lances de escada até o quarto sem nome nas catacumbas que pertencera à sua mãe. Era um gesto puramente sentimental, já que sua mãe não havia estado lá desde que Gideon era pequena e jamais voltaria. Então veio a longa subida dos 22 lances de escada pela saída dos fundos, sem nenhuma luz que aliviasse a escuridão oleosa, indo na direção do poço de abertura aonde a carona iria chegar: a nave de transporte sairia dali a duas horas.

Ali fora, dava para ver um pouco do céu da Nona. Era um branco macilento onde a atmosfera era mais espessa, e de um azul-marinho leve onde não era. O ponto brilhante que era Dominicus piscou benevolamente pela boca do longo túnel vertical. Na escuridão, ela andou a passos largos para medir o perímetro e pressionou as mãos contra a pedra fria e oleosa das paredes da caverna. Assim que terminou, ela passou um tempo chutando metodicamente todo resto inócuo de poeira, terra e pedra que havia sido deixado no chão desgastado da plataforma de aterrissagem. Ela cutucou o chão duro com a ponta de aço das botas, mas por fim, satisfeita com a simples impossibilidade de alguém atravessá-lo, deixou quieto. Gideon não deixou de revirar um centímetro que fosse daquele espaço enorme e vazio, e, quando as luzes do gerador acenderam sem ânimo ou convicção, ela percorreu tudo mais duas vezes por alto. Ela subiu nas torres gradeadas de iluminação e também verificou todas elas, cega pela claridade, tateando atrás das caixas protetoras, reconfortada, de maneira sombria, pelo que não encontrou.

Ela parou ao lado de uma das pilhas de escombros destruídos bem no meio da plataforma. Os holofotes faziam com que qualquer luz natural parecesse fraca. Eles projetavam sombras deformadas de maneira explosiva por todo o lugar. As sombras da Nona eram profundas e deslocadas, frias e da cor de hematomas. Rodeada por tudo isso, Gideon recompensou a si mesma com uma pequena porção de mingau guardado em um saco plástico. O gosto era deliciosamente cinza e horrível.

A manhã começou da mesma forma como todas as manhãs haviam começado na Nona desde o dia em que a Nona foi criada. Gideon deu uma volta pela plataforma de aterrissagem só para mudar o ritmo, chutando sem pensar alguma pedra no caminho. Ela foi para a plataforma de cima e olhou para a caverna central para ver se havia algum sinal de movimento, limpando o mingau dos molares com a ponta da língua. Depois de um tempo, ouviu o barulho distante de esqueletos indo coletar alho-poró nos campos de plantação. Gideon conseguia vê-los em sua mente: um mármore lamacento na escuridão sulfúrica, a colheita caindo sobre o campo; os olhos, uma miríade de pontos vermelhos piscando.

O Primeiro Sino tocou seu chamado barulhento e intratável para começar as rezas, soando como se estivesse sendo empurrado para baixo de um lance de escadas: um *BLE-BLÉM... BLE-BLÉM... BLE-BLÉM...* que a acordara todas as manhãs de que conseguia se lembrar. O chamado resultou em movimento. Gideon olhou para baixo, onde as sombras se aglomeravam nas portas brancas e gélidas do Castelo Drearburh, construídas na terra, esculpidas na pedra com a largura de três corpos e a altura de seis. Braseiros queimavam nos dois lados da porta, liberando perpetuamente uma fumaça fétida e gordurosa. Em cima das portas havia pequenas figuras brancas em diversas poses, centenas e milhares delas, esculpidas com algum truque bizarro que fazia com que seus olhos estivessem sempre diretamente atentos a quem as observava. Toda vez que Gideon fora obrigada a atravessar essas portas quando criança, ela gritava como se estivesse morrendo.

Mais movimento começava a surgir nos níveis inferiores. A luz havia finalmente se estabilizado para permitir a visibilidade. A Nona começaria a sair de suas celas após a contemplação da manhã, preparada para a oração, e os servos de Drearburh estariam se preparando para o dia que se seguiria. Eles desempenhariam vários rituais insossos e solenes nos níveis abaixo. Gideon arremessou sua sacola vazia de mingau da plataforma e se sentou com a espada apoiada nos joelhos, limpando a lâmina com um trapo: faltavam quarenta minutos.

Repentinamente, o tédio imutável da manhã da Nona mudou. O Primeiro Sino ressoou *novamente*: Gideon inclinou a cabeça para ouvir, e as mãos ficaram imóveis na espada. O sino ressoou por vinte minutos antes de parar. Hm, um chamado geral. Depois de um tempo, veio o tinido dos esqueletos novamente, que largaram suas colheitas e pás para atender ao chamado, com obediência. Eles passaram em filas como uma corrente angular, intercaladas vez ou outra por alguma figura mancando vestida em robes pretos desbotados. Gideon pegou a espada e o trapo novamente: a tentativa era fofa, mas ela não estava convencida.

Ela não olhou para cima quando os passos pesados e insistentes ressoaram na sua plataforma, ou o tilintar de armadura enferrujada e o alarido de respiração oxidante.

— Faz trinta minutos inteiros desde que eu saí, Crux — disse ela, com as mãos ocupadas. — Parece até que você quer que eu vá embora daqui pra sempre. *Aaaaah, merda, você quer isso mesmo.*

— Você solicitou uma nave de transporte de forma ardilosa — reclamou o marechal de Drearburh, cuja maior pretensão à fama vinha do fato de que ele era mais decrépito vivo do que alguns dos moradores que estavam mortos de fato.

Ele parou diante dela na plataforma de aterrissagem e procedeu com indignação:

— Você falsificou documentos. Você roubou uma chave. Você removeu suas algemas. Você desonra esta casa, explora seus recursos, rouba seus mantimentos.

— Qual é, Crux, podemos chegar a um acordo — persuadiu Gideon, girando a espada e olhando de longe para avaliar seu trabalho. — Você me odeia, eu te odeio. Só me deixa ir embora sem brigar e você pode se aposentar em paz. Arranjar um hobby. Escrever sua biografia.

— Você *desonra* esta casa. Você *explora* seus recursos. Você *rouba* seus mantimentos.

Crux amava verbos.

— Finja que a nave explodiu. Eu morri, e foi uma perda terrível. Me dá um desconto, Crux, estou implorando. Eu te dou uma revista em troca. *Peitões Avançados da Quinta.*

Isso fez com que o marechal ficasse momentaneamente espantado demais para responder.

— Está bem, está bem, retiro o que eu disse — continuou ela. — *Peitões Avançados* não é uma revista de verdade.

Crux avançou como uma geleira, determinado. Gideon rolou para trás, escapando do lugar onde estava sentada assim que o punho dele desceu, e ela deslizou para sair do caminho, entre uma nuvem de poeira e cascalho. A espada dela voltou rapidamente para a bainha, e Gideon a abraçou como se fosse uma criança. Ela saltou para trás, para longe da bota dele e de suas mãos enormes. Crux podia estar quase morto, mas sua forma era cartilaginosa e dura, e cada um de seus punhos parecia ter trinta nós nos dedos. Ele era velho, mas era absolutamente apavorante.

— Vai com calma, marechal — disse Gideon, apesar de ser ela que estava fugindo no meio da poeira. — Se avançar um pouco mais, corre o risco de se divertir.

— Você fala tão alto para um *lacaio*, Nav — disse o marechal. — Você fala demais para uma *dívida*. Eu te odeio, mas, ainda assim, você faz parte dos meus bens e inventários. Eu registrei seus pulmões como pulmões pertencentes à Nona. Eu medi o seu estômago como estômago pertencente à Nona. Seu cérebro é uma esponja rasa e murcha, mas ele também pertence à Nona. Venha aqui, e eu te deixarei de olhos roxos e inconsciente.

Gideon deslizou mais para trás, mantendo a distância.

— Crux, ameaças são feitas com "venha aqui, *ou...*"

— Venha aqui e eu te deixarei de olhos roxos e inconsciente — grunhiu o velho, que avançava —, e então a Senhora disse que você voltará para ela.

Só então as palmas de Gideon realmente coçaram. Ela olhou para o espantalho tão maior que ela, e ele a encarou de volta com apenas um olho, horrível, nefasto. A armadura antiquada parecia apodrecer em seu corpo. Mesmo quando a pele esticada demais e lívida em seu crânio parecia prestes a se desfazer, ele ainda dava a impressão de que não se importava. Gideon suspeitava que (apesar de ele não ter nem um pingo de necromancia), no dia em que morresse, Crux continuaria a viver por pura perversidade.

— Pode me deixar de olhos roxos e inconsciente — disse ela lentamente —, mas sua Senhora pode ir direto pro inferno.

Crux cuspiu nela. Foi nojento, mas tanto faz. A mão dele foi direto para a faca longa que ele mantinha por cima de um ombro em uma bainha carcomida de bolor, que ele desalinhou apenas para mostrar a lâmina fina. Mas, depois dessa, Gideon estava novamente em pé, com a própria bainha na sua frente como se fosse um escudo. Uma mão estava no punho, outra na guarda da bainha. Os dois se encararam em um impasse, ela imóvel, e a respiração do velho molhada e barulhenta.

Gideon disse:

— Não cometa o erro de sacar a faca na minha frente.

— Você não é tão boa com essa espada quanto pensa que é, Gideon Nav — disse o marechal de Drearburh. — Um dia, eu te esfolarei viva por desrespeito. Um dia, usarei sua pele como papel. Um dia, as irmãs do Túmulo Trancafiado vão esfregar os ossos com suas cerdas. Um dia, seu esqueleto obediente vai desempoeirar todos os lugares do qual desdenha, e polir as pedras com sua gordura. Há um chamado, Nav, e eu te ordeno a obedecê-lo.

Gideon perdeu a calma.

— Você que vá, seu velho cão morto, e a avise que eu já fui embora.

Para a enorme surpresa de Gideon, ele se voltou nos calcanhares e marchou de volta para a plataforma escura e escorregadia. Crux praguejou e queixou-se o caminho todo, e ela disse a si mesma que havia ganhado antes mesmo de acordar naquela manhã; que Crux era apenas um símbolo impotente de autoridade, uma última tentativa para testar se ela era burra ou covarde o suficiente para voltar para detrás das barras gélidas de sua prisão.

O coração cinzento e pútrido de Drearburh. O coração ainda mais cinzento e mais pútrido de sua senhora.

Ela tirou o relógio do bolso e olhou: faltavam uns vinte minutos, um pouco menos até. Gideon estaria livre. Gideon iria embora. Nada nem ninguém poderia mudar isso agora.

✦ ✦ ✦

— Crux está fazendo sua caveira para qualquer um que queira ouvir — disse uma voz vinda da entrada, com quinze minutos faltando. — Ele falou que você despiu sua lâmina na presença dele. E que ofereceu a ele pornografias indecentes.

As palmas de Gideon coçaram de novo. Ela havia sentado de volta em seu trono improvisado de pedras e estava com o relógio equilibrado entre os joelhos, olhando para o ponteiro mecânico que contava os minutos.

— Eu não sou assim tão idiota, Aiglamene — disse ela. — Se eu ameaçar um oficial da casa, não iam me botar nem pra esfregar banheiro na Coorte.

— E a pornografia?

— Eu de fato ofereci uma obra espetacular de natureza desbundante, e ele se ofendeu — disse Gideon. — Foi um momento perfeito. Mas a Coorte não liga pra isso. Eu já falei da Coorte? Você conhece a Coorte, né? A Coorte para a qual eu fui embora para me alistar... *33 vezes*?

— Me poupe do drama, sua chorona — disse sua mestre das espadas. — Eu conheço seus anseios.

Aiglamene se arrastou para a luz fraca da plataforma. A capitã da guarda da Casa tinha uma coleção de cicatrizes derretidas na cabeça e uma perna faltando, que um adepto de ossos talentoso e indiferente havia substituído para ela. Curvava-se horrivelmente, o que lhe dava a aparência de um prédio cujos pilares haviam sido cimentados de modo apressado. Ela era mais jovem do que Crux, o que significava que ainda assim era mais velha que Matusalém; mas contava com uma certa rapidez, uma vivacidade que parecia limpa. O marechal era um Nono clássico, apodrecido até os ossos.

— Trinta e três vezes — repetiu Gideon, parecendo cansada.

Ela olhou para o relógio novamente. Quatorze minutos.

— Da última vez, ela me trancou no elevador. Antes disso, desligou o aquecimento, e três dedos dos meus pés gangrenaram. Na vez anterior a essa, ela envenenou minha comida e eu caguei sangue por um mês. E eu lá preciso continuar?

A sua professora não se comoveu.

— Não houve desonra aí. Você não pediu a permissão dela.

— Eu posso me alistar no exército, Capitã. Eu sou uma serva prometida, mas não uma escrava. Não tenho nenhuma utilidade pra ela aqui.

— Esta não é a questão. Você escolheu um péssimo dia para fugir.

Aiglamene indicou para baixo com a cabeça.

— Há assuntos da Casa, e te querem lá embaixo — explicou.

— Isso é ela sendo ridícula e desesperada — disse Gideon. — Essa é a obsessão dela... a necessidade de ter controle de tudo. Não tem nada que ela possa fazer. Vou ficar de cabeça baixa. Vou ficar quietinha. Eu vou até, olha, você pode escrever isso, pode repassar palavra por palavra, *fazer meu dever* com relação à Nona Casa. Mas não adianta fingir, Aiglamene, que, no momento que eu descer lá, não vão enfiar um saco na minha cabeça, e que eu não vou passar as próximas cinco semanas num ossário com uma lesão cerebral.

— Seu feto egocêntrico, você acha que a nossa Senhora fez um chamado só por sua causa?

— Aí é que está, a sua Senhora botaria fogo no Túmulo Trancafiado se isso significasse que eu nunca mais pudesse ver o céu — disse Gideon, olhando para cima. — Sua Senhora iria comer um bebê sem nenhum tempero se ela conseguisse me trancafiar pra sempre. Sua Senhora jogaria cocôs flamejantes nas tias-avós dela se ela achasse que isso acabaria com o meu dia. Sua Senhora é a maior filha da p...

Quando Aiglamene deu um tapa na sua cara, não tinha nada do ultraje estremecido de Crux. Ela simplesmente deu um tapa com as costas da mão na cara de Gideon como quem pune um animal que late. A cabeça de Gideon latejou de dor.

— Você esquece seu lugar, Gideon Nav — disse sua professora, objetiva. — Você não é uma escrava, mas você servirá à Nona Casa até o dia em que morrer e, então, você a servirá depois disso, e não cometerá o pecado da perfídia diante de *mim*. O sino era real. Você virá ao chamado por vontade própria ou vai me desonrar?

Houve um tempo em que Gideon fizera muitas coisas para evitar desonrar Aiglamene. Era fácil ser uma desonra no vácuo, mas ela ainda tinha afeição pela velha soldada. Ninguém a havia amado na Nona Casa, e Aiglamene certamente não a amava, e essa ideia finalmente a mataria de tanto rir; mas Aiglamene a tolerara até certo ponto, demonstrava uma vontade de soltar um pouco a coleira e ver o que Gideon faria sozinha. Gideon amava essa liberdade. Aiglamene havia convencido a Casa a colocar uma espada nas mãos de Gideon em vez de desperdiçá-la em um altar servil ou limpando o ossário. Aiglamene tinha sua fé. Gideon encarou seus pés, esfregou a boca com as costas da mão, e viu o sangue na saliva e notou sua espada; ela amava tanto aquela espada que poderia até se casar com ela.

Só que ela também viu o ponteiro do relógio de minutos avançar. Doze minutos. Não dava para ser livre sendo sentimental. Apesar de toda sua fragilidade embolorada, a Nona era dura como ferro.

— Acho que vou te desonrar — admitiu Gideon facilmente. — Acho que nasci pra isso. Sou humilhante por natureza.

A mestre de espadas sustentou seu olhar com o rosto de águia velha e o soquete frouxo do olho, extremamente soturna, mas Gideon não desviou o olhar. Seria mais fácil se Aiglamene desse uma de Crux e a xingasse com veemência, mas tudo o que disse foi:

— Você sempre foi uma aluna exemplar, mas ainda não compreendeu. Suponho que seja minha culpa. Quanto mais você se debater contra a Nona, Nav, mais pro fundo ela vai te levar; quanto mais alto você insultá-la, mais alto ela fará você gritar.

Com as costas retas como um espeto, Aiglamene foi embora com passinhos serrilhados, e Gideon sentiu como se houvesse zerado uma prova. Não importava, ela disse a si mesma. Dois já se foram, não restava nenhum. Onze minutos até a aterrissagem, o relógio avisou, onze minutos e ela estaria livre. Era a única coisa que importava. A única coisa que importava desde que uma Gideon muito mais jovem havia percebido que, a não ser que tomasse medidas drásticas, ela morreria naquela escuridão.

E, pior de tudo, isso seria apenas o *começo*.

◆ ◆ ◆

Nav era um nome da Nona, mas Gideon não sabia onde ela nascera. O planeta remoto e irascível onde vivia era tanto o lar da fortaleza de sua Casa como de uma pequena prisão, usada apenas para criminosos cujos crimes eram repugnantes demais para que suas Casas os reabilitassem em seu próprio terreno. Ela nunca havia visto a prisão. A Nona Casa era um enorme buraco incrustado verticalmente no núcleo do planeta, e a prisão era uma acomodação isolada pouco acima da atmosfera onde as condições de vida eram provavelmente muito mais piedosas.

Dezoito anos antes, a mãe de Gideon havia caído de paraquedas pelo túnel, usando um traje antirradiação surrado, como uma mariposa que flutuava lentamente para a escuridão. O traje ficou sem bateria por alguns minutos. A mulher aterrissou já morta. Todo o poder da bateria havia sido sugado por um contêiner biológico acoplado ao traje, do tipo que seria usado para carregar um órgão para transplante, e dentro desse contêiner estava Gideon, com apenas um dia de idade.

Tudo isso era obviamente misterioso para caralho. Gideon havia passado toda sua vida examinando os fatos. A mulher deve ter ficado sem bateria uma hora antes de aterrissar; era impossível que ela tivesse conseguido atravessar a linha gravitacional de um salto acima do planeta, ou o traje simples teria explodido. A prisão, que registrava todas as entradas e saídas obsessivamente, negara que uma prisioneira houvesse escapado. Algumas das noviças do Túmulo Trancafiado foram chamadas, aquelas que sabiam os segredos para aprisionar fantasmas. Até mesmo elas — já seguras do seu poder, necromantes experientes da poderosa e sombria Nona Casa — não conseguiram conjurar o fantasma de volta para que se explicasse. Ela não fora tentada nem por sangue novo ou velho. Ela já estava muito além da vida quando as freiras exaustas a amarraram a força, como se a morte fosse apenas um catalisador para que a mulher fugisse, e conseguiram arrancar apenas uma palavra. Ela havia gritado "Gideon! Gideon! Gideon!" três vezes, e então desaparecera.

Se a Nona — a enigmática, sinistra Nona, a Casa da Língua Alinhavada, a Casa do Anacoreta, a Casa dos Segredos Hereges — estava perplexa em se deparar com uma criança, ainda assim se mexeram rápido. Em tempos passados, a Nona havia preenchido seus corredores com os penitentes das outras casas, místicos e peregrinos que consideravam o chamado dessa sombria ordem mais atraente do que aqueles que eram seus por direito de nascença. Na regra antiquada desses suplicantes que perambulavam entre as oito grandes Casas, ela foi considerada uma serva, não *da* Nona, mas comprometida a ela: qual dívida acumulada seria maior do que esta, que era crescer ali? Qual posição traria mais honra do que a de súdita de Drearburh? Deixem que o bebê cresça como postulante. Encorajem a criança a ser uma devota. Eles a marcaram, deram-lhe um sobrenome e a enfiaram na creche. Naqueles tempos, a pequena Nona Casa se vangloriava de ter duzentas crianças, desde a infância até dezenove anos de idade, e Gideon tornou-se a ducentésima primeira.

Menos de dois anos depois, Gideon Nav era uma das três únicas crianças que restaram: ela mesma, um garoto muito mais velho, e a jovem herdeira da Nona Casa, filha do seu senhor e senhora. Eles sabiam que ela não era necromante desde que tinha cinco anos e suspeitaram desde os oito que ela jamais seria freira. Certamente, aos dez anos, sabiam que ela sabia demais, e que ela jamais poderia ir embora.

Os apelos de Gideon para a bondade alheia, recompensas financeiras, obrigações morais, planos complexos e tentativas simples de fuga já chegavam a 86 quando ela fez dezoito anos. Ela começou quando tinha quatro.

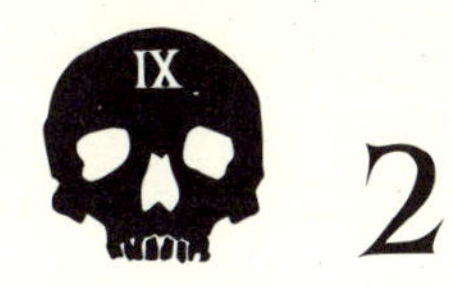

2

Restavam cinco minutos quando o plano de fuga de número 87 de Gideon foi para o espaço.

— Vejo que sua estratégia genial, Griddle — disse uma voz final da plataforma —, foi pedir uma nave de transporte e sair porta afora.

A Senhora da Nona Casa estava de pé no túnel, vestida de preto e sorrindo com desdém. A Reverenda Filha Harrowhark Nonagesimus tinha monopólio sobre as roupas pretas e os sorrisos com desdém. Aquilo consistia em 100% da sua personalidade. Gideon ficava maravilhada que alguém que vivera apenas dezessete anos no universo pudesse vestir preto e sorrir com desdém com tamanha confiança ancestral.

Gideon disse:

— Bem, como posso responder? Sou uma estrategista.

O manto ornamentado e um pouco sujo da Casa se arrastava na poeira conforme a Reverenda Filha se aproximava. Ela havia trazido o marechal e também Aiglamene. Algumas Irmãs estavam atrás dela no patamar, de joelhos: as mulheres do claustro pintavam seus rostos com alabastro cinzento e desenhavam figuras pretas em suas bochechas e lábios como se fossem caveiras. Vestidas em camadas de tecido preto desbotado, pareciam uma ospália de máscaras tristes e acabadas.

— É vergonhoso que tenha chegado a esse ponto — disse a Senhora da Nona, abaixando seu capuz.

Seu rosto pálido e pintado era uma mancha branca em meio a todo o preto. Até mesmo suas mãos estavam cobertas com luvas.

— Eu não me importo se você fugir — continuou. — Eu me importo se fizer isso de forma tão incompetente. Tire sua mão da espada, você está se humilhando.

— Em menos de dez minutos, uma nave vai chegar e me levar até Trentham na Segunda — disse Gideon, e não tirou a mão da espada. — Eu vou entrar nela. Vou fechar a porta. Vou acenar meu adeus. Não tem literalmente nada mais que você possa fazer para me impedir.

Harrow esticou uma das mãos enluvadas e massageou seus dedos, perdida em pensamento. A luz recaía sobre o seu rosto pintado e o queixo marcado de preto, e seu cabelo curto da cor de um corvo morto.

— Está bem. Vamos estudar o caso, só para nos entretermos — disse ela. — Primeira objeção: a Coorte não vai alistar uma serva não liberada.

— Eu falsifiquei sua assinatura no formulário de libertação — respondeu Gideon.

— Basta uma única palavra minha para que te tragam algemada de volta.

— Você não vai falar nada.

Harrowhark passou dois dedos em volta de um dos pulsos, massageando-o.

— É uma história fofa, mas muito mal caracterizada — disse ela. — Qual a razão da minha misericórdia tão repentina?

— No instante que você recusar minha saída — disse Gideon, as mãos ainda na bainha —, no instante em que você me chamar de volta, no instante que você der à Coorte causa, ou, sei lá, uma lista inventada de meus antecedentes criminais...

— Algumas das suas revistas são realmente horrorosas — admitiu a Senhora.

— Esse é o instante no qual eu grito — disse Gideon. — Vou gritar tanto e tão alto que vão me ouvir lá da Oitava. Vou contar tudo a eles. Você sabe o que eu sei. E eu vou contar os números. Eles me trariam de volta algemada, mas eu voltaria rindo da sua cara.

Com isso, Harrowhark parou de massagear seu osso escafoide e olhou para Gideon. Fez um aceno brusco com as mãos, e seu fã-clube geriátrico se dissipou: tropeçando, beijando o chão e sacudindo tanto os escapulários quanto os joelhos sem lubrificação, desaparecendo na escuridão para dentro do túnel. Somente Crux e Aiglamene permaneceram. Então, Harrow inclinou a cabeça para o lado como um pássaro confuso e sorriu um pequeno sorriso cheio de desdém.

— Que crasso e ordinário — disse ela. — Que eficiente, que grosseiro. Meus pais deveriam ter te estrangulado.

— Quero ver eles tentarem agora — disse Gideon, nada comovida.

— Você faria isso mesmo se não tivesse nada a ganhar — disse a Senhora, e até mesmo ela parecia estar maravilhada. — Mesmo sabendo o que você sofreria. Mesmo sabendo o que isso significa. E isso tudo por que...?

— Tudo isso *porque* — disse Gideon, checando o relógio —, eu te odeio pra caralho, *porque* você é uma bruxa horrível do inferno. Sem ofensas.

Houve uma pausa.

— Ah, Griddle! — disse Harrow, cheia de pena, em meio ao silêncio. — Mas eu nem lembro que você existe a maior parte do tempo.

Elas ficaram se encarando. Havia um sorriso curvado no canto da boca de Gideon, sem ser reprimido, e olhar para ele fez com que a expressão de Harrowhark se tornasse ainda mais petulante e emburrada.

— Nós estamos em um impasse — disse ela, parecendo relutantemente admirada com o fato. — Sua carona chegará aqui em cinco minutos. Não tenho dúvidas de que você tem toda a documentação e que ela parece autêntica. Seria uma pena se eu usasse de violência injustificada. Realmente, não há nada que eu possa fazer.

Gideon não disse nada. Harrow disse:

— O chamado é real, sabe. Tem algo importante acontecendo na Nona Casa. Você não pode ficar mais alguns minutos para comparecer ao último chamado de sua Casa?

— De jeito nenhum — disse Gideon.

— Posso apelar para o seu profundo senso de dever?

— Não — disse Gideon.

— Valeu a tentativa — admitiu Harrow.

Ela bateu com os dedos no queixo pensativamente.

— E que tal um suborno? — propôs.

— Ah, isso vai ser bom — disse Gideon para ninguém em particular. — "Gideon, aqui está um dinheiro. Você pode gastar tudo aqui em casa, com ossos." "Gideon, eu vou sempre ser boazinha, e não uma cuzona com você se você voltar. Você pode ficar com o quarto de Crux." "Gideon, aqui está uma cama de gostosas desesperadas. São asseclas, mas noventa e nove por cento delas é osteoporose."

Do bolso, sem amenizar o drama da cena, Harrowhark tirou um pergaminho novo. Era papel — papel de verdade! — com o brasão oficial da Nona Casa no alto. Ela devia ter roubado do cofre. Os cabelos na nuca de Gideon se arrepiaram em aviso. Harrow andou para a frente ostensivamente para deixar o papel em um lugar seguro entre as duas, e depois voltou andando de costas, com as mãos abertas em rendição.

— *Ou* — disse a Senhora, conforme Gideon pegava o papel cuidadosamente — poderia ser uma compra absolutamente autêntica da sua comissão na Coorte. Não dá para forjar isso, Griddle, tem que ser assinado com sangue, então não enfie no bolso ainda.

Era um título real da Nona, escrito correta e claramente. Era a compra da comissão de Gideon Nav como segunda tenente, e não era intransferível, mas ela abriria mão do bem caso se aposentasse com honra. Ele lhe garantiria treinamento completo. A porcentagem enorme de prêmios e territórios de costume seria da sua Casa se ela os conquistasse, mas sua servidão à Nona seria paga em cinco anos em boas condições, em vez de trinta. Era mais do que generoso. Harrow estava dando um tiro no próprio pé. Ela estava atirando com prazer em um pé e depois apontando a arma para o outro. Ela perderia os direitos sobre Gideon para sempre. Gideon gelou.

— Não dá pra dizer que eu não me importo — disse Harrow.

— Você não se importa — disse Gideon. — Você faria as freiras se devorarem se ficasse entediada. Você é uma psicopata.

— Se não quiser — disse Harrow —, é só devolver. Ainda consigo aproveitar o papel.

A única opção sensata era dobrar o título em um aviãozinho e arremessá-lo para o lugar de onde ele viera. Quatro minutos até a aterrissagem da nave de transporte, e ela poderia trilhar o caminho bem longe desse lugar. Ela já tinha ganhado, e essa vulnerabilidade colocaria em risco tudo que ela havia conseguido — meses gastos descobrindo como infiltrar o sistema de navegação, meses para esconder seus rastros, conseguir os formulários certos, interceptar comunicações, para esperar e suar. Era um truque. E era um truque de Harrowhark Nonagesimus, o que queria dizer que seria absolutamente hediondo.

Gideon disse:

— Está bem. Me fala seu preço.

— Quero que você compareça ao chamado.

Gideon não se importou em esconder seu assombro.

— O que você vai anunciar, Harrow?

A Reverenda Filha permaneceu séria.

— Aposto que você gostaria de saber.

Houve um longo momento. Gideon deixou uma arfada de ar escapar por entre os dentes e, com esforço heroico, deixou o papel no chão e se afastou.

— Deixa pra lá — disse, e notou uma pequena ruga nas sobrancelhas escuras da Senhora. — Vou dar o fora. Não vou voltar a Drearburh por você. Porra, eu não vou voltar a Drearburh nem se você trouxer o esqueleto da minha mãe pra fazer uma dancinha pra mim.

Harrow cerrou suas mãos enluvadas em punhos e perdeu a compostura.

— Pelo amor de Deus, Griddle! Essa é uma oferta perfeita! Estou te dando tudo que você pediu, tudo pelo qual você choramingou incessantemente, sem você sequer ter a dignidade ou a compreensão para saber por que não poderia tê-lo! Você ameaça minha casa, desrespeita meus serviçais, mente e trapaceia, se esgueira e rouba. Você sabe muito bem o que fez, e sabe que é um *verme repugnante*!

— Eu odeio quando você se faz de freira explorada — disse Gideon, que estava sinceramente arrependida por só uma das coisas naquela lista.

— Está bem — rosnou Harrowhark, agora retomando seu temperamento normal.

Ela tirou o longo manto ornamentado com dificuldade, revelando a caixa torácica humana que costumava usar ao redor do seu torso, brilhando branca contra o preto. Crux exclamou, surpreso, conforme Harrow começou a tirar as fivelas prateadas que a seguravam no peito, mas ela o silenciou com um gesto ríspido enquanto tirava tudo. Gideon sabia o que ela estava fazendo. Uma onda enorme de pena e nojo a tomou ao ver Harrow tirar as pulseiras de ossos, os dentes que usava ao redor do pescoço, os pequenos brincos de ossos das orelhas. Tudo isso ela largou nos braços de Crux, andando até o meio da zona de aterrissagem e se apresentando como uma aljava vazia. Somente de luvas, botas, camiseta e calça, com o cabelo preto curto e o rosto distorcido de raiva, ela parecia exatamente o que era: uma garota desesperada, mais jovem do que Gideon, e um pouco pequena e frágil.

— Olhe, Nonagesimus — disse Gideon, completamente desequilibrada e agora um tanto constrangida —, pode parar. Não faça... Não faça seja lá o que for fazer agora. Me deixe ir.

— Você não pode dar as costas e sair tão facilmente, Nav — disse Harrowhark, a voz gélida palpável.

— Você quer que eu te dê uma surra como presente de despedida?

— Cale a boca — disse a Senhora da Nona, e depois, horrivelmente, acrescentou —, vou alterar os termos. Uma luta justa, e então...

— Eu vou embora? Não sou tão idiota...

— Não. Uma luta justa, e você vai embora *com o título* — disse Harrow. — Se eu ganhar, você atende ao chamado e vai embora depois, *com o título.* Se eu perder, você vai embora agora, também *com o título.*

Ela pegou o papel do chão, tirou uma caneta tinteiro do bolso e a empurrou entre os dentes para furar sua bochecha. Saiu pingando sangue, um dos seus truques habituais, Gideon pensou, entorpecida, e ela assinou: *Pelleamena Novenarius, Reverenda Mãe do Túmulo Trancafiado, Senhora de Drearburh, Soberana da Nona Casa.*

Gideon disse, se sentindo idiota:

— Essa é a assinatura da sua mãe.

— Não vou assinar como eu mesma, sua completa idiota, isso entregaria tudo — disse Harrow.

Assim de perto, Gideon conseguia ver as veias vermelhas no canto de seus olhos, as manchas rosadas de alguém que não havia dormido a noite toda. Ela estendeu o documento e Gideon o arrancou de sua mão com uma avidez descabida, dobrando e enfiando embaixo da camiseta e dentro do top. Harrow nem sequer sorriu.

— Concorde em me duelar, Nav, na frente do Marechal e da Guarda. Uma luta justa.

Acima de tudo, Harrowhark era uma manipuladora de esqueletos, e em sua fúria e orgulho estava oferecendo uma luta injusta. A adepta puro-sangue da Nona havia se despido ao começar uma luta sem ter um corpo para erguer ou sequer um botão de ossos para a ajudar. Gideon tinha presenciado Harrow nesse estado de espírito só uma vez, e achou que nunca mais a veria assim. Só um completo babaca concordaria em duelar assim, e Harrowhark sabia disso. Teria que ser um babaca de marca maior. Seria um ato vergonhoso de crueldade.

— Se eu perder, eu vou até sua reunião e saio com o título — disse Gideon.

— Isso.

— Se eu ganhar, vou embora com o título agora — disse Gideon.

Sangue umedeceu os lábios de Harrow.

— Isso.

Acima, um rugido deslocou o ar. Um holofote piscou por cima da boca do túnel conforme a nave de transporte, finalmente fazendo sua descida, aproximava-se da abertura no manto do planeta. Gideon olhou para o relógio. Dois minutos. Sem sequer um momento de hesitação, ela apalpou o corpo da Reverenda Filha: braços, torso, pernas, o cano da bota. Crux protestou em desgosto, abismado com a cena. Harrow não disse nada, o que era mais desdenhoso do que qualquer coisa que ela *poderia* ter dito. Não se chegava a lugar nenhum sendo fraco. A Casa era dura como ferro. Ferro era esmagado nas partes em que estava fraco.

— Vocês todos ouviram — disse ela a Crux e Aiglamene.

Crux a encarou com o ódio de uma estrela explodindo: o ódio vazio da pressão puxada para dentro, um ressentimento deformado que devorava qualquer luz. Aiglamene se recusava a olhar para ela. Isso era um saco, mas tudo bem. Gideon começou a procurar na mochila por suas luvas.

— Vocês a ouviram. Vocês testemunharam. Eu vou de todo jeito, e ela me ofereceu um acordo. Uma luta justa. Você jura pela sua mãe que é uma luta justa?

— Como você *ousa*, Nav…

— Pela sua mãe. E até o nocaute.

— Eu juro pela minha mãe. Não tenho nada comigo. E até o nocaute — cortou Harrow, a respiração em um ritmo rápido de raiva.

Conforme Gideon vestindo as luvas de polímero apressadamente, fechando as fivelas no pulso, o sorriso dela se contorceu.

— Meu Deus, Griddle, você nem está usando couro. Eu não sou assim tão boa.

Elas se afastaram uma da outra, e Aiglamene finalmente ergueu sua voz por cima do barulho crescente da nave que se aproximava:

— Gideon Nav, retome sua honra e dê uma arma à sua Senhora.

Gideon não conseguiu evitar:

— Você acha que eu sou… *osso duro* demais pra ela roer?

— *Nav!*

— Eu dei a ela toda minha vida — disse Gideon, e desembainhou a espada.

A espada era só um gesto. O que deveria ter acontecido era que Gideon ergueria uma bota e dado uma voadora em Harrow, forte o bastante para prevenir que a Senhora da Nona se envergonhasse na tentativa de se levantar de novo e de novo. Um chute no estômago de Harrow e tudo teria acabado. Ela teria sentado em cima de Harrow se precisasse. Ninguém na Nona Casa entendia o que era crueldade, não de verdade, nenhum deles exceto a Reverenda Filha; ninguém entendia a brutalidade. Esse conhecimento havia sido extinguido deles, evaporado pela escuridão que se aglomerava no poço profundo das catacumbas infinitas de Drearburh. Aiglamene ou Crux seria obrigado a confirmar que era uma luta justa, e Gideon teria saído como uma mulher quase livre.

O que aconteceu foi que Harrowhark tirou suas luvas. As mãos dela estavam destroçadas. Os dedos estavam cobertos de sujeira e cortes, abertos, cascalho preso nas feridas embaixo das unhas descascadas. Ela jogou as luvas no chão e acenou os dedos na direção de Gideon, e Gideon teve meio segundo para perceber que era tudo cascalho da plataforma de aterrissagem, e que ela estava ferrada em todas as direções.

Ela atacou. Tarde demais. Ao lado das derrapagens de sujeira e pedra que ela havia cuidadosamente chutado, esqueletos surgiram da terra dura de onde haviam sido enterrados apressadamente. Mãos irromperam de pequenos pedaços de chão, mãos perfeitas de quatro dedos e polegares. Gideon, se sentindo estúpida por sua presunção, chutou todas e se virou para o lado. Ela correu. Não importava: a cada metro e meio, a cada maldito um metro e meio, ossos eclodiam do chão, agarrando suas botas, seus calcanhares, sua calça. Ela cambaleou, tentando desesperadamente identificar onde o chão acabava, e não encontrou resposta. A superfície da área estava entrando em erupção com dedos e pulsos, acenando gentilmente, como se carregados pelo vento.

Gideon olhou para Harrow. Harrow estava suando sangue, e o olhar que ela retribuiu era calmo, frio e confiante.

Ela se arremessou na direção da Senhora de Drearburh com um grito incoerente, estilhaçando carpos e metacarpos no caminho, mas nada adiantou. De algo tão pequeno quanto um fêmur enterrado, uma tíbia escondida, esqueletos se formavam nas mãos de Harrow em inteira perfeição, e, conforme Gideon se aproximava de sua mestra, uma onda de ossos reanimados quebrou por cima dela. Sua bota empurrou Harrow para os braços de duas de suas criações, que facilmente a levaram para longe do perigo. O olhar imperturbável de Harrow desapareceu atrás de um redemoinho de homens sem carne, de fêmures e tíbias, e apertos assustadoramente rápidos. Gideon usou a espada como uma alavanca, causando uma chuva de ossos e cartilagem, tentando fazer cada golpe contar, mas eram muitos inimigos. Havia inimigos demais. Substitutos se erguiam conforme ela os pulverizava em uma enxurrada de ossos. Mais e mais se chocavam contra ela para levá-la ao chão, e não havia diferença para qual direção ela apontava a espada entre os frutos do jardim mórbido que Harrow havia semeado.

O rugido da nave de transporte abafou o retinir dos ossos e sangue em seus ouvidos conforme ela foi agarrada por dúzias de mãos. Os talentos de Harrowhark sempre foram de grandes proporções, capaz de fazer construtos inteiros a partir de um único pedaço de braço ou pélvis, construir um exército inteiro a partir de algo que qualquer outra pessoa conseguiria construir somente um, e, de alguma forma, uma parte distante da mente de Gideon sempre soube que era assim que morreria: em uma suruba de esqueletos. A luta se diluiu para permitir que uma bota a nocauteasse ao chão. Os homens de ossos a seguraram conforme ela protestava, cuspindo e sangrando, até encarar Harrow: em meio aos seus lacaios sorridentes, pensativa, serena. Harrowhark chutou a cara de Gideon.

Por alguns segundos, tudo ficou vermelho, preto e branco. A cabeça de Gideon rolou para o lado e ela tossiu, cuspindo um dente, engasgando, debatendo-se para levantar. A bota pressionou contra a garganta, então a forçou para baixo e mais para baixo ainda, até que ela suas costas se arrastassem contra o chão engordurado. A aterrissagem da nave conjurou uma tempestade de poeira, atirando alguns dos esqueletos para longe. Harrow os descartou e eles se sacudiram até ficarem parados em pilhas anatomicamente ordenadas.

— Patético, Griddle — disse a Senhora da Nona.

Ossos estavam caindo dos seus lacaios depois do primeiro surto de adrenalina: debulhando-se e indo ao chão, inertes, um braço aqui, uma mandíbula ali, conforme se desfaziam de suas formas. Ela havia se esforçado demais. Radiando ao redor dos construtos estavam círculos de terra no chão duro, como se pequenas minas explodissem. Ela ficou em pé entre seus buracos com a cara esquentada e sangrando, um fio de sangue escorrendo do nariz, e limpou o rosto com indiferença no braço.

— É patético — repetiu, a voz grossa com sangue. — Eu te dou uma brecha. Eu faço esse drama todo. Você se sente mal. É fácil demais. Cavar a noite toda me deixou mais saciada do que isso.

— Você cavou — chiou Gideon, a voz abafada com a poeira e gordura —, a noite toda.

— É claro. Esse chão é duro para cacete, e eu tinha muitos lugares para preencher.

— Sua *louca varrida* — disse Gideon.

— Dê por encerrado, Crux — ordenou Harrowhark.

Foi com uma alegria mal disfarçada que o Marechal anunciou:

— Uma luta justa. A oponente foi nocauteada. Vitória da Senhora Nonagesimus.

A Senhora Nonagesimus se virou para seus dois acompanhantes e ergueu os braços para receber as roupas descartadas, vestindo o manto por cima do ombro. Ela tossiu um pouco de sangue no chão, e acenou para afastar Crux quando ele a rodeou. Gideon ergueu a cabeça e então se deixou cair novamente no chão áspero, aturdida e com frio. Aiglamene estava olhando para ela com uma expressão indecifrável. Solidariedade? Decepção? Culpa?

A nave de transporte finalmente se acoplou à plataforma, aterrissando com força no chão. Gideon olhou para ela — a lateral brilhante, os motores quentes — e tentou se apoiar nos cotovelos. Não conseguiu, ainda estava ofegante. Ela não conseguia nem erguer um dedo do meio trêmulo para a vitoriosa. Só conseguia olhar para a nave, sua mochila, e sua espada.

— Recomponha-se, Griddle — Harrowhark disse.

Ela cuspiu outro coágulo no chão, perto da cabeça de Gideon.

— Capitã, vá até o piloto e diga que espere — continuou. — Ele será pago por seus serviços.

— E se ele perguntar pelo passageiro, Senhora?

Deus abençoe Aiglamene.

— Ela se atrasou. Diga a ele que ele ficará sob minha graça durante uma hora, com mil desculpas. Meus pais estão esperando há bastante tempo já, e isso aqui demorou mais do que eu esperava. Marechal, leve-a para o santuário...

3

Gideon tentou forçar a si mesma a desmaiar assim que os dedos frios e ossudos de Crux se fecharam ao redor de um de seus tornozelos. Quase funcionou. Ela acordou algumas vezes e piscou para a luz monótona que iluminava o elevador que descia pelo túnel principal, e ficou acordada enquanto o Marechal a arrastava como um saco de mantimentos apodrecidos pelo chão da plataforma. Ela não sentiu nada: nem dor, nem raiva, nem decepção, só uma pequena sensação de maravilhamento e desconexão conforme ela era rebocada pesadamente pelas portas de Drearburh. Ela se remexeu para uma última tentativa de fuga, mas, quando a viu se segurando aos tapetes puídos no chão escuro e liso, Crux chutou sua cabeça. Então ela desmaiou por um tempo, de verdade desta vez, só acordando quando ela foi jogada em um banco da capela. O banco era tão frio que a sua pele grudou nele, e cada respiração era como ter agulhas nos pulmões.

Ela voltou a si, congelando, e escutou o som de rezas. Não havia nenhuma invocação em voz alta na missa da Nona. Havia apenas o tilintar de ossos — a cabeça das falanges e metacarpos, todas interligadas por fios, marcados e gastos — trabalhado por freiras cujos dedos velhos rezavam tão rapidamente que a missa virava um chocalho murmurante. Era um salão longo e estreito, e ela havia sido deixada bem na frente. Estava muito escuro: um trilho de luzes a gás passava pelos corredores, mas era aceso como se não gostasse dessa ideia e, portanto, só brilhava vagamente. Os arcos acima haviam sido lustrados com pó bioluminescente que por vezes escorria para a nave central como um glitter verde-claro, e em todas as capelas radioativas estavam esqueletos mudos, ainda cheios de pó das fazendas. Cerrando os olhos por cima do ombro, ela viu que a maior parte dos atendentes eram esqueletos. Era uma festa de esqueletos. Havia espaço nessa longa e profunda igreja para mais de mil, e estava metade cheia de esqueletos e com só algumas poucas pessoas distintas.

As pessoas estavam sentadas no transepto, freiras solitárias de véu, com as cabeças raspadas e cortadas, os escassos e cansados habitantes da Nona Casa. A maioria eram sacerdotes do Túmulo Trancafiado atualmente — não haviam soldados ou frades militares desde que ela era muito nova. O único membro restante daquela ordem era Aiglamene, que havia deixado sua perna e qualquer esperança de conseguir ir embora daqui perdidas em alguma batalha no tempo. O barulho no transepto era ocasionalmente interrompido por uma tosse molhada e atormentada, ou o pigarrear extenuado de alguém.

Na abside, ficava um longo banco, e ali sentavam-se um punhado de nobres da Casa da Nona: a Reverenda Filha Harrowhark, sentada modestamente na ponta, o rosto coberto do pó luminescente que havia se prendido a trilha de sangue do seu nariz; sua tia-avó honrosa; e seus pais, o Senhor e a Senhora da Casa, Reverendo Pai e a Reverenda Mãe. Esses últimos estavam no lugar de maior destaque, ante ao altar, de frente para a congregação. Crux tinha a honra de sentar em uma cadeira no deambulatório entre um mar de velas, a maioria delas já apagada. Ao seu lado sentava-se o único cavaleiro da casa. Ortus, um rebento da Nona corpulento e triste de 35 anos, e ao seu lado, sua mãe, uma velha da Nona padrão que estava futricando sua orelha com um lenço.

Gideon piscou para que sua visão parasse de tremer e focou a abside. Há uns dois anos que eles não conseguiam arrastá-la para dentro de Drearburh, e ela não havia visto as tias-avós horrendas nem o Senhor e a Senhora por algum tempo. A Abençoada Irmã Lachrimorta e a Abençoada Irmã Aisamorta não haviam mudado em nada. Ainda eram pequenas, suas faces, franzinas, com queixos pintados de cinza, e como a Nona era completamente livre de milagres, elas ainda eram cegas. Elas tinham vendas pretas amarradas no rosto com olhos pintados de branco que encaravam a todos. Cada uma preferia rezar com um par de contas, um cordão em cada mão decrépita, e então se sentavam com as mãos clicando como se fossem a sessão de percussão de uma banda suspeita de dedos ágeis.

Ortus também não havia mudado. Ele ainda era caroçudo e triste. Ser o cavaleiro primário da Nona Casa não era um título renomado havia eras. Cavaleiros em outras casas poderiam ser reverenciados, homens e mulheres nobres com uma genealogia longa ou algum talento particular, heróis frequentes nas revistas menos lascivas de Gideon, mas todos sabiam que na Nona você era escolhido com base em quantos ossos conseguia carregar em uma braçada. Ortus era basicamente um burro de carga mórbido. Seu pai — o cavaleiro do pai de Harrow — havia sido um homem gigantesco e pétreo de gravidade e devoção, que carregava uma espada e dois alforjes de fíbulas, mas Ortus não era feito do mesmo material. Associá-lo a Harrow era como entregar um bolinho a uma cobra venenosa. Aiglamene provavelmente tinha focado suas frustrações em Gideon porque Ortus era um parvo. Ele era um homem sensível e horrível, e sua mãe era completamente obcecada por ele, e, cada vez que ele ficava resfriado, faziam-no deitar embrulhado, sem se mexer, em uma cama até ele ter dor nos músculos.

Ela também olhou o Senhor e a Senhora, apesar de que ela honestamente não queria fazer isso. Senhora Pelleamena e Senhor Priamhark sentavam-se lado a lado, uma mão enluvada no joelho, a outra entrelaçada com a do parceiro conforme rezavam simultaneamente em uma única corda de ossos ornamentados. Tecido preto os rodeava dos dedos do pé ao pescoço, os rostos na maior parte cobertos por capuzes escuros: Gideon conseguia ver o perfil pálido e macilento, manchados de pó luminescente, a marca visível das mãos de Harrow nos dois. Ambos estavam de olhos fechados. O rosto de Pelleamena ainda estava congelado e fino como Gideon a vira na última vez, as sobrancelhas negras sem nenhum fio prateado, as linhas finas de rugas ao redor dos olhos sem nenhum sinal de que apareceriam outras. O queixo de Priam ainda era firme, os ombros erguidos, a testa clara e sem linhas. Eles estavam completamente imutados: ainda menos alterados até do que as tias-avós de merda. Isso era devido ao fato de que os dois estavam mortos há anos.

Os rostos mumificados não se dobravam ao tempo porque — como Gideon sabia, e o Marechal, e a Capitã da Guarda, e mais ninguém no Universo — Harrowhark os havia congelado para sempre. Como a estudiosa obsessiva e cheia de segredos que era, ela descobrira uma maneira antiga e esquecida pelo tempo de preservar os corpos como fantoches. Harrowhark havia encontrado um livrinho horrendo e proibido, e todas as Casas teriam um aneurisma coletivo se descobrissem que ela o leu. Ela não havia executado a manobra tão bem — os pais estavam bem dos ombros para cima, mas dos ombros para baixo eram um trabalho de porco —, apesar de que, para ser justa, na época ela tinha apenas dez anos.

Gideon tinha onze anos quando o Senhor e a Senhora da casa encontraram a morte por meio de um segredo repentino e horroroso. Foi uma merda gigantesca quando aconteceu: o que Harrow descobriu, o que ela viu. Ela não tinha ficado triste. Se ela tivesse a má sorte de ter nascido sendo os pais de Harrow, provavelmente teria feito a mesma coisa.

— Escutem — disse a Reverenda Filha da Nona, erguendo-se para o altar.

O Senhor e Senhora sentados deveriam tomar as rédeas do ritual sagrado, mas eles não podiam, porque estavam supermortos. Harrowhark contornara isso habilmente ao afirmar que eles haviam feito um voto de silêncio. Todos os anos ela acrescentava novos votos de penitência — de jejum, de contemplação diária, de isolamento — de forma tão casual e cara de pau que parecia inevitável alguém dizer em algum momento "*Espere um pouco... isso parece uma mentirada deslavada*", e então descobrirem o que ela tinha feito. Só que nunca descobriram. Crux a acobertava, e também Aiglamene, e o cavaleiro do Senhor havia convenientemente decidido morrer no mesmo dia que Priam. E então Gideon também a acobertou, odiando cada instante, guardando esse último segredo na esperança de que ele fosse comprar sua liberdade.

Todas as contas de reza pararam de tilintar. As mãos dos pais de Harrow ficaram anormalmente imóveis, juntas. Gideon abriu os braços atrás do banco e colocou os pés para cima, cruzando os tornozelos e desejando que sua cabeça parasse de latejar.

— A nobre Casa da Nona ecoou um chamado hoje — disse Harrowhark —, porque recebemos um presente de enorme importância. Nosso sagrado Imperador, o Necrolorde Primordial, o Rei das Nove Ressurreições, nosso Ressurrecto, enviou-nos um chamado.

Isso fez com que todos ficassem sentados. Os esqueletos permaneceram perfeitamente imóveis e atentos, mas uma empolgação barulhenta eclodiu na congregação diversa da Nona. Houve gritos suaves de alegria. Houve exclamações de louvores e agradecimentos. A carta poderia ter sido um desenho de uma bunda, e ainda assim eles estariam fazendo fila para beijar o papel três vezes.

— Compartilharei essa carta convosco — disse Harrowhark —, porque ninguém mais ama seu povo, seus sagrados irmãos e irmãs, como a Nona Casa ama seu povo. Seus devotos, seus rebentos e seus fiéis. — (Gideon achou que Harrow estava exagerando demais.) — Sue Reverenda Mãe permite que sua filha a leia?

Como se ela pudesse dizer não com as mãos de Harrow manipulando suas cordas. Com um sorriso pálido, Pelleamena gentilmente inclinou sua cabeça como ela nunca havia feito em vida: quando era viva, ela era fria e distante como o fundo de uma caverna.

— Com a permissão graciosa de minha mãe — disse Harrow, e começou a ler. — *Endereçando a Casa da Nona, sua Reverenda Senhora Pelleamena Hight Novenarius e seu Reverendo Senhor Priam Hight Noniusvianus: saudações à Nona Casa, e bênçãos sobre seus túmulos, defuntos tranquilos, e seus muitos mistérios.*

"Sua Bondade Celestial, o Primeiro Ressurrecto, implora a casa pela honra do amor ao seu Criador, conforme o contrato de ternura feito no dia da Ressurreição, e humildemente pede pelos primogênitos frutos do seu lar..."

(— Meu nome está listado aqui — disse Harrowhark, sorrindo modestamente, e depois, com bem menos entusiasmo —, e também o de Ortus.")

— *É chegada a nossa hora de requisitar novas Mãos do Imperador, os mais abençoados e amados do Rei Eterno, os fiéis e perpétuos! O Imperador clama por postulantes para a posição de Lyctores, herdeiros dos oito vigorosos que serviram nos últimos dez mil anos: e tantos outros que esperam pela subida dos rios no dia que acordarem para nosso Rei, os solitários Guardas que permanecem suplicam para que seus números sejam renovados e que o Senhor acima dos Senhores encontre oito novos vassalos.*

"Para este fim, nós imploramos que o primeiro de sua Casa e o respectivo cavaleiro se ajoelhem na glória e se atentem ao estudo mais superior, o de ser os ossos e juntas do Imperador, seus punhos e gestos...

"Oito esperamos que meditarão e ascenderão ao Imperador na glória do templo na Primeira Casa, oito novos Lyctores unidos aos seus cavaleiros; e se o Necrolorde Maior os abençoa mas não os toma, eles voltarão para suas casas com as devidas honras ao som de trompetes e tamborins.

"Não há um presente mais devido nem tão agradável a seus olhos."

Harrowhark abaixou o papel e ficou imersa em um longo silêncio; um silêncio de verdade, sem sequer um tilintar de uma conta de reza ou a mandíbula de um esqueleto caindo. A Nona parecia completamente estarrecida. Houve um sibilo agudo de um dos bancos no transepto atrás de Gideon conforme um dos fiéis resolveu que teria um ataque cardíaco, e isso distraiu todo mundo. As freiras tentaram seu melhor, mas alguns minutos depois, foi confirmado que um dos eremitas havia morrido de choque, e todos ao seu redor celebraram sua sorte sagrada. Gideon falhou em esconder seu riso enquanto Harrowhark suspirava, obviamente calculando na sua cabeça qual era a atual contagem populacional da Nona.

— Eu não vou deixar!

Uma segunda mão perturbou a comunidade tumular conforme a mãe de Ortus se levantou, os dedos tremendo, o outro braço passando em volta dos ombros do filho. Ele parecia completamente amedrontado. Ela parecia como se estivesse prestes a seguir o recém-morto felizardo para uma morte prematura, o rosto petrificado atrás da maquiagem de alabastro, a caveira negra derretendo com suor.

— Meu filho... meu filho... — gritou a mãe, com a voz aguda e distorcida. — Meu lindo primogênito! A herança do pai! Minha única alegria!

— Irmã Glaurica, por favor — disse Harrow, parecendo entediada.

A mãe de Ortus agora tinha os dois braços ao redor dele e chorava copiosamente em seu ombro. Seus próprios ombros sacudiam com medo e luto reais. Ele parecia deprimido e molhado. Ela estava dizendo, entre soluços:

— Eu já lhe dei o meu marido, Senhor Noniusvianus, eu já lhe dei o meu esposo, Senhor Noniusvianus, *você* também me reivindica um filho? Você reivindica meu filho? Certamente que não! Não agora!

— Você esquece seu dever, Glaurica — Crux a cortou.

— Eu sei o que acontece com os cavaleiros, meu senhor, eu já conheço seu destino!

— Irmã Glaurica — disse Harrowhark. — Fique calma.

— Ele é jovem — gemeu ela, puxando-o para a segurança do deambulatório quando percebeu que Senhor Noniusvianus não iria intervir. — Ele é jovem, ele não é robusto.

— Alguns diriam o contrário — disse Harrowhark sem mudar de tom.

Ortus, contudo, com seus olhos grandes e sombrios, e sua voz desesperançosa e sufocada, disse:

— Eu temo a morte, minha senhora Harrowhark.

— Um cavaleiro deveria abraçar a morte — disse Aiglamene, ofendida.

— O seu pai acolheu a morte sem estremecer — respondeu Crux.

Com essa ladainha de empatia, a mãe dele se desfez em lágrimas. A congregação murmurava, a maioria em repúdio, e Gideon começou a se animar. Não era bem um dia comum. Isso era entretenimento de primeira linha. Ortus, sem se importar em se desvencilhar de sua mãe soluçante, murmurava que tomaria providências para que ela fosse bem cuidada; as tias-avós haviam retomado suas preces e cantarolavam um hino sem palavras; Crux estava abusando verbalmente da mãe de Ortus; e Harrowhark estava no meio de tudo, muda e cheia de desdém tal qual um monumento.

— ... Vão e rezem por um caminho, ou eu vou te pegar, e vou te tirar do santuário — dizia Crux.

— ... Eu dei tudo a essa casa, paguei o mais alto dos preços...

— ... É isso que dá Mortus casar com uma imigrante da Oitava, sua bruxa sem vergonha...

Gideon estava sorrindo tão abertamente que seus lábios rachados começaram a sangrar. Em meio às cabeças, aos mortos sem compaixão e aos devotos perturbados, os olhos de Harrowhark encontraram os dela, e a máscara de desdém voltou a ser neutra, os lábios finos. As pessoas imploravam. Gideon deu uma piscadela.

— Já chega — disse a Reverenda Filha, a voz como a ponta de uma faca. — Vamos rezar.

O silêncio recaiu sobre a congregação, como os flocos lentos que caíam do pó luminescente. Os soluços da mãe de Ortus foram engolidos até virarem somente lágrimas, escondidas no peito do filho conforme ele colocava um braço fofo ao redor dela. Ele estava chorando em silêncio no cabelo dela. O hino das tias-avós horríveis acabava em uma nota trêmula e alta, e nunca acalentava, desaparecendo no ar. Harrow inclinou a cabeça e seus pais também, simultâneos em sua obediência. As tias-avós assentiram com a cabeça no peito, e Aiglamene e Crux seguiram o gesto. Gideon encarou o teto e recruzou os tornozelos, piscou para que o pó luminescente não caísse nos seus olhos.

— *Eu rezo para que o túmulo esteja para sempre trancafiado* — recitou Harrowhark, com o curioso fervor que ela sempre demonstrava nas rezas. — *Rezo para que a pedra nunca se arrede. Rezo para que aquilo que está enterrado permaneça enterrado, insensível, em descanso perpétuo de olhos fechados e mente submissa. Eu rezo para que viva, para que durma... Eu rezo pelas necessidades do Imperador que tudo nos dá, o Rei Eterno, suas Virtudes e seus homens. Eu rezo pela Segunda Casa, a Terceira, a Quarta, a Quinta; a Sexta, a Sétima e a Oitava. Rezo pela Nona Casa, e rezo para que seja frutífera. Rezo pelos soldados e adeptos longe de casa, e por todas as partes do Império que vivem em inquietude e sedição.* Que assim seja.

Eles todos rezaram para que assim fosse, com muito tilintar dos ossos. Gideon não rezava há muitos anos. Ela olhou por cima das caveiras carecas e brilhantes dos esqueletos na assembleia e dos cabelos curtos dos fiéis da Nona, e perguntou-se qual seria a primeira coisa que faria quando fosse para Trentham. Os soluços da mãe desafortunada de Ortus interromperam o barulho e os pensamentos bem pouco realistas de Gideon fazendo exercícios na barra fixa enquanto adoradores a aplaudiam, e ela viu Harrow cochichar algo para Crux, gesticulando para a mãe e o filho, com o rosto exibindo uma pintura de paciência incruenta. Crux os guiou para fora do santuário de forma nada gentil. Eles passaram pela nave principal, Crux apressado; e Ortus, paulatino; a mãe de Ortus mal conseguindo ficar em pé de tão desolada. Gideon fez um joinha para o cavaleiro azarado enquanto passaram. Ortus a respondeu com um sorriso breve e aguado.

A reunião acabou logo depois disso. A maior parte da congregação ficou para continuar a rezar por sua boa sorte, sabendo que o Segundo Sino começaria a soar dali uma hora. Gideon teria se levantado para ir embora e correr para sua nave imediatamente, mas os esqueletos saíam em pelotões enfileirados de maneira arrumada pela nave central, em duas fileiras, bloqueando o avanço de todos os outros em sua prontidão para retornar aos alhos-poró e às lâmpadas quentes dos campos. As nojentas das tias-avós saíram pelos fundos para a capela claustrofóbica da família que ficava ao lado, e Harrowhark ordenou que as múmias obedientes de seus pais saíssem de vista e fossem para onde quer que ela os escondesse na maior parte do tempo. De volta para a sua prisão luxuosa do lar, provavelmente, e atrás de uma porta trancada. Gideon estava massageando as distensões dos dedos conforme a mestre de espadas deslocou-se pela nave central.

— Ela mente — disse Gideon sem prestar atenção, como forma de cumprimentá-la. — Se você não notou. Ela nunca mantém as promessas. Nenhuma.

Aiglamene não respondeu. Gideon não esperava que ela o fizesse. Aiglamene só ficou em pé, sem encontrar o olhar de sua discípula, uma mão manchada segurando firme o punho da espada. Depois de um tempo, finalmente disse, áspera:

— Você nunca entendeu de dever, Nav. Isso você não pode contrariar. Você não poderia soletrar *obrigação* nem se eu enfiasse as letras pelo seu cu.

— Devo dizer que não acho que esse método ajudaria — disse Gideon. — Deus, estou feliz que você não me alfabetizou.

— A melhor qualidade de um soldado é seu senso de dever. De lealdade. Nada além disso.

— Eu sei — disse Gideon, e se levantou do banco com cuidado. Ela conseguia ficar em pé, mas as costelas doíam, e uma provavelmente tinha quebrado. A bunda doía de ter sido arrastada. Ela estaria inchada com hematomas antes do entardecer, e precisava colocar um dente de volta no lugar, mas não por uma das freiras, isso de novo não. A Coorte teria magos de ossos o bastante. — Eu sei. Está bem. Não me leve a mal, Capitã. Pra onde eu for, prometo a ser leal o dia todo. Tenho muita lealdade em mim. Eu sou leal ao Imperador com todos os ossos do meu corpo. Eu *exalo* lealdade.

— Você não entenderia de lealdade nem se...

— Não a enfie hipoteticamente no meu cu de novo — disse Gideon —, porque isso nunca vai funcionar.

A mulher torta e velha tirou a bainha das costas e a estendeu. Era de Gideon. A espada havia sido embainhada com segurança. Aiglamene jogou para ela a mochila abandonada. Essa seria a coisa mais próxima de um pedido de desculpas que receberia. A mulher jamais tocaria nela, e jamais diria uma palavra que não fosse dura como um osso. Mas isso era quase um ato carinhoso para a Capitã da Guarda, e Gideon o aproveitaria.

Passos determinados ecoaram pela nave principal, acompanhados do som de renda antiga farfalhando contra obsidiana lisa. O estômago de Gideon se apertou, mas ela disse:

— Como é que você vai sair dessa, Nonagesimus?

— Não vou — disse Harrow, surpreendendo-a. O queixo anguloso da Reverenda Filha estava determinado, e ainda havia um fio de sangue grosso ao redor de cada narina, mas com seus olhos negros fervorosos ela parecia tão imponente quanto um santo de ossos. — Eu estou indo. Isso é a minha oportunidade de interceder. Você não compreenderia.

— Não, mas também, eu não me importo — respondeu Gideon.

— Todos temos nossas chances, Nav. Você teve a sua.

Gideon queria espancá-la, mas em vez disso, com uma alegria forçada, disse:

— Aliás, eu entendi o seu truque sujo, sua desgraçada.

Aiglamene não a prendeu por isso, o que também era um pedido de desculpas — ela apenas estendeu um dedo em riste na sua direção. Harrow ergueu o queixo em surpresa genuína, o capuz caindo da sua cabeça de cabelo quase raspado.

— É mesmo? — insinuou. — De verdade?

— A assinatura da sua mãe no título. É a armadilha. Se eu confessar — disse Gideon —, isso faz com que a assinatura seja nula, não é? O título compra meu silêncio. Muito bem. Tenho que ficar de bico fechado quando entregar o documento, e você sabe disso.

Harrowhark inclinou a cabeça para o outro lado, levemente.

— Eu nem pensei nisso — disse ela. — Achei que você ia falar da nave de transporte.

Um alarme disparou pela cabeça de Gideon, como o Primeiro e o Segundo Sino, os dois juntos. Ela conseguia sentir o calor se esvair do rosto, e ela já estava se afastando do banco, indo para o corredor, correndo. O rosto de Harrowhark era a perfeita definição de inocência e tranquilidade. Vendo a expressão de Gideon, Aiglamene colocou a mão na espada, colocando-se entre as duas, batendo o pé como um aviso.

Gideon disse, com dificuldade:

— *O que... tem... a nave?*

— Ah, Ortus e a mãe dele a roubaram — disse Harrowhark. — Já devem ter ido embora. Ela ainda tem família na Oitava, e ela acha que vão abrigá-los. — Ao ver seu rosto, Harrow riu. — Você deixa tudo tão fácil, Griddle. É sempre assim.

✦ ✦ ✦

Gideon nunca havia enfrentado um coração partido antes. Ela nunca havia chegado longe o bastante para ter o coração partido. Ela se ajoelhou na plataforma de voo, os joelhos na sujeira, os braços apertados ao redor de si.

Não havia nada ali a não ser o formato circular nas pedras por onde a nave de transporte tinha passado. Um vazio se apossou dela, uma frieza profunda, uma estoicidade endurecida. Quando o coração dela bateu no peito, foi com uma angústia enorme e estável. Todo pulsar parecia estar entre a insensibilidade e lâminas. Por alguns momentos ela estava acordada, e ela foi preenchida por um fogo que queimava lento, do tipo que nunca se apagava e consumia tudo por dentro; por todos os outros momentos, era como se ela estivesse completamente em outro lugar.

Atrás dela estava a Senhora da Nona Casa, assistindo a tudo sem satisfação.

— Só descobri o plano semana passada — admitiu ela.

Gideon não disse nada.

— Uma semana antes — Harrow continuou. — Eu nem teria descoberto se não tivesse recebido o chamado. Você fez tudo direitinho. Eles disseram que eu poderia colocar minha resposta para a nave de transporte que já tinha agendado, se eu quisesse que tudo estivesse no papel. Isto eu posso garantir: você nunca poderia ter imaginado isso. Eu poderia ter estragado tudo antes, mas eu queria esperar até agora pra fazer alguma coisa. Queria esperar... pelo exato momento que você achou que poderia escapar... pra tirar isso de você.

Gideon mal conseguiu dizer:

— Por quê?

A expressão da garota era a mesma do dia em que Gideon havia encontrado seus pais, pendurados do teto da cela. Estava calma e pálida e imóvel.

— Porque eu te odeio pra caralho — disse Harrowhark. — Sem ofensas.

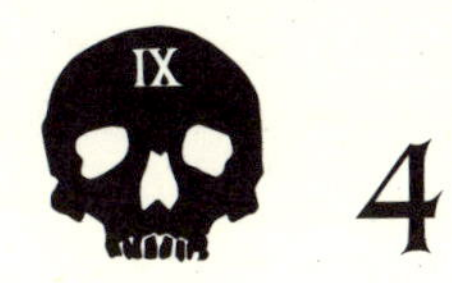

4

Teria sido melhor, talvez, se todas as decepções e os infortúnios de Gideon desde o nascimento pudessem usar aquele momento como catalisador: se, preenchida por uma determinação de fogo, ela houvesse se equipado nas profundezas escuras com uma nova ambição para ser livre. Não foi o que aconteceu. Ela entrou em depressão. Ela ficava deitada na cama, remexendo em sua vida como um prato de refeição que não queria comer. Ela não tocava na espada. Ela não saía e corria pelos campos de plantação e sonhava como os dias dos recrutas da Coorte seriam. Ela roubou uma caixa da pasta nutritiva que colocavam no mingau e nas sopas que alimentavam os fiéis da Nona e os espremia diretamente na boca quando estava com fome, folheando todas suas revistas sem pressa ou deitada na cama, fazendo abdominais para fazer o tempo passar mais rápido. Crux havia colocado a tornozeleira de segurança de volta no seu calcanhar e chacoalhava quando ela se movia, às vezes não se importando o suficiente para ligar as luzes, tinindo no escuro.

Uma semana de folga foi tudo que ela conseguiu. A Reverenda Filha apareceu, *como ela sempre aparecia*, de pé do lado de fora da sua cela trancada. Gideon sabia que ela estava lá porque as sombras da portinhola mudaram, e porque não poderia ser outra pessoa. Como forma de cumprimento, ela disse "vai se foder" e voltou a fazer flexões.

— Pare de ficar se lamentando, Griddle.

— Vai tomar no cu.

— Eu tenho um trabalho pra você — disse Harrowhark.

Gideon deixou-se descansar com os braços apoiados, encarando o chão frio, o suor congelando nas costas. As costelas ainda doíam quando ela respirava, e a tornozeleira pesava em sua perna. Além disso, uma das freiras havia enfiado o dente perdido um pouco forte demais, e era como se conseguisse sentir a ira do Imperador toda vez que ela espirrava.

— Nonagesimus — disse Gideon lentamente —, o único trabalho que eu lhe faria seria se você quisesse que alguém segurasse uma espada pra você cair em cima dela. O único trabalho que eu lhe faria seria se você quisesse levar uma voadora no traseiro tão forte que o Túmulo Trancafiado abriria e um desfile sairia pra cantar "Vejam! Uma bunda destruída!". O único trabalho que eu lhe faria seria se você quisesse que alguém assistisse enquanto você pulasse da torre mais alta de Drearburh.

— Isso são três trabalhos — disse Harrowhark.

— *Morra no fogo do inferno*, Nonagesimus.

Houve um farfalhar do lado de fora, o raspar leve de um pino sendo tirado do lugar antes de ser empurrado para dentro da portinhola. Devagar demais, Gideon se apressou para jogá-lo de volta como se fosse uma granada, mas a conta do brinco de Harrow caiu no chão da cela, e dessa pequena partícula de ossos surgiram úmeros, rádio e ulna. Uma mão esquelética tateou às cegas até encontrar a chave na porta e a girou no mesmo momento que Gideon usava sua bota para destruí-la. A mão se desfez em pó, incluindo o osso original. Harrowhark Nonagesimus abriu a porta, uma auréola fraca ao redor da cabeça devido às luzes elétricas insuficientes, o rostinho amargo tão bem-vindo quanto levar uma joelhada no saco.

— Se quiser fazer algo interessante, venha comigo — comandou. — Se você quiser lamuriar em suas vastas reservas de pena de si mesma, corte sua própria garganta e me poupe de continuar pagando a conta da sua comida.

— Ah, droga! Aí eu posso me juntar ao seu velho no teatro de marionetes?

— Como o mundo sofreria sem sua sagacidade — disse Harrowhark, sem mudar o tom. — Pegue seu manto. Nós vamos às catacumbas.

Era quase satisfatório, Gideon pensou, enquanto se debatia contra o manto de igreja, que a herdeira da Nona Casa se recusasse a andar livremente ao seu lado nas entranhas do castelo: em vez disso, andava próxima à parede, ficando alguns passos atrás de Gideon, observando as mãos e a espada dela. Quase satisfatório, mas não inteiramente. Harrow fazia com que até mesmo o cuidado arrogante fosse ofensivo. Depois de longos dias só com seu abajur, os olhos de Gideon ardiam com as luzes débeis do poço escavado da Nona: ela piscava quase míope para o elevador que chacoalhava, levando-as para baixo em Drearburh.

— Não vamos ao santuário interino, sua molenga — disse Harrow quando Gideon parou. — Vamos para o monumento. Venha.

Os elevadores que adentravam as entranhas fétidas de Drearburh eram armadilhas mortíferas. O elevador que elas pegaram para descer às criptas era especialmente ruim. Era uma plataforma aberta cheia de oxigênio, metal rangendo, disfarçados por uma porta de ferro que Harrow abriu com uma pequena chave que carregava no pescoço. Conforme desciam, o ar subia em corrente para cumprimentá-las, e estava tão frio que os olhos de Gideon arderam com lágrimas. Ela puxou o capuz do manto por cima da cabeça, escondendo as mãos dentro da manga. O mecanismo central enterrado que tornava o poço dentro do planeta possível murmurava sua canção baixa e lamuriante, enchendo o poço do elevador, se esvaindo conforme elas iam mais e mais fundo para dentro da pedra. Era tudo profundamente escuro.

Uma luz árida e forte inundou a chegada das duas, e saíram do labirinto de celas com os zumbidos dos geradores que ninguém sabia exatamente como manipular. As máquinas estavam sozinhas nos seus nichos designados, cobertos por crepe preto dos devotos da Nona que há muito se foram, seus lares trancados apenas a dois passos de onde elas caminhavam. A caverna se estreitava para uma passagem, e a passagem terminava em uma porta. Harrow empurrou a porta e as guiou para dentro de uma câmara oblonga e comprida cheia de nichos cobertos de ossos, e cópias mal feitas de máscaras funerárias, pacotes amarrotados e alguns túmulos muito antigos.

Em um dos nichos, Aiglamene estava ajoelhada, parecendo ter tomado para si a tarefa de saquear o máximo de túmulos que ela conseguia. Em vez do manto da Nona, ela estava vestindo uma jaqueta de lã espessa e luvas, o que a fazia parecer como um marshmallow espetado por quatro palitos de comprimentos diferentes. Sua expressão era particularmente difícil e cansada conforme ela selecionava entre mais de cem espadas em estágios de decomposição diferentes. Ao seu lado, uma cesta de adagas e um monte de soqueiras. Algumas estavam enferrujadas até doer, outras estavam quase lá. Ela estava examinando a espada e desanimadamente esfregando o limo da lâmina.

— Esse plano está fadado ao fracasso — disse Aiglamene às duas, sem olhar para cima.

— Algum sucesso, Capitã? — disse Harrow.

— São todas relíquias, minha senhora.

— Que pena. O que Ortus preferia, normalmente?

— Tendo permissão para ser sincera — começou Aiglamene —, Ortus preferia a companhia da mãe e um livro de poesias tristes. O pai dele o treinou para lutar com espada e broquel, mas depois que ele morreu… — Ela deu de ombros. — Ele era um mau esgrimista em sua melhor época. Ele não era filho de seu pai. *Eu* o teria treinado com espada e pólvora, mas ele disse que tinha muito catarro.

— Mas a espada dele era boa, certamente.

— Por Deus, não — respondeu Aiglamene. — Era uma amálgama forte e oleosa, e tinha uma ponta de borracha. Era mais leve do que a cabeça de Nav. — ("Pesado!", comentou Gideon.) — Não, Senhora, estou procurando por uma lâmina no estilo da tataravó dele. E uma adaga, ou soqueira.

— Pólvora — disse Harrow decidida —, ou corrente.

— Uma *adaga*, creio eu, minha Senhora — a capitã repetiu, com uma deferência mais gentil do que Gideon esperava da velha. — Adaga, ou uma soqueira. Já será impossível se acostumar com a adaga. Se for um combate corpo a corpo, uma corrente será um perigo mais para você do que para qualquer outro oponente.

Gideon havia decidido há um tempo que esse não era um bom lugar para se estar, e que os planos mirabolantes que estavam sendo feitos não eram planos dos quais ela gostava. Ela começou andar para trás, de volta para porta, fazendo seu caminho da maneira mais sutil que conseguia. Repentinamente, lá estava Harrow, espremida entre dois pilares e os braços levantados acima da cabeça: as dobras do manto negro desciam dos braços, fazendo com que parecesse um morcego espantalho.

— Ah, não, Nav — disse ela calmamente. — Não quando você me deve uma.

— Eu te *devo*…

— É claro que deve — disse Harrowhark. — Foi na sua nave de transporte que meu cavaleiro escapou.

O punho de Gideon voou na direção do nariz arrebitado de Harrow. Mais por acidente do que por sorte, a outra garota tropeçou para fora do caminho, cambaleando, espanando pó e semicerrando os olhos conforme circundava o pilar.

— Se vai começar tudo de novo — disse ela —, pegue isso.

Ela abaixou e pegou uma das lâminas descartadas. Era ao menos um pouco hilário ver Harrow ter que levantar a arma com a força de todos os, sei lá, três músculos que ela tinha. Gideon pegou a arma enquanto a necromante esfregava os punhos repetidamente.

— Tente isso — instruiu.

Gideon desembainhou a espada e examinou a lâmina. O punho era longo e de um metal preto apodrecido cujo punho tinha o formato de cesta. Um pomo gasto majestosamente continha o selo do Túmulo ao redor de correntes, o símbolo da Nona. A lâmina em si estava quebrada e com falhas.

— O único jeito de matar alguém com isso é de infecção — disse ela. — Como você vai trazer Ortus de volta, aliás?

Será que Harrow parecia momentaneamente preocupada?

— Nós não o traremos.

— Aiglamene é velha demais para isso.

— E é por isso que *você*, Griddle — disse a Senhora —, vai ser a cavaleira primária da Casa da Nona. Você vai me acompanhar à Primeira Casa onde vou estudar para ser uma Lyctor. Você será minha guarda pessoal e minha companhia, leal e zelosa, e irá preservar o nome sagrado desta Casa e do seu povo.

Depois que conseguiu parar de rir, inclinada em um pilar gélido e batendo nele com o punho fechado, Gideon precisou respirar fundo para não começar a gargalhar de novo. A careta afrontada de Aiglamene havia se aprofundado tanto que parecia que ela era vítima de um cerco.

— Ooooh — ela finalmente conseguiu falar, limpando as lágrimas de alegria. — Minha nossa. Me dá um instante. Ok. Bem, *nem fodendo*, Nonagesimus.

Harrow saiu detrás do pilar e andou até Gideon, as mãos unidas. O rosto dela tinha a mesma expressão beatífica e pacífica do dia que havia contado para Gideon que ela sairia do planeta: um propósito inabalável que quase parecia alegre. Ela parou na frente da outra garota e olhou para cima, tirando o capuz da sua testa escura, e semicerrou os olhos.

— Vamos lá, Nav — disse ela, e a voz era incandescente. — Essa é a sua chance. Sua oportunidade de obter glória. Venha comigo, e depois você pode ir para onde quiser. Os cavaleiros das Casas conseguem qualquer posição dentro da Coorte. Faça isso por mim e eu não vou só te libertar, eu vou te libertar coberta de fortunas, com um título, qualquer coisa que você quiser.

Isso a incomodou.

— Você não é minha dona.

— Ah, Griddle, mas eu *sou* — disse Harrowhark. — Você é prometida ao Túmulo Trancafiado... e, no fim das contas, eu sou o Túmulo

Trancafiado. As Mãos nomeadas devem ir à Primeira Casa, Nav, e os nomes delas estarão escritos na história como os novos santos do Imperador. Nunca aconteceu nada assim, e talvez nunca mais aconteça. Nav, eu vou ser uma Lyctor.

— "Olá, eu sou a mulher que ajudou Harrowhark Nonagesimus em sua tomada de poder fascista" — disse Gideon para ninguém em particular. — "É, eu sei, o Universo é uma merda agora. Eu sabia disso desde o princípio. E ela também me traiu depois disso e meu corpo foi arremessado na direção do Sol". — Harrow se aproximou mais, e Gideon fez o que ela nunca tinha feito no passado: ela ergueu a espada enferrujada para que a lâmina ficasse na altura da testa da outra garota. A necromante nem sequer recuou, e só zombou com a boca escura de maquiagem como se estivesse em choque. — Eu *nunca* vou confiar em você. Suas promessas não valem nada. Você não pode me dar nada. Eu sei o que você faria dada a oportunidade.

Os olhos escuros de Harrow prenderam os de Gideon, indo para além da lâmina apontada para seu crânio.

— Ah, eu *realmente* parti seu coração.

Gideon não se deixou abalar.

— Eu fiquei de mimimi por horas.

— Não vai ser a última vez que eu vou fazer você chorar.

A voz de Aiglamene sibilou:

— Abaixe essa porcaria. Não consigo ver você segurar a espada desse jeito. — E, chocando ainda mais Gideon, ela continuou — Considere essa oferta, Nav.

Gideon olhou por trás dos ombros de Harrow, abaixando a lâmina e jogando a espada horrível sem bainha no nicho mais próximo.

— Capitã, *por favor* me diga que não foi você que inventou essa ideia imbecil.

— É a melhor ideia que temos, Nav — disse sua professora. — Nossa Senhora vai sair do planeta. Essa parte é inegável. Você pode ficar aqui, na Casa que você odeia, ou ir atrás de sua liberdade, servindo à Casa que você odeia. É a sua única chance de partir, e de garantir sua liberdade de forma honesta.

Harrowhark abriu a boca para dizer algo, mas, surpreendendo Gideon ainda mais, Aiglamene a silenciou com um gesto. As espadas péssimas foram deixadas de lado com cuidado, e a velha puxou sua perna falsa debaixo dela e usou a perna boa para apoiar na parede da catacumba, conseguindo se levantar com um estrondo de armadura e desgaste nos ossos.

— Você não se importa com a Nona. Tudo bem. Mas essa é sua chance de se *provar para si mesma*.

— Eu não vou ajudar Nonagesimus a ser uma Lyctor. Ela vai me fazer de capacho.

— Eu condenei suas tentativas de fuga — disse Aiglamene. — Elas foram medíocres e sem honra. Contudo. — Ela virou-se para a outra garota. — Com todo respeito, minha Senhora, você a trata muito mal. Eu odeio essa ideia. Se eu fosse dez anos mais jovem, imploraria a você que em sua condescendência me levasse. Mas se você não prometer protegê-la, sou eu que farei isso.

— Você precisa mesmo disso? — perguntou Harrow. Havia uma suavidade curiosa em sua voz. Seu olhar escuro estava procurando algo na Capitã da guarda, e ela não parecia encontrar o que quer que fosse.

— Eu preciso — disse Aiglamene. — Crux e eu seremos responsáveis pela Nona. Se eu estou intercedendo pela liberdade de Gideon Nav e isso não for concedido a ela, então... Bem, perdoe-me pela minha ingratidão, mas será uma traição à minha pessoa, que servi a você e à sua mãe.

Harrowhark não disse nada. Ela estava com uma expressão pensativa. Gideon não se deixou enganar: essa expressão prescindia o cérebro de Harrow chegando a níveis de sordidez incalculáveis. Só que Gideon não conseguia pensar direito. Um calor horrível e escuro estava subindo pelo pescoço, e ela sabia que se deixasse, subiria até suas bochechas, então ela puxou o capuz por cima da cabeça e não abriu a boca, e nem sequer conseguia olhar para sua mestre de espadas.

— Se ela cumprir seu dever, você deve deixá-la ir — disse Aiglamene firmemente.

— É claro.

— Com todas as graças e apoio da Nona.

— Ah, se ela conseguir fazer isso, ela pode ter o que quiser — disse Harrowhark facilmente. Fácil até demais. — Ela terá glória saindo de cada um dos orifícios. Ela pode fazer ou ser o que tiver vontade, de preferência do lado oposto da galáxia de onde *eu* estiver.

— Então eu lhe agradeço por sua clemência e sua bondade, e dou o assunto por encerrado — falou Aiglamene.

— *Como é que isso está encerrado? Eu não concordei com essa merda.*

As duas ignoraram Gideon.

— Voltando ao problema original — disse a mulher mais velha, voltando dolorosamente ao seu lugar no chão com as espadas e facas —, Nav não tem o treinamento de Ortus. Nem de boas maneiras nem de estudos, e ela foi treinada com a espada de infantaria pesada.

— Vamos ignorar esse primeiro, as faculdades mentais inadequadas podem ser disfarçadas. É a segunda questão que me interessa. Quão difícil é para um espadachim trocar de uma espada de duas mãos para uma rapieira de cavaleiro?

— Para um espadachim normal? Para alcançar o nível de um cavaleiro primário da Casa? Levaria anos. Para Nav? Uns três meses — (aqui Gideon morreu de satisfação por um instante, e só voltou à realidade devido ao horror crescente do que se deu a seguir) —, e ela ficaria no nível do pior e mais atrasado cavaleiro que já existiu.

— Ah, bobagem! — disse Harrow com languidez. — Ela é um gênio. Com a motivação correta, Gideon conseguiria usar duas espadas em cada mão e uma na boca. Enquanto todos nós estávamos desenvolvendo bom senso, ela estava brincando de espadas. Não estou certa, Griddle?

— Eu não concordei com porra nenhuma — respondeu Gideon. — E eu não me importa o quão fodões cavaleiros precisam ser, eu odeio rapieiras. Precisa de todos aqueles pulos e isso me cansa. Agora um montante é a arma de um espadachim de verdade.

— Eu não discordo — disse sua professora —, mas um cavaleiro da Casa, dispondo de um treinamento completo, é lindamente perigoso. Vi uma vez o cavaleiro primário da Casa do Segundo lutar em sua juventude, e... meu Deus! Eu jamais esqueci.

Harrow estava andando em círculos.

— Mas ela *poderia* chegar a um ponto em que ela *possivelmente, crivelmente* poderia ser confundida por uma cavaleira completamente treinada da Nona Casa?

— A reputação do cavaleiro primário da Nona nunca foi a mesma desde os dias de Matthias Nonius — disse Aiglamene. — E isso foi há mil anos. As expectativas são baixas. Mesmo assim, precisaríamos de muita sorte.

Gideon se afastou do pilar e estalou os dedos, alongando os músculos que estavam duros de frio. Ela esticou o pescoço, testando os ombros, e desenrolou o manto de si mesma.

— Eu adoro os dias em que todo mundo fica falando o quão ruim eu sou no que eu faço, mas também machuca meus sentimentos — disse ela, pegando a espada que tinha abandonado como lixo. Ela testou o peso na sua mão, sentindo como era absurdamente leve, e posou no que parecia uma postura razoável. — E aí, Capitã?

A professora fez um barulho na garganta que estava entre o desgosto e a miséria completa.

—- O que você está *fazendo* com a outra mão? — Gideon compensou o peso. — Não! Meu Senhor! Largue isso até que eu formalmente ensine a você como segurá-la.

— A espada e a pólvora — disse Harrowhark empolgada.

— A espada e a soqueira, minha Senhora — disse Aiglamene. — Estou diminuindo minhas expectativas consideravelmente.

Gideon disse:

— Eu ainda não concordei com nada disso.

A Reverenda Filha traçou o caminho entre as espadas descartadas, e parou mais perto, e Gideon se achatou contra o pilar por reflexo. Elas se olharam por uns bons instantes antes do frio do monumento fazer com que os dentes de Gideon batessem involuntariamente, e então a boca de Harrow se curvou rapidamente, de maneira indulgente.

— Achei que ficaria feliz que eu preciso de você — admitiu ela. — Que eu mostrei a você meu coração vulnerável de garotinha.

— Seu coração é feito de cinco mil agulhas — disse Gideon.

— Isso não é um "não". Ajude Aiglamene a encontrar uma espada para você, Griddle. Vou deixar a porta destrancada.

Com esse comando imperioso e lânguido, ela foi embora, deixando Gideon revirando o pescoço com a frigidez do pilar de pedra e mordendo a parte interna da bochecha.

Era quase pior ser deixada somente com a mestre de espadas. Um silêncio frio e estranho se espalhou entre elas conforme a mulher ranzinza pegava as espadas de mau humor, segurando cada rapieira na luz, retirando as tiras rançosas de couro dos punhos.

— É uma ideia ruim, mas é uma chance, sabe — disse Aiglamene abruptamente. — É pegar ou lagar.

— Achei que você tinha dito que era a melhor ideia que temos.

— E é, para a Senhora Harrowhark. Você é a melhor espadachim que a Nona já produziu, talvez em toda sua história. Não posso afirmar. *Eu* nunca vi Nonius lutar.

— É, você seria o que, recém-nascida? — disse Gideon, cujo coração estava apertado.

— Cale a boca ou a calarei por você.

As espadas chacoalharam na caixa de couro conforme Aiglamene selecionou algumas, sacudindo outras das facas canivete. A caixa rangia e Aiglamene também conforme precisava se inclinar, dolorida em sua dignidade, abaixando-se com o joelho bom para conseguir se levantar. Gideon foi para frente automaticamente, mas apenas um olhar do único olho funcional da mulher fez com que fingisse que ela só estava recolhendo seu manto. Aiglamene puxou a caixa para cima do ombro, chutando as espadas descartadas de volta aos nichos, arrancando a espada inútil da mão frouxa de Gideon.

Ela pausou com os dedos ao redor do punho, seu rosto fatigado absorto em consideração, uma batalha de titãs acontecendo dentro da sua cabeça. Um dos lados pareceu ganhar a batalha, e ela falou, relutante:

— Nav. Apenas um aviso.

— O quê?

Alguma coisa urgente na sua voz: uma preocupação, uma coisa nova.

— As coisas estão mudando. Costumava achar que estávamos esperando por alguma coisa... e agora acho que só estamos esperando para morrer.

O coração de Gideon se contraiu.

— Você quer mesmo que eu diga sim.

— Pode falar não — disse a Capitã. — A escolha é sua... E se ela não te levar, eu vou acompanhá-la de bom grado. Mas ela sabe... e eu sei... e acho que você também sabe... que se você não sair agora, você não vai embora nem em um caixão.

— E o que acontece se eu concordar?

Quebrando o feitiço, Aiglamene mudou o peso da caixa de couro para os braços de Gideon, dando um tapa em cima da tampa antes de se encaminhar por onde Harrow havia as deixado.

— Apresse-se. Se vou te transformar na cavaleira da Nona, precisava ter começado seis anos atrás.

5

A SEGUNDA CARTA que receberam do Rei Ressurrecto, o Imperador Gentil, era bem menos prolixa do que a primeira.

Elas estavam à espreita na biblioteca particular de Nonagesimus, um salão com arcos de pedra, repleto de prateleiras lotadas de livros bolorentos e esquecidos que Harrowhark não estudava, e os livros bolorentos e menos esquecidos que ela usava. Gideon estava sentada em uma mesa larga e bamba empilhada de páginas cobertas por comentários necromantes, a maioria deles escrita na letra apertada e impaciente de Harrow. Ela segurou a carta diante de si com uma mão, e com a outra continuou a pintar o rosto, já exausta, com um pedaço de algodão e um pote de tinta de alabastro, sentindo-se absurdamente jovem. A tinta cheirava a ácido e frieza, e tentar passar essa droga nos cantos do nariz fazia com que inspirasse sem querer bolotas de tinta pelas narinas o dia todo. Harrow estava deitada em um sofá embaixo de um brocado puído, o manto esquecido, as pernas magrelas vestidas de preto cruzadas no tornozelo. Na mente de Gideon, ela se parecia com um palito do mal.

Gideon releu a carta, depois novamente, e mais duas vezes antes de olhar para o próprio rosto no espelho rachado. Linda. Gostosa.

— Eu sei que você disse "Primeira Casa" umas três vezes — falou —, mas achei que era uma metáfora.

— Achei que poderia instigar um chamado por aventura.

— De jeito nenhum — disse Gideon, molhando o algodão de novo. — Você está me levando para um planeta onde ninguém mora. Achei que íamos pra Terceira ou a Quinta, ou uma estação espacial daora ou algo do gênero. Não só outra caverna cheia de velhos malucos religiosos.

— Por que iriam fazer um encontro de necromantes em uma *estação espacial*?

Este era um bom ponto: se Gideon sabia algo sobre necromantes, era que eles precisavam de poder. Thanergia — o suco da morte — era abundante onde as coisas haviam morrido ou estavam morrendo. O espaço profundo era o pesadelo de qualquer necro, porque nada já tinha vivido ali, então não haviam grandes poças de morte fáceis para Harrow e sua turma sugarem com um canudinho. Os homens e mulheres corajosos da Coorte olhavam para essa limitação com uma certa diversão benevolente: nunca mande um adepto para fazer o trabalho de um soldado.

— Pasme! Veja o último parágrafo — disse Harrow do sofá —, reoriente seu olhar abençoado para as linhas cinco e seis. — De má vontade, Gideon reorientou seu olhar abençoado para as linhas cinco e seis. — Leia nas entrelinhas.

Gideon parou de se maquiar e equilibrou a cadeira para trás, mas depois, pensando melhor, voltou a encostar todas as pernas no chão de azulejos frios. Uma das pernas estava empapada.

— "Sem acompanhantes. Sem criados, sem serviçais". Bem, você teria ficado na merda de qualquer forma, ou teria que levar o Crux. Olha. Você está mesmo me dizendo que mais ninguém vai estar lá a não ser nós e uns sacerdotes poeirentos?

— Essas — disse a Reverenda Filha — são as entrelinhas.

— Pelo amor de Deus! Então deixa eu me vestir do jeito que eu quiser, e me devolva minha espada.

— *Dez mil anos de tradição*, Griddle.

— Eu não tenho dez mil anos de tradição, vadia — disse Gideon —, eu tenho dez anos de uso de uma espada montante e uma alergia leve à maquiagem. Eu vou ser muito menos útil para você com a cara toda empolada e um palito de dentes.

Os dedos da Reverenda Filha se uniram, os polegares girando em círculos longos. Ela não discordava.

— Dez mil anos de tradição — disse ela lentamente —, ditam que a Nona Casa deveria ter tido seu tempo para produzir, no mínimo, um cavaleiro com a espada correta, o treinamento correto, e a atitude correta.

Qualquer indicação que a Nona Casa não teve seu tempo de alcançar ao menos essa expectativa dá no mesmo que desistir. Eu me daria melhor sozinha do que levando você sendo você. Mas eu sei como contornar tudo isso. Posso providenciar a espada. Posso providenciar o básico do treinamento. O que eu não posso providenciar de forma alguma é a sua atitude. Dois de três ainda não são três. Os contras dependem de você ficar de boca fechada, e adotar os outros dois requisitos mínimos, Griddle.

— Para ninguém perceber que estamos falidos e quase extintos, e que seus pais se mataram.

— Para ninguém *tirar vantagem* do fato de que não dispomos de recursos convencionais — disse Harrow, lançando a Gideon um olhar que não era sequer um aviso, e sim um confronto por si só. — Para que ninguém perceba que a Casa está ameaçada. Para que ninguém perceba que... meus pais não são mais capazes de zelar por seus interesses.

Gideon dobrou o papel no meio, e depois de novo, e fez um marcador de página. Ela o esfregou entre os dedos para saborear a alegria rara do papel amassado, e então deixou-o na mesa e limpou a maquiagem das suas unhas. Ela não precisou dizer nada ou fazer nada a não ser deixar o silêncio se esticar entre elas.

— Nós não vamos nos tornar agregados da Terceira ou Quinta Casas — continuou a necromante do outro lado da sala. — Você está me ouvindo, Griddle? Se você sequer sugerir que nós estamos desordenados, se você sequer pensar em... — Aqui Harrow deu de ombros, calmamente. — Eu te mato.

— Naturalmente. Mas você não vai conseguir guardar segredo pra sempre.

— Quando eu for uma Lyctor, tudo será diferente — disse Harrowhark. — Eu vou estar numa posição de consertar as coisas sem temer represálias. Nossa atual vantagem é que ninguém sabe nada sobre nada. Eu recebi três comunicados diferentes das outras Casas perguntando se eu compareceri, e eles nem sequer sabem o meu nome.

— O que diabos você vai contar a eles?

— *Nada*, sua idiota! — disse Harrow. — Essa é a Casa da Nona, Griddle. Nós agimos adequadamente.

Gideon olhou para seu rosto, e deixou de lado a maquiagem e o algodão. *Agir adequadamente* significava que qualquer tentativa de se comunicar com outras pessoas, quando ela era criança, fazia com que fosse arrastada e arrebentada; *agir adequadamente* significava que a Casa estava fechada para peregrinos pelos últimos cinco anos. *Agir adequadamente* era seu temor secreto de que dali a dez anos todos seriam esqueletos e os exploradores futuros encontrariam Ortus lendo poesia ao lado dos corpos dela e de Harrow, as mãos ainda no pescoço uma da outra. *Agir adequadamente*, para Gideon, significava guardar segredos, ser tortuosa e completamente obcecada por livros velhos.

— Eu não quero pessoas fazendo perguntas. Você ao menos terá a aparência adequada. Me dá isso — Harrow comandou, e tirou o palito gordo de carvão das mãos de Gideon. Ela tentou virar o rosto de Gideon para cima, com a intenção de olhá-la à força, os dedos segurando o queixo, mas Gideon prontamente a mordeu. Havia uma alegria simples em ver Harrow xingando furiosamente e sacudindo a mão, tirando a luva mordida, como se ela estivesse vendo o sol ou comendo uma boa refeição.

Harrow começou a mexer de modo sombrio em um dos brincos de osso em sua orelha, e então, com uma relutância *extrema,* como a de um animal que não quer tomar remédio, Gideon ergueu o rosto para que ele fosse pintado. Harrow pegou o carvão e fez linhas embaixo dos olhos de Gideon de maneira nada gentil, fazendo-a antecipar um empolgante furo na córnea.

— Eu não quero me vestir como uma maldita freira de novo. Já fiz isso o bastante quando tinha dez anos — disse Gideon.

— Todos os outros vão vestir exatamente o que devem vestir — disse Harrow —, e se a Nona for na contramão, a Casa com menos propensão a fazer uma bobagem dessas, então as pessoas vão nos examinar muito mais de perto do que devem. Se você estiver vestida de acordo, talvez ninguém faça perguntas difíceis. Talvez eles não descubram que a cavaleira da Casa da Nona é um peão analfabeto. Esprema os lábios.

Gideon espremeu os lábios em uma linha, e uma vez que Harrow tinha terminado, disse:

— Eu protesto. Não sou analfabeta.

— Suas revistas indecentes não são literatura de verdade, Nav.

— Eu só compro pelas reportagens.

Quando uma jovem e desinteressada Gideon, sendo membro do Túmulo Trancafiado, costumava pintar o rosto, ela sempre fazia o mínimo da caveira que a função exigia: preto ao redor dos olhos, um pouco no nariz, e uma única linha na boca. Agora, quando Harrow a entregou um pequeno espelho de mão rachado, ela viu que estava pintada para parecer um dos antigos e exaltados necromantes da Casa: os sábios horrendos e perturbadores que nunca morriam de verdade, e só desapareciam em longos corredores de livros e caixões debaixo de Drearburh. Ela havia sido pintada para parecer uma caveira sinistra, de olhos profundos, com grandes buracos pretos de cada lado da mandíbula.

Gideon disse, desanimada:

— Eu pareço uma babaca.

— Quero que você apareça diante de mim, todos os dias, pintada dessa forma, até o dia em que formos embora — disse Harrowhark, e ela se inclinou na mesa para apreciar seu trabalho. — Não vou raspar seu cabelo, por mais que ele seja ridículo, porque sei que você não vai raspá-lo todos os dias. Aprenda a se pintar. Vista o manto.

— Estou esperando o "e" — disse Gideon. — Sabe. O que eu vou ganhar com isso. Se fosse do meu jeito, eu vestiria minha armadura e usaria minha espada, e você é uma imbecil se acha que vou conseguir lutar corretamente usando um manto, e aí eu seria sua cavaleira até todos os outros voltarem para casa. Eu seria sua cavaleira até eles te fazerem se tornar uma Mão no primeiro dia e colocarem fotos sensuais minhas num calendário. Cadê o "e", Nonagesimus?

— Não tem um "e" — disse Harrow, e se afastou da cadeira de Gideon para se jogar mais uma vez no sofá. — Se fosse pra ter o que eu queria, eu nem levaria você. Eu te embrulharia em nove caixões diferentes e mandaria cada caixa para uma Casa diferente, e a nona caixa ficaria com Crux para servir de consolo em sua velhice. Vou conseguir o que quero com você à força, e nunca ninguém vai descobrir que tinha algo errado com a Casa da Nona. Pinte seu rosto. Treine com a rapieira. Você está dispensada.

— Esse não é o momento que você me dá mais informações — disse Gideon, ficando de pé e flexionando os músculos doloridos —, o momento que me diz quais tarefas vamos enfrentar, quem nós vamos conhecer, o que esperar?

— Por Deus, não! — disse Harrow. — Tudo que você precisa saber é que tem que fazer o que eu mando, ou eu vou misturar pó de osso no seu café da manhã e arrancar suas entranhas por dentro.

Gideon tinha que admitir que isso parecia inteiramente possível.

6

Se Gideon estava preocupada que os próximos três meses a trariam mais próxima da Reverenda Filha, ela estava redondamente enganada. Ela passava seis horas por dia aprendendo onde deveria posicionar os pés quando empunhava uma espada de uma mão só, onde descansar (o que parecia ser) o braço inútil e sem propósito, como se desdobrar de súbito para ser um alvo lateral e como se mexer sempre com o mesmo pé. Ao fim de cada sessão de punição, Aiglamene lutava com ela e a desarmava em três movimentos rápidos.

— *Revide*, droga, *Revide*! — era o refrão diário. — Não é o seu montante, Nav, se você bloquear o golpe com ela mais uma vez, vou fazer você engolir a espada!

Nos poucos dias em que ela se esquecera de se pintar, Crux havia aparecido e desligado o aquecimento da sua cela: ela ficava encolhida em seu canto, com frio, entorpecida e quase morta. Então, fazia a droga da maquiagem. Era quase pior do que a vida antes de ela virar cavaleira, exceto pela pequena misericórdia de que podia treinar em vez de ir à missa, e a grande misericórdia que era a de Harrow e Crux nunca estarem por perto. A herdeira da Casa havia ordenado que o marechal fosse fazer algo secreto nas entranhas de Drearburh, onde os irmãos e irmãs retorcidos e rangedores da Nona trabalhavam por horas a fio em qualquer tarefa horrenda que Harrowhark lhes dera.

Quanto à senhora da Nona, ela havia se trancado na biblioteca e não saiu mais de lá. Ocasionalmente, ela assistia a Gideon treinar, comentava sobre a falta de progresso absoluto, fazia com que Gideon tirasse a maquiagem e depois comandava que se pintasse novamente. Um dia, ela e Aiglamene fizeram Gideon andar atrás de Harrow somente subindo e descendo escadas até que Gideon quase enlouqueceu de impaciência.

A única vantagem duvidosa disso tudo é que ela às vezes conseguia ouvir pedaços de conversas, imóvel, de pé com as costas eretas e a mão apoiada no pomo da espada, o olhar fixo em algum lugar além dos ombros de Harrow. Gideon estava faminta por mais informações, mas quase nenhuma dessas conversas era muito esclarecedora. A única coisa que havia conseguido fora o dia em que Harrow, irritada demais para modular sua voz, disse simplesmente:

— É óbvio que é uma competição, Capitã, mesmo que a maneira em que esteja escrita...

— Bem, a Terceira Casa será a mais bem equipada para...

— E a Segunda deve ter passado metade de sua vida no fronte e estará coberta de condecorações da Coorte. Nada disso importa. Não me importo com soldados ou políticos ou sacerdotes. É uma casa mais cinzenta com a qual me preocupo.

Aiglamene disse algo que Gideon não conseguiu decifrar. Harrow deu uma risada curta e áspera.

— Todo mundo pode aprender a lutar. Quase ninguém aprende a pensar.

Fora isso, Harrow ficava com seus livros e estudava necromancia, ficando mais magra e mais áspera, mais cruel e mais malvada. Todas as noites Gideon caía na cama e dormia antes de cuidar das bolhas nos pés ou massagear o corpo cheio de hematomas. Nos dias em que ela se comportava *muito* bem, Aiglamene deixava que treinasse com sua espada de sempre, e isso tinha que servir como diversão.

A última semana antes da partida chegou repentinamente, como se acordasse de um sonho vago e perturbador. O marechal de Drearburh reapareceu como uma doença crônica para ficar ao lado de Gideon enquanto ela fazia sua mala, cheia de roupas pertencentes a Ortus que foram apressadamente ajustadas em três mantos que servissem em Gideon. Os mantos reivindicados eram como todas suas roupas normais, sombrios e pretos, mas mais bem feitos, mais sombrios, e mais pretos. Ela passou um tempo significativo fazendo uma abertura no fundo do baú para que conseguisse levar sua espada amada e abandonada, embrulhando-a como um contrabando precioso.

Aiglamene havia encontrado e reforjado a espada da tataravó de Ortus, e a presenteou a uma Gideon nada impressionada. A lâmina era de um metal preto, e a guarda-mão e o cabo eram de um preto simples sem adorno, ao contrário das bagunças de dentes e arames que adornavam algumas das outras rapieiras guardadas no monumento.

— Nossa, que sem graça — disse Gideon, desapontada. — Queria uma com uma caveira vomitando outra caveira menorzinha, e outras caveiras voando em volta. Mas de um jeito chique, sabe?

Também foi dado a ela uma soqueira: eram ainda menos ornamentadas, feita de obsidiana e aço, com o punho em forma de luva feito em tiras grossas. Havia três lâminas pretas saindo dos nós dos dedos da luva, fixas.

— Mas, pelo amor de Deus, não use para nada que não seja uma defesa — disse sua professora.

— Isso é confuso. Você me fez treinar sem nada.

— Gideon — disse sua professora —, depois de onze semanas escabrosas treinando você, acabando com a sua raça e vendo você cair como um neném atordoado, você está milagrosamente no mesmo nível padrão de um cavaleiro ruim, um bem péssimo. — (Isso era um elogio tremendo). — Mas você se perde assim que começa a pensar demais com a outra mão. Use a soqueira para atingir um equilíbrio. Você tem outras opções se alguém penetrar sua guarda ou, melhor ainda, não deixe que penetrem sua guarda. Continue se mexendo. Faça movimentos fluidos. Lembre-se de que suas mãos agora são irmãs, e não gêmeas: uma executa a ação primária, e a outra serve de apoio. Reze para que não observem suas lutas muito de perto. E *pare de bloquear todos os golpes.*

No último dia, toda a Nona Casa encheu o andar da plataforma de aterrissagem, e deixaram espaço sobrando: era triste ver tanto entusiasmo, beijando a barra do manto de Harrow repetidas vezes. Todos se ajoelharam com as tias-avós abomináveis, enquanto a Reverenda Filha ficava em pé e assistia, tão tranquila e pálida quanto os esqueletos que trabalhavam nos níveis acima.

Gideon notou a ausência dos ex-Reverendo Pai e Reverenda Mãe, mas não deu muita importância. Estava ocupada demais pensando na coceira que suas roupas de segunda mão davam, e na rapieira no seu cinto, e na maquiagem que agora era como uma segunda pele no seu rosto. Mesmo assim, ainda ficou surpresa quando Harrow disse:

— Irmãos e irmãs, escutem. Meu pai e mãe selaram a passagem para o Túmulo que sempre permanecerá trancafiado, e decidiram continuar sua penitência atrás dessa parede até o meu retorno. O marechal servirá como senescal, e a Capitã será o Marechal.

Como testemunho para o timing dramático de Harrow, o Segundo Sino começou a tocar. Acima do túnel, a nave de transporte começou a fazer sua descida, apagando a luz fraca do equinócio. Pela primeira vez, Gideon não teve a sensação avassaladora de pavor e suspeita: apenas uma antecipação que se alojava no seu estômago. Hora do segundo round.

Harrowhark olhou para as pessoas da Nona. Gideon também. Estavam lá todos os tipos de freira e pessoas da irmandade; velhos peregrinos e vassalos adoecidos; todo o tipo de rosto sombrio, severo e duro dos adeptos; os homens e mulheres místicos e sem alegria; e a população cinzenta e monótona, que haviam composto a vida de Gideon e nunca demonstrado um momento sequer de simpatia ou gentileza. O rosto de Harrow estava aceso com alegria e fervor. Gideon poderia jurar que haviam lágrimas nos seus olhos, exceto que esse tipo de líquido não existia nela: Harrow era uma múmia dissecada feita de ódio.

— Vocês são minha amada Casa — disse ela. — Fiquem tranquilos que, independentemente de aonde eu for, meu coração está enterrado aqui.

Pareceu que ela estava falando a verdade.

Harrow começou a ladainha:

— *Rezamos para que o túmulo esteja para sempre trancafiado...*

Gideon encontrou-se recitando também, simplesmente porque era a única reza que ela conhecia, aguentando as palavras ao repeti-las como som e não com significado. Ela parou quando Harrowhark parou, as mãos unidas, e Harrow acrescentou:

— Rezo para o sucesso de nossa Casa, rezo pelos Lyctores, as Mãos devotas do Imperador, e rezo para que eu seja um alento diante dos seus olhos. Eu rezo pela cavaleira...

Nessa hora, Gideon sustentou o olhar escuro, e conseguia imaginar as palavras que completavam mentalmente a oração: "que ela morra engasgada no próprio vômito".

— Que assim seja — disse a Senhora da Nona Casa.

O chacoalhar dos ossos de reza quase abafou o som da acoplagem da nave. Gideon virou o rosto, não tendo a intenção de falar nenhum adeus, mas foi então que viu Aiglamene, a mão levantada em uma continência rígida, e, pela primeira vez, percebeu que talvez nunca mais a visse. Que Deus a ajudasse, talvez ela nunca mais voltasse. Por um instante, tudo pareceu incerto e vertiginoso. A Casa continuaria em sua majestosidade aterradora porque sempre estavam olhando para ela, e continuava porque estavam olhando-a para sempre, imutável e escura, diante dos seus olhos. A ideia de ir embora fazia com que parecesse mais frágil, e que desmoronaria no instante em que virassem as costas. Harrowhark se virou para a nave e Gideon percebeu com um tranco indesejado que ela estava *mesmo* chorando: a maquiagem estava úmida com lágrimas.

E então tudo aquilo se transformou em beleza. O momento em que Gideon virasse as costas, a Casa morreria. O momento em que Gideon fosse embora, tudo desapareceria como um impossível pesadelo. Ela mentalmente encobriu as paredes enormes e sombrias de uma caverna e enterrou Drearburh embaixo dessas pedras, e, só para garantir, explodiu Crux como um saco de lixo cheio de sopa. Ainda assim, saudou Aiglamene de maneira entusiasmada e franca, como um soldado no primeiro dia de serviço, e ficou feliz quando sua professora revirou os olhos.

Conforme subiram na nave, o mecanismo da porta se fechando com um baque final e agradável, ela se inclinou na direção de Harrow. Harrow, que estava enxugando os olhos com enorme austeridade. A necromante recuou prontamente.

— Você quer — sussurrou Gideon, rouca — meu lencinho.

— Eu quero ver você morrer.

— Talvez, Nonagesimus — ela disse com grande satisfação —, talvez. Mas nem fodendo que vai ser aqui.

7

Do espaço, a Casa da Primeira brilhava como o fogo na água. Coroada pela fumaça branca de sua atmosfera, azul como o coração de uma chama de gás, a vista cegava os olhos. Era absolutamente *abundante* em água, oprimindo tudo em uma configuração que era o mais azul dos azuis. Visíveis a olho nu, estavam as correntes flutuando, feitas de quadrados e retângulos e cilindros, marcando o azul com cinza e verde, marrom e preto: as cidades e os templos destruídos de uma Casa há muito morta, e que não poderia morrer. Um trono dormente. Muito longe, seu rei e imperador sentava-se em seu cargo e esperava, uma sentinela protegendo o lar, mas sem poder retornar a ele. O Senhor da Casa da Primeira era o Rei Eterno, e ele não voltava para casa há mais de 9 mil anos.

Gideon Nav espremeu a cara contra o vidro da nave de transporte e olhou para tudo, como se nunca fosse ficar cansada de olhar, até os olhos dela ficarem vermelhos e doloridos, com manchas solares dançando no fundo de sua visão. Todas as outras janelas haviam sido fechadas, e permaneceram assim pela maior parte da viagem, que levara cerca de uma hora em espaço rápido. Elas tiveram uma surpresa ao descobrir que atrás da barreira particular que Harrowhark havia erguido no instante que elas haviam entrado na nave, não tinha um piloto a bordo. A nave estava sendo guiada remotamente, a grande custo. Não havia autorização para ninguém pousar na Primeira Casa sem um convite explícito. Havia um botão para pressionar se precisassem falar com o navegador remoto, e Gideon estava ansiosa para ouvir outra voz, mas Harrow havia erguido a barreira de novo, com um ar de encerramento distinto.

Ela parecia cansada e exausta, até mesmo vulnerável. Durante a jornada, ficara com as contas de reza na mão, repassando o rosário de modo sombrio, tilintando as contas uma na outra. Nos gibis de Gideon, os adeptos da Coorte sempre ficavam sentados em um quadrado de terra trazida do túmulo para amenizar os efeitos do espaço profundo e a perda da sua fonte de poder, e é claro que Harrowhark não queria o efeito placebo. Gideon se animou com a ideia de que era a hora perfeita para dar uma surra nela, mas, no fim das contas, a vergonha inerente de chegar com os joelhos e cotovelos da sua necromante trocados acabaram salvando a vida de Harrow. Todos os pensamentos de dar uma surra haviam se amenizado ao se aproximarem da Primeira Casa e vê-la refletida nas janelas abertas, uma luz que se esparramava até a área dos passageiros em lâminas flamejantes. Gideon havia virado a cara, quase cega e sem conseguir respirar. Harrow estava amarrando uma tira de véu escuro em volta dos olhos, tão calma e desinteressada como se o que estivesse ali fora fosse o céu deprimente da Nona.

Gideon colocou as mãos ao redor dos olhos para protegê-los e olhou de novo, enchendo-se da explosão brilhante que estava lá fora: a escuridão aveludada do espaço, com suas inúmeras estrelas brancas, a Primeira, o círculo incandescente de azul rodeado pelo branco deslumbrante, e também a parte externa de outras sete naves de transporte, alinhadas em órbita. Gideon assoviou baixo quando as viu. Para um habitante da sepulcral Nona Casa, parecia incrível que tudo aquilo simplesmente não entrasse em combustão ou se desfizesse em chamas. Havia outras casas que tinham como planetas natais um lugar mais próximo à estrela de Dominicus — a Sexta e a Sétima, por exemplo — mas, para Gideon, ela não conseguia imaginar nada que não fosse 100% feito de fogo.

Era incrível. Era extraordinário. Ela queria vomitar. Parecia uma completa insanidade que a única reação de Harrowhark fosse ser levantar a barreira escura em cima dos vidros e segurar o botão de comunicação para perguntar:

— Quanto tempo devemos esperar?

A voz do navegador surgiu com um estalido.

— Nós estamos verificando sua autorização para pousar, Vossa Excelência.

Harrow não agradeceu.

— Quanto tempo?

— Estão escaneando a nave agora, Vossa Excelência, e iremos prosseguir assim que puderem confirmar que podem deixar a órbita.

A Reverenda Filha se afundou de volta na cadeira, colocando o rosário de ossos numa dobra do manto. Sem querer, Gideon encontrou seu olhar. A expressão no rosto da outra garota não era desinteresse ou distração, como ela havia presumido — mesmo através do véu, ela conseguia ver que Harrow estava quase desmaiando de concentração. A boca dela estava em uma linha fina, desgastando a pintura preta no lábio inferior até virar sangue.

Demorou menos de cinco minutos para que os motores voltassem à vida, para a nave sair lentamente de órbita. Ao lado deles, em uma fila, as sete outras naves de transporte começaram a deslizar para o lado, entrando na atmosfera como dominós a cair. Harrow sacudiu a cabeça dentro do capuz e apertou ápice do nariz, e disse em um tom entre dor e prazer:

— Esse planeta é *inacreditável.*

— É lindo.

— É um cemitério — disse Harrowhark.

A nave entrou em órbita, rodeada de uma luz reflexiva. Essa chama significava que não havia nada a não ser o céu, mas o céu da Primeira Casa era do mesmo azul improvável e absurdo que a água. Estar do lado de fora do planeta era como viver dentro de um caleidoscópio. Houve uma guinada distorcida que durou alguns momentos — um ranger, conforme as bolsas de ar na atmosfera grossa faziam com que os motores protestassem, um estremecer conforme a nave era pressurizada para igualar o que estava lá fora —, e então a nave era como um tiro de estilingue, acelerando. A claridade era demais para aguentar. Gideon ficou com a impressão de que cem espirais se erguiam, cobertas por um verde estranho e água turquesa e azul, antes de ter que fechar os olhos e se virar de vez. Ela pressionou o tecido do manto bordado da Nona no rosto e respirou somente com o nariz.

— Idiota. — A voz de Harrowhark era distante e cheia de adrenalina mal disfarçada. — Aqui. Pegue o véu.

Gideon continuou esfregando os olhos.

— Estou bem.

— Eu disse para colocar o véu. Não quero que fique cega quando as portas abrirem.

— Eu vim preparada, docinho.

— Eu nem entendo o que você *diz* metade do tempo…

O brilho mudou, estereoscopicamente, e agora a nave estava desacelerando. As luzes clarearam, acenderam, ofuscaram. Harrowhark se jogou contra a janela e a fechou, e então ela e Gideon ficaram no centro da área de passageiros, se encarando. Gideon percebeu que Harrow estava tremendo, pequenas mechas do cabelo preto colados contra a testa cinzenta de suor, ameaçando derreter a maquiagem. Gideon percebeu, assustada, que ela também estava tremendo e suando junto. Elas olharam uma para a outra em reconhecimento indócil, e então começaram a apalpar os rostos com a parte de dentro da manga.

— Erga o capuz — disse Harrowhark em um sussurro. — Esconda esse cabelo ridículo.

— Sua mãe mumificada tem cabelo ridículo.

— Griddle, nós estamos quase na superfície do planeta, e eu vou me deleitar na violência.

Um último estrondo final, chacoalhante. Então, tudo ficou imóvel. A vedação foi aberta por uma força invisível do lado de fora conforme a luz brilhava ao redor da escotilha, Gideon deu uma piscadela para sua companheira cada vez mais agitada. Ela disse, quase inaudível:

— Só que aí você não poderia admirar... isso aqui.

Nesse instante, ela tirou os óculos escuros que havia conseguido encontrar na Nona. Eram óculos escuros antigos, com a armação de um metal fino e preto e grandes lentes espelhadas, e eles amenizaram a expressão cada vez mais horrorizada de Harrow quando Gideon os ajustou no nariz. Foi a última coisa que ela viu antes de a luz entrar.

E então a Primeira Casa se abriu para elas, uma corrente de ar quente passando por seus mantos e secando o suor do rosto. Antes mesmo de a escotilha terminar de se abrir com um estremecer, a Senhora Harrowhark Nonagesimus, a Reverenda Filha da Casa da Nona, se adiantou para a rampa de aterrissagem. Contando cinco respirações inteiras para marcar o tempo, Gideon Nav, Cavaleira da Nona Casa, a seguiu, rezando para que sua espada estranha não se enroscasse no manto.

Elas estavam em uma plataforma de metal gigantesca do que deve ter sido a estrutura mais impressionante que a Primeira Casa já havia construído. Poderia até ser a estrutura mais impressionante que qualquer um *no mundo* já tivesse construído. Gideon não tinha muita experiência nisso.

Diante delas estava um palácio, uma fortaleza, de pedra branca e brilhante. Espalhava-se na superfície da água como se fosse uma ilha. Não dava para ver além dela, e não dava para ver o contorno. A estrutura circulava em terraços do que um dia deveriam ter sido jardins fenomenais. Erguia-se em torres graciosas que doíam aos olhos com suas silhuetas finas e precisas. Era um monumento à beleza e à riqueza.

Ao menos nos idos tempos, teria sido um monumento à beleza e à riqueza. Em seu estado atual, era um castelo que morrera. Muitas das torres brancas e brilhantes haviam desmoronado e caído em pedaços miseráveis. Uma floresta se erguia do mar e se agarrava às bases da construção, verde e com trepadeiras grossas. Os jardins eram cinzentos, com dosséis cinzentos de árvores e plantas mortas. Elas haviam coberto as janelas, os terraços, a balaustrada, e ficado onde morreram. Cobriam boa parte da frente como uma névoa sigilosa de matéria morta. Veias douradas brilhavam fracas nas paredes brancas sujas. A plataforma de aterrissagem também tinha sido elegante em seu tempo, com uma planície extensa que poderia ter abrigado centenas de naves de uma vez só, mas agora 92 das pistas estavam desoladas e sujas. O metal estava coberto por uma camada de sal da água, um ar salgado que agora invadia o nariz de Gideon: um aroma grosseiro, pungente e selvagem que se sobrepunha a todo o resto. O lugar todo parecia um cadáver que servira de petisco. Mas u-a-u! Que cadáver lindo.

A plataforma de aterrissagem estava cheia de atividade. Cinco outras naves aterrissaram e estavam expulsando seus conteúdos. Mas não havia tempo para nada: alguém já viera ao encontro delas.

Harrowhark não se importava com nenhum mensageiro. Ela estava à deriva como a vela negra de um navio, uma figura ossuda coberta por camadas e camadas de tecido da cor da noite e um manto de renda arrastando-se atrás dela. Adornada com ossos, pintada como um defunto, os olhos cobertos por um tule preto. Ela caiu de joelhos a cinco passos da nave de onde saiu e começou a rezar no rosário de ossos com seu tilintar monótono. Era hora do show. Gideon andou até Harrow e se ajoelhou ao lado dela no metal aquecido pelo sol na plataforma, o próprio manto como uma poça negra ao seu redor, encarando sem expressão o caos retinto que estava acontecendo. O tilintar das contas fazia com que ela se sentisse quase normal.

— Ave, Senhora da Nona Casa — disse uma voz deliciada, aumentando o número de pessoas que ficavam felizes ao ver Harrow para o total de três.

— Ave, cavaleira! Ave, ave! Ave, criança da joia obscura e distante de nosso Império! Que dia... mais... feliz.

Um velhinho estava de pé diante delas. Ele era muito pequeno e nodoso, de um jeito que lembrava Gideon dos mais velhos da Casa da Nona, mas ele tinha as costas mais eretas e gozava de saúde como nenhum dos idosos que Gideon já tinha visto. Ele era como um velho carvalho retorcido, ainda coberto de folhas. Era careca, com uma barba branca e aparada, e usava uma tiara dourada ao redor da testa. Seu manto branco não tinha capuz e ia até às panturrilhas, e usava uma meia capa de lã branca. Ao redor da cintura estava um lindo cinturão: feito de um material dourado e brilhante, bordado com joias em padrões e formatos complexos. Pareciam flores, ou floreios, ou as duas coisas. Parecia que havia sido feito há mil anos, e ainda era mantido de acordo. Tudo nele parecia eterno e intocado.

Harrowhark colocou o rosário no bolso.

— Ave Casa da Primeira! — entoou ela. — Ave, Rei Eterno.

— Ave, Senhor Acima do Rio — estremeceu o pequeno sacerdote. — E bem-vindos à sua casa! Abençoada Senhora da Nona, a Reverenda Filha! A Nona não visita a Primeira Casa há tanto tempo! Contudo, seu cavaleiro não é Ortus Nigenad.

Houve uma pequena pausa.

— Ortus Nigenad abdicou de seu posto — disse Harrow das profundezas do capuz. — Gideon Nav tomou seu lugar como cavaleira primária. Eu sou a Senhora Harrowhark Nonagesimus.

— Então boas-vindas a Senhora Nonagesimus e a Gideon, a Nona. Quando tiverem terminado suas rezas — disse o sacerdote animadamente —, precisam levantar-se e ser honradas, e entrar no santuário. Eu sou o guardião da Primeira Casa e servo do Maior Necrolorde, e devem me chamar de *Professor*, não por causa dos meus próprios méritos de aprendizagem, mas porque represento o misericordioso Deus Acima da Morte, e vivo na esperança de que um dia também o chamarão de *Professor*. E também o chamarão de *Mestre*, e então eu a chamarei de *Harrowhark, a Primeira*. Sinta-se em paz, Senhora Nonagesimus, sinta-se em paz, Gideon, a Nona.

Gideon, a Nona, que teria pago um bom dinheiro para ser chamada de absolutamente qualquer outra coisa, ergueu-se junto de sua mestra. Elas trocaram olhares que mesmo através do véu e da lente espelhada eram violentamente hostis, mas coisas demais estavam acontecendo ao seu redor para ficarem fazendo caretas uma para outra. Gideon viu outras silhuetas vestidas de branco indo até as outras naves de transporte, saindo das portas duplas abertas, mas levou um instante para perceber que eram apenas esqueletos vestindo branco, com nós brancos amarrados na cintura. Estavam usando longas varas de metal para manipularem os mecanismos de acoplamento das naves de transporte para que ficassem seguras, com aquele gingado estranho com que os defuntos sempre trabalhavam. E havia também outras pessoas vivas, esperando em pares, mexendo os pés ao lado de suas naves. Ela nunca vira tantas pessoas diferentes — pessoas que não pertenciam à Nona — e isso quase a deslumbrou, mas não o suficiente para que não conseguisse distinguir que tinha algo errado.

— Estou contando apenas seis naves — disse Gideon.

Harrowhark lançou-lhe um olhar penetrante por falar fora de hora, mas o pequeno sacerdote, Professor, riu como se estivesse muito feliz.

— Ah, bem notado! Muito bem! Realmente, há uma discrepância — disse ele. — E nós não gostamos de discrepâncias. Aqui é a terra sagrada. Podem dizer que somos cuidadosos demais, mas nós garantimos que a Casa é sagrada para o Imperador, nosso Senhor... Nós não recebemos muitas visitas, como podem imaginar! Não há nada de errado — disse ele, com um ar de confidências. — É a Terceira Casa e a Sétima. Não importa, não importa. Tenho certeza de que receberão a autorização para pousar a qualquer instante. Precisamos esclarecer algumas coisas. Há uma inconsistência em ambas.

— Inconsistência — repetiu Harrow, como se estivesse saboreando a palavra na sua boca como se fosse um doce.

— Sim, a Casa da Terceira sempre, é claro, tentará cruzar os limites... Claro que iriam. E a Casa da Sétima... bem, é sabido... Olhe, estão aterrissando agora.

A maior parte dos herdeiros e dos cavaleiros havia deixado as naves, e os esqueletos estavam ocupados tirando as malas do compartimento de carga. As últimas duas naves lentamente espiralaram até a terra, uma rajada de vento quente cortando todos conforme estremeciam em sua aterrissagem. Esqueletos munidos de varas já estavam a postos, e outros sacerdotes vivos, um para cada nave. Estavam vivos e, bem, vestidos com roupas idênticas ao do Professor. Eram apenas três sacerdotes ao todo, o que fez com que

Gideon se perguntasse o porquê de a Nona ser sempre premiada com a atenção geriátrica. As duas naves de transporte aterrissaram ao lado da nave da Nona, a Sétima mais próxima, e a Terceira mais afastada, o que ainda era perto o bastante para ver quem ou o que estava dentro da nave quando a escotilha se abriu.

Gideon ficou extremamente interessada ao ver três silhuetas emergindo. A primeira era um jovem emburrado com um ar decorado cheio de gel de cabelo, uma rapieira enfeitada presa ao cinto do casaco abotoado. O cavaleiro. As outras duas eram jovens mulheres, ambas loiras, mas as semelhanças acabavam aí: uma era alta e parecia uma estátua, com um sorriso branco brilhante e uma juba de cachos dourados. A outra parecia menor, insubstancial, com uma cortina de cabelo anêmico da cor de manteiga guardada e um sorriso igualmente pálido. As duas na verdade tinham a mesma altura, Gideon notou, mas o seu cérebro entendeu que a proporção parecia toda errada na primeira olhada. Era como se a segunda garota fosse a sombra faminta da primeira, ou a primeira fosse um reflexo brilhante. O garoto só parecia um babaca.

Gideon ficou observando até que um sacerdote de roupas brancas com outro cinto colorido se apressou do trio até o Professor, cutucando o ombro deste e murmurando baixo, com preocupação, algumas palavras:

— Foram inflexíveis... têm o apoio da casa... nascidas exatamente... são ambas adeptas...

O Professor acenou com uma mão graciosa e uma risada caquética:

— O que podemos fazer?

— Mas é impossível...

— Só será problema no fim das contas — disse ele —, e um problema só deles.

Depois que o sacerdote foi embora, Harrowhark disse, em reprimenda:

— Gêmeos são um mau agouro.

O Professor pareceu achar graça.

— Que maravilhoso é ouvir alguém dizer que um mau agouro pode vir da Boca do Imperador!

Da nave que transportava a Sétima Casa veio uma consternação. Os esqueletos haviam aberto a escotilha, e alguém se esgueirou para fora. No que pareceu uma câmera lenta dolorosa, como se o próprio tempo houvesse decidido se desacelerar até engatinhar horrendamente só para se exibir, a pessoa que saiu desmaiou nos braços do sacerdote que aguardava, um velho que estava estupendamente despreparado para tal coisa. Os braços e as pernas começaram a ceder. A pessoa estava se arrastando no chão, prestes a cair. Havia sangue na roupa do sacerdote. Ele gritou.

Gideon nunca corria, a não ser que precisasse, e agora correu. As pernas dela se mexeram mais rápido do que seu bom senso, e rapidamente ela estava tomando a figura desmoronada que caía dos braços enfraquecidos do sacerdote, aliviando o peso dele conforme ele murmurava surpreso. Como resposta, a ponta gélida de uma lâmina atravessou o seu capuz e apontou para a parte de trás do seu pescoço, ficando exatamente na base do seu crânio.

— Ou — disse Gideon, a cabeça completamente imóvel. — Pode parar.

A espada não parou.

— Isso não é um aviso — disse ela. — Só estou falando. Deixa ela respirar.

A pessoa encurvada nos braços de Gideon parecia uma *menina*. Era uma coisa pequena e esguia, cuja boca estava brilhando com sangue vermelho. O seu vestido era uma conjunção frívola de babados verdes da cor do mar, o sangue parecendo mais vívido nele. A pele era quase transparente — uma transparência horrível, com as veias da mão e nas têmporas como um conjunto visível de galhos bordôs. Os olhos se abriram, piscando: eram enormes e azuis, com cílios de um marrom aveludado. A garota tossiu um coágulo, que estragou o piso, e os olhos azuis se arregalaram em choque.

— Protesilaus — disse a garota. — Para trás. — Quando a espada não se mexeu sequer um centímetro, ela tossiu novamente e disse, infeliz: — Para trás, seu bobo. Você vai nos arrumar encrenca.

Gideon sentiu a pressão da lâmina se retirar do seu pescoço, e respirou em alívio. Não por muito tempo, porém, porque ela foi substituída por uma mão que pressionava o lugar onde a espada estava minutos antes, uma mão que pressionava como se a sua dona estivesse prestes a bater em seu osso occipital até ele virar farelo. Essa mão poderia pertencer apenas a uma pessoa. Gideon se preparou para ser jogada de cabeça pela plataforma, e a voz de Harrowhark surgiu como se estivesse sido escavada do fundo de uma funerária.

— Seu cavaleiro — disse a Senhora da Nona, baixo — ameaçou a minha cavaleira.

Enquanto Gideon quase morria de susto, trazida de volta à vida apenas pelos hematomas que se formavam no topo da sua coluna, a outra garota começou a tossir terrivelmente.

— Eu sinto muito! — disse ela. — Ele só é superprotetor... Ele nunca iria... Ai, meu Deus, vocês são as virgens sombrias... Ai, meu Deus, você é a cavaleira da Nona!

A garota no colo de Gideon cobriu o rosto e pareceu soluçar, mas ficou óbvio depois que eram risadas de divertimento.

— Olha o que você fez, Pro! — exclamou. — Poderiam exigir satisfação, e você seria um enfeite de mausoléu! Senhor ou Senhora da Nona, por favor, aceite minhas mais sinceras desculpas. Ele foi apressado, e eu fui uma tola.

— Bem — disse Gideon —, você desmaiou.

— Eu *realmente* faço isso — admitiu ela, e deu outra risadinha alegre. Era como se isso fosse a melhor coisa que tinha acontecido com ela. Ela ergueu as mãos como se estivesse prestes a desmaiar de novo. — Ai, meu Deus, fui resgatada por uma integrante do culto das sombras! Mil desculpas! Obrigada! Isso vai entrar para a história.

Agora que a ameaça de violência havia passado, o sacerdote, com dificuldade, ficou de joelhos. Ele desenrolou o cachecol prismático extraordinário da sua cintura e hesitou diante dela. A garota acenou com a cabeça majestosamente, e ele começou a limpar o sangue da boca dela de maneira reverente, parecendo bem menos preocupado com a bagunça toda do que... Gideon não sabia. Desencorajado? Envergonhado?

— Ah, Duquesa Septimus — ele disse, em uma voz anciã —, está tão avançado assim?

— Sim, está.

— Ah, Senhora — disse ele tristemente. — Não deveria ter vindo.

Ela deu um sorriso brilhante e repentino, as pontas dos dentes escarlates.

— Mas não é maravilhoso eu ter vindo? — disse ela, e olhou para cima para Gideon, estendendo o olhar para Harrow, unindo as mãos. — Protesilaus, ajude-me a levantar para podermos nos desculpar. Nem acredito que pude olhar para as donzelas do túmulo.

Braços grandes e robustos se esticaram além da visão de Gideon, e a garota em seu colo foi levantada por uma coleção de tendões de um metro e oitenta. O homem que havia a ameaçado com uma espada era desconfortavelmente forte. Ele tinha bíceps tremendos. Não parecia saudável, parecia um monte de limões em um saco. Ele era uma pessoa azeda e corpulenta cuja pele tinha a mesma transparência estranha da garota. Aparentava ser feito de cera debaixo da luz do sol, provavelmente derretendo de suor, e pegou a garota por cima do ombro como se ela fosse um bebê ou um tapete. Gideon o olhou de cima embaixo. Ele estava vestido de maneira suntuosa, mas com roupas que pareciam ter sido mais usadas antigamente: uma longa capa de um verde apagado, um kilt com cinto, e botas. Havia uma corrente brilhante enrolada em seu braço, e uma rapieira de longo alcance pendurada no quadril. Ele ainda estava encarando Gideon com um vazio nos olhos. *Você é gigantesco*, ela pensou, *mas se mexe tão estranhamente, aposto que ganharia de você.*

A mão em sua nuca relaxou um pouco. Gideon nem sequer levou um peteleco na cabeça, o que era um mal sinal. Qualquer punição que Harrow daria seria feita depois, em particular, e violentamente. Ela havia feito besteira mas não se arrependia, e, conforme Gideon espanava a poeira e se levantava, a Senhora da Sétima Casa estava sorrindo. Seu rosto de bebê fazia com que fosse difícil determinar sua idade. Ela poderia ter 17 ou 37 anos.

— O que posso fazer para ganhar seu perdão? — perguntou. — Se minha Casa blasfema contra a Casa da Nona nos primeiros cinco minutos, vou me sentir uma tola.

— Mantenha sua espada longe da minha cavaleira — disse Harrow, em tom sepulcral.

— Você a ouviu, Pro — disse a garota. — Não dá pra ficar acenando sua rapieira pra lá e pra cá.

Protesilaus não respondeu, o olhar fixo em Gideon. No silêncio constrangedor que se seguiu, a garota acrescentou:

— Mas agora posso agradecer por sua ajuda. Sou a Senhora Dulcinea Septimus, duquesa do castelo de Rhodes, e esse é o meu cavaleiro primário, Protesilaus, o Sétimo. A Sétima Casa agradece sua graciosa assistência.

Apesar dessa apresentação bonita e persuasiva, a Senhora de Gideon meramente inclinou a cabeça encapuzada, os olhos vendados indecifráveis. Foi com um menosprezo glacial que ela respondeu:

— A Nona Casa deseja saúde à Senhora Septimus, e prudência a Protesilaus, o Sétimo. — Harrow se virou nos calcanhares, e os deixou em um farfalhar abrupto de tecido negro.

Gideon foi obrigada a virar os calcanhares e a seguir. Ela não era idiota de ficar. Antes de ir embora, no entanto, encontrou o olhar da Senhora Dulcinea. Em vez de parecer horrorizada ou ressentida, parecia que ofender a Nona Casa havia sido a melhor coisa que aconteceu na vida dela. Gideon podia jurar que ela havia ganhado uma piscadela. Elas deixaram que o sacerdote da Primeira Casa ficasse de cenho franzido, preocupado, dobrando o cachecol cheio de sangue.

Elas haviam causado um tumulto generalizado. Os olhos curiosos dos outros adeptos e seus cavaleiros estavam atentos aos mantos escuros da Nona. Gideon ficou desconfortável ao ver que o olhar da gêmea pálida da Terceira estava nela e em Harrowhark, o olhar esquálido como uma mira, a boca franzida friamente. Havia algo em seu olhar que Gideon não gostava logo de cara, e ela sustentou o olhar até que a garota pálida desistiu. A expressão do Professor — bem, essa era difícil de decifrar. No fim, parecia algo como melancolia ou resignação, e ele não disse uma palavra sobre o que Gideon fez.

— Uma falha sanguínea marca a família soberana da Casa da Sétima — foi tudo o que ele disse —, e poupa a maior parte dos que carregam o gene. Contudo, é fatal para alguns.

Harrowhark perguntou:

— Professor, a Senhora Septimus foi diagnosticada dessa forma?

— Dulcinea Septimus não deveria ter vivido até os vinte e cinco anos de idade — disse o pequeno sacerdote. — Venham, venham... Todos estamos aqui agora, e todos nós já tivemos bastante entretenimento. Que dia, que dia! Vamos ter o que conversar, não é?

Vinte e cinco, pensou Gideon, ignorando o olhar feio embaixo do véu de Harrow que prometia que tinham muito a conversar, e que não seria nada bom para Gideon. Vinte e cinco anos, e Harrowhark provavelmente viveria para sempre. Eles seguiram o sacerdote, obedientes, e Gideon lembrou-se da piscadela e se sentiu terrivelmente triste.

8

Todos foram guiados para sentarem-se em um átrio aberto — um salão cavernoso, um mausoléu da Nona Casa, exceto que, pelas ruínas gloriosas do teto abobadado e manchado, brilhava uma quantidade tão imensa de luz que quase deixou Gideon cega novamente. Havia sofás e bancos para sentar, com o estofado rasgado e o enchimento saindo, com costas e apoios nos braços quebrados. Almofadas bordadas grudavam-se aos assentos como a pele de múmias, manchadas onde a luz as havia tocado, e úmidas onde não tocara.

Tudo no salão era lindo, e tudo estava acabado. Não era como na Nona, onde as coisas feias eram velhas e arruinadas — a Nona sempre foi um defunto, e defuntos se putrefazem. A Casa da Primeira havia sido abandonada e aguardava ansiosamente para ser usada por alguém que não fosse o tempo. O chão era de *madeira* — onde não havia um mármore dourado, ou um mosaico de azulejos leprosos com a idade e a degradação —, e escadas duplas levavam ao andar de cima, cobertas por um tapete estreito e cheio de buracos. Videiras apareciam onde os vidros haviam sido quebrados, esparramando seus ramos que há muito já tinham secado e ficado cinzentos. Os pilares que se erguiam para suportar o vidro recurvo brilhante estavam cobertos por musgo, ainda vivo, ainda radiante, cheio de tons de laranja e verde e marrom, que escondia os velhos retratos nas paredes com manchas de negro e sépia. Ao centro, uma fonte antiga e seca feita de mármore e vidro, de três andares e um pouco de água parada ainda se encontrava na bacia maior.

Harrowhark recusou a se sentar. Gideon ficou em pé ao seu lado, sentindo-se com calor, o ar grudando a dobra escura dos mantos na sua pele. O cavaleiro da Sétima, Protesilaus, também não sentou, não até a sua mestra apalpar a cadeira ao seu lado, e então ele se dobrou com uma obediência sem hesitações. Os esqueletos vestidos de branco circulavam com bandejas cheias de xícaras de chá adstringente, um verde brilhante — xícaras estranhas que não tinham alças, quentes e lisas ao toque, como uma pedra, só que ainda mais lisas e finas. O cavaleiro da Sétima segurou a xícara, mas não bebeu. Sua adepta tentou beber, mas teve uma pequena crise de tosse que perdurou até que o cavaleiro lhe desse um tapa nas costas. Conforme os outros necromantes e cavaleiros bebiam com diferentes variações de entusiasmo, Harrowhark segurava seu copo como se fosse uma lesma viva. Gideon, que nunca havia tomado uma bebida quente na vida, tomou tudo de uma vez só. Queimou até a garganta, e tinha mais cheiro do que gosto, e deixou um gosto forte de grama nas suas papilas cauterizadas. Um pouco da maquiagem nos lábios ficou na xícara. Ela engasgou discretamente: a Reverenda Filha lhe lançou um olhar que derreteria entranhas.

Todos os três sacerdotes se sentaram na beira da fonte, segurando as xícaras na mão sem beber. Se não estivessem escondendo mais alguns em algum armário, tudo parecia incrivelmente solitário para Gideon. O segundo era o sacerdote cambaleante, com ombros fracos encurvados conforme ajeitava seu cinto manchado de sangue, e o terceiro tinha um rosto suave e usava o cabelo grisalho em uma trança. Poderia ser uma mulher ou poderia ser um homem, ou nenhum dos dois. Os três sacerdotes usavam as mesmas roupas, que lhes dava a aparência de pássaros brancos usando coleiras de arco-íris, mas de alguma forma, entre eles, só o Professor parecia real. Ele era ávido, disposto, imperativo, vivo. A calma penitente de seus companheiros fazia com que parecessem mais com os esqueletos vestidos alinhados ao redor da sala: silenciosos e imóveis, com uma única luz vermelha dançando em cada cavidade ocular.

Depois que todos estavam desconfortavelmente apoiados nos destroços da mobília, bebericando o chá, segurando os copos com o tato incômodo de pessoas que não sabiam onde deixá-los e sem conversar, le sacerdote de trança grisalha ergueu sua voz esquálida e disse:

— Agora rezemos para o Senhor de tudo que foi destruído, lembrando-nos da abundância de sua misericórdia, seu poder, e seu amor.

Gideon e Harrowhark ficaram em silêncio durante o cântico que se sucedeu.

— *Que o Rei Eterno, o resgatador da morte, o flagelo da morte, reivindicador da morte, olhe para as Nove Casas e ouça seus agradecimentos. Que o todo de todas as partes fique à sua mercê. Que aqueles do outro lado do rio prometam do além-túmulo a lealdade ao adepto divino, o primeiro entre os necromantes. Agraciados sejamos pelas Nove Ressurreições. Agraciados sejamos pelos Lyctores consagrados. Ele é o Imperador, e se tornou Deus: ele é Deus, e se tornou Imperador.*

Gideon nunca tinha ouvido essa. Só havia uma reza em toda a Nona. Todas as missas e orações eram feitas com os rosários de ossos. A maioria ali falava como se tivesse dito isso desde o berço, mas nem todos. A massa enorme muscular que era Protesilaus só encarou o vazio sem sequer abrir a boca, os lábios tão pálidos quanto os da gêmea esquálida da Terceira. Todos os outros se juntaram à reza sem hesitação, apesar de variarem em fervor. Uma vez que as palavras foram deixadas no silêncio, Professor disse:

— E talvez os devotos do Túmulo Trancafiado nos agraciem com sua própria intercessão?

Todas as cabeças se viraram na direção delas. Gideon gelou. Foi a Reverenda Filha que conseguiu manter a serenidade completa conforme deixou a xícara na mão de Gideon, e, diante do mar de rostos — alguns curiosos, alguns entediados e um (Dulcinea) entusiasmado —, Harrow começou:

— *Eu rezo para que o túmulo esteja para sempre trancafiado. Rezo para que a pedra nunca se arrede...*

Gideon sabia vagamente que a religião praticada na escuridão profunda de Drearburh não era exatamente a mesma religião praticada pelas outras casas. Ainda assim, foi um choque ao ver isso confirmado. Pela expressão em seus rostos — perplexidade, sofrimento, e em pelo menos uma circunstância, abertamente hostil —, os outros também não haviam confrontado isso. Quando Harrow terminou, os três sacerdotes pareciam suavemente deliciados.

— Exatamente como sempre foi — suspirou o sacerdote torto em êxtase, apesar da oração tenebrosa.

— A continuidade é uma coisa maravilhosa — concordou le sacerdote de trança grisalha, provando-se ser uma pessoa insanamente tediosa.

Professor disse:

— Agora lhes darei as boas-vindas à Casa de Canaan. Por favor, alguém me traga a caixa.

O silêncio acompanhou um esqueleto vestido que carregava um pequeno baú feito inteiramente de madeira. Não era mais largo do que um livro, e não mais profundo do que dois livros empilhados, pela estimativa de Gideon, que achava que todos os livros tinham mais ou menos o mesmo tamanho. Professor abriu o baú com desenvoltura e anunciou:

— Marta, a Segunda!

Uma garota de feições escuras ergueu-se. Sua continência era tão cristalina quanto seu uniforme impecável da Coorte, e ela marchou até a frente com um porte tão marcado quanto o escarlate de sua patente e o branco de sua gravata. Como se estivesse presenteando-a com uma joia, Professor lhe deu um anel de ferro opaco de dentro da caixa, tão grande quanto um círculo feito entre o polegar e o indicador. Para o mérito dela, ela não encarou ou hesitou. Apenas pegou o círculo, prestou outra continência, e sentou-se.

Professor chamou:

— Naberius, o Terceiro! — e assim se seguiu uma procissão um pouco cansativa de cavaleiros balançando suas rapieiras com atitudes variadas, indo até o centro para receber seus círculos de ferro misteriosos. Alguns deles seguiram a deixa da Segunda e prestaram continência. Outros, incluindo o musculoso Protesilaus, não se importaram o suficiente.

A tensão de Gideon crescia a cada nome. Quando a chamada finalmente terminou, Professor disse "Gideon, a Nona!", ela acabou ficando desapontada com a banalidade da coisa toda. Não era um círculo de ferro perfeito, como ela havia pensado, mas um nó que se enrolava em si mesmo. Estava trancada por meio de um buraco de um lado e um ângulo de noventa graus do outro, para que conseguisse ser aberto simplesmente ao passar o comprimento de volta pelo próprio buraco. O metal em suas mãos parecia pesado e granuloso. Quando ela voltou ao seu lugar, sabia que Harrow estava ansiosa para arrancar o objeto dela, e o segurou com força tal qual uma criança.

Ninguém perguntou o que era, o que Gideon achou meio burrice. Ela quase estava abrindo a boca para perguntar quando Professor disse:

— Agora aos pilares da Primeira Casa, e o luto do Rei Eterno.

Todos ficaram atentos novamente.

— Não direi a vocês o que já sabem — disse o pequeno sacerdote. — Busco apenas acrescentar mais contexto. Os Lyctores não nasceram imortais. A eles foi dada a vida eterna, o que não é a mesma coisa. Naqueles tempos, dezesseis deles vieram, oito adeptos e oito que ficariam conhecidos como os primeiros cavaleiros, e foi aqui que ascenderam. Esses oito necromantes foram os primeiros após o Lorde da Ressurreição; foram eles que espalharam sua palavra através da imensidão do espaço, em lugares que nenhum outro poderia alcançar. Cada um deles é mais poderoso que nove Coortes agindo como uma. Ainda assim, até mesmo os Lyctores divinos podem falecer, a despeito de seu poder e suas espadas... e assim foi, lentamente, nos últimos 10 mil anos. O luto do Imperador se esvaiu com o tempo. Foi somente agora, no crepúsculo dos oito originais, que ele escutou seus últimos Lyctores que imploravam por reforços.

Ele pegou sua xícara de chá e revirou o líquido apenas com um movimento de seu pulso.

— Vocês foram chamados para se provarem no desafio terrível que é substituí-los — disse ele —, e não é algo certo. Caso ascendam para Lyctores, ou caso tentem e falhem, o Senhor da Bondade sabe que o que está sendo exigido de vocês é titânico. Vocês são herdeiros e guardiões honrados das oito Casas. Grandes deveres os aguardam. Se não forem uma galáxia, não é tão ruim assim ser uma estrela, sabendo que o Imperador reconhece que ambos se esforçaram nessa grande provação. Ou *todos* vocês — acrescentou o pequeno sacerdote, olhando para as gêmeas e o cavaleiro birrento com um tom de diversão —, como é o caso! Cavaleiros, se seu adepto for considerado inadequado, vocês falharam! Se vocês forem considerados inadequados, então seu adepto falhou! E se um ou ambos forem inadequados, então não pediremos que destruam suas vidas nessa tarefa impossível. Vocês não serão obrigados a continuar se não conseguirem, por falha individual ou mútua, e podem optar por se renderem.

Ele olhou para cada um dos rostos reunidos, de uma forma vaga, como se estivesse vendo todos pela primeira vez. Gideon conseguia ouvir Harrowhark mordendo a parte interna da bochecha, os dedos apertando o rosário de ossos com força.

Professor disse:

— Esta não é uma peregrinação onde sua segurança é garantida. Vocês passarão por testes, alguns perigosos. Vocês trabalharão duro, e sofrerão. Preciso falar com franqueza: pode até ser que morram. No entanto, não vejo razão para não ter esperanças de que posso estar olhando para oito novos

Lyctores quando tudo tiver acabado, unidos a seus cavaleiros, herdeiros de uma alegria e poder que ecoa há 10 mil anos.

As palavras permearam o salão como água na areia. Até mesmo Gideon sentiu um arrepio pequeno atrás do pescoço.

Ele continuou:

— Agora, para as praticidades. Todas as suas necessidades serão saciadas aqui. Vocês terão os próprios quartos e criados estarão a seu dispor. Há espaço em abundância. Qualquer quarto que não foi dado a outro pode ser utilizado para seus estudos ou salas de estar, e podem aproveitar-se de todo espaço aberto e de todos os livros. Nós vivemos aqui como penitentes, com comida simples, sem cartas e sem visitas. Vocês não terão acesso a uma rede de comunicação, isso não é permitido. Agora que estão aqui, precisam entender que estão aqui até que sejam mandados de volta para casa, ou até que obtenham sucesso. Nós esperamos que estarão ocupados demais para se sentirem solitários ou entediados. Quanto ao seu aprendizado, isso é o que a Casa espera de vocês.

Todos pareceram segurar a respiração — ou ao menos, os necromantes, e alguns dos seus cavaleiros. Os nós nos dedos de Harrow embranqueceram. Gideon queria poder se jogar em uma cadeira ou cochilar disfarçadamente. Todo mundo estava pronto para o planejamento de aulas, e estudos acadêmicos faziam com que ela desejasse morrer. Provavelmente haveria uma ladainha relatando como o café da manhã seria servido e a que horas, e então estudos com os sacerdotes por uma hora, e depois *Análise de Esqueletos*, e *História de Algum Sangue*, e *Estudos da Tumba*, e aí, sei lá, almoço, e então *Aulão Duplo do Dr. Esquelético*. A melhor coisa que ela poderia esperar era *Espadas*, *Espadas II*, e talvez até *Espadas III*.

— Nós pedimos — começou o Professor —, que nunca abram uma porta trancada a não ser que tenham permissão.

Todos aguardaram. Nada aconteceu. Eles olharam para o pequeno sacerdote e ele os encarou de volta, completamente à vontade, as mãos descansando nas coxas cobertas de branco, sorrindo ligeiramente.

— É só isso — acrescentou ele, solícito.

Gideon viu as luzes se apagarem em todos os olhos que haviam se empolgado para o Aulão Duplo do Dr. Esquelético. Alguém disse, um pouco tímido:

— E quanto ao treinamento, então? Como obteremos o Lyctordócio?

O pequeno sacerdote os encarou novamente.

— Bem, *eu* é que não sei — disse ele.

As palavras dele os atingiram como um relâmpago. O ar ficou gélido. A empolgação para o Aulão Duplo do Dr. Esquelético não só morreu como foi enterrada em um mausoléu esquecido. Bastou apenas um olhar bondoso e gentil do Professor para confirmar que ele não estava, de fato, zoando com a cara deles. Estavam todos estupefatos com confusão e revolta.

— São vocês que ascenderão a Lyctores — disse ele —, e não eu. Tenho certeza que o caminho se tornará claro sem nossa interferência. Afinal, quem somos nós que iremos ensinar os primeiros depois do Rei Eterno?

Depois ele acrescentou, sorrindo:

— Bem-vindos à Casa de Canaan!

✦ ✦ ✦

Um esqueleto levou Gideon e Harrow para uma ala que havia sido designada à Nona. Elas foram guiadas para dentro da fortaleza da Primeira, passaram o santuário dentro dos destroços lindos da Casa de Canaan, e a mansão enorme e espectral que se expandia ao redor delas. Elas passaram por salas com teto abobadado, cheias de uma luz verde por onde o sol brilhava, com algas grossas no vidro. Passaram por janelas quebradas e janelas corroídas pelo sal e pelo vento, e arcos abertos obscuros onde havia quartos apodrecidos de mofo. Elas não disseram porra nenhuma uma para a outra.

Exceto pelo momento que passaram por lances de escada para irem até o quarto designado, e Gideon olhou pelas janelas para uma vastidão escura sem marcas, e disse sem pensar:

— As luzes estão quebradas.

Harrow se virou para ela pela primeira vez desde que haviam deixado a nave de transporte, os olhos brilhando como besouros embaixo do véu, a boca franzida como o cu de um gato.

— Griddle — disse ela —, este planeta gira muito mais rápido do que o nosso. — Como Gideon continuou com cara de paisagem, ela acrescentou: — É *noite*, sua tonta.

Elas não voltaram a se falar.

Não ter luz, estranhamente, fez com que Gideon se sentisse muito cansada. Ela não conseguia escapar estando ali, mesmo que a luz mais forte de Drearburh fosse mais escura que as sombras mais escuras da Primeira. A ala designada à Nona era em um andar baixo, embaixo da plataforma de aterrissagem, e algumas luzes acesas através das grandes janelas, criando sombras azuis grandes das estruturas de metal que erguiam a plataforma em cima delas. Abaixo, o mar rugia invisível. Havia uma cama para Harrow — uma plataforma enorme com cortinas e um colchão de penas — e uma cama para Gideon, exceto que ela estava localizada no pé da cama de Harrowhark, algo que ela não poderia ter recusado mais rápido. Ela se ajeitou com uma cama improvisada de lençóis e travesseiros na frente de uma janela enorme no cômodo ao lado, e deixou Harrow no quarto com uma cara sombria e pensamentos mais sombrios ainda. Gideon estava cansada demais até para lavar o rosto ou tirar a roupa. A exaustão estava se esparramando pela ponta dos pés, subindo pelas coxas, congelando a base da coluna.

Conforme encarava a escuridão azul e preta da noite através da janela, ela escutou um rangido estrondoso acima dela: um grande puxão de metal contra metal, um arranhar rítmico. Gideon assistiu, imóvel, enquanto uma das naves de transporte caríssimas caiu de maneira espetacular da beira da plataforma em silêncio: caiu como um suicida e pareceu ficar no ar, cinzenta e deslumbrante, por um mero segundo. Depois desapareceu de vista. À esquerda da nave, adiante, outra caiu. O arranhar parou. Os pés de esqueleto sumiram.

Gideon dormiu.

ATO DOIS

9

GIDEON ACORDOU SOB um teto desconhecido, com um gosto estranho na língua e o cheiro empolgante de bolor. A luz brilhava em rasgos vermelhos mesmo através das pálpebras, e fez com que ela acordasse prontamente. Por um bom tempo, ela só ficou deitada no ninho de lençóis velhos e olhou em volta.

Os aposentos da Nona tinham um teto baixo e eram grandes e vastos, se degradando de forma magnífica diante das janelas enormes que iam do chão ao teto. A plataforma acima dos aposentos fazia uma sombra comprida do lado de fora, dando um ar refrescante e diminuindo a luz, que brilhava suavemente dos candelabros enfeitados de cristais pretos em arames. Era uma atmosfera pacífica e apagada, se alguém já estivesse acostumado a ela, mas para Gideon, na sua primeira manhã na Primeira, era como encarar uma dor de cabeça. Alguém havia, há muito tempo, decorado esses aposentos suntuosamente em tons de pedras preciosas: rubi escuro, safira escura, esmeralda escura. As portas estavam acima do nível principal e podiam ser alcançadas por rampas inclinadas de pedra. Não havia muitos móveis que não estivessem destruídos. O pior e mais acabado pedaço ainda dava de dez nas heranças mais preciosas da Nona. Gideon gostou particularmente da mesa comprida e baixa no centro da sala de estar, cujo tampo era de vidro preto.

A primeira coisa que ela fez foi rolar para o lado e pegar sua espada. Aiglamene havia passado metade do treinamento só tentando convencer Gideon a puxar a rapieira pelo punho em vez de sua montante, até ela simplesmente decidir dormir com os dedos em volta do punho para se acostumar. Havia um papelzinho amassado entre sua mão e a guarnição:

Não fale com qualquer pessoa.

— Bom, acho que não falarei com qualquer *pessoa* — disse Gideon, mas então continuou a ler:

Eu estou com o anel.

— Harrow! — Gideon berrou, impotente, e apalpou os bolsos. O anel tinha sumido. Não havia um erro maior e mais idiota do que deixar Harrowhark Nonagesimus se aproximar quando se estava vulnerável de alguma forma. Ela deveria ter colocado uma armadilha na soleira. Não era nem que ela se importasse com o anel: era somente a ferida, de novo e de novo, de que Harrow considerava qualquer propriedade de Gideon como sua propriedade. Ela tentou se alegrar com o pensamento de que ao menos isso significava que Harrow não estava por perto, um pensamento capaz de alegrar qualquer um.

Gideon tirou o manto e lutou para tirar as calças e a camiseta, que estavam molhados de suor. Ela abriu todas as portas até encontrar o maior banheiro que ela já havia visto. Era tão grande que dava para andar nele. Ela esticou os braços dos dois lados e ainda assim não conseguia encostar nas paredes, de uma pedra escorregadia que brilhava como carvão quando estava recém-escavado e fosco quando não estava. Talvez esse negócio de fingir ser um cavaleiro não seria assim tão ruim. O chão era feito de azulejos de mármore, o brilho apagado onde havia alguns focos de bolor preto. Havia uma bacia com torneiras que Gideon sabia que era uma pia só porque ela tinha lido muitos gibis, e um buraco do tamanho de uma pessoa no chão, que ela não sabia para que servia. O limpador sônico estava ao lado, brilhando gentilmente, dos lados de uma câmara retangular com um bocal esquisito.

Gideon puxou a alavanca ao redor da torneira. Água saiu do bocal, e ela soltou um gritinho e pulou para trás antes de se acostumar com a vista e a desligou. Sua inspeção identificou um pedaço redondo de sabonete ao lado da pia (só que o sabão da Nona era feito de gordura humana, então, não, valeu) e um tubo de gel antibac. Ela finalmente decidiu pegar o limpador e usar o gel para tirar a maquiagem borrada do rosto. Recém-lavada, com a roupa limpa e o manto saído do limpador, estava se sentindo bem até que viu outro papelzinho colado na porta automática:

Pinte a cara, idiota.

Havia outro papelzinho em cima da caixa de maquiagem, que um criado esquelético havia solicitamente colocado em uma das prateleiras menos precárias.

> Não tente me encontrar. Estou trabalhando. Fique quieta e não se meta em encrenca. Eu reitero a ordem de que você não deve falar com qualquer pessoa.

Outro papelzinho estava colado embaixo desse, como se fosse um adendo:

> Para ser clara, "qualquer pessoa" significa qualquer um, morto ou vivo.

Dentro da caixa, ainda outro:

> Pinte o rosto adequadamente.

Gideon disse, em voz alta:

— Seus pais devem ter ficado tão aliviados quando morreram.

De volta ao banheiro, ela passou o algodão de alabastro frio no rosto. A maquiagem das freiras era feita com cinzas pálidos e pretos em cima dos lábios, nos glóbulos oculares e nas bochechas. Gideon se reconfortou recuando do seu reflexo no espelho quebrado: um crânio sorridente com um cabelo vermelho incongruente e um monte de espinhas. Ela pegou os óculos escuros do bolso do manto e os colocou no lugar, o que completou o resultado desejado, se o resultado fosse "absolutamente horrível".

Sentindo-se um pouco mais tranquila com a vida, com a rapieira balançando no quadril, era a cavaleira da Nona que andava pelos corredores dilapidados da Casa de Canaan. Estava agradavelmente silencioso. Ela conseguia ouvir os sons distantes de um lugar habitado — passos, gemidos rangentes dos ventiladores, o som inconfundível dos ossos dos pés de alguém pisando em tapetes esfarrapados — e refez seus passos até o átrio. Dali, apenas seguiu seu nariz.

O nariz de Gideon a levou até um salão de teto de vidro, instalações modernas montadas de maneira irregular em cima de riquezas antigas, completamente deslocada entre as tapeçarias e filigranas enegrecidas. Havia uma rede espalhada acima da claraboia para manter os pássaros longe, porque o vidro tinha buracos grandes o suficiente para uma pessoa pular. Uma fonte de água fresca borbulhava em uma parede, feita de concreto velho, com um tanque de filtragem assentado ao lado. E havia muitas mesas compridas e gastas — placas de madeira que limpas com antibac e com pernas que deviam vir de oito outras mesas sacrificadas. Dava para sentar cinquenta pessoas ali. A luz da manhã preenchia tudo em um brilho amarelo elétrico, verde onde tocava as plantas vivas, e marrom onde tocava as já mortas, e Gideon ficou feliz por ter usado seus óculos.

O cômodo estava quase vazio, mas alguns dos outros estavam lá, terminando suas refeições. Gideon se sentou a três mesas de distância e os observou descaradamente. Havia um homem sentado ao lado de um par de adolescentes tenebrosos: mais jovens do que Gideon, ainda perdendo a batalha contra a puberdade. O garoto usava um casaco escuro da guarnição, e a garota estava usando uma bainha adornada de joias nas costas, e, quando Gideon entrou, eles encararam a cultista da Nona com um interesse desavergonhado que mais parecia assombro. O homem próximo ao par horrível tinha um rosto bondoso, jovial e cabelos crespos cheios, com roupas cortadas com elegância, e uma rapieira também elegante ao seu lado. Gideon achava que ele tinha uns trinta e muitos. Ele teve a ousadia de levantar a mão em um tímido cumprimento. Antes que ela pudesse fazer qualquer coisa para retribuir, um esqueleto colocou uma tigela de sopa verde amarga e um enorme pedaço de pão fermentado na mesa, e então ela ficou ocupada demais comendo.

Os esqueletos eram sofisticados. O esqueleto que a havia servido retornou com uma xícara de chá quente em uma bandeja e esperou até que ela a pegasse para se retirar. Gideon notou que seu controle motor refinado era de fazer inveja a qualquer necromante, e moviam-se com perfeita sincronia e estavam atentos ao seu redor. Ela estava em uma posição privilegiada quanto a isso. Não dava para passar algum tempo na Nona sem sair de lá com um conhecimento insalubre sobre esqueletos. Ela poderia facilmente ser a professora substituta na aula do Dr. Esquelético sem nem precisar praticar um teorema. A complexidade absurda em reproduzir a programação de cada um desses esqueletos teria tomado meses e meses de todos os mais velhos e retorcidos necromantes do Túmulo Trancafiado. Gideon teria ficado impressionada, se não estivesse com tanta fome.

Os adolescentes horríveis estavam cochichando entre si, olhando de soslaio para Gideon, se entreolhando, e depois cochichando novamente. O homem mais velho saudável se inclinou na direção deles e os repreendeu. Eles pararam com relutância, apenas ocasionalmente, olhando para ela de modo sombrio por cima da sopa e do pão, sem saber que ela era fisicamente imune. Lá na Nona, ela havia aguentado todas as refeições perante o olhar fantasticamente calamitoso de Crux, o que fazia com que o mingau ficasse como cinzas na boca.

Um criado de ossos vestido de branco estava de prontidão para a retirada da sua tigela e do seu prato assim que ela terminou. Ela ficou em silêncio bebericando o chá entre os dentes, tentando não engolir a maquiagem junto, quando uma mão parou na frente dela.

Era a mão do homem mais velho gentil. Visto mais de perto, ele tinha um queixo marcante, a expressão dos incuravelmente felizes, e olhos agradáveis. Gideon ficou genuinamente surpresa em descobrir que estava tímida, e ainda mais surpresa ao descobrir que estava aliviada com a ordem de Harrow para não falar. Gideon Nav, absolutamente faminta por qualquer contato com qualquer pessoa que não tinha planos obscuros e osteoporose avançada, deveria estar aflita por conversa. No entanto, descobriu que não conseguia pensar nem sequer uma única coisa a dizer.

— Magnus, o Quinto — disse ele. — Sir Magnus Quinn, cavaleiro primário e Senescal da Corte Koniortos.

A três mesas de distância, os adolescentes detestáveis recepcionaram sua audácia com gemidos baixos: eles perderam qualquer semelhança a respeitabilidade contida e, em vez disso, começaram a repetir seu nome em um coro lento de gemidos como os de animais feridos, entoando "Magnus! Maaaaaagnus!", o que ele ignorou. Gideon hesitara demais ao pegar sua mão, e, com o espírito encarnado das boas maneiras, ele interpretou a relutância dela como recusa, e bateu os nós dos dedos na mesa em vez disso.

— Perdoe-nos — disse ele. — Não temos muito contato com fiéis sombrios na Quarta e na Quinta, e meus bravos companheiros da Quarta estão, er, deslumbrados.

(— Nãoooooo, Magnus, não diga que estamos deslumbrados — disse a garota horrível, em um murmúrio.

— Não fale da gente, Magnus — gemeu o outro.)

Gideon afastou a cadeira para ficar em pé. Magnus Quinn, Magnus da Quinta, era velho demais e bem treinado demais para fazer algo como recuar, mas alguma reputação da Nona Casa que Gideon mal havia começado a compreender fez com que seus olhos se arregalassem, só um pouco. As roupas dele eram tão bem cortadas e adornadas; ele parecia elegante e de bom gosto sem que fosse intimidante. Ela odiava conseguir ouvir a voz de Harrow, em um tom baixo e urgente, em alguma parte no fundo do seu cérebro: "Nós *não* vamos nos tornar agregados da Terceira ou Quinta Casa".

Ela acenou com a cabeça, um pouco desajeitada, e ele ficou tão aliviado que levantou e abaixou o queixo duas vezes como reposta antes de perceber o que estava fazendo.

— Saudações à Nona — disse ele com firmeza, e então indicou a porta com a cabeça em um gesto que era tão visivelmente "Vamos embora! Agora!" que até mesmo os adolescentes ruins não conseguiriam ignorar. Eles empurraram as tigelas para dois esqueletos encurvados que aguardavam, e saíram na ponta dos pés para acompanhar o homem mais velho, deixando Gideon entretida e sozinha.

Ela ficou em pé até que as vozes deles sumiram ("Honestamente, crianças" ela conseguiu ouvir Magnus dizendo repreensivo, "qualquer um pensaria que vocês cresceram no meio do mato"), antes de ajustar os óculos escuros no nariz e sair, colocando as mãos nos bolsos do manto e indo na direção oposta à qual Magnus e os jovens desagradáveis da Quarta haviam ido, descendo por um lance curto de escadas. Gideon não tinha para onde ir nem o que fazer, e nenhuma ordem ou objetivo: com seu manto negro ondulando nos calcanhares e a luz ficando cada vez mais forte, ela decidiu andar por aí.

A Casa de Canaan era um grande ninho de cômodos e corredores, de pátios internos repentinos e escadas que desciam em uma escuridão sem luz, acabando em portas emboloradas embaixo de consolas, algumas que pareciam que iriam bater barulhentamente não importa o quanto alguém tentasse fechá-las com cuidado. Mais de uma vez, Gideon virou um corredor e percebeu que ela estava de volta a mesma plataforma da qual ela achava que já tinha há muito se afastado. Em um momento, ela fez uma pausa em um maldito terraço do lado de fora, observando os pilares enferrujados e maciços que se erguiam em um círculo ao redor da torre. O mar de um lado era interrompido com plataformas de concreto que formavam um caminho, colocadas geometricamente na água, mumificadas pelas algas: o mar havia coberto mais dessas estruturas há muito, muito tempo, e pareciam cabeças quadradas com um cabelo espetado, espiando de um modo suspeito através das ondas. Ficar do lado de fora fez com que ela ficasse tonta, então ela voltou para dentro.

Havia portas — uma imensidade de portas —, um verdadeiro almoxarifado de portas: portas de armários, portas automáticas de metal, portas bloqueadas que davam para corredores e passagens mal iluminados, portas que tinham metade da sua altura e nenhum trinco, portas tão apodrecidas que era possível espionar desavergonhadamente através da sua nudez nos cômodos que não escondiam. Todas essas portas deveriam ter sido bonitas, até mesmo as que levavam a despensas. Quem quer que tivesse vivido na Primeira Casa, vivera em meio à beleza. O teto ainda tinha um pé-direito alto e era gracioso, com os gessos desenhados com ornamentos graciosos, mas a coisa toda rangia, e, em dado momento, a bota de Gideon atravessou um pedaço particularmente macio da madeira do chão para um vazio abaixo. O lugar mais parecia uma armadilha.

Ela desceu um lance curto de escadas de metal. A casa parecia muitas vezes se desdobrar em um andar diferente sem que deixasse que ela fosse muito longe, mas isso era mais profundo e mais escuro do que os outros lugares em que ela tinha estado. As escadas levavam a um vestíbulo de azulejos onde as luzes pareciam piscar inconsoláveis e se recusavam a ficarem acesas por completo. Ela empurrou duas portas enormes que rangiam, o que a levaram para dentro de uma câmara cheia de eco que fez com que suas narinas ardessem. Cheirava como algo químico, e a maior parte do mal cheiro vinha do fosso perfeitamente retangular enorme e nojento que dominava o centro do cômodo. O buraco estava revestido com azulejo fosco, e dava uma boa disputa com as partes mais velhas e mais sujas da Nona Casa. Havia escadas de metal que desciam até o fosso — mas por que alguém faria uma coisa dessas?!

Gideon abandonou o fosso e olhou através de uma porta dupla de vidro engordurado. Do outro lado do cômodo, uma silhueta encurvada usando um manto a encarou, e, por reflexo, ela ergueu sua rapieira: e a silhueta rapidamente — e idêntica a ela — também fez isso.

Parabéns, imbecil! pensou Gideon, arrumando a postura. *É um espelho.*

Era um espelho, um espelho enorme que cobria toda a parede do fundo. Ela encostou a cara mais perto da porta de vidro. O cômodo em frente tinha um chão de laje, com as pedras lisas devido aos anos de pés que passaram por ele. Havia uma pia enferrujada e uma torneira, onde uma toalha fora abandonada por séculos, há sabe Deus quanto tempo, puída até virar uma cascata de linhas como teias de aranha. Espadas corroídas estavam presas a painéis corroídos nas paredes. Através de uma janela no teto, raios solares brilhavam em torrentes de dourado. Gideon teria amado muito essa sala de treinamento em seus dias de glória, mas agora não tocaria naquelas lâminas enferrujadas nem que lhe pagassem.

Gideon voltou para o vestíbulo com as luzes piscando, e notou outra porta, mais perto da escada. Ela não havia notado antes por causa da tapeçaria que a cobria quase que inteiramente, mas um dos cantos havia sido dobrado, e dava um sinal sutil do que se escondia embaixo. Ela empurrou a tapeçaria antiga e cheia de mofo e encontrou uma porta de madeira escura. Tentou girar a maçaneta, puxou-a para fora e encarou. Um longo corredor de azulejos a encarou de volta, sem janelas, uma sucessão de luzes quadradas no teto que sibilavam à vida com um *clanque... clanque... clanque...* traçando um caminho até uma porta enorme do outro lado, completamente deslocada. Rodeada por pilares pesados, em cima de um suporte de pedra, o efeito não era exatamente acolhedor. A porta em si era feita de barras de pedras pretas colocadas em uma moldura do mesmo material. Um relevo estranho fora esculpido acima da verga, colocada dentro de um painel embolorado. As botas de Gideon ecoaram pelas pedras brilhantes conforme ela se aproximou para ver melhor. O relevo era composto de cinco pequenos círculos que se conectavam por linhas, em um símbolo que ela não reconhecia. Logo abaixo ficava uma pedra sólida com uma guirlanda de folhas esculpidas na horizontal de um lado até o outro. No topo, estava a caveira de um animal de longos chifres, que se curvava para dentro com pontas traiçoeiras que quase se encostavam. Colunas estreitas se erguiam para suportar esse estranho monumento de pedra, e em volta de cada coluna algo havia sido esculpido para parecer vivo e contorcido — um animal rastejante, gordo e estufado. Gideon esticou a mão para encostar no mármore esculpido e sentiu as escamas que se sobrepunham, tocou as arestas onde a barriga de cristas encontrava as costas. Era frio ao toque.

Não havia maçaneta nem aldrava: só uma fechadura escura, para uma chave com pinos que deveriam ser tão grandes quanto os polegares de Gideon. Ela olhou pelo buraco da fechadura e viu — porra nenhuma. Bastava dizer que todos os empurrões, maus jeitos e apertos dos dedos na fechadura foram em vão. Estava fechada para cacete.

Curioso, pensou Gideon.

Ela voltou para o pequeno vestíbulo claustrofóbico e, devido a um completo sentimento de perversidade, desenrolou a tapeçaria para que a porta ficasse inteiramente coberta. Nas sombras, o efeito era bom. Ninguém a encontraria tão cedo. Era um gesto estúpido e secreto inteiramente da Nona, feito por hábito, e Gideon odiava o quão reconfortante tinha sido.

Vozes estavam desaparecendo no limite da sua audição do topo da plataforma que levava para as escadas. Outro instinto da Nona fez com que Gideon se enrijecesse contra a parede no fim das escadas: algo feito milhões de vezes antes para evitar o Marechal de Drearburh, ou Harrowhark, ou uma das tias-avós horríveis ou membros do convento do Túmulo Trancafiado. Gideon não tinha ideia de quem ela estava evitando, mas os evitava mesmo assim, porque era uma coisa muito fácil a se fazer. A conversa, conduzida em tons baixos e irritadiços, flutuou até ela.

— ... Bobajada mística e oblíqua — dizia alguém —, e estou pensando em escrever para o seu pai e reclamar...

— E vai falar o quê? — proferiu outra voz. — Que a *Primeira Casa* não está nos tratando devidamente?

— ... Um quebra-cabeça lateral não é um teste, e, quanto mais eu penso nisso, a ideia de que aquele velho trapaceiro não sabe de nada é completamente risível! Jogos mentais geriátricos, ou pior ainda, e essa é minha teoria, de ver quem vai desistir primeiro...

— Você sempre tem uma teoria da conspiração — disse a segunda voz.

A primeira voz pareceu incomodada.

— Por que as naves sumiram? Por que esse lugar estranho? Por que todo esse sigilo? Por que a comida é tão ruim? Como demonstrado anteriormente, uma conspiração.

Houve uma pausa pensativa.

— Não achei a comida assim tão ruim — disse uma terceira voz.

— Vou dizer o que acho — disse a primeira voz. — É um truque barato, bem estilo da Coorte, um delírio de alistamento. Estão esperando para ver quem é idiota o suficiente para morder a isca. Ver quem cai nesse papinho. Bem, *eu* é que não vou.

— A não ser que — disse a segunda voz, que agora que Gideon estava ouvindo melhor, se parecia muito com a terceira em tom, e diferenciava-se apenas em modulação —, o desafio seja um de protocolo: *nós* é que devemos ter uma resposta válida para uma questão necessariamente vaga para que assim possamos nos provar. Compreender o incompreensível. Et cetera.

A primeira voz parecia tinha um quê de ganido quando respondeu:

— Ah, pelo amor de Deus.

Um barulho. Movimento. As escadas ecoaram com os passos. Eles estavam descendo.

— Eu me pergunto onde aquele velhinho engraçado escondeu as naves — ponderou a terceira voz.

A segunda:

— Foram empurradas da plataforma, imagino.

— Não seja ridícula — disse a primeira voz. — Aquelas coisas custam uma fortuna.

No fim das escadas, escondida entre as sombras, Gideon conseguiu ter a primeira visão dos oradores. As gêmeas herdeiras da Terceira Casa estavam olhando em volta, acompanhadas por seu cavaleiro levemente bufante e rabugento. De perto, Gideon ficou ainda mais impressionada. A gêmea dourada da Terceira era provavelmente a pessoa mais bonita que ela já vira na vida. Ela era alta e majestosa, e contava com certa natureza efêmera e radiante — a camiseta estava colocada descuidadamente dentro das calças, que estavam descuidadamente colocadas dentro das botas, e mesmo assim ela era só brilho topázio polido. Os Necromantes usavam os mantos da mesma forma que os cavaleiros usavam as espadas, mas ela não havia colocado o seu manto nos braços, e era um tecido diáfano dourado, transparente, que flutuava ao seu redor como se fossem asas. Havia cerca de cinco anéis em cada uma das mãos, e os seus brincos envergonhariam candelabros, mas ela tinha um ar de adorno exagerado que era selvagem e inocente, como se houvesse colocado as coisas mais bonitas de sua caixa de joias e depois se esquecido de tirar. O seu cabelo, como manteiga, estava grudado na testa, e ela enrolava um dos cachos em um dedo, depois deixando-o de lado despretensiosamente.

A segunda gêmea era como se a primeira houvesse sido rasgada em pedaços e então montada novamente sem nenhum apreço pela genialidade. Ela usava um manto do mesmo tecido e da mesma cor, mas nela parecia uma linda mortalha embrulhada em uma múmia. O cavaleiro tinha muito cabelo, um rosto aquilino, e uma jaqueta metida a besta.

— *Eu* acho — disse a gêmea brilhante — que é muito melhor do que colocar todos nós em um quarto e começar a brincar de "Quem é o melhor necromante?". Ou, ainda pior, encher o quarto de pergaminhos velhos e nos colocar para traduzir rituais por horas e horas.

— Sim, seria lamentável — concordou sua irmã calmamente —, considerando que demoraria menos de cinco minutos para descobrirem que você é burra como uma porta.

Um cacho se enrolou no dedo.

— Ah, fique quieta, Ianthe.

— Nós devíamos estar comemorando, se formos sinceros — continuou a garota pálida, parecendo se animar com o assunto —, já que o fato pouco disfarçado de que você é uma grande loira burra viria à luz tão rapidamente que teria quebrado a barreira do som.

O cacho foi solto com um movimento brusco.

— Ianthe, não me deixe irritada.

— Por favor, não fique irritada — disse a irmã. — Você sabe que seu cérebro só consegue lidar com uma emoção de cada vez.

A expressão do cavaleiro ficou feia.

— Você só está emburrada — disse ele, brusco. — Não pôde ficar se exibindo com seus livros para sempre, e então você ficou invisível, é isso?

As duas garotas se viraram para ele prontamente. A gêmea pálida apenas o encarou, os olhos semicerrados de cílios esquálidos, mas a gêmea graciosa pegou uma das orelhas dele entre o polegar e o indicador e puxou sem dó. Ele não era um jovem baixo, mas ela era meia cabeça mais alta do que ele, e uma cabeça inteira se contasse o cabelo. A outra irmã observava do outro lado, impassível — apesar de que Gideon poderia jurar que ela estava sorrindo um pouquinho.

— Se falar com ela assim de novo, Babs — disse a gêmea dourada —, eu vou te destruir. Implore por perdão.

Ele ficou chocado e na defensiva.

— Ah, qual é, eu não quis... Foi por *você*, eu estava respondendo a ofensa por você...

— Ela pode me ofender o quanto ela quiser. Você está sendo insubordinado. Peça desculpas.

— Princesa, eu vivo para servir...

— Naberius! — disse ela, dando um puxão para frente que ele foi obrigado a se arrastar, como um animal levado pela coleira. Duas manchas vermelhas de raiva haviam se formado em suas bochechas. A gêmea graciosa sacudiu a orelha dele gentilmente e a cabeça dele acompanhou o movimento. — Rasteje, Babs. Assim que possível, por favor.

— Deixe quieto, Corona — disse a outra garota de repente. — Não é hora para ficarmos de brincadeira. Deixe-o e vamos seguir em frente.

A gêmea brilhante, Corona, hesitou, mas então largou a orelha do cavaleiro azarado. Ele a esfregou, mal-humorado. Gideon conseguia ver apenas a parte de trás da cabeça, mas ele continuava olhando para a garota que havia acabado de maltratá-lo como um cão arrependido, a linha arrogante da sua cabeça e dos ombros caídos. Repentina e impetuosamente, Corona colocou um braço ao redor dele e perambulou para frente, dando um puxão na outra orelha — ele se desvencilhou, amuado — antes de arrastá-lo pela porta até o cômodo com o fosso. A gêmea pálida segurou a porta aberta para os dois.

Depois que eles adentraram, exclamando devido ao mau cheiro, a gêmea pálida ficou imóvel. Ela não os seguiu. Em vez disso, olhou diretamente para a escuridão, para as sombras profundas perto da escada. Gideon sabia que estava inteiramente escondida, com o capuz, invisível, mas, mesmo assim, pressionou as costas contra a parede, para mais longe daquele olhar pálido e alvejado, que a encarava diretamente com uma precisão desconfortável.

— Não é uma boa maneira de começar — disse ela baixinho. — Eu não chamaria a atenção de um necromante da Terceira Casa.

A gêmea pálida atravessou a soleira e fechou a porta atrás dela. Gideon ficou sozinha.

10

Harrowhark não apareceu para a refeição do meio-dia. Gideon, ainda desacostumada com a ideia de *refeição do meio-dia*, ou até mesmo *meio-dia*, apareceu uma hora mais cedo do que todos os outros. Ou todos tinham horários circadianos apropriados para sentirem fome ou estavam sendo educados demais para não seguir o protocolo. Gideon sentou-se na sala limpa e quente onde havia comido o café, e ofereceram uma refeição de uma carne branca pálida com um monte de folhas. Era bom que ela estivesse sozinha. Ela nem sabia o que fazer com aquilo. Ela comeu a carne com um garfo — não precisava de faca, já que era tão macia que se desfazia assim que era tocada — e as folhas uma por uma, com os dedos. Ela percebeu mais ou menos na metade que aquilo provavelmente era uma salada. Os vegetais crus da Nona vinham em uma forma penosa de alhos-porós descascados, manchados com um molho preto salgado que era facilmente absorvido. Ela terminou de se encher com pão, que era muito bom, e pegou mais um pedaço e escondeu no manto para depois.

Um esqueleto trouxe sua comida, e um esqueleto a retirou com a mesma precisão que os outros haviam demonstrado. Gideon notou que não havia truques baratos — ninguém colocara pinos nas juntas para que eles ficassem em pé mais facilmente nem massa em seus tendões. Não, quem quer que os tivesse erguido era de um talento extraordinário. Ela suspeitava que fosse o Professor. Harrow não ia gostar disso. A Casa da Nona deveria ter o monopólio em reconstruir perfeitamente, e aqui estavam um monte deles, feitos por um homem pequenininho que aplaudia com suas mãos sem ironia nenhuma.

Assim que Gideon sacudiu as migalhas do colo e se levantava para ir embora, dois outros noviços entraram. Quando a viram, tanto ela quanto eles ficaram imóveis.

Um deles era um garoto cadavérico de rosto anguloso vestido de um branco alvejado e uma cota de malha que dava para cortar com um garfo de tão delicada. Ele estava coberto por ela e terminava em um kilt, o que era estranho: os necromantes não costumavam usar esse tipo de armadura, e ele definitivamente era o necromante. Ele tinha o feitio de um necromante. Um cetim claro flutuava dos seus ombros magros. Ele dava a impressão de ser um cara que a diversão procurava se quisesse morrer. Era empertigado e ascético, e seu companheiro — que era mais velho, bem mais velho do que a própria Gideon — tinha o ar de estar perpetuamente aborrecido. Ele era mais robusto e cheio, e vestia um couro descolorido rasgado que parecia verdadeiramente gasto. Ao menos um dedo na mão esquerda era um cotoco nojento, o que ela admirou.

A razão pela qual *eles* tinham ficado imóveis não era clara. Ela ficara imóvel porque o necromante estava encarando-a com uma expressão aberta de hostilidade. Ele a olhava como se tivesse finalmente encontrado, cara a cara, o assassino de seu amado cachorro de estimação.

Gideon havia passado tempo demais nas profundezas de Drearburh para não saber quando deveria, em termos científicos, *dar no pé.* Não era a primeira vez que recebia esse olhar. A Irmã Lachrimorta a olhava dessa forma quase que exclusivamente, e a Irmã Lachrimorta era cega. A única diferença na maneira que Crux olhava para ela é que Crux conseguia também abranger uma completa falta de choque, como se ela tivesse conseguido desapontar até mesmo a mais baixa de suas expectativas. E muito tempo atrás — sentido dolorosamente no fundo de sua amídala —, a Reverenda Mãe e o Reverendo Pai *também* a olharam dessa forma, apesar de que, no caso deles, a desconfiança era acompanhada de um recuar fóbico: da mesma forma que olhariam para um verme inesperado.

— Por favor, lide com a cultista das sombras — disse o garoto de cara desbotada, que tinha a voz mais profunda, cansada e reprimida que ela já tinha ouvido.

— Sim, tio — disse o homem maior.

Gideon estava doida por uma briga. Ela não queria nada mais do que o homem de cara enfezada vestido de couro desembainhasse na frente dela. Ele tinha ossos fortes e parecia gasto, repleto de rugas, com a pele de um tom amarelado e amarronzado. Ao lado do seu necromante vestido de maneira quase delicada de branco, ele parecia feroz e agreste. Aparentava ser resistente. Graças a Deus. Ela queria lutar para valer. Queria lutar até que os adeptos de ossos fossem chamados para colocar os pés das pessoas de volta no lugar. Ela sabia qual era o preço — acordar mumificada por bilhetinhos agressivos, ou talvez morrer —, mas ela não se importava mais. Gideon estava medindo tudo em sua mente, o comprimento de sua rapieira até a clavícula do cavaleiro oponente.

Ele a desapontou visceralmente ao continuar em pé, distante, unindo suas mãos e se curvando diante dela. Era um gesto educado, mas que não pedia desculpas. Ele tinha uma voz mais rouca e leve do que a do seu necromante, afônica, como se estivesse com um resfriado eterno ou tosse de fumante.

— Meu tio não pode comer com seu tipo por perto — disse ele. — Por favor, retire-se.

Gideon tinha um milhão de perguntas. Como: "Seu tipo?" E: "Por que você tem um tio tão neném, da cor de maionese?" E: "Esse 'seu tipo' são pessoas que não são sobrinhos e que têm dedos do meio?" No entanto, ela não disse nada. Ela o encarou por alguns segundos; ele a encarou de volta — seu rosto não continha o mesmo tipo de ódio, mas tinha uma expressão morta e teimosa que a atravessava. Se fosse Crux, ela teria mostrado o dedo do meio. Na situação atual, ela apenas assentiu e se afastou com o que em sua mente era um rodopio indignado.

Gideon se sentiu muito cabisbaixa com a situação toda. Ela ansiava pela Coorte, porque, em parte, estava cansada de ficar sozinha no escuro e queria ser parte de algo maior que a demência encrustada e leitos de alhos-porós. O que ela era agora? Um espectro nada bem-vindo perambulando pelos corredores sem um necromante para perseguir — o tapa na cara doloroso era que ela nem sequer tinha *Harrow* —, ainda solitário, só que com uma luz um pouco melhor. Ela havia se alegrado com a pequena ilusão que os testes para Lyctor precisariam que ela fosse mais útil do que espionar uma conversa ou estragar o café da manhã. Até mesmo *Espadas II* teria sido uma bênção para afastá-la do tédio. Foi com esse pensamento, desenfreada pela decepção, que ela passou por uma série de antecâmaras escuras e vazias e subiu um lance de escadas úmido de tijolos, e logo estava do lado de fora, em um terraço com jardim.

O sol brilhava através de um dossel de vidro ou algum outro material transparente. Era um jardim, em apenas uma forma mais triste da palavra.

Seja lá onde a Primeira Casa plantava suas folhas, certamente não era ali. O sal era espesso em cada estrutura de metal. As paredes eram cheias de arbustos verdes atrofiados, com longos caules e flores caindo que haviam secado devido à luz branca acima deles. Uma fragrância estranha se erguia acima, com um cheiro pesado e estranho. Nada que crescia na Nona tinha um cheiro de verdade: nem o musgo, nem os esporos nas cavernas, nem os vegetais secos cultivados nos campos. O teto terminava em uma área verdadeiramente aberta onde o vento balançava as folhas enrugadas de umas árvores igualmente enrugadas, e ali — embaixo de um toldo no sol escaldante, ela mesma parecendo-se com uma das flores caídas de caule comprido — estava Dulcinea.

Ela estava completamente sozinha. Seu pedaço de carne não estava por perto. Deitada em uma cadeira, ela parecia delicada e cansada: rugas marcavam a preocupação em seus olhos e na boca, e ela usava um chapéu fashion e sem sentido. Ela estava vestida com um tecido leve e agarrado, no qual ainda não derramara sangue. Parecia que ela estava dormindo, e Gideon, não pela primeira vez, sentiu uma pontada de pena. Ela tentou fazer o caminho de volta, mas já era tarde.

— Não vá — disse a figura, os olhos se abrindo. — Achei mesmo. Olá, Gideon, a Nona! Você pode vir aqui e arrumar as costas dessa cadeira? Eu mesma faria isso, mas você já sabe que estou doente, e tem dias que eu não me sinto inteiramente bem. Posso te implorar esse favor?

Havia uma fina camada de suor na tez transparente embaixo do chapéu frívolo, e ela estava com a respiração acelerada. Gideon foi até a cadeira e mexeu no mecanismo, se sentindo uma fracote graças à dificuldade em conseguir entender uma simples trava na cadeira. A Senhora Septimus esperou passivamente para que Gideon conseguisse empurrá-la para cima, sorrindo para ela com aqueles enormes olhos azuis.

— Obrigada — disse ela assim que fora levantada. Ela tirou o chapéu ridículo dos cabelos castanho-claros molhados e o colocou no colo, sua expressão era conspirativa. — Eu sei que está de penitência e não pode falar, então você não precisa tentar me dizer isso com mímica.

As sobrancelhas de Gideon se ergueram para além da armação dos óculos antes que ela pudesse evitar.

— Sim — disse a garota, se ajeitando. — Você não é a primeira freira da Nona que conheço. Sempre pensei que deve ser tão difícil ser um irmão ou irmã do Túmulo Trancafiado. Eu costumava sonhar em ser uma... quando eu era jovem. Parecia um jeito tão romântico de morrer. Eu devia ter uns 13 anos... Eu já sabia então que ia morrer. Não queria que ninguém ficasse olhando para mim, e a Nona Casa era tão distante. Achei que poderia ter um tempo para mim mesma e então dar meu último suspiro de uma forma bela, sozinha, usando um manto preto, e todos ao meu redor rezariam por mim solenemente. Mas depois soube da maquiagem que vocês têm que usar — ela acrescentou, parecendo agitada —, e isso não é do meu estilo. Não dá para desmaiar na cela e suspirar lindamente enquanto está com tudo isso de maquiagem. Isso conta como conversa? Eu estou atrapalhando sua penitência? Sacuda a cabeça para um *não*, ou assinta para um *sim*.

Depois que Gideon silenciosamente sacudiu a cabeça para indicar um "não", deixando-se completamente levar por essa maré borbulhante e insana, Dulcinea continuou:

— Ótimo! Adoro um público cativo. Eu sei que você só está me escutando porque está com pena de mim. E você parece ser uma menina legal. Desculpe — ela acrescentou rapidamente —, você não é uma criança. Mas eu me sinto tão velha. Viu a dupla da Quarta Casa? São bebês. Eles ajudaram nessa sensação de me sentir anciã. Amanhã talvez eu me sinta jovial, mas hoje é um dia ruim... e eu me sinto uma inválida. Tire seus óculos, por favor, Gideon, a Nona. Gostaria de ver seus olhos.

Na composição de uma frase com as palavras "Gideon" e "obediente", muitas pessoas começariam a rir, e continuariam a rir e gargalhar por um bom tempo. No entanto, ela estava indefesa diante desse pedido extraordinário; ela estava indefesa diante dos braços magros e o sorriso caloroso da mulher-garota na sua frente; estava inteiramente indefesa diante da palavra "inválida". Ela deslizou os óculos escuros do nariz e, com obediência, apresentou seu rosto para inspeção.

E ela foi inspecionada, imediata e profundamente. Os olhos estavam semicerrados, concentrados, e por um instante o rosto de Dulcinea estava sério. Então algo rápido passou nos azuis daqueles olhos, uma inteligência perspicaz, uma profundidade sem repúdios ou vergonha de olhar. Fez com que as bochechas de Gideon corassem, apesar de seu próprio cérebro dizer "Se acalme, Nav, se acalme".

— Únicos — disse Dulcinea baixinho, mais para si mesma do que para Gideon. — Lipocromo... recessivo. Gosto de ver os olhos das pessoas —

disse ela repentinamente, agora sorrindo. — Eles podem dizer tanta coisa. Não posso falar muito sobre a Reverenda Filha… mas seus olhos parecem moedas de ouro. Estou te deixando com vergonha? Estou sendo repulsiva?

Com um aceno para "não", ela recostou na cadeira, inclinando a cabeça para trás e abanando o rosto com o chapéu frívolo.

— Que bom — disse ela, satisfeita. — Já é ruim estarmos presas aqui nesse casebre velho sem que eu te assuste. Não é fantástico o quanto ele é abandonado? Imagine todos os fantasmas das pessoas que já viveram aqui… que trabalharam aqui… ainda aguardando para serem chamados, se descobríssemos como. A Sétima não se dá bem com fantasmas, sabe. Nós os ofendemos. Somos preocupantes. A velha divisão entre o corpo e o espírito. Nós lidamos demais com o corpo, cristalizando-o no tempo… congelando-o de forma sobrenatural. O oposto da sua Casa, você não acha, Gideon, a Nona? Vocês pegam coisas vazias e constroem com elas… Nós pressionamos o ponteiro do relógio para que consigamos impedir que bata o último segundo.

Isso tudo entrou por um ouvido de Gideon e saiu por outro, indo totalmente para o espaço, mas havia algo relaxante no assunto. Gideon só tivera conversas dessa forma com Harrowhark, que raramente se explicava e agia como se estivesse conversando com uma criança burra. Dulcinea tinha um jeito sonhador de quem declarava confidências apesar de estar falando qualquer merda, confiante de que o interlocutor a entenderia. Também ajudava que ela falava enquanto sorria lindamente, e mexia os cílios para cima e para baixo.

Completamente hipnotizada, Gideon só podia olhar com uma boca cheia de dentes conforme a necromante de olhos azuis depositava uma mão pequena e leve no seu braço; a pele toda esticada por cima dos metacarpos evidentes, e ossos do punho como nós em uma corda.

— Levante-se — disse Dulcinea. — Me dê essa satisfação. Muitas pessoas já o fazem… mas quero que *você* faça.

Gideon se afastou e se levantou. A luz do sol iluminava a bainha do seu manto como manchas de ferrugem. Dulcinea disse:

— Desembainhe sua espada, Gideon da Nona.

Pegando o metal escuro embaixo do pomo, Gideon desembainhou. Parecia que ela desembainhara essa porcaria milhares de vezes — a voz de

Aiglamene, com moradia permanente em sua cabeça, só para continuar a farsa. *Desembainhe. Apoie-se no pé direito. Braço dobrado, mas não abaixado, a lâmina nua no ângulo do rosto ou peito do seu oponente. Você está protegendo a parte de fora do seu corpo. Nav, você está com o pé direito, e não se apoiando como se fosse cair dum precipício — você está equilibrada, e pode ir para frente e para trás como preferir.* A lâmina da rapieira, longe da sua casa sombria em Drearburh, brilhava como um metal opaco e sem luz, um comprimento esguio ausente de cor. Gideon admirava sua beleza, relutante — parecia uma agulha, uma agulha de ébano. *A outra mão para cima.* Ela relaxou na pose, triunfante com sua nova memória corporal que a sua professora havia lapidado nela, e ela queria lutar de novo.

— Ah, ótimo! — disse Dulcinea, e bateu palmas como uma criança vendo fogos de artifício. — Perfeito... É exatamente como Nonius. As pessoas dizem que os cavaleiros da Nona só servem para carregar cestas de ossos. Antes de conhecer você, achei que seria uma coisa cadavérica em um saco de cartilagem... já quase transformada em esqueleto.

Isso era um comentário bitolado, preconceituoso, e completamente verdadeiro. Gideon relaxou a espada e a postura — e viu que a garota frágil engolida pela cadeira havia parado de brincar com seu chapéu frívolo. Sua boca estava contorcida em um sorriso confuso, e os olhos diziam que ela havia calculado dois mais dois, e chegado ao excelente resultado quatro.

— Gideon, a Nona — disse Dulcinea lentamente —, você está acostumada com uma espada mais pesada?

Gideon olhou para baixo. Ela viu sua rapieira, apontada para o céu como uma flecha negra, a sua mão fechada e suportando o que deveria ser um punho, mas agora era apenas um cabo da guarnição, da mesma forma que seguraria uma — a *porra de um montante.*

Ela embainhou a rapieira de imediato, colocando-a dentro da bainha em um sibilo de ferro. Um suor frio escorreu embaixo das roupas. A expressão no rosto de Dulcinea era apenas de um interesse astuto, os olhos brilhantes, mas para Gideon era como o Segundo Sino prenunciando que uma criança estava dez minutos atrasada para a missa. Por um momento, parecia que várias coisas estúpidas estavam prestes a acontecer. Ela quase confessou tudo para o olhar calmo e azul de Dulcinea, quase abriu a boca e implorou calorosamente pela piedade daquela mulher.

Foi nesse momento de estupidez que Protesilaus apareceu, salvando sua pele apenas por ser muito grande e por ignorá-la completamente. Ele ficou em pé com seu cabelo lamacento e pele inchada, bloqueou o raio de sol que estava batendo nas mãos de sua adepta, e disse em sua voz profunda e horrível:

— Está fechado.

Ela não tinha tempo de entender o que aquilo significava. Conforme o olhar de Dulcinea oscilava entre o seu cavaleiro e a cavaleira da Nona, Gideon aproveitou a oportunidade para correr com o rabo entre as pernas — não correr exatamente, mas andar extremamente rápido na direção de qualquer lugar que não fosse ali. Havia rachaduras no vidro, e o vento estava batendo quente e salgado, esvoaçando seu manto e o capuz, e ela quase tinha conseguido escapar quando Dulcinea chamou:

— Gideon, a Nona!

Ela virou a cabeça na direção deles, os óculos caindo por cima das sobrancelhas. Protesilaus, o Sétimo, a encarou com o olhar vazio como quem observava com igual desinteresse qual parte da parede iria rachar e cair ao mar, mas a sua adepta estava olhando para ela, saudosa. Gideon hesitou na porta por causa do olhar, nas sombras do arco, fustigada pelo vento que vinha das águas.

Dulcinea disse:

— Espero que possamos conversar mais logo.

Inferno!, pensou Gideon, subindo as escadas dois degraus por vez. *Ela* não queria conversar mais. Ela já havia falado demais, e tudo isso sem pronunciar uma só palavra.

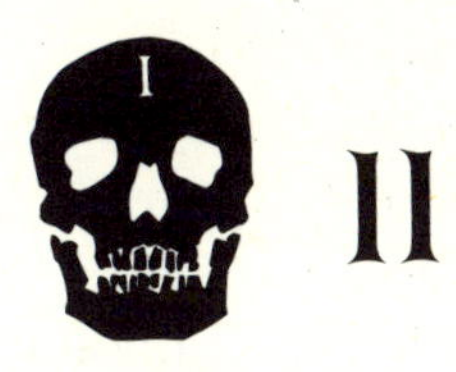

II

Os primeiros dias na Casa de Canaan foram espaçados como as contas em um rosário, dilatados. Eles eram compostos de longas horas vazias, fazer refeições em cômodos desocupados, ficar solitária em meio a estranhos muito estranhos. Gideon não podia nem contar com a familiaridade dos mortos. Os esqueletos da Primeira eram bons demais, capazes demais, observadores demais — e Gideon não se sentia à vontade em nenhum lugar, exceto trancada nos aposentos escuros que foram dados à Nona fazendo exercícios.

Depois de quase entregar tudo, ela passou dois dias quase que inteiramente enclausurada, trabalhando com a rapieira até que o suor derretesse a maquiagem e a transformasse em uma máscara zombeteira e proibitiva. Ela empilhou um banquinho enferrujado no topo do guarda-roupa de ébano bambo e treinou na barra fixa de metal que estava presa nas vigas. Fez flexões na frente das janelas até que Dominicus a tivesse banhado em sua maldita luz, completando sua corrida ao redor do planeta aguado.

Nas duas noites, ela foi para a cama dolorida e revoltada com a solidão. Crux sempre havia dito que ela ficava com o pior comportamento depois de passar dias em confinamento. Ela se deixou cair em um longo sono escuro e acordou apenas uma vez, na segunda noite, quando — muito cedo de manhã, quando a noite lá fora parecia-se mais com a escura Nona — Harrowhark Nonagesimus fechou a porta atrás de si, em silêncio. Ela ficou com os olhos quase fechados quando a Reverenda Filha parou em frente da cama improvisada, e depois observou enquanto a figura coberta em mantos negros se fechava no quarto. Depois disso, não houve mais barulho, e, pela manhã, Harrow havia desaparecido de novo quando Gideon acordou. Ela nem sequer deixou bilhetinhos malcriados.

Foi nesse estado de abandono que a cavaleira da Nona Casa comeu dois cafés da manhã, faminta tanto de proteína quanto de atenção, os óculos retintos deslizando pelo nariz enquanto ela tomava outra tigela de sopa. Ela teria feito qualquer coisa para ver algumas freiras cambaleantes andando pelo lugar, e, portanto, estava 100% vulnerável quando ergueu os olhos para ver uma gêmea da Terceira Casa adentrar o cômodo como um leão. Era a gêmea bonita; tinha as mangas do manto transparente enroladas até os ombros dourados, e o cabelo estava preso para trás como uma juba nebulosa. Ela olhou para Gideon com a expressão de uma bala disparada no ar.

— A Nona! — disse.

Ela se aproximou. Gideon se levantou, lembrando-se dos olhos pálidos da gêmea irritada, mas, em vez disso, encontrou uma mão cheia de anéis ofertada em sua direção.

— Senhora Coronabeth Tridentarius — disseram-lhe —, Princesa de Ida, herdeira da Terceira Casa.

Gideon não sabia o que fazer com aquela mão, que lhe foi oferecida com os cinco dedos esticados, a palma virada para cima. Ela encostou nos dedos levemente na esperança de que conseguisse apertá-los e se livrar logo disso, mas Coronabeth Tridentarius, Princesa de Ida, pegou sua mão e beijou os nós dos dedos de Gideon galantemente. O sorriso dela era brilhante, satisfeito com a própria coragem, e seus olhos eram de um violeta líquido e profundo. Ela falava com a audácia casual de alguém que esperava que qualquer comando seu de "pule!" fosse obedecido em êxtase.

— Organizei duelos para todos os cavaleiros das Casas — disse ela. — Minha esperança é que até mesmo a Nona aceite meu convite. O que diz?

Se Gideon não estivesse tão solitária; se Gideon não estivesse tão acostumada a ter uma parceira de lutas, até mesmo uma que passava mais tempo lutando contra reumatismo; se Coronabeth Tridentarius não fosse tão incrivelmente gostosa. Gideon contemplou todos esses "se" em exaustão enquanto seguia a necromante da Terceira Casa pela escadaria apertada e confinada que já lhe era familiar, já que a tinha explorado antes, até um cômodo escuro repleto de azulejos com as luzes piscantes, e depois até o fosso com cheiro químico insosso.

O cômodo agora estava cheio de atividade. Três esqueletos estavam no fosso com vassouras e baldes, limpando o musgo, e um quarto estava esfregando as portas duplas de vidro que davam para o cômodo espelhado adiante. O cheiro de podridão estava acobertado pelo igualmente invasivo cheiro de desinfetantes e lustra-móveis. A antiguidade ainda se assegurava do lugar, mas, na luz quente da manhã logo cedo, duas silhuetas dançavam ao redor uma da outra no palco aberto de pedras no cômodo espelhado. O arranhar urgente de metal de uma espada contra a outra preenchia o espaço até as vigas.

O esqueleto no canto balançou uma vara comprida em meio às teias de aranha, fazendo a poeira chover, e alguns outros estavam sentados, observando a luta. Gideon reconheceu o cavaleiro da Terceira mesmo sem a jaqueta metida à besta, que ele havia pendurado em um gancho enquanto posava com uma atitude cansada para limpar sua espada. Ela não poderia confundir a cavaleira da Segunda com seu uniforme branco intenso da Coorte, em contraste com a jaqueta de um vermelho profundo. Ela estava observando os dois no centro: encarando-se no pedrado, espadas e facas longas sombreando de amarelo os reflexos nas paredes, estavam Magnus e a abominável adolescente, sem seus mantos. Todos olharam para a Princesa de Ida conforme ela brilhou à vista, já que era impossível fazer qualquer outra coisa.

— Sir Magnus, veja só meu golpe! — disse ela, gesticulando para Gideon.

Isso não provocou um murmúrio respeitoso, como ela obviamente esperava. A cavaleira de uniforme estava atenta, mas seu olhar era vazio e frio. A garota da Quarta desistira de sua pose e estava se balançando para frente e para trás, assobiando alto em um horror fascinado. O cavaleiro da Terceira ergueu as sobrancelhas e pareceu incrédulo, como se a sua necromante acabasse de presenteá-lo com um leproso. Somente Magnus ofereceu a ela um sorriso bondoso e um pouco confuso.

— Princesa Corona, é claro que conseguiu pegar Gideon, a Nona! — disse ele, e então, para a adolescente horrorosa: — Bom, agora você pode duelar outra pessoa, e não preciso entediar todos com o tanto que consigo apanhar de Jeannemary, a Quarta.

(— Nããããão, Magnus, não fale de mim — disse a adolescente horrorosa.)

— *Eu* teria vergonha de admitir isso — disse o cavaleiro da Terceira de maneira sugestiva.

A infeliz Jeannemary, a Quarta, começou a ficar vermelha. Ela ajeitou a postura para dizer algo obviamente imprudente, mas seu parceiro de duelo deu um tapa em suas costas sem sequer diminuir o sorriso.

— Envergonhado, Príncipe Naberius? Em perder para uma Chatur? — disse ele calorosamente. — Meu Deus, não. É uma família de Cavaleiros desde a época da Ressurreição. Eu ficaria com vergonha se ela perdesse para *mim*. Eu a conheço desde que ela era criança, e ela sabe que eu sou mesmo muito ruim. Você deveria ter visto quando ela tinha cinco anos...

(— Magnus, não fale de quando eu tinha cinco anos.)

— Veja bem, vou contar essa história...

(— Magnus, não conte essa história pra ninguém.)

— De quando ela me desafiou para um duelo durante uma festa, disse que eu a havia insultado. Era questão de ela ter amortecido o impacto, e, para ser honesto, ela teria ganhado se não estivesse usando uma faca de pão improvisada...

Indignada além de qualquer margem de tolerância, a muito testada Jeannemary soltou um grito gutural e escapou para os bancos do outro lado do cômodo, indo para bem longe deles. Agora que ela não estava mais olhando, Magnus lançou a Naberius um olhar franco de reprovação. O cavaleiro da Terceira corou e desviou o olhar.

— Quero ver um duelo — disse a Princesa Corona. — Vamos, *Gideon*, a Nona, certo? Por que não tenta duelar com Sir Magnus? Não acredite nele quando diz que é ruim. A Quinta Casa tem a reputação de bons cavaleiros.

Magnus inclinou a cabeça.

— É claro que estou disposto, e a princesa é graciosa — disse ele —, mas não me tornei cavaleiro primário por ser o melhor com a rapieira. Sou o cavaleiro primário apenas porque minha adepta também é minha esposa. Suponho que possa dizer que eu sou um, ha ha, cavaleiro pri*matrimônio*!

Do outro lado da sala, Jeannemary deixou escapar um barulho como de um chocalho de morte. Princesa Corona riu abertamente, e Magnus pareceu extremamente satisfeito consigo mesmo. Os outros dois rostos estavam parcialmente sem expressão. Gideon fez uma nota mental para escrever a piada para que ela mesma pudesse usá-la depois.

Corona inclinou sua cabeça luminosa na direção de Gideon. Ela tinha um cheiro bom, o cheiro que Gideon imaginava que sabão deveria ter.

— A Nona Casa nos honrará? — murmurou ela, agradável.

Mulheres mais fortes do que Gideon não teriam conseguido dizer não para um pedido pessoal de Corona Tridentarius. Gideon se adiantou para o palco, as botas tilintando no pavimento: o homem mais velho do outro lado arregalou os olhos quando viu que ela não tiraria seu manto, nem seu capuz, nem os óculos. O ar na sala ficou eletrizado, exceto pelo som de *arranhado, arranhado, arranhado* do esqueleto que removia as teias. Até mesmo Jeannemary se sentou, em sua postura de morte prematura, para assistir. Houve um murmúrio baixo de admiração da parte de Corona quando Gideon abriu o manto para revelar a soqueira presa ao cinto. As lâminas brilhavam escuras na luz do sol conforme Gideon as colocava na mão.

— Soqueira? — disse o cavaleiro da Terceira, com uma incredulidade franca. — A Nona usa lâminas nos punhos?

— Não tradicionalmente.

Isso veio da cavaleira no uniforme da Coorte, que tinha uma voz tão clara quanto sua gola. Naberius disse, com uma languidez forçada:

— Simplesmente não pensei que soqueiras fossem uma opção viável.

— Elas são *repugnantes* demais.

(Gideon admitiu para si mesma que o jeito que Corona falava isso era bem sedutor).

Naberius fungou.

— É a arma de um arruaceiro.

A cavaleira da Coorte disse:

— Bom. É o que vamos ver.

Essa era a coisa mais estranha de ficar muda, pensou Gideon. Todos pareciam falar na direção dela, mas não diretamente com ela. Somente seu parceiro de duelo a olhou nos olhos — o máximo que conseguia com os óculos escuros, de qualquer forma.

— A Nona, er… — Magnus gesticulou na direção do seu manto, óculos, capuz, o que Gideon traduziu como "*você vai tirar isso?*". Quando Gideon sacudiu a cabeça com um não, ele deu de ombros, admirado. — Tudo bem! — E depois acrescentou, ainda perplexo: — Parabéns.

Corona disse:

— Eu apito.

Assim, moveram-se até suas posições. Mais uma vez, Gideon estava de volta às profundezas mal iluminadas de Drearburh, na tumba de cimento de um salão de soldados. Os duelos de cavaleiros funcionavam do mesmo jeito que Aiglamene havia ensinado, que era mais ou menos do mesmo jeito que funcionavam em casa, só que com mais frescuras. Um ficava na frente do outro com a segunda mão aberta no peito, mostrando qualquer que fosse a arma que tinham a intenção de usar: a soqueira empunhada, grossa e escura, contra a clavícula. A espada de Magnus — uma linda adaga de aço cor de mármore, com uma empunhadura de couro branco — tocava a dele.

— Até o primeiro toque — disse a árbitra, mal conseguindo esconder a empolgação crescente. — Da clavícula ao sacro, os braços são exceção. Chamada.

Primeiro toque? Em Drearburh era *até o nocaute*, mas não havia tempo para contemplar isso: Magnus estava sorrindo para ela com seu entusiasmo infantil, parecendo um professor, como um homem prestes a jogar bola com seu irmão mais novo. Debaixo da máscara excelente, havia um toque de dúvida em seus olhos, um repuxar da boca, e algo que Gideon notou: ele tinha um pouco de medo dela.

— Magnus, o Quinto! — disse ele, e: — Er, pega leve!

Gideon olhou para Corona e sacudiu a cabeça. A Princesa necromante de Ida era educada demais para fazer uma pergunta, e rápida demais para errar, e disse simplesmente:

— Eu faço a chamada por Gideon, a Nona. Sete passos para trás. Deem a volta. Comecem.

Havia quatro pares de olhos sedentos pelo duelo, e todos ficaram enevoados no pano de fundo de um sonho: as linhas do cérebro pareciam abreviar tudo até ficar um único lugar, um momento, uma memória. Gideon Nav sabia no primeiro meio segundo que Magnus ia perder: depois disso, ela parou de pensar com o cérebro e começou a pensar com os braços, que eram francamente onde estava a maior parte da sua massa cinzenta.

O que aconteceu em seguida foi como fechar os olhos em um cômodo quente e sem ar. A primeira finta da Quinta Casa foi o torpor pesado que preencheu a sua cabeça, até os dedos dos pés; a segunda, o refestelar do crânio no peito. Gideon colocou a mão esquerda para trás, e disse para si mesma: "Pare de bloquear todos os golpes!" e nem sequer tentou revidar. Ela desviou de todos os golpes lentos com facilidade, sem sequer encontrá-

-los, se inclinou para trás após o golpe seguinte da adaga, como se tivesse concordado de antemão onde iria cair: ele pressionou mais o território, tentando forçá-la, e ela gentilmente dobrou a espada dele para o lado com a sua, e revidou o golpe. A ponta da sua rapieira preta balançava como papel ao tocar em uma chama, e finalmente descansou, a seis milímetros do coração dele, fazendo com que cambaleasse até ficar imóvel. Ela encostou a ponta da espada no peito dele, com gentileza.

Tudo acabou em três movimentos. Um choque háptico pareceu acordar Gideon, e ali estava ela: com a rapieira imóvel apontada para o peito de Magnus, Magnus com sua expressão educada, mas ainda levemente exasperada de um homem que caiu numa pegadinha; quatro pares de olhos encarando com expressões vazias. A boca da árbitra bonita estava entreaberta, os lábios revelando dentes brancos, encarando muda até que finalmente se deu conta:

— Vitória da Nona!

— Minha nossa — disse Magnus.

A sala pareceu soltar o ar preso ao mesmo tempo. Jeannemary disse "Ah, meu *deus*", e a cavaleira da Coorte da Segunda corrigiu a postura e se sentou para ficar cinco centímetros mais alta do que antes, o dedão pressionado furiosamente na parte macia embaixo do seu queixo, perdida em pensamento. Gideon estava ocupada embainhando a espada meio segundo depois de Magnus ter embainhado a dele, ainda atrasada para retribuir sua reverência, se virando. O suor havia se transformado em adrenalina, e a adrenalina percorria como combustível inflamável, só que seu cérebro e coração ainda não tinham entendido o resultado. A única emoção que ela estava sentindo era um alívio lento até ser saturado. Ela tinha ganhado. Tinha ganhado mesmo que lutar de óculos e manto tenha sido completamente ridículo. A honra de Aiglamene seguiria intacta por mais um dia, e a bunda de Gideon continuaria sem levar um chute espiritual.

Conversas estavam acontecendo ao redor dela, mas não com ela.

Uma queixa:

— Eu não estou assim *tão* fora de forma, estou?

(— Magnus! Maaaaagnus. Três movimentos, Magnus.)

— Eu estou ficando velho? Será que eu e Abigail deveríamos nos divorciar?

— Eu nem sequer a vi se mexer. — Corona estava com a respiração acelerada. — Deus, ela é rápida.

Devido ao fato de estarem próximos, o seu olhar recaiu depois da luta diretamente no cavaleiro engomadinho da Terceira, Naberius: os olhos estavam duros, e o seu sorriso era de incômodo. Seus olhos eram azuis, mas de perto ela conseguia ver que eles eram manchados em alguns lugares por um marrom claro insípido que fez Gideon lembrar de uma água oleosa.

— O próximo duelo é comigo — disse Naberius.

— Não seja ganancioso — disse a princesa, bem-humorada e parecendo distraída. — A Nona acabou de lutar. Por que você não duela contra Jeannemary?

No entanto, estava claro que ele não queria duelar com Jeannemary, que, ao julgar por seu rosto, também não estava animada com a ideia. Naberius rolou os ombros para trás, erguendo as mangas da sua camisa fina de algodão até os cotovelos. Ele não tirou os olhos de Gideon.

— Você nem mesmo suou, não é? — disse ele. — Não, você está pronta para ir de novo. Vem *comigo*.

— Ai, Babs.

— Qual é. — A voz dele era muito mais suave e persuasiva quando ele estava falando com Corona. — Deixe que a Terceira mostre o que sabe fazer, minha Senhora. Eu sei que você prefere me assistir. — Havia um tom nasal peculiar em sua voz, um tipo de vogal alongada que parecia empolgada. — Me coloque lá. Dyas pode me olhar de novo.

(Do lado dele, a cavaleira da Coorte que era obviamente a *Dyas* referida ergueu a sobrancelha exatamente três milímetros para demonstrar o quanto gostaria de olhá-lo de novo).

— Nona?

O coração de Gideon ainda estava ricocheteando no peito. Ela ergueu os ombros em uma expressão que a irmandade do Túmulo Trancafiado teria reconhecido imediatamente como o prenúncio de Gideon prestes a fazer algo incrivelmente idiota, mas Corona tomou isso como um sim, e disse com indulgência, em tom zombeteiro, para seu cavaleiro:

— Bem, meu querido, esbanje-se e seja feliz.

Ele sorriu como se tivesse acabado de comprar um novo par de sapatos. Gideon pensou: *merda*.

A Cavaleira da Coorte, Dyas, estava dizendo:

— Vossa Alteza. A adepta não deveria arbitrar seu cavaleiro.

— Ah, pff! Só uma vez não vai fazer mal nenhum, tenente.

— Você não pode ser chamada de juíza imparcial, Princesa — disse Magnus.

— Bobagem. Sou mais dura com ele do que qualquer outro. Ao toque, chamada!

No curto espaço de tempo que ela estava cara a cara com outro cavaleiro, havia uma vibração nos seus ouvidos que ela reconhecia como o próprio batimento cardíaco. As lâminas da soqueira pareciam sombrias e frias como seda até mesmo através da camada do manto e da camiseta, e a língua era áspera dentro da boca. Ela não era tão estimulada assim desde a vez em um *treinamento* que ela havia batalhado com Crux, uma besta repetidora, e dois esqueletos usando machetes. A arma secundária da Terceira era uma adaga tão elegantemente forjada quanto seu cabelo: era prateada e violeta imperial, os guarda-mãos do punho curvadas para dentro de uma forma que estimulava sua memória, mas não exatamente levava a uma conclusão. A lâmina era fina e brilhante, e era mais larga no topo. Ela estava tão ocupada olhando que mal ouviu Naberius dizer:

— Naberius, o Terceiro. — E bem, bem baixinho, só para ela ouvir. — Os cavaleiros da Nona são só malas de necromantes. Quem é *você*?

Era bom que ela já tinha praticado o silêncio, porque a resposta tradicional de Nav seria uma série de xingamentos grosseiros. Ela se ressentia do desdém com que a boca dele se curvava ao falar "Nona"; ela se ressentia de "malas"; e ela se ressentia do cabelo dele. Só que Coronabeth estava dizendo:

— Faço a chamada por Gideon, a Nona!

E então estavam marcando cinco, seis, sete passos.

Ela só teve um instante para avaliar Naberius. Ele era uns dois centímetros e meio mais baixo do que ela, e seu porte fora moldado até não poder mais em músculos perfeitamente esculpidos. Seus ombros eram esguios e os braços, longos, e ela estava começando a acreditar que ele não era apenas um babaca que usava protetor labial, mas um babaca que usava protetor labial e tinha um alcance bem longo. A postura dele era perfeita: ainda mais perfeita do que a de sua professora, que havia parcialmente fundido a coluna vertebral para ficar sempre em posição de atenção. A rapieira era um conjunto de arame prateado e havia arrendados na curvatura do punho, e a lâmina não tinha nós, perfeita desde a linha do ombro até a ponta. A postura dela em resposta parecia meia-boca e folgada, e as lâminas pretas da soqueira eram brutais, rústicas. A linha dura da boca dele dizia a ela que ele estava acostumado a fazer as pessoas se sentirem assim, mas também que ele definitivamente usava protetor labial. O coração dela acelerou: renovado, fora de ritmo em antecipação.

— Comecem — disse Corona.

Nos primeiros dez segundos da luta, Gideon sabia que o duelo com a Quinta Casa era dela. Demorou vinte segundos para fazer uma descoberta importante sobre a Casa da Terceira: ela valorizava pureza. Cada virada da espada era uma maestria em técnica. Ele lutava como algo mecânico: inevitável, incruento, perfeito, com uma economia absoluta de movimentos. A primeira vez que a espada da Nona entrou em ação, a linha da rapieira dele a cortou para o lado — um arco simples com a lâmina, entediado, desdenhoso, preciso — e teria levado qualquer expert a lágrimas. O avançar e recuar eram como as linhas de um manual, manifestados diretamente em seus pés.

Pare de bloquear todos os golpes, disse seu cérebro. O seu braço ignorou o cérebro, e faíscas voaram quando a espada de Naberius encontrou com o vidro obsidiana da sua soqueira, a força do golpe reverberando pelo braço de Gideon até chegar à coluna. A sua espada foi para frente no que ela sabia que era um golpe perfeito, bem direcionado e forte ao lado dele, e ela ouviu um *tlink!* oleoso, e então outro golpe estremeceu no seu cotovelo até a base do crânio. A lâmina que ela achava que era uma adaga havia se separado em três, emboscando a dela com exatidão: uma lâmina tridente, algo que era tão óbvio que era melhor ela simplesmente se poupar e chutar a própria bunda. Naberius sorriu para ela, brando.

Foi a luta mais irritante de que ela já participou. Ele não era tão rápido quanto ela, mas ele não estava usando manto e, de qualquer forma, ele não precisava ser tão rápido. Tudo que ele precisava fazer era mantê-la a distância de um braço, e ele era bom nisso. Essa bobagem de "até o toque" a irritava. Se ela estivesse usando sua montante, simplesmente o teria arrebentado como se fosse um tijolo em uma janela. Só que ela tinha uma agulha em uma mão e um punhado de vidro preto na outra, e precisava ficar saltitando e desviando como se ele estivesse usando veneno, e ele provavelmente era um cavaleiro desde o dia em que nasceu. Em alguns momentos, ele poderia ficar completamente imóvel, completamente entediado, com a espada em uma forma perfeita como se estivesse modelando-a. A luz penetrava o manto e a cabeça de Gideon. Ela não conseguia acreditar que estava sendo impedida por alguém que havia comido o manual do cavaleiro e mastigado obedientemente 25 vezes.

Naberius brincava com ela languidamente — ele tinha um truque com a espada que se esticava como a garra de um gato, imediata, antes de se retirar com um meio passo calculado —, e a mantinha distante com sua espada, nunca deixando que adentrasse seu espaço. Ele mantinha a ladainha de *desviar, ataque rápido para recuperar espaço, pressionar a espada com a outra mão*, até que ela ficasse com vontade de morrer.

Gideon percorreu sua rapieira na dele — o sombrio sem luz contra o prateado — com um gemido alto, mas ele circulou ao seu redor e recuou. Ela golpeou de novo, mais alto, e notou que a parte de cima da lâmina havia sido pega entre os dentes da maldita faca tridente: ele usou a vantagem para empurrá-la para baixo... para baixo... e ela viu que a rapieira dele estava deslizando para baixo, por cima do braço, entre a dobra do cotovelo. Aiglamene a ensinara a antecipar um golpe mortal. Ela recuou rápido para o lado, deixando que pressionasse perto demais dela, xingando mentalmente o tempo todo: em uma luta de verdade, ela o teria deixado fazer um bom rasgo pelo peito e ombro, mas que não a mataria. E ele não conseguiria tocar nela com a ponta, só com o fio. Ela ainda estava no duelo.

Só que então ele fez algo perfeito. Provavelmente havia sido escrito em algum manual de esgrima de merda no estilo da Sétima, nomeado de "DOIS CORVOS BEBENDO ÁGUA" ou "O GAROTO ESTRANGULA O GANSO". Ele articulou a espada dela para baixo com a faca de três lâminas, virou o pulso da rapieira para frente e tirou a espada negra da Nona do seu aperto. Caiu no chão de pedras com um estardalhaço e ficou imóvel. Jeannemary engoliu um gritinho em segundo plano. O coração dela começou a bater como as contas de reza deslizando por um fio.

Naberius recuou do seu golpe e sorriu o mesmo sorriso irritante.

— Você corta demais — disse ele.

Ele não sorriu quando Gideon desvencilhou o braço da espada da sua rapieira em um movimento circular rápido, pulou para frente e deu um soco direto no plexo solar. A respiração esvaiu dos seus pulmões como se fosse uma câmara de vácuo. Naberius caiu para trás, e ela chutou seu manto para encostar nele com a bota bem atrás do joelho: ele cambaleou, cuspiu, e caiu. Ela se abaixou para pegar a espada e andou para trás para ganhar espaço enquanto ele se rebatia como um animal caído tentando levantar. Gideon arrumou a postura, ergueu a espada, e deixou que ela descansasse na clavícula dele.

— Vitória da Terceira — disse Coronabeth, o que a surpreendeu.

A espada dela foi retirada com um dar de ombros. Naberius, furioso e cambaleante, finalmente voltou a ficar em pé.

— Babs — disse a princesa apressada —, você está bem?

Ele estava tossindo ruidosamente. O rosto dele estava escuro, avermelhado, e ele embainhou a espada e apertou a faca, fazendo com que o mecanismo guardasse as lâminas laterais. Quando se curvou diante dela, era incrivelmente desdenhoso. Gideon embainhou a própria espada dentro da bainha, um pouco desconcertada, e fez uma reverência; e ele jogou a cabeça para trás, arrogante, e tossiu mais uma vez, o que arruinou um pouco o efeito.

— Ela não é um outro Nonius, ela é só uma arruaceira — disse ele em um tom de desgosto. — Olhe, *idiota*, quando eu te desarmar, o duelo acabou, você faz uma reverência, está bem? Você não continua.

A cavaleira da Coorte, elegante, disse:

— Você baixou a guarda, Tern.

— O duelo acabou no momento em que eu tirei a espada dela.

— Sim — disse ela —, tecnicamente.

— *Tecnicamente?* — ele estava ficando ainda mais vermelho. — Tudo é técnica! E é *Príncipe* Tern pra você, tenente! Do que você está falando, Dyas? Eu a mantive longe o tempo todo, eu ganhei, e a cultista estragou o duelo. Admita.

— Sim — disse Dyas, que havia relaxado a postura para deixar os braços atrás do corpo em posição de descanso. Parecia mais adequado em um desfile militar do que em um duelo informal. Ela tinha uma voz tenra e harmoniosa. — Você ganhou o duelo. A Nona é a duelista menos apta. Eu diria que ela é melhor de briga: ela lutou para vencer. Mas, Nona — disse ela —, ele está certo. Você corta demais.

O cavaleiro da Terceira parecia estar muito próximo de agir com violência, e isso, por alguma razão, fazia com que os olhos dele se arregalassem com ressentimento puro. Ele parecia prestes a desembainhar a espada e demandar uma revanche, e só se afastou quando um braço dourado se colocou ao redor dos seus ombros e ele foi puxado para um abraço pela sua necromante. Ele submeteu-se a um afofar dos cabelos. Corona disse:

— A Terceira mostrou a que veio, Babs. Isso é tudo me que importa.

— Foi uma vitória convincente. — Ele parecia uma criança birrenta.

— Você foi brilhante. Queria que Ianthe tivesse visto.

Jeannemary havia levantado. Ela era uma jovem de pele marrom, e Gideon notou que era feita como um tijolo, onde só havia arestas: os olhos dela eram brilhantes, e a voz, aguda, quando disse:

— É assim que eu quero lutar. Não quero ficar o tempo todo me exibindo em duelos. *Eu* quero lutar que nem uma cavaleira de verdade, como se minha vida estivesse em risco.

A expressão de Naberius entrou em colapso de novo. O olhar dele encontrou o de Gideon brevemente, e era algo além da hostilidade: era o desdém por um animal que havia feito cocô no lugar errado. Antes de alguma outra coisa ser dita, Magnus tossiu levemente em seu punho.

— Talvez — disse ele —, devamos voltar a fazer exercícios, ou trabalhar em pares... ou algo com que me faça lembrar que estou praticando para ficar em forma. Que tal? Duelar pode ser o prato principal do treinamento de um lutador, mas também temos que comer.... bem, vegetais e salada?

(— Magnus. Salada é feita de vegetais, Magnus.)

Gideon se afastou do palco, desafivelando a luva com as lâminas do punho, tirando os dedos do aperto. Ela se perguntou o que Aiglamene teria achado da luta, ela quase queria ver aquele desarmar novamente. Se Naberius não olhasse para ela como se ela pessoalmente tivesse mijado na sua melhor jaqueta, ela teria lhe perguntado. Era um truque da mão em vez de força bruta, e ela tinha que admitir que nunca nem pensou em uma defesa, o que era idiota...

Algum sexto sentido fez com que ela olhasse para cima, além do esqueleto que ainda estava espanando a poeira diligentemente das portas de vidro, além do fosso onde centenas de anos de produtos químicos velhos estavam sendo esfregados. Na abertura antes do cômodo de azulejos, uma silhueta em um manto estava de pé: pintada como uma caveira, o véu abaixado no pescoço, um capuz escondendo seu rosto. Gideon ficou em pé no centro da sala de treinamento, e, por um segundo que pareciam minutos, ela e Harrowhark olharam uma para a outra. Então, a Reverenda Filha se virou em um rodopio dramático de escuridão e desapareceu no cômodo de luzes piscantes.

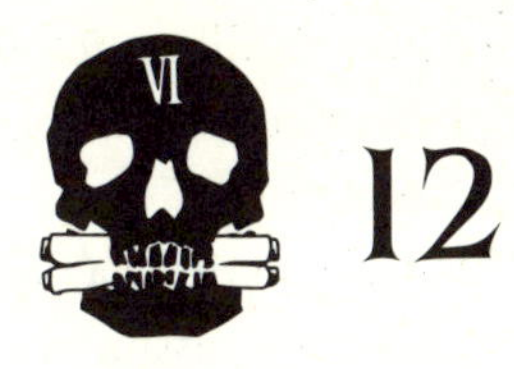

12

— É EXCELENTE TÊ-LA aqui conosco — disse Professor certa manhã —, excelente ver a Nona se adaptando tão bem! Quão bonito é ver todas as Casas em comunhão!

Professor era a porra de um comediante. Ele frequentemente se sentava com Gideon se a pegasse sentada na mesa para as refeições mais tardias — ele nunca aparecia no café da manhã, e ela suspeitava que ele comia o dele muito mais cedo do que qualquer um na Casa de Canaan — e a cumprimentava com um jovial "Sempre achei votos de silêncio muito relaxantes!". Perguntas constantes ainda eram feitas para Professor e os outros sacerdotes da Casa de Canaan, algumas persuasivas, algumas curtas, e todas feitas em graus variados de desespero. Ele era implacavelmente ignorante.

— Eu realmente gosto desse movimento — disse Professor (só ele e Gideon estavam na sala).

No fim daquela semana, Gideon já tinha conhecido quase todos os adeptos e seus cavaleiros. Isso não derrubou barreiras e formou novas amizades. Quase todos a evitavam nos corredores mal iluminados da Casa de Canaan — somente Coronabeth a cumprimentava alegremente de acordo com os caprichos dela mesma, que eram inconstantes, e Magnus sempre estava disposto a um cordial "Bom dia! Er, o tempo está excelente!" ou um "Boa noite! O tempo ainda está excelente!". Ele se esforçava tanto que era patético. No entanto, a maioria deles ainda olhava para ela como se fosse algo que pudesse ser morto por uma estaca no coração à meia-noite, um monstro quase domesticado em uma coleira duvidosa. Naberius Tern sorria para ela com tanto desdém que qualquer hora ficaria com o lábio permanentemente machucado.

Só que ela conseguia muitas informações ficando em silêncio e observando. A Segunda Casa agia como soldados em uma dispensa relutante. A

Terceira girava ao redor de Corona como dois pedaços de gelo ao redor de uma estrela dourada. A Quarta grudava na barra da saia da Quinta como patinhos — a necromante da Quinta se revelou ser uma mulher de 30 e poucos anos, moderna, com ossos espessos e um sorriso ameno, que parecia tanto uma necromante quanto uma esposa de fazendeiro. A Sexta e a Sétima estavam eternamente ausentes, fantasmas. Ela raramente via a dupla de tio assustador e sobrinho assustador da Oitava, e mesmo assim já era mais do que suficiente: a necromante da Oitava rezava com fervor e intensidade antes de cada refeição, e se passassem por ela em um corredor, os dois se achatavam contra a parede mais distante, como se ela fosse contagiosa.

Não era de se admirar. O caminho para os aposentos da Nona — o corredor que levava até a porta principal, e ao redor da porta como guirlandas fantasmagóricas — estava inteiramente coberto de ossos. Medulas espinhais rodeavam o batente da porta, ossos dos dedos estavam pendurados por arames finos e quase invisíveis, e batiam uns nos outros com o vento sem nenhuma alegria quando eram atravessados. Ela havia deixado um bilhete para Harrowhark nos travesseiros muito pouco utilizados:

QUAL É A DAS CAVEIRAS?

E recebeu em resposta apenas um sucinto:

Decoração.

Bem, "decoração" significava que até mesmo Magnus, o Quinto, hesitava antes de dar bom-dia, então que a decoração fosse para a puta que pariu.

Do pouco que Gideon sabia, Dulcinea Septimus passava 100% do tempo na varanda lendo romances e sendo perfeitamente feliz. Se ela estava tentando assustar a competição, estava fazendo com charme. Era muito difícil evitá-la. A cavaleira da Nona atravessava uma porta aberta, e uma voz suave a chamava "Gideon! Gideon!", e lá ia ela, e nem sequer uma menção à sua espada era feita. Apenas um travesseiro que precisava ser ajeitado, ou o enredo de um romance que deveria ser relatado, ou ainda — só uma vez — uma mulher mais leve que sua rapieira que precisava ser erguida e cuidadosamente transferida para outra cadeira, longe do sol. Gideon não ressentia isso. Ela tinha uma crescente sensação que Dulcinea estava fazendo um favor a ela. A Senhora Septimus estava, delicadamente, demonstrando que ela não se importava que Gideon era *Gideon, a Nona*, uma cultista das sombras de rosto pintado, uma freira do Túmulo Trancafiado: ou ao menos, se ela se importava, parecia que isso era a melhor coisa que lhe tinha acontecido no dia.

— Você já pensou que é meio engraçado, você aqui comigo? — ela perguntou uma vez, quando Gideon se sentou, encapuzada, segurando uma bola de lã para que Dulcinea pudesse fazer crochê. Gideon sacudiu a cabeça, e Dulcinea continuou: — Não... e eu gosto disso. Eu mando Protesilaus ir embora bastante. Dou coisas para ele fazer, e é o que ele faz de melhor. Mas eu gosto de ver você e fazer você carregar meus cobertores e fazer de você minha ajudante. Acho que sou a única pessoa na eternidade que já fez um Cavaleiro da Nona ser seu escravizado... bem, uma pessoa que não é seu adepto. E gostaria de ouvir sua voz de novo... um dia.

Sem chances. O vislumbre de Harrow Nonagesimus foi tudo que Gideon viu depois da luta. Ela não apareceu de novo, nem na sala de treinamento, nem nos aposentos da Nona. O seu travesseiro estava amassado de um jeito diferente a cada manhã, e as roupas pretas se empilhavam desarrumadas na pilha da lavanderia que os esqueletos retiravam com intervalos regulares, mas sua sombra não apareceu na porta de Gideon.

Gideon voltou à sala de treino regularmente — assim como os cavaleiros da Quarta e da Quinta, da Segunda e da Terceira —, mas os da Sexta e da Sétima a evitavam, mesmo agora que estava laminada com um brilho extremo e cheirando a óleos aromáticos. Os esqueletos voltaram aos seus afazeres para polir o chão. O cavaleiro corpulento da Oitava havia aparecido uma vez quando ela estava lá, mas, assim que viu Gideon, fez uma reverência educada e saiu correndo.

Gideon ainda preferia treinar sozinha. Era um hábito de muitos anos acordar e colocar os pés embaixo de um móvel, fazer abdominais até chegar às centenas, e depois, flexões: cem de mão aberta, cem batendo palmas. Ficando de cabeça para baixo, apoiada nos braços, os pés no ar. Sentada apoiada no calcanhar das mãos, as pernas esticadas, testando até que ponto conseguia esticar os dedos dos pés. A Coorte não exigia nem metade do que ela fazia para o alistamento, mas ela colocou a vida dela inteira em linha, na esperança de que, um dia, passaria por Trentham e seria mandada para o fronte junto a uma legião de algum necromante. Não para um destacamento de segurança em um dos planetas, ou para um posto solitário em um mundo vazio, ou sendo babá de algum nobre da Terceira em uma cidade estranha. Gideon queria sair da nave — ser a primeira no chão — com uma medalha brilhante escrito força invasora de sei lá onde, e assegurar aquele primeiro florescer de thanergia, sem o qual nem mesmo o melhor dos necromantes das Nove Casas conseguiria lutar. O fronte da Coorte facilitava a glória. Nos quadrinhos que ela lia, os necromantes beijavam as mãos enluvadas de seus camaradas do fronte em forma de agradecimento por tudo que faziam. Nos quadrinhos, nenhum dos adeptos sofria de doenças do coração, e muitos deles tinham uns decotes nada característicos para necromantes.

Isso tudo estava na imaginação de Gideon durante muitas noites solitárias, e algumas vezes ela se deixava levar por um delírio ainda mais fantasioso onde Harrowhark abriria um envelope a galáxias de distância, e leria a notícia de que Gideon Nav tinha ganhado várias medalhas e um monte de dinheiro por seu papel na invasão inicial, uma batalha na qual ela tinha sido tanto fantástica quanto muito gostosa. O lábio de Harrow se curvaria, e ela diria algo como "Bem, parece que Griddle realmente sabia usar uma espada". Essa fantasia frequentemente ajudava a passar o tempo de uma centena de repetições.

Na Nona, ela teria terminado o dia com uma corrida ao redor dos campos de plantio, quando as luzes fotoquímicas esmoreciam ao final do seu ciclo, correndo através da fina névoa que era espirrada em intervalos para molhar o solo. A névoa era feita de água reciclada e não tinha um cheiro real. Era um cheiro específico que ela sentia antes de ir para a cama. Agora o cheiro era de madeira velha, e o odor sulfídrico do mar, e a água batendo nas pedras.

Só que nem mesmo Gideon podia treinar o tempo todo. Ela ficava entretida explorando o enorme e sinuoso complexo que era a Casa de Canaan, com frequência ficando totalmente perdida. A sua primeira descoberta é que ela só podia explorar até certo pedaço. Deveria haver muitos e muitos andares até lá embaixo, centenas de metros de construção, mas conforme ela descia, a prevalência de avisos de *** PERIGO *** impressos em uma tinta amarela e cruzes pintadas nas portas de ferro só aumentava. Só dava para chegar a cinquenta metros abaixo da plataforma antes de todos os caminhos ficarem fechados. Só dava para subir mais ou menos outros cem metros: havia um elevador quebrado no qual dava para subir, e uma escada para uma torre que se abria em duas direções. À esquerda, era onde Professor e os outros dois sacerdotes da Casa de Canaan dormiam, em uma rede de corredores alvejados onde plantas suculentas em vasinhos cresciam lascivamente em longos tentáculos. Ela ainda não havia tentado o caminho da direita.

Depois de dois dias silenciosos de exploração e exercícios, Gideon não tinha ficado exatamente entediada. Precisava de muito mais que isso para *entediar* um morador da Casa da Nona. Foi a falta de mudanças em um nível microscópico que a fez começar a suspeitar: certa manhã, ela percebeu que os amassados na cama de Harrow e a camada de cima nas roupas pretas da pilha da lavanderia não tinham mudado em mais de 24 horas. Duas noites se passaram sem que Harrow tivesse voltado para dormir nos aposentos da Nona, sem trocar de roupa ou retocar a maquiagem. Gideon cogitou:

1. Harrow havia sido prevenida por alguma razão de voltar para casa, por exemplo:
    (i) ela morreu;
    (ii) ela estava machucada demais;
    (iii) ela estava ocupada.
2. Harrow havia escolhido morar em outro lugar, deixando que Gideon ficasse livre para colocar os sapatos na cama de Harrow e bisbilhotar todas suas coisas.
3. Harrow tinha fugido.

A opção 3 podia ser descartada. Se Harrow fizesse o tipo, a infância de Gideon teria sido muito mais fácil. A segunda opção era muito empolgante, já que Gideon queria muito colocar os sapatos na cama de Harrow e bisbilhotar todas suas coisas, mas dado que as tais coisas ainda estavam ali, também era improvável. Se fossem dadas 24 horas para quebrar uma égide de ossos, Gideon teria imediatamente feito planos para invadir o guarda-roupa de Harrow e abotoar todas as suas camisas, certificando-se de que cada botão ficasse exatamente no buraco acima do que deveria. Era algo inevitável, e a Reverenda Filha jamais teria permitido.

Isso a deixava com a possibilidade número 1. A (iii) se baseava no fato de que Harrow estava tão ocupada que teria se esquecido de voltar, mas considerando o raciocínio anterior e a enorme quantidade de botões para serem abotoados, não valia a consideração. A (i) abrangia o acidente mais feliz do mundo, ou assassinato, e se de fato *fosse* assassinato, o que aconteceria se o assassino fosse tipo, *estranho*, o que tornaria o casamento subsequente com Gideon um pouco desconfortável? Talvez pudessem só trocar pulseirinhas da amizade.

No fim das contas, a possibilidade (ii) era a que fazia mais sentido. A maquiagem toda estava ali. Ela nunca tinha visto o rosto lavado de Harrowhark Nonagesimus. Com um ressentimento profundo no seu coração, e o cansaço da alma, Gideon colocou o manto e embarcou em um dia comprido e desconsolado de busca.

Harrow não estava no átrio central, ou na sala de jantar, ou no fosso cada vez mais limpo repleto de esqueletos trabalhando solícitos. Magnus, o Quinto, estava inspecionando tudo com o cenho franzido e uma expressão benevolente e confusa, ao lado da sua adepta de cabelos sedosos estilosa, e ele conseguiu dizer "Er… Nona! Espero que esteja aproveitando… a sala!" antes de ela sair.

Harrow não estava na plataforma de aterrissagem ensolarada, com o seu concreto branco de arder os olhos na luz impactante da manhã. Gideon atravessou toda a plataforma, parando ao lado das trancas magnéticas, escutando a revolta da água abaixo onde as naves repousavam escondidas. Harrow não estava na varanda onde Dulcinea Septimus costumava ler, tampouco Dulcinea Septimus estava lá, apesar de que havia alguns romances abandonados embaixo de uma cadeira. Já era hora do almoço quando ela finalmente retornou à ala leste voltando da escadaria apodrecida e gloriosa à esquerda do átrio, que terminava com uma placa recentemente esculpida marcada oitava casa, da qual ela recuou em tempo recorde. Gideon voltou à sala de jantar e ficou remoendo enquanto comia pão e queijo, e decidiu desistir.

Que Harrow ficasse com as duas pernas quebradas e a pélvis estilhaçada. Encontrá-la era uma tarefa fútil, em um complexo impossivelmente gigantesco onde dava para procurar o dia todo por semanas e ainda assim nem cobrir o *andar*. Era idiota e fez com que ela se sentisse idiota. E era culpa da própria Nonagesimus por ser tão controladora e cheia de segredos em todos os aspectos horrorosos da sua vidinha. Ela não agradeceria a Gideon nem se ela tivesse ficado deitada com a bunda em uma poça de lava quente, até porque Gideon então marcaria religiosamente o aniversário da vez em que Harrow destruiu sua bunda com magma. Gideon estava lavando as mãos em relação a tudo isso.

Depois de engolir a comida e beber meio litro de água rapidamente, Gideon resolveu voltar a procurar. Ela decidiu, por instinto, bater nas portas do elevador que não funcionava, e encontrou uma porta inchada pela água próxima, que se abria se ela empurrasse com força o bastante. Essa porta revelou uma escadaria apertada, que ela seguiu até chegar a um corredor que havia explorado apenas uma vez. Era uma haste larga, de teto baixo, com fitas escritas *** PERIGO *** emplastradas em todas as portas e superfícies, mas havia uma porta no fim onde pessoas obviamente haviam passado: a fita fora rompida e estava caída como laços para os lados. A porta levava a outro corredor que era interrompido no meio por uma lona enorme, que alguém tinha enfiado nas vigas do teto como forma de uma barreira mal colocada. Gideon passou por baixo da lona, virou à direita, e abriu uma porta estreita de ferro que dava em uma varanda.

Ela já tinha estado ali. Metade daquele terraço já tinha sido levada pelo mar. Da primeira vez que Gideon o viu, a coisa inteira parecia tão precária que ela imediatamente teve um ataque de acrofobia e precisou dar o fora rápido para um lugar menos louco. O céu parecia grande demais; o horizonte, aberto demais; a varanda, uma armadilha mortal. A plataforma estava acima delas, e também as janelas vastas e opacas onde a Nona estava alojada. Olhar para cima era tranquilo. Olhar para baixo, ainda centenas e centenas de metros acima do oceano, fazia com que quisesse colocar o almoço para fora.

Motivada pelo lembrete de que a única diferença entre o túnel de Drearburh e o terraço puído era que um tinha uma cerca e o outro não, ela se aventurou novamente. O vento assobiava ao lado da torre. A torre em si estava desmoronada apenas na beirada, e a parte mais próxima da Casa de Canaan permanecia intacta. Corta-ventos de pedra e jardins de solos secos extintos se expandiam por todo o horizonte até onde ela conseguia ver o outro lado, cortados por pedaços compridos de solo sem plantio e treliças. Gideon seguiu esse caminho. Nem tudo estava limpo — algumas das estruturas de pedras haviam desmoronado e os escombros não haviam sido retirados, e também havia poucas estruturas intactas para distrair seu olhar do terraço puído que havia caído para sua morte —, mas avançando ainda mais, havia uma escada em espiral de ferro e tijolos que se aproximava da base da torre.

Isso também era uma merda de atravessar, pois, quanto mais ela subia, mais dava para ver o terraço morto — e o oceano que chiava lá embaixo, mudando de cor, hoje de um azul-acinzentado profundo e pintado de branco com o vento —, mas Gideon reajustou seus óculos escuros, respirou fundo pelo nariz e continuou a subir. Ela passou pela primeira porta automática que viu, e teve que bater umas cinco vezes até que abrisse silenciosamente e a deixasse entrar. Gideon passou e se pressionou contra a parede até que a porta se fechou com esforço, e precisou de um minuto para se recuperar.

Estava escuro. Ela estava em um salão comprido que terminava em um canto do lado esquerdo. Estava muito quieto e muito refrescante. O chão era feito de azulejos pretos e brancos, em um padrão estrelado que se repetia até o final do corredor, e os azulejos claros pareciam flutuar, luminosos, conforme os escuros se fundiam com as sombras. Grandes painéis de vidro fumê ficavam perto das paredes, acesos por lâmpadas amarelas, e arandelas que seguravam velas mumificadas. Era um espaço amplo, cheio de sombras, e tinha um quê do santuário de Drearburh, só que com menos ossos. De fato, quase não havia nenhuma decoração ali. O salão parecia fechado, menor do que o espaço deveria ser, como se fosse encolhido. O chão era lindo, e as portas também — eram de madeira, esculpidas com pequenos padrões do vidro fumê, colocadas em batentes de metal. Havia uma única estátua no corredor antes de se virar à esquerda. Um dia, tinha sido uma pessoa, mas agora a cabeça e braços tinham sido cortados, deixando apenas o torso com tocos convidativos. Demorou algum tempo para perceber que era um saguão, e que as portas eram elevadores: cada um tinha uma tela apagada que em algum dia mostrou o andar.

Gideon guardou os óculos escuros no bolso do manto. Ecos leves passavam pelas paredes, para cima e para baixo, e depois sumiam. As vozes vinham de baixo. As escadas no canto do corredor desciam dois lances, e o andar era visível abaixo, e Gideon se esgueirou por elas com passos silenciosos.

Os murmúrios indeterminados se transformaram em sons:

— … é impossível, Mestre.

— Bobagem.

— *Improvável*, Mestre.

— Decerto. Mas ainda assim, relativo a que, exatamente?

Houve um barulho. Duas vozes: a primeira provavelmente feminina, a segunda, masculina. Gideon arriscou descer mais um degrau.

— Seis leituras — continuou a segunda voz. — A mais velha tem nove mil. A mais nova, uns cinquenta. Ênfase no "uns". Só que as coisas velhas aqui são muito, muito velhas.

— O patamar de cima para adivinhações tem dez mil, Mestre. — Sim, era a voz de uma mulher, e não uma que Gideon já tinha ouvido: era baixa e calma, e falava o óbvio.

— A questão é aqui, e você está longe. Nove mil. Uns cinquenta. *Prédio.*

— Ah.

— *Fiat lux!* Se quer falar de algo improvável, vamos falar disso — barulho de pedra contra pedra —, ter três mil anos a mais do que *isso.* — Um barulho *pesado.*

— Inexplicável, Mestre.

— Certamente que não. Como tudo nessa conglomeração ridícula de gás frio, é perfeitamente explicável, eu só preciso, explicar.

— Indubitável, Mestre.

— Pare com isso. Preciso que você escute, não que fique revirando sua memória para encontrar negativos raros. Ou esse prédio inteiro foi esgravatado por uma nave do lixão, ou estão mentindo para mim, em um nível sistemático e molecular.

— Talvez o prédio só seja tímido.

— Bom, problema do prédio. Não, tem alguma coisa errada aqui. Algum truque. Você se lembra dos meus exames do quarto círculo?

— Quando os Mestres desligaram o núcleo inteiro?

— Não, isso foi no terceiro. No quarto círculo, eles encheram o núcleo com alguns milhares de gravações falsas. Uma coisa linda, fantástica, tinha até mesmo registros de datas, e tudo era obviamente errado. Disparates. Não dava para acreditar em uma só palavra. Então para que se importar?

— Lembro que você disse que eles estavam sendo "um bando de filhos da puta".

— É... sim. Em suma, sim. Eles estavam nos ensinando uma lição particularmente irritante, que é que você não pode confiar em nada, porque qualquer coisa pode mentir para você.

— Espadas — disse a mulher, com um tom de satisfação — não mentem.

O necromante (já que Gideon nunca teve tanta certeza na vida de que estava escutando um maldito necromante) bufou.

— Não. Mas elas também não dizem a verdade.

Agora ela já estava quase no fim das escadas, e conseguia ver o cômodo abaixo. A única luz vinha do centro, e as paredes estavam cobertas por sombras longas, mas tudo parecia feito de concreto genérico, cortado em alguns lugares pelas fitas amarelas de perigo. No centro, iluminada por uma lanterna, estava uma escotilha de metal fechada, do tipo que Gideon associava com áreas de perigo ou abrigos de acidentes.

Agachado em frente à escotilha estava um jovem espigado e subnutrido, coberto por um manto cinzento, a luz refletindo nos óculos que caíam pelo nariz. Ao lado dele, em pé e segurando um pedaço enorme da escultura e a lanterna, estava uma jovem alta, igualmente embrulhada em cinza, com uma bainha no quadril. Ela tinha o cabelo de uma escuridão indeterminada, cortado rente ao queixo. Era inquieta como um pássaro, passando o peso de um pé para o outro, levantando os cotovelos, balançando no peito dos pés até o calcanhar. O garoto tinha uma mão pressionada contra a aresta da escotilha, encarando-a como se fosse um vidente com um pedaço de intestino ritualístico, iluminado pela meia-luz. Ele estava usando a própria lanterna de bolso para investigar o lugar onde o chão encontrava o suporte de metal da escotilha.

Os dois estavam imundos. A poeira cobria as barras de seus mantos. Havia manchas estranhas e ainda úmidas nas mãos e nas roupas. Era como se os dois estivessem lutando em alguma catacumba esquecida da Nona.

Gideon havia chegado perto demais: mesmo na escuridão, encapuzada e com o manto, os dois estavam atentos. O jovem de óculos ergueu o queixo, encarando o vazio da escada. Com a mudança repentina de foco, a moça com a espada virou os calcanhares e viu Gideon no degrau.

Ver um penitente do Túmulo Trancafiado na escuridão, coberto de preto e pintado como uma caveira provavelmente não era uma visão muito reconfortante. A cavaleira semicerrou os olhos caídos, parando a inquietação e ficando completamente imóvel, e depois explodiu em ação. Ela deixou o pedaço de escultura cair com um *tonc*, tirou a espada da sua bainha puída antes mesmo de a escultura quicar uma vez, e avançou. Gideon, com os neurônios em ação, desembainhou a sua. Ela colocou a mão na soqueira de ébano — e a garota de cinza deixou a lanterna cair, tirou uma faca com o sussurro líquido de uma bainha atrás do ombro — e as suas lâminas se encontraram acima das suas cabeças conforme a cavaleira pulou, metal contra metal ecoando pelo cômodo.

Puta merda. Ali estava uma guerreira, não só uma cavaleira. De repente, Gideon estava lutando com tudo que tinha, e completamente radiante com isso. Golpe atrás de golpe na velocidade de um relâmpago acanhou as defesas de Gideon, cada um dado com a força de uma prensa industrial, e a outra mão com a faca ameaçando a guarda da lâmina dela. Mesmo com a vantagem do degrau, ela foi forçada a dar alguns passos para trás. Elas estavam lutando de perto, em um espaço limitado, e Gideon estava começando a ficar encurralada. Ela golpeou a mão esquerda da garota contra a parede, quebrando azulejos de vidro conforme a mão abaixou: a sua oponente se abaixou como se tivesse levado um tiro, agachou-se e *chutou* a faca de volta para a mão, e então *deu um mortal para trás das escadas.* Gideon desceu como um necrossanto vingativo conforme ela se levantou, cortando para baixo de modo que destruiria uma lâmina se ela estivesse com a montante e a pose correta, só para ter o prazer de ver sua parceira se afastar, bufar entre os dentes com o esforço. A sua espada encontrou a adaga da outra cavaleira conforme ela pressionou, as duas se inclinando com o golpe. Os olhos da cavaleira de cinza só estavam levemente surpresos.

— *Camilla!* — ela registrou o chamado vagamente. Gideon era mais forte, e os braços da garota estavam falhando. Ela levantou a rapieira para atacar o braço do bloqueio de Gideon, apunhalando o punho de ébano da luva, a luz da pequena lanterna titubeando bêbada de um rosto para o outro, fazendo com que as pupilas delas virassem poços de escuridão. — *Camilla, a Sexta,* recue!

"Camilla" trouxe o cotovelo para frente, deslizando a espada pela de Gideon, tirando-a do caminho com o cabo. Momentaneamente desconcertada, Gideon deu um passo para trás até as escadas para retornar à postura, mas aí a cavaleira de cinza já estava recuando, a espada levantada, a mão da cava para baixo. O necromante do mesmo tom de cinza estava de pé, e a escuridão do pequeno cômodo estremecia com fumaça, como se fossem ondas de calor. Ela empunhou o braço para frente…

… e caiu para trás. O coração disparou no peito, como se estivesse sido tomado no meio de um ataque cardíaco, e a mão pareceu definhar em volta do cabo da espada — a carne se desfazendo diante dos olhos, as unhas ficando pretas e encurvadas ao redor da pele como se estivessem queimadas. Ela puxou o punho de volta para si e viu que, de perto, não tinha sido afetado, mas ela não se adiantou. Ela não era uma completa idiota. Ela se afastou do selo necromante e embainhou a espada, as mãos erguidas em um gesto universal de "paz". O necromante de cinza, com a mão esticada, respirou fundo, e limpou o suor rosado do seu rosto.

— É a outra — disse ele, tenso, não parecendo como se tivesse acabado de erguer uma barreira thanergética enorme e suado um pouco de sangue. Ela estava surpresa que havia sido apenas um pouco: o espaço todo ao redor deles brilhava como a superfície cheia de bolhas de óleo quente, na altura de três corpos de altura e três de comprimento. — Não queremos um incidente entre as casas, não que não desse aos nossos maníacos de política na Sexta algo para pensar. A você também — disse ele para Gideon, mais formalmente —, ofereço uma desculpa formal por minha cavaleira se engajar em um combate não agendado, Nona, mas não peço desculpas por ela ter desembainhado na frente de alguém se esgueirando vestida completamente de preto. Seja razoável.

Gideon tirou a soqueira da mão e a colocou de volta no cinto, analisando a cena na frente dela. Tanto a cavaleira quanto o necromante estavam em pé diante da escotilha, os mantos escuros na luz escassa, os olhos e cabelos quase sem cor na luz fina que descia do corredor. A pequena lanterna foi logo desligada, deixando o cômodo ainda mais na penumbra. Ela queria conversar, e começaria com "Como é que fez essa cambalhota?", mas o necromante a impediu com uma simples frase:

— Você veio por causa de Nonagesimus, não foi?

O rosto sem expressão e levemente perplexo de Gideon deve ter sido confundido com alguma outra coisa. A maquiagem era boa para o disfarce. O necromante esfregou as mãos em um movimento repentino e inquieto, torcendo os dedos uns contra os outros.

— Eu presumi que ela... bem. Você a viu desde antes de ontem?

Gideon sacudiu a cabeça com um "não" tão enfático que ficou surpresa que o capuz não caiu. O rosto da cavaleira estava virado para ele, sem expressão, aguardando. O jovem uniu seus dedos antes de chegar a uma decisão.

— Bem, estava mais do que na hora — disse ele, abrupto. Ele tirou seus óculos finos e intelectuais do seu nariz comprido e os sacudiu, como se estivesse livrando-os de alguma coisa. — Ela também estava aqui ontem à noite, e, se estou correto, ela não voltou. O sangue dela está espalhado no chão lá embaixo. — E devido aos necromantes viverem vidas ruins, ele acrescentou: — Só para esclarecer, o sangue *intravenoso.* O sangue intravenoso *dela.*

Com esse esclarecimento, uma coisa muito estranha aconteceu com Gideon Nav. Ela já tinha exaurido seus neurônios, seu cortisol e sua adrenalina, e agora o seu corpo começou a se mexer antes que a cabeça ou o coração entrassem em ação. Ela passou pelo garoto e puxou a escotilha com tanta força que quase quebrou os pulsos. Estava mais trancado do que o cu de Crux. Depois desse esforço vergonhoso, o garoto soltou um enorme suspiro e jogou sua mochila fechada para Camilla, que a pegou no ar.

— Cavaleiros — disse ele.

Camilla disse:

— Eu não teria deixado você sozinho por 27 horas.

— Claro que não. Eu estaria morto. Olhe, sua simplória, a porta não vai abrir — disse ele para Gideon, virando o olhar para ela como um homem que levantava uma espada. — Ela está com a sua chave.

Mais de perto, ele era esquelético e comum, exceto pelos olhos. Os óculos dele eram feitos de lentes da grossura de vidros de naves espaciais, e, através das lentes, os olhos dele eram de um cinza-claro: sem manchas, sem defeitos, límpidos e uniformes. Ele tinha os olhos de uma pessoa linda, presos atrás de uma cara de cu.

Gideon puxou de novo a escotilha, como se oferecer ao Universo o ato mais inútil do mundo fizesse com que a física da porta trancada ficasse com pena dela. O suspiro dele ficou mais triste e mais profundo conforme ele a observava.

— Vocês vão vencer isso, você e Nonagesimus. Aguente firme. Cam, reveja o perímetro, por favor. Nona, *escute.* A temperatura não é congelante lá embaixo. Isso quer dizer que o sangue fica molhado por pelo menos uma hora, talvez uma hora e meia. O sangue dela não foi reduzido a esqueleto ainda. Você está entendendo? Talvez ela tenha se quebrado de propósito, apesar de que se ela é uma osteo, ela não vai fazer um ritual de sangue nela mesma. Bem, ok, você nem está fingindo que está prestando atenção.

Gideon tinha parado de prestar atenção em algum lugar em "molhado", e agora estava ajeitando os dois pés para puxar: estava pressionando o contorno com um pé, só conseguindo ouvir uma palavra em cada cinco. *Sangue. Esqueleto. Osteo.* O necro disse:

— Camilla, algum sinal de que ela foi...

Camilla estava nas escadas.

— Não, Mestre.

Ele disse para Gideon, áspero:

— Há chances de que ela ainda esteja lá embaixo.

— Então levante essa bunda e *me ajude* — disse Gideon Nav.

Isso não o surpreendeu ou assustou. Na verdade, os ombros tensos relaxaram um pouco, saindo de "estrutura de buraco negro" para "pressão no fundo do oceano". Ele quase parecia aliviado quando falou:

— Claro.

Um objeto tinindo voou pelo ar, parecendo mais visível como som e movimento do que um objeto em si. O necromante falhou em pegá-lo: bateu com força nas suas mãos compridas e rabiscadas. Gideon reconheceu como o anel de ferro que fora dado a ela logo no primeiro dia na Casa de Canaan. Conforme ele se agachou ao lado dela, cheirando a poeira e mofo, ela conseguia ver que a chave comprida havia sido inserida pelo aro, e estava tilintando desleixada. Havia uma outra chave menor pendurada de um lado, brilhando dourada, com uma haste entalhada de maneira elaborada, e pinos profundos em vez dos cortes normais na haste. Um chaveiro? Todos tinham ganhado chaveiros?

Quando inserida na fechadura, a primeira chave abriu a escotilha com um barulho oco, e, juntos, Gideon e o garoto a abriram. A escotilha revelou uma escada de metal que descia a um buraco incrivelmente escuro: havia uma luz fraca no fundo, parecendo aliviar o fato de que uma só escorregada significava um pescoço quebrado para combinar com todos os outros ossos quebrados.

Um dedo indicador apareceu na frente dela como a ponta de uma lança: o dedo de Camilla. A cavaleira da Sexta havia retomado o controle da lanterna, e com o brilho ela conseguia ver que os olhos de Camilla eram muito mais escuros do que o de seu necromante: os dele eram claros como pedra ou água, e os dela não refletiam nada, a cor vazia da relva da Nona, nem cinza, nem marrom.

— Você vai primeiro, Nona — disse ela. — Palamedes vai seguir. Eu fico na retaguarda.

Demorou um minuto inteiro para descer aquele túnel comprido e claustrofóbico, encarando as barras que compunham a escada com o manto preso entre os joelhos, a espada batendo no metal durante todo o percurso. E, no fim, Gideon estava inteiramente atordoada.

O que havia embaixo da escotilha era uma construção antiga. Um túnel de seis lados, coberto de poeira, com painéis perfurados se abria diante deles. O teto era apenas uma grelha onde os ventiladores circulavam o ar, e as luzes eram bulbos elétricos cobertos por plástico branco luminoso. Os canos estavam todos expostos. Os arcos de apoio continham portas automáticas quadradas grandes. Essa rapsódia de cinzas e preto estéril era interrompida no arco mais próximo onde dançavam um monte de ossos pendurados, revirando com a brisa seca do ventilador. Papéis de rezas antigas os rodeavam, e era a única coisa humana e normal.

— Siga-me — disse o jovem chamado Palamedes.

Ele seguiu em frente, a barra suja do manto sussurrando nos azulejos empoeirados. O lugar parecia engolir qualquer som. Não havia ecos: eles eram comprimidos e absorvidos pelas paredes. Os três seguiram sem ritmo pelo túnel até que se abriu em um salão eneagonal, com passagens que se desdobravam como brônquios. Letras estavam pintadas no aço ao lado de cada passagem.

LABORATÓRIO UM — TRÊS
LABORATÓRIO QUATRO — SEIS
LABORATÓRIO SETE — DEZ
SALA DE PRESSURIZAÇÃO
PRESERVAÇÃO
MORTUÁRIO
SALAS DE ESTUDOS
SANITÁRIO

A luz acima fazia com que os painéis ficassem brancos, e a luz de baixo eram pequenos focos piscantes presos em enormes máquinas que desciam abaixo da malha de arame do chão, uma profundidade enorme sob os pés, que fazia o chão ficar de um verde suave. As paredes não tinham nenhuma decoração, exceto por um único quadro branco enorme rodeado de metal, impresso com linhas de uma tabela que não tinha sido usada em muito, muito, *muito* tempo. As linhas estavam desfocadas, o quadro, manchado. Aqui e ali alguns pedaços de letras sobreviveram: a volta do que poderia ser um O ou um C; o arco de um M; a linha curva suprimida do que poderia ser um G ou um Q. Contudo, no canto do quadro, estava o fantasma de uma mensagem, desenhada em tinta preta grossa apenas uma vez, apagada, mas ainda legível:

Está terminado!

A atmosfera lá embaixo era opressora. O ar era tão seco que fez com que seus olhos e boca arquejassem. Camilla tinha uma mão na espada, e Palamedes continuava contorcendo os dedos, andando com um pé e depois outro, enquanto contornava toda a sala, 360 graus. Devido a um estímulo, ou talvez à falta de um, ele se virou repentinamente na direção do Sanitário. Gideon o seguiu.

O chão até o Sanitário era coberto por placas em vez da malha de ferro, coberto por um pó branco que parecia sal, arranhado e amontoado em diversos lugares. Essas dunas se dissolviam como respiração se chutadas.

De repente, havia sangue. Palamedes pegou sua pequena lanterna do bolso e o líquido brilhou vermelho na luz do feixe. Sangue havia sido derramado, em alguma quantidade, e depois arrastado pesadamente pelo corredor, deixando apenas um longo arranhão escuro de sanguinolência seca. Pequenas poças secaram nas paredes ao redor.

As portas no fim do corredor — um portão gigantesco de metal, com um painel de vidro no centro que estava tão engordurado que já não dava para ver o que havia dentro dele — abriam-se com um touchpad que também estava sujo de sangue seco. Seco, e secando. Gideon o apertou com tanta força que as portas se abriram num sobressalto, como se estivessem assustadas.

O primeiro cômodo do Sanitário se abriu diante deles como um labirinto enorme de cubículos de painéis brancos e teto baixo. Mesas compridas de aço embaixo das cabeças em forma de cogumelo das torneiras, e cubículos pequenos que uma pessoa poderia ficar em pé. Era tão grande quanto o salão destruído da Casa de Canaan. As luzes acenderam acima deles. Um painel na parede piscou frenético enquanto um mecanismo tentava acordá-lo — parecia uma tela —, mas enfim decidiu que era melhor ignorá-lo, ficando em branco, e tudo voltou às sombras. Gideon estava farejando com o pânico irracional de um cachorro, tentando encontrar...

Borrifos de sangue a levaram para um caroço grande e pontudo em um dos cubículos. Essa coisa que parecia um casulo tinha o tamanho de uma pessoa, se essa pessoa não fosse particularmente alta. Antes que Palamedes e Camilla pudessem impedi-la, Gideon foi até o casulo e o chutou com força. Matéria óssea se espatifou pelo cubículo, espalhando-se quando a égide quebrou, e ficou somente o cinza oleoso das cinzas cremadas. Encolhida dentro do casulo — as mãos sangrando, a maquiagem escorrendo, a pele embaixo do mesmo tom das cinzas — estava Harrowhark Nonagesimus.

Gideon, que passara a manhã fantasiando a dança selvagem e delirante de alegria que faria quando encontrasse o corpo morto de Harrow, virou-se para Camilla e Palamedes.

— Eu assumo daqui — disse ela.

Ignorando-a, Palamedes passou pela crisálide de ossos quebrados e avaliou o conteúdo horrendo. Ele afastou um pedaço do manto de Harrow para o lado, e então a gola da camiseta, e depois três camadas de colar feito de ossos em um fio, revelando um pedaço de pele nua — eca —, pressionou dois dedos na garganta, e depois segurou uma mão por cima da boca dela.

— Cam — disse ele, severo, e ela ficou de joelhos ao lado dele. Ela pegou uma carteira de algum lugar de dentro da camiseta e tirou de lá, de todas as coisas possíveis, um arame. O isolamento externo havia sido retirado de cada ponta, revelando pontas afiadas de metal, e uma dessas pontas ele enfiou na parte cheia de peles entre o dedão e o indicador. Ela sangrou. A outra ponta, ele pressionou contra o pescoço de Harrow, onde seus dedos estavam minutos antes.

Assim seguiu uma conversa rápida, a toda velocidade, completamente obtusa:

— Dilatação rápida. Perda de sangue, mas não de ferida externa. Hipovolemia. A respiração está normal. Sinceramente, desidratação mais do que qualquer outra coisa.

— Soro?

— Não. Ela vai se repor sozinha quando estiver acordada.

Gideon não conseguiu mais aguentar. Encontrar Harrow com o corpo completamente do avesso e uma fratura exposta, tudo bem, mas o resto ela não conseguia compreender.

— Do que vocês estão *falando?* — questionou.

Palamedes se recostou no próprio quadril. Ele estava apertando a beirada do casulo de ossos, testando, virando de um lado para o outro.

— Ela não comeu ou bebeu água por um tempo — respondeu ele. — Só isso. Ela deve ter se esforçado demais e teve uma queda na pressão e no batimento cardíaco. Provavelmente desmaiou, acordou e fez isso aqui. Nossa, é incrível, eu nem consigo... Bem, depois ela dormiu. É inteiro em uma peça, não é à toa que ela desmaiou. Isso é normal para ela?

— Você consegue saber tudo isso com necromancia da Sexta?

Surpreendentemente, tanto ele quanto Camilla riram. Eles tinham risadas roucas, abertas, e Camilla aproveitou a oportunidade para guardar o arame de volta na carteira, limpando o sangue de Harrow com os dedos.

— Necromancia médica — disse seu adepto secamente. — Isso é um oximoro. Não é isso. Ser um necromante ajuda, mas não é tudo. É uma ciência curativa. Vocês não têm isso na Nona? Não responda, é só uma brincadeira. Você pode mexer nela agora.

A Reverenda Filha estava leve quando Gideon a jogou por cima do ombro (tanto Palamedes quanto Camilla estremeceram). O ar saiu dos pulmões de Harrow, e o casulo de ossos se dissolveu em uma garoa de pedras e ossinhos no chão como granizo. Isso pareceu ser o que particularmente incomodava o necromante da Sexta Casa. Ele xingou baixinho e então tirou *uma régua do bolso,* medindo um dos ossos no chão.

Gideon se ajeitou para que o peso de Harrow ficasse mais bem distribuído. O cérebro dela não havia voltado à ativa o suficiente para registrar esse peso, ou para guardar a informação e depois usá-la em suas fantasias nas quais ela jogava a representante da Nona Casa pela plataforma de aterrissagem. A sua necromante cheirava a suor e sangue e ossos velhos cremados, o seu corpete de costelas cutucava Gideon dolorosamente no ombro. Subir a escada vertical levando um corpo era muito mais difícil do que descer sem um. Palamedes subiu primeiro, depois Gideon, cada um tendo certa dificuldade com o peso desconfortável, e Camilla os seguiu. Quando por fim chegaram ao topo, a mandíbula de Gideon estava doendo de tanto apertar.

A cavaleira da Sexta pegou os ombros de Harrow quando chegaram ao topo para que Gideon conseguisse sair, o que foi legal da parte dela. Talvez fosse só porque precisavam se apressar para fechar a enorme escotilha de metal, girando a chave na fechadura com um *clique* satisfatório. Ela se sentou ao lado da figura inconsciente e rolou um ombro, e depois o outro, no lugar.

Palamedes estava pegando a mochila de zíper e dizendo:

— Faça ela comer e tomar água quando acordar. Ela vai cuidar do resto, provavelmente. Ela precisa de oito horas de sono. Numa cama, não na biblioteca. Quando ela perguntar como eu sei que ela estava na biblioteca, diga que Cam falou que ela tilinta quando anda.

Gideon se abaixou para pegar o seu peso de novo, jogando o peso morto e silencioso de Harrow para ocupar o outro ombro. Ela hesitou na base das escadas, tentando medir a distância que cruzaria no corredor, no terraço, nas escadas em zigue-zague e depois de volta para os aposentos da Nona. Havia arestas o bastante no caminho para dar uma concussão em Harrow.

— Eu te devo uma — disse ela.

Foi Camilla que respondeu, com sua voz baixa e curiosamente profunda:

— Ele fez de graça.

Era a primeira vez que ela olhava para Gideon sem a sua expressão duramente agressiva igual a uma parede, o que era bom.

Palamedes disse:

— O que Cam falou. Só… Olhe, vou te dar um conselho.

Ela esperou, e ele pressionou as pontas dos dedos. A cavaleira estava o encarando, tensa, esperando. No fim, ele falou:

— É incrivelmente perigoso lá embaixo, Nona. Parem de dividir suas forças.

— Perigoso *como*?

— Se eu soubesse — disse Palamedes —, seria bem menos perigoso.

Gideon estava impaciente com dizeres vagos. Ela não estava mais em Drearburh.

— E por que acha isso?

O Necromante da Sexta Casa deu alguns passos para frente na escada. Ele estava iluminado pela luz de cima e atrás de Gideon, e isso mostrava que ele era *realmente* magro — o tipo de magreza que ficava mais evidente com seu manto cinza sem forma, o tipo de magreza em que as calças precisavam ser apertadas nos quadris. Camilla ficou perfeitamente a meio passo atrás dele — distância da qual Aiglamene tinha perfurado a cabeça de Gideon — como se estivesse suspeitando até mesmo dos degraus.

Ele disse, calmamente:

— Porque eu sou o melhor necromante da minha geração.

A figura inconsciente pendurada no ombro de Gideon murmurou:

— Até parece.

— Achei mesmo que isso a acordaria — disse Palamedes, parecendo extremamente satisfeito. — Bem, eu me vou. Como eu disse, líquidos e descanso. Boa sorte.

13

Ou Harrowhark ficou inconsciente de novo, usando o que restava da sua energia para ofender Palamedes, ou ela era tão babaca que podia ofendê-lo enquanto dormia. Ou talvez só estava se fingindo de morta. Gideon não se importava. Sua necromante permaneceu pesada e imóvel durante todo o trajeto até os seus aposentos. Ninguém as viu no caminho, pelo que ela ficou agradecida, e ela ficou ainda mais agradecida no fim quando pôde descartar o peso morto envolto em um manto preto de bruços na cama.

Nonagesimus parecia péssima na escuridão da estranha instalação. Na confortável penumbra de seus aposentos, ela parecia pior. Ao tirar o capuz e o manto, o rosto dela se revelou em lábios partidos e maquiagem desfeita, saindo em borrões marrons enormes de um lado da têmpora. O véu havia caído ao subir a escada. Gideon podia ver que as narinas estavam manchadas em um círculo escuro de sangue, e a linha do cabelo também estava demarcada com vestígios encrustados. Não havia outros rastros de sangue no resto das roupas ou no manto, só manchas de suor. Gideon verificou nos outros lugares por machucados e ficou traumatizada com a experiência.

Ela foi até o banheiro e encheu um copo de água da torneira, e deixou ao lado de Harrow, depois hesitou bastante. Como ela se reidrataria? Será que deveria lavar a boca ou algo do tipo? Será que precisaria limpar os fios de sangue seco de cada narina? Gideon estralou os ombros duas vezes na indecisão, depois pegou o copo de água e se adiantou até Harrow.

— Toque em mim de novo e eu te mato — disse Harrow, a voz rouca, sem abrir os olhos. — Pra valer.

Gideon retirou a mão rapidamente como se estivesse pegando fogo e exalou.

— Boa sorte, cara — disse ela. — Você parece que foi mumificada e está só pele e osso.

Harrow não se mexeu. Havia um hematoma aparecendo atrás de sua orelha, já em um tom de roxo profundo.

— Não disse que não me *machucaria*, Griddle — murmurou ela. — Só estou dizendo que você estaria morta.

Gideon recostou pesadamente contra o aparador e bebeu um gole longo e malicioso do copo de água de Harrow. Ela se sentiu tensa e irrequieta, e o suor tinha agora passado e estava causando tanto coceira quanto calafrios dentro do seu manto. Ela jogou o capuz para trás e tirou o manto, se sentindo como uma criança insone.

— "Obrigada, Gideon" — disse ela em voz alta. — "Eu *realmente* estava em apuros, e você me salvou, algo que eu não tinha nenhuma expectativa plausível, já que sou uma cuzona que ficou presa dentro de um osso num porão". Era isso que estava fazendo o tempo todo sem mim? Revirando um porão?

Os lábios da adepta se arreganharam, mostrando pequenos cortes de rosa inchado em meio ao cinza.

— Sim — respondeu ela. — Estava revirando o porão. Você não precisava se envolver. Você *realmente* fez o que eu temia que faria, que era me afastar de uma situação da qual eu não precisava ter sido afastada.

— Não *precisava*...? O que, você estava tirando um cochilo por vontade própria?

— Eu estava me recuperando...

— Teu cu.

Harrow abriu os olhos. A voz dela se ergueu, rouca com a tensão:

— A *Sexta Casa*, Griddle! Você sabe o quão difícil é ficar à frente de Palamedes Sextus? Eu não te disse para ficar com sua boca furada *fechada*? Eu disse que ficaria bem, eu só desmaiei e estava descansando.

— E como eu deveria saber disso? — disse Gideon pesadamente —, Simplesmente não faço ideia. Eu quero respostas, e quero pra ontem.

O branco dos olhos de Harrow estava rosado e inflamado, provavelmente porque tinha descansado pouco e desmaiado muito. Ela os fechou de novo, e a cabeça pendeu para frente, de volta no colchão. O cabelo preto sem vida caía cheio de nós no travesseiro. Ela parecia achatada e exaurida.

— Não vou ter essa conversa com você — disse ela finalmente.

— Vai sim — disse Gideon. — Eu peguei o chaveiro de volta, então, se você quiser voltar a remexer no porão, vai ficar bem difícil fazer isso.

Os lábios da necromante se apertaram em uma linha fina que obviamente deveria demonstrar sua vontade irredutível, mas só mostrava um monte de machucados.

— Posso contornar isso com facilidade. Você não pode ficar acordada para sempre.

— Pare de blefar, Nonagesimus! Pare de agir como se fosse eu quem fez besteira! Você não falou mais do que vinte palavras comigo desde que chegamos, me deixou completamente no escuro, e ainda assim eu fiz tudo que você me pediu, não importa o que fosse… Está bem, eu realmente fui te procurar, então quase tudo… mas eu baixei a cabeça e não fiquei arrumando encrenca. Então, se você puder dar um jeito de ser uns *dez por cento* menos amarga comigo, isso seria ótimo.

O silêncio recaiu sobre elas. A vontade irredutível na boca machucada pareceu hesitar, só um pouco. Gideon acrescentou:

— E não tente a sorte. Você ficaria horrorizada com os lugares nos quais eu seria capaz de enfiar essa coisa para deixar longe de você.

— Droga — murmurou Harrow. — Me passe a água, Griddle.

Ela mal conseguia beber. Ergueu a cabeça para beber alguns goles cambaleantes, e então deitou de novo, os cílios baixando nas pálpebras. Por alguns instantes, Gideon achou que ela tinha voltado a dormir, mas então Harrow se virou e disse, sem mudar o tom:

— Eu não diria que dar um socão no cavaleiro da Terceira é não arrumar encrenca.

— Você reprova?

— Quê? Claro que não — disse Harrow, de modo inesperado. — Você deveria ter terminado o trabalho. Por outro lado, ficar perdendo tempo com a Sétima Casa é a atitude de uma pessoa ingênua, ou tola, ou as duas coisas. Qual parte de "não fale com ninguém" você não entendeu…

— Dulcinea Septimus está morrendo — disse Gideon. — Me dá um tempo.

— Ela escolheu um lugar interessante para morrer — disse Harrow.

— O que você está fazendo, onde está fazendo, por que está fazendo? Desembucha, Reverenda Filha.

Elas se encararam, igualmente obstinadas. Harrow tomou outro gole de água e estava lentamente passando-a pelas bochechas, parecendo pensativa. Gideon se abaixou de novo para se sentar no aparador que apodrecia aos poucos, e esperou. A boca de sua necromante ainda estava com um bico de amargura que teria impressionado um limão, mas ela perguntou, abrupta:

— O que o sacerdote disse que era a única regra, no dia em que chegamos?

— Você não é muito boa em "Eu estou fazendo as perguntas agora, vadia", né? — disse Gideon.

— Eu vou chegar a algum lugar com isso. Me responda.

Gideon ressentia o "me responda", mas, com relutância, repassou na memória o conjunto da mobília apodrecida, babacas e o chá adstringente.

— Professor? — disse ela. — Uh, aquela coisa das portas. Não devíamos passar por nenhuma porta trancada.

— Mais especificamente, não devíamos abrir uma porta trancada a não ser que tenhamos permissão. O velho é um porre, mas ele estava nos dando uma dica. Olhe só isso.

Harrow parecia estar se acostumando conforme falava do assunto. Ela se debateu debilmente e tentou se sentar, mas antes que isso pudesse amolecer o coração de concreto de Gideon, ela ficou brava e tirou dois pedaços de osso da manga. Harrow pressionou-os contra os braços do dossel, e deles explodiram braços ossudos que a ergueram até ela ficar sentada. Eles a deixaram encostada contra a cabeceira, e uma nuvem de poeira caiu das cortinas enormes. Harrow espirrou freneticamente, e metade era sangue.

Ela procurou dentro do manto e encontrou uma caderneta espessa, coberta em um material escuro e gasto, com o tom alaranjado que indicava couro humano curtido. A caderneta tinha umas mil páginas de grossura, talvez até um milhão.

— Luz — ela exigiu, e Gideon empurrou a lâmpada para a frente. — Ótimo. Veja isto.

Harrow folheou as páginas com os dedos machucados até que tinha aberto o caderno grosso na metade, mostrando três conjuntos de diagramas angulares. Pareciam vários quadrados sobrepostos, com linhas saindo de ângulos estranhos, e rabiscos e números pontuados ao lado. A caligrafia era pequena e espinhosa, os quadrados pareciam um labirinto inumerável. Gideon percebeu depois de um instante que ela estava olhando para uma planta arquitetônica da Casa de Canaan. Estava repleta de X pretos.

— Eu dividi a Casa de Canaan em seus três andares mais significantes, mas não é exatamente preciso. O andar central é um mezanino que dá acesso para o andar de cima e o de baixo. Os terraços são seções independentes, mas não são importantes para o que estou tentando identificar. Cada X é uma porta. A conta atual é de 775, e dessas, só 6 estão trancadas. As primeiras duzentas portas que enumerei...

— Você ficou esse tempo todo contando portas?

— Isso exige certo rigor, Nav.

— Só se for... *rigor mortis* — disse Gideon, que presumia que qualquer trocadilho era automaticamente engraçado.

— As primeiras duzentas portas que enumerei — repetiu Harrow, com os dentes cerrados —, incluíam a escotilha de acesso para a parte inferior da Casa de Canaan. Meu método definia que deveria começar do fundo e chegar ao topo, de um ponto estático. Tem dois trechos trancados aqui, o X-22 e o X-155. X-155 é a escotilha, e X-22 é outra porta. Eu fui até Professor e pedi permissão para entrar nas duas. Ele concordou em me deixar entrar se eu pudesse fornecer um lugar seguro para guardar a chave, mas ele disse que a X-22 não pertencia a ele, e ele não podia em sã consciência me dar permissão. Ele estava o tempo todo piscando tanto para mim enquanto falava que achei que estava sofrendo um derrame.

Apesar de tudo, Gideon estava começando a se interessar.

— Está bem. E aí?

— Então, de manhã, eu peguei o chaveiro — disse Harrow.

— Espere aí, pode parar. *Meu* chaveiro, para sermos corretas, e só para ter certeza, você contou *duzentas portas* antes mesmo do primeiro dia?

— Começar mais cedo — disse sua necromante — é a única vantagem que pode se ter por escolha própria. Minha outra vantagem está na força tarefa para o trabalho. Nesse caso, tenho quase certeza de que Sextus começou só duas horas depois de mim, e a Oitava Casa não muito depois disso.

Tudo isso dizia muito sobre a personalidade de Harrowhark Nonagesimus, um pouco sobre Palamedes Sextus, e mais um pouquinho sobre o tio maionese, mas Gideon não teve tempo de interromper. Harrow continuou:

— Não tenho certeza sobre a Terceira. Não importa. De qualquer forma, passei a maior parte do tempo pela escotilha, nos laboratórios. Aqui.

Outra página seca e puída foi virada. Esta estava manchada de fluidos inomináveis e manchas marrons, que poderiam ser chá ou sangue. O diagrama era menos detalhado do que o dos três níveis superiores. Com um lápis de ponta grossa, Harrow tinha desenhado uma rede de pontos de interrogação, e alguns cômodos eram apenas rabiscos, em vez do labirinto perfeitamente demarcado dos primeiros mapas.

Ali estavam as denominações familiares: LABORATÓRIO UM ATÉ LABORATÓRIO DEZ, CÂMARA DE PRESSURIZAÇÃO, PRESERVAÇÃO, MORT, SALA DE ESTUDO UM ATÉ SALA DE ESTUDO CINCO. E SANITÁRIO, APESAR DE QUE TAMBÉM INCLUÍA: SALA DE CONTROLE? PAINEL? E TAMBÉM DESCARTE?. Tudo estava devidamente arrumado, com os corredores do mesmo comprimento, e as portas nos devidos lugares. Parecia a Gideon como os lugares mais antigos da Nona, os pedaços reclusos nas profundezas debaixo dos salões mais modernos e retorcidos, e as paredes tortas.

— É bem antigo — disse Harrow, baixinho, mais para si mesma do que para Gideon. — Consideravelmente mais antigo do que o resto da Casa de Canaan. É de antes da Ressurreição. Ou feito para parecer pré-Ressurreição, o que é igualmente curioso. Sei que Sextus está obcecado com datar a estrutura, mas como sempre, ele está se apegando a detalhes. O que importa é a sua função.

— E qual é a função disso?

— Se eu soubesse, já seria uma Lyctor — disse Harrow.

— Você sabe quem a usou?

— Essa é uma pergunta muito melhor, Nav.

— E por que — disse Gideon — você estava lá, completamente destruída, escondida dentro de um osso?

A Reverenda Filha soltou um longo suspiro e depois teve um ataque de tosse, o que era bem merecido.

— Quem quer que tenha deixado o complexo lá também deixou a maior parte do trabalho para trás e intacto. Sem teoremas ou livros, a não ser que tenham sido removidos, e não acho que Professor os removeu, mas, como eu descobri, é possível acionar... testes. Modelos dos teoremas que teriam sido usados. A maior parte das câmaras lá embaixo foi usada para preparar alguma coisa, e deixada de uma forma onde qualquer um que entre lá pode reencenar o teorema. Alguém deixou.... desafios... lá embaixo para qualquer necromante talentoso o suficiente entender o que estavam fazendo.

— Pare de ser tão enigmática, Nonagesimus. O que quer dizer com *desafios*?

— Quero dizer que — disse Harrowhark — eu perdi 163 esqueletos em um único construto do laboratório.

— *Quê.*

— Fico impedida de ver o que está destruindo os esqueletos que eu ergo — veio a resposta tensa. — Ainda não consegui decifrar como devo revesti-los. Se os sacerdotes conseguem fazer esqueletos perfeitos do mesmo tipo que usam para os criados... meu Deus, Nav, você já *viu* o trabalho de ossos deles?... Então, eu também consigo, só não consegui ainda desmontar um dos corpos da Primeira Casa, e não consigo reproduzir só de olhar. Não me leve a mal, eu vou conseguir. Estou mais perto a cada dia. Você me encontrou quando eu tinha me exaurido, só isso.

— Mas pra que tudo isso serve?

— Como já disse incansavelmente, Griddle, ainda estou trabalhando no teorema. Ainda assim... veja, olhe os mapas.

A necromante voltou à obstinação, encarando a caderneta através das pálpebras inchadas. Ainda um pouco pasma, Gideon se inclinou e, ignorando o desânimo místico da sua adepta, virou a página de volta para a planta arquitetônica da Casa de Canaan. Alguns dos X marcados nas portas estavam circulados por tinta preta e marcados com símbolos que ela não reconheceu. Esses símbolos pareciam distribuídos vagamente por toda a construção da Primeira Casa, escondidos.

Gideon virou outra página. Havia um rascunho da caveira de um animal com chifres longos. Os chifres se curvavam para dentro em pontas que quase se tocavam, e as cavidades oculares eram grandes buracos negros pintados de chumbo. Uma corrente elétrica de reconhecimento a percorreu.

— Já vi isso antes — disse ela.

Harrow se remexeu. Os olhos semicerraram.

— Onde?

— Deixa eu ver o mapa de novo. — Gideon voltou uma página e encontrou o átrio, e seguiu com o dedo a rota distorcida do corredor até as escadas onde estava a sala de treinamento. Ela encontrou a escada e apontou com a unha. — Você não marcou essa porta. Estou *muito* na sua frente, Nonagesimus. Tem um corredor escondido aqui com uma porta trancada.

— Você tem certeza?

Agora Harrow estava realmente acordada. Quando Gideon assentiu, ela procurou dentro do manto por uma longa agulha de ferro e a enfiou dentro da boca — Gideon estremeceu —, antes de os ossos na cabeceira da cama a empurrarem sem cerimônia até ela ficar completamente sentada, a arma à mão, a ponta brilhando com sangue vermelho.

— Me mostre, Nav — disse ela.

Completamente satisfeita consigo mesma, Gideon colocou o dedo ao lado da porta enorme de pedra sombria que ela tinha escondido atrás da tapeçaria. Harrow marcou o lugar com uma cruz vermelha e assoprou na tinta: imediatamente se ossificou até ficar de um marrom seco. *X-203*. A necromante não conseguiu esconder seu sorriso triunfante. O sorriso esticava sua boca e fazia com que os lábios sangrassem. A visão era incomparavelmente assustadora.

— Se você estiver certa — disse ela —, e se *eu* estiver certa.... bem.

Exausta com todo o esforço, Harrow fechou a caderneta e a guardou dentro do manto. Ela se afundou novamente no abraço poeirento dos ossos, as juntas dos punhos estalando conforme eles a abaixavam no material escuro e sedoso do cobertor. Esticou a mão sem ver na direção da água e derrubou metade do conteúdo na camiseta, conforme deu goles grandes e gananciosos. Deixou o copo vazio ao lado dela na cama, e então fechou os olhos. Gideon se encontrou apertando mais a rapieira no quadril, sentindo o peso do guarda-mão.

— Você poderia ter morrido hoje — disse ela casualmente.

Por muito tempo, a garota na cama ficou em silêncio, indolente. O peito subia e descia levemente, ritmado, como se ela estivesse dormindo. Então Harrow disse sem abrir os olhos:

— Você pode tentar acabar comigo agora, se quiser. Você pode até mesmo ganhar.

— Cale a boca — disse Gideon, soturna. — O que quero dizer é que você está me fazendo parecer uma palhaça desleal. Quero dizer que é *sua* culpa que não consigo levar a sério essa coisa de ser sua guarda-costas. Quero dizer que toda essa merda de "dever sagrado de fazer exatamente o que eu mando blá-blá-blá" não importa se você morrer desidratada em um osso.

— Eu não ia...

— O mínimo exigido de um cavaleiro — disse Gideon — é que você não morra em um osso.

— Não tinha nenhum...

— Não. Agora é a Hora de Gideon Nav Falar. Eu quero sair daqui e você quer ser uma Lyctor — disse ela. — Nós precisamos trabalhar juntas se quisermos que isso aconteça. Se você não quer que eu largue a maquiagem, essa espada e essa historinha, você vai me levar lá embaixo com você.

— Griddle...

— *Hora de Gideon Nav Falar.* A Sexta deve achar que você é uma mentirosa. Eu vou descer com você porque estou cansada de não fazer nada. Se eu tiver que ficar zanzando por aí fingindo que fiz um voto de silêncio e fazendo caretas por mais um dia, eu vou simplesmente abrir todas as minhas veias na frente do Professor. Não desça lá sozinha. Não morra em um osso. *Eu sou sua criatura*, mestra das trevas. *Eu a sirvo com a lealdade de uma montanha*, senhora da penumbra.

Os olhos de Harrow se abriram.

— Pare com isso.

— *Eu sou sua espada leal*, chefona da noite.

— Está bem — disse Harrow gravemente.

A boca de Gideon estava prestes a formar as palavras "imperatriz de ossos" antes de ela perceber o que havia sido dito. A expressão no rosto da outra garota era de resignação misturada com exaustão e alguma outra coisa, mas na maior parte, resignação.

— Entendo seu argumento — disse ela. — Eu discordo, mas consigo ver a margem de erro. Está bem.

Seria testar demais a própria sorte falar que não havia uma maneira real de Harrowhark impedi-la; ela tinha a chave, a carta na manga e uma quantidade de sangue significativamente maior. Então tudo que ela disse foi:

— Ok. Bom. Ótimo.

— E pode parar com toda essa bobagem de *princesa crepuscular* — disse Harrow —, porque talvez eu comece a gostar. Me ajudar vai ser extremamente monótono, Nav. Eu preciso de paciência. Preciso de obediência. Eu *preciso* saber que você vai agir como se me idolatrar fosse seu novo passatempo favorito, mesmo que isso nos irrite profundamente.

Gideon, atordoada com seu sucesso, cruzou uma perna por cima da outra e se inclinou para trás no aparador em uma postura de triunfo.

— Bom, quão ruim isso pode ser?

Os lábios de Harrow estremeceram. Ela mostrou os dentes, manchados de rosa de sangue. Ela sorriu de novo — mais lentamente do que antes, igualmente terrível, igualmente estranho.

— Lá embaixo reside toda a soma das transgressões necromânticas — disse ela, em um tom cantarolado da voz de uma criança que repete um poema. — O grito incompreensível de dez milhões de fantasmas famintos que ouvirão cada eco de passos como sinal de profanação. Eles não ficariam satisfeitos nem se te dizimassem. O espaço além daquela porta é profundamente assombrado de maneiras que eu não posso dizer, e por coisas que você não é capaz de compreender, e você pode morrer de modo violento, ou talvez possa simplesmente perder sua alma.

Gideon revirou os olhos com tanta força que ficou com medo de ter torcido um nervo ótico.

— Pode parar. Não estamos mais na missa.

Só que Harrow continuou:

— Não é uma das minhas rezas, Griddle. Estou repetindo, palavra por *palavra*, o que Professor disse para mim.

— Professor disse que lá embaixo tem um monte de fantasmas e que você pode morrer?

— Correto.

— Surpresa, minha soberana tenebrosa! — disse Gideon. — "Fantasmas e você pode morrer" são meus nomes do meio.

14

Esse lapso de Harrowhark não a tornou nem um pouco mais legal na convivência. Bem cedo na manhã seguinte, na contramão de qualquer a lógica e sentido, ela forçou Gideon a colocar o seu manto e fazer a maquiagem como tinha feito todas as manhãs desde que chegaram à Casa de Canaan: ela estava impaciente com o que Gideon chamava de necessidades diárias, como tomar café da manhã e roubar algo para o almoço. Gideon venceu o argumento do café da manhã, mas perdeu o direito de não encarar o espelho desoladamente enquanto pintava tiras pretas em sua bochecha.

Sob o comando de Harrow, a Nona Casa se moveu em silêncio pelos corredores cinzentos como espiões. Houve muitas vezes em que a necromante parava na penumbra de uma porta e esperava cinco minutos inteiros antes de permitir que as duas continuassem, se esgueirando sem fazer nenhum barulho pelas escadarias maltratadas e pelas entranhas da Primeira. Só encontraram uma pessoa no caminho: na luz antes do amanhecer, Harrow e Gideon pressionaram-se contra a sombra de um arco e observaram a silhueta com um livro na mão passar por um corredor empoeirado, silencioso e sombrio, repleto de cadeiras puídas. Devido ao fato de ter passado a vida inteira no buraco mais escuro do planeta mais escuro do buraco mais escuro do sistema, Gideon conseguiu ver o perfil lixivio da gêmea repugnante da Terceira, Ianthe. Ela desapareceu de vista e Harrow continuou esperando em silêncio, muito mais tempo do que Gideon achou que era necessário, antes de gesticular para que prosseguissem.

Chegaram ao buraco que dava acesso à escotilha sem nenhum incidente, apesar de *ali* estar escuro o suficiente para Gideon ter que guardar os óculos e Harrow ter que abaixar seu véu. Harrow estava respirando impacientemente pelo nariz conforme Gideon deslizou a chave na fechadura, e se jogou pelo buraco como se estivesse sendo perseguida. Elas desceram a escada comprida e gelada, e Harrow espanou a poeira da roupa quando saltaram.

— Ótimo — foi a primeira coisa que ela disse desde que deixaram os aposentos. — Estou relativamente certa de que estamos sozinhas. Me siga.

Acompanhando os passos rápidos da sua adepta, a rapieira balançando no quadril, Gideon ficou interessada em ver que elas não atravessaram os corredores labirínticos até o Sanitário. Em vez disso, foram por um corredor mais largo, que zumbia baixinho com o som das luzes elétricas, e viraram em alguns corredores até chegar a uma porta marcada como LABORATÓRIO DOIS. Harrow empurrou a porta.

O pequeno saguão além da porta era do tamanho de um armário. Havia ganchos nas paredes, e uma coisa que parecia uma tapeçaria feia mal dissolvida, até que ela entendeu que era o casaco abandonado de alguém. Na porta em frente, estava uma pasta dilapidada atrás de um pedaço de vidro, com um título rabiscado em uma letra apressada: #1—2. TRANSFERÊNCIA/DESTACAMENTO. CENTRAL DE DADOS.

Acima da porta de metal esterilizada, estava a figura familiar de uma caveira, que provavelmente tinha sido pintada de vermelho e agora era um marrom sujo. Tinha perdido a mandíbula em algum momento e todos os dentes. Harrow colocou lascas de falange em volta do batente, com cuidado. Era uma experiência fora do comum estar cruzando uma égide de ossos de Nonagesimus, em vez de estar sendo impedida por uma, mas Gideon nem sequer teve tempo de aproveitar: Harrow passou pela porta e guiou Gideon até outra sala.

Essa sala — mais espaçosa e mais alongada — dava a distinta impressão de ter sido saqueada. Estava rodeada de mesas de metal, e as paredes eram marcadas por tomadas vazias. Havia prateleiras e prateleiras que um dia deveriam ter contido livros e pastas, mas agora só continham poeira, e estavam sem cor nas paredes onde antigamente coisas devem ter sido penduradas e agora tinham sido removidas. Era uma sala crua e vazia. Uma parede continha uma janela grande tomando todo o comprimento que permitia ver a sala adiante, e essa parede tinha uma porta marcada com duas coisas: em uma, escrito REAÇÃO, e na outra, uma pequena placa em cima escrito OCUPADO. Essa tinha um tom verde brilhando ao lado, indicando que Reação provavelmente *não* estava ocupada. Olhando para a sala de Reação — uma câmara vazia sem nada, caracterizada apenas por tubos de ventilação nos fundos —, o chão estava todo coberto por um monte de ossos quebrados.

A outra parede, repleta de prateleiras para apoiar livros que também foram removidos, também continha uma porta, e essa era rotulada de REPRESENTAÇÃO. A porta de Representação tinha a mesma placa que a de Reação, mas estava com uma luz vermelha acesa. Representação também tinha uma janela que estava suja de marcas de mãos sangrentas.

— Alguém aqui estava se divertindo — disse Gideon.

Harrow lançou a ela um olhar penetrante, mas não reforçou o voto de silêncio.

— Sim — disse ela. — Eu.

A sua cavaleira tentou abrir a porta de Reação, mas não se mexia, e não parecia ter uma abertura convencional.

— Não vai abrir assim, Nav — disse ela. — Venha comigo, e não toque em nada.

Gideon foi com Harrow e não tocou em nada. A porta automática para a Representação abriu educadamente quando se aproximaram, revelando uma sala do tamanho de um armário pequeno com uma vasta quantidade de equipamentos mecânicos, sem luz e sem vida. Um único painel de luz no teto zumbiu à vida, branco e pálido, e não revelando muito mais do que sombras. A mesa ainda continha o que ela notou ser uma prancheta enferrujada, onde um pedaço de papel quase transparente ainda estava pregado. Gideon enfim cedeu ao desejo de tocar em algo, e o papel se dissolveu como se fosse cinzas. E deixou uma mancha cinza na ponta dos dedos.

— Eca, eca — disse ela, esfregando o dedo na camiseta.

— Tome cuidado, sua tonta, tudo aqui é absurdamente velho — disse Harrow, grossa.

No centro do cômodo estava um pedestal alto de metal. Em cima do pedestal estava um estranho painel achatado de vidro refletor — lindo, com uma sombra de preto dicromático. A necromante, vestida de preto, com as sobrancelhas franzidas em concentração, passou a mão por cima do vidro, que zumbiu com a aproximação, acendendo faíscas verdes em cima do pedestal. Harrow tirou as luvas e colocou uma mão de dedos longos diretamente em cima do vidro. Duas coisas aconteceram ao mesmo tempo: o vidro se dobrou por cima dela como uma jaula, e a porta de Representação fechou com um *bam* pesado. Gideon pressionou contra ela, mas a porta não se abriu.

— O que acontece agora?

Harrow disse:

— Olhe pela janela.

Através da janela embaçada, Gideon conseguia ver que a porta da Reação tinha aberto. Harrow continuou, sem nenhuma alegria:

— A porta se fecha em resposta a peso e movimento, pelo que eu entendi. Não testei precisamente quanto peso, mas cerca de uns trinta quilos. A essa altura, já mandei cerca de noventa quilos de matéria óssea para dentro daquela sala.

As coisas que Harrow conseguia fazer com a lasca do dedo do pé de alguém eram impressionantes. Três quilos de osteo para Harrow poderia ser qualquer coisa. Mil esqueletos, abarrotados e interligados dentro da Reação. Oceanos de medulas. Edifícios de crânios e cóccix. Gideon disse apenas:

— Por *quê*?

— Todos os construtos que coloquei dentro daquela sala foram pulverizados — disse Harrow, rígida.

— Pelo que?

— Não sei — respondeu ela. — Se eu tirar minha mão do pedestal, a porta destranca, e a sala volta ao normal. Eu não consigo ver. Só consigo ouvir.

Na palavra "ouvir", os pelos na nuca de Gideon se ergueram, e ela tirou o capuz. Harrow tirou a mão do pedestal e o vidro se desdobrou ordenadamente para longe. A porta de Representação se abriu com outro *bam* automático, a luz brilhando da antessala.

Harrow estalou cada um de seus dedos gentilmente, e disse, mais alegre:

— Griddle, é aqui que você vai brilhar. Você vai ser meus olhos.

— Quê?

— Meus esqueletos não têm fotorreceptores, Nav — disse a necromante calmamente. — Eu sei que estão sendo destruídos com força bruta. Não faço ideia do que está destruindo-os, e preciso manter minha mão na trava thanergética. Você tem um globo ocular perfeitamente funcional, tem um cérebro de qualidade duvidosa, porém capaz, você vai ficar lá fora e olhar pela janela. Entendeu?

Não havia nada de desagradável nesse papel, e essa foi a razão pela qual Gideon automaticamente suspeitou da história. Ainda assim, ela disse:

— Seu desejo é uma ordem, minha rainha lamentável. — E saiu pela porta da Representação.

Sua adepta ficou logo atrás dela, procurando algo nos bolsos. Ela tirou uma falange inteira, o que era significativo. Jogou-a no chão, e, com um gemido terrível, a falange se tornou um esqueleto completo: ela acenou com o pulso impacientemente e o esqueleto andou até a Reação, em pé, esperando. Harrow então voltou para a Representação.

Isso é idiota, pensou Gideon. A porta da Representação se fechou com um gemido, presumidamente assim que Harrow colocou a mão no pedestal, e a porta da Reação se abriu: o esqueleto se adiantou, os ossos dos pés triturando o tapete de ossos embaixo. Conforme ele deu o passo, a porta se fechou imediatamente atrás, e a pequena luz ao lado de Ocupado ficou vermelha.

O que quer que aconteceu em seguida foi bem rápido. As luzes da Reação brilharam conforme a ventilação assoprava hálitos nebulosos, ocultando a parede ao fundo, e Gideon ficou tão perto do vidro que a sua respiração o deixou molhado e embaçado. Não havia som vindo lá de dentro, e deveria ter tido (o lado de fora deveria ser à prova de som), o que simplesmente tornou tudo ainda mais absurdo quando algo gigantesco e deformado emergiu da névoa.

Era um construto de ossos, isso Gideon conseguia ver. Tendões cinzentos atados a uma dúzia de úmeros disformes em braços horrivelmente abreviados. As costelas eram tiras de ossos nodosos e grossos, revestidos por completo com pontas afiadas, e o crânio — era um crânio? — era um caroço de matéria cinzenta. Duas luzes verdes grandes espumavam em meio à escuridão como olhos. Tinha pernas demais e uma medula óssea como a de uma pilastra, e tinha que se agachar em dois dos seus braços pesados, verdadeiramente feitos de tíbias. Os braços exteriores estavam erguidos, e ela podia ver que não tinha mãos: apenas lâminas compridas, cada uma formada de rádios afiados, erguidos prontamente como a cauda de um escorpião. A coisa avançou, o esqueleto de Harrow aguardou pacientemente, o construto caiu sobre ele como um prato de comida quente, e o esqueleto se desintegrou no segundo golpe.

O construto virou a sua cabeça horrorosa na direção de Gideon, fixando seus dois olhos verdes flamejantes nela, e ficou imóvel. Começou a deslizar na direção dela, ganhando velocidade, e foi quando a luz vermelha do Ocupado ficou verde: houve um ruído baixo e triste de uma buzina, e o construto se dissolveu. Virou sopa, e não ossos, e se movia como se estivesse sido sugado através de uma ralo no centro do cômodo. Tinha desaparecido por completo, assim como a névoa, quando a porta da Representação abriu e Harrow encontrou sua cavaleira boquiaberta.

A explicação demorou um tempo. Harrow questionou as medidas e pareceu enojada com todas as suas respostas. Antes de Gideon terminar, Harrow já estava andando em círculos, o manto esvoaçando nos calcanhares como uma espuma negra.

— Por que eu não consigo *ver*? — esbravejou. — Está testando a autonomia do esqueleto ou o meu controle sobre ele? O quanto de destreza ele quer?

— Me coloque lá.

Isso fez com que Harrow parasse, e as sobrancelhas se ergueram até quase encostar no couro cabeludo. Ela remexeu no véu em volta do pescoço, e perguntou, lentamente:

— Por quê?

Gideon sabia que ela precisava de uma resposta bastante inteligente, algo que impressionaria a Reverenda Filha com sua percepção mecânica e sua astúcia. Uma resposta necromântica, com alguma interpretação indecifrável do que tinha acabado de ver. Só que o cérebro dela só tinha visto uma coisa, e suas mãos estavam úmidas do tipo de suor que só acontecia quando se estava com medo e também com ansiedade e expectativa.

— Os braços meio que parecem espadas — disse por fim. — Quero lutar com ele.

— Você quer lutar com ele.

— É.

— Porque se parece… um pouco com espadas.

— Aham.

Harrow massageou as têmporas com uma mão e disse:

— Ainda não estou tão desesperada por uma nova cavaleira a ponto de estar disposta a te reciclar. Não. Vou mandar três esqueletos dessa vez, e *você* vai me dizer como a coisa lida com isso. Ainda não estou convencida de que isso não está testando minha destreza.

Da próxima vez que ela mandou um esqueleto, estava segurando um saco de falanges em cada um dos seus pulsos ossudos. Gideon ficou assistindo obedientemente enquanto a luz ficava verde, conforme Harrow erguia mais dois esqueletos iguais ao lado do primeiro sem sequer olhar para eles. Eram todos modelos do mesmo tipo: feitos maravilhosamente, construídos para alta performance, animados e responsivos. Os esqueletos de Harrow quase se pareciam com os criados da Primeira Casa. Quando o construto emergiu da névoa, eles se moveram com pose e fluidez admirável, e foram demolidos em três golpes. O último esqueleto deu uma corridinha triste antes do construto monstruoso erguer um braço afiado e estilhaçá-lo do sacro ao ombro.

Da segunda vez que Harrow saiu da sala para ouvir o relatório, uma narina estava sangrando. Da terceira vez, as duas narinas. Da quinta vez — e o chão da Reação já acobertado com os restos de vinte esqueletos — ela estava limpando o sangue nos cílios e seus ombros estavam caídos. Ela tinha ouvido cada relato dos movimentos parecendo imersa em pensamentos, com um olhar vago, distraída demais até para alfinetar Gideon, mas dessa vez ela apertou as mãos em punhos e os pressionou contra o próprio crânio.

— Minha mãe e meu pai e minha avó juntos não conseguiriam fazer o que eu faço — disse ela baixinho, sem falar diretamente para Gideon. — Minha mãe *e* meu pai *e* minha avó juntos... e eu já ultrapassei muito todos eles. Um construto ou cinquenta, e tudo que acontece é que eu só os atraso... pelo tempo total de meia hora.

Ela sacudiu a frustração como um animal com a pele molhada, estremecendo por inteiro antes de voltar os olhos negros para Gideon.

— Certo — disse ela. — Certo. De novo. Continue olhando, Nav.

Ela cambaleou para dentro, a porta se fechando atrás dela. Gideon Nav só conseguia aguentar até certo ponto. Ela tirou o manto, dobrou e o pendurou em um gancho no saguão. Ela ficou ao lado do esqueleto cujos braços estavam tão cheios de ossos e lascas de tíbia que caíam atrás dele como uma trilha de migalhas de pão. Foi fácil ficar ao lado dele educadamente até que a porta se abriu, e então fazê-lo tropeçar e passar por cima dele. Ela desembainhou a rapieira com um sussurro prateado, colocando a soqueira na mão esquerda com as garras de obsidiana. A porta da Reação se fechou atrás dela.

— Harrow — disse ela —, se você queria um cavaleiro que pudesse substituir com esqueletos, deveria ter ficado com o Ortus.

De um dos alto-falantes que rangiam no canto, Harrow soltou um grito. Não foi um ruído de irritação nem mesmo de surpresa — foi de dor, e Gideon sentiu suas pernas fraquejarem um pouco e teve que se reequilibrar, ficar com a postura correta, e sacudir a cabeça para limpar o pequeno ataque de tontura. Ela segurou a rapieira em uma linha perfeita e esperou.

— O quê? — disse a necromante, parecendo atordoada. — Isso é sério?

A ventilação começou a soprar a névoa. Agora que ela estava na sala, Gideon conseguia ver que estava soprando umidade e líquido no ar, coisas que cheiravam a mofo, e de dentro *desta* nuvem o construto se erguia, perna por perna horrenda, as placas largas da pélvis, e para o grosso caule da medula, até os brilhos de luz verde que se reviravam, procurando, e por fim encontrando Gideon. A postura dela mudou. Da Representação, Harrow soltou um grunhido explosivo, o que quase fez sua cavaleira cair de bunda no chão.

O ar se deslocou. O construto avançou até ela, e foi exatamente a tempo que ela desviou dois golpes pesados na sua lâmina desnuda. Harrow soltou um gritinho como se estivesse com a mão em chamas.

— *Nonagesimus!*

Gideon considerou as boas e as más notícias. A notícia boa: os golpes que a atingiam não eram tão pesados quanto tinha esperado de algo tão grande. Eles eram fortes e rápidos, mas não eram mais fortes do que a mão de Naberius Tern, mais leves até pela falta de músculo. Matéria óssea não tinha tanto peso quanto sangue e carne, o que era um dos problemas com magia pura de construtos.

As más notícias: ela não conseguia fazer porra nenhuma com ele. A sua espada leve mal conseguia desviar dos golpes. Ela tinha alguma esperança com a soqueira obsidiana — só um tapa com as costas da mão e ela conseguiu arrancar o pedaço de um braço, quebrando a lâmina perto da ponta afiada —, mas então ela observou com um peso crescente no estômago quando a lâmina se reestruturava.

— Nonagesimus! — gritou ela, entre golpes. — Essa merda está regenerando!

Não houve resposta dos alto-falantes. Gideon se perguntou se Harrow conseguia ouvir. Ela pulou para o lado quando o construto avançou, golpeando pesadamente. A coisa se desfez em uma pilha de ossos, que havia se amontoado das tentativas falhas de Harrow, e um caco de ossos voou como uma bala e atingiu o braço de Gideon. Dos alto-falantes, a garota gritou de novo.

— Nonagesimus! — disse Gideon, aflita. O construto chafurdou no ninho de suas vítimas, e se ergueu novamente. — Ei! *Harrow*!

O alto-falante zumbiu.

— Pare de pensar!

— Quê?

— Eu não… É muito… droga!

Ela estava prestes a falar para Harrow tirar a mão da droga do pedestal, mas foi atacada novamente em um turbilhão de lâminas. O construto foi para frente, apoiado nas mãos e nos pés como um predador torto. Gideon atacou também, e fatiou a espada pelo meio da membrana intraóssea no braço que estava descendo para cortá-la. O braço e o construto se debateram independentemente, e, com a mão esquerda, ela socou a pélvis com tudo. Osso se estilhaçou com uma explosão que arrancou metade do ílio. O monstro caiu se contorcendo, tentando se erguer, conforme a pélvis no topo e um dos fêmures se costuravam novamente com uma velocidade repugnante. Gideon se afastou depressa, arrancando a espada e esfregando matéria óssea do rosto.

O alto-falante chiou com uma respiração pesada.

— Nav. Feche um olho.

Ela questionaria mais tarde o motivo de fazer isso, mas o fez mesmo assim. A percepção de profundidade se foi enquanto fechava um dos olhos, se afastando do construto enquanto ele deslizava em círculos inúteis, estropiado. Por um momento, o olhar ficou embriagado, voltando ao normal e ela conseguia ver — alguma coisa — no canto da visão: uma miragem periférica, um sussurro de luz que se mexia de um jeito que ela nunca tinha visto antes. Era como um gel em cima da vida real. Aglomerava-se ao redor do construto como se atraído por ele, como limas de ferro por um imã. Ela piscou com força. A respiração acelerada ecoou nos alto-falantes.

— Certo — disse a voz de Harrow —, certo, certo...

O construto se ergueu, o centro da gravidade restaurado. O coração de Gideon acelerou. O alto-falante chiou de novo.

— O que está no topo dele? — disse Harrow.

— Quê? Os braços?

— Não consigo ver — respondeu Harrow. — Embaçado...

Gideon abriu os dois olhos de novo. Não poderia fazer outra coisa. Ela revidou o primeiro golpe de cima do construto conforme ele a atacou, mas ele a golpeou no ombro com outro braço. Ela conseguiu impedir com a soqueira num golpe para longe do corpo — o braço afiado arrebentou, caiu para longe e atingiu a parede —, mas precisou recuar e agachar-se para lidar com a dor, preocupada com o ombro que tinha acabado de sair do lugar. O alto-falante gritou. O construto se ergueu, as outras lâminas prontas, e então se dissolveu.

Virou líquido e gotejou pelo ralo no centro do cômodo enquanto Gideon o encarava. A porta de Reação abriu, e depois de testar o ombro, ela se levantou. Estava soltando os músculos enquanto passava pela porta, que se fechou atrás dela, e Representação abriu. Ela se viu, então, cara a cara com Harrow, que estava tensa como a morte e tremendo.

— Que merda foi *aquilo*? — disse Gideon.

— É o teste. — Os lábios de Harrow estavam rosados onde havia engolido a tinta. Parecia estar com dificuldade de engolir, e parecia encarar através da sua cavaleira. Ela disse, instável: — Você é o teste.

— Hum...

— Lobo frontal, temporal, lóbulo parietal e occipital, hipocampo.... Lutei com todos dentro de você — disse ela. — Não estou equipada para lidar com espíritos vivos ainda associados a um sistema nervoso. Você é tão barulhenta. Demorou cinco minutos para conseguir tirar todo o volume só para enxergar. E a dor é tão maior que a interferência dos esqueletos, o seu espírito me deixou surda! Seu corpo inteiro faz barulho quando você luta! Seu lobo temporal, Deus, eu estou com *tanta* dor de cabeça!

O discurso todo era incoerente, mas o que Gideon entendeu por fim era bastante humilhante. Calor subiu pelo pescoço dela.

— Você pode controlar meu corpo — disse ela. — Você pode ler meus *pensamentos.*

— Não, nem um pouco. — Isso era um alívio, até que foi seguido de: — Se ao menos eu pudesse... O momento em que consigo controlar um dos seus sentidos, sou arrebatada por outro.

— Você está banida de mexer nos meus lobos e no meu hipocampo. Não quero você empurrando os móveis lá dentro.

Talvez houvesse um pequeno grão de empatia em Harrow. Ela não respondeu com uma risada horrível ou com algum ditado sombrio da Nona: ela só abanou a mão.

— Não tenha um aneurisma, Nav. Eu não posso e não lerei seus pensamentos, nem controlarei seu corpo, nem verei suas memórias mais íntimas. Não tenho essa habilidade, e certamente não tenho esse desejo.

— É para o seu próprio bem, não pelo meu — respondeu Gideon. — Imaginei como seria a bunda de Crux uma vez quando tinha doze anos.

Harrow a ignorou.

— *Destacamento* — disse ela. — Fui uma tola. Quer separar o joio do trigo, ou separar a mensagem do ruído, se preferir. Mas por quê? Por que não consigo fazer sozinha?

Ela oscilou levemente e esfregou uma linha rosada no rosto com a manga. A maquiagem cultista estava amarronzada de maneira distinta, mas ela parecia eufórica, sombriamente satisfeita.

— Sei como terminar o teste — disse ela pensativa. — E nós vamos fazer isso, se eu conseguir entender a conexão e repensar tudo que sei sobre teoria de possessão, conseguirei fazer isso. Saber no que trabalhar era a batalha, mas agora eu sei. Só que antes disso, Griddle, acho que preciso desmaiar.

Ela simplesmente tombou de volta ao chão. Puro sentimentalismo fez com que Gideon esticasse a perna para pegá-la. No fim, acabou chutando a sua necromante no ombro, mas presumiu que o que contava era a intenção.

15

— Eu me daria muito melhor com um montante — disse Gideon.

Algumas horas depois, Harrowhark havia acordado do seu cochilo no chão e acompanhara sua cavaleira de volta aos aposentos. Ela estava pronta para tentar mais uma vez ali mesmo, mas Gideon só precisou dar uma olhada nos olhos levemente vesgos e mãos trêmulas para cortar esse plano. Agora estavam no aposento principal de paredes escuras, a luz do meio-dia filtrada pelas cortinas em brancas tiras quentes, Gideon engolindo um pão e Harrow beliscando a casca. A necromante tinha acordado tão amarga quanto sempre, e Gideon tinha esperanças de que o que tinha acontecido lá embaixo tinha sido apenas um ataque de insanidade.

— Insinuação negada — disse Harrowhark. — Você não tem uma — Ótimo, significava que Harrow não tinha xeretado todas as suas coisas —, e mais importante, você deveria se sair bem sem. Eu nunca gostei daquela coisa, sempre achei que estava me julgando. Se precisa de um montante cada vez que a coisa ficar difícil, você não vale nada para mim como minha cavaleira.

— Ainda não entendi como esse teste funciona.

A Reverenda Filha pareceu considerar o comentário, ao menos uma vez na vida.

— Bem. Deixa eu... hmmm. Você sabe que um construto de ossos é erguido por um teorema necromântico.

— Não brinca! Achei que você só pensava em ossos até que aparecessem.

Ignorando o comentário, Harrow continuou:

— Esse construto em especial é erguido por *múltiplos* teoremas, todos interligados, de certa forma. Isso permite que faça coisas que os construtos normais não conseguem.

— Tipo regenerar.

— Sim. O jeito de destruí-lo é desfazer a tapeçaria, Nav, tirar um fio de cada vez até que a trama se desfaça. O que normalmente me levaria dez segundos, se eu estivesse próxima o bastante dele.

— Hum — disse Gideon, entendendo de má vontade. — Então preciso desfazer isso por você.

— E com o meu auxílio. Você não é uma necromante. Você não consegue ver assinaturas thanergéticas. Preciso encontrar os pontos fracos, e preciso fazer isso *através dos seus olhos*, o que fica infinitamente mais difícil já que você sacode a espada o tempo todo enquanto seu cérebro grita comigo.

Gideon abriu a boca para dizer "meu cérebro está sempre gritando com você", mas foi interrompida por uma rápida batida na porta. A necromante gelou como se elas estivessem sendo atacadas, mas a batida foi seguida de gritinhos guturais que Gideon já tinha ouvido antes. O som sumiu no corredor acompanhado pelos passos apressados de dois adolescentes semiaterrorizados. Jeannemary e o fulano haviam enfiado alguma coisa por debaixo da porta e ido embora.

Ela foi ver o que era. Era um envelope simples e pesado — de papel de verdade, cor de creme.

— Reverenda Filha Harrowhark Nonagesimus — leu ela em voz alta. — Gideon, a Nona. Cartinha de fãs.

— Me dá isso. Pode ser uma armadilha.

Gideon ignorou o comentário, já que era provável que Harrow jogasse o papel pela janela em vez de ler o que tinha dentro. Também ignorou a carranca de limão azedo conforme ela tirou uma folha de bobina térmica de dentro — menos impressionante do que o envelope, mas ninguém além do Imperador usaria papel de verdade para uma carta — e leu o conteúdo em voz alta.

Senhora Abigail Pent e Sir Magnus Quinn

em celebração às bodas do seu
décimo primeiro ano de casamento

apresentam seus cumprimentos à herdeira e
à cavaleira primária da Nona Casa

E SOLICITAM A HONRA DA SUA
COMPANHIA ESTA NOITE.

O JANTAR SERÁ SERVIDO ÀS SETE.

Embaixo, em uma caligrafia apressada, mas ainda assim com letras lindamente desenhadas, estava outro recado:

Não fiquem aflitas pela escolha de palavras, Abigail é incapaz de resistir a um convite formal, e em casa quase recebo um para o café da manhã. Não é de nenhuma forma um evento sério, e ficaria imensamente feliz se vocês duas puderem vir. Eu farei a sobremesa, e posso afirmar que cozinho melhor do que eu duelo.
— M.

Harrow disse:

— Não.

— Eu quero ir — respondeu Gideon.

— Parece insípido demais.

— Quero comer sobremesa.

— Me ocorre que — disse Harrow, tamborilando os dedos —, durante um único jantar, a morte de representantes de múltiplas Casas pode ser arquitetada por um único par astucioso, uma garrafa de veneno, e então... de repente, a supremacia da Quinta Casa está garantida. Tudo isso porque *você* queria comer doce.

— Esse é um convite formal para a Nona Casa, não só para nós duas — disse Gideon, ardilosa —, e já que somos tradicionalistas ao extremo, não deveríamos ao menos fazer uma *aparição bem pequenininha*? Vai ser grosseria se não formos. Nós podemos pressupor várias coisas de quem não for, e todo mundo vai, só pra ser educado. Política. Diplomacia. Eu como a sua sobremesa se você não quiser.

A necromante voltou-se para sua desconfiança.

— Mas isso adia mais terminarmos o teste — reclamou ela finalmente —, e desperdiça uma noite inteira em que Sextus pode passar na nossa frente à vontade.

— Aposto que Palamedes vai estar lá. Podemos fazer o teste depois. E eu vou ser tão boazinha. Vou ficar quietinha e bem da Nona, cheia de melancolia. Ver isso vai te surpreender e te animar.

— Nav, você é uma porca.

Contudo, isso significava que elas iriam. Gideon refletiu sobre sua vitória inesperada enquanto encarava o espelho, distraidamente contando as espinhas que apareciam como resultado das camadas da pintura do culto. A atmosfera era... relaxada, de uma forma estranha, como se esperasse algo, como da vez que tomou um anestésico enquanto esperava a freira que vinha arrancar suas amígdalas. Tanto ela quanto Nonagesimus estavam esperando pela facada. Ela não sabia que Harrow podia ser tão maleável, e nem que conseguia passar tanto tempo sem passar suas garras nos pontos frágeis internos de Gideon. Talvez os testes de Lyctor estavam amolecendo-a.

Não, isso era esperar demais. Harrowhark estava satisfeita porque tudo estava acontecendo a favor dela — ela tinha prazer em conseguir o que queria, e no momento que esse brilho passasse, ela mostraria as garras de novo. Gideon não podia confiar em Harrow. Sempre tinha alguma coisa. Sempre havia uma algema se fechando em um lugar que não dava para ver, e só se percebia depois que Harrow trancava com a chave. E então...

Naquela noite, foi engraçado observar a agitação de Harrow. Ela vestiu o seu melhor e mais senescente manto da Nona, e se tornou um palito vestido de preto engolido por camadas da cor da noite e renda do Túmulo Trancafiado. Ela remexeu nos seus brincos longos de ossos na frente do espelho e refez a maquiagem duas vezes. Gideon percebeu, extremamente entretida e com uma certa curiosidade, que Harrow estava com medo. Ela ficou mais irritadiça conforme a noite se aproximava, e foi de uma postura apática e entediada com um livro para uma postura tensa, se encolhendo toda com os joelhos e ombros encurvados e tensos. Harrow continuava encarando o relógio e queria chegar vinte minutos mais cedo. Gideon só tinha colocado um manto limpo e óculos escuros, e notou que a necromante estava ansiosa demais sequer para vetar o figurino.

Por que diacho ela estava com tanto medo? Ela tinha encabeçado recepção atrás de recepção rebuscada e monótona da Nona, requintada em suas regras e rigorosa em seus regulamentos, desde que era uma criança. Agora ela estava com os nervos à flor da pele. Talvez porque tinha sido negado acesso às suas necessidades necromânticas sombrias além da escotilha. De qualquer forma, tanto ela quanto Harrowhark apareceram, trajadas lindamente nas suas vestes do Túmulo Trancafiado, pintadas como caveiras vivas, e parecendo completas babacas. Harrow tilintava enquanto andava pela pura quantidade de ornamentos ósseos.

— Vocês vieram! — disse Magnus Quinn quando as viu, e ele era educado demais para recuar diante dos dois horríveis exemplos do clero de Drearburh à solta. — Estou contente de ver que estão usando suas, ah, roupas chiques, eu estava convencido de que seria o único a me arrumar e teria que ficar sentado esplendorosamente no meio de vocês, me sentindo como um idiota. Reverenda Filha — disse ele, curvando-se excessivamente em reverência à Harrow. — Obrigado por virem.

Ele mesmo estava muito chique vestindo um terno marrom-claro com um casaco comprido, que provavelmente tinha custado mais do que a Nona Casa inteira tinha em seu cofre. A Nona tinha um monte de tesouros antigos de merda, mas pouco patrimônio líquido. Em uma voz ainda mais baixa e mais fria do que Harrow normalmente se forçava a usar, ela disse:

— Bênçãos ao cavaleiro da Quinta. Parabenizo-o no décimo primeiro aniversário de seu esponsal.

Esponsal. No entanto, Magnus disse:

— Pois é! Sim! Obrigado! Na verdade, foi ontem. Foi um acidente feliz que eu lembrei e Abigail esqueceu, então em sua revolta decorrente ela quis me fazer um jantar. Eu sugeri que todos aproveitássemos. Entrem, por favor, deixe que eu as apresente.

A sala de jantar ao lado do átrio parecia igual, com certas adições festivas. Todos os guardanapos foram cuidadosamente dobrados, e algumas toalhas amareladas, retiradas do armário. Havia cartões corretamente nomeados na frente de cada prato branco. As duas foram guiadas para a pequena cozinha e apresentadas à levemente estressada necromante da Quinta, que Gideon só tinha visto de relance: ela provou partilhar da mesma maneira casual e tranquila de Magnus, do tipo que só acontecia com os nascidos em uma casa como a Quinta. Ela olhou Gideon diretamente nos olhos e apertou sua mão com firmeza. Diferente de Magnus, ela também tinha um certo maneirismo que necromantes e bibliotecários desenvolviam quando estavam trabalhando em um encantamento morto pelos últimos quinze anos, e não se preocupava tanto com os vivos: o seu olhar era intenso demais. Só que ela estava usando um avental, e, portanto, era difícil se sentir intimidado por ela. Suas cordialidades agradáveis diante de uma Harrow intragável foram interrompidas com a aparição no batente dos adolescentes malditos, que estavam usando um milhão de brincos cada. A Nona voltou para o saguão.

Foi uma noite estranha. Harrow quase vibrava de tensão. Professor, eternamente feliz em vê-las por nenhuma razão que Gideon conseguisse decifrar, imediatamente as encurralou. Os outros sacerdotes já estavam lá e cada um parecia ter a expressão alegre de um aniversariante. Professor, de sua parte, estava brilhando com a magnitude normalmente reservada a estrelas à beira da morte.

— O que acham da Senhora Abigail? — perguntou ele. — Dizem que ela é uma necromante extraordinariamente inteligente. Não é tanto da sua linha, Reverenda Filha, mas uma invocadora talentosa e porta-voz de espíritos. Eu já fiz muitas perguntas a ela sobre a Casa de Canaan. Espero que ela e Magnus, o Quinto, sejam bons cozinheiros! Nós da Primeira estamos animados demais com a ocasião, creio eu, mas os sacerdotes que vivem simplesmente *precisam* ficar empolgados com comida. É claro, a sombria Nona deve partilhar dessa percepção.

A sombria Nona, na forma de sua adepta, disse:

— Nós preferimos viver uma vida simples.

— É claro, é claro — disse Professor, cuja atenção já tinha se desviado para as fofocas. Seus brilhantes olhos azuis procuraram por algum objeto de interesse, e encontrando o assunto, ele se inclinou, confidenciando. — Ali estão a jovem Jeannemary, a Quarta, e Isaac Tettares. Estão os dois muito bonitos. Isaac parece que está estudando demais. — (Isaac, o necromante adolescente com o cabelo descolorido alaranjado, parecia mais que estava sofrendo de uma abundância de hormônios). — Naturalmente, ele é o protegido de Pent. A Quinta toma cuidados especiais com a Quarta... Cuidados hegemônicos, alguns diriam. Deve ser difícil quando os dois são tão jovens. Mas eles todos parecem se dar tão bem...

— Como sabe disso?

— Reverenda Filha — disse o sacerdote, sorrindo —, você perde tanta coisa quando passa *todo* o seu tempo tão diligentemente no escuro. Agora, Gideon, a Nona, poderia te contar muita coisa se não estivesse tão admiravelmente leal ao seu voto de silêncio. Sua penitência me dá pena.

Com isso, Professor deu uma piscadela exagerada para Gideon, o que também foi a pior coisa do mundo.

Movimento na entrada. A Terceira e a Sexta Casa chegaram ao mesmo tempo, a mariposa murcha que era Palamedes fazendo com que a borboleta dourada que era Coronabeth Tridentarius ainda mais glorificada e linda. Estavam medindo um ao outro como lutadores em um torneio.

— Agora, para o evento principal! — disse o Professor.

Aconteceu que a ideia da Quinta de uma boa diversão era a disposição de lugares. Essa percepção fez com que a máscara cuidadosamente controlada de Harrow se tornasse bem trágica. Elas foram separadas, e Gideon se encontrou acotovelada entre Palamedes e a cavaleira adolescente horrível da Quarta, que parecia que estava se arrependendo de tudo que a levou até aquele momento. Dulcinea, sentada na sua frente, fez com que Gideon beijasse sua mão duas vezes antes mesmo de ela se sentar.

Ao menos Harrow também não estava se dando bem. Ela foi colocada na ponta da outra mesa, na diagonal do tio maionese, que parecia ainda mais ultrajado do que Jeannemary, a Quarta. Na sua frente estava Ianthe e na outra diagonal, Protesilaus, completando um dos piores arranjos da história. Naberius Tern estava à esquerda de Harrow, e se comunicava com Ianthe longamente, em uma conversa conduzida apenas através de sobrancelhas erguidas. Conforme Harrow espumava de ódio, Gideon começou a aproveitar a festa.

Magnus tocou a taça de água com sua colher. O falatório, que estava em fase terminal para começo de conversa, convulsionou ao seu fim.

— Antes de começarmos — disse ele —, um discurso rápido.

Os três sacerdotes pareciam que nunca quiseram tanto algo na sua vida quanto um discurso rápido. Um dos adolescentes, jogado ao lado de Magnus, fez a mímica de colocar o pescoço em uma forma.

— Achei que, er — começou ele —, começaria dizendo algumas palavras que pudessem nos aproximar. Essa deve ser a primeira vez em... muito tempo que as Casas se reúnem dessa maneira. Nós renascemos juntos, mas permanecemos distantes. Então achei que apontaria nossas semelhanças, em vez de nossas diferenças. O que Marta, a Segunda; Neberius, o Terceiro; Jeannemary, a Quarta; Magnus, o Quinto; Camilla, a Sexta; Protesilaus, o Sétimo; Colum, o Oitavo; e Gideon, a Nona, têm em comum?

Daria para ouvir um fio de cabelo que caísse no chão. Todos encararam, sem reação, no silêncio espesso que se seguiu.

Magnus parecia extremamente satisfeito consigo mesmo.

— O artigo no nome — disse ele.

Coronabeth riu tão alto que soltou um ronco pela boca, tampando com um guardanapo. Alguém estava explicando a piada para el sacerdote de trança grisalha, que, quando finalmente entendeu, disse "Ah, o *artigo*!", e Corona voltou a gargalhar. A Segunda, sepultada em uniformes de gala tão prensados que dava para dobrá-los como papel, estava sorrindo os sorrisos de duas pessoas que tinham aguentado muitos jantares formais na Coorte antes.

A aparição de dois esqueletos trazendo duas sopeiras gigantes enfim quebrou a tensão. Sob o comando de Abigail, eles encheram as tigelas de todos, com grãos brancos e fofinhos que cheiravam bem, fervidos em um caldo de cebola. Pequenas nozes cortadas ou frutas vermelhas minúsculas fatiadas flutuavam em meio à sopa, e era quente, e picante, e bom, e completavam as exigências de Gideon para uma refeição, que era apenas estar "quente". Ela abaixou a cabeça e comeu, sem se abalar, até que um dos esqueletos de branco se adiantou para encher de novo seu prato.

Naquela altura, ela conseguia filtrar a conversa que estava acontecendo ao seu redor, que havia sobrevivido o primeiro encontro falho com o inimigo e agora estava de vento em popa:

— ... A parte suculenta da sarcotesta. São bons, não são? Tem uma maçã de sementes vermelhas crescendo na estufa. Você já viu a estufa?

— ... ao acompanhar a tradição Ottaviana do jejum do necromante até a noite, o que inclui...

— ... E daí não consertou o motor, então não conseguiu voltar para o sistema a tempo, e aí eu fiquei os primeiros nove meses empoeirando em casa...

— ... Pergunta interessante — Palamedes estava dizendo à sua direita. — Você pode dizer que *Estudioso* reconhece as especialidades, e *Protetor* reconhece o dever, e é por isso que o Protetor-mestre é o maior cargo. É como um supervisor, se pensar do modo inverso, ou no sentido de prisão. Você sabe como se chamam as partes internas de uma fechadura?

Do lado oposto, Dulcinea murmurou para Abigail:

— É mesmo uma pena.

— Obrigada. Nós superamos, simplesmente não era para ser — respondeu a necromante, parecendo se segurar. — Meu irmão mais novo é o próximo na linha de sucessão. Ele vai se dar bem. Assim tenho mais tempo de organizar minha tese, com a qual estou casada há mais tempo do que com Magnus.

— Tenha em mente que sou do tipo de pessoa que causa tanta pena que as pessoas apontam para mim em festas para se sentirem melhores sobre si mesmas — respondeu a outra mulher sorrindo, ignorando os protestos educados da Quinta. — Mesmo assim, adoraria que você explicasse pra mim sua tese, desde que você me explique como se eu tivesse cinco anos.

— Se não puder explicar claramente, então a culpa é minha, e não sua. Não é assim tão complexo. Nós temos tão pouco que sobreviveu do período pós-Ressurreição, pré-soberania e pré-Coorte, e todas as fontes são de segunda mão. Temos algumas transcrições disso na Sexta, mas eles ficam com os originais.

— Eles ficam em uma caixa cheia de hélio para que sobrevivam ao calor mortal de Dominicus, Senhora Pent — disse Palamedes.

— Seus Mestres nem sequer me deixam ver através do vidro.

— A luz mata o papel — disse ele. — Sinto muito. Não é pessoal. Não é de nosso interesse particular acumular os registros dos Lyctores.

— São boas cópias, ao menos, e eu passei bastante tempo estudando tudo. Escrevendo comentários, naturalmente. Mas estar aqui quase significa mais para mim do que a ideia de servir ao Imperador. A Casa de Canaan é o santo graal! O que sabemos dos Lyctores é tremendamente escasso. Eu na verdade encontrei o que creio que sejam recados sem criptografia entre os...

Até mesmo com Dulcinea Septimus batendo os cílios intensamente em seu melhor "O que você está dizendo é tão fascinante para mim, Dulcinea Septimus", Gideon reconhecia uma conversa entediante quando a escutava. Ela bebericou com cuidado o vinho roxo e um pouco amargo e tentou não tossir quando voltou sua atenção para sua própria matriarca sombria de ossos: Harrow estava revirando a comida no prato, presa entre os cavaleiros pétreos da Sétima e da Segunda. De vez em quando, ela falava algo curto para Protesilaus, que então demoraria sessenta segundos pensando no assunto antes de responder tão curtamente e sem tom que até mesmo Harrow brilhava em comparação.

O tio maionese estava conversando com a gêmea anêmica, sua provável futura noiva.

— Eu fui removida por... meios cirúrgicos — Ianthe estava dizendo calmamente, seus dedos compridos brincando com a base da taça. — Minha irmã é alguns minutos mais velhas.

O jovem tio de branco não estava comendo. Ele tinha tomado alguns goles hesitantes do vinho, mas passou a maior parte do tempo com as mãos dobradas uma por cima da outra no colo, encarando. Ele tinha a postura de uma régua.

— Seus pais — disse ele, em uma voz inesperadamente profunda e sonora — arriscaram uma intervenção?

— Sim. Bem, Corona tinha removido minha fonte de oxigênio.

— Uma oportunidade desperdiçada, creio eu.

— Não considero histórias alternativas. O nascimento de Corona colocou minhas chances de sobrevivência em um total de *zero definitivo*.

— Não foi de *propósito* — falou seu cavaleiro do outro lado da mesa. O cabelo dele era tão perfeito que Gideon ficava encarando, mesmerizada, torcendo para que um pedaço específico do teto caísse e o achatasse para sempre.

Ianthe fingiu surpresa.

— Nossa, Babs, você está participando dessa conversa?

— Só estou falando, Princesa, você não precisa criticá-la tanto...

— E você não precisa me contrariar em público, e ainda assim. Ainda assim.

Naberius lançou um olhar óbvio para o outro lado da mesa, mas Coronabeth estava ocupada demais com Magnus: provavelmente trocando novas piadas, Gideon supôs.

— Pare de ser uma chata — disse ele.

— Eu repito, Babs, você *é* parte da conversa?

— Graças a Deus, não — disse o infeliz Babs amargamente, e se virou para o seu outro parceiro de conversa: o cavaleiro sobrinho encorpado, que estava estoicamente enchendo sua tigela com uma segunda porção. Ele não pareceu feliz em ter novamente a atenção integral da Terceira. Ao lado do elegante Naberius Tern, ele parecia ainda mais cansado e maltrapilho. — Olhe, Oitavo, *essa* é a razão pela qual você está errado sobre o escudo...

Gideon gostaria de saber o que tinha errado com o escudo, mas conforme esticou o braço para pegar a taça de novo, ela sentiu um puxão na manga. Era a adolescente desagradável que estava sentada ao lado, olhando para ela com uma expressão particularmente determinada, enfatizada ainda mais com o tanto de sombra preta que usava que poderia pertencer à Nona. Jeannemary, a Quarta, juntou os cantos da boca como se esperasse uma injeção, todos os cantos do seu rosto ainda mais angulosos com sua ferocidade, um milhão de brincos tilintando.

— Isso vai ser uma pergunta estranha — disse Jeannemary.

Gideon abaixou o braço e inclinou a cabeça, curiosa. Um pouco mais de sangue se esvaiu do rosto da adolescente, e Gideon quase sentiu pena dela: o capuz, a maquiagem e o manto do culto também a tinham afastado dos jantares quando ela tinha a mesma idade. Mas então a adolescente tomou coragem de pegar o boi pelos chifres, respirou fundo entre os dentes e falou, bem baixinho:

— Nona... quão grandes *são* os seus bíceps?

Pareceu ser muito tempo depois de Gideon ter sido forçada a supinar e flexionar os braços obedecendo aos caprichos de uma garota adolescente que as tigelas foram trocadas por novas, e essas estavam cheias de uma confecção de creme e fruta, mas açúcar acima de tudo; a Quinta estava obviamente ocupada. Gideon comeu três porções, e Magnus, não se importando em esconder seu divertimento, empurrou uma quarta na direção dela. Magnus era sem dúvidas um cozinheiro muito melhor do que lutador. Antes de vir para a Casa de Canaan, Gideon tinha que se entupir desanimadamente de mingau processado para maximizar suas chances de não levar uma surra de Aiglamene em uma sala escura. Era uma das primeiras vezes que ela se sentia satisfeita, e cheia, e muito feliz com isso.

Depois trouxeram uma bandeja do chá com gosto de grama para limparem o paladar, e as Casas todas ficaram em pé com as mãos ao redor das xícaras quentes enquanto observavam os esqueletos arrumarem tudo.

Gideon olhou em volta, procurando por Harrow. Sua necromante estava em um canto com Professor, de todas as outras pessoas: estava conversando com ele em uma voz baixa enquanto ele alternava entre assentir e sacudir a cabeça, parecendo mais pensativo do que alegre ao menos uma vez na vida, os polegares presos em sua linda faixa arco-íris.

Alguém tocou a mão de Gideon, levemente, como se tivesse medo de assustá-la. Era Dulcinea, que havia se sentado em uma cadeira, e estava ajeitando seus pequenos quadris desconfortavelmente na madeira dura do assento com os pequenos movimentos que Gideon suspeitava que ela fizesse quando estava dolorida. Ela parecia cansada, e não mais velha do que sempre, mas a boca rosada ainda estava muito rosa, e seus olhos brilhavam com um divertimento proibido.

— Os seus bíceps são enormes — disse ela —, ou simplesmente *colossais*? Nona, por favor, marque o X na resposta correta.

Gideon se certificou de que a sua necromante não podia vê-la antes de fazer um gesto grosseiro. Dulcinea riu sua risada prateada, mas parecia sonolenta, mais quieta. Ela apontou com serenidade para um lugar ao lado da cadeira, e Gideon ficou de cócoras obedientemente ao seu lado. Dulcinea estava respirando com um pouco de dificuldade. Ela trajava um vestido da cor da névoa, transparente, e Gideon conseguia ver suas costelas expandindo embaixo, como a de um animal em choque. Seu cabelo castanho sedoso, em cachos largos e arrumados com primor, cascateava sobre os ombros.

— Gostei do jantar — disse a Senhora Septimus, com uma satisfação profunda. — Foi muito útil. Olhe para as crianças.

Gideon olhou. Isaac e Jeannemary estavam próximos da mesa, e as mangas de Jeannemary tinham sido levantadas para revelar seus bíceps. Lá estavam os músculos de uma adolescente de quatorze anos determinada e atlética, o que queria dizer que eram precoces, mas cheios de potencial. Seu cúmplice adolescente de cabelo bagunçado estava medindo-os com a mão parecendo cansado, enquanto os dois conversavam em sussurros.

(— Eu te disse.

— Os seus são bons?

— Isaac.

— Não é como se isso fosse uma competição de bíceps...

— Essa foi a coisa mais burra que você já disse.)

Os chiados continuaram. Abigail, que estava em uma conversa profunda com alguém da Segunda, esticou uma mão para tocar Isaac gentilmente em reprimenda. Ela sequer se virou ou parou de falar. O adepto da Quarta estremeceu, e sua cavaleira estava com uma expressão dura e ressentida no rosto.

— Ah, Gideon, a Nona, as Casas são tal mal arranjadas… — Dulcinea murmurou. — Cheias de suspeita por uma eternidade de anos pacíficos. Pelo que elas competem? Pelo *favor* do Imperador? O que *isso* significa? O que eles querem? Não é como se não estivessem todos enriquecendo com os espólios da Coorte… na maior parte. Estive pensando sobre isso, ultimamente, e a única conclusão que isso me leva é…

Ela parou de falar. As duas ficaram em silêncio com a pausa carregada, escutando as conversas educadas e mal-educadas do pós-jantar ao redor delas, o ruído dos esqueletos levando as facas e garfos usados. Nesse cenário entrou Palamedes, que estava, estranhamente, trazendo uma xícara cheia em uma bandeja: ele a ofereceu para a cansada Senhora da Sétima, que o observou com um interesse genuíno.

— Profundamente agradecida, Protetor-mestre — disse ela.

Se ela tinha olhado para ele com interesse, ele olhava para ela com… Bem. Ele a olhou através do tecido leve e transparente do vestido, suas juntas dos dedos inchadas, e seus cachos, e a curva de sua mandíbula, até que Gideon se sentiu muito envergonhada por estar em qualquer lugar perto daquela expressão. Era uma curiosidade intensa e focada — não havia um calor latente, não de verdade, mas era um olhar que parecia atravessar a pele e a carne. Os olhos dele eram uma pedra cinzenta lustrosa, e Gideon não sabia se conseguiria ficar tão serena quanto Dulcinea sob um olhar daqueles.

— Estou sempre a seu dispor, Senhora Septimus — disse Palamedes, baixinho.

E então ele fez uma pequena reverência, como a de um garçom, ajustou os óculos e abruptamente se retirou. *Bem!*, pensou Gideon, observando-o pelas costas enquanto ele sumia na multidão, *que inferno!* Então ela lembrou que a Sexta tinha uma fascinação estranha com a ciência médica, e provavelmente achava que doenças crônicas eram tão atraentes quanto um par de shortinhos, e pensou novamente: *bem, que inferno!*

Dulcinea estava bebericando seu chá com calma. Gideon a encarou, esperando pela conclusão que nunca chegou. Por fim, a Sétima desviou o olhar da pequena multidão dos representantes das Casas e seus cavaleiros primários e disse:

— Bem, minha conclusão? É… olha, aí está sua necromante!

Harrow havia se afastado do Professor e estava vindo na direção de Gideon como um ferro na direção do imã. Ela apenas ofereceu a Dulcinea um olhar superficial; Dulcinea sorria com o que ela obviamente achava ser uma doçura infinita, e que Gideon sabia que era a expressão de um animal astucioso. Não falou nem uma palavra para Gideon, só gesticulou com o queixo para frente. Gideon se levantou e tentou ignorar as sobrancelhas da Sétima levantando na sua direção, algo que felizmente sua necromante não notou. Harrowhark estava ocupada demais saindo de forma dramática da sala com o manto esvoaçando atrás dela, de um jeito que Gideon suspeitava que ela havia praticado em segredo. Ela ouviu Magnus, o Quinto, falar um gentil "Fico feliz que tenham vindo, Nona!", mas Harrow não se deu o trabalho de dizer adeus, o que magoava um pouco seus sentimentos, porque Magnus era legal.

— Vá devagar, sua pamonha — ela chiou, quando achou que ninguém mais poderia ouvir. — Onde é o incêndio?

— Em lugar nenhum — disse Harrow, parecendo sem ar. — Ainda.

— Eu acabei de comer o equivalente ao meu peso. Eu vou vomitar.

— Como disse antes, você é uma porca. Se apresse. Nós não temos muito tempo.

— Que? — Houve um momento de trégua quando Harrow se adiantou para uma das escadas de saídas secretas. O sol havia se posto e as luzes do gerador brilhavam em um verde desanimado e triste. Os esqueletos, ocupados demais com o jantar, não acenderam as velas. — Do que você está *falando*?

— Nós precisamos recuperar o tempo perdido.

— Ei, de novo, *por quê?*

Harrow abriu a porta com uma mão ossuda. A expressão no seu rosto era determinada.

— Porque Abigail Pent perguntou ao babaca infiel da Oitava se ele sabia do acesso ao andar inferior — disse ela —, e ele respondeu que sim. Pent não é idiota, e essa é outra competidora confirmada junto com a gente. Pelo amor de Deus, se apresse, Griddle, dou cinco horas até ela aparecer por lá.

16

Gideon Nav ergueu sua espada paralela ao corpo, o preto pesado do vidro da soqueira próxima ao torso, e mordeu a língua até sair sangue. Como a maioria das línguas mordidas, doeu para caralho. No alto-falante, Harrow arfou. Na sua frente, ainda coberto com o fedor quente de pó de osso, o construto abriu a boca em um grito sem som. Estavam de volta à Reação, e já tinham falhado uma vez.

Não era como se a falta de habilidade necromântica de Harrow de abrir seu crânio viesse de uma relutância de Gideon (o que seria *completamente compreensível*), ela estava tentando o máximo que podia. Ela ainda estava sonolenta por causa da comida e dolorida pela manhã, e estar sonolenta e dolorida significava que Harrowhark tinha ainda mais coisas para percorrer. Gideon foi forçada a conceder à sua necromante a primeira partícula de mérito em toda sua vida: Harrow não gritou com ela. Harrow simplesmente se afundou mais e mais dentro de um casulo de frustração e auto-ódio, a fúria consigo mesma subindo como bile.

O construto avançou como um aríete, e ela saltou da frente, deixando metade da pele de um joelho no caminho pelo ato. Ela ainda estava com a boca cheia de sangue quando começou a gritar:

— *Har*...

— Quase lá — chiou o alto-falante.

— *Row*, só deixe eu golpear ele um pouco...

— Ainda não. Quase lá. A língua mordida foi ótima. Segure mais um pouco, Nav! Você consegue fazer isso dormindo!

Não com uma *rapieira*. Ela poderia só jogar tanto a soqueira quanto a espada no chão e começar a correr, de tanto que as armas estavam ajudando. Gideon não era treinada para defesa, e sua cabeça doía. Seu foco continuava se contraindo em uma enxaqueca, pontos e faíscas resplandecendo em sua visão. Um golpe titânico do construto quase dobrou seu contragolpe por cima da cabeça, e ela se moveu *com* o golpe, em vez de *contra*, levada pelo momento.

— Três segundos. Dois. — Quase parecia que ela estava implorando.

Gideon estava se sentindo mais e mais enjoada: havia uma sensação quente e oleosa no fundo da garganta, e a sua língua estava mole com cuspe. Quando ela olhou para o construto, dessa vez era como se estivesse vendo um filtro nebuloso, vendo tudo em dobro. Houve uma pontada dolorida entre os olhos enquanto a coisa se reconstruía e se alinhava no centro de gravidade, e então avançou…

— Estou vendo.

Depois, Gideon pensaria em como a voz de Harrow continha pouquíssimo triunfo e mais espanto. Sua visão se embaçou, e então se alinhou abruptamente em cores. Tudo estava mais claro e mais límpido e nítido; as luzes eram mais cristalinas; as sombras, mais frias. Quando ela olhou para o construto, ele fumegava no ar como um metal quente — pálido, com coroas quase transparentes pontuando o corpo deformado. Elas fervilhavam em cores diferentes, visíveis se semicerrasse os olhos, e ao admirar tudo ela quase quebrou uma perna.

— Nav! — gritou o alto-falante.

Gideon pulou para fora do caminho de um golpe baixo, e então deu uma cambalhota conforme o construto seguiu o golpe pisando com tudo no lugar que o seu pé *estava*. Ela gritou de volta:

— Me diga o que *fazer*!

— Acerte-os em ordem! Rádio lateral esquerdo!

Gideon se concentrou na junta grossa e nodosa do braço esquerdo erguido, e ficou surpresa ao encontrar uma das luzes da miragem ali: ela o cortou e quase perdeu o equilíbrio quando a lâmina o cortou como uma faca quente corta gordura. A lâmina comprida do braço mutante caiu no chão, descartada.

— Tíbia inferior direita, quadrante baixo, perto do nódulo — disse Harrow. Dessa vez, ela mal conseguia mascarar o triunfo. — Não acerte mais nada.

Mais fácil falar do que fazer. Gideon teve que se virar, sair por debaixo das lâminas ainda funcionais do construto, antes de desdenhar da rapieira e enfiar a bota no osso em vez disso. Não foi difícil: assim como o rádio, essa parte estava brilhando como uma luz. Ela conseguiu um golpe direto e a perna do construto se estilhaçou — a coisa tombou para o lado, tentando compensar, e a perna não voltou a regenerar.

O que se seguiu foi fácil. Lado da mandíbula. Décima oitava costela. Ela desmontou o construto, removendo os mecanismos invisíveis que o transformaram de monstro em uma joça patética e desmiolada, a primeira tentativa de uma criança em magia de ossos sem sequer ter olhado para uma tabela anatômica. Quando a Reverenda Filha disse "Esterno", Gideon já estava pronta — erguendo o punho com a soqueira onde um pedaço do esterno brilhava como a chama de uma vela, socando até virar pó. O construto se desfez. Gideon se sentiu tonta por um segundo, e depois parou. O mundo inteiro brilhou e ficou nítido.

A última coisa no monstro ainda era um grande pedaço de pélvis, se desfazendo lentamente em areia. Houve um apito agradável acima, e a porta da Reação se abriu — e continuou aberta, deixando entrar uma Harrow tão molhada de suor que o capuz estava grudado na testa. Gideon estava distraída com a pélvis na areia que se desfazia e revelou uma caixa preta brilhante. Sua tela cor de chumbo acendeu — 15%, 26%, 80% — até que se abriu com um clique suave, revelando nada mais interessante do que uma... chave.

Harrow murmurou um gritinho leve e se adiantou, mas Gideon foi mais rápida. Ela a pegou e fez a voltinha ornamentada nos cabos do chaveiro, que agora ela guardava embaixo da blusa. Duas chaves agora estavam penduradas em triunfo: a chave da escotilha, e o novo prêmio. As duas admiraram o chaveiro por um longo momento. A chave era grossa e sólida, e pintada de um escarlate profundo.

Gideon abriu a boca e se ouviu dizendo:

— Eu vi... luzes, quando estava lutando. Como um filtro. Manchas claras, onde você estava me falando para atingir, como um halo. É isso que você quer dizer com *assinatura thanergética*?

Ela esperava receber um arrogante "Você jamais compreenderia os mistérios sombrios que somente meus olhos de rímel contemplam", e não estava preparada para o espanto escancarado de Harrow. Embaixo dos riachos de sangue e da maquiagem borrada, ela parecia completamente estarrecida.

— Você quer dizer... — disse sua adepta lentamente — que tinham coisas *dentro* do esqueleto? Luzes mecânicas, talvez? Partes pintadas?

— Não, eram só tipo... umas áreas de luz nebulosa. Não conseguia ver direito — respondeu ela. — Só vi mais para o fim, quando você estava na minha cabeça.

— Isso é impossível.

— Não estou mentindo.

— Não, só estou dizendo que.... isso não deveria ser possível — disse Harrow. Suas sobrancelhas escuras estavam sulcadas tão profundamente que pareciam em rota de colisão. — Achei que sabia o propósito do experimento, mas bem... Não posso presumir.

Gideon, colocando as chaves de volta dentro do seu top e estremecendo com a frieza, começou a preparar uma resposta sarcástica, mas, quando olhou para cima, Harrowhark estava olhando para *ela*, diretamente nos olhos. O seu queixo estava tenso. Harrow sempre *olhava* tão agressivamente. O rosto estava úmido com o esforço e havia pequenas explosões de veias vermelhas estouradas nos cantos brancos de cada olho, mas ela voltou aquelas írises pretas como o vácuo diretamente para sua cavaleira. A expressão no seu rosto era completamente estranha. Harrowhark Nonagesimus estava olhando para ela com uma admiração incontestável.

— Pelo amor do Imperador, Griddle — disse ela, rouca —, você realmente sabe lutar com aquela espada.

O sangue esvaiu completamente das bochechas de Gideon por algum motivo. O mundo parou de girar. Pontos brilhantes ofuscaram sua visão. Ela se encontrou dizendo, inteligentemente:

— Hmm.

— Estive na posição privilegiada de *sentir* você lutar — continuou Harrow, flexionando os dedos, nervosa. — E demorei um tempo para entender o que você estava fazendo. Ainda mais tempo para admirar. Mas eu acho que eu nunca tinha visto, não no contexto... Bem, tudo que eu posso dizer é que graças ao Túmulo ninguém sabe que você não é uma dos nossos. Se *eu* não soubesse disso, diria que você é um Matthias Nonius reencarnado ou alguma coisa igualmente melosa.

— Harrow — disse Gideon, encontrando sua língua —, não fale essas coisas pra mim. Eu ainda tenho um milhão de motivos para ficar com raiva de você. É difícil fazer isso *e* me preocupar se você teve uma concussão.

— Só estou dizendo que você é uma espadachim incrível — disse a necromante, rápido. — Você ainda é um péssimo ser humano.

— Ok, ótimo, valeu — disse Gideon. — O estrago já foi feito. Agora fazemos o quê?

Harrowhark sorriu. O sorriso também era diferente: lembrava uma conspiração, o que seria normal, exceto que esse parecia convidar Gideon para ser parte dela. Os olhos brilhavam como carvão em colusão pura. Gideon não sabia se ela conseguia lidar com todas essas novas expressões de Harrow: ela precisava ir deitar.

— Nós temos uma chave, Griddle — disse ela, exultante. — Agora precisamos achar a *porta*.

✦ ✦ ✦

Gideon não estava pensando em nada quando elas deixaram o #1—2. TRANSFERÊNCIA/DESTACAMENTO. CENTRAL DE DADOS., exceto que ela estava feliz, vibrando com adrenalina e antecipação. Ela tinha comido uma boa refeição. Tinha vencido o jogo. O mundo parecia menos maliciosamente hostil. Ela e Harrow estavam em um silêncio amigável, as duas cambaleando um pouco, mas conscientes do frio e do escuro. Elas se apressaram pelos corredores, Harrowhark na frente, Gideon seguindo meio passo atrás dela.

Não havia ninguém ali exceto elas para ativar os sensores de movimento, e as lâmpadas voltaram a vida com seus *uump — uump — uump*. Elas acenderam o caminho pelo saguão central e pelas passagens bronquiais, e então pelo pequeno corredor que acessava a escada. Ao entrar nesse corredor, Harrowhark parou tão abruptamente que Gideon tropeçou nela com um turbilhão de manto e espada. Ela tinha ficado completamente imóvel, e não reclamou do tropeço da sua cavaleira.

Por um momento, seguindo a linha de visão de Harrow para o pé da escada, Gideon não conseguiu acreditar no que estava vendo. Seu cérebro instantaneamente forneceu toda a informação que seu estômago não queria acreditar, e então foi ela mesma que parou, gélida, conforme Harrow correu para se ajoelhar ao lado dos destroços molhados na base da escada.

Não eram destroços. Eram duas pessoas, emaranhadas tão perversamente nos membros uma da outra que pareciam ter morrido abraçadas. Não tinham, é claro: só que os seus membros tinham sido revirados para trás em uma morte horripilante.

Bile quente subiu pela boca e fez com que sua boca ficasse grudenta. Gideon desviou o olhar do sangue e dos ossos expostos e fixou, de modo ilógico, na bainha vazia ao lado de um quadril estilhaçado: ali perto estava a espada, caída de lâmina para baixo através da malha de ferro do chão. A luz verde embaixo fazia com que o aço branco brilhasse com um tom doentio. A necromante de Gideon virou os dois corpos para a frente, expondo o que tinha restado dos dois rostos, antes de se levantar.

Ela sabia antes mesmo de Harrow virá-los que diante delas estava o cadáver triste e deformado de Magnus Quinn, emaranhado com o cadáver triste e deformado de Abigail Pent.

ATO TRÊS

17

Muito cedo pela manhã, após horas e horas de tentativas, até mesmo Palamedes admitiu a derrota. Ele não disse isso em palavras, mas, finalmente, a mão dele ficou imóvel nas marcas da caneta que ele havia usado para desenhar vinte diagramas interligados diferentes ao redor dos corpos da Quinta, e ele não tentou chamá-los de volta.

Seis necromantes tentaram erguê-los, individualmente ou em conjunto, simultaneamente ou em sequência. Gideon tinha se agachado em um canto e assistido ao cortejo. De início, um grupo deles tinha aberto as próprias veias em uma tentativa de seduzir a sede dos novos fantasmas. Essa parte terminou depois que os adolescentes, enraivecidos com a insuficiência de usar somente o sangue de Isaac, começaram a perfurar o braço de Jeannemary. Ficaram os dois gritando um para o outro sem usar palavras, apertando cintos acima do cotovelo de cada um para fazer as veias aparecerem, até que Camilla tirou as facas das mãos deles e começou a distribuir ataduras. Então eles se abraçaram, ajoelharam e ficaram chorando.

Harrow não usou sangue. Ela percorria o perímetro como uma assombração, medindo os passos para que Palamedes conseguisse desenhar, oscilando levemente com o que Gideon sabia ser exaustão. Coronabeth também não derramou seu sangue: ela só se aproximou mais do que estava sendo feito para afastar o cabelo de Ianthe do rosto, ou para tirar uma pequena faca da bolsa das gêmeas e substituir a que irmã estava usando. As duas tinham vindo diretamente do quarto sem se importar em se trocar, e, portanto, estavam usando camisolas *excessivamente* transparentes, o que foi o único consolo da noite. O ar estava carregado de giz, e tinta, e sangue, e uma lanterna elétrica forte que a Sexta tinha arrumado.

A Sexta fora dolorosamente útil. Palamedes, usando um roupão maltrapilho, acendera as luzes e marcado a escada com pedaços de fita em lugares obscuros. Ele havia manchado as pantufas velhas e fofas de rosa quando se aproximou demais do braço de Abigail. Ele segurou a luz para Camilla conforme ela desenhava toda a cena horripilante em um pedaço grande de papel branco, vista pelo lado, vista de cima, vista de baixo. Ele tirou o roupão maltrapilho, revelando um pijama abotoado até em cima, quando Dulcinea apareceu usando somente uma camiseta curta e calças grandes demais para ela, e prontamente embrulhou o roupão em seus ombros sem precisar pedir. Depois, ele voltou ao trabalho.

Uma assembleia de magos e seus guardiões revolviam os corpos. Livros foram tirados de bolsos ou de dentro dos casacos, lidos e descartados. Pessoas entravam, trabalhavam, saíam, eram substituídas, retornavam, ficavam, e iam embora conforme mais habitantes da Casa de Canaan chegaram. Harrowhark trabalhou por quase duas horas antes de desmaiar abruptamente em uma poça de sangue coagulado, e naquele ponto Gideon a retirou de cena. Depois que acordou, ela ficou como a sombra da Sexta, para a irritação mal disfarçada de Camilla, que parecia considerar todas as invasões do espaço pessoal de Palamedes como prováveis tentativas de assassinato. Da parte dele, Palamedes conversava baixinho e rapidamente com Harrow como um colega que a conhecia a vida toda.

As princesas da Terceira trabalhavam como músicos que não conseguem evitar voltar para um bis: um feitiço, retiravam-se; outro feitiço, e outro, e outro. Elas ajoelhavam-se lado a lado, de mãos dadas, e mesmo que Ianthe tivesse zombado do intelecto da sua irmã, Corona nem sequer começara a suar. Era Ianthe que estava coberta de sangue e perspiração. Em dado momento, ela chamou Naberius e, em um ato que quase fez Gideon vomitar (de novo), ela *o comeu*: mordeu um pedaço do seu cabelo, mordiscou uma unha, enfiou os caninos na palma da mão. Ele submeteu-se a isso sem nenhum protesto. Então ela abaixou a cabeça e voltou ao trabalho, faíscas saindo das mãos como de uma espada recém-forjada, vez ou outra cuspindo um fio de cabelo. Gideon precisou encarar as camisolas indecentes por um tempão para superar essa.

O horrível Isaac trabalhou, mas Gideon não gostou de olhar para ele. Ele estava soluçando com todo o seu triste rosto de adolescente — boca, olhos, nariz. Dulcinea se adiantou como se fosse ajudar até que Protesilaus a puxou para trás com uma mão tão inexorável quanto carnuda. O desfile de necromante atrás de necromante prosseguiu, até que só restava Palamedes; e então ele se deixou cair como se suas cordas tivessem sido cortadas, estendendo às cegas por uma garrafa de água que Camilla estendeu, tomando longos goles de líquido.

— Estou descendo — disse uma voz do topo da escada.

Descendo a escada veio o cavaleiro amarelado e desbotado da Oitava, vestido com couro e a espada no quadril, ajudando o seu tio até chegar ao fim, que estava branco e prateado de desgosto.

— Eu tentarei encontrá-los — disse ele, em seu tom de voz profundo e cheio de pesar.

— Não perca seu tempo, Octakiseron — disse Harrow. — Eles se foram.

O necromante da Oitava inclinou a cabeça. O cabelo que caía por cima dos ombros era de um branco cinzento da cor do fogo que se apagava, e uma tiara o mantinha preso para afastá-lo do rosto anguloso e espiritual.

— Você irá me perdoar — disse ele —, se não aceitar os conselhos de um mago de ossos.

O rosto de Harrow se fechou.

— Eu perdoo você — disse ela.

— Excelente. Agora não precisamos conversar novamente — disse o necromante da Oitava. — Irmão Colum.

— Pronto, Irmão Silas — disse prontamente o sobrinho cheio de cicatrizes, e ficou mais perto do jovem, até estarem quase se tocando.

Por um instante, Gideon achou que eles iriam rezar na frente dos corpos. Ou que iriam compartilhar um momento emocionante. Estavam perto o bastante para se abraçarem. Só que não fizeram nenhum dos dois: o necromante colocou a mão em um dos ombros musculosos de Colum, tendo que se esticar um pouco, e fechou os olhos.

Nada aconteceu por um momento. E então Gideon viu a cor esvair de Colum, o Oitavo, como se ele estivesse coberto por uma tinta fajuta: sendo sugado como a sombra sugava a luz na noite, de uma maneira mais horrível e mais óbvia na luz elétrica da lanterna e das luzes do chão. Conforme *ele* se esvaía, o pálido Silas resplandecia. Ele brilhava com um fulgor radiante, branco cintilante, e o ar começou a tomar gosto de relâmpago.

— Então é real — disse alguém baixinho.

— O que ele está *fazendo*? — disse outro ao mesmo tempo.

Foi Harrow quem respondeu, sem rancor, mas também sem alegria:

— Silas Octakiseron é um Ceifador de Almas.

Nessa altura, a pele de Colum, o Oitavo, já aparentava ter apenas tons de cinza. Ele ainda estava de pé, mas sua respiração estava mais curta. Em contraste, o adepto da Oitava estava cintilando como fogos de artifício, mas nada mais acontecia. A carranca do garoto fantasmagórico se aprofundou e ele juntou as mãos, os lábios se mexendo sem som.

Gideon sentiu um puxão interno, como um cobertor sendo arrancado no frio. Era um pouco como a sensação da Reação (o que tinha sido, o que, uns mil anos atrás?) — e algo em suas profundezas começou a ser revirado gentilmente. Mas também não, já que doía pra cacete. Era como ter uma dor de cabeça dentro dos dentes. As luzes grunhiram asmáticas e diminuíram como se as baterias estivessem sendo sugadas, e quando Gideon olhou para as suas mãos, ela viu com olhos embaçados que estavam começando a ficar cinzas.

Havia alguma coisa pálida e azul brilhando dentro do corpo de Abigail Pent, e então, o corpo repentinamente estremeceu. O mundo começou a ficar escuro e pesado nos cantos, e Gideon sentiu o frio até na espinha. Alguém gritou, e ela reconheceu a voz de Dulcinea.

O corpo de Abigail estremeceu uma vez. Estremeceu mais uma. Silas abriu a boca e deixou escapar um som gutural como o de um homem engolindo ferro quente — uma das lanternas explodiu —, e, pelo canto dos olhos, Gideon o viu esticar os braços. Gideon se moveu pesadamente pela multidão de lábios acinzentados, vendo Dulcinea desmaiar em câmara lenta, esticando o braço para a criatura desgrenhada no roupão. Gideon colocou Dulcinea no ombro e esticou o seu corpo flácido, os dentes batendo com tanta força que ela temeu morder a parte interna da bochecha. Protesilaus deu um passo à frente e nem sequer se importou em desembainhar a espada: ele simplesmente meteu um soco na cara de Silas.

Dulcinea chorou nos braços de Gideon, fraca e aguda:

— *Pro*!

Mas era tarde demais. O necromante da Oitava foi derrubado como um saco de batatas e se contraiu no chão. Protesilaus desembainhou a rapieira com um clique metálico oleoso da bainha: as luzes piscaram e voltaram à vida. O frio recuou como se alguém houvesse fechado uma porta contra o vento uivante. Estranhamente, Colum, o Oitavo, nem ao menos reagiu. Ele só aguardou cinza ao lado de Protesilaus como concreto, enquanto

Protesilaus ficava em pé acima do tio nocauteado de Colum, a espada pronta. Os dois pareciam mais esculturas do que homens.

— Crianças! — gritou uma voz da escotilha. — Crianças, parem!

Era Professor. Ele desceu os primeiros degraus da escada, mas aparentemente, era tudo que ele aguentava. Desde o momento em que Gideon o conheceu, era a primeira vez que ele parecia velho e frágil: o bom humor sereno e impenetrável fora substituído por terror puro. Os olhos estavam arregalados, e ele se segurava no topo da escada como se fosse um barco salva-vidas.

— Não façam isso! — disse ele. — Ele não pode esvaziar ninguém aqui, ou se tornarão um ninho para alguma outra coisa! Tragam Abigail e Magnus, o Quinto, para cima... Façam isso rápido...

— Professor, deveríamos deixar os corpos aqui se quisermos descobrir mais sobre o que aconteceu — disse Palamedes.

— Eu não ousaria — respondeu ele. — E também não ouso descer para removê-los. Vocês precisam trazê-los para cima. Usem macas... ou magia, Reverenda Filha, use esqueletos... usem qualquer coisa. Mas vocês precisam tirá-los daí imediatamente, e precisam subir junto.

Talvez eles todos ainda estivessem lentos por causa de tudo que aconteceu, talvez fossem só as horas da madrugada e todos eles estivessem muito cansados. A hesitação entorpecida era palpável. Foi surpreendente que Camilla conseguiu erguer a voz para dizer:

— Professor, isso é uma investigação ativa. Estamos a salvo aqui embaixo.

— Você está absolutamente errada — disse Professor. — Pobre Abigail e Magnus já morreram. Não consigo garantir a segurança de mais ninguém que ficar aí embaixo por mais um minuto.

18

"Trazê-los para cima" foi mais fácil de falar do que fazer. Demorou quase uma hora para remover os corpos, guardá-los a salvo — havia uma câmara fria, e Palamedes, com relutância, deixou que fossem sepultados ali — e fazer com que as Casas subissem para a sala de jantar lotada. Os esqueletos de Harrowhark conseguiam subir as escadas, até mesmo carregando os corpos embrulhados, mas Colum, o Oitavo, não respondeu a apelos, ameaças ou estímulo físico. Ele estava um pouco menos cinza do que antes, mas ele precisou ser carregado por Corona e Gideon. No momento em que viu Colum, Professor deu um grito de horror. Levá-lo para cima foi a parte mais difícil. Ele agora estava repousando em uma ponta de mesa com uma tigela de ervas inidentificáveis embaixo do queixo, a fumaça subindo pelo rosto e cílios. Todas as pessoas que não estavam no chão da sala de jantar, repousando no congelador ou inalando ervas estavam sentadas tristes segurando xícaras de chá. Estranhamente era como o primeiro dia na Casa de Canaan, tanto com relação à suspeita quanto à monotonia, só que com um número de mortes maior.

As únicas que pareciam vagamente *compos mentis* eram a Segunda Casa. Foram elas que chamaram o Professor para a escotilha, e agora se sentavam com a postura ereta nos seus uniformes resplandecentes da Coorte no estilo da Segunda Casa, branco e escarlate. As duas usavam o mesmo estilo de cabelo trançado e uma abundância de elásticos dourados, e também as mesmas expressões sérias. Só podiam ser diferenciadas porque uma delas usava uma rapieira, e a outra, um monte de emblemas na gola. Professor estava sentado mais distante, seu medo escancarado substituído por uma profunda e cansada tristeza. Ele estava sentado próximo ao aquecedor que chiava, se protegendo do frio da manhã, e os outros dois sacerdotes da Casa de Canaan haviam se agasalhado com seus mantos e estavam enchendo as xícaras de todos.

A necromante da Segunda Casa pigarreou.

— Professor — disse ela, em uma voz culta e ressoante. — Gostaria de repetir que a melhor maneira de agir é informar a Coorte e trazer os militares para cá.

— E eu repetirei, Capitã Deuteros — disse ele com tristeza —, que não podemos. É a regra sagrada.

— Você precisa entender que isso não é negociável. A Quinta Casa precisa ser informada. De todas as casas, são eles que gostariam que uma investigação fosse feita imediatamente.

— Uma investigação de *assassinato* — acrescentou Jeannemary, que não tinha nem tocado no chá.

— Assassinato — disse Professor. — Ah, *assassinato*... não podemos presumir que foi um assassinato.

Sussurros começaram a percorrer a sala. A cavaleira da Segunda disse, mais impaciente:

— Está sugerindo que foi um acidente?

— Ficaria muito surpreso se fosse, Tenente Dyas — disse Professor. — Não com Magnus e Senhora Abigail. Uma necromante experiente com seu cavaleiro, dois adultos sensatos. Não acho que foi um acidente infeliz. Acho que foram mortos.

— Então...

— Assassinato é algo feito pelos vivos — disse Professor. — Eles foram encontrados entrando nas instalações... Não posso sequer começar uma explicação sobre o quanto isso é perigoso para a segurança de todos. Não procurarei manter segredo agora. Eu disse a cada um de vocês que pediu minha permissão para adentrá-la que significaria sua morte. Não disse isso metaforicamente. Eu disse a todos vocês que estavam adentrando o lugar mais perigoso no sistema de Dominicus, e estava falando sério. Há monstros aqui.

— Então por que não estão vindo atrás de *você*? — perguntou Naberius. — Você mora aqui há anos.

— Anos e anos... e anos — disse Professor. — Eles não procuram os guardiões da Casa de Canaan... ainda. Mas vivo com medo de que um dia o farão. Acredito que Abigail e Magnus os encontraram tragicamente...

Não posso suportar a ideia de que a fatalidade que os acometeu foi orquestrada por alguém nesta sala.

O silêncio se alastrou pelos quatro cantos da sala de jantar.

Capitã Deuteros o quebrou, falando em reprimenda:

— Ainda é um caso para as autoridades.

— Eu não poderei chamá-los e não o farei — disse Professor. — As comunicações exteriores ao planeta são proibidas aqui. Pelo amor, Capitã Deuteros, onde está a motivação? Quem machucaria a Quinta Casa? Um homem bom, uma mulher boa.

A necromante juntou os dedos enluvados e se adiantou.

— Não posso especular as motivações ou intenções — disse ela. — Eu não *quero* que seja um assassinato. Mas se não colaborar comigo, eu tenho motivos razoáveis para impedir esse experimento. Eu tomarei o comando se você não o fizer.

Alguém bateu a xícara de chá na mesa com força. Foi Coronabeth, que, mesmo com os olhos violetas embargados de sono e os cachos no cabelo em nós ao redor do rosto, ainda teria sido capaz de parar o trânsito onde quer que estivesse.

— Não seja boba, Judith — disse ela, sem paciência. — Você não *tem* esse tipo de autoridade.

— Quando uma autoridade não existe para se certificar da segurança de uma Casa, a Coorte está autorizada a comandar…

— Em uma *zona de combate…*

— A Quinta está morta. Eu tomo a autoridade pela Quinta. Eu digo que precisamos de uma intervenção militar, e precisamos já. Como a oficial de maior patente da Coorte presente, essa decisão cabe a mim.

— Uma capitã da Coorte — disse Naberius —, não tem uma patente maior do que um representante da Terceira.

— Temo que sim, Tern.

— *Príncipe* Tern, por favor — disse Ianthe.

— Judith! — disse Corona, mais persuasiva antes de que uma guerra entre casas começasse. — Somos nós. Você foi a todas nossas festas de aniversário. Professor está certo. Quem mataria Magnus e Abigail? Nenhum dos dois seria capaz de machucar uma mosca. Será que não é possível que a escotilha estivesse aberta, e alguma coisa aconteceu, e é uma queda *bem* longa... Quem mais estava lá? Nona, eram vocês?

Com uma frieza marcada, Harrow disse:

— Nós trancamos a escotilha antes de proceder.

— Tem certeza?

Gideon, que foi quem tinha virado a chave, ficou se sentindo estranhamente grata que Harrowhark nem sequer se deu o trabalho de olhar na direção dela.

— Estou certa — disse ela simplesmente.

— Quais outras pessoas têm as chaves além da Nona? — disse Corona. — Nós nem sabíamos que o porão estava *lá*.

— A Sexta — disseram Camilla e Palamedes em uníssono.

Dulcinea disse, pequena e cansada:

— Pro e eu temos uma.

Isso fez com que as sobrancelhas de Gideon subissem quase até o couro cabeludo.

— Colum está com a cópia dada à Oitava — disse uma voz do chão.

Era Silas. Ele estava sentado e agora estava enxugando o rosto com um pedaço de cambraia muito branco. Os olhos estavam vermelhos, brilhantes e inchados, e ele enxugava ao redor cuidadosamente. Corona galantemente ofereceu o seu braço, mas ele se recusou, levantando-se para ficar apoiado pesadamente contra uma cadeira.

— Ele está com a chave — disse ele. — E eu comentei com a Senhora Pent sobre as instalações no andar inferior, depois da festa.

Foi Harrow quem disse:

— *Por quê?*

— Porque ela perguntou — disse ele —, e porque eu não minto. E porque não estou interessado na Nona ascender ao Lyctordócio sozinha... simplesmente porque foram capazes de completar uma charada infantil.

Harrowhark se fechou como uma cadeira dobrável, e sua voz era como cinzas quando falou:

— Seu ódio por nós é só superstição, Octakiseron.

— É? — Ele dobrou o lenço sujo e o colocou dentro de sua cota de malha. — Quem foi que estava nas instalações quando Senhora Pent e Sir Magnus morreram? Quem foi que estava convenientemente presente para descobrir seus corpos...

— Você já está com um olho roxo cortesia da Sétima Casa — disse Harrow —, e parece estar implorando por simetria.

— Foi a Sétima, então? — O necromante da Oitava não pareceu particularmente desgostoso. — Entendo... Aconteceu tão rápido que não tive certeza.

Gideon pensou que Dulcinea estava dormindo de novo, de tão inerte e apoiada nos braços de Protesilaus, mas ela abriu os grandes olhos azuis e se esforçou para erguer a cabeça.

— Mestre Silas — disse ela pesadamente —, a Sétima Casa implora pelo perdão da misericordiosa Oitava. Por favor, nos dê isso. Seria uma tamanha vergonha para a Casa. Pro reage mais rápido do que eu. Você não *me* duelaria, não é?

— Nunca — disse Silas, com gentileza. — Isso seria insensível. Colum enfrentará o cavaleiro da Sétima.

Gideon sentiu seus dedos apertarem no punho conforme Dulcinea respirou profundamente, chiando, e disse, baixinho:

— Ah, mas *por favor*...

— Parem com isso — disse Coronabeth. — Isso é loucura.

A borboleta dourada sorridente se fora. Ela estava de pé, as mãos no quadril, como um âmbar frio. A voz dela ecoava como um trompete.

— Nós precisamos fazer um acordo — disse ela. — Não podemos deixar esta sala suspeitando uns dos outros. Precisamos trabalhar juntos em nome de um poder maior. Nós sabíamos que seria perigoso, e concordamos, e não posso acreditar que alguém aqui tentaria machucar Magnus e Abigail. Precisamos confiar uns nos outros, ou isso nos levará à loucura.

A Capitã da Segunda também se ergueu. O olhar escuro intenso pairou em cada um deles por vez antes de se virar para Professor.

— Então, o que podemos presumir logicamente? — perguntou ela. — Que, como Professor disse, há forças malévolas ou obstrutivas dentro da Primeira Casa? Fantasmas vingativos, ou monstros nascidos de algum ato necromântico?

O necromante adolescente horroroso ficou em pé também. Os olhos estavam vermelhos e em carne viva, e os punhos, sujos de sangue. A pura agonia em seu rosto era como ver um animal com dor: quando ele falou, ouviu-se apenas um choro torturado.

— Se existe um monstro, ele precisa ser caçado — disse ele. — Se existe uma assombração, ela precisa ser banida. O que quer que seja forte o bastante para matar Abigail e Magnus, não pode ser deixado em paz. — E então, ainda mais selvagem: — *Eu não posso ir para casa* antes de que o que quer que tenha matado Abigail e Magnus esteja morto.

— Estou com Isaac — disse Jeannemary instantaneamente. — Eu digo para irmos à caça.

— Não — disse Palamedes.

Ele havia tirado os óculos para limpá-los, assoprando primeiro em uma lente, depois na outra. O olhar de todos repousava sobre ele quando ele finalmente colocou os óculos de volta em seu nariz pontudo. Camilla estava apoiada na mesa atrás dele como um corvo de penas cinzas, assombrando seu ombro.

— Não — repetiu ele. — Nós procederemos cientificamente. Nada pode ser presumido antes que tenhamos alguma ideia de como eles morreram. Com a permissão de todos, eu examinarei os corpos; qualquer um que queira se juntar a mim será bem-vindo. Uma vez que tivermos todos os fatos, poderemos planejar o que faremos, mas até então não tiraremos conclusões. Sem monstros, sem assassinato, sem acidentes.

— Viva! — disse Corona calorosamente.

— Agradecido, Princesa. Agora todos sabemos sobre a existência das instalações — continuou ele. — Imagino que isso a levará a ser explorada livremente. Todos nós deveríamos nos atentar a... perigos *excepcionais*, e concordar que a informação é o melhor presente para compartilharmos uns com os outros.

— Não tenho nenhuma intenção de colaborar — disse Harrowhark.

— E você não será forçada a isso, Reverenda Filha. Mas não é contrário ao experimento do Lyctordócio avisar seus colegas se você acha que tem algo errado — disse Palamedes, recostando sua cadeira para trás. — *Exempli gratia*, uma horda de fantasmas vingativos.

— Ainda há o problema das chaves — disse Professor.

Todos se viraram para olhar para ele, provavelmente ganhando um torcicolo. Esperaram por uma continuação, mas não houve nenhuma. Então, seguiram a linha do seu olhar: ele estava olhando diretamente para Princesa Ianthe, com sua camisola grudada no corpo, o cabelo pálido caindo em duas tranças acima dos ombros claros, e o encarava de volta com olhos de violetas em diálise.

— Eu também tenho uma chave — disse ela, sem se abalar.

— *Quê?*

Ela não perdeu a compostura.

— Não aja como um amante rejeitado, Babs.

— Você nunca disse uma palavra!

— Você não tomou conta do seu chaveiro.

— Ianthe Tridentarius — disse o seu cavaleiro —, você é uma... uma... Corona, por que *você* não me falou nada?

Corona o impediu, uma mão esguia no seu ombro. Ela estava olhando para a sua gêmea, que calmamente evitava seu olhar.

— Porque eu não sabia — disse ela levemente, empurrando a cadeira conforme se levantava. — Eu também não sabia, Babs. Vou para cama agora. Acho que estou um pouco cansada.

Cordialmente, Palamedes também se levantou.

— Cam e eu vamos olhar os corpos — disse ele. — Se a Capitã Deuteros e a Tenente Dyas quiserem nos acompanhar... como presumo que irão...?

— Sim — disse Judith. — Gostaria de olhar mais de perto.

— Cam, você vai na frente — disse Palamedes. — Quero dar uma palavrinha.

O cenário se desfez logo depois disso. Le sacerdote de cabelos grisalhos estava falando baixinho com Isaac, e os ombros de Isaac estavam sacudindo conforme ele se encolhia na cadeira. A Terceira foi embora com uma proximidade falsa e as mandíbulas cerradas de três pessoas que estavam prestes a ter uma DR e tanto. Dulcinea estava cochichando baixinho com seu cavaleiro, e os dois surpreenderam Gideon ao seguir as pessoas que estavam indo em direção à câmara fria. Talvez não tão surpreendente. Dulcinea Septimus podia ser mais mórbida do que a Nona.

A palavrinha que Palamedes queria dar era, afinal, com Harrow. Ele cutucou sua manga e a puxou para um canto da sala, e ela seguiu sem protestar. Gideon ficou sozinha, observando Professor se aproximar de um pálido Silas conforme ele continuava ajoelhado diante do seu cavaleiro. Seus lábios se moviam em uma reza silenciosa. Colum agora estava completamente acinzentado, e seus olhos tinham o olhar longínquo de um homem em estupor. Silas não parecia preocupado. Ele tinha colocado as mãos cheias de cicatrizes entre as dele e continuou murmurando, e Gideon ouviu algumas das palavras: *eu rogo para que volte.*

Professor estava dizendo:

— Ele vai passar por um caminho difícil para voltar, Mestre Octakiseron… talvez mais difícil do que tenha antecipado. Ele está acostumado com a jornada?

— Irmão Colum já travou batalhas mais difíceis e mais frias — disse Silas calmamente. — Ele já voltou para mim através de fantasmas mais estranhos. Ele nunca deixou que seu corpo fosse corrompido, e jamais deixará. — Depois que terminou, voltou para o mantra: — *Eu rogo… Eu rogo…*

Por alguma razão, esta imagem ficou com ela: o mago cor de maionese e seu sobrinho corpulento, muito mais velho do que ele, encarando de olhos vazios enquanto Professor observava tudo com o olhar de um homem sentado na primeira fileira de uma cirurgia dentária ilegal. Gideon observou também, fascinada por um ato que ela não conseguia entender, quando uma mão se fechou ao redor do seu punho.

Era Jeannemary Chatur, os olhos vermelhos, grudentos e manchados, completamente descabelada. Não tinha nenhum sinal de coragem nela, exceto por talvez uma dureza selvagem ao redor dos olhos quando ela encarou Gideon.

— Nona — disse ela, rouca —, se souber de algo, você precisa me contar agora. Se você… se você souber algo, eu preciso… Eles significavam muito para nós, então se você souber…

Gideon se sentiu imensamente triste. Ela colocou a mão no ombro da adolescente horrorosa, e Jeannemary recuou. Ela sacudiu a cabeça como que dizendo "não", e quando os olhos grandes de Jeannemary — cílios amassados da maquiagem da noite anterior, as írises de um marrom de tinta — se encheram de lágrimas que ela tentou piscar furiosamente para disfarçar, Gideon não conseguiu mais lidar com a situação. Ela colocou a mão no topo da cabeça da outra cavaleira, que estava molhada e enrugada como a de um cachorrinho triste, e disse:

— Eu sinto muito. Eu sinto muito mesmo.

— Eu acredito em você — disse Jeannemary, densa, sem parecer registrar o fato de que a Nona tinha acabado de falar. — Magnus gosta de você... gostava... Ele não deixaria nada ter acontecido com Abigail — ela acrescentou, apressada. — Ela odiava altura. Ela nunca teria arriscado cair. E ela é uma maga de espíritos. Se foram *fantasmas*, por que ela não...

Diante delas, Colum tossiu em uma explosão que fez com que Jeannemary e Gideon pulassem. Os olhos reviraram para trás da cabeça conforme ele engasgava, arfando alto, inalando a fumaça, enquanto seu adepto simplesmente disse:

— Quinze minutos. Você está ficando lento — e não falou mais nada.

✦ ✦ ✦

Gideon teria gostado se Jeannemary tivesse terminado a frase, mas Harrow mancou na direção dela com uma expressão ruim. Ela tinha a carranca distante de uma mulher que estava tentando desatar nós horríveis do cordão do sapato. Gideon observou a cavaleira da Quarta se retirar com os ombros encolhidos e uma mão no pomo da rapieira, e então ela seguiu Harrow, a meio passo de distância.

— Você está bem?

— Estou cansada dessas pessoas — disse Harrowhark, se abaixando para entrar em um corredor para longe do átrio principal. — Estou farta da lentidão deles... estou exausta. Não posso esperar enquanto eles estão tentando entender as implicações de tudo que foi dito — Gideon mal podia esperar para ela mesma entender essas implicações, mas não parecia provável que fosse acontecer logo —, porque nós estaremos *muito* na frente deles quando isso acontecer. Nós temos uma porta para abrir.

— Sim, amanhã, depois de pelo menos oito horas de sono — sugeriu Gideon, sem esperança.

— Uma tentativa de comédia admirável nesses tempos difíceis — disse Harrowhark. — Vamos.

19

A CHAVE QUE HAVIAM conseguido com tanta dificuldade do construto não entregava quase nada da sua natureza, a não ser sua cor estranha. Era grande, e a haste era tão comprida quanto o dedo médio de Gideon, e a cabeça era pesada de uma maneira satisfatória de segurar, mas não tinha nenhuma etiqueta que ajudasse marcando, por exemplo, PRIMEIRO ANDAR. Isso não pareceu atrapalhar Harrowhark. Ela tirou o seu diário manchado e se debruçou sobre os mapas, escondida em um canto escuro enquanto fazia sua cavaleira ficar de guarda. Considerando que tinha exatamente zero pessoas em volta, parecia estupidez.

No entanto, a ideia de que talvez *não* tivesse zero pessoas em volta — que havia algo horrível infestando a Casa de Canaan, algo que tinha matado Abigail e Magnus por uma ofensa aparente — bem, Gideon não ficou em pé tão tranquilamente quanto tinha ficado ontem. A Primeira Casa não era uma casca linda e vazia, desgastada pela erosão do tempo. Agora parecia mais os labirintos trancados embaixo da Nona Casa, mantidos fechados caso alguma coisa resolvesse ficar inquieta. Quando ela era mais nova, costumava ter pesadelos sobre estar do lado errado da porta do Túmulo Trancafiado. Especialmente depois do que Harrow tinha feito.

— Olhe — disse Harrowhark.

Nenhum assassinato, luto ou medo poderia comover Harrowhark Nonagesimus. Seus olhos cansados brilhavam. Boa parte da maquiagem havia sumido ou tinha sido borrada nas instalações, e o lado esquerdo da sua mandíbula era só pele levemente manchada de cinza. Um indício de humanidade estava transparecendo. Ela tinha um rostinho tão anguloso, com sobrancelhas altas e expressivas, e uma boca inclinada e cruel.

— Para a *chave*, sua imbecil, não para mim — disse ela, irascível.

A imbecil olhou para a chave, mas não antes de mostrar o dedo do meio. Harrow estava segurando a coisa de cabeça para baixo para inspeção. Na extremidade, onde os dentes terminavam, um pequeno entalhe havia sido feito no metal. Era uma coleção de pontos agrupados com uma linha e dois semicírculos.

— É o símbolo na minha porta — disse Gideon.

— Você quer dizer a X-203?

— Sim, se estiver falando igual a uma lunática — respondeu Gideon. — É definitivamente o símbolo da minha porta.

Harrow quase estremeceu de ansiedade. Demorou algum tempo para que conseguissem se esgueirar pela rota retorcida do átrio até o corredor, e dali para o saguão que dava para o fosso; ela estava paranoica, e sua paranoia tinha contaminado Gideon. Elas ficavam esperando nos cantos e parando para ouvir se estavam sendo seguidas. Quando enfim chegaram ao vestíbulo sem ar e empurraram a tapeçaria para longe da porta e passado por ela, o estômago de Gideon estava roncando para o café da manhã.

Ainda assim, as palmas da mão estavam suando com a antecipação conforme pararam diante da enorme porta preta. As caveiras de animais eram tão assustadoras e hostis quanto da primeira vez; e a silhueta gorda retorcida que rodeava as colunas também era tão estranha e fria. Harrowhark colocou as mãos na pedra negra que impedia a porta quase em reverência, e pressionou a orelha na pedra como se conseguisse ouvir o que havia lá dentro. Ela passou o dedo no painel acima do buraco da fechadura e puxou o capuz por cima do rosto.

— Destranque — disse ela.

— Não quer fazer as honras?

— É o seu chaveiro — disse Harrow inesperadamente, e: — Nós faremos tudo de acordo com as regras. Se Professor está correto, há alguma coisa aqui que se importa muito com a etiqueta, e ter etiqueta é fácil. O chaveiro é seu... Tenho que admitir. Então, que você nos dê a entrada. — Ela esticou a chave para Gideon. — Enfie no buraco, Griddle.

— Foi o que ela disse ontem à noite — disse Gideon, e pegou o chaveiro da mão enluvada de Harrow. Ela não ergueu o próprio capuz, mas colocou os óculos de volta no nariz. Agora que já havia se acostumado, só precisava deles para a luz do meio-dia, mas os óculos haviam se tornado algo reconfortante. Ela tamborilou os dedos no batente chanfrado da pedra sem cor, e então colocou a chave vermelha da Reação na fechadura.

Encaixou. A fechadura se abriu com tanta facilidade como se houvesse recebido manutenção durante os últimos 10 mil anos. Sem sequer um gemido ou rangido das dobradiças, a porta se abriu para dentro com um empurrão. Gideon tirou a rapieira do cinto e colocou a soqueira na mão esquerda, e adentrou a escuridão.

Estava *escuro*. Ela não ousou seguir adiante na imobilidade silenciosa e sombria, que ficou ainda mais silenciosa quando sua necromante entrou atrás dela e fechou a enorme porta. Elas ficaram em pé na sala e sentiram o cheiro do passar dos anos: a poeira, as misturas químicas que pairavam no ar. Quase dava para sentir o cheiro da escuridão.

A voz de Harrow disse em um sussurro:

— A luz, Nav.

— Quê?

— Você *trouxe* uma lanterna.

— Não achei que era um serviço que eu precisava providenciar — disse Gideon.

Xingamentos baixos se seguiram. Ela sentiu Harrow virar de volta para porta, medir o comprimento com as mãos, e apalpar cegamente o batente para tentar achar uma lanterna: ela encontrou *alguma* coisa, e da parede veio um *clique* alto. As luzes elétricas retiniram à vida, deixando que o quarto solitário e escuro brilhasse com uma claridade reluzente.

Gideon não sabia o que estava esperando. Ela ficou em pé, imóvel, e Harrow também, e, por alguns instantes, elas só ficaram olhando.

Era um escritório, cristalizado por alguém que algum dia havia se levantado e nunca mais voltado ao lugar no qual trabalhara por anos. Era um cômodo espaçoso e quadrado, sem janelas, mas lindamente iluminado. Um trilho de luzes elétricas focava pontos importantes da geografia do quarto. Um canto estava ocupado por um laboratório: bancadas manchadas, laminadas, e prateleiras e mais prateleiras de notas e cadernos de couro e fichários. A pia de metal grande e a escova de limpeza estavam estranhas nas paredes, que estavam decoradas por ossos. Um pote ainda estava cheio de gizes grossos para desenhar diagramas, e os frascos de sangue preservado ainda estavam cheios e muito vermelhos. Encostadas em uma das bancadas estavam grossas pilhas de papéis, escurecidas por gráficos e modelos: um dos papéis tinha o rascunho de uma quimera familiar, com muitos braços, costelas como armadura, cabeça achatada. Havia ferramentas preciosas. Espátulas de resina que foram derretidas em algum experimento. Uma foto aumentada na parede — um litógrafo, ou uma fotografia de polímero — de um grupo de pessoas ao redor de uma mesa. Os rostos de todos foram rabiscados com uma caneta preta grossa.

Harrowhark já tinha se aproximado do laboratório. Ela nem sequer tinha respirado. Ela teria que fazer isso, Gideon pensou, distante, ou desmaiaria de novo. A sala fora dividida em três partes principais — o laboratório, um espaço amplo onde a mobília havia sido arrastada para abrir espaço no chão de pedra. A parede continha uma prateleira de espadas que ainda continha duas rapieiras solitárias, brilhando como se tivessem sido afiadas apenas horas antes. Um espaço de treinamento. Recostadas nas paredes estavam uma coleção horrorosa de formas metálicas compridas armazenamento. Demorou bastante tempo para Gideon perceber que ela estava olhando para uma coisa *muito* antiga: era uma *carabina* de pressão. Ela só tinha visto uma em fotos.

A terceira parte do cômodo era uma plataforma levantada por degraus de madeira. A madeira aqui não havia sido tão degradada quanto no resto da Casa de Canaan — esse quarto isolado e sem luz deve ter sido preservado, ou de alguma forma parado no tempo. Os cabelos na nuca de Gideon se arrepiaram quando as luzes acenderam, e não tinham ainda abaixado, como se a invasão delas oferecesse uma tentação para o tempo de reivindicar as joias desse túmulo. Ela subiu as escadas e encontrou uma cena fofa e doméstica de um jeito banal: uma estante, uma mesa baixa, uma poltrona e duas camas. Na mesa estava uma chaleira e duas xícaras que haviam sido abandonadas para sempre.

As duas camas estavam próximas uma da outra — se alguém deitasse em uma, dava para esticar o braço para tocar quem estivesse dormindo na outra, considerando que se dispunha de um braço comprido —, separadas apenas pela mesinha de cabeceira. Assim como o berço grotesco colocado no pé da enorme cama dossel no quarto de Harrow, as duas pessoas aqui estavam próximas o bastante para um acordar se o outro espirrasse. No criado estavam duas lâmpadas, e sujeira que nunca havia sido limpada. Um relógio antigo. Um copo vazio. Uma pulseira prateada sem fecho. Uma travessa rasa e oleosa de uma coisa que parecia cinzas. Gideon conseguia distinguir que não eram as cinzas de alguém, e quando ela as tocou, um cheiro forte se apegou aos dedos. Os travesseiros haviam sido afofados nos colchões, e as camas, arrumadas. Alguém deixou um par de pantufas extremamente gastas embaixo de uma, e um pedaço de papel na mesinha de cabeceira. Gideon o pegou.

Harrow soltou um grito de triunfo. Gideon se virou das camas e enfiou o papel no bolso, e então esticou o pescoço da escada para ver o motivo da empolgação da sua necromante. Ela estava na bancada, encarando duas tábuas de pedra fundidas na pedra, iluminados por filamentos verdes que pareciam brilhar com o toque de Harrow. A escrita era pequena e apertada, e os diagramas eram completamente impenetráveis em seus enigmas. Harrow já estava tirando o diário do bolso.

— É o teorema da sala de testes — disse ela. — É a metodologia completa de transferência, para a utilização de uma alma viva. É o *experimento inteiro.*

— Isso é tipo uma coisa legal de necromante?

— *Sim*, Nav, é uma coisa legal de necromante. Eu preciso copiar isso, não consigo levantar a pedra. Quem quer que tenha feito isso é um gênio...

Gideon deixou Harrow aproveitando o momento e abriu a primeira gaveta da mesinha de cabeceira. Ali, inofensivos e ordinários, estavam três lápis, o osso de um dedo, e uma pedra de amolação bruta — os ossos e a pedra estavam começando a alimentar sua crescente suspeita de quem tinha vivido ali — e um antigo e gasto selo. Ela encarou o selo por algum tempo: era o emblema branco e escarlate da Segunda Casa.

Ela sentou cuidadosamente em uma das camas, e as molas do colchão rangeram. Tirou o papel amassado do bolso e começou a tentar alisá-lo. Era parte de um bilhete que — muito tempo atrás — havia sido rasgado, e agora só restava um canto amassado.

— Acabei — disse Harrow lá de baixo. — Me diga o que encontrou de importante.

Gideon colocou o pedaço de papel no bolso e deu uma olhada nas outras gavetas. Uma meia perdida. Um bisturi. Um lenço. Uma lata com nada dentro além do vago cheiro de menta. É tudo o que se encontraria na gaveta da mesinha de cabeceira de qualquer um — apesar de que não exatamente qualquer um, de um par de pessoas em específico. Ela desceu as escadas e levantou os óculos escuros para repousar na testa.

— Um cavaleiro e um necromante viveram aqui — disse ela.

— Tirei a mesma conclusão — disse Harrowhark, remexendo seus papéis. Ela colocou um de seus diagramas perto da pedra para compará-los com precisão. — Venha aqui, olhe para isso.

O garrancho apertado de Harrow era quase tão ruim quanto o que estava escrito na pedra. Após uma longa lista de notas minuciosamente entediantes, estava uma frase destacada:

Na esperança de obter a compreensão Lyctoral. Toda a glória e amor ao Necrolorde Primordial.

— *Isso* sim é uma nota de rodapé útil — disse a necromante da Nona.

— É, isso, e o fato de que tem duas camas lá em cima e um monte de espadas ajuda — disse Gideon. — Estavam vivendo juntos. Estudando teoremas Lyctorais esquisitos. Tem um emblema muito velho mesmo da Segunda Casa em uma das gavetas.

As duas tomaram um tempo para percorrer pelo cômodo. Harrow folheou cadernos e semicerrou os olhos ao examinar o conteúdo. Gideon pegou outro livro e olhou para a dedicatória na primeira página, escrita em tinta preta e congelada no tempo:

UMA SÓ CARNE, UM SÓ FIM.
G & P.

Elas reviraram os restos da vida de dois estranhos; dentro de uma lata esquecida, Gideon encontrou duas escovas de dente vencidas. Eram eletrônicas, com botões e cabeças que giravam.

— Essas aqui não são só muito velhas — disse ela. — Elas são muito inacreditavelmente velhas.

— Sim — disse Harrow. — Sextus poderia datá-las, mas não tenho vontade de perguntar. Fizeram alguma coisa para preservar esta sala. Nada degradou de forma natural. Nós provavelmente somos as primeiras pessoas a pisar aqui desde que os últimos ocupantes se foram.

Não parecia ser um quarto de verdade, e sim um lugar para passar a noite enquanto faziam outra coisa. Mais como um laboratório do que um espaço para viver. Gideon se pegou encarando a fotolitografia, os cotovelos apoiados na bancada, estudando os corpos sem rostos que estavam reunidos nas cadeiras. Era um arco-íris de braços e mantos, mãos em baixa resolução segurando joelhos em baixa resolução. As mãos sem rostos pareciam solenes, quase ansiosas.

— Tudo que sei — disse Harrowhark, por fim — é que criaram esse teorema, e são responsáveis pelo experimento lá embaixo. Gostaria de saber mais. Eu anseio por saber mais... Mas ainda não sei. Vou estudar o teorema, Griddle, e aprender, e *então* eu estarei um passo mais perto de saber. Não podemos sofrer o mesmo destino que Quinn e Pent.

Gideon ficou surpresa ao descobrir o quanto aquilo doía, assim de repente.

— Ele morreu mesmo — disse ela em voz alta.

— Sim, e ficarei mais triste se a condição dele mudar do nada — disse Harrow. — Ele era um estranho, Nav. Por que está te afetando tanto?

— Ele foi legal comigo — ela se encontrou dizendo, abaixando-se para tocar nos pés e sentindo o sangue todo descer para a cabeça. — Porque ele era um estranho, eu acho... Ele não precisava me dar atenção, ter tempo para mim ou até mesmo lembrar meu nome, e ainda assim o fez. Porra, você me trata mais como uma estranha do que Magnus Quinn, e eu conheço você a vida *toda*. Enfim, não quero falar sobre isso.

A mão de Harrow, nua sem luva e manchada de tinta até mesmo nas cutículas, apareceu na frente dela. Gideon sentiu seu ombro sendo puxado para trás até que ela encarasse Harrow. A necromante a fitava com olhos estranhamente ferozes: a boca uma linha reta de indecisão, a testa franzida como se estivesse pensando tanto que seu rosto se transformava em rugas. Ainda tinha sangue saindo das sobrancelhas, o que era nojento.

— Eu não posso mais aceitar — disse ela, devagar — ser uma estranha para você.

— Epa, epa, epa — disse Gideon, suor surgindo repentinamente na parte de trás do seu pescoço. — Pode sim. Você me disse uma vez para me enterrar em uma cova de gelo. Pare antes que isso fique esquisito.

— A morte de Quinn prova que isso não é um jogo — disse Harrow, umedecendo os lábios secos com a língua. — Os testes são para separar o joio do trigo, e vai ser absurdamente perigoso. Nós somos todos os filhos e filhas que a Casa da Nona tem, Nav.

— Eu não sou o filho ou a filha de ninguém — disse Gideon com firmeza, em pânico.

— Preciso que você confie em mim.

— Preciso que você seja *digna* de confiança.

Na luz baixa e espessa do cômodo ela observou a garota vestida de preto em sua frente se debater com algo que havia recaído sobre elas como uma rede; algo que havia se fundido entre elas como um osso quebrado em vários lugares, estilhaçado inúmeras vezes, curando-se retorcido e horrível. Gideon reconheceu as restrições repentinamente: a corda que a amarrava à Harrow, e de volta para as grades da Casa da Nona. Elas se encararam em um pânico compartilhado.

— Como posso fazer para ganhar sua confiança? — Harrow disse finalmente.

— Deixe a gente dormir oito horas e nunca mais fale assim de novo — disse Gideon, e a sua necromante relaxou um pouco.

Os olhos dela eram tão profundamente negros que era difícil ver as pupilas, a boca era fina e petulante e incerta. Lembrava-se de quando Harrow tinha nove anos, e ela tinha entrado no momento errado. Lembrava-se da boca da Harrow de nove anos ficando levemente frouxa. Havia algo curioso sobre o rosto de Harrow quando não estava fixo na máscara sem expressão da Reverenda Filha: algo tênue e desesperado e até mesmo jovem, algo que não era tão distante assim do desespero de Jeannemary.

— Oito horas e meia — disse Harrow —, se recomeçarmos imediatamente de manhã.

— Combinado.

— Combinado.

Horas depois, Gideon se revirou na cama, gelando ao perceber que Harrow *não* tinha prometido nunca mais falar daquele jeito de novo. Se continuassem nessa, talvez até ficassem amigas.

Conforme andaram de volta, os corredores eram tão solitários quanto antes — talvez até mais vazios, de alguma forma, como se o fim prematuro da Quinta dentro da Casa de Canaan tivesse expurgado o que restava de si. Só houve uma única exceção. Passos rápidos e quietos que fizeram com que as duas pressionassem os corpos contra uma alcova, encarando a luz cinzenta fina que vinha antes da manhã: quase que inteiramente silenciosos, os adolescentes da Quarta passaram na frente delas, cruzando rapidamente um corredor vazio e dilapidado em alguma missão. Jeannemary ia na frente com a rapieira em riste, e o seu necromante cambaleava atrás, a cabeça baixa, o capuz azul por cima do cabelo, parecendo em penitência. Mais um segundo e os dois desapareceram. Gideon ficou pensando: coitadinhos.

✦ ✦ ✦

No seu ninho de cobertores, com a indesejada luz amarela entrando pelas brechas na cortina, Gideon estava cansada demais para tirar a roupa e quase cansada demais para dormir. Ela continuou a se revirar, tentando achar uma posição confortável, até se lembrar do bilhete amassado no bolso. Na luz fraca, ela finalmente o abriu e o encarou, cansada, o travesseiro ainda grudento com o creme que havia usado para remover a maquiagem.

as todos sabemos que a realidade dura + trist
é que isso vai ficar incompleto at
o fim. Ele não pode consertar minhas deficiências aq
udo, por favor dê meus parabéns a Gideon, e ig

20

Nove horas nada auspiciosas depois, Gideon e Harrow fizeram o caminho de volta pela longa e fria escada da instalação, o ar pesado com o sangue de ontem à noite. Tendo acordado só 35 minutos antes (Harrow sempre mentia), Gideon desceu no escuro com a sensação distinta de que ainda estava dormindo: em um sonho, um sonho que ela teve há muito tempo e do qual repentinamente se lembrava. Ela tinha tomado a xícara de chá mecanicamente e devorado a tigela de mingau congelado que Harrow lhe trouxera de manhã — Harrow lhe trazendo café da manhã era um conceito tão desagradável que não tinha nem mais espaço na cabeça dela para isso — e agora pesava no estômago. A nota amassada agora estava enterrada bem no fundo do bolso de Gideon.

Tudo parecia escuro e estranho e errado, até mesmo a tinta ainda úmida que a sua adepta havia passado em seu rosto. Gideon não tinha sequer murmurado um protesto sobre essa excursão, só continuou a enfiar mingau pela boca. Era uma prova de que Harrow estava sendo Harrow o fato de nem mesmo a submissão sem expressão de Gideon sequer a tinha *perturbado*, aparentemente.

— O que viemos fazer aqui embaixo? — perguntou ela abertamente, conforme Harrow seguiu o caminho através do saguão mal iluminado até as escadas que davam para a escotilha. A voz parecendo estranha na boca. — Mais uns homens de ossos?

— Duvido — disse Harrow rapidamente, sem olhar em volta. — Esse foi um dos desafios. Qual o objetivo de fazer o próximo ser igual ao anterior?

— O próximo?

— Pelo amor de Deus, Griddle, preste *atenção*. A chave da escotilha é o primeiro desafio. Um aquecimento, se preferir.

— Isso não foi um desafio — Gideon protestou, passando por cima da fita amarela esticada. — Você só pediu ao Professor.

— Sim, e, como descobrimos, alguns dos nossos supostos rivais nem sequer passaram por essa etapa patética. A chave da escotilha permite o *acesso* às instalações, que contêm um número de laboratórios de testes que são feitos para replicar experimentos necromânticos específicos. Qualquer um que consiga completar o experimento até chegar à conclusão esperada, assim como fizemos ao desmontar o construto, ganha uma recompensa.

— Uma chave.

— Provavelmente.

— E então a chave, o quê? Deixa que você entre em uma sala para poder esfregar a cara em uns cadernos velhos de necromante?

Harrow ainda não se virou, mas Gideon sabia instintivamente que estava revirando os olhos.

— O estudo da Segunda Casa continha uma explicação inteira e perfeita do teorema que foi usado para articular o construto. Tendo estudado o teorema, qualquer necromante semicompetente poderia reproduzir seus efeitos. Agora eu possuo a competência para conduzir outra alma viva. Estou talvez ainda mais interessada no que aprendi no teorema por trás do construto.

— Fazer uns ossos grandões. — Gideon preferia não pensar em "conduzir outra alma viva".

Com isso, Harrow parou — quase na base da escada — e finalmente se virou para ela.

— Nav — disse ela. — Eu já *conseguia* fazer uns ossos grandões. Mas agora eu consigo fazer eles regenerarem.

O resultado que literalmente ninguém queria.

Agora as duas estavam na base da escada, encarando os contornos angulosos no chão. Alguém havia imortalizado a descida de Abigail e Magnus com fita, colocada cuidadosamente: parecia particularmente estranho já que o sangue não fora limpo. Manchas acusadoras haviam secado no chão.

— Sextus — disse Harrow, tendo pulado ao lado dela no chão. — A Sexta está sempre apaixonada demais pelo corpo.

Gideon não disse nada.

— Investigar a cena do crime não é nada útil, comparado às motivações dos vivos — continuou Harrow. — Comparado ao *porquê*, a questão de quem matou Pent e Quinn é quase que um caso à parte.

— Quem — disse uma voz — ou o *quê*. Eu particularmente adoro a ideia do *quê*.

Iluminada pela luz verde da malha do chão, Dulcinea Septimus apareceu mancando. Debaixo das luzes sulfídricas, ela quase parecia transparente, e estava apoiada pesadamente em muletas, os cachos pesados amarrados no topo da cabeça, revelando um pescoço que parecia prestes a quebrar ao menor sinal de um vento forte. Atrás dela estava Protesilaus, que na escuridão parecia mais um manequim com músculos.

Ao lado de Gideon, Harrowhark endureceu, muito levemente.

— Fantasmas e monstros — continuou a Senhora da Sétima, entusiasmada —, espectros dos mortos… os mortos degradados. A ideia de que alguém ainda está aqui e furioso… ou que alguma coisa está se esgueirando aqui para sempre. Talvez seja isso que acho reconfortante. Anos e anos depois que você se for… é aí que realmente vive. O seu eco é maior do que a sua voz.

— Um espírito responde a um convite — disse Harrow. — Não pode se sustentar sozinho.

— Mas e se *pudesse*? — exclamou Dulcinea. — É tão mais interessante do que um simples assassinato.

Dessa vez, ninguém da Nona respondeu. Dulcinea se adiantou, pressionando os braços nos apoios de metal das muletas, e piscou seus cílios castanho-claros para elas. Gideon notou que ela ainda parecia cansada: as veias nas têmporas pareciam evidentes, e as mãos tremiam um pouco em cada muleta. Ela estava embrulhada em um manto de um azul-claro, bordado com flores, mas ainda assim estremecia com o frio.

— Saudações, Nona! Vocês são corajosas de virem até aqui depois do que Professor disse.

— Poderíamos dizer o mesmo de você — respondeu Harrow.

— Ah, eu deveria ter sido a primeira a morrer sob qualquer circunstância normal — disse Dulcinea, rindo um pouco nervosa —, mas depois que se aceita isso, não é preciso ficar tão preocupada. Seria tão previsível me tirar do caminho. Olá, Gideon! É bom ver você de novo. Quer dizer, eu vi você ontem à noite... mas sabe o que eu quero dizer. Oh, não, agora pareço uma boba. Ainda com o voto de silêncio?

Antes que *essa* linha de conversa continuasse, a necromante encapuzada da Nona disse em seu tom mais sepulcral e ameaçador:

— Nós temos assuntos a tratar aqui embaixo, Senhora Septimus. Nos dê licença.

— Mas é por isso que vim conversar com vocês — disse a outra necromante, ansiosa. — Acho que deveríamos juntar forças.

Gideon não conseguiu esconder o som explosivo de descrença que escapou do nariz. *Talvez* houvessem pessoas mais improváveis com que Harrow juntaria forças — Silas Octakiseron, talvez, ou Professor, ou o defunto de Magnus Quinn. Na verdade, Professor seria um candidato muito melhor. No entanto, os olhos azuis sonhadores de Dulcinea continuavam em Harrow.

— Já completei um dos teoremas em um dos laboratórios — disse ela. — Acho que estou no caminho para completar outro. Se trabalharmos juntas, bem, olhe só, a chave aparece em metade do tempo só com algumas horas de trabalho.

— Os desafios não são feitos para serem colaborativos.

Dulcinea disse, ainda sorrindo:

— Por que todo mundo acha isso?

As duas se encararam. Dulcinea, apoiada em suas muletas de metal, parecia um pouco como uma boneca frágil; Harrow, encapuzada e embrulhada em camadas de tecido preto, uma assombração. Quando abaixou o capuz, a necromante mais velha não estremeceu, apesar de que aquela era uma visão deliberadamente assustadora: o cabelo cortado curto, a tinta severa no rosto, os pedaços compridos de ossos que atravessavam cada orelha. Harrow perguntou, fria:

— O que a Nona Casa ganharia com isso?

— Todo meu conhecimento da teoria e da demonstração, e primeiro uso da chave — disse Dulcinea, ávida.

— Generoso. O que a Sétima ganharia?

— A chave, depois que acabarem. Veja bem, eu não acho que eu consiga fisicamente *fazer* esse.

— Estupidez, então, e não generosidade. Você acabou de me dizer que não consegue completar o desafio. Nada impediria minha Casa de completá-lo sem você.

— Demorou bastante tempo para eu compreender os parâmetros teóricos — disse Dulcinea —, então eu te desejo boa sorte. Porque, apesar de estar morrendo, não há nada errado com o meu *cérebro*.

Harrow pôs o capuz de novo sobre a cabeça, parecendo novamente uma assombração, um fio de fumaça. Passou pela necromante frágil da Sétima, que a seguiu com uma expressão desejosa, quase faminta que Dulcinea reservava para as freiras assombrosas da Nona — pelos mantos negros sussurrando contra o chão metálico, a luz verde refletindo no tecido.

Harrowhark se virou e disse, curta:

— Bem? Vamos fazer isso ou *não*, Senhora Septimus?

— Ah, obrigada! *Muito obrigada!* — disse Dulcinea.

Gideon estava estupefata. Choques demais nas últimas 24 horas haviam diminuído o ritmo que conseguia processar seus pensamentos. Conforme Dulcinea andava pelo corredor, as muletas batendo na grade sem nenhuma harmonia, e Protesilaus ficava meio passo atrás dela como se estivesse desesperado para pegá-la no colo e carregá-la, Gideon se apressou para alcançar sua necromante.

E então a encontrou xingando baixinho. Harrow estava sussurrando um monte de palavrões antes de murmurar:

— Graças a Deus *nós* chegamos à ela primeiro.

— Não achei que você toparia ajudar — disse Gideon, admirando-a relutante.

— Você é *tapada?* — sibilou Harrow. — Se não concordássemos, o coração mole do Sextus concordaria, e aí ele teria chave.

— Ah, claro, foi mal — disse Gideon. — Por um instante, achei que você não era uma completa cuzona.

Elas seguiram o par descombinado da Sétima Casa até o saguão empoeirado das instalações, repleto de painéis empoeirados e o quadro branco brilhando tristemente embaixo das luzes brancas. Dulcinea virou-se abruptamente para a passagem marcada com LABORATÓRIO SETE–DEZ, um túnel idêntico que haviam usado para o LABORATÓRIO UM–TRÊS. Dessa vez, os rangidos e gemidos antigos do prédio pareciam muito altos, e os passos eram uma grande adição à cacofonia.

No meio da passagem depois da primeira sala de laboratórios, a grade no chão havia sido perfurada, repartida no meio e descansava nos canos que chiavam. Protesilaus pegou sua adepta no colo e passou por esse poço tão levemente quanto uma pluma. Gideon pulou por cima do buraco e virou para trás para ver sua necromante, que hesitava na beirada, impedida. O porquê de ela fazer o que fez a seguir, Gideon não sabia dizer — Harrow poderia ter construído uma ponte de ossos em segundos —, mas ela segurou a barra lateral, se inclinou, e ofereceu a mão. O porquê de Harrow ter *aceitado* era um mistério ainda maior. Depois de ter sido ajudada a cruzar, Harrow passou alguns momentos batendo na roupa para tirar a poeira de modo importuno, e murmurando algo inaudível. Então ela se adiantou para chegar mais perto de Protesilaus — de todas as pessoas — aparentemente com o objetivo de engajar em uma conversa. Dulcinea, que havia demorado um momento para ajeitar-se de volta com as muletas, enganchou um dos seus braços no de Gideon. Ela gesticulou para as costas largas do seu cavaleiro.

— Colum, o Oitavo, está agendando para duelar com ele amanhã — disse ela para Gideon, baixinho. — Preferia que o Mestre Silas tivesse lutado comigo. Quase mais nada consegue me machucar... seria uma sensação interessante, é o que quero dizer.

Como resposta, Gideon apertou ainda mais o braço lânguido apoiado no dela. Dulcinea suspirou, que mais parecia que o ar estava passando por esponjas que assobiavam. (De perto, o cabelo dela era muito macio, Gideon notou, atordoada.)

— Eu sei. Fui uma idiota ao deixar isso acontecer. Mas a Oitava é tão cheia de não-me-toques... e Pro *foi* realmente imperdoável. Eles não poderiam deixar esse insulto passar. Só deixei que meus instintos tomassem conta... e soltei um grito.

A necromante cacheada pausou para tossir, como se simplesmente se lembrar do grito fosse o bastante para o seu corpo entrar em espasmos. Gideon instintivamente colocou um braço ao redor dos seus ombros, oferecendo equilíbrio para que as muletas não caíssem, e se encontrou olhando diretamente para onde a gola da camiseta de Dulcinea encontrava com a clavícula. Uma corrente fina ao redor do pescoço suportava um peso nada delicado que havia sido colocado para dentro de sua camisola. Gideon viu por apenas um segundo, mas sabia imediatamente o que eram. O chaveiro estava preso na corrente, e no chaveiro estavam duas chaves: a chave serrilhada da escotilha, e uma chave grossa cinza simples, do tipo que se fechava um armário.

Ela desviou o olhar para qualquer outro lugar. Eles já haviam chegado ao fim do corredor, que terminava com uma única porta marcada como LABORATÓRIO OITO. Desvencilhando-se do braço de Gideon, Dulcinea a abriu para um saguão de igual decadência do laboratório dois. Havia ganchos nas paredes, e algumas caixas amassadas feitas de um metal fino, do tipo que usavam para guardar arquivos, e estavam marcadas e vazias. Alguém havia tomado tempo para afixar uma espiral de dentes humanos acima da porta, indo do menor para o maior: uma linha começando pelos incisores, escoltados pelos caninos arqueados e conduzidos em volta por enormes molares longos. Em uma letra legível impressa na porta estava a etiqueta #14-8 DESVIO. CÂMARA DE PROCEDIMENTO.

Abaixo da letra impressa, em uma caligrafia mais elaborada, alguém tinha escrito em uma tinta que desaparecia: AVULSÃO.

— Aqui estamos — disse Dulcinea. — Antes de entrarmos, por favor me dê um pouco do seu sangue. Fiz égides por *toda* a parte e estou terrivelmente sentida de que vocês não poderão passar pela porta sem me causar um choque.

Esse pequeno toque de paranoia fez com que os ombros de Harrow relaxassem um pouquinho. Gideon olhou para ela, e Harrowhark assentiu. No saguão mal iluminado e empoeirado, as duas ofereceram as mãos para a agulha: a necromante da Sétima inclinou a cabeça, os lindos cachos castanhos caindo pelos ombros, e pegou um pouco de sangue do dedão e dos indicadores. Então ela pressionou o sangue contra a sua mão e cuspiu uma saliva que Gideon notou que era levemente rosa, e por fim encostou a mão frágil na porta.

— Não é uma égide de impedimento — Dulcinea explicou —, mas não é somente física. A égide vai me alertar se algo imaterial tentar cruzar... se estiverem instanciados, isso é, ou se materializaram. Não quero impedi-los — disse ela, quando Harrowhark começou a brincar com um dos fragmentos de ossos no bolso. — Eu quero *ver* o que vai tentar nos surpreender... Quero ver sua aparência. Vamos.

Diferente do espaço dividido em seções do Laboratório Dois, com as câmaras de Representação e Reação e as estantes vazias, o Laboratório Oito abria para uma grade enorme. Uma treliça de aço grosso preto barrava a primeira parte do cômodo do segundo, o qual — espiando através dos buracos — era um espaço comprido com um teto claustrofóbico. Era como entrar dentro de um cano. A porta levava a uma plataforma de metal com um suporte e um lance curto de escadas que levava até o outro espaço, barrado por uma enorme grade. A necromante da Sétima andou até a parede e apertou um interruptor, e com um gemido baixo e vibrante, a grade lentamente começou a se recolher para o teto.

Sem a grade, o espaço parecia muito cinza e vazio. Só duas coisas quebravam a monotonia do metal cinza e luz branca: bem distante do outro lado da câmara estava um pedestal de metal, encaixado com o que parecia ser um vidro transparente, e no fim das escadas, mais ou menos a um metro da base, estava uma linha amarela e preta que havia sido pintada na horizontal que ia de uma parede à outra.

Facilmente tinha cem metros entre a faixa e o pedestal: um caminho longo para percorrer. Parecia bastante simples, e foi por isso que Gideon sabia que provavelmente seria um pé no saco.

Ainda assim, sua adepta já estava descendo as escadas, ficando diante da faixa amarela e preta como se estivesse demarcando um incêndio. Dulcinea a seguiu, se apoiando mais pesadamente nas muletas conforme foi pulando as escadas. Protesilaus foi por último.

— Se esticar a mão — disse ela —, você verá... isso.

Harrow havia soltado um grito de dor. Ela colocou a mão enluvada cuidadosamente por cima da linha, e agora estava tirando a luva para ver o dano causado. Gideon já fora vítima disso uma vez, por meio de Palamedes Sextus, mas ainda assim era uma visão inquietante. As pontas do dedo de Harrow secaram, as unhas estavam quebradas, e a umidade parecia que havia sido arrancada à força, enrugando a pele como papel. Sua adepta sacudiu a mão no ar como se tivesse queimado, e as rugas se aplainaram, lentamente, e as unhas voltaram ao normal.

— Dificilmente intransponível — disse Harrow, recobrando a compostura.

— Muito otimista! O que usaria?

— Uma égide corporal, com pele, foco completo.

— Tente.

Harrowhark flexionou os dedos lentamente. Gideon observou conforme ela cerrava os olhos até ficarem faixas obsidianas, com franjas espessas dos cílios negros, então estendeu a mão novamente para a linha. Houve uma breve chuva de faíscas azuis, e Harrow retirou a mão, espantada e furiosa. Os dedos haviam definhado como galhos, e a unha do mindinho havia caído completamente. A beira da manga havia buracos e estava rasgada como se tivesse sido atacada por mariposas. Gideon se adiantou por puro desejo de fazer *alguma coisa*, mas Harrow a segurou com a mão saudável, encarando fixamente para a mão machucada enquanto se curava devagar. Dulcinea observava tudo com olhos ansiosos, Protesilaus continuava em pé ao lado das escadas.

Harrow tirou uma pulseira da mão machucada, e tiras de material ósseo esponjoso se apertaram ao redor de dos nós nos dedos antes de se transformarem em placas grossas de ossos. Com a luva, ela esticou a mão de novo e...

— Não vai funcionar — disse Dulcinea, uma covinha aparecendo.

... e a luva explodiu em fragmentos de ossos. Os que ultrapassaram a linha amarela haviam se degradado em poeira, e a poeira virou algo ainda menor. A luva caiu em pedaços, se transformando em areia fina antes mesmo de cair ao chão, e Harrow retirou a mão rápido para encarar a sua aparência retorcida e triste pela terceira vez. Ela sentou nas escadas, e uma gota de suor sanguíneo escorreu pela têmpora enquanto a sua mão, longe da barreira, relaxava novamente até ficar inteira. Gideon queria muito perguntar: *mas que porra*?

— São dois feitiços, entrelaçados um no outro — disse Dulcinea.

— Não dá para existir dois feitiços consubstanciais. É impossível.

— E ainda assim, verdade. Eles realmente são consubstanciais. Não estão só interligados ou sobrepostos. É um trabalho e tanto. As pessoas que fizeram isso são geniais.

— Então um lado é senescência...

— E o outro é um campo de entropia — concluiu Dulcinea.

Gideon seguiu o olhar de Harrow pelo corredor de metal ondulado e brilho leve, e o pedestal que brilhava no fim dele como um farol. Ela viu

Harrow respirar fundo e morder a parte interna da bochecha, o que era sempre um sinal de que estava pensando furiosamente, flexionando os dedos o tempo todo como se ainda preocupada com a integridade deles. Ela pegou uma velha falange da cor de marfim do bolso, e passou-a para Gideon.

— Jogue — comandou.

Gideon jogou, prestativa. Foi uma boa jogada — a falange passou a faixa no alto e conseguiu adentrar meio metro antes de se estilhaçar em partículas cinzas. O olhar de Harrow se fixou nos estilhaços: mais estacas pontudas e nós dos dedos surgiram através deles e definharam, antes mesmo de estarem completos — e mais ossos irromperam quando Harrow fechou o punho — e então mais nada. Não havia mais ossos.

— É tremendamente rápido — disse Dulcinea, admirada.

— Então é… — disse a adepta da Nona Casa —, e eu não estou exagerando, simplesmente impossível. Essa é a armadilha mortal mais eficiente que já vi. A senescência degrada tudo antes que possa cruzar, e o campo de entropia, sabe lá Deus como está aguentando, dispersa qualquer tentativa mágica de controlar a velocidade da degradação. Mas porque esse cômodo não colapsou? As paredes deveriam ter virado pó.

— O campo e o chão têm menos do que milímetros de distância. Talvez a Nona conseguiria fazer construtos muito, muito pequenininhos para passar por esse vão — disse a Sétima, solícita.

— A Nona Casa não pratica a arte de… construtos pequenininhos — disse Harrow, com o tom tão profundo quanto o oceano.

— Antes que pergunte, também não é um quebra-cabeça lateral — disse Dulcinea. — Não dá para passar pelo chão porque é de um aço sólido, e não dá para passar pelo teto porque também é aço sólido, e não há outro ponto de acesso. Palamedes Sextus estimou que é possível andar três segundos antes de morrer.

Harrow pareceu mais focada repentinamente.

— Sextus viu isso?

— Pedi a ele primeiro — disse Dulcinea —, e quando contei meu método, ele disse que jamais o faria. Achei isso fascinante. Adoraria conhecê-lo melhor.

Aquilo capturou cada partícula da atenção de Harrowhark Nonagesimus. Dulcinea jogou as suas muletas para Protesilaus distraidamente, e ele as pegou no ar como se nem precisasse pensar sobre o assunto, o que Gideon tinha que admitir que era maneiro. Ela sentou pesadamente nas escadas perto de Harrow e disse:

— Existe *um* jeito de fazer… e ele não faria isso. Sinto muito não ter mencionado isso antes, mas você foi minha segunda escolha. Se as Virgens Sombrias não cruzarem essa linha, não acho que mais ninguém o fará. E eu não posso, já que sou fisicamente incapaz de andar o caminho todo sem ajuda. Se eu desmaiar ou ficar tonta no meio do caminho, significa minha morte certa.

— E o que é — disse Harrow, numa voz que assinalava perigo —, que nem Palamedes Sextus faria?

— Ele não ceifa — disse Dulcinea.

Todo o rosto de Harrow se fechou.

— E eu também não — disse ela.

— Não estou me referindo a ceifar almas… Não é bem isso. Quando Mestre Octakiseron ceifa seu cavaleiro, ele manda a alma para outro lugar e explora o espaço que ela deixou para trás. O poder que avança para preencher o vazio continua se preenchendo, pelo tempo que os dois conseguem sobreviver. Você não precisaria *mandar* ninguém a algum lugar. Só que o campo de entropia sugará suas próprias reservas de thanergia assim que cruzar a linha, então precisa de outra fonte de poder desse lado da linha, onde o campo não pode atingi-lo. Entende?

— Não seja condescendente, Senhora Septimus. É claro que entendo. Entender um problema não é igual a implementar uma solução. Você deveria ter pedido para Octakiseron e sua veia humana.

— Eu provavelmente teria pedido — disse Dulcinea, sincera —, se Pro não o tivesse deixado com um olho roxo.

— Então, tecnicamente — disse Harrow, ácida como uma bateria —, somos sua terceira escolha.

— Bem, Abigail Pent era uma maga de espíritos muito talentosa — disse Dulcinea, e recuou assim que viu a expressão de Harrow. — Me perdoe! Só estou brincando! Não, acho que não teria pedido à Oitava, Reverenda Filha. Há algo frio e pálido e inflexível na Oitava. Eles poderiam ter completado isso com facilidade… talvez por isso. E agora Abigail Pent está morta. O que eu preciso fazer? Se você pedisse a Sextus por mim, você acha que ele o faria? Você parece conhecer ele melhor do que *eu*.

Harrow se ergueu das escadas. Ela não pareceu perceber que Dulcinea estava inclinada com seu rosto delicado parecendo absorver cada movimento, nem a expressão de inocência cuidadosamente estudada. Gideon estava sofrendo com sentimentos complicados por não ser o centro da atenção da Sétima.

Com um floreio das saias sombrias, Harrowhark se virou de novo em direção a escada, parecendo ver através de Dulcinea mais do que a encarando.

— Vamos dizer que eu concorde com sua teoria — disse ela. — Para manter thanergia o suficiente para as minhas égides dentro do campo, eu precisaria fixar um ponto de ceifa do lado de fora. A fonte mais razoável de thanergia seria... você.

— Não dá para mover thanergia de um lado para o outro dessa forma — disse a Sétima, com uma gentileza prudente. — Precisa ser vida ou morte... ou morte e um *tipo* de vida, como a Segunda faz. Precisaria pegar minha thalergia. — Ela ergueu uma mão pálida, e depois deixou que voltasse para o rosto, frágil como um avião de papel. — Eu? Eu poderia te levar até uns dez metros. Talvez.

— Suspendemos essa conversa — disse Harrowhark.

Harrow pegou Gideon com força pelo braço e praticamente a arrastou escada acima, para o saguão e de volta para o corredor. O som da porta se fechando atrás delas ecoou pelo corredor. Gideon se encontrou encarando uma Harrowhark Nonagesimus preparada, o capuz jogado para trás para revelar os olhos pretos ardentes e um rosto pintado de branco.

— "Avulsão" — disse ela, amarga. — Claro. Nav, eu vou ter que forçar a sua confiança de novo.

— Por que está tão determinada? — perguntou Gideon. — Sei que não está fazendo por causa de Dulcinea.

— Deixe que eu te explique. Eu não tenho nenhum interesse nos infortúnios de Septimus — disse Harrow. — A Sétima Casa não é nossa amiga. Você está perdendo a cabeça pela *Dulcinea*. E eu gosto ainda menos do cavaleiro dela...

— Enorme ofensa gratuita para cima do Protesilaus assim do nada — disse Gideon.

— Mas eu ainda assim terminaria o desafio que horrorizou Sextus. Não para ganhar, mas sim porque ele precisa aprender a encarar essas coisas de frente. Você sabe o que eu teria que fazer?

— Sei — disse Gideon. — Você vai sugar minha energia de vida para conseguir chegar à caixa do outro lado.

— Um resumo cru, mas sim. Como chegou a essa conclusão?

— Porque é algo que Palamedes não faria — disse ela —, e ele é perfeitamente trouxa por Camilla, a Sexta. Ok.

— O que isso quer dizer, "ok"...

— Quero dizer que ok, eu topo — disse Gideon, apesar de que a maior parte do seu cérebro estava tentando estraçalhar a parte do seu cérebro que tinha concordado. Ela chupou um pedaço úmido da maquiagem do lábio e tirou os óculos escuros, colocando-os no bolso. Agora ela podia olhar para Harrow diretamente. — Prefiro ser sua bateria do que sentir você vasculhando minha cabeça. Você quer meu suco? Eu te dou meu suco.

— Sob nenhuma circunstância eu jamais vou querer o seu *suco* — disse a sua necromante, a boca parecendo mais desesperada. — Nav, você não sabe exatamente o que isso está exigindo. Eu vou precisar te esgotar para conseguir chegar do outro lado. Se em algum momento você relutar contra mim, se você falhar em se submeter, eu morro. Eu nunca fiz isso antes. O processo vai ser imperfeito. Você vai sentir... dor.

— Como sabe?

— A Segunda Casa é famosa por fazer algo semelhante, só que em reverso — disse Harrowhark. — O dom dos necromantes da Segunda é drenar os seus oponentes à beira da morte para aumentar a força da sua cavaleira...

— Daora.

— Dizem que todos morrem aos gritos — disse Harrow.

— É bom saber que todas as outras Casas são esquisitas — disse Gideon.

— *Nav.*

— Ainda topo — disse ela.

Harrowhark mordeu a parte interna das bochechas com tanta violência que pareciam correr o risco de colapsarem. Ela juntou os dedos, apertou as pálpebras até fecharem. Quando falou de novo, a voz era muito calma e normal:

— Por quê?

— Provavelmente porque você pediu.

As pálpebras pesadas se abriram imediatamente, revelando írises negras nefastas.

— Só precisa disso, Griddle? É só isso que você exige? Esse é o mistério complexo que está no fundo do seu âmago?

Gideon colocou os óculos de volta no rosto, escondendo os sentimentos com as lentes.

— Essa foi a *única* coisa que eu sempre exigi — ela se viu dizendo, e depois, para conseguir se salvar, acrescentou o sufixo —, sua bundona.

Quando voltaram, Dulcinea ainda estava sentada nas escadas murmurando para o seu cavaleiro corpulento, que havia se abaixado e estava escutando tão silenciosamente quanto um microfone escuta o falante. Quando viu o par da Nona entrar de volta, ela cambaleou para se levantar — Protesilaus se erguendo com ela, em silêncio, oferecendo um braço para apoio — no mesmo momento que Harrowhark disse:

— Vamos fazer nossa tentativa.

— Vocês podem praticar, se quiserem — disse Dulcinea. — Não será fácil para você.

— Me pergunto por que você faz essa suposição. — disse Harrowhark.

Dulcinea sorriu.

— Não devia, não é? — perguntou ela. — Bem, o mínimo que posso fazer é cuidar de Gideon, a Nona, enquanto você atravessa.

Gideon não entendia o motivo pelo qual ela precisaria ser cuidada. Ela ficou de pé na frente das escadas se sentindo como um apêndice inútil, a mão no cabo da espada como se com pura força de vontade, ela ainda conseguiria utilizá-la. Parecia idiota ser uma cavaleira primária sem um uso maior do que uma bateria. A sua necromante ficou na frente dela com a mesma perplexidade, as mãos se contorcendo no colo como se não soubesse o que fazer com elas. Então ela passou uma mão enluvada ao redor do pescoço de Gideon, os dedos descansando onde a veia pulsava, e respirou impaciente.

No começo, não parecia nada. Além de Harrow tocar seu pescoço, que era uma viagem só de ida para a zona proibida. Só que era só Harrow, tocando seu pescoço. Ela sentiu o sangue pulsar pela artéria. Sentiu-se engolir, e a saliva descer onde a mão de Harrow estava apoiada. Talvez houve uma pequena estremecida, algo contorcendo perto do crânio, mas não era a pressão ou o choque que ela lembrava da Representação e Reação. Sua adepta deu um passo para trás, pensativa, os dedos flexionando na palma da mão.

E então ela atravessou a barreira, e *aí* veio o choque. Começou com a mandíbula de Gideon: estalos de dor estremecendo desde a mandíbula até os molares, a eletricidade parecendo estourar pelo couro cabeludo. Ela era Harrow, andando pela terra de ninguém; ela era Gideon, a cabeça estremecendo atrás da linha. Ela se sentou abruptamente nas escadas e não prestou nenhuma atenção em Dulcinea, que esticou o braço para tocá-la e depois recuou. Era como se Harrow tivesse amarrado uma corda em todos os receptores de dor e estivesse fazendo rapel para descer um penhasco enorme. Ela assistiu, com pouca clareza, à sua necromante dar um passo dolorosamente lento pela expansão vazia de metal. Havia uma névoa espessa ao redor dela. Demorou um segundo para Gideon perceber que o teorema estava devorando o manto preto de Harrow, distorcendo-o até virar pó em volta do corpo.

Outro relâmpago passou por sua cabeça. Seu instinto imediato foi rejeitá-lo, empurrar contra essa percepção de Harrow — a pressão excruciante — a sensação terrível de *perda* de uma transfusão de sangue. Luzes brilhantes dançaram por sua visão. Ela caiu para o lado e ficou pouco consciente da presença de Dulcinea, a cabeça dela apoiada na coxa magra de Dulcinea, os óculos escorregando pelo nariz e caindo no degrau. Ela viu Harrow andar como se contra o vento, embaçada por partículas pretas — e então começou a exalar enormes jatos de sangue. A visão dela ficou cinza e enevoada, e a respiração começou a falhar na garganta.

— Não — disse Dulcinea. — Ai, não, não, não. Fique acordada.

Gideon não conseguia dizer nada a não ser *bleeargh*, principalmente porque o sangue estava saindo com força de cada buraco do seu rosto. E então de repente *não estava* — estava secando, endurecendo, deixando-a com uma língua seca e árida. A dor se moveu para o coração e o massageou, lançando uma corrente elétrica pelo braço esquerdo e os dedos, a perna e os dedos dos pés. Era além da dor. Era como se as suas entranhas estivessem sendo sugadas por um canudo gigantesco. Em sua visão cada vez mais escura, ela viu Harrowhark, andando para longe, não mais coroada por fragmentos, mas emanando uma luz amarela radiante que piscava e a ameaçava ao redor dos tornozelos e ombros. Lágrimas encheram os olhos de Gideon, espontaneamente, e então se foram. Tudo ficou cinza e dourado, e depois, só cinza.

— Ah, Gideon — alguém estava dizendo. — Coitadinha.

A dor passou pela perna direita e para os dedos direitos, e então para sua medula e então fez um zigue-zague. Ela começou a arfar. Ainda havia pressão — a pressão de Harrow — e a sensação de que se ela empurrasse, se ela só fosse lá e desse um tapão, ela se livraria disso. Ela ficou muito tentada. Gideon estava com o tipo de dor onde a consciência havia desaparecido e só o instinto animal permanecia: dando coices, choramingando, estapeando e gritando. Jogar Harrowhark para fora, ou dormir, qualquer coisa para ter um alento. Se houvesse alguma sensação de que ela deveria tentar *segurar* a conexão, ela já a teria perdido. Gideon estava arrebatada pela forte sensação de queria simplesmente empurrar aquilo, e não se encolher num canto e gritar. Ela estava gritando? Merda, ela estava gritando.

— Está tudo bem — alguém estava dizendo por cima do barulho. — Você está bem. Gideon, Gideon... você é tão *jovem*. Não se doe assim. Sabe, não vale a pena... nada disso vale a pena, nada mesmo. É cruel. É tão cruel. Você é tão jovem, e vital, e viva. Gideon, você está bem... Lembre-se disso, e não deixe que ninguém faça isso de novo. Sinto muito. Nós tomamos tanto. Eu sinto muito, muito mesmo.

Ela se lembraria de cada palavra depois, em alto e bom som.

A testa e o rosto estavam sendo enxugados. Ela não registrava o toque. Tinha perdido o controle dos seus membros, e cada um estava se debatendo independentemente dos outros, uma massa de nervos e pânico. O cabelo dela estava sendo afagado, gentilmente, e ela não queria ser tocada, mas ela estava terrivelmente com medo de que se parasse, ela rolaria para dentro da câmara só para dissolver e acabar com tudo. Ela se apegou ao som da voz, e assim não enlouqueceu.

— Ela está quase lá — disse a voz. — Ela está na caixa... você consegue ver que tem um truque, Reverenda Filha? *Tem* um truque, não tem? Gideon, eu vou colocar minha mão na sua boca. Ela precisa pensar. — Uma mão ficou em cima da boca dela, e Gideon a mordeu. — Ai, que feroz. Lá vai ela... talvez pensaram que se fosse fácil obter, alguém poderia completar a demonstração de outro jeito. Precisa ser à prova de erros, Gideon... Eu sei disso. Queria que fosse eu. Eu queria estar lá. Ela abriu a caixa... Eu me pergunto... sim, ela conseguiu! Achei que ela iria quebrar a chave...

Segurada no colo frágil, Gideon não conseguia responder a não ser vomitando, engasgando ou implorando, silenciada apenas por uma mão magrela.

— Boa garota — disse a voz. — Ah, boa garota. Ela a pegou, Gideon! E eu estou com você... Gideon dos olhos dourados. Eu sinto muito. Isso é tudo minha culpa. Fique comigo — a voz disse, mais urgente —, fique comigo.

Gideon sentiu frio de repente. Algo havia mudado. Estava ficando mais difícil respirar a cada vez.

— Ela tropeçou — disse a voz, distante, e Gideon *puxou*, não contra a conexão, mas na direção dela. A dor que se seguiu foi tão intensa que ela ficou com medo de se mijar, mas o pico gélido sumiu. — Ela levantou... Gideon, Gideon, ela se levantou. Só um pouco mais. Querida, você está bem. Coitadinha...

Agora Gideon estava com medo. O corpo dela estava mole, embriagado, como se prestes a desmaiar, e era muito difícil ficar consciente. *Três segundos até você morrer,* Palamedes tinha calculado. Qualquer coisa que não fosse Harrow cruzando a linha faria com que toda a dor fosse em vão. A mão tocou seu rosto, sua boca, suas sobrancelhas, alisou as têmporas. Como se soubesse dos pensamentos apenas vendo seu rosto, a voz sussurrou:

— Não. É tão fácil morrer, Gideon, a Nona... você só deixa acontecer. É muito pior quando não acontece. Mas vamos lá, sua covarde. Agora não, e ainda não.

Era como se a pressão nos seus ouvidos estivesse estourando. A voz continuou, musical e distante:

— Gideon, sua criatura magnífica, continue... alimente-a... ela está quase chegando. Gideon? Gideon, abra os olhos. Continue firme. Fique comigo.

Demorou uma infinidade de segundos para que ela continuasse firme, para que abrisse os olhos. Quando os olhos abriram, Gideon ficou vagamente preocupada em descobrir que estava cega. Cores nadavam na sua vista, em uma mistura de tons abafados. Algo preto se moveu — demorou mais um momento para ela perceber que não estava se movendo muito rápido: *estava correndo*. Um pouco sobressaltada, Gideon percebeu que estava morrendo. As cores oscilaram na frente do rosto. O mundo girava, e então girou para outro lado, rodando sem propósito. O ar parou de entrar. Poderia ser tranquilo, exceto pelo fato de que era horrível.

Uma nova voz disse:

— Gideon? ... *Gideon*!

Quando ela abriu os olhos, houve um momento deslumbrante de clareza e nitidez. Harrow Nonagesimus estava ajoelhada ao lado dela, nua como no dia que nascera. O cabelo dela estava quase cinco centímetros mais curto, e as pontas dos cílios haviam desaparecido, e — ainda mais horripilante — ela não estava usando nenhuma maquiagem. Era como se tivessem passado um pano úmido quente para lavá-la. Sem a maquiagem, ela tinha um queixo pontudo, uma mandíbula fina, parecendo uma fuinha, com as maçãs do rosto proeminentes e uma testa grande. Havia uma pequena divisão no lábio superior do buço, que dava a aparência de um arco para a sua boca, que normalmente era dura e indômita. O mundo girou, mas principalmente porque Harrow estava sacudindo seus ombros.

— Ha, ha — disse Gideon. — É a primeira vez que você não me chama de *Griddle* —, e morreu.

✦ ✦ ✦

Bem, desmaiou. Mas parecia *muito* com morrer. Acordar tinha um certo ar de ressurreição, de ter passado o inverno como uma casca seca e voltar para o mundo como um brotinho verde. Um brotinho verde com problemas. O corpo inteiro dela parecia um nervo traumatizado. Ela estava deitada em um berço de braços magros e frágeis; ela olhou para cima e viu o rosto suave e cansado de Dulcinea, cujos olhos ainda eram os azuis de mirtilos. Quando ela viu que Gideon estava acordada, ela pareceu brilhar de volta para a vida.

— Sua bebezona — disse ela, e a beijou na testa sem nenhum constrangimento.

Harrowhark estava sentada no chão ao lado oposto. Ela estava embrulhada em uma dignidade fria e o manto de Gideon. Até mesmo os ossos nas orelhas haviam desaparecido, deixando buracos onde deviam estar.

— Senhora Septimus — disse ela —, tire as mãos da minha cavaleira. Nav, você consegue ficar em pé?

— Ah, Reverenda Filha, não... espere um minuto — Dulcinea implorou. — Pro, ajude-a. Não deixe ela se levantar sozinha.

— Não quero que você ou seu cavaleiro a toquem — disse Harrow. Gideon queria gritar "Nonagesimus, pare com essa bobagem sagrada das virgens sombrias", mas descobriu que ela não conseguia dizer *nada*. Sua boca era como uma esponja murcha. Sua adepta procurou algo nos bolsos do manto e pegou algumas lascas de ossos, o que fez com que Gideon pensasse que ela os *guardara* ali. — Novamente... tire as mãos dela.

Dulcinea ignorou Harrow completamente.

— Você foi incrível — ela disse a Gideon —, impressionante.

— Senhora Septimus — a outra necromante repetiu —, eu não pedirei uma terceira vez.

Gideon não conseguiu fazer nada melhor do que dar um joinha fraco na direção de Dulcinea. Dulcinea se desvencilhou, o que era uma pena; sua pele era calorosa, e a sala estava mais fria do que as tetas de dez freiras. Ela esticou a mão uma última vez para acariciar a testa de Gideon.

— Adorei o cabelo — sussurrou.

— Septimus — disse Harrow.

Dulcinea foi sentar de volta nas escadas. Gideon observou com um interesse vago conforme Harrow estalava os dedos e respirava fundo: sem nenhuma relutância, ela se abaixou e passou um dos braços de Gideon por seus ombros magrelos. Antes que Gideon nem sequer pudesse pensar *puta merda*, ela tinha sido erguida e os joelhos de Harrowhark estalaram sob o peso. Houve um momento horrível em que ela quis vomitar, um momento bom em que ela não quis, e um momento horrível de novo quando percebeu que só não tinha vomitado porque não podia.

— Reverenda Filha... — a Senhora da Sétima estava dizendo —, estou terrivelmente grata pelo que você acabou de fazer. Sinto muito pelo custo.

— Não se desculpe. Fizemos um acordo. Você terá a chave quando eu acabar.

— Mas Gideon...

— Não é da sua conta.

As mãos de Dulcinea descansaram no colo, e ela inclinou a cabeça.

— Entendo — disse ela, sorrindo, parecendo decepcionada.

Uma Harrow descalça continuou a grunhir enquanto tentava erguer Gideon pelo pequeno lance de escadas, arfando a cada degrau até chegar ao topo. Gideon só conseguia observar, tentando se forçar a ficar inteiramente consciente, espantada com a hostilidade do seu corpo. Tudo que ela conseguia fazer era não se soltar de Harrow. No topo das escadas, quando pararam, a Reverenda Filha virou para trás, buscando algo.

— Por que queria ser uma Lyctor? — disse ela abruptamente.

— Harrow, você não pode perguntar o porquê de alguém querer ser um Lyctor — Gideon resmungou, mas foi devidamente ignorada.

A mulher mais velha estava apoiada no braço de Protesilaus. Ela parecia extraordinariamente triste, e até mesmo arrependida. Quando ela encontrou os olhos de Gideon, um pequeno sorriso surgiu nos cantos da boca, e depois se foi.

Por fim, ela disse:

— Eu não queria morrer.

Voltar pelo saguão frio e pelo corredor foi ruim: Gideon teve que se desvencilhar de Harrow e descansar a bochecha no metal frio ao lado da porta. A sua necromante aguardou pacientemente de maneira pouco característica até que ela pudesse recuperar mais um pouco da consciência, e então cambalearam adiante — Gideon embriagada, Harrow retraindo os pés descalços da malha de aço.

— Não precisava ter sido uma cuzona — ela se ouviu dizendo, a língua pesada. — Eu gosto dela.

— *Eu* não gosto dela — disse Harrowhark. — Não gosto do cavaleiro dela.

— Eu ainda não entendo o porquê de estar tão revoltada com o que basicamente é um grande pedaço de carne em forma humana. Você pegou a chave?

A chave apareceu na outra mão de Harrow, de um branco prateado brilhante, simples e rígida, com um único aro para a cabeça e três pinos simples na haste.

— Legal — disse Gideon. Ela procurou em um bolso interno e encontrou o chaveiro, e a chave deslizou ao lado da chave da escotilha e a vermelha da Reação com um tilintar musical oco. Então ela disse: — Sinto muito pelas roupas derretidas.

— Nav — disse Harrow, com a calma deliberada de alguém que está prestes a gritar —, fique quieta. Você não... você não está bem. Eu subestimei quanto tempo levaria. O campo era *impiedoso,* muito mais do que Septimus disse. Começou a arrancar a umidade dos meus olhos e precisei refinar o processo no improviso.

— E nessa altura já tinha comido a sua calcinha — disse Gideon.

— *Nav.*

— Eu acabei de ter uma experiência de quase morte — disse ela —, me deixe aproveitar.

Como elas conseguiram subir a escada, Gideon não fazia ideia. Foi com uma precisão estranha e sonhadora que Harrowhark a tinha provocado e encorajado pelos corredores compridos da Casa de Canaan até os aposentos que a Nona ocupava, sem sequer usar magia, Harrow sem vestir nada além de um manto preto pesado. De vez em quando Gideon pensava se *de fato* tinha batido as botas e essa era a vida após a morte: perambular por corredores vazios com uma Harrowhark Nonagesimus seminua e repreendida, que não tinha alternativa a não ser gentil com ela, cuidando de Gideon como se ela fosse explodir em pequenos pedaços de confete molhado a qualquer momento.

Ela até mesmo permitiu que Harrow a guiasse para os cobertores que eram a sua cama. Gideon estava exausta demais para fazer qualquer coisa a não ser deitar e espirrou três vezes seguidas, cada espirro uma enxaqueca que passava da cavidade nasal até o crânio.

— Pare de me olhar assim — comandou ela eventualmente à Harrow, limpando o sangue nojento com o lenço. — Eu estou viva.

— Quase não estava — disse Harrow, séria —, e nem sequer está incomodada com isso. Não deixe sua vida assim tão barata, Griddle. Eu não tenho nenhum interesse em você perder seu senso de preservação. Para *que* são todos esses teoremas? — ela explodiu de repente. — O que ganhamos com isso? Qual foi o propósito? Eu deveria ter ido embora, igual Sextus, mas eu nem posso me dar ao luxo disso! Preciso me tornar uma Lyctor *agora*, antes que…

Ela engoliu o resto da frase como quem engole a carne junto com um osso. Gideon esperou o que vinha depois de *que*, mas nada mais se seguiu. Ela fechou os olhos e esperou, mas os abriu de novo quando entrou em pânico e percebeu que tinha esquecido quanto tempo fazia desde que os tinha fechado. Harrowhark continuava sentada ao lado dela com a mesma expressão curiosa no seu rosto sem maquiagem, não parecendo em nada com ela mesma.

— Descanse um pouco — disse, imperiosa.

Pela primeira vez, Gideon a obedeceu sem remorso.

21

Quando Gideon acordou mais tarde, Dominicus havia deixado o quarto molhado e alaranjado com a luz do entardecer. Ela estava com dor de tanta fome. Quanto ela se virou, foi agredida por uma série de bilhetinhos cada vez mais agressivos.

> Eu peguei as chaves e fui examinar o novo laboratório. NÃO VENHA me encontrar.

Isso era muito injusto, mesmo que as maravilhas trancadas atrás de uma porta Lyctoral só pudessem ser aproveitadas por alguém obcecado com teoremas necromânticos, mas mesmo assim…

> NÃO DEIXE os seus aposentos. Vou pedir a Sextus para dar uma olhada em você.

Voluntariamente pedir algo a Sextus? Harrow deveria ter tomado um susto e tanto. Gideon checou o seu batimento cardíaco por impulso, caso ela ainda estivesse morta.

> NÃO VÁ a lugar nenhum. Deixei um pouco de pão para você na gaveta.

Humm, delícia.

> "Lugar nenhum" neste caso é definido como deixar os aposentos para ir a qualquer lugar na Casa de Canaan, algo que você está proibida de fazer.

— Não vou comer sua comida nojenta da gaveta — disse Gideon, e saiu da cama.

Ela se sentia horrível — como se não tivesse dormido há dias e dias — e então lembrou que de fato não tinha, com exceção de ontem à noite. Sentiu-se fraca como um filhote de gato. Precisou de toda a sua força para chegar ao banheiro, lavar a escabrosa maquiagem do rosto, e beber a água da torneira como um animal. O espelho refletia uma garota extenuada cujo sangue provavelmente mais parecia suco de fruta, com anemia chegando até os ouvidos. Penteou o cabelo com os dedos, e pensou em Dulcinea, e por alguma razão, corou profundamente.

A água ajudou. O pão na gaveta — que ela comeu, esfomeada, como uma assombração — não a fortaleceu. Gideon procurou em seus bolsos só em caso de ter deixado algo ali — uma maçã, ou algumas nozes — e ficou assustada quando encontrou o pedaço do bilhete, e depois se perguntou porque tinha ficado assustada. A memória a alcançou alguns segundos depois, retardatária: o pedaço de bilhete ainda estava ali, e o bilhete estava ali *esse tempo todo*, então havia uma possibilidade inerente horripilante.

Houve uma batida na porta. Perplexa, sem maquiagem e faminta, ela abriu. Perplexa, cansada e impaciente, Camilla, a Sexta a encarou de volta.

Ela suspirou, obviamente já cansada das bobagens de Gideon, e ergueu uma mão com três dedos dobrados.

— Quantos dedos? — perguntou ela.

Gideon piscou.

— Quantos estão dobrados ou quantos está mostrando, e eu preciso contar o dedão também?

— A visão está ótima — disse Camilla para si mesma, e recolheu a mão. Ela invadiu o quarto como se tivesse permissão, e deixou no chão uma mala com um baque pesado, ajoelhando-se para vasculhar o conteúdo. — Linguagem está bem. Onde estamos? Por que estamos aqui? Qual é o seu nome?

— Qual é o nome da sua *mãe* — disse Gideon. — Por que você está aqui?

A cavaleira compacta vestida de cinza da Sexta nem sequer olhou para cima com essa pergunta. Era interessante ver ela na luz: o cabelo fino castanho era cortado reto abaixo do queixo, dando a impressão de tesouras afiadas. Ela olhou para Gideon sem parecer muito incomodada.

— Sua necromante falou com o meu necromante — disse ela. — Meu necromante disse que você deveria ser um cadáver. Você está respirando?

— Sim?

— Está saindo sangue? Na urina?

— Olha, essa conversa é tudo que eu sempre sonhei — disse Gideon —, mas eu estou bem. H... Minha necromante está exagerando. — Isso, enfim, pareceu compadecer Camilla, cujo olhar se suavizou com o entendimento de alguém cujo necromante também era suscetível a graves exageros. — Só estou com fome. Eu pareço ou não pareço completamente normal para você?

— Parece — disse Camilla, que havia puxado um objeto de vidro em forma de bulbo extremamente perturbador da mala. — É isso que me preocupa. O Mestre disse que você deveria estar em coma. Pegue isso.

O bulbo, graças a Deus, ia à boca. Um outro foi colocado debaixo do braço. Gideon se submeteu a esse tratamento porque ela já tinha enfrentado Camilla, a Sexta, anteriormente e nutria por ela um medo saudável. A outra cavaleira olhou para os seus dedões e para os dedos da mão, e dentro dos ouvidos. Tudo que ela encontrou — e ainda a medição do seu pulso, que a cavaleira mediu cuidadosamente — foi escrito em um caderno grosso com um lápis de grafite pequeno. Esses números foram avaliados com todo o zelo, e então Camilla sacudiu a cabeça.

— Você está bem — disse ela. — Não deveria. Mas está.

— Por que Sextus não quis fazer o teorema? — disse Gideon, sem rodeios.

As ferramentas foram limpas e colocadas de volta na mala. Por um instante, a cavaleira não respondeu. Então empurrou para trás uma mecha do cabelo, revelando o rosto oval e sério, e disse:

— Mestre fez os cálculos. Eu e ele teríamos... completado, mas com ressalvas.

— Ressalvas tipo?

— Meu dano cerebral permanente — disse Camilla, direta —, se ele não conseguisse fazer de primeira.

— Mas eu estou saudável.

— Não disse que seu cérebro estava.

— Vou entender isso como uma piada extremamente inteligente e quero deixar claro que eu ri — disse Gideon. — Ei... Septimus disse que a Oitava poderia ter feito tudo com facilidade.

— A Oitava não treina cavaleiros — disse Camilla, ainda mais direta do que antes. — A Oitava cria baterias. Um correspondente genético para o seu necromante. Ele acessa o seu cavaleiro desde que era uma criança. A Oitava provavelmente *tem* dano cerebral. Não é o cérebro dele que precisam. E a Senhora Septimus... é propensa demais a acreditar em contos de fadas. O de sempre.

Esse provavelmente era o discurso mais longo que ela já tinha ouvido Camilla fazer, e Gideon estava profundamente interessada.

— Vocês são amigas?

O olhar em resposta não era exatamente seco, mas *teria* sugado toda a umidade da pessoa a quem fora direcionado.

— A Senhora Septimus e eu nunca nos conhecemos — disse Camilla. — Olha, você deveria comer.

Isso foi um convite. Camilla — obviamente acostumada a ser uma cavaleira de toda obra — a ajudou a colocar a rapieira, e esperou conforme Gideon colocava uma camada superficial de maquiagem. Ela não teria sido aprovada para entrar na missa nem com uma freira com um glaucoma num quarto escuro, mas dava para o gasto. Ela não precisou exatamente se apoiar no braço de Camilla, mas de vez em quando recebia um aperto brusco no ombro para que conseguisse ficar em pé. Elas ficaram em um silêncio mútuo e agradável, e o pôr do sol parecia derramar pelas janelas e buracos da Casa da Primeira, fazendo poças de vermelho e laranja diante delas.

De vez em quando, um esqueleto vestido de branco cruzava o caminho delas, balançando os braços, caminhando alegremente. Cada vez que uma figura ossuda aparecia de um canto ou tinia por uma porta, Gideon notava os dedos de Camilla fecharem ao redor da rapieira por reflexo. Quando finalmente pararam na porta do salão de jantar, a cavaleira da Sexta parou como um picanço à espreita: havia vozes saindo de lá.

— Princesa *Ianthe* tem uma. Não é a mesma coisa — alguém estava dizendo.

Uma silhueta alta e dourada estava em pé diante das mesas, o cabelo cor de açafrão sem pentear e os olhos embargados de sono. As roupas pareciam amassadas, como se tivesse dormido com elas. Coronabeth ainda assim estava magnífica.

Ela estava falando com Professor, que estava sentado em uma das mesas cumpridas — Palamedes estava sentado ao lado dele com uma refeição intocada e um pedaço de papel tão gasto de escrita que tinha buracos, e a tensão latente que rodeava Camilla pareceu entrar em erupção. Os ombros relaxaram, só um pouco.

— Ah, ah, isso também não é correto — disse Professor gentilmente. — O dono é Naberius, o Terceiro. Se está sob custódia da Princesa Ianthe... bem, ainda é dele. Uma chave para a Terceira Casa, e só uma, sinto dizer.

— Então a chave da Quinta deveria ser dada a mim. Magnus não se importa... não teria se importado.

— Magnus, o Quinto, me pediu a própria chave para as instalações, e eu não sei onde está — disse Professor.

Banhada pela luz alaranjada radiante do pôr do sol filtrado pelas grandes janelas do teto, Corona mais parecia com um rei em luto: seu lindo queixo e os ombros estavam erguidos de maneira desafiadora, e a boca era dura e tão sem remorso quanto vidro. Os olhos violetas pareciam como se ela estivesse chorando, mas talvez só de raiva.

A cadeira de Palamedes fez um estardalhaço quando ele se levantou, dizendo cordialmente para a visão:

— Princesa, se quiser, eu a escoltarei até as instalações agora mesmo.

Gideon ouviu o "mas não vai mesmo" baixinho vindo de Camilla.

Mais cadeiras se arrastaram pelo chão de ladrilho. Gideon não tinha notado a dupla da Segunda Casa na mesa mais distante, bebendo café quente com a mesma aparência de sempre, como se tivessem elegantemente acabado de sair das páginas de uma revista militar. A Capitã Deuteros disse:

— Estou surpresa que o Protetor-mestre da Sexta Casa quebraria o pacto dessa forma. Você mesmo disse que isso não poderia ser resolvido em grupo.

— E eu estava certo, Capitã — disse Palamedes —, mas isso não faz mal nenhum.

Coronabeth havia atravessado a sala na direção de Palamedes, e apesar de ele ser alto, ela ainda estava a meia cabeça acima dele, e uma cabeça inteira se contasse o cabelo. Camilla havia se esgueirado pelo salão para ficar meio passo atrás do seu necromante, e Gideon se arrastou impotente atrás, mas a Terceira não estava pensando em guerra. Corona não estava sorrindo, mas a boca era uma linha franca e ávida, e ela encostou a mão no ombro dele.

— Faça isso por mim — disse ela —, e a Terceira Casa deverá um favor para a Sexta. Me ajude a obter as mesmas chaves que minha irmã, e a Terceira Casa ficará de joelhos pela Sexta.

— Que inofensivo — disse a Capitã Deuteros, friamente.

— Princesa — disse Palamedes, que teve que piscar seus olhos cinzentos frente a esse assédio —, eu não posso. O que você está me pedindo é impossível.

— Estou falando sério. Riquezas, prêmios militares, *material de pesquisa* — disse ela, determinada a invadir o espaço pessoal de Palamedes. Gideon estava impressionada com a Sexta a essa altura, porque se estivesse recebendo o mesmo tipo de tratamento estaria respirando com tanta força que teria desmaiado. — Os agradecimentos da Terceira serão tão graciosos quanto você precisar que sejam.

— Corona, isso é suborno. A Segunda não vai permitir, e a Sexta é esperta demais para cair nessa.

— Ah, cale a *boca*, Judith — disse ela. — Sua Casa ofereceria subornos num piscar de olhos se vocês tivessem algum dinheiro.

— Você insulta a Segunda — disse Judith, devagar.

— Não jogue a luva na minha direção — falou Corona —, porque Naberius vai achar que é um presente de aniversário adiantado. Sexta, acredite em mim, eu posso dar o que quiser.

— Não é que eu não queira o que está oferecendo. É que o que está pedindo é impossível — disse Palamedes, com um toque de impaciência na sua voz. — Você *não pode* ter as chaves que a sua irmã tem. Cada chave é única. Francamente, só tem uma ou duas restantes em toda a Casa de Canaan que ainda não foram reivindicadas.

A sala ficou em silêncio. Os rostos plácidos da Segunda congelaram. Corona ficou imóvel. O rosto da própria Gideon devia estar fazendo alguma coisa, porque o necromante espigado da Sexta olhou para ela, e depois olhou para a Segunda.

— Vocês devem ter percebido isso — disse ele.

Gideon se perguntou o porquê de ela não ter percebido isso, o porquê de ter presumido que talvez houvesse uma infinidade de chaves, ou o suficiente para cada um pudesse ter um conjunto completo. Ela se sentou na cadeira mais próxima na mesa mais próxima, contando as chaves mentalmente — a chave vermelha e a branca que Harrow e ela tinham ganhado, essa última dividida com Dulcinea. Depois de olhar mais uma vez para o rosto de todo mundo, Palamedes disse, mais irascível:

— Vocês *devem* ter percebido isso.

A mão dourada não havia saído do seu ombro, e em vez disso, fechou no tecido da sua camiseta.

— Mas isso significa... significa que o desafio *precisa* ser em grupo — disse Corona, franzindo o cenho lindamente. — Se todos recebemos um pedaço do quebra-cabeça, a recusa em dividir o conhecimento significa que ninguém pode resolvê-lo. Precisamos juntar todo mundo, ou ninguém de nós vai ser um Lyctor. Tem que ser isso, não tem, Professor?

Professor estava sentado com sua xícara de chá como se estivesse aproveitando a temperatura, inalando o vapor aromático.

— Não há regras — disse ele.

— Dizendo para não cooperarmos?

— Não — disse Professor. — O que eu quero dizer é que não há regras. Vocês podem cooperar. Podem contar tudo uns aos outros. Podem não falar nada. Podem dividir todas as chaves e todo o conhecimento. Eu dei a vocês uma única regra, e não há outras. Algumas levarão mais rapidamente ao Lyctordócio. Outras podem tornar o caminho mais difícil de traçar.

— Ainda estamos sob a lei Imperial — disse Marta, a Segunda.

— Ainda somos comandados pela lei Imperial — concordou sua necromante, que agora parecia duvidar um pouco. — Regras existem. Como eu disse antes, a Primeira Casa está sob jurisdição da Coorte.

— De onde vocês tiraram *essa* ideia, eu não sei — disse Professor, ácido, e era a primeira vez que Gideon o ouvia repreendendo alguém. — Estamos em um espaço sagrado. A lei Imperial é baseada no escrito do Imperador, e aqui o Imperador é a única lei. Não há escrita, e não há interpretação. Eu transmiti sua única regra. Não há outras.

— Mas as leis naturais... leis contra assassinato e roubo. O que previne que nós roubemos a chave uns dos outros mediante intimidação, suborno ou trapaça? O que impede alguém de esperar que outro necromante e seu cavaleiro consigam um número alto de chaves, e tirar as chaves deles à força?

— Nada — disse Professor.

Coronabeth finalmente tinha retraído a mão do ombro de Palamedes. Ela olhou para a Segunda Casa — uma compreensão sombria estava recaindo sobre o rosto da Capitã Deuteros, e o rosto da Tenente Dyas inescrutável como sempre — e então ela olhou para Palamedes, cuja expressão era a de um soldado que havia acabado de ser chamado para o fronte. Havia um escudo inegável na sua boca e olhos.

— Ianthe precisa saber — murmurou Coronabeth, e saiu da sala. A saída dela foi um pouco como um eclipse: o sol da tarde pareceu sumir com ela, e as luzes elétricas vibraram para acender quando ela passou.

Em um ato banal quase imperdoável, um esqueleto de cinto branco apareceu da cozinha com dois pratos quentes de carne cozida e vegetais. Um deles foi colocado na frente de Gideon, que lembrou que estava faminta. Ela ignorou o garfo e a faca que o esqueleto havia cuidadosamente colocado ao lado do prato, tão educado quanto qualquer pessoa, e começou a enfiar comida na boca com as mãos.

Professor ainda estava segurando a xícara com as mãos, sua expressão mais decidida do que preocupada: serena demais para se afligir, mas ainda pensativo, e um pouco lamentável.

— Professor — disse Palamedes —, quando Magnus, o Quinto, pediu pela chave das instalações?

— Bem, na noite em que ele morreu — disse Professor. — Ele e a pequena Jeannemary. Depois do jantar. Ela não pegou a dela. Magnus me pediu para segurá-la... por questão de segurança. Ela não ficou feliz. Achei que talvez a Quarta viria me pedir hoje. Mas até aí... se eu pudesse impedir que aquelas duas crianças chegassem perto daquele lugar, eu as impediria.

Ele olhou para cima através da claraboia para o crepúsculo avançado, o vapor do seu chá sumindo lentamente.

— Ah, Imperador das Nove Casas — disse ele para a noite —, Necrolorde Primordial, Deus que se tornou homem, e homem que se tornou Deus, nós o amamos durante esses longos dias. Os dezesseis se doaram livremente para você. Senhor, não deixe que nada aconteça que você não tenha previsto.

Houve um ruído alto das tigelas. Era a Segunda, que em vez de se sentarem novamente, recolheram seus talheres e empurraram suas cadeiras. Foram embora em um silêncio tenso, uma atrás da outra, sem sequer olhar para aqueles que ficaram. Camilla se sentou do lado oposto de Gideon enquanto os esqueletos colocavam o segundo prato de comida na frente dela, e usou o garfo e a faca, mas não com muita elegância.

O necromante da Sexta estava esfregando suas têmporas. Sua cavaleira olhou para ele, e ele comeu algumas mordidas da carne e dos vegetais, mas ele finalmente parou de fingir e deixou seu garfo de lado.

— Cam — disse ele. — Nona. Quando acabarem, venham comigo.

Não demorou muito para Gideon acabar, já que ela não tinha se importado muito em mastigar. Ela encarou com olhos vidrados o prato de Camilla, a Sexta — Camilla, que havia acabado a maior parte, revirou os olhos e entregou as sobras para Gideon. Esse foi o ato pelo qual Gideon seria grata à Camilla para sempre. Então, as duas seguiram um Palamedes de ombros endurecidos conforme passaram pela porta que a Segunda acabara de usar, passando por um corredor e um pequeno lance de escadas, virando uma roleta em uma porta de ferro, o vidro da porta embaçado pelo frio.

Parecia ser o lugar onde os sacerdotes guardavam qualquer coisa perecível. Uma fileira de peixes congelados com olhos vazios, escamas e rabos intactos, estavam pendurados como roupa em um varal acima de bancadas de aço, deixando Gideon espantada com a realidade do que ela estava comendo. Algumas carnes ainda mais estranhas estavam estocadas em nichos do outro lado do cômodo, com datas de validade escritas em uma caligrafia recurva. Um ventilador preenchia a área com um ar frio de doer os ossos enquanto Gideon se embrulhou ainda mais no manto pesado. Barris estavam alinhados em uma das outras paredes: vegetais frescos, que acabaram de ser colhidos para o jantar, estavam em uma bancada de granito. Um esqueleto guardava, dentro de uma caixa, rodas de uma substância branca embrulhadas em linho. Uma porta levava para longe do congelador — a porta se abriu, e a Segunda emergiu. Elas não pareciam felizes ao ver os recém-chegados.

— Você é um tolo, Sextus — disse Capitã Deuteros, pesadamente.

— Eu não mereço isso — disse Palamedes. — Foi você quem não descobriu nada pela segunda vez.

— A Sexta é bem-vinda a obter sucesso onde a Segunda falhou. — Ela ajustou as luvas já perfeitas em uma suavidade invisível e sem rugas ainda maior, e flocos de gelo caíram sobre a sua cabeleira trançada. — A comunidade precisa que isso seja encerrado — disse ela. — Precisa que alguém esteja no comando, que acabe, e que todos sejam devolvidos inteiros. Você consideraria trabalhar comigo?

— Não — disse Palamedes.

— Não vou te subornar com serviços e bens. Estou te pedindo para escolher estabilidade.

— Não posso ser subornado com serviços e bens — disse Palamedes —, mas também não posso ser subornado com banalidades morais. Minha consciência não permite que eu ajude ninguém a completar essa jornada em que todos embarcamos.

— Você não entende...

— Capitã, que Deus te ajude quando você entender — disse Palamedes, selvagem. — Meu único consolo é que você não poderá colocar a responsabilidade nas minhas costas.

A necromante da Coorte fechou os olhos e pareceu lentamente contar até cinco. Então disse:

— Não estou interessada em enigmas ou ameaças veladas. Responderá honestamente se eu perguntar quantas chaves você tem?

— Seria um tolo em responder — disse ele —, mas garanto que tenho menos o que pensa que eu tenho. Eu não sou o único que vim aqui querendo ser um Lyctor, Capitã. Você só é devagar demais para entender.

Os dedos da Tenente Dyas se fecharam lenta e deliberadamente no cabo da sua rapieira funcional. Os dedos de Camilla já estavam na dela, e a outra mão estava no cabo que ela mantinha no quadril esquerdo, o punho da adaga sem adornos. Gideon, que acabara de comer uma janta e mais um quarto, se sentia inteiramente despreparada para o que estava prestes a acontecer. Ela ficou aliviada quando a necromante da Segunda disse:

— Deixem. A sorte está lançada.

Com isso, as duas mulheres foram embora.

Palamedes levou as outras duas cavaleiras através da porta discreta para outro quarto discreto além do refrigerador. Essa sala continha prateleiras enormes em um dos lados, arrumadas uma em cima das outras, e algumas mesas com rodinhas com a borracha descascando em tiras estavam estacionadas num canto. Essas mesas eram altas e compridas o bastante para caber uma pessoa inteira, deitada. Era o necrotério, apesar de Gideon não conseguir imaginar um necrotério mais impessoal e inexpressivo do que esse.

— Há quanto tempo sabe sobre as chaves? — Gideon perguntou.

— Tempo o bastante — disse Palamedes, enganchando os dedos debaixo de uma das gavetas do necrotério. — Nonagesimus confirmou comigo depois que a Quinta morreu. Sim, eu sei que você sabia das chaves esse tempo todo.

Ah, bacana! Harrowhark tinha contado tudo para *Palamedes Sextus* e não incluiu Gideon. Ela ficou brava, depois carente, e depois ficou brava de novo. Era como estar com calor e frio ao mesmo tempo. Sem se importar com ela, o necromante da Sexta continuou:

— Falei sério mais cedo, porém. Há poucas chaves sobrando. Vão jogar as fezes no ventilador a partir de agora. Cam, você trouxe a caixa?

— O que você quer *dizer*? — Gideon disse.

Camilla deixara a mala pesada do lado do necromante, e estava remexendo nela com uma mão, puxando uma prateleira atrás da outra. As estruturas bem cuidadas produziram um corpo coberto por um lençol branco fino, os pés aparecendo primeiro. Palamedes puxou o lençol dos pés até o abdome e começou cuidadosamente tatear as pernas através das roupas. Era Magnus, e ele não tinha melhorado desde a última vez em que Gideon o viu. Ela se arrependeu de novo de ter comido uma janta e meia.

— Veja desta forma — disse ele, eventualmente, apalpando o quadril. — Até agora, pressupus que todos estavam sendo extraordinariamente educados. Se o método inicial de obter as chaves era inteligência e trabalho duro, o que vai acontecer a partir de agora é o que você acabou de ver, tentativas ríspidas de formar alianças, ou pior. Por que acha que a Oitava arrumou uma briga com a Sétima?

— Porque ele é um babaca esquisitão — disse Gideon.

— Uma descrição intrigante — disse Palamedes —, mas apesar de ele *ser* um babaca esquisitão, Dulcinea Septimus tem duas chaves. Silas a escolheu como alvo.

Isso estava ficando irreal demais: uma matemática estranha que ela nem sequer tinha feito. Ela ainda era da Nona o suficiente para ficar de boca fechada. Em vez disso, disse:

— Sem ofensas, mas o que diabos você está fazendo?

Ele tinha colocado o dedo em uma geleia de dentro de um pote que Camilla havia produzido. Ele estava esfregando isso, bizarramente, no anel dourado que era a aliança de casamento de Magnus Quinn. Com um pincel de graxa, ele fez duas marcas acima e abaixo do círculo de metal, e então colocou a mão por cima como se estivesse segurando uma chama. Palamedes fechou os olhos, e depois de uma pausa carregada, vapor começou a subir de seus nós dos dedos.

Imediatamente, ele murmurou irritado para si mesmo e retirou a mão. Dessa vez, a graxa foi pintada embaixo do anel, e ele começou a tirá-lo cuidadosamente do dedo morto e triste.

— Preciso de mais contato — disse ele para sua cavaleira. — Isso tocou o chaveiro, mas está muito emaranhado. — E, para Gideon: — Vejo que nossa reputação não nos precede. A thanergia se prende a muito mais do que o corpo, Nona. A psicometria pode rastrear a thanergia que permaneceu em objetos, quando você faz isso logo e quando há uma associação forte. Me passe a tesoura, vou pegar alguns dos bolsos.

— O que você está...

— O *chaveiro* de Quinn, Nona — disse Palamedes, como se as perguntas dela fossem extremamente óbvias. — Não havia nada nos corpos ontem. A Segunda veio dar uma olhada, mas elas não têm meus recursos.

— Ou isso, ou elas roubaram as evidências — disse sua cavaleira, sombria.

— Não é o estilo delas — retrucou o necromante. — Enfim, se eu não consegui encontrar nada depois do exame de ontem, elas também não iriam.

— Não seja arrogante, Mestre.

— Não sou. Mas tenho quase certeza.

— Mas... espere um pouco — disse Gideon. — Magnus tinha acabado de pegar a chave naquela noite. Você sabe disso. Ele nem sequer chegou aos laboratórios. Ele só tinha a chave da escotilha. Quem pegaria isso?

— É exatamente o que eu quero saber — disse Palamedes. Ele colocou a aliança em um saco pequeno branco que Camilla estava segurando aberto, e então pegou um par de tesouras e começou a cortar a calça do defunto. — Seu voto de silêncio é convenientemente variável, Nona. Fico muito feliz.

— Eu sou variavelmente penitente. Ei, você deveria estar falando com Nonagesimus.

— Se eu quisesse falar com Nonagesimus, eu falaria com Nonagesimus — disse ele —, ou falaria com uma parede, porque, honestamente, sua necromante é um clichê ambulante da Nona Casa. Você não é tão ruim.

Palamedes olhou para ela. Os olhos dele eram realmente extraordinários: como uma pedra de mármore, ou uma atmosfera profunda. Ele limpou a garganta, e disse:

— O que você seria capaz de fazer pela Senhora Septimus?

Gideon ficou feliz de estar maquiada. Ela perdeu o equilíbrio, sem saber o que fazer.

— Er... ela é... gentil comigo — ela disse. — Qual o seu interesse na Senhora Septimus?

— Ela... foi gentil comigo — respondeu Palamedes. Eles se encararam com o tipo de cansaço misturado com uma suspeita envergonhada, tentando rodear o assunto que parecia juvenil e terrível. — A Oitava é tanto determinada quanto perigosa.

— Protesilaus, o Sétimo, é desconfortavelmente fortão. Ela não está sozinha.

— Ele é um serviçal glorificado — disse Camila. — A mão nunca está na rapieira. O primeiro instinto é dar um soco, e ele se move como um sonâmbulo.

— Só fique de testemunha — disse Palamedes. — Só... cuide dela.

A tesoura fez o caminho enquanto cortava pequenos pedaços de tecido que eram acrescentados ao saco de linho. Com mais reverência do que ela o teria dado crédito — ele havia acabado de fazer uma massagem invasiva num defunto e roubado suas joias — Palamedes esticou o lençol suavemente em cima do abdome e pernas de Magnus, o Quinto. Ele disse, gentil:

— Vamos resolver isso, só nos dê um tempo.

Gideon percebeu que ele estava falando com o corpo.

De repente, ela queria muito ouvir uma das piadas horríveis da Quinta, só porque seria revigorante retornar o status quo. Ela precisava ir embora — a mão estava já na maçaneta — mas algo a fez voltar o olhar para trás e dizer:

— O que aconteceu com eles, Sextus?

— Trauma violento da cabeça e do corpo — disse ele. Por um momento, ele hesitou, e então olhou para ela com seus olhos afiados como laser. — O que eu sei é que... não foi só uma queda.

— Mestre — a cavaleira disse baixo, em tom de aviso.

— De que adianta o silêncio agora? — respondeu ele. E então, para Gideon: — As feridas continham fragmentos de ossos extraordinariamente pequenos. Os fragmentos não são homogêneos, e são amostras de fontes ósseas diferentes, o que indica que...

A indicação foi interrompida por um som pequeno vindo da porta. O barulho dos esqueletos embrulhando coisas havia desaparecido há tempos, e esse era o barulho da roleta da porta sendo girada em silêncio. Gideon abriu a porta para o refrigerador, e Camilla adentrou com a adaga erguida: a barra de um manto estava escapando através da porta da roleta, que tinha sido deixada aberta na fuga apressada. Gideon e Palamedes ficaram em pé, olhando para a porta que rangia tristemente no ar frio. A barra do manto era bordada de azul, e os passos que corriam eram do tamanho de uns adolescentes ruinzinhos.

— Coitados — disse Gideon, que era um total de quatro anos mais velha.

— Você acha? — disse Palamedes, surpreendendo-a. — Eu não. Eu me pergunto o quão perigosos eles realmente são.

22

NAQUELA NOITE, HARROWHARK ainda não tinha retornado. Gideon ficou ocupada tentando recuperar os exercícios de treinamento, frustrada com os músculos doloridos, que queriam desistir depois das primeiras cem flexões. Ela ficou bastante tempo fazendo seus treinamentos solo — a ladainha automática do punho e guarda, flexionando a mão em posições enquanto encarava a noite que caía através da janela — e então, certa de que Harrow não voltaria, pegou o montante e fez tudo de novo. Ter as duas mãos no punho era exatamente o que Aiglamene havia falado para ela não fazer, mas parecia tão bom que no fim das contas ela estava tão feliz quanto uma criança.

Harrow não voltou. Gideon já estava acostumada com isso. Tomada de uma coragem experimental repentina, ela encheu a banheira estranha com o líquido quente. Quando nada pareceu pular das profundezas, Gideon ficou sentada ali com a água indo até o queixo. Era incrível — a coisa mais estranha que já tinha experimentado na vida, como ser sustentada por uma corrente quente, como ser fervida lentamente — e ela se preocupou, irracionalmente, se a água poderia entrar nela e fazê-la ficar doente. Toda a maquiagem saiu e flutuou como manchas sujas na água. Quando ela colocou sabão na banheira, um arco-íris oleoso brilhou na superfície. Quando terminou, suspeitando do quanto isso realmente ajudava na limpeza, ficou em pé no chuveiro sônico por vinte segundos, mas ainda assim seu cheiro era incrível. Quando o cabelo secou, ficou em pé em um dos lados, e ela teve que fazer bastante esforço para conseguir que ficasse rente ao couro.

O banho foi soporífico. Pela primeira vez desde que chegou à Casa de Canaan, Gideon estava realmente feliz em deitar para descansar em seu ninho, pegar uma das suas revistas e fazer absolutamente nada por meia hora. Nove horas sem sonhos depois, ela acordou com uma das páginas grudadas na cara dela por uma baba fina e selante.

— Eeeeca — disse, desgrudando a revista da cara, e: — Harrow?

Como era o caso, no quarto ao lado, Harrow estava encolhida na cama com os travesseiros em cima da cabeça e os braços para fora. Roupa suja estava largada aleatoriamente ao lado da porta do guarda-roupa. Essa visão encheu Gideon de uma sensação que ela tinha que admitir que era alívio.

— Acorde, molenga — disse ela. — Quero falar sobre as chaves.

Contudo, essa ordem não teve o efeito desejado.

— A chave branca está agora na posse da sua adorada Septimus, como concordamos — cortou Harrow, e então puxou as cobertas acima da cabeça. — Agora vá embora e suma.

— Isso não me satisfez. *Nonagesimus.*

Harrow deslizou ainda mais para baixo das cobertas, como uma cobra horrível preta, e se recusou a levantar. Era impossível pressionar mais. Isso permitiu a Gideon se vestir com relativa calma, pintar-se sem receber críticas, e deixar os aposentos sentindo uma paz incomum com o mundo.

Ela percebeu que estava sendo seguida em algum ponto da escadaria comprida que levava ao átrio. O borrão periférico pairava nas portas, ficava imóvel quando ela também ficava, fazendo movimentos pequenos quando ela se movia. O assoalho mofado gemia molhado embaixo do pé dela. Por fim, Gideon se virou, a rapieira desembainhada em uma linha fluida para frente, a soqueira quase encaixada nos dedos, e se deparou com o rosto incrivelmente jovem de Isaac.

— Pare — disse ele. — Jeanne quer você.

Ele parecia horrível. As mãos estavam cobertas de cinzas, as costuras metálicas no seu manto bordado manchadas, e em algum ponto lá atrás ele tinha perdido ao menos três brincos. Ele tinha se dado o trabalho de pentear o cabelo descolorido para cima como a crista de uma ave no topo da cabeça em certo momento, mas agora estava todo amassado. A boca e os olhos pareciam vazios, e as pupilas estavam dilatadas com a quantidade de cortisol que dizia "estou à beira de um colapso faz três dias". A gordura fofa de suas bochechas só servia para deixar a visão ainda mais horripilante.

Gideon inclinou a cabeça.

— Jeanne quer você — repetiu ele. — Alguém morreu. Você precisa vir comigo.

Por um momento, Gideon torceu para que isso fosse apenas um pedido por atenção terrivelmente inadequado, mas Isaac já tinha dado meia-volta, os olhos escuros como pedras. Ela não teve escolha a não ser seguir.

Isaac a guiou pelo saguão principal dilapidado, pelas escadas até o vestíbulo que levavam à sala de treinamentos, e ele estremeceu ao ver cada esqueleto de roupas brancas que cruzou o caminho deles. A tapeçaria ainda estava no lugar, a porta ainda escondida. Ele passou pela outra porta empurrando com o ombro — que deve ter dado uma pancada estrondosa em seu cotovelo — e entrou em um cômodo onde as luzes elétricas iluminavam o que antes era um fosso fedorento e sujo. Agora continha um quadrado de água cristalina. Gideon vira os esqueletos desenrolarem grandes mangueiras emborrachadas na sala do fosso, e até mesmo observou enquanto depositavam um líquido cheirando ao mar borbulhante na cavidade, mas o resultado era extraordinário. Os azulejos brilhavam com a luz conforme Naberius, o Terceiro, e Coronabeth — ambos vestidos com camisetas e calções de banho — nadavam na piscina.

Se ela achava que a banheira era uma loucura, isso fez com que sua cabeça explodisse. Gideon nunca tinha visto ninguém nadar antes. Os dois corpos cortavam o líquido com braçadas eficientes e precisas: ela focou os braços dourados de Corona Tridentarius conforme ela atravessava a água, impulsionando-se quando atingia a parede, e empurrava com força com os pés. Além das portas de vidro na sala de treino, Colum, o Oitavo, estava sentado em um banco, polindo seu escudo com um pano suave enquanto a Tenente Dyas se ajoelhava em agachamento afundo perfeito, de novo e de novo.

Isaac foi diretamente para a água. Ele ficou na frente de onde a Princesa herdeira de Ida estava cruzando a água. Ela desacelerou e ficou flutuando na beirada da piscina, sacudindo a água das orelhas, confusa, o cabelo de um âmbar profundo e molhado.

— Princesa Coronabeth — disse ele —, alguém morreu.

O lindo rosto da Princesa de Ida fez exatamente a mesma expressão que o rosto de Gideon queria ter feito, que era: *quê??*

— Quê?? — disse ela.

— Jeanne quer você — disse ele, seco —, especificamente.

Naberius havia terminado de nadar o comprimento da piscina e também botou a cabeça para fora para vê-los. Sua camiseta era bem mais apertada do que a de Corona, e seus 57 músculos abdominais ondulavam com importância. Ele se alongou de uma maneira meio óbvia, mas parou assim que notou que ninguém estava olhando.

— O que aconteceu? — disse ele, rabugento.

— Você precisa se apressar — disse Isaac. — Prometi que só a deixaria por cinco minutos. Ela está com os restos.

— Isaac, vá devagar! — Corona havia se impulsionado para fora da piscina em um lampejo de pele dourada e pernas excessivamente longas, e Gideon fez sua primeira e única prece devota de alegria e gratidão ao Túmulo Trancafiado. Corona se embrulhou em uma toalha branca, ainda pingando fortemente. — Quem morreu? Isaac Tettares, o que isso significa?

— Significa que alguém morreu — disse Isaac, curto. — Se você não vier, estou dando o fora nos próximos dez segundos. Não vou deixar Jeanne sozinha.

Corona passou pela porta da sala de treinamento, colocando a cabeça molhada pela porta. O seu cavaleiro estava embrulhando o corpo e a cabeça com as toalhas brancas, colocando os pés molhados nos sapatos. Coronabeth não se importou em fazer nada disso. Agora ela estava sendo seguida por Tenente Dyas, cuja única definição para "roupa de treinamento" envolvia desabotoar o primeiro botão da sua jaqueta militar, e pela dureza enrijecida de Colum, o Oitavo, logo atrás.

Esse grupo inusitado foi levado ao outro lado do terraço largo, apesar de este não ter sido construído pensando na beleza. Não estavam tão longe da plataforma de aterrissagem. Esse lugar deveria ter tido uma função há muito tempo — havia espaço para talvez uma única nave —, mas agora era focado em enormes chaminés de aço, condutos de metal erguidos como hastes. Era rodeado por tijolos e parecia ser sustentado por grandes pedras, e havia baldes de vegetação velha ou panos sujos. Estes pareciam como se tivessem sido usados para limpar a piscina: eram da cor de esmeralda, verdetes e pretos onde não eram só verdes. A chaminé tinha uma grade de metal, de quase dois metros de altura, onde abria espaço para enfiar lixo. A grade estava aberta, e o conteúdo ainda estava fumegando.

Isaac parou em frente ao incinerador, ao lado de Jeannemary, a Quarta. Ele parecia estólido e morto, como se o que estivesse acontecendo dentro dele tivesse gerado uma casca grossa como a de um vulcão; Jeannemary parecia como um fio em curto-circuito. Quase dava para ver as fagulhas. A rapieira estava desembainhada, e ela estava andando em círculos entre o incinerador e a beirada, dando a volta nos calcanhares de repente como se alguém estivesse prestes a atacá-la por trás. Gideon começou a admirar a sua prontidão completamente animalesca. Quando viu a gangue de idiotas que o seu necromante lhe havia trazido, ela ficou intensamente indignada.

— Eu queria a *Nona* e a *Princesa Coronabeth* — disse ela. A voz falhou.

— Todo mundo veio junto — disse Isaac. — Eu não queria te deixar... Eu não queria te deixar sozinha.

Sem se importar com os pés descalços ou as roupas molhadas, Corona marchou até a primeira adolescente desajustada.

— Descanse a espada, Sir Chatur — disse ela, gentil. — Está tudo bem. — Era um elogio tremendo à Corona que a espada foi embainhada, apesar de Jeannemary não tirar a mão do punho. — O que aconteceu? O que encontraram?

— O corpo — disse a Quarta, amarga.

Todos se aglomeraram. Com um pedaço da laje, Jeannemary abriu a grade ainda fumegante para que pudessem todos ver: através de um desvio pequeno, as brasas ainda brilhavam em vermelho, e havia um punhado de cinzas.

A cavaleira da Segunda pegou uma vara de metal ao lado do incinerador e cutucou a pilha. As cinzas ainda eram macias e iguais, desfazendo-se em um pó branco, os pedaços vermelhos cedendo sob pressão. Houve uma pausa cheia de expectativas quando ela cutucou a vara na abertura vasta, e então a retirou.

— São só cinzas — disse Tenente Dyas.

— Um corpo foi queimado aqui — disse Jeannemary.

Colum, o Oitavo, havia pegado um rastelo gasto e estava usando-o para puxar a coisa um pouco para mais perto. Ele colocou a mão no ar fervilhando e pegou as cinzas quentes, o que demonstrava que ou ele se importava muito pouco com a própria dor, ou tinha uma excelente cara de blefe. Ele as esticou para inspeção: o que quer que havia sido queimado, fora-o até virar um farelo arenoso cinzento que deixou marcas de gordura nas palmas amareladas do Oitavo.

— Eu consigo determinar que são restos humanos frescos — disse o adolescente necromante, indiferente. — Você não, Princesa?

Corona hesitou.

— E se forem ossos queimados? — interrompeu a Segunda. — Um dos criados pode ter se desfeito.

— Alguém pode... ir perguntar — grunhiu Colum, o Oitavo, chocando Gideon com uma sugestão inerentemente sensata.

Isaac não escutou:

— Isso é gordura e carne, não ossos secos.

— Eles não... A Quinta ainda está...

— Magnus e Abigail ainda estão onde devem — disse Jeannemary, feroz —, no mortuário. *Alguém foi morto e queimado no incinerador.*

Havia longos arranhões em seu rosto. Ela estava ainda mais emporcalhada do que o adolescente que fazia seu par, se é que isso era possível, e naquele momento ela parecia selvagem. Os cachos estavam ao redor da cabeça como uma auréola castanho-escura — manchada com sangue e alguma coisa inominável — e os olhos estavam encharcados com a fumaça árida. Ela não parecia como uma testemunha estável para ninguém.

Especialmente não para Naberius. Ele cruzou os braços, estremecendo na luz da manhã, e pronunciou:

— São só histórias de fantasmas, boneca. Vocês dois estão surtando.

— Cale a boca...

— Eu não sou sua boneca, seu babaca...

— Princesa, diga a ele que esses restos, diga que os restos...

— Babs, cale a boca e arrume seu cabelo — disse Corona. — Não descarte essa possibilidade tão rápido.

Como sempre, ele pareceu ofendido, e ajeitou a toalha ao redor do cabelo umedecido.

— Quem está descartando? — disse ele. — Não estou descartando nada. Só estou dizendo que não tem sentido. Não precisamos de toda essa algazarra e fúria da Quarta Casa. Alguém some e já achamos que estão tirando um cochilo no incinerador.

— Você está sendo — disse a cavaleira da Segunda — surpreendentemente blasé.

— Espero que você acabe no incinerador — disse Jeannemary. — Espero que o que tenha matado Magnus e Abigail, e quem quer que achamos agora, venha atrás de você. Aí eu adoraria ver a sua cara. Qual vai ser a sua aparência quando nós te acharmos, *Príncipe* Naberius?

Gideon se colocou entre eles antes que Naberius pudesse avançar contra a adolescente de olhos embargados e coberta de cinzas. Ela encarou o incinerador. O cavaleiro da Oitava ainda estava cutucando, e ela tinha que admitir que não havia nada para encontrar: o que quer que tivesse queimado ali, tinha se desfeito em um pó fedido e gorduroso. Partículas de cinzas flutuaram da grade como um confete que se desfazia, manchando os rostos de todos.

— Precisa de um mago de ossos — disse Colum, deixando o rastelo de lado. — Estou voltando.

Naberius, que ainda estava encarando Jeannemary, se distraiu com isso. Ele estava mais animado e jovial quando disse:

— Você está se preparando para o duelo com a Sétima? A princesa e eu seremos os juízes, é claro.

— Sim — disse o outro sem muito entusiasmo.

— Vou junto. Deve ser interessante observar o cavaleiro, ele não parece nada com a reputação que o precede, não é? Eu mesmo nunca o enfrentei num torneio...

Conforme o cavaleiro da Terceira e o da Oitava saíram, o Oitavo parecendo que gostaria de ter nascido surdo, a Segunda também se foi: mais silenciosamente, esfregando as mãos no lenço escarlate. Somente os adolescentes, Gideon e Corona ficaram. Coronabeth estava encarando as cinzas fumegantes, seu traje parecendo dobrar com o vento, pequenos cachos finos dourados escapando da massa molhada dos cabelos. Ela parecia preocupada, o que fez Gideon ficar triste, e também estava molhada até a alma, o que fez com que Gideon precisasse deitar um pouco.

— Continuo vendo coisas — disse o adolescente necromante, vazio. Elas se viraram para olhar para ele. — Do canto dos olhos... quando é noite. Fico acordando e escutando alguma coisa se mexer... ou alguém ficar parado em pé do lado da porta.

Ele parou de falar. Jeannemary colocou o braço ao redor do seu ombro e pressionou a testa marrom de suor contra a dele, e os dois soltaram um suspiro de derrota em uníssono. O consolo que estavam compartilhando um com o outro era o consolo particular e contundido entre necromante e cavaleiro, e Gideon se sentiu envergonhada de estar presenciando isso. Foi só ali que então pareciam crescidos para ela. Pareciam gastos até ficar só tocos, como dentes cerrados demais, esvaziados da vitalidade e juventude irritante.

A cavaleira da Quarta Casa olhou para Gideon e Corona.

— Queria vocês duas porque Magnus gostava de vocês — disse ela. — Então vocês têm esse aviso. *Não digam que não avisei.*

Então ela levou Isaac para longe, ele parecendo uma presa ansiosa, ela, uma dinamite, empurrando-o pela porta destroçada por sal. Gideon foi deixada sozinha com Coronabeth. A princesa estava fechando a grade enorme do incinerador e virando a manivela para trancá-la. As duas a encararam silenciosamente: não parecia grande o suficiente para uma pessoa passar, e ser engolida pelo que deveriam ser labaredas rugindo quando estivessem ligados. As nuvens passaram, deixando o que havia sido uma claridade ofuscante em uma penumbra relativa. As nuvens eram cheias e azuladas, o que Gideon tinha aprendido que significava que logo ia chover. Ela conseguia sentir o gosto no ar, afastando o gosto da fumaça de sua língua. Quando a tempestade viesse, viria com tudo.

— Não é só um drama da Quarta Casa — disse Corona. — Acho que eles não estavam sendo irresponsáveis. Acho que estamos com problemas... muitos problemas.

Com a meia-luz repentina, Gideon tirou os óculos e assentiu. O capuz caiu para trás, deslizando nas dobras pesadas do manto nos ombros. Os olhos espetaculares da necromante da Terceira estavam nela, e a expressão triste havia se transformado em um sorriso radiante, os olhos violetas acesos e enrugados com a enormidade do sorriso.

— Minha nossa, Gideon, a Nona! — exclamou ela, o luto abolido. — Você é *ruiva*!

✦ ✦ ✦

As nuvens se partiram naquela mesma tarde. A chuva batia contra as janelas como grânulos, e os criados esqueléticos se apressavam pelos corredores com baldes, pegando o pior dos gotejamentos, colocando panos para cobrir as poças. Aparentemente, a Casa de Canaan estava tão acostumada a isso que a resposta era automática. Gideon já havia se familiarizado com a chuva agora, mas não conseguia superar a primeira vez. O tamborilar constante a deixou enlouquecida a noite toda, e ela não fazia ideia de como alguém vivendo em um clima atmosférico conseguia aguentar. Agora, era apenas uma distração murmurada.

Com o barulho da chuva, ela havia voltado para verificar como estava Harrowhark, repentinamente paranoica — convencida de que sonhara com os braços abertos no edredom, os pequenos tufos de cabelo preto visíveis embaixo do travesseiro, e talvez a Reverenda Filha havia finalmente realizado os sonhos juvenis de Gideon ao passar a noite toda no incinerador — mas Harrow nem sequer havia acordado. Gideon almoçou ao lado de um criado esqueleto que estava cuidadosamente equilibrando um balde na mesa, e gordas gotas de chuva caíram das janelas... *ploc*... *ploc*... *ploc*.

O terror numinoso não a havia deixado desde a manhã. Foi quase um alívio ver a sombra de Camilla Hect recair sobre a tigela de sopa com pão e manteiga. O capuz cinza de Camilla estava molhado com a chuva.

— O duelo já era — disse ela como cumprimento. — A Sétima nunca apareceu, e eles não estão nos seus aposentos. Vamos.

Elas foram. O coração de Gideon palpitava nas orelhas. A rapieira balançava contra a perna tão persistente quanto a chuva que caía pelas paredes da Casa de Canaan. Por instinto, Gideon as guiou pelas antecâmaras escuras, as maçanetas escorregadias por causa da chuva, até chegarem no temporal em si: o conservatório onde Dulcinea gostava de sentar. Estava incrivelmente abafado e sufocante: como adentrar na mandíbula de um animal esbaforido. A chuva escorria pelo vidro como corredeiras que obscureciam os céus. Além da porta do conservatório, debaixo de um toldo que já havia sido derrubado pela chuva, estava Dulcinea.

Ela estava esticada na laje molhada. As muletas estavam ao lado dela, como se tivessem escorregado do seu toque. As entranhas de Gideon todas se apertaram, pulmões e rins e intestinos, e então se soltaram como um elástico. Foi Camilla que ficou de joelhos primeiro ao lado dela e a rolou para que ficasse com o rosto para cima. Um hematoma brilhava na têmpora, e as roupas estavam completamente encharcadas, como se ela estivesse ali há horas. Havia um tom azulado terrível no rosto.

Dulcinea engasgou com uma tosse enorme e que rasgava a garganta, cuspe rosado espumando no canto da boca. O seu peito estremecia, fazendo pausas. Não era uma visão bonita, mas Gideon a recebeu de braços abertos.

— Ele nunca voltou — disse ela, desesperada, e desmaiou.

23

Protesilaus, o Sétimo, estava desaparecido. Dulcinea Septimus estava em estado crítico de saúde. Deixada sem recursos quando seu cavaleiro falhou em retornar, e então ameaçada pela chuva, ela tentou andar de volta sozinha e escorregou: agora estava confinada à cama com pedaços de pano quentes sobre o peito e absolutamente inútil para todos. Professor a colocou em um dos pequenos quartos na ala dos sacerdotes, e ela precisou ser deitada de lado para que o que quer que estivesse afogando seus pulmões pudesse ser drenado pela boca direto para uma bacia. Os dois colegas sem nome do Professor sentaram-se com ela, trocando as bacias e fervendo água em chaleiras barulhentas.

Todo o resto — a Segunda Casa com seus botões de latão, as gêmeas da Terceira e seu cavaleiro bufante, os adolescentes da Quarta de olhos embaçados, a Quinta adormecida para sempre no necrotério, a cinzenta Sexta e a descombinada Oitava, e a Nona, com Harrow acordada e de lábios apertados usando seu hábito religioso sobressalente — havia sido contabilizado.

As cinzas no incinerador foram retiradas e examinadas, e a confirmação de que eram restos humanos não foi esclarecedora. Os necromantes sobreviventes haviam se aglomerado ao redor da tigela, e todos pularam sobre ela como se fosse uma vasilha de amendoins em uma festa. Só Coronabeth desdenhou passar os dedos em um monte de restos e pó.

— São muito mais velhos do que deveriam ser — disse Ianthe Tridentarius, parecendo relaxada, o que parecia ser o primeiro sinal de esperança para Protesilaus. — Eu diria que pertencem a um corpo morto há três meses.

— Está errada por mais ou menos oito semanas — disse Palamedes, o cenho franzido. — O que ainda assim seria significativamente anterior à nossa chegada.

— Bem, em todo caso, não é ele. Mais alguém morreu? Professor?

— Nós não fazemos um funeral há muitos anos — disse Professor, um pouco afetado. — E, de todo modo, nós certamente não os teríamos resignado como lixo para o incinerador.

— Interessante que você coloca no *plural*.

Ianthe tinha dois pequenos fragmentos na palma da mão. Um deles era facilmente reconhecido como parte de um dente. Por alguma razão, esse pedaço dentário deixou Harrow olhando para a palma de Ianthe, depois para Ianthe, e então para a palma de Ianthe novamente, como se as duas fossem a coisa mais fascinante do mundo. Gideon reconheceu esse foco cristalino repentino: Harrowhark estava reavaliando uma ameaça.

— Você vê? — disse Ianthe, preguiçosamente. — Tem ao menos duas pessoas aqui.

— Mas a particularidade do tempo é consistente em todos os restos...

Ela colocou os dois fragmentos na palma de Palamedes.

— Feliz aniversário — disse ela. — Devem ter morrido os dois ao mesmo tempo.

— O incinerador é uma armadilha — disse a Capitã Deuteros, tensa. — Estou tão curiosa quanto qualquer um para saber as coisas que tem lá, mas o fato permanece que Protesilaus evidentemente não é uma dessas coisas, então, onde ele está?

— Já dispensei os criados para que o procurem — disse o sacerdote da Primeira Casa. — Procurarão por todos os cômodos e cantos, exceto nos seus aposentos... o que pedirei para que façam vocês mesmos, no acaso bizarro de que Protesilaus, o Sétimo, esteja lá. Eu não adentrarei as instalações, e meus servos também não. E então há a parte exterior da torre... mas, se ele deixou a torre, a água é profunda demais.

Corona virou sua cadeira de costas e envolveu suas pernas no assento, cruzando os tornozelos esguios na frente. Gideon notou que ela e Ianthe não tinham feito inteiramente as pazes depois de qualquer briga que deveriam ter tido; as cadeiras estavam próximas, mas os corpos estavam distantes um do outro. Corona sacudiu a cabeça, como se estivesse tentando se livrar de teias de aranha.

— Ele deve estar vivo. Não há motivo. Ele era... Bem, toda vez que nos vimos, pensei que...

— *Eu* pensei que ele era, talvez, o homem mais chato do mundo — ofereceu a gêmea, languidamente, esfregando as mãos. Corona recuou. — E não o tipo de chato clássico da Sétima Casa, ele nem sequer nos submeteu a um poema minimalista sobre a formação de nuvens.

— Considerem isto: talvez não haja motivo — disse Jeannemary Chatur, que se recusava a embainhar sua rapieira. Ela havia se posicionado com Isaac, um de costas para o outro, como se unidos pudessem se preparar para o que viesse de qualquer ângulo. — Considerem isto: eles passaram pela escotilha, assim como Magnus e Abigail, e agora ele morreu e *ela* está prestes a bater as botas.

— Será que a Quarta poderia esquecer essa teoria insana de monstros...

— Não insana — disse Professor para Naberius —, oh, não, insana não.

Capitã Deuteros, que estava escrevendo algo em seu bloquinho, se inclinou para trás em sua cadeira e jogou o lápis para longe.

— Gostaria de providenciar um *mens rea* mais humano. Sim, a Duquesa Septimus e seu cavaleiro tinham acesso às instalações. Eles tinham alguma chave?

— Sim — disse uma voz da porta.

Gideon não havia reparado que silhueta branca alvejada e vestindo uma saia de cota de malha de Silas Octakiseron havia ido embora, mas ela notou que ele tinha voltado. Ele entrou na sala de jantar pela porta da cozinha, parecendo pálido e tranquilo, seu rosto esguio era impiedoso como sempre, livre de qualquer emoção humana normal.

— Sim, ela tem — ele repetiu —, ou melhor, ela tinha.

— Que merda você acabou de fazer — disse Palamedes baixinho.

— A sua agressão é indecorosa e injustificada — disse Silas. — Fui vê-la. Me senti responsável. Fui eu quem pedi satisfação, e Irmão Colum estava pronto para duelar o cavaleiro desaparecido. Eu não queria que houvesse nenhum ressentimento entre nós. Não sinto nada a não ser pena pela Sétima Casa, Mestre Sextus.

— Você não respondeu minha pergunta.

Silas apalpou o bolso e ergueu a mão para mostrar o conteúdo. Era um dos chaveiros de ferro, e nele estavam duas chaves: uma cinza, outra de um branco familiar.

— Se algo desonesto aconteceu com seu cavaleiro — disse ele, com sua voz curiosamente profunda —, então o culpado não obterá benefícios. Eu a encontrei consciente, segurando isso. Ela cedeu o chaveiro para que ficasse sob minha proteção.

— Isso é extremamente discutível — disse Capitã Deuteros. — Entregue-as para *mim* e mostre sua boa-fé, Mestre Silas. Por obséquio.

— Não posso fazer isso em sã consciência até que saiba do destino de Protesilaus, o Sétimo. Qualquer um aqui pode ser culpado. Irmão Asht. Aqui. — O garoto da cota de malha jogou o chaveiro para seu cavaleiro, que o pegou no ar e tirou o próprio chaveiro pesado do bolso. Gideon notou que o chaveiro deles tinha uma chave da escotilha e mais outra, forjada em floreios pretos. Colum, o Oitavo, entrelaçou os dois chaveiros com um *clique.* — Eu o guardarei até a hora em que ela o deseje de volta. A julgar pela nossa conversa, talvez isso jamais aconteça.

Isso foi recebido com um breve silêncio.

— Seu babaca insensível — gritou Naberius —, você acabou de amedrontar uma garota quase morta pelas chaves dela.

— Você só está chateado porque não pensou nisso antes — disse Jeannemary.

— Chatur, se você disser mais uma palavra, vou me certificar que você nunca passe pela puberdade…

— Segure sua língua, Príncipe Tern — disse Capitã Deuteros. — Tenho coisas mais importantes para fazer do que escutar você abusar verbalmente de uma criança.

Ela ficou em pé. Observou cada um deles, com a expressão de uma mulher que tinha chegado a uma conclusão.

— É aqui que o tendão encontra o osso. Esse acúmulo de chaves não pode continuar. Eu disse anteriormente que a Segunda Casa se responsabilizaria se ninguém se apresentasse. Isso começa agora.

O necromante magro em suas vestimentas de um branco puro característico da Oitava havia se sentado em uma cadeira oferecida por seu sobrinho, e ele estava ereto e pensativo.

— Isso é um desafio para mim, então, Capitã? — disse ele, em lamento.

— Pode ficar onde está. — A adepta da Segunda gesticulou com o queixo para *Palamedes*, que estava sentado com os dedos firmemente no queixo, encarando as paredes como se a discórdia fosse tão intensamente desagradável que ele apenas poderia se afastar dela. — Protetor-mestre, a Sexta é a Razão do Imperador. Eu perguntei anteriormente e agora repito: me dê as chaves que recebeu para que fiquem sob minha proteção.

A Sexta, a Razão do Imperador, piscou.

— Com todo respeito — disse ele —, vá se ferrar.

— Que fique o registro de que fui forçada a rebater um desafio — disse a Tenente Dyas, e ela tirou uma única luva branca. Ela jogou a luva em cima da mesa, encarando Palamedes de frente. — Nós duelamos. Eu declaro a hora, você declara o lugar. A hora é agora.

— Duelar a Sexta? — chiou Jeannemary. — Isso não é justo!

Um burburinho se alastrou. Professor se ergueu com uma expressão curiosa e resignada no rosto.

— Não tomarei parte disso — disse ele, como se isso fosse impedir alguém, e deixou a sala. No vácuo de sua partida, Corona colocou as duas mãos com força na mesa. — Judith, sua covarde, brigue com alguém do seu tamanho…

— É isso que acontece, não é? — O necromante adolescente ruim parecia ainda entorpecido: ele parecia mais duvidoso do que com raiva. — É isso que acontece agora que Magnus e Abigail se foram.

— Sim, tenho certeza que Magnus, o Quinto, teria nos feito uma nota de repúdio bem escrita…

— Ianthe! Não está ajudando! Sexta, vocês não devem aceitar, a Terceira representará a Sexta nisso, se permitirem. De pé, Babs.

A voz da sua gêmea era fina e suave como seda:

— Não desembainhe a espada, Naberius.

— Ianthe, o quê. Você. Está. *Fazendo.*

— Quero ver como isso termina — disse ela, dando de ombros com a pele pálida, sem prestar atenção na ira crescente na voz de sua gêmea. — Sabe. Eu tenho uma personalidade ruim e um déficit de atenção tremendo.

— Bom, graças a Deus Babs tem mais bom senso do que você… Babs?

A mão de Naberius estava hesitando bastante no punho. Ele não tinha entrado em ação como havia sido proposto, e não tinha entrado em linha atrás da gêmea que comandava. Ele estava encarando a sombra pálida, os nós nos dedos brancos, a mão imóvel, com um ressentimento que era quase ódio. O sorriso de Corona estremeceu.

— *Babs?*

Em meio a tudo isso, Palamedes tinha apoiado o peso da sua cabeça em uma mão, depois na outra, esfregando os dedos por seu rosto comprido. Ele havia tirado os óculos e estava batendo a armação grossa levemente contra a mesa. O seu olhar cinzento profundo não havia deixado Judith Deuteros, cujo olhar era igualmente resoluto como concreto.

— Desista, Mestre — disse a Capitã. — Você é um bom homem. Não submeta sua cavaleira a isso.

Palamedes finalmente pareceu acordar, empurrando a cadeira com um gemido horrível no chão de ladrilho enquanto se afastava mais da ponta da mesa.

— Não, vamos fazer isso — disse ele abruptamente. — O lugar é aqui.

A Capitã disse:

— Sextus, isso é loucura. Deixe-a ter alguma dignidade.

Ele nem sequer se levantou, só apontou um dedo para sua cavaleira. Em vez de ficar ainda mais tensa em antecipação, como Gideon teria ficado, Camilla relaxou. Ela sacudiu a franja escura para longe da testa, tirou o manto e o capuz, e inclinou o pescoço de um lado para o outro como alguém que estava se alongando para uma dança.

— Ah, eu estou deixando — disse ele. — Cam?

Camilla Hect subiu em cima da mesa de madeira em um movimento esguio e comprido. Ela vestia uma camiseta cinzenta longa e calças cinza embaixo do manto, e parecia menos com uma cavaleira e mais como uma bibliotecária de férias. Ainda assim, isso pareceu chocar todo o público com exceção da Tenente Dyas, que havia se impulsionado para ficar do outro lado da mesa, que gemia irritada embaixo desse esforço. Dyas não tinha nem tirado a jaqueta. Ela deslizou a sua adaga afiada utilitária da sua bainha do outro lado do quadril e a apresentou. Com a mão principal, ela tirou a rapieira, de bainha simples, tão polida que chegava a doer.

A Sexta a encarou por um bom tempo como se não tivesse ideia do protocolo — e então tirou as duas armas ao mesmo tempo, de um jeito que incomodou algo no cérebro de Gideon. A rapieira parecia ter ao menos um milhão de anos, igual à de Gideon. Era a primeira vez que a via na luz do dia, e ali parecia como se tivesse não tivesse sido forjada para receber um só golpe: a lâmina era leve e delicada como uma teia de aranha. A arma da outra mão fazia parecer que a Casa inteira de Camilla fora procurar por armas atrás do sofá, e que haviam achado algo que mais parecia uma adaga de caça comprida do que uma adaga de duelos: era grossa, gorda, com um guarda--mão largo, e um único lado afiado. O efeito todo era tristemente amador.

A linda e miserável Coronabeth havia conseguido subir para ficar na mesa também, posicionada no espaço entre elas. Ela virou para Judith e Palamedes:

— Da clavícula ao sac...?

— Do hioide para baixo, desarme ilegal, à mercê do necromante — disse a necromante da Segunda calmamente. Coronabeth sugou a respiração pelos dentes. — Sextus, concorda com os termos?

— Não faço ideia do que isso significa — disse Palamedes.

Gideon se adiantou, inclinando-se para ouvir o que Corona estava sussurrando com urgência:

— Mestre, significa que ela pode atingir a sua cavaleira em qualquer lugar abaixo do pescoço, e só acaba quando você desistir. Ela está sendo absolutamente estúpida, e não estou nem um pouco arrependida de ter dado um cuecão nela quando tínhamos oito anos.

— E nem deveria.

— Não deixe que ela te faça de exemplo — disse a princesa. — Ela escolheu você porque você não pode enfrentá-la, como uma valentona chutando um cachorro. Ela está dando uma margem para machucar muito a sua cavaleira, e ela vai, só para assustar Octakiseron e Nonagesimus. Sem ofensas, Nona.

O Protetor-mestre da Sexta tamborilou os pés no chão, musical. Ele disse:

— Então está dizendo que a cavaleira dela pode fazer o que quiser com a minha cavaleira, só pra eu pedir arrego?

— Sim!

Do outro lado da mesa, Capitã Deuteros disse, severa:

— Chega de esperar. Desista ou lute. Corona, se insiste em ser o árbitro, arbitre.

Aqueles lindos olhos teriam persuadido uma pedra a rolar morro acima, mas, não encontrando nenhum alento, Corona ergueu a voz com relutância:

— À mercê do necromante. Do hioide para baixo. O pescoço não é exceção. Lâminas, pontas, ricasso, mão esquerda. Chamada.

— Marta, a Segunda — declarou Tenente Dyas.

Camilla não respondeu a chamada. Ela olhou de volta para o seu necromante e disse:

— Mestre?

— Não pode acertar a cabeça — disse ele. — Acho. Eu digo quando você tiver terminado.

— Só me diga o que fazer. — Camilla ergueu a voz: — Camilla, a Sexta.

Gideon havia voltado para a sua necromante. Todos os restantes na sala pareciam sérios. Por um momento, ela achou que a Quarta estava de mãos dadas, mas então percebeu que Isaac estava segurando Jeannemary *para trás*: a mão dele ao redor do punho dela como uma algema, e no rosto dela a ira estampada. Havia rostos sombrios e famintos — a pálida Ianthe, Naberius lambendo os lábios —, e então a Oitava, que estava preenchendo seu próprio cartão de bingo ao começar a rezar.

Harrowhark estava tão tensa e distante quanto a corda de um carrasco, mas algo no rosto de Gideon deve ter chamado a atenção dela: ela foi de distante para confusa, e de confusa para algo que parecia até mesmo um pouco ofendida. Gideon não poderia culpá-la. A atmosfera geral era de uma multidão reprovadora perante a uma execução, mas Gideon estava tentando e falhando em conter um sorriso selvagem de antecipação.

Corona estava dizendo:

— Dois passos para trás.... Bem, não dá pra virar, droga! Isso é tão difícil em uma mesa...

— Cam — disse Palamedes. — Vai com tudo.

— ... e comecem! — disse Coronabeth.

Gideon tinha que ceder isso a Dyas: demorou muito menos tempo do que tinha demorado para Gideon, lutando contra Naberius Tern, para perceber que ela estava com problemas. Tenente Marta Dyas era inteiramente uma lutadora competente e inteligente: não se deixava levar por floreios ou exibições, e estava no auge de seu preparo físico. Diferente da Terceira, ela era um soldado, muito mais acostumada a lutar contra pessoas que não estavam seguindo um manual de manobras legais de duelo. Ela havia treinado a vida toda pensando no fronte, com veteranos e recrutas sedentos por sangue. O braço da espada era equilibrado e leve, a postura correta mas não seca. Ela era incrivelmente reativa, preparada para qualquer golpe que o oponente pudesse trazer.

Camilla a atingiu como um furacão. Ela explodiu para frente com a rapieira aberta e a faca de açougueiro perto do corpo, lançando o contragolpe da tenente para trás e desviando de um golpe tardio com a espada. Ela abriu um rasgo vermelho na jaqueta branca imaculada de Dyas, atingiu os nós nos dedos com a guarnição da rapieira, e a chutou no joelho para garantir.

O chute foi o único erro de Cam. A dor pareceu acender cada célula do corpo de Dyas, gritando com adrenalina. Alguém como Naberius estaria provavelmente imóvel em choque na mesa, talvez berrando e se cagando. No entanto, a Segunda foi rápida em se recuperar — ela aguentou a dor cambaleando, recuperou a posição dos pés e segurou a sua lâmina, revidando outro golpe aberto da faca de Camilla. Ela foi para trás para ter mais espaço — Camilla agredindo-a com golpe atrás de golpe para conseguir abrir a guarda — até que ela não podia mais se mexer, afinal de contas, estava lutando em cima de uma mesa. O pé de Camilla lançou-se contra a mão esquerda, e a faca caiu no chão. A Segunda, com um desvio lindo e uma reação perfeita, aproveitou sua única oportunidade e se lançou para frente.

Dyas estava desesperada, e Dyas era da Segunda Casa. Cam lutava como um fogaréu, mas deixava aberturas demais. O golpe de Dyas teria atingido um espadachim menos apto bem embaixo da clavícula e atravessado completamente. Pegou Camilla Hect na parte de baixo do antebraço, e ela *quase* desviou — atingiu a carne ao lado da ulna, e ela rosnou. Ela derrubou a rapieira leve, pegou o pulso de Marta e o puxou com força. O braço deslocou com um claro *pop*.

A Tenente Dyas não gritou exatamente, mas quase chegou lá. Ela rodopiou para a beirada da mesa. Ainda segurando o pulso, Camilla deu um passo para trás dela, chutou as pernas quase desdenhosamente e a derrubou de cara contra o topo de madeira em um estrondo. Camilla ficou em pé acima da oponente, um pé pressionado contra a parte de trás do pescoço, o braço deslocado em um ângulo que parecia seriamente desconfortável. Dyas emitiu um som estrangulado de agonia, e Judith Deuteros gritou:

— Misericórdia!

— Pedido de misericórdia, vitória da Sexta — disse Coronabeth, como se falar mais rápido pudesse fazer com que acabasse logo.

Houve um silêncio exceto pelo arfar da respiração de Camilla, e os pequenos suspiros surpresos da tenente. Então Jeannemary disse:

— *Caraca!*

As duas cavaleiras estavam pingando sangue. Pingava da ferida de Camilla de onde a espada a tinha atingido, e o sangue encharcava a camisa da Tenente Dyas enquanto também pingava do seu nariz, da mesma cor exata do lenço no seu pescoço. Ela estava com os olhos bem fechados. Palamedes já estava em pé ao lado da mesa, e, com outro som excruciante, ele colocou o braço de Marta de volta no lugar. Dessa vez, ela gritou de verdade. Capitã Deuteros observava tudo, o rosto impassível.

— As suas chaves — disse ele.

— Eu não tenho...

— Então a chave da escotilha. Entregue-a.

— Você tem uma cópia exata.

Palamedes se virou para ela em uma fúria tão repentina que fez com que todos pulassem, até mesmo Gideon.

— Então talvez eu *jogue pela porra da janela* — ele rosnou. — Duas cavaleiras machucadas, a sua *e* a minha, tudo porque a Segunda tentou bater nos mais fracos primeiro. — Ele apontou um dedo para o casaco imaculado de Judith como se quisesse empalá-la, e ela não recuou. — Você não faz ideia de quantas chaves temos! Você não faz ideia de quantas chaves qualquer um tem, porque não esteve prestando nenhuma atenção desde que as naves aterrissaram. Você nos escolheu porque não somos lutadores na Sexta. Você poderia ter duelado Gideon, a Nona, ou Colum, o Oitavo. Você puxou uma briga com Camilla porque queria ganhar rapidamente, nem sequer se deu o trabalho de observá-la primeiro, e só pressupôs que conseguia. E eu não suporto gente que pressupõe coisas.

— Eu tinha causa — disse a Segunda, persistente.

— Eu não ligo — disse Palamedes. — Não é engraçado como a Segunda, de todas as Casas, é quem conseguiu estragar tudo? Você acabou de colocar um alvo nas costas de todos que estão com uma chave. Agora é um banquete para todos, e é sua culpa, e você vai pagar por isso.

— Pelo amor de Deus, Mestre, você entendeu mal minhas intenções...

— *Me dê sua chave*, Capitã! — rugiu o representante da Sexta. — Ou a Segunda também tem má fé, além de burrice?

— Aqui — disse a Tenente Dyas.

Ela havia limpado a maior parte do sangue da boca e do nariz, apesar de que a camisa que fora branca estava encharcada de escarlate. Revirou, então, o bolso da jaqueta com o braço bom e estendeu um chaveiro, adornado por uma única chave. Palamedes assentiu, pegou-o de seus dedos e virou as costas para as duas. Camilla estava sentada na beirada da mesa, a mão em cima da ferida, o sangue escorrendo livremente entre seus dedos.

— Não pegou no osso — disse ela.

— Lembre-se de que está usando uma rapieira, por favor.

— Não estou dando desculpas, mas ela é muito rápida...

Uma voz interrompeu:

— Eu desafio a Sexta por suas chaves. Eu declaro a hora, e a hora é agora.

24

A CABEÇA DE TODOS seguiu o som — exceto por Ianthe Tridentarius, que estava reclinada na cadeira com uma sobrancelha erguida, e Naberius Tern, que tinha pronunciado o desafio. Ele pulou na mesa em um movimento vistoso, se erguendo para ficar em pé no mesmo instante em que Judith Deuteros estava cuidadosamente abaixando a sua cavaleira para uma cadeira vazia. Ele olhou para todos de cima, com aquele sorriso de desdém e o cacho que sempre ficava bem no meio da testa.

— Não, você não vai — disse Coronabeth, franca.

— Sim, ele vai — disse Ianthe, erguendo-se para ficar de pé. — Você precisa de uma chave para as instalações, não precisa? Aqui está sua chance. Suspeito de que não teremos outra melhor.

Uma expressão de alerta sombrio tomou conta do rosto de Judith Deuteros. Ela estava com as duas mãos em cima do corte que escorria do peito de sua cavaleira, e ela tinha feito uma pausa no seu trabalho simplesmente por pura irritação.

— Você não tem causa — disse ela.

— E nem você, se estivermos sendo honestos. Sextus tinha toda a razão.

— Se quiser me tomar como vilã, tudo bem — disse a Capitã. — Estou tentando salvar nossas vidas. Você está se deixando levar pelo caos. Há regras, Terceira.

— Muito pelo contrário — disse Ianthe —, você acabou de demonstrar amplamente que não há regra nenhuma. Só há um desafio... e a maneira como ele é encarado.

Quando olhou para o rosto chocado de sua irmã — Corona estava em algum lugar entre a vergonha e a fúria, e tinha perdido todos os átomos de sua pose — disse ela, suavemente:

— Isso é pra você, querida, não seja exigente. Talvez seja a única chance que teremos. Não se sinta mal, amor... o que podemos fazer?

O rosto de Corona mudou. O conflito deu lugar à exaustão, mas ao mesmo tempo, havia um alívio estranho nela. Os dentes estavam cerrados, mas uma de suas mãos estava emaranhada no cabelo loiro comprido e parecendo mármore da irmã, e puxou os rostos para que ficassem encostados.

— Não posso fazer nada — disse ela, e Gideon percebeu que eles haviam acabado de perdê-la, de alguma forma.

— Então vamos fazer isso juntas. Preciso de você.

— Preciso de você — ecoou a gêmea, patética.

Camilla havia se levantado e ficado em pé. Ela pegou o lenço de Palamedes e o atou ao braço, mas o sangue já estava aparecendo de novo e ela o segurava de um jeito estranho. Palamedes parecia que estava prestes a vibrar para fora de sua pele, de medo ou raiva.

— Certo — disse ela, lacônica. — Segundo round.

Só que Gideon estava tomada de uma emoção poderosa: estava cansada da merda de todo mundo. Ela desembainhou a espada. Deslizou a soqueira para a mão, apertando as amarras com os dentes. E então ela olhou por cima do ombro para Harrowhark, que também estava parecendo sair do seu próprio estado catatônico tomada de sua emoção dominante de "ah, não, de novo não". Gideon desejou em silêncio que ela colocasse os ossos na massa pela primeira vez na vida — pela primeira vez de verdade — e fizesse o que Gideon precisava que ela fizesse.

E Harrowhark desempenhou o papel como uma estrela.

— A Nona Casa representará a Sexta Casa — disse ela, parecendo fria e entediada, como se aquilo fosse o seu plano o tempo todo.

Gideon queria cantar. Gideon queria valsar com ela pelo corredor. Ela abriu um sorriso enorme inquietante, tão distante de uma atitude da Nona, e Naberius Tern — que havia se transformado de uma vilania oleosa em uma cautela aflita — estava tendo que forçar o sorriso.

Ianthe só parecia entretida.

— O enredo se complica. Desde quando a Nona é próxima da Sexta?

— Não somos.

— Então por que...

Harrowhark disse, no tom sepulcral *exato* do Marechal Crux:

— A morte vem primeiro aos urubus e saqueadores.

Sem conseguir aguentar mais, Jeannemary também subiu na mesa: ela ergueu a rapieira brilhante da Quarta Casa diante dela, a linda estrutura prateada e azul-marinho da adaga segurada de um jeito profissional no seu quadril. Apesar dos olhos inchados e o cabelo enrolado despenteado que provava que não tinha dormido mais do que algumas horas nos últimos dias, ela parecia intimidantemente pronta. Gideon estava começando a chegar à conclusão de que, apesar da abundância de hormônios, havia de fato uma reputação digna no nome Chatur.

— Assim que enfrentá-la, vai enfrentar a Quarta Casa — disse ela em alto e bom som. — Lealdade, e o Imperador!

Naberius Tern embainhou a espada e sua adaga lustrosa, revirando os olhos com tanta força que deveriam ter dado a ele uma sinusite. Ele deu um suspiro explosivo e pulou da mesa, afastando aquele cacho idiota da testa com um ar afetado.

— Deveria ter ficado em casa e me casado — disse ele, cheio de ressentimento.

— Como se alguém estivesse oferecendo — cortou Ianthe.

— Se todos acabaram — disse Silas Octakiseron com sua voz profunda, e sua boa educação tirânica —, eu e o irmão Asht iremos procurar Protesilaus, o Sétimo. Afinal, ele ainda está desaparecido.

— O que vai de alguma forma envolver tentar usar essas chaves que roubou em portas que nunca conseguiu abrir — disse Palamedes. — Que coincidência.

— Não tenho interesse em conversar mais — disse Silas. — O Protetor-mestre da Sexta Casa é de um cruzamento consanguíneo inacabado que foi capaz de passar em um exame. Sua companheira é um cachorro louco, e duvido de sua reivindicação legal para o título de cavaleira primária. Aproveitem o favoritismo do culto das sombras enquanto ele dura; sinto muito que tenha acabado assim. Irmão Asht, nós nos retiramos.

Quando dispersaram, o fizeram da mesma forma que o fazem as pessoas que, com relutância, dão as costas para os inimigos. O Mestre da Oitava saiu com seu cavaleiro como uma legião que se retirava de um campo de batalha. A Segunda — a cavaleira cambaleante apoiada pelo braço da Capitã

— parecia ainda mais quando se foram, acrescentando um quê de refugiados desgarrados. As três Casas que permaneceram olharam umas para as outras.

Palamedes se virou para Harrowhark, as mãos ensanguentadas e os olhos brilhando com um pouco de selvageria. Ele tirara os óculos, e havia manchas de digitais vermelhas em cima das lentes.

— Só existe mais uma chave — disse ele.

Harrow franziu o cenho.

— Mais uma para reivindicar?

— Não, todas foram reivindicadas. Passei por todos os desafios exceto por aquele que eu me recuso.

A testa de Harrow se franziu um pouco mais, mas Gideon estava encaixando as peças. Aparentemente, o necromante adolescente Isaac estava fazendo o mesmo.

— Então se só tem uma de cada chave — disse ele lentamente —, o que acontece se completar o desafio que alguém já completou?

Palamedes deu de ombros.

— Nada. Quero dizer, você pode fazer o desafio, mas não vai ganhar nada com ele.

— Então é só uma perda de tempo — disse Jeannemary, e Gideon não conseguia imaginar qual seria a sua reação na sala de avulsão se o pedestal no fim estivesse vazio.

— Mais ou menos. O desafio em si ainda é... educativo. Faz com que pense as coisas de um novo modo. Certo, Nonagesimus?

— Os desafios até agora — disse Harrow cuidadosamente — me encorajaram a pensar em algumas... possibilidades formidáveis.

— Certo. Mas é como se... Bem, imaginem que alguém lhes mostrasse um novo movimento de espada ou algo assim, e então vocês conseguissem sentar e ver como é que funciona. Poderia dar ideias, mas vocês não *aprenderiam* de fato. Entendem?

Jeannemary, Gideon e Camilla o encararam.

— Quê? — disse ele.

— A Sexta aprende a lutar com um livro? — disse Jeannemary, horrorizada.

— Não — respondeu Camilla —, o Mestre só nunca foi à Torre dos Esgrimistas desde que tinha cinco anos e se perdeu...

— Está bem, está bem! — Palamedes ergueu as mãos. Ainda estava segurando os óculos manchados de sangue. — Isso foi claramente uma comparação inapropriada, mas...

— Um desafio feito puramente como exercício necromântico — disse Harrowhark calmamente — sugere muitas coisas, mas não revela nenhuma. Só o teorema que o sustenta pode desvendar seu mistério.

— E os teoremas estão atrás das portas trancadas — disse Isaac pensativo —, não estão? Você precisa das chaves para as portas, ou está ferrado.

A atenção de todo mundo estava concentrada nos adolescentes de merda. Eles os encararam de volta, cheios de desdém, carregados de luto, cabelos despenteados e um monte de brincos.

— Nós sabemos das *portas* — disse Jeannemary. — Nós vimos as portas... e pessoas passando pelas portas... Bem, o que mais poderíamos fazer? — acrescentou ela, na defensiva. — Se nós não estivéssemos seguindo todo mundo, seria a esquisita da Ianthe Tridentarius. E ela está perseguindo todo mundo. Acredite em mim.

(— E como é que *seguir* é diferente de *perseguir*?

— *Porque a Quarta não persegue?*)

— Nada impedia vocês de conseguir a chave da escotilha — disse Palamedes.

— Abigail disse para... — disse ele, vazio. — Disse para esperarmos por ela.

Gideon não sabia o quanto a Sexta sabia a respeito das chaves que tinham conseguido, ou o que tinham aprendido nos laboratórios e nos quartos, e o quanto sabiam dos teoremas. Palamedes assentiu, pensativo.

— Bem, chegaram à conclusão correta. Atrás das portas estão salas, e todas as oito, são oito, é óbvio, uma por Casa, contêm notas e observações sobre o teorema relevante. Todos os oito teoremas presumivelmente podem ser somados a um tipo de, er...

— Megateorema — ofereceu Isaac, que, afinal de contas, tinha uns treze anos.

— Megateorema — ele concordou. — A chave para os segredos do Lyctordócio.

O cérebro de Jeannemary estava obviamente apressado em seguir em frente, passando pela confusão e os hormônios da puberdade para chegar a uma conclusão lenta.

— Espere aí. Volte um pouco, Sexta — pediu ela. — O que quer dizer com *mais uma chave*?

Palamedes tamborilou os dedos na mesa.

— Bem. Perdoe-me pela explicação, Nona, sei que você está monitorando as chaves... — (Ha! Ha! Ha! Pensou Gideon. Ela não estava) —, mas não conseguia saber quantas chaves Senhora Septimus tinha. Eu sabia que tinha ao menos uma, mas quando Octakiseron a convenceu de entregá-las — ele falou *convenceu* com um desprezo tão pesado que deveria ter arrebentado o chão —, ele acidentalmente nos mostrou suas cartas. Ela tinha duas. O que quer dizer que há uma que não contabilizei, e nós precisamos contabilizá-la.

— Precisamos achar o cavaleiro da Sétima — acrescentou Camilla.

Ele assentiu.

— Sim, e também precisamos entender quem diabos está no incinerador. Ianthe Tridentarius estava certa, uma frase que eu não gosto de dizer, mas havia mais de uma pessoa ali.

— Eu tenho o dever de encontrar quem matou Magnus e Abigail, antes de tudo — disse Isaac.

— Você está certo, Barão Tettares — disse Palamedes calorosamente —, mas acredite em mim, acho que responder a essas três perguntas nos ajudará bastante a resolver esse mistério. Nona, Protesilaus ainda estava nas instalações ontem à noite.

— Como sabe disso? — Harrow olhou para ele sem expressão.

— Nós o vimos entrar — disse a Quarta em uníssono. E Isaac acrescentou: — Depois que ouvimos você e a Sexta conversarem.

— Bom para você. Mas também faz sentido. Senhora Septimus disse "ele não voltou", e, quando vimos o seu chaveiro, só tinha as chaves do desafio, e nenhuma chave da escotilha. Ela deve ter dado a ele para poder acessar as instalações sozinho, apesar de não compreender o porquê. Aposto a seção inteira de educação física da minha biblioteca que ele ainda está lá embaixo. Seria impossível para alguém trazê-lo sem ser visto.

— Então precisamos ir lá embaixo e olhar — disse Jeannemary, visivelmente impaciente com a falta de ação. — Vamos!

— Não seja tão Quarta — disse Palamedes. — Devemos nos dividir. Estamos travando uma luta em duas frentes aqui. Francamente, eu não deixaria a Senhora Septimus sem proteção, sem seu cavaleiro, e só com a Primeira Casa para protegê-la.

— As chaves dela se foram — disse Harrowhark. — Qual a motivação?

— Vulnerabilidade — disse Camilla.

— Sim. Não é só um jogo de chaves, Nonagesimus. Por que Magnus Quinn e Abigail Pent morreram, quando não tinham nada com eles exceto por uma chave da escotilha e eles mesmos? Por que Protesilaus está desaparecido, quando tudo que ele teria é a chave da escotilha? Ele ainda está lá embaixo? Quem morreu antes de este desafio sequer começar? E também há a questão das outras Casas. Não sei você, Reverenda Filha, mas até Cam estar curada, minha intenção é ficar generosamente me cagando de medo.

Isaac deu uma risadinha tosca e alta.

— Mestre, é só minha mão direita — disse Camilla, rouca.

— Olha só ela! Só a sua mão direita. Mais para a *minha* mão direita. Deus, Cam, eu nunca estive tão assustado em toda minha vida.

Harrowhark ignorou essa conversinha de cavaleiro e necromante e pigarreou intencionalmente.

— Septimus precisa de proteção. O cavaleiro dela precisa ser encontrado. O que sugere?

— A Quarta Casa fica com Senhora Dulcinea — disse Palamedes, colocando os óculos de volta no nariz comprido. — Gideon, a Nona, permanece com eles como reserva. Você, eu e Camilla vamos às instalações e vemos se conseguimos encontrar Protesilaus.

Houve mais de um olhar desorientado lançado na direção dele: a sua cavaleira olhou para ele como se tivesse perdido o bom senso, e Harrow abaixou o capuz com força como se estivesse tentando aliviar seus sentimentos.

— Sextus — disse ela, como se estivesse conversando com uma criança extremamente burra —, sua necromante está machucada. Eu poderia matar vocês dois e roubar suas chaves, ou só roubar suas chaves, o que seria pior. Por que se colocaria deliberadamente nessa posição?

— Porque estou confiando em você — disse Palamedes. — Sim, mesmo que seja uma anacoreta negra e leal apenas às forças numinosas do Túmulo Trancafiado. Se quisesse pegar minhas chaves através de tramoias, teria me desafiado para um duelo há muito tempo. Eu não confio em Silas Octakiseron, e não confio em Ianthe Tridentarius, mas eu confio na Reverenda Filha Harrowhark Nonagesimus.

Debaixo da maquiagem, Gideon conseguia ver que Harrow tinha mudado de cor várias vezes durante esse pequeno discurso. Ela foi de um tom cinzento de um esqueleto para o de um esqueleto impossivelmente verde perto dos olhos. Para um estranho, seria apenas a máscara sem expressão da Nona Casa indo de *mistério sombrio* para *mistério enigmático*, não deixando transparecer nada, mas, para Gideon, era como ver fogos de artifício.

— Está bem — disse a sua necromante, rouca. — Mas nós cuidaremos da Sétima Casa. Não vou descer a escada com sua cavaleira inválida.

— Ótimo — disse Palamedes. — Talvez seja um melhor uso dos nossos talentos de qualquer forma. Quarta, vocês estão bem em acompanhar Gideon, a Nona? Percebo que estou apenas pressupondo que nossas motivações são as mesmas, mas eu posso garantir que realmente são. Procurem nas instalações, e se o encontrarem, ou não, voltem para cá, e traçamos um novo plano. Entrem e saiam rápido.

O necromante adolescente cansado olhou para sua cavaleira.

— Nós vamos com a Nona — disse Jeannemary imediatamente. — Ela é ok. Todas as histórias da Nona parecem mentira mesmo.

Ela é ok? O coração de Gideon rugiu, apesar do fato de que ela tinha suas suspeitas de por que a sua necromante não queria que ela acompanhasse Dulcinea Septimus, e todas eram extremamente mesquinhas. O adepto da Sexta Casa ajustou seus óculos novamente e disse:

— Perdão. Cavaleira da Nona, deveria perguntar se tem algo a acrescentar.

Ela estalou as juntas no pescoço enquanto considerava a pergunta, esticando os ligamentos, estalando os nós dos dedos.

— Algo a acrescentar? — ele encorajou de novo.

Gideon disse:

— Você sabia que se dividir seu nome em duas partes, a segunda parte fica "medes" e a primeira soa como "pau"?

Os adolescentes horríveis a encararam com olhos tão arregalados que dava para marchar esqueletos através deles.

— Você... você *fala*? — disse Isaac.

— Você vai preferir que não falasse — disse Camilla.

A ferida estava aberta de novo. Palamedes procurou nos bolsos e nas mangas do seu manto por mais lenços para estancá-la. Enquanto a Quarta conduzia uma conversa rápida no que eles acreditavam ser sussurros, Harrow foi até Gideon e, com relutância, passou o chaveiro pesado de ferro onde as chaves tilintavam, os corpos quase encostando para que pudessem ficar longe do olhar de Palamedes.

— Volte com essas chaves ou tendo engasgado com elas — sussurrou ela —, e não fique complacente com a Quarta. Nunca trabalhe com crianças, Griddle, os córtex pré-frontais não são desenvolvidos. Agora...

Gideon colocou os braços ao redor de Harrowhark. Ela a levantou alguns centímetros do chão e a apertou em um abraço enorme antes que Harrow ou ela entendessem alguma coisa. A sua necromante parecia absurdamente leve nos seus braços, como um saco de ossos de passarinho. Sempre pensou — quando se importava em pensar — que Harrow seria fria, como tudo na Nona era frio. Não, Harrowhark Nonagesimus era incrivelmente febril. Bem, não dava para pensar aquele tanto horrível de pensamentos sem gerar certa energia. Espere aí, *que porra ela estava fazendo.*

— Obrigada por me apoiar, minha soberana da meia-noite — disse Gideon, colocando-a de volta no chão. Harrow não havia se debatido, mas ficado amolecida, como uma presa se fingindo de morta. Ela tinha o mesmo olhar vidrado e a respiração quase imóvel. Gideon, tarde demais, desejou que pudesse explodir, mas tentou ficar calma. — Eu sou grata, minha rainha crepuscular. Foi bom. Você foi boa.

Harrow, completamente desprovida de palavras, finalmente conseguiu dizer um "Não deixe isso *estranho*, Nav!" patético e saiu correndo para seguir Palamedes.

Jeannemary se adiantou para o lado de Gideon, um pouco tímida, e Isaac estava flutuando atrás dela como um parasita: estava no meio do processo de trançar seu cabelo cacheado para ficar fora do caminho com uma fita azul.

— Vocês duas estão juntas há muito tempo?

(— Não pergunte isso — sibilou seu necromante. — É uma *coisa esquisita de perguntar.*

— Cala a boca! Foi só uma *pergunta!*)

Gideon contemplou a trança que crescia, e a visão de Palamedes pingando o conteúdo nocivo de um frasco azul na ferida de Camilla, e Camilla dando uma joelhada na coxa dele com uma brusquidão linda. Harrowhark pairava ao lado deles, propositalmente sem olhar para Gideon, a cabeça escondida dentro do seu segundo melhor capuz. Gideon ainda não entendia o que era para ela fazer ou dizer: o que o dever significava, entre um cavaleiro e um necromante, entre um necromante e um cavaleiro.

— Parece que faz uma eternidade — disse ela com sinceridade. Gideon tirou os óculos escuros do bolso e os colocou, e se sentiu muito melhor. — Vamos embora.

25

Apesar do fato de que agora eles sabiam que Gideon tinha um par de cordas vocais funcionais e a vontade de usá-las, o caminho até as instalações foi feito em silêncio. Qualquer viagem feita às profundezas da Primeira Casa colocava os dois adolescentes em estado de alerta: eles estavam tão paranoicos que teriam sido bem-vindos ao escuro ventre da suspeita Nona. Os dois se sobressaltavam com cada sombra e observavam cada ranger de esqueletos que passavam tanto com ódio quanto desespero. Eles não gostavam do terraço aberto onde as ondas uivavam lá embaixo, nem dos corredores de mármore abertos, nem da escadaria de mármore que levava ao cômodo discreto com a escotilha para as instalações. Eles só falaram quando Gideon colocou a chave da escotilha na fechadura e a virou com um nítido *clique*. Foi Jeannemary quem falou, e ela parecia preocupada.

— Ainda não temos uma chave — disse ela. — Talvez... talvez não devêssemos estar aqui.

— Abigail morreu, e ela tinha permissão — disse o seu companheiro, sombrio. — Quem se importa?

— Só estou dizendo...

— Já desci sem permissão — disse Gideon, usando a bota para abrir a escotilha. Um ar frio saiu como se fosse um fantasma aprisionado. — A Sexta me deixou entrar uma vez sem a chave, e eu ainda estou respirando.

Jeannemary parecia pouco confortável e nada confiante.

— Ei, veja por esse lado — acrescentou Gideon —, vocês estavam aqui na outra noite, então, se isso for um problema, vocês já botaram o pé na cova.

— Você não fala... como eu achava que falava — disse Isaac.

Os três desceram pela escada fria e escura até as luzes fluorescentes, pisando no chão inabalável. Gideon foi primeiro. Os outros dois ficaram um pouco atrás, fascinados pelo número de nódulos velhos e ensanguentados que ainda decoravam a grade no fundo. Ela precisou pastoreá-los para frente, através do túnel que levava aos corredores dos laboratórios, passando pelo quadro branco e passando pelas placas acima da exuberância de corredores.

Ela se virou: Jeannemary e Isaac não a seguiram. Jeannemary havia parado no batente, achatada contra a porta, olhando para os estranhos túneis de aço anacrônicos cheios de placas de metal e luz de LED.

— Achei ter ouvido um barulho — disse ela, os olhos indo de um lado para o outro.

— Vindo de onde?

Ela não respondeu. Isaac, que tinha se pressionado contra as sobras do lado que a porta encontrava a parede, disse:

— Nona, por que havia fragmentos de ossos nos corpos de Magnus e Abigail?

— Não sei. É uma boa pergunta.

— Achei primeiro que fossem os esqueletos — disse ele, em um murmúrio baixo, o que fazia sentido considerando que ele e a cavaleira haviam pulado cada vez que um criado de ossos rangente se aproximava. — Tem algo que não é natural sobre os construtos lá em cima, como se estivessem te escutando...

Gideon olhou para os dois. Eles estavam achatados cada um de um lado do corredor, sem ousar entrar no espaço, as pupilas dilatadas com adrenalina. Os dois olharam para ela: a jovem cavaleira com os olhos marrons-escuros na escuridão, e o necromante com seus olhos cor de mel profundos e os cílios cheios de rímel. O ar pressurizado de um ventilador chiava através de uma abertura, fazendo o teto ranger.

— Vamos, não fiquem espreitando por aí — disse Gideon sem paciência. — Vamos achar o cara. Não deve ser difícil, ele é gigantesco.

Nenhum dos dois foi persuadido a sair. Todo a pompa ao redor deles parecia ter desaparecido. Eles ficaram juntos, próximos, os rostos graves e tensos. Isaac ergueu a mão e chamas fracas e fantasmagóricas apareceram na ponta dos dedos dele — de um tom azul esverdeado, emanando uma luz débil que nem sequer ajudou a iluminar o que estava ao redor. Ele insistiu em colocar uma égide em cada uma das portas que irradiavam do salão —

pegando o sangue e o cuspe da sua cavaleira no batente de cada corredor. Ele estava nervoso e resmungão, e era um trabalho lento colocar gosma de adolescente em cada uma das saídas.

— As proteções dele são boas — Jeannemary ficava dizendo na defensiva.

— Achei que a Quarta era sobre só entrar de cabeça e meter o louco — disse Gideon, que encarava cada sombra com firmeza.

— É idiota morrer se isso não ajudar ninguém — disse Isaac, traçando o seu polegar em formatos curiosos ao redor da maçaneta. — A Quarta não é só pólvora de canhão. Se somos os primeiros a descer de uma nave, precisamos ficar vivos... Égides são a primeira coisa que aprendemos. Quando sairmos para Coorte ano que vem, elas serão marcadas em nossas costas.

Ano que vem. Gideon estava tensa, impaciente, mas ainda demorou alguns segundos tentando lidar com o fato de que os adolescentes desajeitados na frente dela enfrentariam os inimigos do Imperador aos quinze e sei lá quantos anos. Por tudo que ela sempre sonhou do fronte desde os oito anos, de repente, não parecia uma boa ideia.

— Queríamos ir esse ano — disse a cavaleira, parecendo amargurada —, mas Isaac pegou caxumba uma semana antes do alistamento.

A lembrança da caxumba de Isaac deixou os dois melancólicos, mas ao menos pareceu diluir o terror que estavam sentindo. Por fim, Gideon liderou o caminho pelo corredor marcado como SANITÁRIO, onde ela tinha encontrado Harrow da primeira vez. Três pares de pés chutaram nuvens de poeira branca, brilhando com cores diferentes sob a luz necromântica de Isaac, acumulando-se em camadas silenciosas nos painéis, desfazendo-se em nada sob os passos deles. As portas rangiam para abrir dentro do labirinto de painéis dos cubículos de aços, e os respiros gemiam em empatia, rangendo com tanta força que os adolescentes cerraram seus molares.

O sangue velho de Harrow ainda estava ali, mas Protesilaus não. Eles se dividiram para andar pelo labirinto de mesas de metal, checando embaixo delas caso ele tivesse decidido deitar para um cochilo rápido ou algo igualmente provável, e rondaram pelas fileiras de cubículos de metal, todos vazios. Eles gritavam "Olá!" e "Protesilaus!", as vozes reverberando pelas paredes. Conforme o eco se desfazia, escutaram o barulho de ar sendo assoprado pelos dentes metálicos do respiradouro.

— Tem algo aqui — disse Isaac.

Todos pararam para escutar. Gideon não conseguia ouvir nada a não ser o som do velho maquinário que funcionava da mesma forma que funcionava há milhares de anos, mantida viva por um mecanismo perfeito e o tempo necromântico. Não havia barulhos diferentes dos barulhos da Nona Casa.

— Não ouço nada — disse ela.

— Não é só ouvir — disse Isaac, o cenho franzido. — É mais... estou sentindo alguma coisa. Há movimento aqui.

— Outra Casa? — perguntou Jeannemary.

— Não.

— Égides?

— Nada.

Ela andou pelas instalações com a rapieira desembainhada e a adaga na mão. Gideon, que não estava acostumada com trabalhar em grupo, ficou preocupada que iria assustá-la por acidente e acabaria com uma faca da Quarta no estômago.

— Trouxeram corpos para cá — disse Isaac. — Há muito tempo. Bastante matéria óssea. A Primeira inteira parece um cemitério, mas aqui é pior. Não estou inventando.

— Acredito em você — disse Gideon. — Algumas coisas que vi aqui iriam arruinar suas pálpebras. Eu sei lá que merda eles estavam pesquisando, mas eu não gosto disso. O único lado bom é que tudo parece bem contido.

— Eu... não tenho tanta certeza — disse o adepto. Suor pingava em sua sobrancelha.

— Ele não está aqui — disse Jeannemary. — Vamos para outro lugar.

Eles deixaram a sala desinfetada do Sanitário. As luzes se apagaram com o *bum, bum, bum* ritmado quando Gideon pressionou o painel que ainda tinha algumas espirais escuras do sangue de Harrow, e eles saíram para o corredor. O suor estava escorrendo abertamente pelas têmporas de Isaac agora. A cavaleira passou o braço pelo seu ombro, e ele enterrou a cara molhada e quente no ombro dela. Gideon mais uma vez achou difícil olhar para eles.

— Vamos — disse Jeannemary.

Conforme viraram onde o corredor dos Sanitários encontrava a artéria principal dos corredores, o *bum, bum, bum* ritmado das luzes se apagando os alcançou. As luzes na grade do chão se apagaram, e também morreram os painéis que brilhavam acima deles, assim como a luz clara que iluminava a sala quadrada à frente. Foram deixados em completa escuridão, cada nervo no corpo de Gideon estremecendo com o medo. Ela tirou os óculos para conseguir encarar melhor.

O necromante estava hiperventilando. A cavaleira continuava dizendo, em completa calma:

— Suas égides não foram quebradas. São só as luzes. Não entre em pânico.

— As égides…

— Não foram quebradas. Você é bom com égides. Não tem ninguém aqui.

Uma das luzes de sensor de movimento voltou à vida atrás deles, um pouco para trás no corredor. Um painel no teto deixou a lateral de metal em evidência cintilante. Estava manchado por palavras que não estavam ali segundos antes, escrito em sangue tão fresco e vermelho que ainda escorriam gotas:

MORTE À QUARTA CASA

A luz se apagou. Depois de ficar sem dormir — dias de ameaças e luto e pânico que teriam acabado com um homem com o dobro de sua idade —, Isaac surtou completamente. Com um grito estrangulado, ele brilhou em um halo azul e verde. Jeannemary gritou:

— Isaac, *atrás de mim*…

Mas ele estava brilhando com uma luz forte demais para conseguir enxergar; um sol, não uma pessoa. Gideon o ouviu fugir para o cômodo na frente deles, cega pela aurora que corria.

Quando seus olhos voltaram ao normal, Gideon foi confrontada com o maior construto de esqueleto que ela já vira. A sala estava cheia dele, iluminada pela luz azulada de Isaac, uma alucinação imensa de ossos. Era muito maior do que aquela na Reação, muito maior do que qualquer coisa registrada nos livros de história da Nona. Havia se amontoado no meio do quarto sem ter um meio visível, e não poderia ter passado por uma das portas. Estava, de repente, *ali*, como um pesadelo — um casco vertiginoso e dobrado, um despautério de ossos espalhados em longas e finas pernas, se recostando nelas quase delicadamente, rastejando com tentáculos feitos de milhões e milhões de dentes, cerrados uns nos outros como um quebra--cabeça. Os tentáculos estremeceram, e então ficaram tensos de uma vez só com o som estalado de um chicote. Era tão gigantesco.

Estava se afastando de Isaac Tettares, que havia plantado os dois pés separados, alinhados com o quadril, e gritava sem som com medo e raiva. Ele havia esticado os braços como em um abraço, e houve uma explosão de sódio no ar entre ele e o construto que ocupava o cômodo. Deixou uma sucção, como se ele tentasse arrancar algo da criatura relutante. Pontos azuis brilhantes de contato apareceram nela, e a massa de ossos e energia começou a perder forma, flutuando para Isaac, pequenos ossos caindo na grade como chuva.

Gideon acordou de sua confusão, desembainhou a espada e correu. Com uma mão na soqueira, ela alcançou o tentáculo mais próximo e o puxou com força, e então atingiu outro com a parte de trás das luvas pesadas, encontrando um pedaço nu de um osso da perna e enfiando um soco com o máximo de força que conseguia. Um dos tentáculos com dentes se embrulhou ao redor do tornozelo, mas ela conseguiu se equilibrar e pisou nele até que ficasse uma coroa de molares. Gideon olhou para trás para ver Jeannemary levantada por um dos tentáculos, golpeando o ar selvagemente com os pés e as lâminas. Em todo lugar que ela olhava, lá estava o construto preenchendo: tudo que a luz de Isaac tocava era um verdadeiro câncer de ossos e dentes.

Gideon gritou, a voz abafada por uma caralhada de ossos:

— Corram! Não lutem, corram…

Só que a coisa enorme colocou mais uma dúzia de tentáculos sob a grade, sinuosa, e então flexionou-se sobre os longos fios. O fogo azul-esverdeado de Isaac caiu sobre um pedaço gigantesco de ossos, uma caveira terrivelmente mutilada em meio ao único centro coerente da coisa: o simulacro de um rosto de olhos fechados e lábios fechados, preso para sempre em uma reza perpétua. Essa máscara vasta flutuava do teto e se debatia com o puxão de Isaac. Um dos tentáculos cedeu e foi sugado pelo vórtex que a Quarta Casa estava criando com tanta valentia. O espírito alastrado estava dissolvendo-o, o membro se desfazendo em pedaços, um entre centenas.

Isaac não parou e ele não correu. Foi uma das coisas mais estúpidas e mais corajosas que Gideon já tinha visto na vida. O construto balançou, tentando se equilibrar, virando a cabeça enorme, como em contemplação. As longas lanças de dentes flutuavam acima do necromante, estremecendo e se distorcendo ocasionalmente como se estivessem sendo sugados por sua espiral de fogo. E então ao menos cinquenta delas o empalaram.

Fogo azul e sangue se esparramaram pelo cômodo. Gideon guardou a espada, ajeitou os ombros, colocou um braço acima dos olhos e avançou contra o cômodo como se fosse um foguete. Era como correr em meio a um terremoto. Milhares de fragmentos de ossos rasgaram seu manto e laceraram qualquer pele exposta. Ela não ficou prestando atenção, e foi de encontro com Jeannemary Chatur como a vingança do Imperador. Jeannemary não tinha nenhuma intenção de parar: ela estava golpeando o inimigo invencível como se a ideia de correr nunca tivesse sequer passado pela cabeça. Ela mal pareceu registrar o fato de que Gideon a tinha agarrado, os membros debatendo, a garganta emitindo um uivo alto que Gideon só conseguiu decifrar mais tarde: *Lealdade! Lealdade! Lealdade!*

Como ela passou por aquele corredor, a outra garota agarrada a ela, longos tentáculos de ossos esgueirando-se atrás delas do cômodo central, ela não sabia. O fato que ela conseguiu subir a escada correndo com Jeannemary, chutando e gritando, parecia ainda mais improvável. Ela jogou a outra cavaleira para fora — teria ficado surpresa se ela sequer tivesse sentido isso —, fechou a tampa da escotilha e virou a chave com tanto frenesi que arranhou o metal.

Jeannemary rolou nos azulejos pretos e frios, e então vomitou. Ela se levantou, braços e pernas arranhados e lacerados pelo chicote de ossos, e começou a tremer. Ela caiu de joelhos de novo e gritou como um apito. Gideon a pegou no colo novamente — a adolescente assolada pelo luto se debatendo — e começou a correr para longe da escotilha.

Jeannemary continuava chutando nos seus braços.

— Me ponha no chão — chorava ela. — Me deixe voltar. Ele precisa de mim. Ele ainda pode estar vivo.

— Ele com certeza não está — disse Gideon.

Jeannemary, a Quarta, gritou de novo.

— Eu quero morrer — disse ela depois.

— Azar o seu.

Ao menos, enfim, ela parou de chutar. Os infinitos cortes nas mãos e no rosto de Gideon começavam a arder, mas ela não deu atenção. Ainda era uma noite profunda e escura, e o vento estava uivando ao lado da Casa de Canaan. Ela carregou Jeannemary para dentro e desceu a grande escadaria apodrecida, e depois o cérebro deu um branco sobre o que deveria fazer. A cavaleira da Quarta Casa não conseguia nem ficar em pé: ela foi reduzida a soluços pequenos e desacreditados de alguém cujo coração tinha sido quebrado para sempre. Era a segunda vez que Gideon tinha escutado Jeannemary chorar, e a segunda vez foi muito pior do que a primeira.

Elas precisavam ficar em segurança. Gideon queria seu montante e ela queria Harrow. Havia os aposentos da Nona — só que égides de ossos poderiam ser quebradas, até mesmo as de Harrow. Ela poderia marchar direto para onde os outros estavam protegendo Dulcinea — só que era muito longe para levar seu fardo catatônico. Se encontrasse um Naberius avarento ou um Colum obediente demais — ela ainda preferiria encontrá-los no escuro ao que quer que estivesse lá embaixo nas instalações. A mão de Gideon ainda estava segurando a chave da escotilha que tinha usado freneticamente, e quando viu a chave vermelha, uma lâmpada se acendeu.

Jeannemary não perguntou aonde estavam indo. Gideon correu pelas escadas da Casa de Canaan, atravessou os corredores no tardar da noite, e passou péla pequena passagem que levava ao saguão das salas de treinamento. Ela empurrou a tapeçaria para o lado e correu pelo corredor até a porta preta grande que Harrow tinha chamado de X-203. A porta e a tranca eram tão escuras na noite, e ela deslizava tanto com medo que, por um instante excruciante, ela não conseguia encontrar a fechadura. E então a encontrou, deslizou a chave para dentro, e abriu a porta para o laboratório abandonado.

A trilha de luzes se acendeu, iluminando as bancadas laminadas limpas do laboratório e as escadas de madeira ainda brilhantes que levavam à área de moradia. Ela fechou a porta atrás de si e trancou-a com tanta rapidez que deveria ter quebrado a barreira de som. Gideon arfou e conseguiu carregar Jeannemary escada acima e colocá-la na poltrona mole, que rangeu repentinamente com o uso. A adolescente entristecida se curvou em posição fetal, sangrando e soluçando. Gideon saiu de lá e começou a fazer uma lista do que tinha no quarto, se perguntando se conseguia usar as estantes de madeira como piquetes.

— Onde estamos? — disse a Quarta, por fim, com pesar.

— Uma das salas das chaves. Nós estamos seguras aqui. Sou a única que tem a chave.

— E se a coisa quebrar a porta?

— Está brincando? — disse Gideon, travando. — Aquela porta tem dez centímetros de espessura de ferro.

Isso não reconfortou ou satisfez Jeannemary, que possivelmente visualizou a barreira improvisada nos olhos da outra garota, mas o choro diminuiu — a cada cinco segundos, outro soluço a estremecia, mas tinha parado de prantear e tinha trocado por arfadas histéricas.

— Não é justo — disse ela, e começou de novo a chorar com grandes torrentes de lágrimas.

Gideon tinha ficado em frente da carabina antiga, tão amedrontada que se perguntava se funcionava ou não. Quem poderia saber? As espadas ainda estavam afiadas.

— Não. Não é mesmo.

— Você n-não entende. — A cavaleira estava brigando para se controlar, os olhos ferozes com ódio e desespero. Ela estava tremendo tanto que estava vibrando. — O Isaac é cuidadoso. Não *irresponsável*. Ele não é... ele não fez... Ele sempre tomou tanto cuidado, ele não deveria... Eu o odiava quando éramos pequenos, ele não era nada do que eu queria...

Ela desistiu e voltou a chorar. Quando conseguiu, disse:

— Não é justo! Por que ele resolveu ser idiota agora?

Não havia absolutamente nada que Gideon pudesse responder. Ela precisava mais de armas do que de estantes e antiguidades. O que ela realmente precisava era de Harrow Nonagesimus, para quem um construto gigantesco de ossos seria uma oportunidade divertida, e não uma monstruosidade infernal, e ela precisava da sua montante. Só que ela não podia deixar Jeannemary, e, nesse momento, Jeannemary era um risco.

Ela esfregou as mãos na cara ensanguentada, estragando toda a maquiagem e tentando organizar seus pensamentos, e então estabeleceu:

— Vamos ficar aqui até que consiga lutar de novo. Não me diga que consegue, você está exausta, em choque, e parece uma poça de vômito. Espere meia hora, deite, e eu vou pegar uma água.

Exigiu um enorme esforço conseguir que Jeannemary deitasse em uma das camas com colchões empoeirados e rangentes, e ainda mais esforço para que ao menos bebesse pequenos goles da água que saiu da torneira do laboratório — os canos todos estremeceram em choque quando foram usados — em uma caneca de latão que provavelmente não tinha experimentado os lábios de ninguém desde que a Nona Casa era jovem. A adolescente recalcitrante bebeu um pouco, descansou a cabeça no travesseiro velho de espuma, e os ombros tremeram por muito tempo. Gideon se sentou na poltrona com forro grosso e deixou a rapieira em cima dos joelhos.

— O que era aquela coisa?

Gideon levou um susto, estava lentamente sendo embalada por uma névoa de devaneios, e a voz de Jeannemary era embargada pelo choro e pelo travesseiro.

— Não sei — respondeu ela. — Só sei que vou acabar com ela por fazer aquilo.

Outro momento de silêncio. Então:

— Essa é a primeira vez que eu e Isaac deixamos a Casa de verdade... eu queria nos alistar para o fronte eras atrás, mas Abigail disse não... e ele não... Quer dizer, ele tem três irmãos mais novos e quatro irmãs mais novas para cuidar. Ele tinha, quer dizer.

Era como se estivesse prestes a se debulhar em lágrimas de novo.

— Isso é... uma quantidade significativa? — disse Gideon.

— Precisa de filhos extras quando se está na Quarta Casa — disse Jeannemary, fungando. — Eu tenho cinco irmãs. Você tem uma família grande?

— A Nona não tem famílias grandes. Acho que eu sou órfã.

— Bem, isso também é típico da Quarta Casa — disse a cavaleira. — Minha mãe pulou numa granada durante a expedição Pioneira, mesmo quando não deveria estar nos planetas pós-colônia além da fronteira. O pai de Isaac saiu para uma visita oficial em um planeta território e foi explodido por insurgentes.

Não houve nada depois disso, nem sequer lágrimas. Após alguns minutos, Gideon não ficou surpresa ao ver que a garota ensanguentada tinha chorado até ficar inconsciente. Ela não a acordou. Haveria bastante tempo para acordá-la, e até um descanso rápido ajudaria. Era horrível ser adolescente, e era ainda mais horrível ser uma adolescente cujo melhor amigo tinha acabado de morrer de um jeito horrível, mesmo que estivesse acostumada a mães que pulam em granadas e pais que eram explodidos. Ao menos na Nona Casa, o jeito mais comum de morrer era de pneumonia exacerbada pela senilidade.

Gideon descansou a cabeça no encosto gordo da poltrona. Ela não diria que era possível, mas — observando o levantar e abaixar da respiração de Jeannemary, um ritmo suave e embalado, as manchas de lágrimas que secavam nas bochechas da adolescente — ela prontamente adormeceu.

✦ ✦ ✦

Não poderia ter sido por muito tempo. Quinze minutos, no máximo. Ela acordou com um sobressalto com o puro pânico inconsciente de alguém que sabia que não poderia se deixar levar pelo sono profundo; um puxão táctil a acordou. A espada estremeceu nos joelhos e caiu no chão. O único som que poderia tê-la acordado era um gotejar persistente que ela achava que vinha da pia.

Gideon não conseguiu entender para o que ela estava olhando quando acordou, e quando limpou os olhos e olhou de novo, ainda não entendeu.

Jeannemary estava deitada na velha cama, braços e pernas abertos como se tivesse chutado os cobertores e lençóis em um pesadelo: isso seria normal, exceto pelas enormes hastes de ossos que empalavam cada ombro no colchão. Mais dois estavam enfiados nas coxas. Uma estava diretamente no centro das costelas. Essas lanças de ossos haviam encontrado o corpo de Jeannemary com auréolas vermelhas, esparramando por suas roupas, encharcando a cama.

— Não — disse Gideon, comedida —, não, não, não, não, não.

Os olhos de Jeannemary estavam levemente abertos. Havia sangue espalhado por seus cachos, e tinha sangue espalhado em cima da cabeceira. O olhar de Gideon acompanhou a mancha até em cima. Escrito na parede, em um vermelho sedoso e molhado, estavam as palavras:

BONS SONHOS

ATO QUATRO

26

Lado a lado, os adolescentes da Quarta foram deitados para um sono inquieto no necrotério, ao lado dos adultos que haviam falhado tão terminantemente em zelar por eles. Alguém havia (como? Era um mistério) tirado o corpo frio dos braços de Gideon (que retirara as lanças daqueles buracos terríveis e carregado Jeannemary de volta?) e várias pessoas haviam falado várias palavras para ela, nenhuma adentrando em sua memória curta. Professor estava ali, quando pensava na cena, rezando sobre a peneira quebrada que era Isaac Tettares; e Harrowhark estava em algum lugar por ali também, e Palamedes, tirando com tesouras um fragmento de algo grande do defunto que era Jeannemary, a Quarta. Essas imagens estavam confusas e pareciam sem contexto, como em um sonho.

Ela se lembrava de uma coisa: Harrowhark dizendo sua *idiota* — sua *imbecil* — sua *tola*, com todo o desdém da creche da Nona Casa e tão recente como se ela estivesse de volta lá. Harrow, a arquiteta, passando pelos corredores de Drearburh. Harrow, a nêmesis, seguida por Crux. Não estava claro o porquê de Harrow estar xingando-a, mas, seja lá qual for a razão, ela merecia. Gideon parou de ouvir todo o resto da litania da necromante, a cabeça apoiada nas mãos. E então Harrowhark fechou suas mãos em punhos — respirou fundo pelo nariz — e foi embora.

A única coisa que fazia sentido era que ela havia acabado no quarto alvejado onde estava Dulcinea, sentada sozinha em uma poltrona, e nele tinha tirado lágrimas dos seus olhos por horas. Alguém havia limpado todos os seus cortes com uma gosma vermelha fedorenta, e cheirava mal e doía para caramba quando uma gota errante de água salgada tocava nas feridas. Isso fez com que ela sentisse pena de si mesma, e sentir pena de si mesma fazia com que os olhos ficassem ainda mais molhados.

Dulcinea Septimus era uma boa pessoa para presenciar essa cena. Ela não disse "vai ficar tudo bem", porque Dulcinea não tinha capacidade pulmonar para gastar com chavões; ela somente havia ficado sentada apoiada em quinze travesseiros e deixado a mão quente e delicada na palma de Gideon. Ela esperou até que Gideon parasse de piscar tanto, e então disse:

— Não havia nada que você pudesse fazer.

— O caralho que não tinha — disse Gideon. — Eu pensei em tudo que deveria ter feito. Tem umas cinquenta coisas que eu poderia ter feito e não fiz.

Dulcinea ofereceu um sorriso torto. Ela estava péssima. Eram algumas horas antes do amanhecer, e a luz matinal era cinza nos seus cabelos claros e sua pele pálida. As finas veias esverdeadas na sua garganta e pulsos pareciam terrivelmente proeminentes, como se a maior parte da sua epiderme já tivesse sido gasta. Quando ela respirava, era como se houvesse molho saindo de um ar-condicionado. Havia cor em suas bochechas, mas era da cor brilhante de entulho.

— Ah, poderia... deveria... — disse ela. — Você pode considerar os *poderias* e *deverias* até voltar à semana passada... até voltar para o útero. Eu poderia ter mantido Pro comigo, ou deveria ter ido com ele. Posso voltar no tempo e fazer as coisas correrem perfeitamente se eu só pensar no que eu poderia ou deveria ter feito. Mas eu não fiz... você não fez... e é assim que é.

— Não consigo aguentar — disse Gideon, honesta. — É uma merda.

— A vida é uma tragédia — disse Dulcinea. — Ser deixado para trás por aqueles que se vão, e não poder mudar nada. É uma falta de controle completa... Uma vez que alguém morre, seus espíritos estão livres para sempre, mesmo se nos agarramos a eles ou tentarmos colocar uma barreira ou usar a energia que criam. Ah, eu sei que algumas vezes eles voltam... Ou podem ser chamados de volta, como na Quinta... Mas até mesmo essa exceção à regra mostra o seu domínio sobre nós. Eles só vêm quando imploramos. Uma vez que alguém morre, não podemos alcançá-los, graças a Deus! Exceto por uma pessoa, e ele está bem longe daqui, creio eu. Gideon, não sinta pena dos mortos. Acho que a morte é um triunfo absoluto.

Gideon não conseguia entender essa ideia. Jeannemary havia morrido como um cachorro enquanto Gideon tirava um cochilo, e Isaac tinha se transformado em um coador adolescente; ela queria sentir pena deles para sempre. Só que antes que Gideon pudesse dizer alguma coisa desse tipo, uma tosse enorme que encheu dois lenços e meio tomou conta de Dulcinea.

O conteúdo dos lenços fez com que *Gideon* tivesse inveja dos mortos, imagine então Dulcinea.

— Nós vamos encontrar seu cavaleiro — disse ela, tentando parecer firme e falhando tão completamente que ela bateu um recorde.

— Só quero saber o que aconteceu — disse Dulcinea, triste. — É sempre a pior parte... não saber o que aconteceu.

Gideon não sabia se tampouco entendia essa ideia. Ela teria sido devotamente grata por viver sem saber exatamente as coisas que aconteceram, com uma devoção intensa de vermelho e roxo. Mas até aí, a mente dela continuava voltando para Magnus e Abigail, lá embaixo no escuro sozinhos — perguntando-se o quanto e o como, e se Magnus havia assistido à esposa ser assassinada como Jeannemary havia assistido Isaac. Ela pensou: é estúpido para um cavaleiro ter que ver seu necromante morrer.

Gideon se sentia quente e vazia e doida por uma briga. Ela disse, sem esperanças:

— Se quiser suas chaves de volta de Silas Octakiseron, eu dou uma surra nele por você.

A tosse se transformou em uma risada alegre.

— Não precisa — disse Dulcinea. — Eu as cedi de livre e espontânea vontade. O que eu faria com elas agora?

— Por que estava tentando fazer essa coisa toda em primeiro lugar? — Gideon perguntou categórica.

— Você quer dizer, *apesar de eu estar morrendo*? — Dulcinea deu um sorriso quebradiço, mas que ainda tinha uma covinha. — Não é exatamente uma barreira. A Sétima Casa acha que minha condição é uma vantagem. Eles queriam que eu me casasse e continuasse a linhagem. Eu! Meus genes não poderiam ser piores, mas só para o caso de produzirem poesia lá na frente.

— Eu não entendo.

A mulher na frente dela mudou de posição, erguendo a mão para empurrar algumas mechas do cabelo claro para trás. Ela não respondeu por um instante. Então, disse:

— Quando não é um caso grave, quando dá para viver talvez uns cinquenta anos, quando seu corpo está morrendo por dentro, quando suas células de sangue estão te comendo viva o tempo todo... isso te torna um necromante e *tanto*, Gideon, a Nona. Um gerador de thanergia ambulante. Se pudessem encontrar um jeito de parar no tempo quando se é na maioria câncer e só um pouco mulher, eles fariam isso! Só que não podem. Dizem que minha Casa ama a beleza, e eles amavam e ainda amam, e há um tipo de beleza em morrer lindamente... em se esvair... meio viva, meio morta, à beira da majestade do seu poder.

O vento uivou, fino e solitário, contra a janela. Dulcinea se esforçou para se levantar para se apoiar em seus cotovelos antes que Gideon pudesse impedi-la.

— Eu *pareço* estar na majestade do meu poder? — questionou ela.

Isso faria com que qualquer um começasse a suar.

— Uh...

— Se você mentir, eu vou te mumificar.

— Você parece um balde de ranho.

Dulcinea voltou a deitar, rindo freneticamente.

— Gideon — disse ela —, eu disse à sua necromante que não queria morrer. E é verdade... mas eu estou morrendo pelo que parecem ser dez mil anos. Mas eu não queria morrer *sozinha*. Eu não queria que me deixassem fora de vista. É uma coisa horrível, ser deixada fora de vista... A Sétima teria me trancafiado em uma linda tumba e nunca teria me mencionado de novo. Eu não daria a eles essa satisfação. Então vim quando o Imperador chamou... porque eu quis... apesar de saber que eu vim aqui para morrer.

— Mas eu não quero que você morra — disse Gideon, e percebeu um segundo depois que ela tinha dito isso em voz alta.

O indicador e o polegar da mão se apertaram na dela. Os olhos azul-escuros eram luminosos — luminosos demais, com um brilho molhado e quente e incandescente — e Gideon pressionou esses dedos entre a sua mão, com cuidado. Era como se um pouco de pressão fosse esmagar Dulcinea entre seus dedos, como os ossos mais velhos mantidos no ossuário da Nona. O coração dela estava dolorido e sensível, e seu cérebro estava dolorido e seco.

— Não estou planejando isso, sabe — disse Dulcinea, apesar de que a voz estava enfraquecendo, como água acrescentada a leite. Ela fechou os olhos com um suspiro grave. — Provavelmente vou viver para sempre... azar o meu. O que é que aconteceu com *uma só carne, um só fim*?

— Já vi essas palavras antes — disse Gideon, sem lembrar exatamente onde tinha visto. — O que significam?

Os olhos azuis se abriram de repente.

— Elas não são familiares?

— Deveriam ser?

— Bem — disse Dulcinea calmamente —, você as *teria* dito para a sua Reverenda Filha, no dia em que fez o juramento para ser sua cavaleira, e ela as teria dito de volta. Só que não fez isso, fez? Você não foi treinada nas tradições da Casa do Túmulo Trancafiado, e não se parece em nada com uma freira da Nona Casa. E você luta como... não sei. Não tenho nem certeza de que foi criada na Nona Casa.

Gideon deixou a cabeça descansar na cabeceira da cama por um momento. Ela tinha pensado nesse momento, e esperava sentir pânico. Não havia mais pânico dentro dela. Ela só estava cansada.

— Me pegou — disse ela. — Estou cansada de fingir, então, é. Acertou em quase todas. Você *sabe* que sou a caveira mais falsa que já falsificou alguma coisa. O cavaleiro de *verdade* tinha hipertireoidismo crônico e um caso sério de pau mole. Passei esse tempo todo fingindo seus deveres por menos de dois meses. Sou uma cavaleira falsa. Não poderia ser pior nessa tarefa.

O sorriso que recebeu em troca não tinha covinhas. Era estranhamente gentil — assim como Dulcinea era estranhamente gentil com ela —, como se sempre tivessem dividido um segredo delicioso.

— Você está errada — disse ela. — Se quer saber o que eu acho... acho que você é uma cavaleira digna de um Lyctor. Eu quero ver isso, quero ver o que você se tornaria. Me pergunto se a Reverenda Filha sabe o que tem em você...

Elas trocaram olhares, e Gideon sabia que estava sustentando aquele olhar azul químico por tempo demais. A mão de Dulcinea estava quente na dela. Agora o pânico antigo da confissão pareceu voltar — a adrenalina estava tomando fôlego dentro do seu estômago — e naquele momento conveniente, a porta se abriu. Palamedes Sextus entrou com a mochila preta cheia de merdas estranhas, ajustou seus óculos, e encarou por dois segundos a mais do que devia para as mãos entrelaçadas.

Havia algo horrivelmente educado e distante, e nada parecido com Palamedes quando ele disse:

— Vim ver como estavam. Estou interrompendo?

— Não, eu já estava de saída — disse Gideon, tirando a mão de perto. Todo mundo estava puto com ela, o que era ótimo, apesar de que nenhum deles poderia estar tão puto quanto ela mesma. Ela ficou em pé e girou o pescoço até que todas as juntas estalassem ansiosamente, ficou aliviada em descobrir que a rapieira ainda estava no quadril, e se virou para ver Palamedes parecendo incrivelmente empoeirado e culpado. — Vou voltar pros meus aposentos. Não, eu estou bem, pode parar. Obrigada pela pomada, cheira encantadoramente como xixi.

— Pelo amor de Deus, Nona — disse Palamedes impaciente —, sente-se. Você precisa descansar.

— Tente se lembrar das últimas vezes que eu descansei. É, não vai rolar.

— Não é nem uma pomada, é uma sálvia. Lembre-se de que Cam tirou vinte lascas de ossos de você e ainda havia mais uma dúzia...

— Nonagesimus pode tirar. Ou talvez não — acrescentou Gideon, parecendo selvagem. — Melhor esperar até que eu termine de matar todo mundo, não é?

— Nona...

Ela se satisfez em sair batendo a porta atrás do Protetor-mestre da Sexta, e atravessar o corredor como uma bomba. Era o jeito menos digno de deixar uma conversa perfeitamente normal, mas também era muito satisfatório, e isso fez com que ela conseguisse sair dali em tempo recorde. Gideon cambaleou pelo corredor tirando a gosma laranja das unhas, e foi nesse estado de espírito espinhoso que ela quase derrubou Silas Octakiseron em seus trajes brancos e bactericidas da Oitava Casa. Colum, o Oitavo, o seguia automaticamente, parecendo ainda mais amarelado ao usar a mesma cor.

— Então estão mortos — disse o tio, como cumprimento.

A única coisa que salvou Gideon de uivar como um animal foi o alívio de que, finalmente, ela teria a chance de enfiar um dos pés de Octakiseron tão profundamente pelo rabo que ele engasgaria com seu calcâneo.

— *Eles* tinham nomes, seu babaca branquelo cheio de cáries — disse ela —, e se quiser criar caso por isso, aviso que estou com um certo humor que só vai melhorar ao te dar uma surra.

Colum piscou. O necromante dele não.

— Ouvi dizer que você estava falando agora — disse ele. — Parece uma pena. Guarde a sua baixaria para outra pessoa, Gideon Nav. Não estou interessado nos discursos assustados dos condenados da Nona Casa.

— Do que você me chamou?

— Condenada — disse Silas. — Criada. Serva.

— Não quero um monte de sinônimos, seu arrombado bajulador cor de nuvem — disse Gideon. — Você disse Gideon *Nav.*

— Cativa — continuou o necromante da Oitava, parecendo se preparar para ditar o dicionário. Colum estava encarando Gideon, quase vesgo em descrença. — Prisioneira. Não estou te insultando, estou dizendo o que você é. A substituta de Ortus Nigenad, mesmo ele sendo um representante pobre da fétida Casa de traidores e místicos.

O cérebro de Gideon deslizou até parar: voltou a Drearburh, sentada com o lábio arrebentado e com queimaduras de fricção nos pulsos. O choro dos devotos que se reduziam. Luzes verdes na escuridão sombria. O cheiro gorduroso de incenso. Uma mulher chorando. Alguém roubando a nave que ela ia embora, um milhão de anos atrás. Duas pessoas. Uma triste, a outra ainda mais, igualmente imigrantes da Nona Casa.

Ela ainda tem família lá na Oitava...

— Você ouviu a Irmã Glaurica — disse ela lentamente.

— Falei com Glaurica quando ela retornou para sua casa natal — disse Silas. — E agora gostaria de falar com você.

— Eu. A condenada. A serva. As outras cinco palavras que usou.

— Sim — disse o garoto —, porque você cresceu servindo a uma assassina, em um clã de assassinos. Você é, acima de tudo, uma vítima da Nona Casa.

Isso impediu que o osso minúsculo na alma de Gideon se fraturasse; isso impediu que ela andasse para frente e enchesse as mãos com o linho estranho e a fria cota de malha do seu manto — isso e o fato de que ela ainda não havia sido esmagada pelo seu protetor Colum, o Oitavo, e ela não estava com pressa de desfrutar dessa experiência maravilhosa. Ela deu um passo à frente. Silas não recuou, mas desviou um pouco a cabeça, como se ela tivesse mau hálito. Ele tinha olhos castanhos, e eram delineados surpreendentemente por cílios brancos e espessos.

— Não finja que sabe o que aconteceu comigo lá — disse ela. — Glaurica nunca lembrava que eu estava viva, não se importava quando lembrava, e não teria dito nada a *você* sobre esse assunto. Você não sabe nada sobre mim e não sabe nada sobre a Casa da Nona.

— Você está errada nas duas instâncias — disse Silas, falando para algum lugar além do ombro dela.

— Prove.

— Você está convidada a vir tomar chá comigo e com Irmão Asht.

Ela esfregou os punhos sujos nos olhos e por pouco não encostou neles a sálvia laranja horrível, que era tão nociva que quase arrancou estilhaços do seu corpo. As córneas umedeceram momentaneamente com o cheiro.

— Desculpe, acho que não ouvi direito — disse ela —, porque tive a impressão de ouvir você dizer "venha tomar chá comigo e com Irmão Asht", a coisa mais burra que alguém já disse.

— Você está convidada a vir tomar chá comigo e com Irmão Asht — repetiu Silas, com o tipo de paciência firme que indicava um mantra recitado dentro da cabeça pálida. — Você não trará a filha do Túmulo Trancafiado, mas trará a si mesma, e estará pronta para ouvir. Não há um preço. Não há um motivo obscuro. Apenas um convite para se tornar algo a mais do que é hoje.

— Que é?

— A ferramenta de seus opressores — disse Silas. — A tranca na sua própria algema.

Ela não pôde aguentar mais, tendo já passado por uma noite comprida e sofrido um número grande de tormentos emocionais, entre eles assassinato sobrenatural e drama interpessoal mesquinho. Gideon tirou o manto dos ombros, colocou uma mão no bolso e saiu pelo corredor para ficar longe de quaisquer tios e sobrinhos.

A voz do necromante flutuou atrás dela:

— Você virá e escutará o que tenho a dizer? Seja objetiva.

— Chupa minha rola, leiteiro — disse Gideon, e cambaleou por um corredor.

Ela ouviu o murmúrio "quer dizer sim, provavelmente" de Colum, mas não a resposta.

✦ ✦ ✦

Daquela hora em diante, Gideon não conseguiu mais lutar contra os pesadelos. Eles submeteram seu inconsciente a se afundar em um padrão de movimentos aleatório dos olhos que não envolvia ela acordar encharcada suando frio, mas como nas outras coisas da vida dela agora, tinha perdido a resposta apta. Ela estava calada diante de suas falhas, sem conseguir controlar a barragem do seu cérebro, e Gideon só precisou fechar seus olhos para ver seu próprio espetáculo de horrores pessoal.

Magnus Quinn, ainda bebericando o chá verde matinal, apunhalado até que o seu peito fosse apenas pedaços de carne borbulhantes porque ela não conseguia descolar a língua para gritar *Atrás de você...*

... Um caldeirão borbulhante preenchido com grãos perfumados e o corpo em posição fetal e silencioso de Abigail Pent, afundando debaixo da superfície antes que os dedos cheios de bolha de Gideon conseguissem cavar mais...

... Isaac Tettares engasgando e afogando em uma jarra de ácido que ela não conseguia arrancar de suas mãos trêmulas e febris...

... Jeannemary Chatur, com os braços e pernas desmembrados que Gideon continuava revirando enquanto tentava arrumar uma cama que ficava cada vez mais grudenta e molhada com pedaços de Jeannemary quando virava os lençóis e...

... O velho sonho com sua mãe. Viva, se sobrepondo à vida dela em uma maneira que não tinha feito na realidade, gritando *Gideon, Gideon, Gideon!*, enquanto Gideon observava as velhas da Nona gentilmente separarem seu crânio do resto da cabeça com um grande *craque* sonoro.

E Harrow mandando-a acordar. Isso aconteceu só uma vez: a necromante da Nona sentada no escuro, embrulhada em um edredom embolorado como se fosse um casaco, a face nua e despida do mural monocromático cadavérico. Gideon voltara a dormir um sono inquieto quase que imediatamente. Ela jamais conseguiu decidir se ela tinha sonhado com aquilo — Harrowhark sem explodir, ou ter seus intestinos saindo dos ouvidos como serpentina, ou retirando a sua pele até que ficasse só a camada subcutânea — mas ela olhava para Gideon com uma expressão de pena absoluta com seus olhos de carvão. Havia algo muito cansado e suave no jeito como Harrow Nonagesimus havia olhado para ela ali, algo que parecia compreensão se não estivesse tão cansado e cínico.

— Sou só eu — disse ela, impaciente. — Volte a dormir.

Todos os sinais apontavam para uma alucinação.

Com isso, Gideon teve que dormir, porque as consequências de ficar acordada eram horríveis demais. Só que dali então ela dormiu segurando a rapieira, a soqueira no seu peito como um coração pesado de obsidiana.

27

— Vamos negociar — disse Palamedes Sextus.

Harrow e Gideon estavam sentadas nos aposentos da Sexta Casa, que era uma experiência bizarra para caramba. A Sexta estava alojada em quartos ventilados e altos na curva da torre central. As janelas davam para uma vista ampla do mar, ou dariam, no caso, se a Sexta não os tivesse coberto com cortinas blecaute. Toda a Sexta ficava aglomerada nas calotas polares de um planeta que era tão próximo de Dominicus que a exposição à luz derreteria a Casa de uma só vez. As grandes bibliotecas ficavam enlatadas por paredes gordas, projetadas para a provação constante de não permitir que nada ficasse muito quente ou muito frio, o que significava que não havia janelas. Palamedes e Camilla recriaram o efeito da melhor forma que conseguiram, o que significava que o cômodo tinha a ventilação e a luz de uma despensa.

Isso não era ajudado pelo fato de que cada metro quadrado estava coberto de papel: os escritos de Palamedes estavam colados como papel de parede em todas as superfícies livres. Estavam colados nas mesas. Aglomerados em cima do espelho. Livros grossos estavam empilhados em cada braço de cada cadeira, arrumados de uma maneira nada segura, como se ninguém tivesse sentado sem adicionar mais um à pilha. Gideon tinha espiado pela porta aberta do quarto, em um ninho escuro onde estava uma enorme lousa branca de frente para uma antiga cama dossel quebradiça, que estava arrumada. Não havia nenhuma questão quanto a Camilla dormir na cama horrorosa que estava ao pé da outra, à maneira dos cavaleiros. Estava pesada com uma variedade de armas e latas de substância para polir metais.

— Não vou ceder o meu esquema — disse Harrow. Ela e Palamedes estavam sentados cada um de um lado de uma mesa, que havia sido limpa as pressas, de livros e notas: canetas dispersas rolavam pela superfície com a mínima sacudida. — Eu fico com as chaves. Nós entramos juntos. Você tem uma hora.

— Uma hora não é nem remotamente suficiente...

— Você é devagar.

— Você é paranoica.

— Eu estou, atualmente, *viva* — disse Harrowhark, e Gideon estremeceu.

Palamedes havia tirado os óculos dez minutos depois de a discussão começar, e agora estava limpando-os na parte da frente do manto. Isso parecia mais um movimento agressivo do que defensivo: os olhos, longe das lentes transparentes, eram devastadoramente cinzas. No geral, só afetava Gideon, que estava tentando muito evitar seu olhar.

— Você está. O aposento em si é interessante para mim, e deveria também ser do seu interesse — disse ele.

— Você gosta demais de perícias.

— E lhe falta dimensão. Passe para cá, Nonagesimus. Uma troca de chave por chave é o acordo mais lógico e elegante. Essa recusa é só superstição e paranoia, junto com um pouco de pura vontade de trapacear.

Por um momento, a raiva e o remorso de Gideon foram deixados de lado ao pensar: *você realmente acabou de dizer "vontade de trapacear"?*

Os necromantes agora estavam refletindo a postura igualmente torta do outro: os cotovelos ossudos na mesa, as mãos embaixo dos queixos, encarando um ao outro sem piscar. Atrás da cadeira de Palamedes, Camilla tinha o olhar vazio de alguém que tinha começado a viajar na maionese há dez minutos. O braço dela estava enfaixado, mas não estava imobilizado, e parecia que ela ainda tinha todo o movimento do braço. Gideon estava atrás de Harrow, cutucando suas unhas e encarando os pedaços de papel, cuja caligrafia mais parecia criptografia. Sua necromante se inclinou na cadeira e disse, sepulcral:

— Você ainda está convencido pela sua... ideia do megateorema, então.

— Sim. Você não?

— Não. É sensacionalista.

— Mas não fora de questão. Veja. Essas tarefas e desafios, e as teorias que fornecem o princípio básico, não são assim tão díspares. Amálgama neural. Transferência de energia. Como vimos no desafio do campo de entropia, ceifar continuamente. A teoria mágica é assombrosa. Ninguém nunca levou o poder necromântico tão longe: é insustentável. Se a intenção é mostrar apenas o enorme escopo do poder Lyctoral, bem, conseguiram. Vi o teste de redução, e se o golem de replicação de ossos fosse a única coisa nele, ainda assim teria me deixado acordado durante noites. Ainda não sei como diabos fizeram aquilo.

— Eu sei — disse Harrow —, e se meus cálculos estiverem corretos, consigo replicar. Tudo isso vai além de insustentável, Sextus. As coisas que nos mostraram seriam poderosas, prenunciariam uma profundidade impossível da habilidade necromântica, se puderem ser replicadas. Todos esses experimentos demandam um fluxo contínuo de thanergia. Eles esconderam essa fonte em algum lugar das instalações, e esse é o prêmio verdadeiro.

— Ah. Sua teoria da *porta secreta*. Tipicamente Nona.

Harrow se irritou.

— É uma questão simples de entendimento de área e espaço. Incluindo as instalações, nós temos acesso a mais ou menos trinta por cento da torre. Isso é o que chamamos de evidência, Protetor-mestre. Seu megateorema é baseado em suposição e no seu suposto "instinto".

— Obrigado! De qualquer forma, não gosto do quanto todos esses teoremas são sobre puro controle — disse Palamedes.

— Não seja débil. Necromancia é controle.

Palamedes colocou os óculos de volta no nariz. Ufa.

— Talvez — disse ele. — Eu não sei, na maior parte das vezes. Olhe, Nonagesimus. Esses teoremas estão nos ensinando alguma coisa. Acredito que são partes de algo maior, como o quadro branco nas instalações, lembra? *Está terminado.* Você acredita que estão nos dando pistas, ou sugestões, que nos levarão a um entendimento mais profundo e oculto que está escondido em outro lugar, essa ideia da fonte de poder. Eu vejo peças de um quebra-cabeça; você está vendo instruções. Bem, talvez você esteja certa, e devemos seguir essa trilha de migalhas para um tesouro maior. Mas se eu estiver certo, se o Lyctordócio não for mais do que a síntese de oito teoremas individuais...

Harrow não falou nada. Houve um longo momento, e Gideon achou que Palamedes tinha se perdido nos próprios pensamentos. Então, ele falou:

— Então é errado. Existe uma falha na lógica. A coisa toda é um erro grotesco.

— Deixe as falas enigmáticas para a Nona — disse a sua necromante. — *Que* erro, Sextus?

— Te dou as minhas notas relevantes se me ajudar a arrombar uma fechadura — disse Palamedes.

Isso foi o suficiente para que ela parasse para pensar.

— Me dê suas notas pessoais em todos os teoremas que você já viu. Que fechadura?

— Então acrescente uma cópia do seu mapa...

— Eu tenho um mapa? — Harrowhark disse, para ninguém em particular, falando para o ar. — Minha nossa. Isso é, no máximo, uma afirmação infundada.

— Não sou idiota, Reverenda Filha. Uma fechadura Lyctoral, a que corresponde à chave da Sexta Casa. A chave cinza. Uma que está com Silas Octakiseron. Portanto: arrombamento.

— Isso é impossível. Como?

— Não podemos saber até fazermos. Se funcionar, te dou todas as notas em todos os teoremas que li, em troca das suas notas, sua cooperação, e o mapa. Está dentro?

Houve uma pausa carregada. Como todos já sabiam de antemão, a necromante de Gideon foi forçada a admitir que estava dentro. Ela se ergueu para levantar: a cadeira pareceu tombar perigosamente, e Gideon a segurou com o pé.

— Ao menos me mostre a porta da qual me falou — comandou ela. — Detesto a sensação de que a Sexta Casa está tirando tudo que minha casa tem a dispor.

— A maioria das pessoas veria isso como um acordo generoso — disse Sextus, cuja cadeira havia sido puxada para trás para ele por uma Camilla prestativa —, mas eu realmente estava te devendo uma, por nos apoiar quando a Terceira Casa fez seu desafio. Não que não teríamos ganho, mas teríamos sido forçados a mostrar mais do que eu gostaria de mostrar. Então essa é a parte sentimental esquisita. Agora venha comigo para apenas os fatos.

Todos o seguiram para apenas os fatos. Quando a Sexta Casa trancou a porta atrás deles, foi divertido, de uma maneira sombria, ver que além das égides de Palamedes, eles haviam colocado cinco trancas e reforçado a porta para que não pudesse ser removida das dobradiças. Ouvir Camilla fechar todas as trancas era tão bom quanto uma orquestra. Os dois necromantes ficaram na frente — seus longos mantos fazendo com que parecessem pássaros cinzentos monótonos —, e Gideon e Camilla ficaram atrás, aguardando um pouco além do meio passo que era exigido.

Os ombros de Camilla, a Sexta, estavam rígidos. A franja reta e escura caiu para o lado quando ela se virou um pouco para encarar Gideon, brevemente, sem expressão, mas era tudo que Gideon precisava.

— Se me perguntar como estou, eu vou gritar — disse ela.

— Como você está? — disse Camilla, que era uma mané.

— Vejo que comprou meu blefe e estou ressentida — disse Gideon. — Então, ei. O que exatamente você usa quando não está fingindo que a rapieira é sua arma principal? Duas lâminas curtas de comprimento igual, ou uma lâmina e um bastão?

Os seus olhos espertos semicerraram até ficarem só rasgos pretos.

— O que eu fiz de errado? — perguntou ela, por fim.

— Desembainhou a rapieira e a adaga ao mesmo tempo. E você é ambidestra. Você continua cortando como se as duas lâminas fossem curtas. Além disso, tem seis espadas e um bastão na sua cama.

— Devia ter arrumado minha bagunça — admitiu Camilla. — Duas lâminas. Dois gumes.

— Por quê? Quer dizer, é daora, mas por quê?

A outra cavaleira massageou seu cotovelo com cuidado, flexionando os dedos como se estivesse se certificando de que não havia uma dor correlacionada. Ela parecia estar considerando algo, e então chegou a uma conclusão abrupta.

— Eu me candidatei para ser a cavaleira primária do Mestre quando tinha doze anos — disse ela. — Fui aceita. Nós olhamos para todos os dados de armas antes. Decidimos que duas lâminas curtas tinham mais aplicações gerais. Eu aprendi a rapieira — isso era um eufemismo —, mas quando for a hora de lutar de verdade, vou lutar com duas lâminas.

Antes que Gideon pudesse compreender a implicação inquietante de que ainda não era a hora de lutar de verdade, Camilla deu um cutucão no seu cotovelo:

— Por que você está agindo como se você e ele tivessem brigado?

— Nãooooooo — disse Gideon inteligentemente, seguido de um: — valeeeeeeeeeu.

— Porque vocês não estão brigados. — Uma pausa. — Você saberia se estivessem brigados.

— Você pode... sei lá! Pode falar pra ele que se ele quiser que eu o apresente para Dulcinea, posso fazer isso? Pode falar pra ele que não estou tentando zoar o rolê dele?

— A última coisa que o Mestre precisa — disse Camilla — é ser apresentado para a Senhora Septimus.

— Então pode falar pra ele parar de agir como se tivesse lido os sentimentos de todo mundo em um livro há um milhão de anos? Porque isso seria ótimo — disse Gideon.

Sem mais uma palavra, Camilla se mexeu para ficar ao lado do seu adepto quando ele parou ante a uma pintura grande emoldurada em dourado: o dourado era na maior parte marrom, exceto pelas partes que estavam em preto, e a pintura em si estava tão desbotada que parecia uma mancha de café. Era uma imagem curiosa: uma expansão de pedra empoeirada, partida ao meio por um cânion enorme, um rio de sépia fluindo para o nada bem ao fim.

— Eu registrei essa há muito tempo — disse Harrow.

— Vamos dar outra olhada.

Palamedes e Camilla pegaram cada um a lateral da pintura, tirando-a do lugar. Parecia muito leve. A grande porta Lyctoral atrás dela — com seus pilares negros e suas caveiras de chifres, suas imagens cadavéricas e pedra sombria — não estava particularmente bem escondida. Em todos os aspectos, parecia quase igual à outra porta Lyctoral que Gideon tinha visto. No entanto, Harrow segurou a respiração.

Ela foi até a fechadura, e então Gideon viu o porquê: havia sido preenchida com uma substância cinzenta dura, como massa de vidraceiro ou cimento. Alguém havia deliberadamente tampado a fechadura. Parte da massa fora arrancada no fundo, com alguns pedaços saindo dela, mas de outra forma, parecia depressivamente sólida. Não daria para contornar a coisa sem um trabalho de engenharia significativo.

— Sexta — disse a sua necromante — não estava nessa condição na primeira noite em que chegamos à Casa de Canaan.

— Ainda não consigo acreditar que documentou cada porta neste lugar na primeira noite — disse Palamedes, com um dos seus sorrisos secos —, e que eu não fiz isso. Não conseguiria dizer quando a fechadura foi bloqueada. Achei que estava ficando doido.

Harrow já estava tirando as luvas com os dentes, flexionando seus dedos longos nervosos como um cirurgião. Ela passou o dedão por cima da massa, franziu o cenho tão profundamente que o sulco poderia segurar um lápis, e xingou baixinho. Jogou as luvas para Gideon — Gideon as pegou no ar — e apertou a massa entre o polegar e o indicador.

— Isso — disse ela calmamente — são cinzas regenerativas.

— Ossos perpétuos, o que entra na consideração por não ser datável...

— A mesma coisa do construto na transferência.

— E nesse caso...

— Quem quer que tenha colocado isso aqui precisa ter um nível de habilidade comparado ao de quem quer que tenha feito o construto — disse Harrow. — Tirar isso daqui requer mais poder do que a maioria dos especialistas de ossos têm juntos... no *total.*

— Não te trouxe aqui para remover — disse Sextus. — Só trouxe para confirmar, o que você acabou de fazer, muito obrigado.

— Com licença. Eu não disse que não poderia remover.

Uma sobrancelha se ergueu bem acima das lentes grossas.

— Você não acha que...?

Foi a Harrowhark de sempre que respondeu, a que passava pelos corredores empoeirados da Nona Casa como se estivesse amassando seda roxa embaixo dos seus pés.

— Sextus — disse ela, sem expressão —, eu fico envergonhada por você não conseguir.

Ela colocou a mão sobre a matéria de ossos em cima da fechadura. E então a arrancou — com a consistência de chiclete ou cola, a coisa foi *puxada* pela mão dela, uma teia borrachuda do comprimento de um dedo, o ponto de origem vibrando loucamente conforme uma gota de suor apareceu na têmpora. Palamedes Sextus segurou a respiração — e então a coisa estalou de volta no lugar, como plástico flexível, emborrachada novamente em um caroço irremovível. Harrow tentou de novo. Os dedos continuaram flexionando para dentro e para fora, impotente, amassando, e então ela virou a cabeça e fechou os olhos. Esticou a coisa até ficar no comprimento de uma mão — e então quebrou, formou-se novamente, e se aglomerou de volta como uma explosão reversa. Ela tentou de novo. E de novo, e de novo depois disso.

A maquiagem na testa de Harrow estava brilhando com suor sanguíneo. Estava borbulhando com pequenas gotas cinzentas e rosadas. Brilhava ao redor de cada narina. Antes que entendesse o que estava fazendo, Gideon viu que tinha se movido para ficar ao lado dela: escondendo o que estava fazendo do olhar impassível de Sextus, rolando uma manga comprida para cima, a boca se mexendo antes do cérebro.

— Hora da bateria — ela murmurou.

Era a primeira coisa que Gideon tinha dito para Harrow desde que ela tinha saído dos aposentos da Sexta Casa, tensa com o que parecia ser o desapontamento mais depreciativo do mundo, um corvo desdenhoso em forma de garota. Sua adepta abriu um olho escuro.

— Perdão?

— Eu disse *aguenta firme, benzinho*. Vamos. Você sabe o que fazer.

— Evidentemente que eu não sei, e nunca mais me diga para *aguentar firme, benzinho*.

— Estou te falando: me ceife.

— Nav...

— A Sexta está olhando — disse Gideon, brutal.

Com o último comentário, que era como um martelo atroz, Harrowhark ficou em silêncio. Sua expressão era ressentida de uma forma que sua cavaleira não podia entender, exceto ao encarar com um ódio sombrio que mais uma vez, o único caminho aberto para ela era usando sua cavaleira, uma garota que havia ferrado tudo tão grandemente que providenciou a todo o universo uma nova definição de *ferrada*.

— Não precisa enrolar a manga, sua tonta — foi tudo que ela disse, e então a sensação inquietante e de algo sugando que era a ceifa começou.

Foi tão ruim quanto da primeira vez, mas inquestionavelmente mais rápido do que a longa e terrível caminhada de Harrow de um lado da câmara de avulsão para o outro; e agora Gideon sabia o que esperar. A dor era de um tipo terrivelmente familiar. Ela não gritou em voz alta, apesar de que aquilo teria sido mais digno: em vez disso, diminuiu para ser uma série de arfadas e grunhidos enquanto a sua necromante tirava algo dela que lixava sua própria alma. O sangue ferveu nas veias, então congelou abruptamente e atingiu suas entranhas com cada batida do seu coração.

Harrowhark curvou os dedos, e então puxou. No fim de um longo momento, ela segurou uma esfera imóvel de cinzas e ossos comprimidos, cinzenta e marcada, domesticada para ser submissa. A fechadura estava aberta e tão limpa como se a obstrução nunca tivesse existido. O par da Sexta as encarou. Por fim, Palamedes se abaixou para olhar pela fechadura recém-limpa.

— Não se acostume a usá-la dessa forma, Nonagesimus — disse ele, a reprovação aparecendo na voz. — Não é de boa teoria, e não é de boa ética.

Foi Gideon quem disse:

— Você está soando cada vez mais como Silas Octakiseron.

— Ai — disse Palamedes, sincero. E então ele se aprumou. — Bem, foi removido, para o bem ou para o mal. Talvez devêssemos ter deixado, mas quero que ele... eles, quem quer que seja, fique nervoso. Até mesmo uma força sobrenatural é vulnerável. — Ele deixou seu dedo descansar na fechadura. — Você também escondeu a última chave? — disse ele, baixinho. — Ou estamos em uma corrida com você para conseguir? Bem, *corra mais rápido*, babaca.

Camilla limpou a garganta, talvez porque seu necromante estivesse falando com uma porta. Ele abaixou a mão.

— Te devo mais uma, Nona — disse ele para a necromante pintada como uma caveira. — Você tem direito a mais uma pergunta.

— Não é atraente você fingir que é o receptáculo de todo o conhecimento do mundo, Sextus.

— Não estou fingindo nada.

— Quantas chaves estão em jogo agora?

Palamedes sorriu de repente. Era um ato curioso de alquimia que transformava seu rosto simples e ossudo em algo magnético: quase bonito, em vez do ato de três mandíbulas que encontravam um queixo.

— Temos três — disse ele. — Vocês têm duas, ou tinham, até dar uma para Senhora Septimus, como era do acordo que ela me ofereceu primeiro. Deveria ter pechinchado por mais, aliás, ela me ofereceu dar uma olhada nas chaves que ela já tinha antes. Só que eu suspeito que você não precisava melhorar o negócio. — Harrow não reagiu, apesar de que Gideon apostava que ela estava xingando até a alma em alguma cripta vil de seu cérebro. — A Oitava tinha uma, e agora tem mais duas que conseguiram por trapaça, as que eram de Dulcinea. Mas isso ainda deixa uma chave.

— A Terceira? — sugeriu Harrow.

— Não. Cam os escutou conversando de manhã, eles não têm nada. E não está com a Segunda, a não ser que tenham mentido para mim depois do duelo, o que, como a gente sabe, é a Segunda. Então fique atenta. A Segunda ainda está tentando dar um jeito de impedir tudo, a Terceira não gosta de perder, e a Oitava toma tudo para si e justifica os custos. — Ele franziu o cenho. — Tenho menos certeza sobre a Terceira. Não sei com qual gêmea devo me preocupar.

— A grandona — disse Harrow sem hesitar. Gideon tinha certeza de que as duas gêmeas tinham o mesmo tamanho, e ficou surpresa em descobrir que até mesmo o olhar de anatomista de Harrowhark Nonagesimus não era imune ao brilho que emanava da Princesa Corona. — São só necromantes medianas, mas a grandona é a dominante. Ela diz *eu*, a irmã diz *nós*.

— Um bom ponto. Ainda não tenho certeza. Me encontre amanhã à noite e começaremos a troca de teoremas, Nona. Eu preciso pensar.

— A chave que falta — disse Harrow.

— A chave que falta.

Depois de breves adeus, os dois da Sexta Casa se viraram em seus cinzas monótonos até que, para o desgosto profundo de Gideon, Palamedes se virou. Ele não a olhara nos olhos nenhuma vez, talvez dado o fato de que ela estava evitando o olhar dele, mas agora ele a encarou diretamente. Ela engoliu a vontade de dizer: *me desculpe, eu não te odeio, eu só meio que me odeio nesse instante.* Em vez disso, ela desviou o olhar friamente, que era o oposto de um pedido de desculpas.

— Fique de olho nela, Nav — disse Palamedes rapidamente. E então se virou para alcançar Camilla.

— Ele está ficando presunçoso — disse a Reverenda Filha, observando as costas viradas que se retiravam.

— Acho que ele não estava falando de você.

Elas se mantiveram em um silêncio longo e arrastado, tão involuntariamente alongado quanto as cinzas e os fragmentos de ossos que estavam tapando a fechadura.

— Bom ponto — disse Harrow. — Isso me lembra de uma coisa. Agora estou oficialmente te banindo de ver a Senhora Septimus.

— Nós estamos tendo essa conversa? Nós *realmente estamos tendo essa conversa?*

O rosto de Harrow estava contorcido em uma expressão de paciência intencional.

— Nav — disse ela. — Vai por mim. Dulcinea Septimus é perigosa.

— Você é doida. Dulcinea Septimus não consegue nem assoar o nariz. Estou cansada do quanto você está sendo esquisita por causa disso.

— E ainda assim você nunca se perguntou como ela conseguiu uma chave? Como é que *eu* estou sendo *esquisita*?

— Não sei — disse Gideon, exausta da coisa toda. — Eu não sei! Talvez porque toda vez que ela é mencionada, você consegue parecer facilmente tanto *bizarra* quanto *com ciúmes* sem se esforçar?

— Se olhar no dicionário, verá que a definição é *com inveja*, e eu dificilmente estou com inveja de...

— Não, é cem por cento ciúmes — disse Gideon, sem pensar —, já que você só age assim quando parece que ela está tomando meu tempo.

Houve uma pausa horrível.

— Eu tenho sido relapsa — disse a sua necromante, ignorando duramente essa última observação como se fosse um cocô que Gideon tinha feito no meio do corredor. Ela tirou as luvas das mãos desajeitadas de Gideon e as colocou de volta nas mãos. — Fui indulgente em minha apatia enquanto você se apegou a cada esquisitão na Casa de Canaan.

— Você não pode chamar ninguém de esquisitão — disse Gideon.

— Já chega. Agora temos menos o que esconder, mas mais a perder.

— Ela não tem ninguém se aquela coisa resolver ir atrás dela.

— Sim. Ela não tem mais um cavaleiro — disse Harrow. — Não é uma questão de *se*. É uma questão de *quando*. Deixe que os mortos reivindiquem os mortos. Você não aceita minha palavra quando já provei meu julgamento antes? Ótimo. Você ainda assim está banida do seu leito de repouso.

— Não — disse Gideon. — Nah. De jeito nenhum. Me recuso. Essa não sou eu.

— Você não é a guarda-costas dela.

— Também nunca jurei ser a sua — disse Gideon. — Não de verdade.

— Sim, você jurou — disse Harrow. — Você concordou em agir como minha cavaleira primária. Você concordou em se devotar aos deveres de um cavaleiro. A sua incompreensão do que isso envolve não a torna menos cativa com relação ao que o seu dever é de verdade...

— Eu prometi lutar por você. Você me prometeu minha liberdade. Tem uma boa chance que eu não vou conseguir, e eu sei disso. Nós todos vamos morrer aqui! Tem uma coisa atrás de nós! A única coisa que consigo fazer é tentar manter o máximo de nós vivos pelo máximo de tempo que conseguir, e torcer pra que consigamos resolver alguma coisa! Você é um saco ignorante de ossos que nem entende o que um cavaleiro é, Harrow, você só pega o que eu dou pra você...

— O melodrama nunca te fez bem, Griddle — disse a sua adepta, seca. — Você nunca reclamou das nossas transações anteriores.

— *Transações* meu cu. O que aconteceu com "Não posso tolerar que não confie em mim, então agora vou fazer contato visual esquisito e agir como se você tivesse quebrado meu nariz porque você me abraçou uma vez"?

Uma respiração prendida.

— Não precisa zombar de mim...

— Zombar de você? Eu deveria te dar uma surra!

— Estou fazendo um pedido razoável — disse Harrowhark, que tinha tirado e colocado as luvas três vezes e agora examinava as unhas como se tivesse entediada. A única razão pela qual Gideon ainda não tinha tentado bater nela era que os cílios dela estavam tremendo de raiva, e também porque Gideon nunca tinha batido em Harrow antes, e estava com um medo tremendo de que, uma vez que começasse, não conseguisse mais parar. —

Eu peço que você se retire e priorize novamente a Nona, no que você mesma disse que é uma época perigosa.

— Estou com minhas prioridades em dia.

— Nada do que fez nos últimos dois dias demonstra isso.

Gideon gelou.

— Vai se foder. Vai se foder, vai se foder, vai se foder. *Eu não queria ter deixado Jeannemary morrer.*

— Pelo amor de Deus, eu não quis...

— Vai se *foder* — acrescentou Gideon novamente, como ênfase. Ela começou a rir daquela maneira horrível e estridente que era completamente vazia de humor. — Porra. Nós não merecemos estar aqui. Já percebeu isso? Você percebeu que essa coisa toda foi sobre a união de necromantes *e* cavaleiros desde o começo? Nós deveríamos já ter ido pras cucuias. Se estão medindo tudo na força desse elo, nós somos mortas vivas. Magnus, o Quinto, era um cavaleiro melhor do que eu. Jeannemary, a Quarta, era dez vezes a cavaleira que eu sou. Eles deveriam estar vivos, e nós deveríamos ser comida de bactéria. Dois sacos gigantes de algor mortis. Nós estamos vivas por pura sorte e Jeannemary não está, e você está agindo como se eu deixar Dulcinea morrer é a única coisa que está entre você e o Lyctordócio...

— Pare de idolatrar o som da sua própria voz, Nav, e me escute...

— Harrow, eu te odeio — disse Gideon. — Eu nunca parei de te odiar. Eu vou sempre te odiar, e você vai sempre me odiar. Não se esqueça disso. Não é como se eu pudesse esquecer.

A boca de Harrow se contorceu tanto que deveria ter virado um nó direito. Os olhos dela se fecharam rapidamente, e ela colocou as mãos dentro das luvas. A tensão deveria ter se esvaído, mas não esvaiu: como uma bolha que foi perfurada, ficou cheia e brilhante e quente. Gideon percebeu que tinha engolido em seco seis vezes em dez segundos, e que a parte interna do seu peito estava aguda e seca.

— Griddle, você está errada — disse a sua necromante, séria.

— Como...

— Nada está entre mim e o Lyctordócio — disse Harrowhark —, e você não é parte da equação. Não se deixe levar pelas ideias da Sexta. Esses testes não estão preocupados com uma concepção francamente doentia de sentimentalismo e obediência, eles estão testando a mim, e somente a mim.

No fim, nem eu nem a Nona precisaremos de você para esta pantomima. Você pode me odiar o quanto quiser; eu ainda nem lembro que você existe na maior parte do tempo.

Ela se virou. Não foi embora, mas ficou ali em um momento de arrogância pura ao mostrar suas costas para a outra garota — de deixar Gideon, com uma espada na bainha, com acesso irrestrito à parte de trás de suas costelas.

— Você está banida de ver Septimus — disse Harrow. — O mais rápido que ela morrer, melhor. Se eu estivesse no lugar dela... já teria me atirado de uma janela.

— Fique de frente para uma janela agora e eu faço a parte difícil — disse Gideon.

— Ah, vá dormir — disse Harrow.

Gideon quase colocou as mãos nela ali naquele momento, e provavelmente deveria ter feito isso.

— Se não precisa de mim, me ceda para a Sétima Casa — disse ela, muito calma e muito lentamente, como se estivesse lendo em uma missa. — Eu prefiro servir a Dulcinea morta do que à Reverenda Filha viva.

Harrowhark se virou para ir embora — aérea, quase casualmente, como se ela e Gideon estivessem terminando uma conversa sobre o clima. No entanto, ela inclinou a cabeça para Gideon levemente, e a fração da expressão que Gideon viu foi como um golpe seco e duro no plexo solar.

— Quando eu te libertar do meu serviço, Nav — disse a sua necromante —, você vai saber.

E ela foi embora.

Gideon decidiu, naquele instante, qual seria sua traição.

28

Meia hora depois, Gideon Nav estava de pé encarando as portas do aposento da Oitava Casa, de frente para um Colum, o Oitavo, *extremamente* confuso. Nos recessos vermelhos enevoados de sua mente, esse ato traiçoeiro era a coisa certa a fazer, apesar de ela não conseguir exatamente decidir o porquê.

— Seu tio me queria — disse ela. — Então. Aqui estou.

O cavaleiro olhou para ela. Ela obviamente o havia interrompido no processo de alguma tarefa doméstica, o que teria sido extremamente engraçado em qualquer outra situação. A cota de malha e o couro branco impecável não estavam ali; ele vestia calças brancas e uma camiseta meio encardida, e estava segurando um pano *muito* oleoso. A camisa e o pano maltrapilhos pareciam ainda mais encardidos em contraste com o branco cintilante das calças da Oitava. Longe da sombra do tio, ele ainda era tanto descolorido quanto irregular, como se tivesse uma inflamação no fígado; ainda tinha uma pele marrom amarelada seca, e o cabelo era semelhante, o que fazia com que ficasse inteiramente uniforme. Era estranho perceber que talvez ele fosse um pouco mais jovem do que Magnus. Ele parecia desbotado e de segunda mão.

— Veio sozinha? — disse ele, em sua voz perpetuamente arranhada.

— Você saberia se minha necromante estivesse aqui.

— Sim — disse Colum. Ele pareceu prestes a dizer algo, e então decidiu melhor. Em vez disso, disse: — A espada e a segunda arma, por favor.

— Quê? Não vou me desarmar…

— Olhe — disse ele —, eu seria um tolo em não pedir isso. Peço sua compreensão.

— Isso não é parte do acordo…

— Não há nada aqui para machucá-la — disse Colum. — Eu juro pela minha honra. Então, dê-me aqui.

Não havia nada para se gostar no homem rijo e de olhos lastimosos, mas havia algo sincero nele, e talvez ele também tivesse o pior trabalho da história do mundo inteiro. Gideon não confiava nele. Ainda assim, ela entregou a rapieira e a soqueira, e trotou atrás dele descontente.

A névoa vermelha estava se esvaindo aos poucos, e Gideon agora estava se arrependendo da raiva que a levara de Harrow até Professor, e das direções de Professor para os aposentos que alojavam a Oitava Casa. Eles haviam sido colocados em cômodos quadrados e de teto alto com grandes janelas, airadas e graciosas, e a mobília com que haviam sido presenteados era um mistério, porque tinham se livrado de tudo. O espaço de convívio havia sido esfregado até doer. Era estonteante ver tamanha limpeza na Casa de Canaan; alguém forneceu até lustra-móveis, e a madeira abaixo dos pés de Gideon tinha cheiro de óleo e parecia recém-limpada. Eles mantiveram uma escrivaninha e uma cadeira, uma mesa com dois bancos, e era tudo. A mesa estava coberta com uma toalha branca. Havia um livro na escrivaninha. O resto era esparso e altivo.

A única fonte de cor era um retrato enorme do Imperador como o Mestre Bondoso, com uma expressão de paz beatífica. Estava posicionado diretamente ao outro lado da mesa, para que qualquer um que se sentasse ali o tivesse como um convidado inevitável. Em um canto estava uma caixa de metal polida com o escudo de Colum depositado precariamente em um ninho de halteres.

A espada e a soqueira de Gideon foram colocadas com cuidado ao lado da porta, o que a agradou. Colum tinha desaparecido no outro cômodo. Ele reapareceu alguns minutos depois trazendo Silas, vestido em seu uniforme perpétuo de seda branca e cota de malha prateada, e seu manto esvoaçante como asas. Gideon deve ter chegado ao meio da ablução, porque o cabelo dele da cor de giz estava molhado e desalinhado como se tivesse acabado de ser esfregado com uma toalha. Parecia frivolamente comprido, e ela percebeu que nunca tinha o visto exceto penteado para trás. Ele puxou uma cadeira da escrivaninha e ficou sentado enquanto seu cavaleiro produziu um pente de algum lugar, desembaraçando as madeixas finas brancas ainda úmidas.

Silas parecia que não tinha dormido bem ultimamente. Sombras embaixo dos olhos faziam com que seu queixo pontiagudo e resoluto ficasse mais pontiagudo e ainda mais resoluto.

— É preciso que saiba que eu jamais admitiria cultistas das sombras no santuário da Oitava — disse ele —, a não ser que acreditasse que são de grande utilidade moral.

— Valeu — disse Gideon. — Posso sentar?

— Tem a permissão.

— Me dê um instante — disse Colum. — Vou terminar aqui, e então farei chá.

Ela puxou um banquinho da mesa, apoiando pesadamente as pernas de trás contra a madeira lustrosa para ranger. O necromante fechou os olhos como se o som o machucasse.

— Nunca fui parte da congregação do Túmulo Trancafiado — disse ela, se sentando. — Se você *tivesse* falado com a Irmã Glaurica, saberia disso.

Tendo penteado o cabelo até ficar satisfatório, Colum começou a separá-lo em seções na parte de trás com os dentes do pente. Silas ignorou esse método, como se tivesse acontecido tantas vezes que não era digno de atenção. Gideon mais uma vez agradeceu mentalmente por não ter recebido o treinamento convencional de um cavaleiro.

— Uma pedra não precisa fazer votos de que é uma pedra — disse Silas, cansado. — Você é o que é. Tire o capuz. Por favor.

O *por favor* parecia mais um primo distante de um pensamento que chegou tardio. Gideon tirou o capuz um pouco relutante, deixando que ficasse nos ombros, com a sensação agora estranha de estar com a cabeça descoberta. Os olhos de Silas não estavam no seu rosto, que agora estava inteiramente exposto, e sim no cabelo, que precisava de um corte com urgência.

— Me pergunto de onde veio — comentou ele. — Sua mãe tinha o mesmo fenótipo de cabelo. Incomum... talvez ela fosse da Terceira.

Gideon engoliu em seco.

— Não comece — disse ela. — Não faça comentários enigmáticos sobre a minha... minha mãe. Você não sabe nada sobre ela, ou sobre mim, e só vai me deixar mais irritada. Quando eu estou irritada, eu vou embora. Está claro?

— Como cristal — respondeu o necromante da Oitava. — Você me entende mal. Isso não é uma interrogação. Estou mais interessado na história da sua mãe do que em você, quando questionei Glaurica. Você foi uma inclusão acidental. Glaurica confundia o errôneo com o útil. Fantasmas são sempre assim.

— *Fantasmas*?

— Espectros, para ser explícito — disse Silas. — Os espíritos raros e determinados que procuram os vivos antes de se esvaírem, espontaneamente, e se apegando a réstias de suas vidas anteriores. Fiquei surpreso que uma mulher como Glaurica fez essa transição. Ela não durou muito tempo.

A medula óssea de Gideon não se tornou gelo, mas seria uma mentira dizer que não tinha ao menos ficado consideravelmente mais fria.

— Glaurica está morta?

Silas tomou um gole de água irritantemente longo. A coluna pálida em sua garganta se mexeu.

— Morreram ao retornar ao seu planeta natal — disse ele, limpando a boca. — A nave explodiu. Curioso, considerando que era uma nave perfeitamente em ordem da Coorte com um piloto experiente. Era a nave que tinha a intenção de tomar para si, não era?

Ortus jamais rimaria *estupidez* com *mortal insensatez* novamente. Gideon não confirmou nem negou.

— Não sei a história inteira — admitiu Silas. — E nem preciso. Não estou aqui para ler em voz alta todos os segredos de sua vida e fazer com que admita coisas. Estou aqui para falar das crianças. Quantas na sua geração, Gideon, a Nona? Não bebês. Seus pares, os que correspondem à sua idade.

Não bebês. Talvez Glaurica tenha guardado alguns segredos afinal de contas. Ou, melhor, o espírito dela resolveu gritar de volta à existência somente para reclamar sobre as duas coisas que eram da máxima importância para ela: o saco triste e morto que era seu filho, e os ossos sagrados do seu marido triste e morto. Gideon segurou a língua.

— Você? A Reverenda Filha? — Silas pressionou.

— Você quer o quê, um censo populacional?

— Quero que pense o porquê de você e Harrowhark Nonagesimus precisarem representar uma geração inteira — disse ele, e se inclinou para frente para apoiar nos cotovelos. Os olhos dele eram muito intensos. O sobrinho dele ainda estava trançando o seu cabelo, o que diminuía um pouco o efeito. — Quero que pense sobre a morte de duzentas crianças, quando só você e ela sobreviveram.

— Ok, olha, isso é nada a ver — disse Gideon. — Você pegou exatamente a coisa errada para incriminar Harrow. Se quer falar sobre como ela é uma tirana corrupta, sou toda ouvidos. Mas eu sei sobre a gripe. Ela nem tinha nascido ainda. Eu tinha tipo um ano, então não fui eu. Teve uma bactéria na ventilação da creche e no corredor da escola, e pegou todas as crianças e ao menos um professor antes que descobrissem o que era.

Isso sempre tinha feito todo o sentido para ela: não só as crianças da Nona eram anormalmente doentias e decrépitas de toda a forma — a Nona Casa só compactuava com os pálidos, defeituosos e mórbidos —, mas em meio a tanta deterioração maligna, ninguém teria percebido um problema na ventilação até que fosse tarde demais. Ela sempre tinha suspeitado particularmente que só ficou viva porque as outras crianças a evitavam. Os mais novos tinham morrido primeiro, e então os mais velhos que cuidavam dos mais novos, e então todos abaixo de dezenove anos tinham morrido. Uma geração inteira de ordenados sagrados. Harrow havia sido o único nascimento entre um oceano de pequenos túmulos.

— Bactérias na ventilação não matam adolescentes imunodeficientes — disse Silas.

— Você nunca viu um adolescente da Nona Casa.

— Bactérias na ventilação — disse Silas novamente — não matam adolescentes imunodeficientes.

Não fazia sentido. Ele não sabia que Harrow tinha sido o último bebê a nascer. A Nona Casa tinha um cuidado ciumento de sua população minguante por gerações. Matar qualquer criança, ainda mais a geração mais nova de freiras e cenobitas, seria um desperdício horrendo de recursos. A gripe na creche tinha sido um evento de extinção.

— Não entendo — disse Gideon. — Você está dizendo que o Reverendo Pai e a Reverenda Mãe mataram centenas das suas próprias crianças?

Ele não respondeu. Ele tomou outro longo gole de sua água. Colum tinha terminado de trançar seus cabelos e prendido a trança para cima, aperfeiçoando a silhueta severa de sempre da cabeça pálida do Mestre, e depois mediu pequenas colheres de chá-preto em uma jarra para deixar imersos na água fria. A seguir desceu para ficar em um banquinho um pouco distante da mesa, mais próximo da porta e encarando a janela, como um verdadeiro paranoico. O cavaleiro então pegou o que parecia ser um conjunto de costura e começou a cozer uma costura branca em um par de calças brancas. A Oitava Casa deve ser toda martirizada pelas manchas, ela pensou.

— A Nona Casa é uma Casa de promessas quebradas — disse Silas. — A Oitava Casa lembra que eles não deveriam viver. Eles tinham apenas uma função, uma pedra para rolar em cima de um túmulo; um ato de serem guardiões, viver e morrer em uma única bênção, e, em vez disso, fundaram um culto. Uma Casa de místicos que idolatram uma coisa terrível. O Reverendo Pai e Reverenda Mãe que reinam são como as sementes ruins de uma colheita furtiva. Não sei por que o Imperador permitiu a sombra dessa Casa. O escárnio do seu nome. Uma Casa que deixaria as lâmpadas acesas por um túmulo que deveria ser esquecido na escuridão é uma Casa que mataria duzentas crianças. Uma Casa que mataria uma mulher e seu filho simplesmente por tentarem ir embora é uma Casa que mataria duzentas crianças.

Gideon se sentiu inquieta e suja.

— Eu preciso de uma motivação melhor do que o fato de que a Nona Casa é uma porcaria — disse ela. — Por quê? Por que matar duzentas crianças? Mais importante, por que matar duzentas crianças e não eu e Harrow?

Silas olhou para ela por cima dos dedos unidos.

— Me fale você, Gideon, a Nona — disse ele. — Foi você quem tentou ir embora em uma nave na qual uma bomba foi plantada.

Gideon ficou em silêncio.

— Não acho que nenhum representante da Reverenda Mãe e do Reverendo Pai deveria se tornar um Lyctor — disse Silas baixinho. — A cova aberta da Nona Casa não deveria produzir seu próprio espectro. De fato, tenho pouca certeza de qualquer um de nós deveria se tornar um Lyctor. Desde quando o poder é bom, ou a esperteza é verdade? Eu mesmo não desejo mais ascender, Gideon. Contei tudo o que sei, e presumo que entenderá quando eu disser que preciso tirar suas chaves de você.

A coluna de Gideon estremeceu e ficou rígida na cadeira. Os dedos cor de poeira pausaram nas costuras alvejadas.

— Então é por causa disso — disse Gideon, quase desapontada.

— Minha consciência está limpa. Peço isso pelo bem de todas as Casas.

— E se eu disser *não*?

— Então eu a desafiarei por elas.

— Minha espada...

— Pode achar o desafio um pouco difícil sem ela — disse Silas Octakiseron, quieto e resignado em seu triunfo.

Gideon não conseguiu evitar lançar um olhar para Colum, meio esperando já o ver com a espada na mão e um sorriso sombrio no rosto. No entanto, ele estava em pé e a costura no chão, seu rosto fechado como um punho e seus ombros tão rígidos que cada tendão parecia estar perpassando as juntas claviculares. Seus olhos eram castanhos e funestos, mas ele não estava olhando para ela.

— Mestre — disse ele e parou. Então: — Eu disse a ela que não haveria violência aqui.

Os olhos de Silas nunca deixaram os de Gideon, então ele não viu o rosto do seu cavaleiro.

— Não há pecado nisso, Irmão Asht.

— Eu...

— Um juramento para a Nona é como desperdiçar remédios na areia — disse o necromante. — Desaparece de vista, e não resulta em nada. Ela sabe disso tanto quanto qualquer um, e melhor do que alguns outros. O coração da Nona é inóspito, e o coração da Nona é sombrio.

Gideon abriu a boca para dar uma resposta esperta — *bom, pau no seu cu também!* —, mas Colum se adiantou, para sua surpresa infinita.

— Não estou preocupado com o coração da Nona, Tio.

— Irmão Asht — disse Silas, gentilmente —, seu coração é verdadeiro.

— Cada dia que passamos aqui tenho menos certeza disso — disse Colum.

— Compartilho dos seus sentimentos, mas...

— Eu disse a ela, *eu juro pela minha honra.*

— Não gastaremos a verdade com mentirosos — disse Silas, a voz agora ainda sem cor, porém mais firme, como a água transformando em gelo: lembrando, e não reconfortando. — Nem as promessas com os condenados.

— Eu *disse* — repetiu Colum, devagar — *eu juro pela minha honra.* O que isso significa para você?

Gideon ficou totalmente imóvel, como um animal pego em uma armadilha, mas deixou que os olhos deslizassem para a porta. Um movimento brusco poderia permitir que ela pegasse a espada e fugisse correndo dali antes que esse novelão terrível entre tio e sobrinho entrasse em um clímax de bater nela como se fosse um gongo, mas também poderia lembrá-los de sua existência e que poderiam ter essa discussão depois. Silas estava se remexendo inquieto em seu assento, e estava dizendo:

— Eu não dissecarei palavras e significados como um charlatão, Irmão. Deixe a semiótica para a Sexta. Seus sofistas não amam nada mais do que provar que *cima* grafado de maneira diferente quer dizer *baixo.* Se uma promessa desperdiçada o perturba, eu o levarei para a expiação mais tarde, mas agora...

— Eu sou o seu cavaleiro — disse o cavaleiro. Isso calou a boca de Silas no meio da frase. — Eu tenho minha espada. Eu tenho minha honra. Todo o resto é seu.

— Sua espada também é minha — disse Silas. A mão dele estava agarrada nas costas da cadeira, mas a voz era calma e até mesmo quase empática. — Não precisa fazer nada. Se sua honra precisa permanecer imaculada, tomarei sua espada sem que peça por ela.

Ele ergueu a mão, e a manga branca de algodão saiu da algema pálida de corrente. Gideon se lembrou do corredor enclausurado onde Magnus e Abigail ficaram, e de toda a cor ser esvaziada do cômodo como se fosse só tinta de tecido. Ela sabia que tudo estava acabado, e os olhos foram da porta de volta para Colum, que estava olhando diretamente para ela.

Seus olhares se encontraram por um único segundo. Esse único segundo parecia uma pausa tão comprida e esticada que acabou arrastando seus nervos de uma forma que quase arrebentaram, como um elástico que a lançasse para o outro lado do cômodo. Então, Colum pareceu tomar uma decisão.

— Houve um tempo em que você teria escutado tudo que eu dissesse como o evangelho — disse ele, em uma voz muito diferente. — Achei que isso era pior do que agora... mas eu estava errado.

A mão hesitou. Silas virou o rosto para encarar o homem mais velho. Era a primeira vez que tinha olhado para qualquer outro ponto que não fosse Gideon desde a hora que ela havia entrado.

— Peço que se lembre de sua posição — disse ele, curto.

— Eu lembro perfeitamente — disse Colum. — Você não. Você costumava lembrar. Quando nós começamos isso, quando você não tinha nem doze anos. Quando você achava que eu sabia de tudo.

Os dedos se curvaram para dentro, só um pouco, antes de se esticarem novamente como se uma resolução interna estivesse enrijecida.

— Não é a hora.

— Eu respeitava a criança — disse Colum. — Tem horas que eu não suporto o homem, Si.

A voz de Silas havia abaixado para um sussurro morto:

— Você fez um juramento…

— *Juramento*? Dez anos de treinamento antes de você sequer nascer. Juramento? Três irmãos com tipos sanguíneos diferentes, porque não conseguíamos saber o que você seria, e qual de nós você precisaria. Dez anos de antígenos, anticorpos, e espera… por você. Eu sou o juramento. Eu fui construído para ser um homem que nem sequer pode escolher as próprias *virtudes*!

A voz dele tinha se erguido para preencher a sala. Essa fala deixou Silas Octakiseron perfeitamente branco e imóvel. Colum virou seu queixo abruptamente para Gideon, e ela percebeu vagamente que era apenas uma versão diferente do queixo esguio e forçado de Silas. Ele se virou e foi na direção da porta. Gideon, completamente sem saber reagir, mas sentindo o cheiro de uma rota de fuga em algum nível instintivo do seu cérebro como um roedor, se ergueu da cadeira e o seguiu. Silas ficou onde estava.

Quando Colum alcançou a espada, ele a pegou, e Gideon só teve um segundo para se preocupar se agora ele exploraria alguma brecha religiosa insana e a mataria ali com a própria espada. Só que isso não era digno dela. Quando Colum ofereceu a espada de volta para ela horizontalmente em uma mão, era de um cavaleiro para outro cavaleiro. Sua expressão estava perfeitamente calma, como se a raiva nunca houvesse transparecido: talvez não houvesse mesmo. E os olhos dele eram os olhos de um homem que tinha acabado de enlaçar a corda da própria forca.

Ela pegou a lâmina. Agora ela estava em dívida com ele, o que era uma merda.

— Da próxima vez que nos encontrarmos — disse ele baixinho, tão impassível e monolítico quanto no momento que ela entrou —, é bem provável que um de nós dois morra.

— É — disse Gideon, e preferiu o "é" do que dizer "sinto muito".

Colum pegou a soqueira e também entregou para ela.

— Saia daqui — disse ele, e parecia mais um aviso do que uma ordem.

Ele se afastou dela novamente. Gideon ficou profundamente tentada a levá-lo *com* ela e deixá-lo longe de Silas, que estava sentado imóvel e pálido em seu grande quarto branco, mas sentiu que isso provavelmente não aconteceria. Ela também pensou em aproveitar e mostrar alguns dedos do meio para Silas pelas costas de Colum, mas concluiu que a superioridade moral era algo que às vezes valia a pena manter. Então, se foi.

Enquanto ia embora, ela se preparou para uma súbita explosão de vozes enraivecidas, gritaria, recriminações, e talvez até mesmo um grito de dor. No entanto, só houve silêncio.

29

Em um turbilhão de estupefação, Gideon percorreu os corredores da Casa de Canaan, não querendo voltar para casa. Ela andou pelos corredores negligenciados e percebeu vagamente que não conseguia mais sentir o cheiro do mofo, tendo-o sentido há tanto tempo que tornou-se indistinguível do restante do ar ao seu redor. Ela ficou parada nas frias sombras dos batentes putrificados, percorrendo os dedos pelos caroços porosos ou lascas de madeira velha. Criados esqueletos passaram por ela, segurando cestas ou regadores antiquados, e, quando ela olhou por uma janela coberta de sujeira, viu alguns deles em pé nos parapeitos, iluminados pela luz branca do sol, segurando varas enormes pendendo para fora. Seu cérebro registrou isso como se fizesse total sentido. Os dedos ossudos e primitivos das mãos brilhavam no metal, e, enquanto ela observava, um deles puxou um peixe que se contorcia com a vara, chegando ao ápice de sua jornada extrema do oceano até a falange. O construto cuidadosamente colocou o peixe em um balde.

Ela passou pelo grande átrio com o chafariz duvidoso e seco, e viu Professor parado ali. Ele estava sentado em frente ao chafariz, em uma cadeira com uma almofada arrebentada, rezando, ou pensando, ou as duas coisas. Sua cabeça brilhante estava abaixada, mas ele ofereceu um sorriso cansado.

— Como eu odeio a água — disse ele, como se essa conversa fosse uma que já tivessem tido antes, e ele estava simplesmente dando continuidade. — Não estou arrependido que essa aqui secou. Lagos… rios… cachoeiras… odeio todos. Queria que não tivessem enchido a piscina lá embaixo. É um presságio terrível, eu acho.

— Mas você está rodeado pelo mar — disse Gideon.

— Sim — disse Professor, inesperadamente —, me deixa um pouco aperreado.

Gideon riu, um pouco histérica, e ele se juntou a ela, mas seus olhos encheram-se de lágrimas.

— Pobrezinha — disse ele —, nós todos sentimos muito. Nós nunca tivemos a intenção de que isso acontecesse. Nenhum de nós. A pobrezinha daquela criança.

Gideon poderia ter sido a criança em questão; poderia não ser. Ela não se importava de qualquer jeito. Ela se encontrou logo percorrendo o pequeno vestíbulo e passando pela piscina de lapidação suave que o Professor odiava: o teto branco baixo, os azulejos brilhando suavemente. Passou as portas de vidro da sala de treinamento onde os cavaleiros praticavam a sua arte, e o que era inquestionavelmente a jaqueta engomada de Naberius. Dentro da sala estava Corona.

Seu lindo cabelo dourado estava preso em cachos suados no topo da cabeça, e ela estava só com uma camiseta e um shorts, que Gideon estava atônita demais para apreciar, mas não atônita o suficiente para não notar. Seus longos membros torneados estavam manchados aqui e ali com pó de giz, e ela segurava uma rapieira e uma adaga. Estava na pose fixa clássica de treinamento, o braço abaixando em um arco controlado lentamente passando pelos movimentos de *estocada — meio passo — estocada de adaga — recuo*, e havia um profundo rubor em seu rosto por causa do esforço. O manto necromântico estava abandonado em uma pequena pilha ao seu lado, e Gideon observou, fascinada, através da porta aberta.

Coronabeth se virou para encará-la. A postura era boa: seus olhos eram muto bonitos, como ametistas.

— Você já viu um necromante segurar uma espada antes? — perguntou ela, alegre.

— Não — disse Gideon. — Achei que os braços ficariam balançando.

A princesa da Terceira riu. O rubor em suas bochechas era um pouco quente e rosa demais.

— Os da minha irmã sim — disse ela. — Ela não consegue nem erguer os braços tempo o suficiente para trançar o cabelo. Sabe, Nona, que eu sempre quis desafiar você? — Isso foi dito baixinho, com uma falta de fôlego intensa, arruinada pelo adendo: — Babs disse que foi incrível.

Essa era possivelmente a pior declaração em um dia tão cheio de declarações terríveis que se acumulavam como espectadores em um duelo. Gideon teria amado ouvir Coronabeth falar com ela naquela voz rouca e intensa um dia, talvez dizendo "Seus bíceps... eles são nota onze de dez", mas naquele momento, ela não queria que ninguém falasse com ela.

— Se eu nunca mais lutar contra Naberius, ficarei feliz — disse ela. — Ele é um babaca.

Corona riu de maneira estridente e forte. Então disse com um sorriso:

— Talvez você precise, um dia. Mas não exatamente com ele.

Ela estocou. Gideon desembainhou a espada, porque apesar de seu cérebro estar cheio de chiados e ruído branco, o seu sistema nervoso ainda estava cheio de adrenalina. Colocou a mão na soqueira e foi cuidadosa quando encontrou a espada brilhante da Terceira de Corona com a sua — ficou surpresa com a força do golpe, na energia maníaca por trás dos olhos da outra garota. Gideon empurrou, forçando a lâmina de Corona para o lado — e Corona se moveu com ela, deslizando sua lâmina para baixo com a pressão, os pés a levando para uma bela posição de recuo. Ela pressionou, e foi só com um revide rápido que Gideon conseguiu manter a Princesa longe.

Corona estava respirando rápido. Por um instante, Gideon achou que era a fraqueza da necromante tomando conta — os pulmões começando a ceder com o esforço —, mas percebeu que Corona estava excitada, e também muito nervosa. Era como se a Corona confiante e majestosa de sempre estivesse escondendo algum enchimento muito danificado. Isso durou só um instante. Ela olhou por cima do ombro de Gideon subitamente, enrijecendo e recuando, e houve uma arfada surpresa da porta.

— Abaixe isso — ordenou Naberius Tern.

Não mesmo, pensou Gideon — no entanto, ele passou longe do alcance dela, dando um bote para curvar uma mão dura envolta do braço de Corona. Os olhos dele estavam arregalados em alarme. Vestia só a camiseta de baixo, exibindo a coleção de músculos sinuosos e duros diante de sua princesa. Ela relaxou, rebelde, como uma criança que tinha sido pega com o braço enfiado no porte de balas, e ele colocou um braço ao redor dela.

— Você não pode — ele estava dizendo, e Gideon percebeu: ele também estava terrivelmente com medo. — Você não *pode*.

Corona emitiu um som de desistência incoerente, uma fúria sem frutos, que foi abafado pelo braço de Naberius. Graças a Deus, não foram lágrimas. Ela disse algo que Gideon não pegou, e Naberius respondeu:

— Eu *não vou* contar pra ela. Não pode fazer isso, boneca, não agora.

Pela segunda vez naquele dia, Gideon se afastou de uma cena da qual ela estava completamente alheia, algo que não queria presenciar. O sal coçou seu nariz enquanto ela embainhava a rapieira e voltava pelo caminho que entrou, antes que Naberius decidisse que ele deveria lançar um desafio pelas suas chaves enquanto ela estava lá, mas quando olhou por cima do ombro, ele ignorava completamente sua presença: ele havia passado o antebraço por cima da clavícula de Corona como uma trave, e ela o mordeu, aparentemente para acalmar os próprios sentimentos obscuros.

Gideon não queria mais tomar parte disso. Gideon foi para casa.

✦ ✦ ✦

Seus pés a levaram, pesadamente e com muita má vontade, de volta à porta dos aposentos da Nona, coberta por uma guirlanda de ossos: suas mãos empurraram a porta com força, sem pensar. Não havia sinal de ninguém lá dentro. A porta do quarto principal estava fechada, mas Gideon empurrou essa também sem nem bater.

Não havia ninguém ali. Com as cortinas fechadas, o quarto de Harrow estava escuro e imóvel, a cama ocupando o centro do cômodo como uma grande sombra tosca. Os lençóis estavam amassados e a cama, desfeita. Ela conseguia ver o buraco no colchão onde Harrow dormia em posição fetal. Canetas estavam espalhadas pela mesinha de cabeceira, e uma pilha de livros úteis em pé na outra, e livros ainda mais úteis estavam nas gavetas. O quarto todo tinha o cheiro de Harrow: véus antigos do Túmulo Trancafiado e sais conservantes, tinta e o cheiro leve do suor dela. Parecia mais forte ao lado dos sais conservantes. Gideon cambaleou sem ver direito, chutando o canto da cama dossel da mesma forma que Corona enfiara os dentes no braço do seu cavaleiro, bateu o dedinho e não se importou.

A porta do guarda-roupa estava entreaberta. Gideon foi até ela e abriu-a violentamente, apesar de no momento não ter ânimo para fechar todos os botões das camisas de Harrow como teria feito antes. Ela quase esperava que égides de ossos arrancassem os seus dois braços dos soquetes, mas nada aconteceu. Não havia proteção. Não havia nada que a tivesse impedido de fazer isso. Isso a deixou completamente louca, por alguma razão. Empurrou o arco-íris de roupas pretas para o lado: calças cuidadosamente dobradas, camisas cuidadosamente passadas, as vestes formais da Reverenda Filha amarradas dentro de um saco que estava pendurado em um cabide. Se olhasse para elas por tempo demais, começava a sentir uma dor no peito, então forçou o olhar para o outro lado.

Havia uma caixa no fundo do armário — uma caixa barata de polímero amassada, escondida embaixo de um par de botas de Harrowhark. Ela não teria notado a caixa se não fosse pelo fato de ter havido um mínimo de esforço para escondê-la com as botas anteriormente mencionadas, e com um casaco rasgado. Era do tamanho de um antebraço de cada um dos lados. Uma exaustão repentina de tudo que tinha a ver com Harrow escondendo coisas fez com que ela a puxasse para fora sem pensar. Tirou a tampa da caixa com os polegares, esperando encontrar diários, ou rosários, ou calcinhas, ou os litógrafos da mãe de Harrow.

Com os dedos entorpecidos, Gideon removeu da caixa a cabeça decepada de Protesilaus, o Sétimo.

30

Na sala coberta de papéis dos aposentos da Sexta Casa, Gideon sentou encarando uma xícara de chá quente. Estava cinza com a quantidade de leite em pó que havia sido misturado nele, e era o terceiro copo que ela tomava. Ela estava com um medo terrível de que eles colocassem medicações no chá, ou tranquilizantes ou qualquer coisa: quando ela não bebeu, tanto o necromante quanto a cavaleira tomaram um gole para provar que não estava adulterado, com expressões que claramente diziam *idiota*. Palamedes era quem havia esperado pacientemente ao seu lado enquanto vomitava muito no vaso sanitário da Sexta.

Agora ela estava sentada, abatida e vazia, em um colchão que foi tirado para ser usado como cadeira. A cabeça de Protesilaus encarava o vazio em cima da mesa. Parecia exatamente como parecia em vida: como se, ao ser separada do torso, tivesse entrado em um tipo perfeito de preservação para ser entediante para sempre. Parecia tão viva quanto no dia que ela o conheceu. Palamedes estava investigando o brilho branco da medula óssea na base do pescoço pelo que deveria ser a milésima vez.

Camilla havia enfiado uma xícara de chá quente nas mãos de Gideon, amarrado duas espadas nas costas e desaparecido. Tudo isso aconteceu antes que Gideon pudesse protestar, e agora ela estava sozinha com Palamedes, sua descoberta e uma baita enxaqueca. Eram coisas demais acontecendo. Ela tomou um gole quente, fazendo um bochecho pelos dentes, e engoliu mecanicamente.

— Ela é minha.

— Você já disse isso cinco vezes.

— Estou falando sério. O que quer que aconteça, o que quer que seja, precisa me deixar terminar isso. Você precisa.

— Gideon…

— O que eu faço — disse ela, quase casualmente —, se ela for a assassina?

O interesse de Palamedes na medula óssea não estava diminuindo. Os óculos haviam escorregado até a ponta de seu nariz comprido, e ele segurava o crânio de cabeça para baixo como se estivesse esvaziando um cofrinho. Ele até mesmo havia apontado uma luz dentro das narinas e das orelhas, e da garganta aberta.

— Não sei — disse ele. — O que você faria?

— O que você faria se descobrisse que Camilla fosse uma assassina?

— Ajudaria ela a enterrar o corpo — disse Palamedes prontamente.

— *Sextus.*

— É sério. Se Camilla quer alguém morto — disse ele —, então longe de mim ficar no caminho dela. Tudo que posso fazer a essa altura é assistir ao banho de sangue e procurar um rodo. Uma só carne, um só fim, essa coisa toda.

— Todo mundo quer me falar de carnes e fins hoje — disse Gideon, infeliz.

— Tem uma piada aí em algum lugar. Você tem certeza de que não tinha mais nada junto com a cabeça... matéria óssea, unhas, pano?

— Eu verifiquei. Não sou uma completa imbecil, Palamedes.

— Eu confio em Camilla. Confio que as razões dela para acabar com a vida de alguém seriam lógicas, éticas e provavelmente para o meu benefício — disse ele, levantando uma pálpebra frágil para revelar o globo ocular. — O seu problema é que você suspeita que Harrow já matou por muito menos.

— Ela não matou a Quarta ou a Quinta.

— Conjectura, mas vamos continuar.

— Ok, então — disse Gideon, colocando a xícara vazia ao lado do colchão. — Hum. Você agora está com a impressão de que meu relacionamento com ela é um pouco mais... tenso... do que você achava.

— Você me choca — murmurou Palamedes.

— Mas isso não muda o fato de que eu a conheço desde que ela nasceu. E eu achava que sabia até onde ela iria, porque eu vou te falar de graça que ela já foi até uns lugares que puta que pariu, e acho que ela foi ainda além do que eu pensava com relação a mim, mas aí é que está. Sou eu, Sextus. Sou sempre eu. Ela quase me matou meia dúzia de vezes quando nós estávamos crescendo, mas eu sempre soube o porquê.

Palamedes tirou os óculos. Ele finalmente parou de molestar a cabeça, levantou e se afastou da escrivaninha, sentando pesadamente no colchão ao lado de Gideon, os joelhos magrelos apertados contra o peito.

— Ok. Por quê? — perguntou simplesmente.

— Porque eu matei os pais dela — disse Gideon.

Ele não disse nada. Só esperou, e no espaço daquela espera, ela falou. E ela contou tudo para ele desde o começo — como ela nasceu, como ela cresceu e como se tornou a cavaleira primária da Nona Casa —, e contou o segredo que tinha guardado por sete longos e horríveis anos.

♦ ♦ ♦

Harrowhark odiou Gideon desde o momento em que pôs os olhos nela, mas até aí, todo mundo odiava. A diferença é que, apesar da maioria das pessoas ignorarem a pequena Gideon Nav da maneira que ignorariam um cocô que criou pernas, a minúscula Harrow havia encontrado nela um objeto de fascínio torturável — presa, rival e plateia, tudo em uma só. E apesar de Gideon odiar os conventos, e odiar o Túmulo Trancafiado, e odiar as horrendas tias-avós, e odiar Crux acima de tudo isso, ela estava ávida pela atenção da Reverenda Filha. Elas eram as únicas duas crianças em uma Casa que, fora isso, estava ocupada tendo gangrena.

Todos agiam como se o próprio Imperador tivesse ressuscitado Harrowhark para trazer alegria a eles: ela tinha nascido saudável e inteira, uma necromante prodigiosa, uma freirinha perfeita e penitente. Ela já subia no púlpito e lia as preces enquanto Gideon começava desesperadamente a rezar pelo dia em que poderia se alistar como soldado, o que ela queria fazer desde que Aiglamene — a única pessoa que Gideon não odiava o tempo todo — disse que ela poderia sê-lo. A capitã havia contado as histórias da Coorte desde que Gideon tinha três anos.

Essa provavelmente foi a melhor fase do relacionamento das duas. Naquela época, elas se enfrentavam tão consistentemente que estavam o tempo todo juntas. Brigavam até sangrar, pelo que Harrow não era punida e Gideon era. Elas montavam armadilhas elaboradas, cercos e atentados, e cresceram como unha e carne, mesmo que costumasse ser enquanto tentavam ferir gravemente uma à outra.

Quando Harrow tinha dez anos, ela já tinha crescido se esbaldando em segredos. Ela havia se entediado com as obras antigas, se entediado com os ossos que erguia antes mesmo de nascerem seus primeiros dentes de leite, e se entediado ao fazer Gideon enfrentar suas hordas de esqueletos. Por fim, ela voltou seus olhos para a única coisa que lhe era verdadeiramente proibida: Harrow ficou obcecada com a Porta Trancafiada.

Não havia uma chave para a Porta Trancafiada. Talvez nunca houvesse existido uma chave para a Porta Trancafiada. Ela simplesmente não abria. O que ficava além dela teria matado qualquer intruso antes mesmo que conseguisse abrir uma brecha em que pudesse passar, e o que estava além *daquilo* — muito antes de chegar no Túmulo — teria feito qualquer um desejar morrer muito antes do seu fôlego final. As freiras se ajoelhavam somente com a menção do que estava além da porta. Foi uma das grandes e breves alegrias na vida de Gideon que a desnecessariamente beatífica Harrowhark Nonagesimus houvesse escolhido descartar sua santidade e destrancar a porta, e Gideon estava presente para testemunhar esse fato.

De todas as pessoas que achavam Gideon Nav repulsiva, os pais de Harrow eram os que mais achavam. Eles eram necromantes da Nona Casa frios e descontentes, do tipo que Silas Octakiseron acreditava habitar universalmente os corredores de Drearburh: sombrios de coração, poder e aparência. Uma vez ela tocou uma dobra do manto de Priamhark Noniusvianus, e ele a segurou com uma mão esquelética e a chicoteou até que ela uivasse. Foi só pela mais pura e desesperada perversidade que ela correu até eles para contar a história: por algum desejo desconcertante de demonstrar alguma evidência de lealdade para a Casa, e para deixar Harrow absolutamente na merda, e receber o afago na cabeça que ela sabia que merecia por preservar a integridade e o espírito fervoroso da Casa — as qualidades que sempre a acusavam de não ter. Ela não teve nenhum lampejo de remorso ou dúvida. Horas antes, ela havia brigado com Harrow nas catacumbas, e Harrow a arranhou até metade da cara de Gideon estar debaixo das unhas dela.

Então ela contou. E eles ouviram. Eles não disseram uma palavra sequer, nem elogio nem censura, mas eles a ouviram. Eles chamaram Harrow. E fizeram Gideon sair da sala. Ela esperou do lado de fora das grandes portas escuras do quarto por muito tempo, porque eles não lhe haviam dito para ir embora, só para que saísse do quarto; e, como ela era uma péssima e horrível criança, queria sentir o prazer com a chance única que tinha de ouvir Harrowhark ser arrastada pela lama. Só que ela esperou por uma hora e nunca ouviu nada, nem mesmo os gritos de Harrow por ter sido confinada às tarefas do ossuário até ter trinta anos.

E então Gideon não conseguiu mais esperar. Empurrou a porta e entrou — e encontrou Pelleamena e Priamhark pendurados nas vigas, roxos e mortos. Mortus, o Nono, o seu grande e trágico cavaleiro, balançava de uma viga que rangia com o seu peso. E então ela viu Harrow segurando o resto de corda que não fora usada, entre as cadeiras que os pais haviam chutado, os olhos pretos como carvões queimados há muito.

Harrow contemplou Gideon. Gideon contemplou Harrow. E nada mais deu certo depois disso, nunca mais.

✦ ✦ ✦

— Eu tinha onze anos — disse Gideon. — E aqui estou eu, dedurando tudo de novo.

Palamedes não disse nada. Ele só continuou sentando ali, escutando solenemente como se ela tivesse descrito um novo tipo de teorema necromântico. Longe de estar se sentindo aliviada com sua confissão repentina, Gideon se sentiu exatamente o oposto: suja e enlameada, terrivelmente exposta, como se tivesse acabado de desabotoar o próprio peito e deixado ele dar uma boa olhada para ver o que tinha dentro das suas costelas. Ela estava entupida por um mofo poeirento e seco. Ela havia sido preenchida com isso desde que tinha onze anos, com a compreensão de que, desde que ainda estivesse associada à Casa da Nona, jamais poderia fazer isso ir embora.

Gideon respirou fundo e depois fez isso de novo.

— Harrow quer se tornar uma Lyctor — disse ela. — Ela faria qualquer coisa para se tornar uma Lyctor. Ela teria facilmente matado o cavaleiro de Dulcinea se achasse que isso a ajudaria a se tornar uma Lyctor. Nada mais importa para ela. Nesses últimos dias, eu algumas vezes achei...

Gideon não terminou a frase, que teria sido "que ela tivesse parado de fazer disso sua prioridade".

Palamedes disse, com gentileza:

— Você não deveria mesmo precisar que eu te dissesse que uma criança de onze anos não é responsável pelo suicídio de três adultos.

— É claro que eu sou responsável — disse Gideon, enojada. — Fui eu quem fez isso acontecer.

— Sim — disse Palamedes. — Se não tivesse contado para os pais de Harrow sobre a porta, eles não teriam tomado a decisão de acabar com suas vidas. Você com certeza provocou isso. Mas a *causa* em si é um conceito vazio. A escolha de se levantar de manhã, a escolha de tomar um café da manhã quente ou frio, a escolha de fazer algo trinta segundos mais rápido ou mais devagar, tudo isso causa todo o tipo de coisa. Nada te torna responsável. Aqui está uma confissão pra você: eu matei Magnus e Abigail.

Gideon piscou, olhando para ele.

— Se, no segundo que eu tivesse saído da nave de transporte — disse sem preocupações o repentino confessor de assassinato duplo —, eu tivesse pegado a adaga de Cam e atravessado diretamente a garganta de Professor, os testes Lyctorais jamais teriam acontecido. Teria sido um alvoroço. A Coorte teria vindo, eu teria sido arrastado para longe, e todo mundo voltaria para casa são e salvo. Mas porque eu não matei Professor, os testes começaram, e porque os testes começaram, Magnus Quinn e Abigail Pent estão mortos. Portanto: fui eu. É minha culpa. Tudo que eu peço é que me mande para uma cela com papel e caneta para que eu escreva minhas memórias.

Gideon piscou mais algumas vezes.

— Não, espere aí. Isso é idiota, não é a mesma coisa.

— Não vejo porque não — disse o necromante. — Nós dois tomamos decisões que levaram a coisas ruins.

Ela esfregou o dorso do nariz.

— Octakiseron disse que vocês amavam ficar remexendo o significado das palavras.

— A Oitava Casa acha que há o certo e há o errado — disse Palamedes, cansado —, e por uma série de coincidências alegres, eles quase sempre estão certos. Olhe, Nav. Você dedurou sua nêmesis da infância para deixá-la em apuros. Você não matou os pais dela, e ela não deveria te odiar como se você o tivesse feito, e *você* não deveria se odiar como se o tivesse feito.

Ele estava olhando para ela através dos óculos.

— Ei — protestou ela, fraca —, eu nunca disse que me odiava.

— A evidência — disse ele — pesa mais que um testemunho.

Desajeitado, e um pouco brusco, ele segurou a mão dela. Ele a apertou. Os dois ficaram obviamente envergonhados com o gesto, mas Gideon não soltou, nem mesmo enquanto procurava no bolso do seu manto com a outra mão, e também não quando lhe entregou o pedaço de papel amassado que a havia deixado confusa por tanto tempo.

Ele desamassou o papel e leu sem reagir. Ela apertou a mão dele como uma promessa, ou como uma ameaça.

— Isso aqui é de um dos laboratórios dos Lyctores — disse ele, por fim. — Não é?

— É — admitiu ela. — É... quer dizer... é real?

Ele olhou para ela.

— Tem quase dez mil anos de idade, se é isso que está perguntando.

— Bom, eu não tenho dez mil anos — disse ela. — Então... que porra, basicamente.

— A pergunta que não quer calar — concordou ele, retomando a atenção para o papel. — Posso pegar isso emprestado? Gostaria de dar uma olhada melhor nele.

— *Não* mostre isso a ninguém — disse Gideon, sem entender bem o porquê. Alguma coisa sobre o seu nome estar nesse pedaço de lixo ancião parecia tão perigoso quanto uma granada ativa. — Estou falando sério. Fica entre a gente.

— Eu juro pela minha cavaleira — disse ele.

— Não pode mostrar nem para ela...

Eles foram interrompidos por seis curtas batidas na porta, seguidas por seis longas batidas. Os dois se levantaram para abrir a série de trancas entrelaçadas. Camilla passou pela porta, e com ela, de postura ereta e calma, estava Harrow. Por um momento insano Gideon pensou que ela e *Camilla* estavam de mãos dadas e que hoje era um dia tomado por uma epidemia de carícias entre as Casas, mas então percebeu que elas estavam com os pulsos algemados uma na outra. Camilla não seria feita de boba por ninguém, apesar de como ela teria conseguido algemar Harrow seria uma história de terror para outro dia.

Gideon não olhou para ela, e Harrow não olhou para Gideon. Gideon lentamente colocou a mão na sua espada, mas foi à toa. Harrow estava olhando para Palamedes.

Ela estava esperando por *qualquer coisa*, mas não estava esperando que ele dissesse:

— Nonagesimus, por que você não me contou?

— Eu não confiava em você — disse ela simplesmente. — Minha teoria original era de que você tinha feito isso. Septimus não era capaz de fazer sozinha, e não me pareceu uma teoria improvável que vocês estivessem trabalhando juntos.

— Você acredita em mim quando te digo que não estamos?

— Sim — disse ela —, porque se você fosse bom assim já teria matado a minha cavaleira. Eu nem queria machucá-lo, Sextus, a cabeça caiu no momento em que eu empurrei.

Quê?

— Então vamos — disse Palamedes. — Vamos chamar todo mundo. Conversamos com ela. Não terei mais nenhuma conversa no escuro ou na qual duvidem de minhas intenções.

— Alguém me explique, eu sou só uma pobre cavaleira — disse Gideon, impotente, mas ninguém prestou nem um pouco de atenção nela, mesmo quando ela estava com uma mão proibitivamente em sua espada.

Harrow a ignorou em favor de Palamedes e disse:

— Não sabia se você estava disposto a ir tão longe, mesmo pela verdade.

Palamedes a olhou com uma expressão tão cinzenta e abafada quanto o oceano do lado de fora das janelas.

— Então você não me conhece, Harrowhark.

✦ ✦ ✦

Todos se aglomeraram no pequeno cômodo de hospital de Dulcinea: todos eles e le sacerdote de tranças grisalhas, que saiu do caminho como se estivesse com medo conforme todos se enfileiraram com expressões pétreas. A turma toda estava preparada para uma festa. Palamedes tinha mandado chamar todos os sobreviventes, apesar de que, considerando que o interesse universal era matar uns aos outros, o fato de terem se importado em aparecer não era nada menos do que um milagre. A Segunda estava recostada na parede, as jaquetas com menos linhas do que suas caras; Ianthe e Coronabeth estavam sentadas juntas com os joelhos entrelaçados elegantemente, o cavaleiro de pé atrás delas. Silas estava de pé na porta, e Colum atrás dele, e se alguém quisesse matar todos eles ali naquele instante, teria bastado fechar a porta e deixar que se asfixiassem com o cheiro da pomada de cabelo de Naberius Tern. Era tão estranho pensar que agora esses eram *todos eles*.

A necromante da Sétima Casa estava apoiada contra uma pilha de almofadas gordas, parecendo calma e transparente. Com cada respiração estridente, seus ombros estremeciam, mas seu cabelo estava penteado com perfeição, e sua camisola continha uma quantidade de babados dignas de um pesadelo. Segurava no seu colo a caixa que continha a cabeça de Protesilaus, e quando retirou a cabeça gentilmente — intacta como se ainda estivesse viva — houve várias seguradas de respiração. A dela não estava entre elas.

— Meu pobrezinho — disse ela, sinceramente. — Nunca mais vou conseguir juntá-lo de novo. Quem o despedaçou? Ele está um desastre.

Palamedes juntou seus dedos e se adiantou, intensamente cinza.

— Senhora Septimus, Duquesa de Rhodes — disse ele, muito formal —, eu coloco diante de você e de todos aqui que este homem estava morto antes mesmo de chegarem na Primeira Casa, em sua nave de transporte, e aparentava estar vivo somente através de profunda magia de carne.

Houve imediatamente um burburinho, que não foi acalmado nem pelos seus gestos impacientes de "fiquem quietos" nem com o empurrar dos óculos para cima do nariz. Entre os murmúrios coletivos, a fala ácida de Ianthe Tridentarius foi a mais alta:

— Bom, essa foi a única coisa interessante que ela já fez.

Quase tão alto foi o comentário da Capitã Deuteros:

— Impossível. Ele esteve conosco por semanas.

— Não é nada impossível — disse a própria Dulcinea. Ela estava encarando o olhar enlameado de Protesilaus gravemente, e depois ajeitou a cabeça de volta em seu colo. — A Sétima tem aperfeiçoado o método do corpo cativo por anos e anos e anos. Só não é... inteiramente permitido.

— É profano — disse Silas, categórico.

— A ceifa de almas também é, criança — disse ela, em um tom proposital de doçura celestial. — E *não* é profano, é completamente útil e inocente, só não quando feito desse jeito, que é o jeito muito antigo. A Sétima não é feita só de mumificadores e vedantes de alma. Sim, Pro estava morto antes mesmo de chegarmos.

— Por quê? — disse Gideon, tão categórica quanto Silas.

Aqueles enormes olhos azuis como flores viraram para Gideon como se ela fosse a única pessoa no cômodo. Não havia nada alegre neles, ou talvez Gideon começasse a gritar. De repente, a necromante que estava morrendo parecia incrivelmente velha; não com rugas, mas com a pura dignidade e o silêncio com que ficava sentada ali, inteiramente serena.

— Essa competição pegou minha Casa despreparada — disse ela, crua. — Vou te contar uma história. Dulcinea Septimus nunca deveria estar aqui, Gideon, a Nona... eles prefeririam que ela estivesse descansando em casa e ter mais seis meses só para viver. É uma história antiga da Casa. Só que não havia outro herdeiro necromante. E havia um excelente cavaleiro primário... então, mesmo se a necromante herdeira estivesse apenas a um resfriado de distância de um colapso completo dos pulmões... acreditaram que ele poderia equilibrar a situação. Mas então ele sofreu um acidente.

Dulcinea ficou inquieta, mexendo com o cabelo sem brilho da cabeça com a ponta de seus dedos e então o alisou como se fosse o de uma boneca.

— Hipoteticamente. Se você é da Sétima Casa e toda a sua sorte agora é representada por dois corpos mortos, um respirando um pouco mais do que o outro, *você* não consideraria algo mais extremo? Vamos dizer, utilizar o método do corpo cativo, e torcer para que ninguém perceba que sua casa estava fora da competição antes mesmo de chegar? Sinto muito por enganar vocês, mas não sinto muito por ter vindo.

— Isso não faz sentido.

Harrow estava dura como concreto. Seus olhos eram enormes e escuros, e apesar de somente Gideon conseguir perceber, ela estava muito agitada.

— O feitiço que está usando não está na escala de um necromante normal, Septimus. Impossível para um necromante em seu ápice, imagine só uma mulher que está morrendo.

— Uma mulher que está morrendo é a necromante perfeita — disse Ianthe.

— Gostaria que pudessem descartar essa concepção. Talvez nos dez minutos finais — disse Palamedes. — O fato técnico de que morrer aumenta sua necromancia é distorcido consideravelmente pelo fato de que não dá pra usar isso em nada. Você pode ter acesso a uma enorme fonte pessoal de thanergia, mas considerando que seus órgãos estão falindo…

— Não é possível — insistiu Harrow, as palavras duras e secas em sua boa.

— Vocês parecem saber muito sobre o assunto. Bem, coloco então a questão para vocês: seria possível para todas as cabeças da Sétima Casa — disse Dulcinea calmamente —, adeptos da morte perfeita, um segredo místico da Sétima Casa, que é nosso desde sempre, trabalhando todos em conjunto?

— Talvez inicialmente, mas…

— Rei Eterno — disse Silas, enojado. — Era uma conspiração.

— Ah, senta lá — disse Dulcinea. — Sei tudo sobre você e sua casa, Mestre Silas Octakiseron… o próprio Imperador nunca se importou em falar nada sobre a cativação de um corpo, mas disse que a ceifa era a coisa mais perigosa que uma Casa já tinha inventado, e só deveria ser feita se o ceifador estivesse algemado.

— Isso não alivia a pena de executar um ato de transgressão necromântica…

— Eu não tenho interesse em discutir a justiça da obra — disse Capitã Deuteros, rouca. — Eu sei que é a prerrogativa da Oitava Casa. Mas ao mesmo tempo, Mestre Octakiseron, não podemos nos dar ao luxo disso agora.

— Uma mulher que toma parte nesse tipo de magia — disse Silas — pode tomar parte em qualquer coisa.

A mulher que tomou parte nesse tipo de magia e, portanto, talvez tomaria parte em qualquer coisa abriu a boca para falar, mas em vez disso teve um acesso de tosse que pareceu começar nos dedos dos pés e subir por seu corpo. A sua coluna arqueou, e ela baliu, e então começou a tossir, uma tosse carregada, até a morte. Seu rosto era tão cinza que por um momento Gideon estava certa de que a Oitava Casa estava fazendo alguma coisa com ela, mas era na verdade um bloco de catarro em vez da sua alma sendo sugada. Palamedes foi até ela, assim como Camilla. Ele a virou de lado, e ela fez algo horrível e complicado com o dedo dentro da boca de Dulcinea. A cabeça no seu colo continuou rolando e foi pega somente pelos reflexos rápidos da Princesa Ianthe, que a tomou nas mãos como se fosse uma borboleta exótica.

— O que você quer, Octakiseron? — disse a capitã após esse desfecho, a cara fechada. — Confinamento? Sentença de morte? As duas coisas são estranhamente fáceis de resolver nesta situação.

— Entendo seu ponto — disse Silas. — Não concordo com ele. Irei me retirar, madame. Isso não me interessa mais.

Sua saída foi impedida por seu cavaleiro, tão marrom e abarrotado quanto sempre, que estava de pé entre ele e a porta. Colum não pareceu notar a tentativa do seu necromante em ir embora.

— Se estamos com a cabeça dele, o que estava na fornalha?

Dulcinea, cinza e se debatendo, conseguiu dizer:

— O que encontraram na for… fo… *for…*

Palamedes bateu nas costas dela, e nessa altura ela tossiu o que parecia ser uma bolota de galhos sangrentos. A Terceira virou seus rostos para o outro lado.

A Capitã Deuteros não virou: talvez já tivesse visto coisa pior. Ela gesticulou para sua tenente, que havia removido a cabeça de maneira nada gentil do olhar fascinado de Ianthe e a estava encaixotando como se fosse uma refeição indesejada. A capitã ficou mais perto de Harrow e Gideon, e demandou:

— Quem o encontrou?

— Eu — disse Harrow, casualmente falhando em providenciar os detalhes sobre *como*. — Eu peguei a cabeça porque não seria fácil transportar o corpo. Desde então, o corpo desapareceu através de meios desconhecidos, apesar de ter minhas suspeitas. Agora o crânio é meu por direitos de descoberta…

— Nona, a cabeça vai para o *mortuário*, ao qual ela pertence — disse a capitã. — Você não tem direitos sobre os assassinatos que descobriu, e hoje não é o dia em que eu aquiescerei com o hábito de sua Casa de tomar para si ossos que não lhe pertencem.

— Concordo com Judith — disse Corona. Ela havia empurrado a coxa da irmã de cima dela e estava parecendo um pouco esverdeada em sua linda pele. Também parecia estranhamente cansada e abatida, apesar de conseguir fazer isso de uma forma que parecia haver uma delicadeza pensativa nas rugas pequenas dos seus olhos e bocas. — Hoje não é o dia em que começaremos a usar os corpos uns dos outros. Ou amanhã, ou nunca. Não somos bárbaros.

— Pura prevaricação — disse a irmã para ninguém em particular. — Algumas coisas não têm pé nem… *cabeça*.

Todo mundo a ignorou, até mesmo Gideon, que estava tremendo como uma vara verde.

— Os ossos da fornalha ainda são meus para identificação — disse Harrowhark.

— Você pode *utilizar* o mortuário o quanto quiser — disse a capitã, desdenhosa. — Mas os corpos não são sua propriedade, Reverenda Filha. Isso também vale para o Protetor-mestre, e vale para todo mundo. Estou sendo clara ou preciso repetir?

— Entendido — disse Palamedes.

— Entendido — disse a Reverenda Filha, no tom de alguém que não tinha entendido nada e não tinha intenção de entender.

Silas não tinha ido embora.

— Nesse caso — disse ele —, considero que seja meu dever sagrado proteger o mortuário, caso a Nona esqueça a definição de profanação de cadáveres. *Eu* ficarei com os restos. Vocês podem me encontrar lá.

Capitã Deuteros não revirou os olhos. Ela gesticulou para a tenente, que entregou para ele a caixa: Silas a pegou e estremeceu fraco, e então passou a caixa para o sobrinho. Com o pacote horripilante seguro, eles finalmente se viraram e foram embora. A Terceira já estava começando a discutir:

— Eu sempre disse que ele não parecia bem — disse o cavaleiro.

— Você não disse isso — falou a primeira gêmea.

— Em momento algum você disse isso — falou a segunda gêmea.

— Com licença, falei sim…

Capitã Deuteros limpou a garganta por cima desse novo bate-boca mútuo.

— Mais alguém quer aproveitar a oportunidade para admitir que já estão mortos, ou são construtos, ou outro objeto relevante? Alguém?

Palamedes estava limpando a boca de Dulcinea muito gentilmente com um lenço branco. Ele colocou uma mão no pescoço dela. Ela ficou imóvel. O rosto dela era da mesma cor do leite servido na Casa de Canaan, fino e levemente azulado, e por um momento, Gideon achou que ele iria acrescentá-la na lista de *mortos*. Ela *escolheria* partir com um público, com o cabelo penteado e com todos seus segredos miseráveis revelados. Agora ela sabia que Dulcinea sempre estivera sozinha, continuando uma farsa ainda maior do que a de Gideon, sabendo da impossibilidade do seu sucesso. No entanto, a necromante que estava morrendo inspirou abruptamente, chiando como um balão, o corpo inteiro se revirando em um espasmo. O coração de Gideon voltou a acelerar. Antes dela poder se mover, Palamedes estava ali, e com um cuidado terrível — como se os dois estivessem sozinhos tanto no cômodo quanto no mundo — ele beijou as costas da mão de Dulcinea.

Gideon desviou o olhar, corando com uma vergonha que não queria questionar, e viu Professor na porta com as mãos escondidas no seu cinto arco-íris colorido. Ninguém o ouvira entrar.

— Talvez depois, Senhora Judith — disse ele.

— Você precisa contatar a Sétima Casa e mandá-la de volta para casa — disse ela. — É moral e legalmente fora de questão deixá-la desse jeito. Estou sendo clara?

— Eu não posso — disse Professor. — Só há um único canal de comunicações na Casa de Canaan, minha Senhora... e eu não posso contatar a Casa dela através dele. Não posso contatar a Quinta, nem a Quarta, nem a Sétima. Isso é parte do silêncio sagrado que mantemos. Haverá um final nisso tudo e haverá uma consideração... mas a Senhora Septimus ficará conosco até o fim.

A adepta da Segunda ficou imóvel abruptamente. Por um momento, Gideon achou que ela iria perder a compostura cuidadosa. Então, ela inclinou sua cabeça escura e disse:

— Tenente?

— Pronta — disse Marta, a Segunda, e as duas marcharam para fora como se estivessem em um desfile. Elas nem mesmo olharam para trás.

Professor olhou para a cena diante dele: a cama, o sangue, a Terceira. Palamedes, ainda apertando os dedos de Dulcinea nos dele, e Dulcinea desmaiada.

— Quanto tempo a Senhora Septimus ainda tem? — perguntou ele. — Não consigo mais dizer.

— Dias. Semanas, se tivermos sorte — disse Palamedes, direto. Dulcinea deu um soluço pequeno na cama que parecia algo entre uma risada e um suspiro. — Isso se mantivermos as janelas abertas e a ventilação limpa. A reciclagem de ar em Rhodes provavelmente lhe tirou dez anos de vida. Ela está parada no limiar sem pender nem para um lado nem para o outro e tem a resistência de um motor a vapor, e tudo que podemos fazer é deixá-la confortável e ver se ela decide continuar.

— Desfazer o corpo do cavaleiro deveria tê-la matado — disse Harrow para ele, lentamente. — Teria sido um choque enorme para o seu sistema.

— Espalhar por necromantes diferentes deve ter diluído a reação.

— Não é nem remotamente assim que isso funciona — disse Ianthe.

— Ai, Deus, lá vem a *especialista* — disse Naberius.

— Babs — falou a irmã de Ianthe com pressa —, você está ficando com fome. Vamos pegar alguma coisa pra comer.

Gideon observou o olhar da sua necromante fixo em Ianthe Tridentarius. Ianthe não percebeu ou fingiu não perceber; os seus olhos eram tão pálidos e roxos e calmos como sempre foram, mas Harrowhark estava se contorcendo como um verme ao lado de um pato morto. Conforme a Terceira se locomovia para fora — tão barulhentos como se estivessem deixando uma peça de teatro, e não um quarto de hospital —, os olhos de Harrow a acompanharam. Gideon disse, em alto e bom som:

— Ei, Palamedes. Precisa que alguém fique com ela?

— Eu fico — disse Professor, antes que Palamedes pudesse responder. — Trarei minha cama para ficar com ela. Eu não a deixarei sozinha de novo. Quando precisar deixar meu posto, um dos outros sacerdotes ficará no meu lugar. Posso fazer isso, ao menos... Não tenho medo, e também não tenho mais nada para fazer com meu tempo. Enquanto vocês, eu temo, realmente têm.

Gideon se permitiu dar uma última olhada demorada em Dulcinea, que era um corpo cativo mais perfeito do que seu cavaleiro estoico e morto era: deitada na cama quase transparente com traços de muco ensanguentado secando no queixo. Ela queria ajudar, mas do canto do olho viu que Harrow estava saindo da porta e indo para o corredor — encarando a Terceira que ia embora — e então se prontificou a dizer:

— Então vamos cair fora. Vocês podem... nos dizer se algo mudar?

— Alguém irá buscar vocês — disse Professor gentilmente.

— Legal. Palamedes...

Ele encontrou o olhar dela. Ele havia tirado os óculos e estava limpando as lentes com um dos seus incontáveis lenços.

— Nona — disse ele —, se ela fosse capaz de qualquer coisa para se tornar uma Lyctor, não acha que já seria uma? Se ela realmente quisesse ver o mundo pegar fogo, todos nós já não estaríamos em chamas?

— Pare de elogiá-la. Mas... obrigada — disse Gideon, e então saiu pelo corredor para ir atrás de Harrow.

31

NO CORREDOR, A SUA necromante estava encarando a distância as barras dos mantos da Terceira que desapareciam: o cenho tinha feito uma ruga na maquiagem. Gideon tinha a intenção de... ela tinha intenção de fazer muitas coisas; mas Harrow não deixou uma abertura para nenhuma ação que ela planejara e não ofereceu nenhuma das respostas que ela queria. Simplesmente se virou em um rodopio de tecido preto e disse:

— Me siga.

Gideon tinha preparado de antemão um grito de *vai se foder* tão longo e tão alto que Harrow teria que ser levada diretamente para ser executada, mas então Harrow acrescentou:

— Por favor.

Esse *por favor* convenceu Gideon a segui-la em silêncio. Estava mais ou menos esperando que Harrow começasse com "O que você estava fazendo no meu armário", e então Gideon poderia tê-la sacudido até que tanto os dentes da sua boca quanto os que carregava no bolso balançassem como um chocalho. Harrowhark desceu pelas escadas dois degraus de cada vez, o piso rangendo em pânico conforme desceram pelo enorme lance que as levava ao átrio: de lá, saindo por um corredor, descendo outro, viraram à esquerda e então desceram as escadas para a sala de treinamento. Harrow ignorou a tapeçaria que as teria levado para o corredor escondido e o laboratório Lyctoral saqueado onde Jeannemary tinha morrido, e em vez disso empurrou as enormes portas escuras para a piscina.

Assim que entrou, ela jogou no chão dois ossos sujos do seu bolso. Um esqueleto considerável surgiu de cada um, desdobrando-se. Eles ficaram diante da porta, com os cotovelos entrelaçados, e a mantiveram fechada. Ela esparramou mais um punhado de lascas como grãos pálidos; esqueletos ergueram-se, formando e expandindo o osso como se borbulhasse através dele. Fizeram um perímetro ao redor da sala, pressionando os nódulos de suas colunas vertebrais contra os azulejos de cerâmica e em posição de sentido. Ficaram todos lado a lado, como se fossem guarda-costas ou acompanhantes horrendos.

Harrow se virou para Gideon e os seus olhos eram tão pretos e inexoráveis quanto o colapso da gravidade.

— A hora chegou...

Ela respirou fundo e então desfez as amarras do seu manto, e ele caiu dos seus ombros finos em um amontoado ao redor dos calcanhares no chão.

— De te contar tudo — disse ela.

— *Ah, graças a Deus por isso* — disse Gideon histericamente, profundamente envergonhada do quanto seu coração tinha acelerado.

— Cale a boca e entre na piscina.

Isso fora tão inesperado que ela não se deu o trabalho de questionar, reclamar, ou até hesitar. Gideon tirou o manto e o capuz e tirou os sapatos, desabotoou a rapieira e o cinto que prendia sua soqueira. Harrow parecia pronta para entrar nas ondas esverdeadas usando calças e a camisa, então Gideon pensou "ah, bom, que merda", e pulou na água quase inteiramente vestida. Saltou sem pensar: ondas explodiram por onde ela passou, maculando os lados de pedra com pingos, a água espumando e revolta. Gideon gaguejou, e então colocou a cabeça embaixo da água, e depois cuspiu um monte de líquido tão quente quanto sangue.

Depois de um momento de consideração, Harrow também entrou — andando pelo lado descuidada, e entrando na água como uma lâmina preta. Ela desapareceu por debaixo da superfície, e então emergiu, se afogando e cuspindo de um jeito que arruinou toda a sua entrada portentosa. Ela encarou Gideon e se debateu na água, batendo os braços antes de conseguir fazer com que os dedos tocassem o fundo.

— Estamos aqui por alguma razão?

As vozes delas ecoaram.

— A Nona Casa tem um segredo, Nav — disse Harrow. Ela parecia calma, e comedida, e franca de uma maneira que nunca tinha sido antes. — E só minha família sabe dele. E até mesmo nós não o podíamos discutir, a não ser que, e essa era a regra da minha mãe, estivéssemos imersos em água salgada. Nós mantínhamos uma piscina cerimonial só para esse propósito, escondida do restante da Casa. Era fria e profunda, e eu odiava cada momento que estava nela. Só que minha mãe morreu, e eu agora vejo que, se é para trair a confiança mais sagrada da minha família, eu preciso ao menos deixar a sua regra intacta.

Gideon piscou.

— Ah, merda — disse ela. — É sério mesmo. É agora. É a hora H.

— É a hora H — concordou Harrowhark.

Gideon passou as duas mãos pelo cabelo, pingos caindo pela parte de trás do pescoço e caindo na gola encharcada. Enfim, tudo que disse foi:

— Por quê?

— As razões são inúmeras — disse a sua necromante. A maquiagem estava se esvaindo na água, e ela parecia com um esqueleto cinza derretendo. — Eu tinha a intenção de deixar que soubesse uma parte disso, antes. Uma versão condensada. E então você viu o que tinha no meu armário... Se eu tivesse te contado minhas suspeitas sobre o fantoche de Septimus no primeiro dia, nada disso teria acontecido.

— No *primeiro dia*?

— Griddle — disse Harrow —, eu não usei meus pais de marionetes por cinco anos sem aprender nada.

A raiva realmente tomou conta de Gideon então, junto com alguns litros de água salgada.

— Então por que diabos você não me contou quando o matou?

— Eu não o matei — disse Harrowhark, brusca. — Outra pessoa matou, uma lâmina no coração, pelo que vi, apesar de só ter conseguido ver alguns minutos antes de correr. Só precisei mexer no teorema um pouquinho antes que se desfizesse. Eu peguei a cabeça e corri quando pensei ter ouvido alguém se aproximando. Isso foi na noite depois de completarmos o desafio do campo de entropia.

— Não, sua desgraçada — disse Gideon, fria. — Quero dizer, por que você não me disse que o tinha matado antes de mandar Jeannemary Chatur e o necromante dela para as instalações para procurar o cara que estava em uma caixa dentro do seu armário? Por que você não pegou um minutinho pra dizer, sei lá, *que tal não mandarmos duas crianças lá embaixo para serem empaladas por uma enorme criatura de ossos*?

Harrow exalou.

— Eu entrei em pânico — disse ela. — Achei que estava te mandando para um caminho sem saída e que o perigo de verdade estava com Sextus e Septimus, que qualquer um dos dois poderia te lançar uma armadilha, e a solução sensata era deixar que eu cuidasse dos dois sozinha. Meu plano era deixar você longe de um duelo necromântico. Na hora, até achei que seria elegante.

— Nonagesimus, tudo que você tinha que fazer era enrolar, dizer que estava surtando. Tudo que tinha que fazer era dizer que o cavaleiro da Dulcinea era uma múmia...

— Eu tinha razões para acreditar — disse Harrow —, que você confiaria nela mais do que confiaria em mim.

A resposta contorceu o rosto de Gideon na sua melhor expressão de *você está tirando uma com a minha cara*. Do lado oposto, Harrow alisou a testa com os polegares, o que retirou outra porção significativa da caveira.

— Achei que você estava *comprometida* — continuou ela, petulante. — Presumi que *você* desconfiaria que eu desmontei a marionete como um ato de má-fé e iria direto contar para a Sétima. Eu queria estudar o suficiente para te apresentar uma solução direta. Não fazia ideia do que aquilo significaria para a Quarta Casa. A Nona está em uma profunda dívida de sangue, e estou desolada pela perda. Eu... eu não queria te machucar, Griddle! Eu não queria perturbar o seu... equilíbrio.

— Harrow — disse Gideon —, se meu coração tivesse um pau, você daria uma joelhada nele.

— Eu não queria te alienar mais do que já tinha feito. E então pareceu como se estivéssemos em... termos mais iguais — disse Harrow, que estava tropeçando de uma maneira que Gideon jamais havia testemunhado. Era como se estivesse saqueando as gavetas do seu cérebro ao tentar encontrar as palavras certas para usar. — Nossa... nós... Era tênue demais para arriscar. E então...

Tênue demais para arriscar.

— Harrow — disse Gideon de novo, agora mais lentamente —, se eu não tivesse ido até Palamedes, e eu quase nem fui até Palamedes, eu teria esperado por você nos nossos quartos, com a minha espada, e teria acabado com você. Eu estava tão convencida de que você era a culpada de tudo. Que você matou Jeannemary e Isaac. Magnus e Abigail.

— Eu não… Eu nunca… Eu jamais — disse Harrow —, e eu… eu sei.

— Você teria me matado.

— Ou vice-versa.

Isso a surpreendeu, deixando-a em silêncio. As pequenas ondas marulhavam gentilmente nas beiras de azulejo da piscina. Gideon chutou o fundo e deixou que os pés ficassem erguidos, de novo e de novo, flutuando, a camiseta se esparramando com a água.

— Ok — disse ela, eventualmente. — Pergunta. Quem cometeu todos os assassinatos?

— *Nav.*

— Estou falando sério. O que está acontecendo? A Casa de Canaan é assombrada ou o quê? O que ou quem matou a Quarta e a Quinta?

A sua necromante também empurrou o pé dos fundos e flutuou, momentaneamente, com a água salgada até o queixo. Os seus olhos estavam semicerrados em pensamento.

— Não sei dizer — disse ela. — Desculpe. Não é uma linha de inquérito frutífera. Estamos sendo perseguidos por espectros, ou tudo é parte do desafio, ou um ou mais de nós está nos eliminando um a um. Os assassinatos da Quinta e da Quarta podem estar conectados ou não. Os fragmentos de ossos encontrados nas feridas de todos não se correspondem, naturalmente, mas eu acredito que a sua formação particular aponta para o mesmo tipo de construto necromântico, não importa o que Sextus diga sobre a ressonância topológica ou teoria de arquétipos esqueléticos…

— Harrow, não me faça eu me afogar.

— Minha conclusão: se os assassinatos estão ligados entre si e um adepto, em vez de uma força espectral ou as próprias instalações, estiver por trás do construto que você viu, então é um de nós — disse Harrow. — Somos os únicos seres vivos na Casa de Canaan. Isso significa que a lista de suspeitos são as Tridentarii, Sextus, Octakiseron, a Segunda, ou eu mesma. E eu não descartei a possibilidade de ser Professor e os outros sacerdotes. Septimus tem um certo álibi…

— Sim, estar quase morta — disse Gideon.

Harrowhark disse, um pouco relutante:

— Eu a rebaixei em alguns aspectos. Logicamente, a julgar por habilidade e mente, e a facilidade de combinar as duas coisas em meios para um fim, é Palamedes Sextus e a cavaleira dele. — Ela sacudiu a cabeça no momento que Gideon abriu a boca para protestar. — Não, eu sei que não é nenhum dos dois, já que como você diz, *nenhum tem a porra de um motivo.* Uma conclusão lógica vale muito pouco se não tenho todos os fatos. Então temos Professor, e os laboratórios dos Lyctores, e as regras. Por que todos os teoremas? O que os alimenta? Por que a cavaleira da Quarta morreu, mas você foi deixada viva?

Todas essas eram perguntas que Gideon tinha particularmente se perguntado muitas vezes no calar da noite desde que Jeannemary morreu. Ela deixou que os ombros voltassem para a água até que o frio atingisse a parte de trás das orelhas, e encarou a barra fluorescente que estava pendurada acima da piscina. O seu corpo boiou, sem peso, em uma poça de luz amarela. Ela poderia ter perguntado a Harrow qualquer coisa: poderia ter perguntado sobre a bomba que havia matado Ortus Nigenad em vez dela, ou poderia ter perguntado sobre toda a sua existência, o porquê e o como de ter acontecido. Em vez disso, ela se ouviu perguntando:

— O que você sabe sobre o patógeno condicional que matou todas as outras crianças, aquele que aconteceu quando eu era pequena, antes de você nascer?

O silêncio era terrível. Durou por tanto tempo que ela se perguntou se Harrow tinha sorrateiramente se afogado nesse tempo, até que…

— Não foi antes de eu nascer — disse a outra garota, parecendo nada com ela mesma. — Ou ao menos, isso não é preciso o bastante. Aconteceu antes mesmo de eu ser concebida.

— Isso é desagradavelmente específico.

— É importante. Minha mãe precisava parir uma criança, e essa criança precisava ser um necromante para cumprir o papel de herdeiro verdadeiro do Túmulo Trancafiado. Mas como eles mesmos eram necromantes, acharam o processo duplamente difícil. Nós não tínhamos acesso à tecnologia de cuidados de fetos que as outras Casas tinham. Ela havia tentado e falhado antes. Ela tinha uma única chance, e não poderia deixar isso para a sorte.

Gideon disse:

— Não dá pra controlar se você está gestando um necromante ou não.

— Dá sim — disse Harrow. — Se você tem os recursos, e se está disposto a pagar o preço por usá-los.

Os cabelos na nuca de Gideon se ergueram, ainda molhados.

— Harrow — disse ela lentamente —, com *recursos*, você quer dizer que...

— Duzentas crianças — disse Harrowhark cansada. — De seis semanas a dezoito anos. Todas precisavam morrer mais ou menos ao mesmo tempo para que funcionasse. Minhas tias-avós mediram os organofosforados por semanas para conseguir a matemática. Nossa Casa os bombeou pelo sistema de ventilação.

De algum lugar embaixo da piscina, um filtro fez sons de borbulha conforme reciclava o excesso. Harrow disse:

— Só os bebês geraram thanergia o suficiente para destruir o planeta inteiro. Os bebês sempre geram, por alguma razão.

Gideon não conseguia ouvir aquilo. Ela segurou os joelhos contra o corpo e deixou-se afundar, só por um momento. A água passou por cima da sua cabeça e através dos seus cabelos. Os seus ouvidos rugiram, e então estouraram. Quando voltou para a superfície, o barulho do seu batimento cardíaco passando pelo seu crânio foi como o de uma explosão.

— Diga alguma coisa — disse Harrowhark.

— Nojento — disse Gideon, seca. — Eca. A pior coisa do mundo. O que dá pra dizer sobre isso? O que *caralhos* dá pra dizer depois *disso*?

— Isso permitiu que eu nascesse — disse a necromante. — E que eu... fosse eu. E eu estou ciente, desde que era muito jovem, sobre como fui criada. Sou exatamente duzentos filhos e filhas da minha Casa, Griddle. Sou a geração inteira da Nona. Vim a este mundo ser uma necromante à custa do futuro de Drearburh... porque não há um futuro sem mim.

O estômago de Gideon se revirou, mas o seu cérebro tinha mais urgência do que a náusea.

— Por que me deixar de fora, então? — demandou ela. — Eles assassinaram o resto da Casa, mas me deixaram fora dessa lista?

Houve uma pausa.

— Nós não deixamos — disse Harrow.

— Quê?

— Era pra você ter morrido, Griddle, junto com todos os outros. Você inalou o gás por dez minutos inteiros. Minhas tias-avós ficaram cegas só por liberá-lo, e você nem foi afetada, mesmo estando só a dois berços de distância da ventilação. Você só não morreu. Meus pais passaram o resto da vida deles aterrorizados por sua causa.

O Reverendo Pai e a Reverenda Mãe não a achavam anormal pela forma como tinha nascido: eles a achavam anormal pelo fato de ela não ter morrido. E todas as freiras, e todos os sacerdotes, e todos os anacoretas do convento haviam seguido a deixa, sem saber que era só porque Gideon era um animal infeliz e reprimido que ainda estava vivo no dia seguinte.

O mundo girou conforme Harrow boiou para mais perto. A memória focou o olhar duro de Pelleamena, e então focou novamente a maneira como aquele olhar passava por Gideon indo de desdém para terror. A respiração alta e repentina de Priamhark quando a via era em horror, não em repugnância. Uma criança pequena que para os dois adultos era uma lembrança ambulante do dia que resolveram hipotecar o futuro de sua Casa. Não era de surpreender que ela odiava as portas escuras enormes de Drearburh: além do portal se esgueiravam as sombras vazias e de segunda mão de um monte de crianças cujo maior pecado era que dariam boas baterias.

— E você acha que você vale a pena? — perguntou Gideon, sem rodeios.

Ao lado dela, Harrow não estremeceu.

— Se eu me tornasse uma Lyctor — disse ela, pensativa —, e renovasse minha Casa, e a fizesse grande como antes, grande como ela nunca foi, e justificasse sua existência perante os olhos de Deus, o Imperador... Se eu transformasse minha vida inteira em um monumento para aqueles que morreram para certificar que eu viveria, e que viveria com poder...

Gideon esperou.

— É claro que eu não *valeria* a pena — disse Harrow com desdém. — Sou uma abominação. O universo inteiro deveria gritar cada vez que meus pés tocam o chão. Meus pais cometeram um pecado necromântico tão grave que deveríamos ter sido arremessados num torpedo diretamente no centro de Dominicus como compensação. Se alguma das outras Casas soubesse o que fizemos, eles nos destruiriam da órbita sem nem pensar duas vezes. Eu sou um *crime de guerra*.

Ela ficou em pé. Gideon observou enquanto cascatas de água salgada desciam por seus ombros, o cabelo como uma touca preta no crânio, a pele acinzentada e verde com as ondas. Toda a maquiagem já tinha saído, e Harrowhark parecia magra e exaurida, e não muito mais velha que Jeannemary Chatur.

— Mas eu faria de novo — disse o crime de guerra. — Eu faria de novo, se precisasse. Meus pais fizeram porque não havia outro jeito e eles nem sabiam. Eu precisava ser a necromante da sua linhagem, Nav... porque só um necromante pode abrir o Túmulo Trancafiado. Só um necromante poderoso pode arredar a pedra... e eu descobri que só o necromante *perfeito* pode passar pelas égides, continuar vivo e chegar perto do sarcófago.

Os dedos dos pés de Gideon se firmaram conforme ela se levantou, ainda com o peito na água, cheia de calafrios por causa do frio.

— O que aconteceu com rezar para que o túmulo fique trancafiado para sempre e que a pedra nunca se arrede?

— Meus pais também não entendiam e foi por isso que morreram — disse Harrowhark. — Foi por isso que, quando descobriram o que eu fiz, que eu arredei a pedra e passei pelo monumento e que eu tinha visto o lugar onde o corpo estava enterrado, eles acharam que eu havia traído Deus. O Túmulo Trancafiado é o lar do verdadeiro inimigo do Rei Eterno, Nav, algo mais antigo que o tempo, o custo da Ressurreição, a besta que ele derrotou uma vez, mas não pode derrotar *duas*. O abismo da Primeira. A morte do Senhor. Ele deixou o túmulo conosco para que o guardássemos, e ele confiou que aqueles que construíram o túmulo há dez mil anos se fechariam entre as paredes com o corpo e morreriam ali. Só que não fizemos isso. E foi assim que a Nona Casa nasceu.

Gideon se lembrou das palavras de Silas Octakiseron. *A Oitava Casa lembra que eles não deveriam viver.*

— Você está me dizendo que quando você tinha dez anos, *dez anos*, você arrombou a porta do túmulo, entrou em uma tumba antiga e percorreu o caminho através de um monte de magia arcaica para olhar para uma coisa morta, mesmo seus pais dizendo que não deveria porque você começaria o apocalipse?

— Sim — disse Harrowhark.

— *Por quê?*

Houve outra pausa, e Harrow olhou para baixo, para a água. Iluminadas pela luz elétrica, as pupilas e as írises pareciam ter a mesma cor.

— Eu estava cansada de ser duzentos cadáveres — disse ela simplesmente. — Eu era velha o bastante para entender o quão monstruosa eu era. Decidi ir e olhar para o túmulo, e se achasse que não valia a pena, eu subiria as escadas... todos os lances da Nona Casa... abriria a escotilha e começaria a andar... e andar.

Ela ergueu o olhar. E sustentou o de Gideon.

— Mas você voltou — disse Gideon. — Eu contei para a Reverenda Mãe e o Reverendo Pai o que vi. Eu matei seus pais.

— Quê? Meus *pais* mataram meus pais. Eu deveria saber.

— Mas eu contei...

— Meus pais se suicidaram porque estavam com medo e com vergonha — disse Harrow, séria. — Eles acreditavam que era a única coisa honrada de se fazer.

— Acho que seus pais deveriam estar com medo e vergonha por um tempão.

— Não estou dizendo que não te culpei. Eu culpei... era mais fácil. Fingi por muito tempo que eu podia tê-los salvo ao conversar com eles. Eles e Mortus, o Nono. Quando você entrou, quando viu o que viu... quando viu o que eu falhei em fazer. Eu te odiei porque você viu o que eu não consegui fazer. Minha mãe e meu pai não eram bravos, Nav. Eles eram muito bondosos comigo. Eles amarraram seus próprios nós e depois me ajudaram a amarrar o meu. Eu fiquei olhando enquanto eles ajudavam Mortus a subir na cadeira. Mortus nem sequer questionou, ele nunca questionava... Só que eu não consegui. Depois de tudo que eu tinha me convencido que estava pronta pra fazer. Fiquei observando, quando meus pais... Não pude fazer a única coisa que minha Casa esperava que eu fizesse. Nem mesmo ali. Você não é a única que não foi capaz de morrer.

As ondas serpenteavam, pequenas e silenciosas, em volta das suas roupas e peles.

— Harrow — disse Gideon, e a voz falhou. — Harrow, eu sinto muito. Eu sinto tanto.

Os olhos de Harrow se arregalaram. As partes brancas incendiaram como plasma. Os círculos pretos eram mais escuros do que o fundo de

Drearburh. Ela nadou pela água, pegou a camiseta de Gideon nos punhos fechados e a sacudiu com mais violência e capacidade muscular do que Gideon jamais acreditou que ela possuía. O rosto estava lívido em ódio: sua cólera era uma mortalha, era explosiva.

— *Você* pede desculpas para *mim*? — berrou ela. — Você pede desculpas para mim agora? Você diz que sente muito quando eu passei minha vida toda te destruindo? Você era minha para açoitar! Eu te machucava porque era um alívio! Eu existo porque meus pais mataram todo mundo e relegaram você a uma vida de miséria profunda, e eles também teriam te matado sem nem pensar duas vezes! Eu passei minha vida toda tentando fazer você se arrepender do fato de que não estava morta, tudo porque... eu me arrependia de não estar! Eu te devorei viva, e agora você tem a audácia de me dizer que *sente muito*?

Havia gotas de cuspe nos lábios de Harrowhark. Ela estava desesperada por ar.

— Eu tentei te desmantelar, Gideon Nav! A Nona Casa te envenenou, nós te pisoteamos, eu te trouxe para este campo da morte como minha prisioneira... você se recusa a morrer e você tem pena de mim! Pode me atacar. Você ganhou. Eu passei a minha vida miserável inteira sob a sua clemência, somente a sua, e Deus sabe que eu mereço morrer pelas suas mãos. Você é minha única amiga. Eu não sou nada sem você.

Gideon preparou os ombros com o peso do que estava prestes a fazer. Ela descartou dezoito anos vivendo na escuridão com um monte de freiras ruins. No fim das contas, o seu trabalho era surpreendentemente fácil: ela envolveu os braços ao redor de Harrow Nonagesimus e a segurou firme e forte, como um grito. As duas mergulharam na água, e o mundo ficou escuro e salgado. A Reverenda Filha caiu calma e amolecida, como era natural para alguém que estava sendo ritualisticamente afogado, mas quando percebeu que estava sendo abraçada, ela se debateu como se as unhas estivessem sendo arrancadas dos seus dedos. Gideon não soltou. Depois de engolir um monte de água salgada, elas ficaram aconchegadas juntas em um canto da piscina sombria, entrelaçadas com as camisetas molhadas uma da outra. Gideon afastou a cabeça de Harrow do seu ombro pelo cabelo e a encarou, fazendo um inventário: seu rostinho odioso e cheio de ângulos, suas sobrancelhas pretas temerosas, o arco pálido dos seus lábios. Examinou a mandíbula desdenhosa, o pânico naqueles olhos sem estrelas. Ela pressionou os lábios no lugar onde o nariz de Harrow encontrava o osso nasal, e o som que Harrow fez envergonhou as duas.

— Palavras demais — disse Gideon em tom confidencial. — Que tal essas: *uma só carne, um só fim*, porra.

A necromante da Nona Casa corou tanto que ficou quase da cor das roupas. Gideon inclinou a cabeça dela para cima e encontrou seu olhar.

— Pode falar, otária.

— Uma só carne, um só fim — repetiu Harrow, atrapalhada, e depois não disse mais nada.

✦ ✦ ✦

Depois do que pareceu muito, muito tempo, a sua adepta disse:

— Gideon, você precisa me prometer uma coisa.

Gideon passou um dedo na têmpora dela, ajeitou uma mecha de cabelo da cor das sombras; Harrow estremeceu.

— Achei que você agora me daria um monte de concessões e ficaria se rastejando, mas você me chamou de *Gideon*, então vai lá.

— Caso eu morra — disse Harrow —, Gideon, se alguma coisa realmente me pegar, eu preciso que você sobreviva. Preciso que volte para a Nona Casa e proteja o Túmulo Trancafiado. Se eu morrer, eu preciso que seu dever não morra comigo.

— Que coisa mais filha da puta — disse Gideon em reprovação.

— Eu sei — disse Harrow. — Eu sei.

— Harrow, o que diabos tem lá, que você me pediria isso?

A sua adepta fechou seus olhos pesadamente.

— Além das portas tem a pedra — disse ela. — A pedra e o túmulo estão rodeados por água. Não vou te entediar com a mágica ou com as trancas, com as égides e as barreiras: você só precisa saber que demorei um ano para dar seis passos, e isso quase me matou. Tem uma égide de sangue para passar pelas portas que só irá responder ao Necromante Divino, mas eu sabia que havia um jeito de explorar isso, um jeito de o guardião do túmulo devoto e verdadeiro passar. Eu sabia que ela precisava abrir para mim. A água é salgada e profunda, e se move com uma maré que não deveria existir. O sepulcro em si é pequeno, e o túmulo…

Os olhos dela se abriram. Um sorriso pequeno e espantado curvava sua boca. O sorriso transformava seu rosto em uma prova de beleza que até então Gideon tinha conseguido ignorar.

— O túmulo é de pedra e gelo, Nav, de um gelo que nunca derrete e de uma pedra que é ainda mais fria, e dentro dele, no escuro, tem uma garota.

— O *quê*?

— Uma garota, sua tonta de olhos amarelos — disse Harrowhark. A sua voz tinha diminuído para um sussurro, e a cabeça era como um peso morto nas mãos de Gideon. — Dentro do Túmulo Trancafiado tem o cadáver de uma garota. Eles a rodearam por gelo… Ela está inteira congelada, e colocaram uma espada no seu torso. As mãos dela estão envoltas no cabo. Há correntes em volta dos pulsos, saindo da sua cova, e há correntes nos calcanhares que fazem o mesmo, e correntes em volta da garganta… Nav, quando vi o rosto dela, decidi que queria viver. Eu decidi que queria viver pra sempre só para ver o dia em que ela acordasse.

A voz dela parecia a de alguém que estava em um sonho. Ela encarava Gideon sem de fato olhar para ela, e Gideon gentilmente tirou as mãos da mandíbula de Harrow. Em vez disso, ela se apoiou de volta na água, flutuando por causa do sal, os olhos ardendo. As duas flutuaram ali por muito tempo em um silêncio amigável, até que as se levantaram e sentaram, pingando, na beirada da piscina. O sal estava encrustando no cabelo. Gideon esticou o braço para pegar a mão de Harrow na dela.

Elas ficaram sentadas ali, completamente encharcadas e desconfortáveis, os dedos entrelaçados na meia-luz, a piscina eternamente ondulando nos azulejos frios que a cercavam. Os esqueletos estavam em fileiras perfeitas e silenciosas, sem trair sua presença com o ranger de ossos. O cérebro de Gideon se movia e quebrava assim como as ondas que tinham acabado de partir, a água se movimentando agitada de um lado para o outro, até chegar ao final.

Ela diminuiu a distância entre as duas até que pudesse ver os pequenos pingos de água que percorriam a coluna do pescoço de Harrow e desapareciam por debaixo da sua gola encharcada. Ela cheirava a cinzas, mesmo abafadas por baixo de litros e litros de sal. Conforme se aproximou, Harrow ficou imóvel, e a garganta engoliu em seco, abrindo os olhos pretos arregalados: ela olhou para Gideon sem respirar, a boca congelada, as mãos sem se mover, um talhe em ossos perfeito em forma de pessoa.

— Uma última pergunta pra você, Reverenda Filha — disse Gideon.

— Nav? — disse Harrow, um pouco instável.

Gideon se inclinou mais.

— *Você realmente tem tesão por uma esquisitona fria num caixão?*

Um dos esqueletos a arremessou de volta na água.

✦ ✦ ✦

Pelo resto daquela noite, elas foram furtivas e relutantes de sair de vista uma da outra por mais de um minuto, como se a distância pudesse estragar as coisas de novo — conversando como nunca tiveram a oportunidade de conversar, mas só falando bobagens, falando nada com nada, só ouvindo o erguer e cair da voz de cada uma. Naquela noite, Gideon levou todos os cobertores de volta para a cama de cavaleiro degradante ao pé da cama de Harrow.

Quando as duas estavam deitadas na cama na escuridão, o corpo de Harrow perpendicular ao de Gideon, Gideon disse:

— Você tentou me matar, lá na Nona?

Harrow ficou obviamente assustada e em silêncio. Gideon pressionou:

— A nave de transporte. A que Glaurica roubou.

— Quê? Não — disse Harrow. — Se tivesse pegado a nave, você teria chegado sã e salva em Trentham. Juro pelo Túmulo.

— Mas Ortus... Irmã Glaurica...

Houve uma pausa. A sua necromante disse:

— Deveriam ter sido trazidos de volta vinte e quatro horas depois, humilhados, e Ortus declarado inadequado para ocupar seu posto, relegado ao pior claustro da Casa. Não que Ortus teria se importado. Nós pagamos o piloto.

— Então...

— Crux disse — disse Harrow lentamente — que a nave teve uma falha e explodiu no caminho.

— E você acreditou nele?

Outra pausa.

— Não — disse Harrow. E então: — Acima de tudo, Nav... ele não aguentava o que via como deslealdade.

Então foi a vingança má e nebulosa em sua própria Casa — seu desejo zeloso de erradicar qualquer sinal de insurreição — que havia forçado o fantasma de Glaurica de volta ao seu planeta natal. Ela não disse nada em voz alta. Silas Octakiseron sabia mais do que devia, mas se Harrow descobrisse isso agora, ela sairia corredor afora de camisola com um saco de ossos de emergência e uma expressão muito focada.

— Que bocó — disse ela em vez disso. — Eu nunca fui leal nenhum dia da minha vida e ainda assim te vi nua.

— *Vai dormir*, Gideon.

Ela adormeceu e, pela primeira vez, não sonhou com nada.

32

— Isso é roubo — disse Harrowhark em tom proibitivo.

— Só estamos sendo criativos — respondeu Palamedes.

Eles estavam de pé ao lado de fora da porta de um laboratório que Gideon nunca tinha visto. Esta não estava escondida, mas era em um local muito inconveniente, no ponto mais alto acessível pela torre: tinha mais degraus do que os joelhos de Gideon queriam e estava situada simplesmente no fim do corredor do terraço onde o sol se inclinava pelas janelas quebradas. O terraço em si parecia tão prestes a se desintegrar que Gideon tentou ficar o mais próxima possível da parede do corredor, caso de repente o chão da Casa de Canaan resolvesse cair.

Essa porta Lyctoral era igual às outras — glóbulos abertos de obsidianas esculpidos por cima de ossos temporais de obsidiana: pilares pretos e sem maçaneta, e um símbolo cravado para diferenciar das outras duas portas que Gideon tinha visto. Esse parecia como três círculos juntos por uma linha.

— Nós não temos a chave — disse Harrow. — Isso não é entrar por uma porta trancada com *permissão*.

Palamedes abanou a mão.

— Eu completei o desafio. Temos direito a uma chave. É basicamente a mesma coisa.

— Absolutamente não é a mesma coisa.

— Olha, se estiver contando, o que eu estou, a chave desta sala hoje pertence a Silas Octakiseron. Era da Senhora Septimus, e ele a tomou dela. Isso significa que a única forma de algum de nós conseguir entrar é enfrentando Colum, o Oitavo, em um duelo justo...

— Eu dou conta de Colum — disse Camilla.

— Tenho quase certeza de que também dou conta de Colum — acrescentou Gideon.

— … *e então confiar que Octakiseron vai entregar a chave.* O que ele não vai — concluiu Palamedes, triunfante. — Reverenda Filha, você sabe tão bem quanto eu que a Oitava Casa não deixaria que algo como a justiça os impeça do seu dever sagrado de fazerem o que lhes der na telha.

Harrow parecia em conflito.

— Esta não é uma fechadura simples. Nós não vamos arrombá-la com um pedaço de osso, Sextus.

— Não, claro que não. Já te disse. A Senhora Septimus me deixou segurar a chave. Sou um adepto da Sexta. Dava na mesma ela ter deixado eu fazer um molde de silicone daquela porcaria. Consigo visualizar cada detalhe daquela chave em um nível microscópico. Mas o que eu vou fazer sozinho, esculpir uma com madeira?

Harrow suspirou. Então ela revirou o bolso e tirou um pequeno nódulo de ossos, que colocou na palma da sua mão direita.

— Está bem — disse ela. — Descreva para mim.

Palamedes a encarou.

— Apresse-se — acudiu ela. — Não vou ficar esperando a Segunda nos encontrar.

— Bem, é… se parecia com uma chave — disse ele. — Tem uma haste e uns dentes. Eu não… Não posso descrever a estrutura molecular da chave como se fosse a roupa de alguém.

— Então como é que eu vou replicar? — demandou Harrow. — Eu não posso… ah. Não.

— Você fez a Representação e Reação, certo? Você deve ter feito, você está com a chave correspondente. É a mesma coisa. Vou pensar na chave, e você vai vê-la através dos meus olhos.

— Sextus — disse Harrow, sombria.

— Espera aí — disse Gideon, intrigada. — Você vai ler a mente dele?

— Não — disseram os dois necromantes imediatamente.

Então Palamedes disse:

— Bem, tecnicamente, tipo isso.

— Não — disse Harrow. — Você se lembra do desafio do construto, Nav. Não consegui ler a sua mente daquela vez. É como pegar emprestado certas percepções. — Ela se virou para Palamedes. — Sextus, isso foi ruim o suficiente quando fiz com a minha própria cavaleira. Você vai ter que focar ao máximo essa chave. Se você se distrair...

— Ele nunca se distrai — disse Camilla, como se isso houvesse causado problemas no passado.

Palamedes fechou os olhos. Harrow chupou o seu lábio furiosamente, e então fechou os olhos também.

Nada aconteceu por uns bons trinta segundos. Gideon estava morrendo de vontade de fazer uma piada, só para obter uma reação, quando o pequeno caroço de matéria na palma de Harrow estremeceu. Flexionou e começou a esticar, formando uma vara comprida e cilíndrica. Outros trinta segundos se passaram, e uma espinha de ossos começou a se esticar lentamente perto de um dos lados. Então a outra.

Gideon ficou honestamente impressionada. Em todo o tempo que Harrow a havia atormentado em Drearburh, ela só tinha usado ossos como sementes e começos — costurando-os juntos para se esticarem em armadilhas, braços que seguravam, pernas que chutavam, caveiras que mordiscavam. Isso era algo novo. Ela estava usando ossos como se fosse argila — uma matéria que ela conseguia moldar não só em um monte de formas predeterminadas, mas em algo que jamais havia existido antes. Parecia que dava trabalho: o cenho estava franzido, e havia traços fracos de suor sanguíneo brilhando perto da garganta esguia.

— *Foco*, Sextus — a necromante disse entre dentes.

O objeto na sua palma agora era claramente uma chave: Gideon podia ver os pinos individuais, flexionando e se revirando enquanto Harrow ajustava os detalhes mais delicados. A chave inteira pareceu tremer, e por um instante parecia que ia pular da sua mão e cair no chão, mas então, abruptamente, ficou imóvel. Harrow abriu os olhos, piscou e encarou a chave cheia de suspeita.

— Não vai funcionar — disse ela. — Nunca trabalhei com algo tão pequeno antes.

— Foi o que ela disse noite passada — murmurou Gideon baixinho.

Palamedes abriu seus olhos também e suspirou fundo com o que parecia ser alívio.

— Vai dar certo — disse ele, sem parecer convencido. — Vem. Vamos tentar.

Ele foi até a porta de pedra escura, seguido por Harrow, as duas cavaleiras e os cinco esqueletos que Harrow simplesmente havia se recusado a não conjurar no caminho até ali. Ele pegou a recém-formada chave de ossos, examinou, encaixou na fechadura e então virou decidido para a esquerda.

O mecanismo fez *clique*.

— Ai, meu Deus — disse Harrow.

Sextus passou uma mão convulsiva pelo cabelo.

— Certo — disse ele. — Não, eu não achei que isso realmente aconteceria. Trabalho incrível, Reverenda Filha. — Ele fez uma pequena reverência.

— Sim — disse Harrow. — Parabéns para você também, Protetor-mestre.

Ele empurrou a porta para a escuridão total. Harrow deu um passo mais perto de Gideon e murmurou:

— Se alguma coisa se mexer...

— Siiim, eu sei. Deixe que pegue Camilla.

Gideon não sabia bem como lidar com essa nova e superprotetora Harrowhark, essa garota com a expressão perseguida. Ela ficava olhando para Gideon com os olhos semicerrados de alguém a quem haviam entregado um ovo para cuidar e estava rodeada por cobras que caçavam ovos. No entanto, ela deu um passo grandioso para frente, abriu as palmas da mão no gesto necromante tão ameaçador quanto um cavaleiro desembainhando uma espada e foi em direção à escuridão. Palamedes a seguiu, apalpando a parede por uns instantes até encontrar o interruptor.

Gideon ficou em pé no laboratório e observou enquanto Camilla cuidadosamente fechava a porta atrás delas. Esse laboratório Lyctoral era um espaço aberto como fosse apenas os destroços de uma bomba. Havia três mesas compridas de laboratório cobertas por ferramentas velhas e descartadas, manchas do que parecia ser um fungo escarlate, provetas abandonadas e canetas gastas. O chão embaixo deles era de um carpete felpudo, e em um canto estava um amassado horrendo e deslizante do que Gideon percebeu que eram colchonetes. Em outro canto, uma barra de exercícios antiquíssima exibia uma toalha pendurada por uma eternidade. Por toda parte estavam pedaços de papel e roupas amarrotadas, como se alguém tivesse deixado o local com pressa ou simplesmente fosse um porcalhão inacreditável. As luzes brilhavam quentes em cima da bagunça.

— Hum — disse Camilla em tom neutro, e Gideon soube imediatamente que ela organizava as meias de Palamedes por cor e tipo.

Harrowhark e Palamedes abriram um caminho através da bagunça para chegar às mesas. Palamedes estava dizendo em sua voz de explicação:

— Não é como se eu não tivesse completado esse desafio até a hora do almoço, apesar de eu ter uma vantagem distinta. Era um desafio psicométrico. A dificuldade principal era entender o que o desafio queria em primeiro lugar: foi montado por alguém com um senso de humor obscuro. Era só uma sala com uma mesa, uma caixa trancada, e um único molar.

— Reconstrução?

— Nem todos nós conseguimos recriar um corpo com a lasca de um molar, Reverenda Filha. De toda forma, devo ter examinado aquele dente por umas duas horas. Sei tudo que dá para saber sobre aquele dente. É um segundo molar, erupção caducifólia, deficiente em vitaminas, masculino, morreu com uns sessenta anos, passava fio dental rigorosamente e nunca deixou o planeta. Morreu nesta mesma torre.

Os dois estavam folheando os papéis deixados na mesa: Palamedes os colocava em pilhas forenses exatas divididas por onde foram encontrados. Ele ajustou os óculos e disse:

— Então, Camilla tomou a dianteira porque eu não estava pensando direito.

Camilla grunhiu. Ela havia dado uma volta para olhar para a barra de exercícios enferrujada, e Gideon havia se adiantado para o monte esquisito de colchonetes e os chutou para o lado desnecessariamente.

— Ande logo com o fim, Sextus — disse Harrow, impaciente.

— Eu havia seguido a pista do dente. Não me disse nada. Nenhuma conexão espiritual com nenhuma parte do prédio. Era um buraco negro. Era como se o corpo do qual tivesse vindo nunca estivesse vivo. Nenhum espectro, nada, o que é impossível, se é que me entende, já que significa que o espírito havia sido removido inteiramente. Então fiz um pouco de trabalho de detetive à moda antiga.

Ele olhou para um dos arquivos abandonados.

— Eu procurei lá em cima pelo esqueleto com o molar superior faltante. Ele não desceria comigo, mas me deixou fazer um molde de gesso da sua clavícula. Da clavícula! Alguém estava mesmo sendo piadista. Enfim, você pode imaginar minha reação quando destranquei a caixa e vi que estava vazia.

Gideon olhou por cima da caixa de papelão que havia encontrado: estava cheio de lacres de latas de bebida pressurizadas, e tilintava musicalmente quando ela a sacudia.

— Os construtos? Os criados de ossos?

— A segunda definição, a primeira é incorreta — disse Camilla, lacônica.

— São o oposto do que a Senhora Septimus chama de *corpo cativo* — disse Palamedes. — Todos parecem ter ainda suas faculdades mentais intactas. O meu era muito gentil, apesar de ter esquecido como escrever. Os esqueletos não são reanimações, Nona, são espectros: fantasmas que habitam uma concha física. Eles simplesmente não têm a habilidade de um espectro verdadeiro para se moverem por um elo thanergético. O corpo *cativo* é o resquício de um espírito anexado a um corpo perfeito e incorruptível, ou ao menos é essa a ideia. Enquanto isso o que eu chamo de corpo *alforriado* é um espírito intacto anexado a um corpo em decomposição permanente. Não que alguém não tenha preservado lindamente aqueles ossos.

Harrowhark bateu com um fichário na mesa.

— Sou uma tonta — disse ela, amarga. — Eu sabia que se moviam bem demais para serem construtos, e não importa o quanto eu tenha tentado imitar a construção. Eu poderia ter jurado… mas isso é impossível. Precisaria ter alguém que os controlasse.

— Eles têm. Eles mesmos — disse Palamedes. — São poderes autônomos por si só. Desmistificam todas as coisas de teoria thanergética que eu já aprendi. Os velhacos lá em casa arrancariam os próprios pés pelo privilégio de apenas uma hora sozinhos com um. Ainda assim, não explica o porquê de não haver uma assinatura thanergética nos ossos, porém. Enfim, esse é o laboratório do Lyctor que os criou, e aqui está a teoria.

Assim como o outro laboratório, o teorema estava esculpido em uma grande tábua de pedra presa em um canto empoeirado, coberto por um monte de papel solto. As duas cavaleiras se aproximaram, e os quatro encararam juntos o diagrama esculpido. O laboratório estava muito silencioso e as luzes lançavam feixes de poeira tão grossos que dava para lamber.

Descansando na beirada da pedra na mesa estava um dente. Palamedes o pegou. Era um pré-molar, com raízes longas e horríveis, e estava marrom por envelhecimento. Ele o entregou para Harrow, que gentilmente o desdobrou de uma forma que só um mago de ossos poderia fazer, de um jeito que sempre fazia a mandíbula de Gideon doer. Ela o transformou em uma longa fita esmaltada, como uma laranja sem a casca e achatada, um objeto de três dimensões transformado em apenas duas.

Escrito no dente em letras minúsculas, estava:

QUINHENTOS EM CINCO
ESTÁ TERMINADO!

Harrowhark tirou o seu caderno preto e grosso e começou a escrever notas, mas Palamedes havia abruptamente perdido o interesse na pedra do teorema. Em vez disso, ele olhava para as paredes, abrindo alguns dos fichários que ela havia descartado. Ele parou na frente de um mural desbotado, repleto de tachinhas, todas com pedaços de corda os conectando. Gideon ficou em pé ao lado dele.

— Olhe para isso — disse ele.

Havia manchas arco-íris nas tachinhas por todo o mural, em aglomerados pequenos, e Gideon notou que, no centro de cada aglomerado, estava uma tachinha branca. Aglomerados menores e mais numerosos tinham três tachinhas fixadas ao redor de um único pino branco; alguns tinham cinco ou seis. Havia ainda dois vórtices de tachinhas separadas, cada um feito de dúzias delas, e então uma mancha enorme de tachinhas: mais de cem, em uma variedade de cores, ao redor de uma única tachinha branca.

— O problema da necromancia — disse Palamedes — é que os atos em si, se compreendidos, não são tão difíceis de fazer. Só que manter qualquer coisa... nós somos canhões de vidro. Nossa força militar sobrevive porque temos centenas de milhares de homens e mulheres armados até os dentes com espadas enormes.

— Sempre há mais thanergia para nos alimentar, Sextus — disse Harrow, distante, os olhos se movendo rapidamente conforme ela copiava. — Me dê uma única morte e consigo me manter por dez minutos.

— Sim, mas esse que é o problema, não é? Dez minutos e você precisa de mais. A thanergia é efêmera. A maior ameaça a um necromante são eles mesmos. Minha Casa inteira por uma única fonte de alimentação…

— Mestre — disse Camilla, de repente.

Ela havia aberto um fichário com páginas bagunçadas. Dentro estava uma variedade de velhos litógrafos, do tipo preto e branco. Logo na primeira página havia um bilhete desbotado que uma vez fora amarelo, as letras ainda legíveis em uma caligrafia curta e pequena.

CONFIRMADO INDEPENDENTEMENTE DESTACADO
MELHOR OPÇÃO
PERGUNTE AO I.J.G.
ABÇS, ANASTACIA.
OBS: ME DEVOLVA O PARQUÍMETRO, EU PRECISO DELE

Camilla folheou o fichário. As fotos, de baixa qualidade e tiradas com pressa, mostravam um grupo de homens e mulheres dos ombros para cima, cerrando os olhos para as câmeras, os olhos quase fechados como se odiassem a luz: a maioria parecia séria e solene, como se estivesse posando para uma foto de prisão. Alguns desses homens e mulheres estavam assinalados com um X. Alguns tinham outras marcas. Camilla passou uma página, e então todos pausaram.

A exposição saturada não disfarçava a foto de cabeça e ombros do homem a quem todos chamavam de Professor, os olhos azul-claros transformados em um opaco sépia, ainda sorrindo há uma eternidade de distância. Ele não parecia mais velho ou mais novo. E a sua foto havia sido circulada com uma caneta preta.

— Sextus — começou Harrow em um tom sinistro.

— Eu não sabia — disse Palamedes. Da parte dele, ele quase parecia deslumbrado. — Nona, eu não saberia distinguir. *Outro* corpo cativo?

— Então quem está controlando-o? Não há ninguém aqui a não ser nós, Sextus.

— Espero que sim. Poderia ser independente? Mas como…

Os olhos de Palamedes se voltaram para o mural. Ele tirou os óculos e semicerrou seus olhos cinzentos. Ele estava contando baixinho. Gideon seguiu a contagem até chegar a centenas até que um barulho horrível interrompeu qualquer aritmética mental.

Era um alarme eletrônico. De algum lugar dentro do quarto, e fora dele, o alarme uivava: BRRRRRRRRRRRAAAAAA... BRRRRAARRRR... BRRRARRRRR...

Isso foi seguido pela voz de uma mulher, surpreendentemente, despropositadamente calma.

— Este é um alarme de incêndio. Por favor, encaminhem-se para as zonas seguras demarcadas, guiados por seus protetores do fogo. — E então o alarme novamente. BRRRRAAAAR... BRRRRAAAAARRRRR... e a mesma gravação na mesma inflexão: — Este é um alarme de incêndio. Por favor, encaminhem-se para...

Eles olharam uns para os outros. E então os quatro saíram correndo porta afora. Palamedes nem se importou em fechar a porta atrás deles.

A Sexta e a Nona Casa sabiam que um incêndio não era nenhuma brincadeira, e se mexiam como pessoas que aprenderam que um alarme de incêndio poderia ser a última coisa que algum deles ouviria, a última coisa que toda a sua Casa ouviria. Só que isso era curioso. Não havia cheiro de fumaça e nenhum calor latente: quando chegaram ao átrio, a única coisa de errado que viram era que um dos esqueletos havia caído segurando uma pilha de toalhas, que agora estavam esparramadas no horrível chafariz seco.

Camilla olhou em volta, semicerrando os olhos, e então foi até o salão de jantar. Aqui havia um constante sibilo que Gideon não conseguia identificar até que chegaram à cozinha — havia um cheiro horrível, e vapor branco — e então percebeu que era o aspersor de água, do tipo bem antigo. Os quatro se espremeram pela porta da cozinha e ficaram longe do alcance dos jatos.

Todos os esqueletos haviam sumido. Em seu lugar estavam pilhas de ossos e faixas. Uma frigideira com peixe estava no fogão aceso: Gideon entrou, chutou um úmero para o lado, e remexeu nas alavancas até que o fogo se extinguisse. Havia pilhas de ossos na pia, uma caveira flutuando em um pote familiar de sopa verde: a torneira estava aberta, e a pia estava perto de inundar. Uma pilha de ossos estava remexida em meio a batatas descascadas. Gideon voltou para o lado de fora, longe dos jatos de água, e encarou. Ela estava vagamente consciente de Harrowhark enxugando o cabelo molhado com um lenço, com desdém.

Os aspersores pararam. Camilla se ajoelhou e, entre pingos e borbulhas, tocou uma das falanges que haviam caído no azulejo. Dissolveu-se em cinzas sob o toque, como um suspiro.

Palamedes correu e desligou a torneira como alguém dentro de um sonho. Os ossos na pia boiavam gentilmente juntos com uma panela. Ele e Harrow olharam um para o outro e disseram:

— Merda.

Com apenas um sussurro líquido de metal da bainha, Camilla tirou suas espadas. Gideon não tinha tido a oportunidade de estudar as espadas de Camilla: eram mais parecidas com duas adagas longas, curvadas em cada ponta, inteiramente utilitárias. Elas cintilavam limpas e quentes na luz empapada da cozinha; e ela marchou de volta para a porta da sala de jantar.

— Vamos nos dividir?

— De jeito nenhum — disse Gideon.

— Não vamos perder tempo — disse Harrow. — Vá para a Septimus — e Gideon poderia tê-la beijado.

Não parecia haver mais ninguém nos longos e ecoantes corredores da Casa de Canaan, agora ainda mais longos e ecoantes do que nunca. Eles passaram por outro esqueleto, derrubado por uma força invisível enquanto carregava uma cesta. Conforme foi ao chão, o peso da cesta havia esmagado a sua pélvis quebradiça até virar pó. Quando chegaram ao quarto de Dulcinea, Gideon teve um momento incisivo sem saber o que deveria esperar, mas então encontraram Dulcinea se debatendo fraca e tentando se levantar, o rosto pálido e os olhos arregalados. Do lado oposto, estava le sacerdote de trança grisalha, na cadeira alta, como se dormisse pacificamente.

— Não fui *eu* — tossiu Dulcinea, parecendo alarmada.

Camilla se adiantou. O queixo havia se recostado no peito, e a trança estava enfiada embaixo do queixo. Conforme Camilla pressionou a mão no pescoço, le sacerdote caiu gentilmente para o lado, com peso e flacidez, até que a cavaleira da Sexta precisou empurrá-le de volta para que não caísse da cadeira por completo.

— Já era — disse Harrowhark. — Se bem que, para ser precisa, le sacerdote já não vivia há muito, muito tempo.

Palamedes se virou para Dulcinea, que havia desistido de tentar se contorcer para ficar nos cotovelos e estava deitada reta nos travesseiros, arfando com o esforço. Ele empurrou o cabelo dela gentilmente da testa e disse:

— Onde está Professor?

— Ele foi embora há uma meia hora atrás — disse Dulcinea, aflita, os olhos indo dele para o resto do grupo. — Ele disse que precisava trancar uma porta. O que está acontecendo? Por que le sacerdote morreu? Para onde Professor foi?

Palamedes deu um tapinha na mão dela.

— Não faço ideia. Essa é a parte interessante.

— Dulcinea — disse Gideon —, você vai ficar bem sozinha?

Dulcinea sorriu. A língua dela estava escarlate com o sangue. As veias nas suas pálpebras eram tão escuras e proeminentes que os azuis dos seus olhos pareciam de um roxo límpido e refulgente.

— O que alguém pode fazer comigo agora? — disse ela simplesmente.

Eles não podiam ao menos avisá-la para não deixar ninguém entrar: ela parecia exausta com o simples ato de ficar sentada. Eles a deixaram somente com le sacerdote sem vida como companhia e foram para uma ala onde Gideon nunca tinha ido: o corredor quente e abafado repleto de plantas fibrosas de todos os tipos, a ala onde os sacerdotes e Professor viviam.

Era um corredor bonito e alvejado, completamente desligado do resto da Casa de Canaan. A luz ressaltava as paredes através das janelas limpas e bem cuidadas. Não foi preciso bater nas portas ou gritar para encontrar o lugar de ação; ao fim do corredor, havia uma pilha enorme de ossos, faixas e o corpo esticado do outro sacerdote caquético. Ele havia desabado de barriga com os braços esticados, como se tivesse tropeçado enquanto corria.

Os ossos estavam todos empilhados atrás de uma porta fechada, como se estivessem tentando passar por ela. Palamedes liderou o caminho, esmagando os destroços. Gideon colocou a mão no cabo da espada, e Palamedes escancarou a porta.

Lá dentro, Capitã Deuteros ergueu o olhar, um pouco apreensiva. Ela estava sentada em uma cadeira de frente para a porta. Seu braço esquerdo estava caído inutilmente ao seu lado, deformado e amarrotado. Gideon não queria olhar para ele. Parecia que tinha sido deixado em um pântano por mil anos e depois colocado de volta no lugar. O braço direito estava apertado contra o estômago. Havia uma enorme mancha escarlate alastrando pelo branco perfeito da jaqueta, e a mão direita estava segurando uma enorme lasca de osso que tinha sido perfurado profundamente em seu estômago, como se estivesse prestes a tirá-lo do lugar.

Professor estava imóvel ao lado. Havia uma rapieira enterrada no seu peito, e uma adaga atravessando o pescoço. Não havia sangue nas lâminas, só grandes manchas nas mangas e no cinto. Gideon procurou em volta pela tenente e, encontrando-a, desviou o olhar novamente. Ela não precisava olhar muito para saber que Dyas estava morta. Só para começar, o esqueleto dela e o corpo aparentemente tinham se divorciado um do outro.

— Ele não estava dando ouvidos à razão — disse Judith Deuteros em um tom comedido. — Ele ficou agressivo quando tentei impedi-lo. Feitiços restritivos se provaram inúteis. Marta usou a força incapacitante. Foi ele que escalou a situação, explodindo o olho dela, então eu fui obrigada a responder... Isso não foi... Não precisava ter sido assim.

Duas soldadas profissionais da Coorte, uma necromante, e outra, uma cavaleira primária, e essa bagunça toda por um velhinho sobrenatural. Palamedes ficou de joelhos ao lado da capitã, mas ela o empurrou, grossa, com a ponta da bota.

— Faça algo por *ela* — disse ela.

— Capitã — disse Camilla —, a Tenente Dyas está morta.

— Então não toque em mim. Fizemos o que viemos fazer.

Os olhos de Gideon se voltaram para a máquina no canto. Ela não havia notado antes porque parecia ridiculamente normal, mas não era normal, não para a Casa de Canaan. Era um transmissor elétrico, com fones e microfone. A antena estava na janela, brilhando levemente azulada no sol da tarde.

— Capitã — disse Palamedes —, o que foi que você veio fazer?

A necromante da Segunda se virou, grunhindo com a dor, e fechou os olhos. Ela segurou a respiração, e uma gota de suor escorreu da sua têmpora.

— Salvar nossas vidas — disse ela. — Enviei um pedido de socorro. Ajuda está a caminho, Protetor-mestre... Agora é com você para não deixar que mais ninguém morra... Ele disse que eu traí o Imperador... Disse que eu coloquei o Imperador em risco... Eu entrei para o serviço do Imperador quando tinha seis anos.

O queixo da Capitã Deuteros estava caindo. Ela o ergueu de novo com algum esforço.

— Ele não era humano — disse ela. — Não se parecia com nada que já vi antes. Marta o impediu. Marta... Diga a eles que ela vingou a Quinta e a Quarta.

Palamedes havia ignorado o chute e se aproximado novamente. A Segunda colocou uma bota contra seu ombro como aviso. Ele disse:

— Capitã, você não é útil para ninguém se estiver morta.

— É meu privilégio não ser mais útil — disse a Capitã. — Nós resolvemos o problema que nenhum de vocês conseguiu... fizemos o que precisávamos... E pagamos caro por isso.

Harrow havia se aproximado do corpo silencioso e perfurado de Professor. Ela se abaixou ao lado dele como um corvo de rabo comprido. Tudo que Gideon conseguia fazer era se pressionar contra a parede, sentir o cheiro de sangue e se sentir absurdamente vazia.

— Você não resolveu nada — disse a sua necromante.

— Harrow — disse Palamedes em tom de aviso.

— Este homem era uma concha preenchida por cem almas — disse Harrow. Os olhos da Capitã se abriram, e permaneceram abertos. — Ele era uma coisa ridiculamente poderosa, mas era um protótipo. Duvido que ele tenha matado alguém antes de hoje. Eu ficaria espantada se ele tivesse algum dedo na morte da Quarta e da Quinta Casas, já que foi criado puramente com o intuito de proteger este lugar. Tem alguma coisa muito mais perigosa do que um velho experimento à solta na Primeira Casa, e ele poderia ter nos ajudado a descobrir o que era. Mas agora você também vai morrer e nunca vai descobrir a história toda.

Os brancos dos olhos de Judith eram muito brancos, seu rosto cuidadosamente impiedoso de repente parecia hesitar. Seu olhar se moveu, mais desapiedado do que o olhar de Gideon poderia ter sido, para sua cavaleira, e então se voltou para eles, meio furiosa, meio implorando. Palamedes se aproximou.

— Não posso te salvar — disse ele. — Não posso nem te deixar confortável. Um time de médicos treinados poderia fazer as duas coisas. A Segunda está muito longe? Quanto tempo temos que esperar pela ajuda da Coorte?

— A Segunda não vem — disse a Capitã Deuteros. Ela sorriu, seca e amarga. — Não há comunicação com o resto do sistema — continuou ela, rouca. — Ele não mentiu. Não havia meios de se comunicar com as outras Casas… Mas eu consegui me comunicar com a nave Imperial, Sexta. O *Imperador* está vindo… o Rei Eterno.

Ao lado de Harrow, Professor gaguejou.

— Você o trouxe de volta ao lugar para o qual ele não deve retornar — disse o homem morto, a voz fina e aguda como a de um apito onde a lâmina perfurava suas cordas vocais. Seu corpo inteiro se contorcia. Seus olhos mortos não mais cintilavam, mas a sua língua escorregava. A medula se arqueou. — Oh, Senhor, Senhor, Senhor, um deles voltou…

A voz esmoreceu. O corpo desmoronou. O silêncio que seguiu seu aquietamento era enorme e odioso.

— Judith — disse Palamedes.

— Me dê a espada dela — disse ela.

A rapieira era pesada demais para ela segurar. Camilla a depositou sobre os joelhos da necromante, e os dedos de Judith se fecharam no cabo. O aço do cabo era brilhante em suas mãos. Ela o apertou até que os nós nos dedos ficassem brancos.

— Ao menos deixe que te tiremos daqui — disse Gideon, que achava que aquele era um quarto bem ruim para morrer.

— Não — disse ela. — Se ele voltar à vida, eu estarei pronta. E eu não vou deixá-la agora… ninguém jamais deveria ter que ver seu cavaleiro morrer.

A última vez que Gideon viu a Capitã Judith Deuteros ela estava sentada na cadeira, com as costas o mais reto que conseguia, sangrando pelo horrível ferimento na sua barriga. Eles a deixaram enquanto ela estava de cabeça erguida, e seu rosto não demonstrava expressão alguma.

33

Parecia que, quando menos era desejada, a Oitava Casa sempre estava lá. Eles estavam passando pelo corredor alvejado do lado de fora do quarto de Dulcinea quando o resto do grupo percorria o caminho de volta até ela, fazendo o alvejado parecer manchado e sujo se comparado aos seus mantos impecáveis. Gideon quase desembainhou a espada; mas eles estavam vindo com um pedido, em vez de prontos para a guerra.

— A Terceira Casa depravou um cadáver — disse Silas Octakiseron como forma de cumprimento. — Todos os servos estão destruídos. Onde está a Segunda e a Sétima?

— Mortas — disse Harrow. — E incapacitada. Assim como Professor.

— Isso nos deixa em menor capacidade — disse o necromante da Oitava Casa, a quem jamais poderiam acusar de ter o leite da bondade humana percorrendo as suas veias. Ele nem tinha o suco fino e sem gosto da falsa empatia. — Escutem. A Terceira abriu a Senhora Pent...

— Abigail? — disse Palamedes.

— Abriu? — disse Harrow.

— Irmão Asht viu a Terceira deixar o mortuário essa manhã, mas não os vimos desde então — disse Silas. — Eles não estão nos seus aposentos e a porta da escotilha está trancada. Somos forçados a nos unirmos. Interferiram e abriram Abigail Pent.

— Por favor, elabore esse *abriu*, porque minha imaginação é muito melhor que a sua descrição, e eu não estou me divertindo muito — disse Gideon.

O cavaleiro da Oitava disse, pesadamente:

— Venham ver.

Não poderia ter sido uma armadilha. Havia apenas uma Casa contra outras duas. E pela primeira vez, Silas Octakiseron parecia genuinamente inquieto. Gideon ficou para trás com Harrowhark conforme a procissão aterradora percorreu o caminho dos corredores novamente, para o átrio, chegando até a sala de jantar e o necrotério improvisado ao lado da cozinha.

Harrow murmurou baixinho, somente para os ouvidos de Gideon:

— A Segunda está morta ou morrendo. Professor morto, e os espectros com ele...

— Professor se virou contra a Segunda. Por que tem tanta certeza que Professor não matou os outros?

— Porque Professor tinha medo da Casa de Canaan e das instalações acima de tudo — disse Harrow. — Preciso voltar lá e checar, mas eu suspeito que ele era incapaz de descer aquela escada. Ele mesmo era um construto. Mas o molde do *Professor* serve de que? Griddle, ao primeiro sinal de perigo...

— Corra como nunca — disse Gideon.

— Eu ia dizer *acerte com a sua espada* — disse Harrow.

O necrotério era horrível e frio, e sereno. A ansiedade do resto da Casa de Canaan não o tocara. Estava começando a ficar terrivelmente cheio: os dois adolescentes ainda estavam dentro das suas gavetas de ferro frias, e Protesilaus também estava guardado, apesar de ser só uma cabeça sem um corpo. Como provavelmente teria sido difícil fazer ele inteiro caber, talvez fosse uma bênção disfarçada. Magnus também estava esticado na própria gaveta, um pouco alto demais para caber confortavelmente, mas a sua esposa...

O corpo de Abigail estava para fora, completamente retirado de seu nicho. Ela ainda estava fria e cinzenta e morta. A camisa tinha sido erguida até as costelas. Sem nenhuma elegância, uma faca havia sido usada para abrir seu abdome do lado direito do seu corpo. Havia um buraco incruento enorme do tamanho de um punho.

Com seu interesse indecoroso nunca satisfeito, os dois membros da Sexta Casa imediatamente olharam para dentro da ferida. Camilla acendeu sua lanterna de bolso. Harrow ficou ao lado deles enquanto Gideon ficava de olho na Oitava. Silas parecia tão pálido e desconfortável quanto Abigail;

seu cavaleiro estava impassível como sempre, e não olhava diretamente para Gideon.

— O corte foi feito com a faca tripla de Tern — disse Palamedes. Ele havia colocado uma mão em cima da ferida. Ele colocou os dedos para dentro do buraco sem nenhum estremecimento, e os deixou lá por um instante. — E removeram o... não, o rim ainda está presente. Cam, tinha algo aqui.

— Lupa?

— Não preciso. Era metal... Camilla, estava aqui por um *tempo*... A carne foi selada por cima. Teria sido... merda!

O resto do grupo pulou, só que nada tinha mordido Palamedes, a não ser talvez internamente: ele estava encarando a distância, horrorizado. Ele parecia alguém que havia recebido um pedaço de bolo de chocolate e encontrado uma aranha depois de duas mordidas.

— Meu timing estava incorreto — disse ele baixinho, mais para si, e depois, mais incisivo: — Nonagesimus. Meu timing estava incorreto.

— Use suas palavras, Sextus.

— Por que eu não investiguei Abigail *antes*? A Quinta desceu nas instalações, e devem ter completado um desafio. Na noite do jantar. Pent não era uma tola. Eles foram pegos no topo das escadas voltando. Alguma coisa estava escondida dentro dela para evitar uma descoberta, só Deus sabe por que ela fez isso, ou por que alguém teria feito isso, e tinha cerca de sete centímetros, uma haste de metal, pinos...

— Uma chave — disse Silas.

— Mas isso é loucura — disse Gideon.

— Alguém queria muito esconder essa chave, até mesmo a própria Senhora Pent — disse Palamedes. Finalmente, ele retirou a mão das entranhas dela e cruzou a sala para lavar as mãos, o que Gideon pensou ser a coisa civilizada de se fazer. — Ou talvez tenha sido quem a matou. Há uma sala que alguém fez todo o esforço para nos impedir de entrar. Octakiseron, isso não foi depravação apenas por depravação, foi para arrombar uma fechadura.

— Os cômodos valem tanto assim para suportar tal pecado? — Silas disse calmamente.

Harrow o encarou.

— Você pegou duas chaves da Sétima Casa — demandou ela —, ganhou uma em um desafio e nunca se deu o trabalho de abrir as portas?

— Venci a primeira chave para analisar o que eu iria enfrentar e tomei posse das outras duas para impedir o seu mau uso — disse Silas. — Eu odeio esta Casa. Eu desprezo o rebaixamento de um templo sagrado a um labirinto e quebra-cabeça. Eu peguei as chaves para que vocês não tomassem posse delas. Nem a Sexta, nem a Terceira.

Palamedes enxugou as mãos em uma toalha e empurrou os óculos pelo nariz. Eles haviam embaçado com a respiração nesse lugar quieto e frio.

— Mestre Octakiseron — disse ele —, você é um cretino intelectual, mesquinho e muquirana, mas ao menos é consistente. *Eu* sei qual porta a chave abre, e a Nona também sabe. E precisamos presumir que a Terceira saiba também. Eu sei onde eles estarão, e quero ver o que eles encontraram...

— Antes que seja tarde demais — disse Harrow.

Ela foi até as gavetas dos corpos, e abriu uma última gaveta que Gideon tinha esquecido completamente. Era a pilha triste de cinzas e ossos que havia sido encontrada na fornalha. A maior parte dos cadáveres não era maior do que uma unha do dedão. Surpreendendo Gideon, mais uma vez, foi Colum que ficou ao lado de Harrow, gesticulando para os ossos e cinzas quase impacientemente.

— Esse aqui — disse ele. — Metade dele é o cavaleiro da Sétima.

— Eu presumi isso — disse Harrow. — Não havia crânio. A estimativa do tempo da morte faz sentido se for Protesilaus.

— A outra metade é outra pessoa — disse Silas.

— Não podemos fazer nada por eles ainda — disse Palamedes. — Os vivos precisam tomar precedência aqui, se quisermos continuar vivendo.

Como era o caso, ele estava errado.

34

Os seis percorreram os corredores mal iluminados da Casa de Canaan: três necromantes, três cavaleiros. De tempos em tempos, eles encontravam um corpo caído de um criado esqueleto, sorrindo vazio para o teto, as correntes que os haviam prendido a esta torre, finalmente, quebradas. Gideon achava os pequenos montes e pilhas incrivelmente angustiantes. Eles andaram por esses corredores por provavelmente dez mil anos, e depois de dois momentos de pânico e tragédia, tudo tinha se acabado. Os sacerdotes da Primeira Casa se foram. Talvez fosse um alívio, ou talvez fosse um sacrilégio.

Gideon se perguntava qual seria o estado da sua mente depois de uma miríade inteira: entediada para caralho, provavelmente. Desesperada para fazer qualquer coisa ou ser qualquer outra pessoa. Ela teria feito tudo que tinha para fazer, e se não tivesse visto certas coisas, provavelmente conseguiria imaginar como eram.

Eles seguiram o mapa de Harrow dos corredores e pararam na frente da porta Lyctoral. A fechadura ainda carregava a marca do osso regenerativo que tinha sido tão difícil de remover. A pintura clara do cânion sem água tinha sido retirada, e agora os três necromantes ficaram em pé diante dos grandes pilares pretos e dos ossos esculpidos em cima.

— Não sinto nenhuma égide aqui — disse Silas.

— É uma isca — disse Harrow.

— Ou descuido — disse Palamedes.

— Ou eles só estavam pouco se fodendo, pessoal — disse Gideon —, considerando que a chave ainda está na fechadura.

Era a terceira porta naquele dia que abriam sem nenhuma ideia do que haveria lá dentro. A luz amarela inundou o corredor, e lá dentro…

Os outros dois laboratórios que Gideon tinha visitado eram como cavernas. Eram lugares práticos para trabalhar e dormir e treinar e comer, e eram caseiros, na melhor das hipóteses; e sem nenhuma alegria, na pior. Eram laboratórios no sentido real da palavra. Este cômodo era alguma outra coisa. Em algum dia, tinha sido arejado e leve. O chão era feito de madeira polida, e as paredes eram grandes painéis branqueados. Os painéis haviam um dia sido pintados carinhosamente, há muito tempo, com uma imensidão de coisas extravagantes: árvores de troncos brancos com pequenas flores roxas pálidas, rodeando piscinas alaranjadas, nuvens douradas repletas de pássaros esvoaçantes. O cômodo tinha poucos móveis — algumas escrivaninhas largas com potes de canetas arrumadas e pilhas de livros, uma bancada de mármore polido com facas alinhadas e um par de tesouras, o que parecia ser um freezer horizontal antigo, alguns colchões enrolados e mantas bordadas, se desfazendo em um armário aberto em um canto.

Tudo isso era imaterial. Três coisas chamaram a atenção de Gideon imediatamente.

Uma era um afresco pintado suavemente, e a tinta fresca borrava as árvores carregadas de flores. Em cima deles, na parede, palavras pretas a um metro de altura proclamavam:

VOCÊ MENTIU PARA NÓS

Alguém estava chorando da maneira lenta e monótona de alguém que já estava chorando por horas e não sabia como parar.

E Ianthe estava sentada no centro da sala, esperando. Ela tinha assumido a posição em uma almofada antiga e flácida, reclinando-se nela como uma rainha. Alinhando-se com a tendência da nova moda, seu manto pálido dourado estava manchado de sangue, e seu cabelo pálido amarelo estava ainda mais manchado. Ela estava tremendo tanto que estava vibrando, e as pupilas estavam tão dilatadas que dava para aterrissar uma nave através delas.

— Olá, amigos — disse ela.

A fonte do choro ficou aparente um pouco mais fundo na sala. Ao lado da bancada de mármore, Coronabeth estava encolhida, os braços abraçando os joelhos, e ela se balançava para frente e para trás. Ao lado dela, no chão...

— Sim — disse Ianthe. — Meu cavaleiro está morto, e eu o matei. Por favor não entendam mal, isso não é uma confissão.

Naberius Tern estava esparramado desconfortavelmente no chão. A sua expressão era a de um homem que tinha acabado de ter a maior surpresa da sua vida. Havia algo branco demais nos seus glóbulos oculares, mas fora isso ele parecia perfeitamente real, perfeitamente vivo, perfeitamente engomado. Os lábios ainda estavam um pouco abertos, como se ele estivesse prestes a exigir uma explicação a qualquer minuto, irritado.

Todos estavam imóveis com o choque. Só Palamedes teve a presença de espírito de se mexer: ele passou completamente por Ianthe e foi até onde o cavaleiro estava deitado, esticado e enrijecendo. Havia manchas de sangue na frente, um corte enorme que estragara a camisa. A lâmina o tinha atravessado por trás. Palamedes esticou o braço, fez uma careta e fechou os olhos abertos do homem.

— Ela está certa. Ele se foi — disse ele.

Com isso, Silas e Colum retornaram a si. Colum desembainhou. Ianthe soltou uma risada estridente repentina, uma risada afiada demais.

— Oitava! Pode guardar a espada — disse ela. — Ah, Oitava. Eu não vou machucar vocês.

Ianthe de repente colocou os joelhos contra o peito e gemeu: era o gemido baixo e queixoso de alguém com dor no estômago, quase cômico.

— Não era bem assim que eu tinha visualizado isso — disse ela, os dentes batendo. — Só estou avisando. Eu ganhei.

Gideon disse, lentamente:

— Princesa. Ninguém aqui fala o idioma de mulher doida.

— Um nome bem ofensivo — disse Ianthe, e bocejou. Os dentes começaram a bater no meio disso, e ela mordeu a língua, gritou e cuspiu no chão.

Um pequeno rastilho de fumaça se ergueu do sangue misturado ao cuspe. Todos o encararam.

— Eu admito, isso dói — disse ela, emburrada. — Eu tinha todo um discurso planejado. Eu ia me gabar, sabe. Porque eu não precisava de nenhuma de suas chaves, e não precisava de nenhum de seus segredos. Sempre fui melhor do que todos vocês, e nenhum de vocês notou, o que é tanto minha virtude quanto minha ruína. Como odeio ser tão boa no que eu faço... Você notou, não notou, sua duendezinha horrível da Nona? Só um pouquinho?

A duendezinha horrível da Nona a encarou com os lábios cerrados. Ela tinha se esgueirado para longe de Gideon na direção da placa do teorema e, sem nenhuma vergonha, começou a examiná-lo.

— Você sabia do corpo cativo — disse Harrow. — Sabia como era impossível.

— Si-i-im. Eu sabia que a transferência de energia não daria conta. Nenhuma das assinaturas thanergéticas neste prédio são conclusivas... até que percebi para onde estávamos todos sendo levados. O que os Lyctores anteriores estavam tentando nos dizer. Sabe, meu campo sempre foi a transferência de energia, transferência de energia em larga escala. Teoria da ressurreição. Eu estudei o que acontecia quando o Senhor, nosso Bondoso Deus, pegou os mortos e as Casas que estavam morrendo e os trouxe de volta à vida, todos aqueles anos antes... o preço que ele teria que ter pagado. Qual o deslocamento, a alma de um planeta? O que acontece quando um planeta morre?

— Você é uma ocultista — disse Palamedes. — Uma maga liminar. Achei que era uma animafilíaca.

— Isso é só para manter as aparências — disse Ianthe. — Estou mais interessada no lugar entre a vida e a morte... o lugar entre a liberação e o desaparecimento. O lugar acima do rio. O deslocamento... para onde a alma vai quando a sacudimos... onde estão as coisas que vão nos devorar.

— Você faz parecer muito mais interessante do que realmente é — disse Harrow.

— Pare de ser adepta de ossos de carteirinha — disse Ianthe.

Ela tossiu e riu de novo, irritadiça. Fechou os olhos e deixou a cabeça pender para frente. Quando ela os abriu de novo, a pupila e a íris não estavam mais lá, deixando apenas o terrível branco do glóbulo. Todos estremeceram quando Ianthe deu um grito. Ela fechou os olhos de novo, dura, e sacudiu a cabeça como um chocalho, e quando os abriu, estava arfando com o esforço, como se tivesse acabado de ganhar uma corrida. Gideon continuou estremecendo.

Nenhum dos seus olhos era da cor original. Tanto a pupila quanto a íris eram de uma cor marrom entremeada de roxo e azul. Ianthe os fechou pela terceira vez, e quando seus cílios pálidos abriram, os olhos retornaram ao tom de ametista insípido.

Palamedes tinha se encaminhado para a parede atrás de Ianthe, e ficou lá. Ela não se importou em virar ou notar; só se encurvou mais para dentro de si. Atrás de Sextus, o VOCÊ MENTIU PARA NÓS se esticava na parede vasta.

— Primeiro passo — disse ela, numa voz cantarolante —, *preserve* a alma, com o intelecto e a memória intacta. Segundo passo, *analise-a,* entenda a estrutura, seu formato. Terceiro passo, remova e *absorva*: pegue a alma para dentro de si sem consumi-la no processo.

— Ah, merda — disse Harrow, bem baixinho. Ela havia voltado para o lado de Gideon, guardando o caderno dentro do bolso. — O megateorema.

— Quarto passo, *fixe-a* no lugar para não deteriorar. Esta é a parte da qual não tinha certeza, mas eu a encontrei aqui, neste cômodo. Quinto passo, *incorpore-a*: arranje um jeito de fazer com que a alma seja parte de você sem deixar que te sobrecarregue. Sexto passo: *consuma a carne.* Não tudo, uma gota de sangue já serve para te firmar. O sétimo passo é *reconstrução*, fazer com que o espírito e a carne trabalhem juntos da forma que faziam antigamente, neste novo corpo. E então, para o último passo, você engata os cabos e deixa o poder fluir. Você vai achar essa muito fácil, Oitava, suspeito que seja a contribuição da sua Casa.

— Princesa — disse Palamedes. — Você nunca teve nenhuma chave. Você não viu nenhum desses cômodos, com exceção deste.

— Como eu disse — falou Ianthe —, sou muito, muito boa, e além disso, eu tenho bom senso. Se encarar os desafios lá embaixo, não precisa estudar as notas, não se for a melhor necromante que a Terceira Casa já produziu. Não sou, Corona? Amor, pare de chorar, você vai ficar com uma dor de cabeça daquelas.

— Cheguei na mesma conclusão que você — disse Palamedes, mas sua voz era fria e inflexível. — E a descartei como abominável e óbvia.

— *Abominável* e *óbvia* são meus nomes do meio — disse a gêmea pálida. — Sextus, você é um fofo careta da Sexta. Use esse enorme cérebro cheio de músculos que você tem. Não estou falando sobre um cálculo profundo. Dez mil anos atrás havia dezesseis discípulos do Rei Eterno, e então ficaram só oito. Quem eram os cavaleiros dos fiéis Lyctores? Para onde eles foram?

Palamedes abriu a boca como se fosse responder à pergunta, mas então esbarrou em algo na parede dos fundos, e ficou inteiramente imóvel. Gideon nunca tinha o visto ficar imóvel. Ele era uma criatura de movimentos repentinos e dedos inquietos. Camilla estava olhando para ele com suspeita óbvia; um dos dedos dele estava traçando a beirada das letras pintadas de preto, mas o resto do seu corpo estava rígido. Parecia que alguém tinha apertado o botão de desligar dele.

Só que Silas estava dizendo:

— Nada disso explica o porquê de ter matado Naberius Tern.

Ianthe inclinou a cabeça para o lado, embriagada, para olhar para ele. O violeta dos seus olhos era como flores secas, e a boca tinha a mesma cor e maciez de pedras.

— Então você não estava escutando. Eu não *matei* Naberius Tern. Eu *devorei* Naberius Tern — disse ela, indiferente. — Enfiei uma espada no seu coração para colocar a sua alma no lugar, e então a incorporei no meu corpo. Eu roubei a própria Morte... Bebi a substância da sua alma imortal. E agora eu o queimarei, e o queimarei, e o queimarei, e ele nunca vai morrer de verdade. Eu absorvi Naberius Tern... Eu sou mais do que a soma da sua metade, e mais do que a minha.

A cabeça dela pendeu perto do peito novamente. Ela deu um soluço que parecia um pouco com um choro, e um pouco com uma gargalhada. Quando fez isso, parecia um borrão indistinto diante deles — como se estivesse saindo das suas divisas, irreal de alguma forma. A pele de Gideon estava formigando, mas agora estava pronta para correr.

— Princesa, seja lá o que acha que tenha feito, você não fez — disse Palamedes, apesar de parecer como se estivesse há dez mil anos de distância.

— Ah, não fiz? — disse Ianthe.

Ela se ergueu para levantar, mas Gideon não a viu se mexer. Ianthe voltou a ficar sólida de uma vez só, mais real do que qualquer outra coisa ao lado dela. O cômodo havia se dissipado, insignificante. Ela brilhava de dentro para fora, como se tivesse comido um punhado de lâmpadas.

— Você nega isso, mesmo agora? — disse ela. — Deus, faz tanto sentido. Até mesmo as rapieiras, espadas leves, leves o bastante para um amador segurar... um necromante. Cada desafio, fundir, controlar, vincular, utilizar... utilizar quem? Você notou que nenhum desses desafios poderia ser completado sozinho? Não, não notou, e, no entanto, esse era o maior sinal de alerta de todos. Tive que fazer engenharia reversa em todos eles, só olhando... completamente sozinha.

Silas parecia quase normal quando se virou e se dirigiu à garota chorando, monótona, ao lado do mármore:

— Princesa Coronabeth. Ela está falando a verdade? E você, em algum momento, tentou impedi-la ou soube, como necromante, o tipo de ato que ela estava cometendo?

— Coitada da Corona! — disse Ianthe. — Não a atormente demais, seu ser humano branco de uma figa. O que ela poderia ter feito? Você não sabe que minha irmã tem um segredo triste e ruim? Todo mundo olha para ela e vê o que quer ver... beleza e poder. Cabelo incrível. A criança perfeita de uma Casa indômita.

A princesa herdeira de Ida não pareceu reconhecer que pessoas estavam falando com ela. A sua irmã continuou:

— Todos são cegos. Corona? Uma necromante? Ela é tão necromântica quanto Babs. Só que papai queria um par combinando. E não queríamos que nada pudesse nos separar, então começamos a mentira. Eu tive que mentir sobre sermos duas necromantes desde que eu tinha seis anos. Ajuda muito no foco, tenho que admitir. Não... Corona não poderia ter me impedido de me transformar em uma Lyctor.

— Isso não pode ser verdade — disse Palamedes, vagamente.

— É claro que é verdade, bobão, o próprio Imperador ajudou a pensar nisso.

— Então é isso que é o Lyctordócio — disse Silas. Ele pareceu silencioso por um momento, quase irritado, perdido em pensamentos. Gideon pensou, por um instante, que conseguia ver a garganta de Colum Asht funcionar, as pupilas dilatando muito, muito pouco. — Andar com os mortos para sempre... um poder enorme reciclado dentro de você, do sacrifício supremo... fazer de si mesmo um túmulo.

— Você entende, não é? — disse Ianthe.

— Sim — respondeu Silas.

Colum fechou os olhos e ficou imóvel.

— Sim — repetiu Silas. — Eu entendo ser *falível*... e ser falível é uma coisa terrível de se entender. Eu entendo que se o Imperador e Rei Eterno viesse até mim e perguntasse o porquê de eu não ser um Lyctor, eu cairia de joelhos e imploraria por seu perdão, que qualquer um de nós falhou nesse teste. Que eu seja queimado um átomo por vez no buraco mais silencioso na parte mais escura do espaço, Senhor, Príncipe Bondoso, se eu nem sequer contemplar trair o pacto que designou entre ele, você e eu.

Colum abriu os olhos novamente.

— Silas — começou ele.

— Eu te perdoarei um dia, Colum — disse o seu tio com a boca cerrada —, por presumir que eu cairia nessa tentação. Você acredita em mim?

— Quero acreditar — disse o sobrinho, fervoroso, com um olhar profundo e o dedo faltante, estremecendo ao redor do escudo. — Que Deus me ajude, eu quero acreditar.

Ianthe disse, pejorativa:

— Ah, pare com isso, você o secaria por inteiro se achasse que sua virtude ficaria intacta. Isso é mais ou menos a mesma coisa, só que mais humano.

— Não fale mais comigo — disse Silas. — Eu a marco como herege, Ianthe Tridentarius. Eu a sentencio a morte. Como seu cavaleiro já não está mais vivo, você deverá tomar o lugar dele: faça as pazes com a sua Casa e com o seu Imperador, porque eu juro pelo Rei Eterno que você não irá mais encontrar paz nessa vida, em lugar nenhum, em nenhum mundo em que possa ir. Irmão Asht...

— Octakiseron, pare — disse Harrow. — Agora não é a hora.

— Purificarei tudo aqui, Nona, para impedir que as Casas descubram como nós nos rebaixamos — disse Silas. O seu cavaleiro tirou sua espada e afincou o escudo nos dedos cheios de calos e tocos: ele havia se colocado diante de todos eles com uma expressão que era de um alívio tão profundo que Gideon mal conseguia traduzi-la. Seu adepto disse: — Colum, o Oitavo. Não demonstre piedade.

— Alguém o impeça — disse Ianthe. — Sexta. Nona. Não quero derramar o sangue de ninguém. Bem, sabe, o de mais ninguém.

— Octakiseron, seu tolo, não consegue ver... — disse Harrow.

— Todo mundo, recuar... — disse Camila ao mesmo tempo que Harrow.

Só que Colum Asht não recuou. Ele atacou Ianthe como um abutre com uma carniça. Ele era terrivelmente rápido para um homem tão grande e gasto, e ele a acertou com uma força cinética tão grande que ela deveria ter sido arremessada contra a parede como um sanduíche descartado. O braço dele era verdadeiro e firme, e não havia hesitação na sua mão ou na sua lâmina.

Também não houve hesitação da parte de Ianthe. Gideon tinha visto a espetacular espada da Terceira Casa descartada em uma poça de sangue ao lado do seu cavaleiro: e agora repentinamente estava na mão da princesa necromântica. Ela encontrou a lâmina de Colum com um golpe achatado — desviou aquele golpe titânico como se Ianthe não fosse dois palmos mais baixa e tivesse só um terço do seu peso — e ela voltou para uma pose precisa e perfeita.

Era o movimento de Naberius Tern que colocou o braço de Ianthe atrás das costas, e eram os passos precisos e perfeitos de Naberius Tern. Era profundamente estranho ver os movimentos de Naberius Tern se repetindo no corpo de Ianthe Tridentarius — só que ali estavam, recriados até mesmo na maneira que ela erguia sua cabeça. Colum se moveu para tomar vantagem, um corte vertical alto para as clavículas expostas. Ela o evitou com um desdém infantil e revidou. Colum precisou se apressar para bloquear.

Foi só ali que Gideon finalmente entendeu o que Ianthe tinha feito. A visão bizarra de ver uma necromante segurando uma *espada* — um fantasma lutando dentro do fantoche carnal do seu adepto — fez com que fosse real o fato de Naberius estar morto, mas morto dentro de Ianthe. Não era que ele a havia ensinado a lutar: era ele mesmo lutando. Ali estava o golpe de revide instantâneo de Naberius; ali estava o desvio maravilhoso de Naberius; o pequeno movimento que derrubou o escudo de Colum. Normalmente, Gideon teria ficado fascinada em assistir ao cavaleiro da Oitava fazendo seu trabalho — seus pés eram leves como penas, e, no entanto, todos os golpes eram pesados como chumbo —, mas seu olhar estava preso em Ianthe, só Ianthe, que estava se movendo mais como Naberius do que Naberius jamais poderia ter feito, cujo corpo era ágil e esguio e sobre-humano como fogo-fátuo.

Só que havia um problema. A espada da Terceira Casa devia pesar ao menos um quilo, e a memória muscular de Naberius não conseguia exatamente lidar com os braços de Ianthe. Algum tipo de poder deveria estar compensando o seu corpo — o cotovelo travado como uma porta —, mas seja lá o que estivesse fazendo para empunhar aquela coisa, era só uma fração, e não era bom o suficiente. Ela estava suando. Havia um vínculo no meio daquela testa sobrenaturalmente calma, um estremecer dos seus olhos, um rolar de cabeça levemente bêbado que ela estava sofrendo antes. Conforme ela se desvaneceu, Colum aproveitou a vantagem. Ela se sacudiu, e ele ergueu seu pé e chutou a espada dela para longe. A lâmina se revirou até a parede onde Palamedes estava, caindo de maneira triste, longe do alcance. Colum ergueu a espada.

A Princesa da Terceira ergueu a mão até a boca, mordeu um pedaço de carne da parte gorda da palma e o cuspiu na direção de Colum como um míssil. Ianthe desapareceu dentro de uma tenda gordurosa e esvoaçante, feita de células, carne, coberta por bolhas amarelas neon e uma película fina e rosa. Colum quicou dessa coisa como se tivesse sido atingido por uma parede. Ele rolou de bunda e continuou rolando, finalmente conseguindo se levantar, fiando em posição, arfando. Onde antes havia estado a necromante, em vez disso havia um domo semitransparente de pele e gordura subcutânea, completamente inusitado aos olhos. Sem se enojar, Colum atacou novamente, batendo com o escudo contra a coisa com um barulho molhado e horrível. Era como borracha: inflou-se novamente contra ele. Ele o golpeou duramente com a espada: a bolha de carne rasgou e sangrou, mas não cedeu.

Gideon colocou a mão na espada para desembainhar e deslizou os dedos na soqueira. Dedos magros envolveram o seu pulso. Quando ela olhou ao seu redor, Harrow estava com os lábios franzidos.

— Não chegue perto deles — disse ela. — Não toque nela. Nem pense em tocar nela.

Gideon olhou violentamente em volta em busca da Sexta Casa e encontrou apenas Camilla, as espadas embainhadas, o rosto impassível. Aqueles que estavam assistindo pareciam quase envergonhados, um silêncio sem ar conforme Colum circundava o horrível escudo de pele, testando-o com golpes, perfurando com a lâmina e grunhindo enquanto a carne não cedia. Então Silas fechou os olhos e disse, baixinho:

— O necromante precisa lutar contra o necromante.

Colum ergueu o braço para um corte lateral lindo, e então se retraiu como se tivesse sido picado. Ele recuou, a espada e o pequeno escudo prontos, cerrando os dentes. Gideon agora sabia como era ser sugada, e jurava por Deus que conseguia ver a névoa no ar e sentir a aspiração fria conforme o necromante dele iniciou a ceifa.

— Pare de lutar contra mim — disse Silas, abrindo os olhos.

— Não faça isso — disse Colum, rouco. — Não me afunde. Não dessa vez.

— Irmão Asht — disse o seu necromante —, se não pode acreditar, então pelo amor de Deus, *obedeça*.

Colum emitiu um som do fundo da garganta. Ianthe era visível apenas como uma forma embaçada atrás da parede de carne amarela. Silas se adiantou com pés leves — a eletricidade percorrendo a sua pele, suas mãos — e colocou as palmas no escudo.

A pele se contraiu ao redor dos seus dedos, e por um instante, Gideon achou que estava mesmo funcionando. Então as paredes sugaram as mãos dele para dentro, rasgando e estremecendo como caninos afiados. O escudo comeu selvagemente, e havia sangue nos pulsos de Silas. Ele soltou um grito, então fechou os olhos, o calor emanando dele como ondas; Colum ficando cada vez mais cinza, cada vez mais imóvel, e Silas apertou as mãos até cerrarem em punhos.

O escudo fez um *pop*, como uma espinha ou um olho, e caiu no chão em tiras rasgadas e caroços contorcidos. Silas pareceu quase surpreso ao ver Ianthe, que estava segurando a cabeça com os punhos fechados. Quando ela olhou para cima, os seus olhos eram selvagens e brancos de novo, e ela gritou com uma voz que requeria muito mais cordas vocais do que possuía.

Silas aproximou-se dela com as mãos esticadas como as de um assassino. Ianthe se esgueirou por ele e se jogou em uma das faixas borbulhantes que haviam composto seu escudo. Ela se afundou na pele com um esguicho, enchendo o chão de madeira com gordura quente e amarela. A pele em si borbulhou e enrugou em si mesma como se tivesse sido queimada, e então se liquefez em uma poça viscosa, não deixando nenhum sinal de Ianthe.

Silas se ajoelhou ao lado da poça e, com a corrente prateada amarrada no pulso e com o fecho perfeito do seu manto branco, enfiou a mão lá dentro. Colum emitiu um som como se tivesse levado um soco no estômago. Uma mão ensanguentada emergiu da poça, agarrou Silas pelos ombros e o puxou para dentro.

O teto se separou como uma nuvem de tempestade, e uma torrente de chuva gordurosa e sangrenta recaiu sobre eles. Gideon e Harrow se engasgaram e puxaram o capuz por cima da cabeça. Duas figuras saíram da nuvem, sujos com sangue e linfa. Ianthe caiu de pé e delicadamente sacudiu a sopa vermelha fétida, quase sem nenhuma mancha, enquanto Silas tombou direto no chão. Havia uma marca vermelha como a de um tapa no rosto de Ianthe; ela tocou o rosto, e a marca desapareceu.

Silas se debateu para ficar em pé, juntou seus dedos, e a sensação de aspiração estralou os dois ouvidos de Gideon. Ela viu o poder dele em uma vórtex ao redor de Ianthe e riu sem acreditar. Ela estava respirando fundo, quase hiperventilando.

— Octakiseron — disse Ianthe —, você não consegue tirar mais rápido do que eu consigo fazer.

— Ele está tentando drená-la — murmurou Harrow, enfeitiçada. — Só que está dividindo o foco, ele precisa trazer Colum de volta ou...

Colum — tão cinzento quanto seu nome, os movimentos embriagados, dormente — havia levantado a espada, e estava se mexendo inexoravelmente na direção de Ianthe. Ele a golpeou, certeiro, no rosto com o escudo, como se estivesse testando. A cabeça de Ianthe se virou para trás, mas ela parecia mais surpresa e atordoada do que machucada ou ferida. A respiração dela gaguejava. Ela se endireitou como se nada tivesse acontecido, e o cavaleiro golpeou para a frente com a espada. Ela ergueu uma mão e embrulhou os dedos ao redor da ponta brilhante como se não fosse nada. A mão estava encharcada de sangue, mas o sangue em si voltou para dentro dela graciosamente, em silêncio, repelindo a lâmina como se fossem dedos.

Silas juntou as mãos, e a pressão quase fez com que Gideon vomitasse. Colum sacudiu a espada, o sangue quebrou como se fossem lascas de vidro, e Ianthe cambaleou para trás, apesar de ninguém ter tocado nela. Conforme ela se afastou de Colum, o sangue no chão e nas paredes começou a secar, queimando como se nunca tivesse estado lá. Os olhos dela eram daquele branco horrível e vazio, e ela estava segurando a cabeça e tremendo como se estivesse tentando reposicionar seu cérebro.

— Pare de fazer isso comigo! — sibilou ela. — Pare!

Colum se virou com um movimento fluido e extraordinário, cortando as costas dela. Era um corte superficial. Ianthe nem pareceu notar. O sangue borbulhou em cima do seu lindo manto amarelo e o corte novo revelou que a ferida aspirou a si mesma, se fechando.

— Me escute — disse ela —, Babs, *escute.*

Silas bateu com o punho no chão. O ar se esvaiu dos pulmões de Ianthe. A boca e a pele franziram e definharam: ela parou, desajeitada, dura, os olhos arregalados e surpresos. O restante do sangue ergueu-se do chão como uma fumaça pálida, indo em direção ao céu ao redor deles. Por um momento, tudo ficou límpido claro, e de um branco luminoso. No meio disso tudo estava Ianthe, anormalmente imóvel e curvada. O sangue escorria calmamente do nariz e das orelhas de Silas como suor.

Gideon sentiu Harrow estremecer...

As írises roxas pálidas de Ianthe voltaram, e também as pupilas, apesar de um pouco mais pálidas do que antes. Ela estava envelhecendo diante dos olhos deles. A pele se descamava em fios secos. Só que ela não estava olhando para Silas, que a segurava com firmeza, como se estivesse com as mãos ao redor dela. Ela estava encarando Colum, o Oitavo, sem acreditar.

— Bem, agora você está fodido — anunciou ela.

Os olhos de Colum, o Oitavo, estavam tão pretos quanto os de Ianthe estavam brancos momentos antes. Ele parou de se mexer como um humano. A economia de movimento do guerreiro, as linhas longas e adoráveis de alguém que haviam treinado a vida toda com uma espada, o posicionamento de pés leve, tudo se foi. Ele agora se movia como se tivessem seis pessoas dentro dele, e nenhuma dessas seis pessoas já havia estado dentro de um ser humano antes. Ele fungou. Ele virou a cabeça para trás — e continuou virando. Com uma *craque* horrível, a cabeça dele virou a 180 graus para olhar impassivelmente para o cômodo atrás dele.

Uma das lâmpadas chiou e explodiu, morrendo em uma chuva de faíscas. O ar ficou muito frio. A respiração de Gideon saiu como uma fumaça branca na escuridão repentina, e as luzes que restavam se esforçaram para perfurar a escuridão. Colum lambeu os lábios com uma língua cinzenta.

Partículas de ossos se esparramaram pelo chão. Harrowhark as atirou em um arco longo e comprido, e caíram exatamente nos pés de Colum. Lanças surgiram do chão, prendendo Colum entre elas, trancafiando-o firme. Colum ergueu um pé branco, indiferente, e chutou as lanças. Explodiram até virarem nuvens de cálcio poeirentas, da cor de dentes.

Silas olhou para cima, em posição fetal no chão. Ainda estava brilhando como uma pérola sob o sol, mas havia perdido o foco. Ianthe saiu do seu feitiço com desdém, a pele inflando, a cor voltando ao rosto, e ela se coçou. Havia luzes embaixo da pele de Colum, o Oitavo: coisas que a empurravam e se esgueiravam pelos seus músculos conforme ele andava, pesadamente, balançando de um lado para outro.

Silas esfregou o sangue do seu nariz e boca e disse calmamente:

— Irmão Asht, escute as palavras do representante da sua Casa.

Colum avançou.

— Volte — disse Silas, tranquilo. — Eu rogo para que volte. Rogo para que volte. Colum, eu rogo para que volte. Eu rogo para que volte. *Eu rogo para que volte.* Eu rogo, eu rogo, eu rogo, eu rogo, *Colum*...

A coisa que estava dentro de Colum ergueu a espada de Colum e atravessou a ponta na garganta de Silas Octakiseron.

Gideon se moveu. Ela ouviu Harrow gritar um aviso, mas não podia evitar. Ela tirou a rapieira da sua bainha, e então se atirou contra a coisa cinza que vestia a pele de uma pessoa. Não era um cavaleiro: a coisa não se mexeu para revidar o golpe da sua espada. Simplesmente a acertou com o escudo de Colum com uma força que nenhum ser humano possuía. Gideon cambaleou, quase caiu e desviou do caminho de uma espada nada graciosa acertada para baixo. Ela aproveitou a vantagem do movimento, se aproximou, prendendo o braço dele entre o corpo e a espada, e estilhaçou seu pulso com um *craque* pesado. A coisa abriu a boca e os olhos, bem ao lado dela. Os glóbulos oculares se foram — os olhos de Colum se foram —, e agora nos buracos vazios havia bocas cheias de dentes, com línguas rastejando para fora. A língua na boca original se esticou para fora, para baixo, se embrulhando ao redor do pescoço dela...

— Já chega — disse Ianthe.

Ela apareceu atrás da coisa cinzenta que um dia fora Colum. Ela pegou seu pescoço virado nas mãos e, tão calma e facilmente como se fosse um animal, ela o revirou. O pescoço quebrou. As pontas dos seus dedos passaram por debaixo da pele; os olhos-boca gritaram, a língua ao redor do pescoço de Gideon relaxou, e as duas bocas dissolveram em um fluido escuro. O corpo caiu no chão...

... E era Colum novamente, o rosto distorcido, o pescoço virado ao contrário, largado em cima da concha furada que era seu tio jovem e morto. Não havia consolo naquele grande corpo estropiado, depositado ao lado do seu necromante como uma imitação mórbida que durara todas suas vidas. Nenhum dos dois vestia branco: estavam completamente manchados, amarelo, vermelho, rosa.

As luzes chiaram novamente, desanimadas. O ar clareou. Ianthe estava de pé em meio a sanguinolência parecendo uma mariposa, quase uma fada. Ela ergueu a bainha das suas saias e delicadamente as sacudiu. O sangue e o muco saíram como se fossem pó.

A princesa de Ida avaliou a bagunça ao redor dela: e então, se deu um tapinha leve, como daria em alguém que precisa acordar.

— Se ajeite — disse para si mesma. — Quase perdeu essa.

Ela se virou para Gideon, Camilla e Harrow, e disse:

— Há coisas muito piores do que eu nesse prédio. Esse conselho eu dou de graça.

Então ela deu um passo para trás, no resquício de sangue de Silas, e desapareceu. Elas ficaram sozinhas na sala, com os corpos silenciosos esticados de Silas Octakiseron, Colum Asht e Naberius Tern, e a respiração triste e baixa de Coronabeth Tridentarius, parecendo uma joia esmigalhada.

Gideon avançou na direção dela, desesperada para se mover, para ficar longe do meio da sala e do que estava nela, se mover na direção da gêmea abandonada da Terceira. Corona olhou para ela com lágrimas nos seus lindos cílios e os olhos inchados de choro. Ela se jogou nos braços de Gideon e soluçou, silenciosamente, inteiramente destruída. Gideon ficou aliviada com o fato de que alguém em meio a essa loucura ainda era humano o bastante para chorar.

— Você está bem… quer dizer, como você está? — disse Gideon.

Corona recuou para trás e olhou Gideon nos olhos, o cabelo dourado grudado na testa com suor e lágrimas.

— Ela levou Babs — disse ela, o que parecia justo.

Mas então Corona começou a chorar de novo, lágrimas enormes escorrendo dos seus olhos, a voz rouca com infelicidade e pena de si mesma.

— E quem liga para o Babs? Babs! Ela poderia ter *me* levado!

35

Elas deixaram a gêmea solitária em seu luto amargo e estranho. Camilla, Harrow e Gideon saíram cambaleando juntas pelo corredor. Gideon estava revirando o ombro no soquete para se certificar de que nada tinha saído do lugar, Harrowhark estava dando petelecos nas gotas de algo inominável das suas mangas, e Camilla disse:

— O Mestre. Cadê o Mestre?

— Eu perdi o rastro dele na luta — disse Gideon. — Achei que ele estava atrás de você.

— Estava — disse Harrow —, e eu estava perto da porta. Eu o vi há alguns minutos.

— Eu o perdi de vista — disse Camilla. — Eu nunca o perco de vista.

— Vai com calma — disse Gideon, com uma segurança muito maior do que estava sentindo. — Ele é grandinho. Provavelmente só foi ver se Dulcinea estava bem. Harrow diz que eu sou caidinha por Dulcinea...

— Você é caidinha por Dulcinea — disse Harrow

— Mas ele é seiscentos por cento mais caidinho do que eu, o que eu ainda não entendo.

Camilla olhou para ela e afastou seu cabelo escuro e a franja reta dos olhos. Havia alguma coisa no seu olhar que era mais dura do que simples impaciência.

— O Mestre — disse ela — tem trocado cartas com Dulcinea Septimus nos últimos doze anos. Ele sempre foi caidinho por ela. Uma das razões de ele se tornar herdeiro da Casa foi para poder encontrá-la de igual para igual. Toda sua pesquisa médica foi inteiramente para ajudá-la.

Essa declaração fez com que todos os fluidos no corpo de Gideon virassem gelo.

— Ela… ela nunca nem mencionou ele — disse ela, estupidamente.

— Não — disse Camila.

— Mas ela, quer dizer, eu estava passando tanto tempo com ela…

— Sim — disse Camila.

— Ai, Deus — disse Gideon. — E ele foi tão legal. Ai, meu Deus. Por que ele não *disse nada*, porra? Eu não, quer dizer, eu nunca, er, eu e ela não estávamos…

— Ele a pediu em casamento um ano atrás — disse Camila, impiedosa, abrindo a porta de uma eclusa —, para que ela pudesse passar o resto da vida com alguém que cuidasse do seu conforto. Ela recusou, mas não porque não gostava dele. E eles não iriam relaxar as regras Imperiais sobre necromantes se casarem fora de suas Casas. Depois disso, as cartas vieram mais raramente. Então, quando ele chegou aqui, ela tinha seguido em frente. Ele me disse que estava feliz que ela estava passando tempo com alguém que a fazia rir.

Cinco pessoas tinham morrido naquele dia, e era estranho como as coisas menores pareciam ter mais relevância em comparação. A tragédia saturou os ossos duros e corações estáticos abandonados na Casa de Canaan, mas também havia uma tragédia enorme nas vigas imperfeitas que sustentavam suas vidas. Um menino de oito anos escrevendo cartas de amor para uma adolescente em estado terminal. Uma garota se apaixonando pelo lindo cadáver que ela havia sido concebida exclusivamente para zelar. Uma criança adotada buscando a aprovação de uma Casa decepcionada com sua imunidade a gases que matam crianças.

Gideon se deitou no chão, com a cara para baixo, e ficou histérica.

Sua necromante estava dizendo:

— Nada disso faz sentido.

— Não — disse Camilla, direta —, mas nunca fez desde a época em que conheço os dois.

— Não — disse Harrow. — Estou dizendo que Dulcinea Septimus falou sobre Palamedes Sextus duas vezes para mim como se ele fosse um estranho. Ela me disse que não o conhecia muito bem, depois que ele recusou a oferta dela para o desafio da ceifa.

Gideon, com a cara no chão empoeirado, gemeu:

— Eu quero morrer.

Ela foi cutucada por um pé, não sem certa benevolência.

— Levante-se, Griddle.

— Por que eu nasci sendo tão atraente?

— Porque todo mundo teria te matado nos primeiros cinco minutos se não fosse por isso — disse a sua necromante. A atenção dela ainda estava em Camilla. — Então por que esse fingimento, se é tudo como você disse? Eu ainda não entendo.

— Se *eu* entendesse — disse a cavaleira da Sexta, inquieta —, minha qualidade de vida, meu sono e meu senso de bem-estar melhorariam muito. Nona, levante-se. Ele não te odeia. Você não arruinou nada. Eles dois sempre foram muito mais complicados do que isso. Ele nem a conhecia pessoalmente antes de vir para cá.

Gideon emergiu da sua posição inerte e se pôs de pé. O seu coração era como cinzas secas, mas ainda parecia ridiculamente importante que Palamedes Sextus estivesse de bem com ela: que no fim deste mundo, um pouco antes da intervenção divina, todas as confusões de suas vidas pessoais estivessem resolvidas.

— Preciso encontrá-lo — disse ela —, me deixe ter alguns minutos sozinha com ele. Harrow, pegue o meu montante, está no fundo falso da minha mala.

— Seu *o quê* — disse Harrow indignada.

— Cam, por favor, me faz um favor enorme e fica de olho nela. Eu sinto muito por ser uma fura-olho.

Gideon se virou e correu. Ela ouviu Harrow gritar "Nav!", mas não prestou atenção. A rapieira balançava desconfortável no seu quadril, o braço ainda dava pontadas, e o pescoço ainda estava esquisito, mas tudo que ela podia fazer era correr o mais rápido que conseguia para o lugar onde sabia que encontraria seus dois últimos aliados vivos: o leito de hospital onde Dulcinea Septimus estava morrendo.

Ela encontrou o Protetor-mestre em pé no meio do corredor, encarando a porta fechada do quarto. A bainha do manto cinzento sussurrava contra o chão, e ele parecia perdido em pensamentos. Gideon respirou fundo, o que o alertou para a sua presença. Ele tirou os óculos, limpou as lentes na manga e olhou para ela conforme os colocava de volta no nariz comprido.

Pareceu que olharam um para o outro por um longo tempo. Ela deu um passo em frente e abriu a boca para dizer: *Sextus, eu sinto muito...*

Ele dobrou seus dedos como se estivesse dobrando um pedaço de papel. O corpo dela ficou imóvel onde estava, como se agulhas de metal tivessem atravessado suas mãos e pernas. Gideon sentiu o frio inundar seu corpo. Ela tentou falar, mas a sua língua grudou no céu da boca e ela sentiu o gosto de sangue. Ela se debateu — um inseto preso em um painel — e ele olhou para ela com um olhar frio e equânime, tão diferente dele.

Palamedes avaliou o seu trabalho e viu que estava bom. Então ele abriu a porta de Dulcinea. Gideon tentou se desvencilhar das suas amarras invisíveis, mas os ossos estavam rígidos no próprio corpo, como se ela fosse uma meia feita de carne ao redor deles. O seu coração debatia contra a caixa torácica inflexível, o terror subindo à boca. Ele sorriu, e com aquela alquimia estranha, ele ficou bonito, os olhos cinzentos, claros e límpidos. Palamedes entrou no quarto.

Ele não fechou a porta. Havia barulhos suaves dentro. Então ela ouviu a voz dele, distinta:

— Eu queria ter falado com você logo no começo.

A voz de Dulcinea era baixa, mas ainda dava para ouvir.

— E por que não fez isso?

— Eu estava com medo — disse ele, franco. — Eu fui um idiota. Meu coração estava partido, sabe. Era mais fácil acreditar que as coisas simplesmente haviam mudado entre nós. Que Dulcinea Septimus estava tentando poupar meus sentimentos, mimando uma criança ignorante que tinha tentado salvá-la de algo que ela entendia muito melhor do que ele jamais poderia. Eu me importava com ela, e Camilla se importava conosco. Eu achei que Dulcinea estava nos poupando da dor no coração de vê-la falhar e morrer durante nossas tarefas.

Houve silêncio no quarto. Ele acrescentou:

— Quando isso começou, eu tinha oito anos, e você, Dulcinea, tinha quinze. Meus sentimentos eram intensos, mas pelo amor de Deus, é claro que eu entendia. Eu era uma *criança*. E ainda assim você me mostrou empatia e um tato infinito. Meus sentimentos sempre foram levados a sério, e eu era tratado como alguém que sabia do que estava falando. Isso é algo da Sétima Casa?

Gideon conseguia ouvir o leve sorriso na voz de Dulcinea.

— Suponho que é. Eles têm deixado jovens necromantes morrer por muito, muito tempo. Quando se cresce extremamente doente, você se acostuma a todo mundo a sua volta tomar decisões por você... e a odiar isso... então a tendência é levar os sentimentos de todos a sério quando os seus não são.

— Tem duas coisas que eu preciso saber — disse Palamedes.

— Você pode fazer mais de duas perguntas, se quiser. Eu tenho o dia todo.

— Não preciso mais do que duas — disse ele calmamente. — A primeira é: por que a Quinta?

Houve uma pausa confusa.

— A Quinta?

— A Nona e a Oitava apresentavam o perigo mais claro e presente — disse ele. — A Nona, devido à pura habilidade de Harrow; e a Oitava, devido ao fato de que facilmente poderiam ter te desmascarado, qualquer deslize teria mostrado ao necromante da Oitava que você não era quem dizia ser. Ele só precisaria te ceifar para saber. Eu me pergunto o porquê de *eu* ainda continuar andando, se não achar essa presunção arrogante. Só que foi a Quinta que te assustou.

— Eu não...

— Não minta para mim, por favor.

Dulcinea disse:

— Eu nunca menti para nenhum de vocês.

— Então, *por quê*?

Um pequeno suspiro trêmulo, como uma borboleta pousando em descanso. Gideon a escutou dizer:

— Bem, pense nisso. Abigail Pent era uma porta-voz de espíritos madura. Isso não é bom. Não é intransponível, mas é um problema. Porém, enquanto isso era um fator, não era bem a razão... o problema era o *hobby* dela.

— O hobby?

— Não achei que mais ninguém se importasse com o passado distante... só que Pent tinha um interesse arriscado por história. Ela estava interessada em todas as coisas velhas que encontrava na biblioteca, nos cômodos. Cartas, bilhetes... fotos... a arqueologia da vida humana.

— Abigail Pent pode ter sido uma necromante, mas ela também era uma historiadora, e uma bem famosa, preciso acrescentar. Você não fez sua pesquisa.

— Ah, eu tenho me reprendido por isso, acredite. Eu deveria ter examinado o lugar todo logo de cara. Só que eu estava nostálgica.

— Entendo.

— Minha nossa, fico feliz que não entendeu. Eu não compreendia a sua maestria sobre o fantasma dentro das coisas. Psicometria da Sexta. — Houve uma risada repentina e estridente. — Acho que você deveria ficar feliz que não compreendi isso. Pent sozinha já me deu um susto.

— E você colocou a chave dentro dela por quê?

— Tempo — disse Dulcinea. — Não podia permitir que ninguém me pegasse com a chave. Esconder a chave dentro da carne dela apagava os rastros. Eu achei que você encontraria mais cedo, honestamente... mas me deu tempo de bloquear a fechadura. Quem se livrou daquilo? Achei que eu tinha deixado absolutamente inutilizável.

— Isso foi a Nona.

— Isso é mais do que impressionante — respondeu ela. — O Imperador adoraria pôr as mãos nela... Que bom que ele nunca vai. Bem, isso é outro golpe no meu ego. Se eu achasse que a fechadura seria arrombada *e* encontrariam a chave, teria limpado o lugar todo, não deixaria para que encontrassem... mas é por isso que estamos tendo esta conversa agora, não é? Usou seus truques psicométricos na mensagem. Se não tivesse entrado lá, nunca saberia que eu tinha estado lá também. Estou certa?

— Talvez — disse Palamedes. — Talvez.

— Qual a sua segunda pergunta?

Gideon se debateu de novo, mas ela estava tão presa quanto se o ar ao redor dela fosse cola. Os seus olhos lacrimejavam com a pura impossibilidade de piscar. Ela conseguia respirar, conseguia ouvir, e era isso. O seu cérebro estava cheio de porra nenhuma.

Palamedes disse, bem baixinho:

— Onde ela está?

Não houve resposta.

— Eu repito — disse ele. — Onde ela está?

— Achei que eu e ela tínhamos um entendimento — Dulcinea admitiu facilmente. — Se ao menos ela tivesse me contado sobre você... eu poderia ter tomado mais precauções.

— Me diga o que você fez — disse Palamedes — com Dulcinea Septimus.

— Ah, ela ainda está aqui — disse a pessoa que não era Dulcinea Septimus, depreciativa. — Ela escutou o chamado do Imperador com o seu cavaleiro. O que aconteceu com ele foi um acidente, quando abordei a nave deles e ele se recusou a escutar uma só palavra da razão, eu precisei matá-lo. O que não precisava ter acontecido... não daquela forma, de todo jeito. Então eu e ela conversamos... Nós somos muito parecidas. Não digo só de aparência, apesar de que esse *era* o caso, exceto pelos olhos, já que a Sétima Casa é sempre tão horrivelmente previsível quando se trata de beleza, mas também nossa doença... Ela estava muito doente, tão doente quanto eu estava, quando vim aqui pela primeira vez. Ela poderia ter vivido as primeiras semanas aqui, Sextus, ou talvez não.

Ele disse:

— Então a história sobre Protesilaus e a Sétima Casa era uma mentira.

— Você não está escutando, eu nunca menti — disse a voz. — Eu disse que era uma hipótese, e todos vocês concordaram.

— Semântica.

— Você deveria ter prestado mais atenção. Eu nunca menti. Eu sou da Sétima Casa... e foi um acidente. Enfim, nós duas conversamos. Ela era uma coisinha pequena e fofa. Eu realmente queria fazer algo por ela, e depois, eu a mantive por um tempão... até que alguém atacou meu cavaleiro. Então eu precisei me livrar dela, rápido, e a fornalha era a única opção. Não me olhe assim, eu não sou um monstro. Septimus estava morta antes da nave pousar em Canaan... ela quase não sofreu.

Houve uma pausa muito longa. A voz de Palamedes não traiu nada quando ele disse:

— Bem, ao menos isso. Suponho que devamos todos seguir o mesmo destino agora?

— Sim, mas não é sobre nenhum de vocês — disse a mulher no quarto com ele. — Não é pessoal. Eu sabia que se eu arruinasse os planos de Lyctor deles, matasse os herdeiros e os cavaleiros de todas as outras oito Casas, eu o traria de volta para o sistema, mas precisava ser de um jeito sutil o suficiente para ele não trazer as outras Mãos com ele. Se eu tivesse chegado com força total, ele teria aparecido pronto para a guerra e mandado os Lyctores fazerem o trabalho sujo dele como sempre. Assim, ele teria uma sensação falsa de segurança, suponho. E ele não vai nem se dar ao trabalho de entrar no território de Dominicus. Ele ficará sentado lá fora do sistema, tentando entender o que está acontecendo, exatamente onde eu preciso que ele esteja. Eu darei ao Rei Eterno, o Necrolorde Primordial, o Ressurrecto, meu senhor e mestre os melhores lugares da plateia para ele me ver destruir suas Casas, uma por uma, e descobrir quantas vão precisar ruir até que ele desista e cruze a linha, antes que ele veja o que vai vir quando eu fizer o chamado... e então eu não precisarei fazer nada. Será tarde demais.

Uma pausa.

— Por que um dos Lyctores do Imperador o odiaria?

— Odiar? — A voz da garota que Gideon conhecera como Dulcinea se ergueu, intencional e estridente. — *Odiar*? Eu amei aquele homem por dez mil anos. Nós todos o amamos, cada um de nós. Nós o idolatramos como um rei. Como um deus! Como um irmão.

A sua voz abaixou, a fazendo soar muito normal e muito velha:

— Nem sei por que estou te contando isso... você está vivo há menos tempo que um batimento cardíaco, enquanto eu vivi tanto tempo que o tempo de vida perde qualquer significância. Agradeça à sua sorte que nenhum de vocês se tornou um Lyctor, Palamedes Sextus. Não é nem vida nem morte, é algo no meio disso, e ninguém deveria lhe pedir para abraçar isso. Nem mesmo ele. Especialmente ele.

— Eu não faria isso com Camilla.

— Então você sabe como funciona. Garoto esperto! Eu sabia que todos vocês descobririam... eventualmente. Eu também não queria fazer isso... Eu não queria fazer mesmo... mas eu estava morrendo. Loveday era minha cavaleira, nós pensamos que isso poderia me fazer viver mais. Em vez disso, eu só continuei morrendo, esse tempo todo. Não, você não teria feito isso, e é inteligente por não fazer. Não dá para fazer aquilo com a alma de alguém. Professor ficou praticamente demente. Sabe o que nós fizemos com ele? Digo *nós*, mas ele não era o *meu* projeto... Ele era um terror sagrado. Pode agradecer à sua própria Casa por isso! Não posso ser grata o suficiente àquelas patetas da Segunda por terem-no matado e chamado ajuda. Ele era o único aqui que me dava medo. Ele não poderia ter me impedido, mas poderia ter deixado as coisas mais estúpidas.

— Por que Professor não te reconheceu?

— Talvez ele tenha reconhecido — disse a mulher. Parecia que ela estava sorrindo. — Quem sabe o que aquela mescla de almas estava pensando?

Houve uma outra pausa. Ela disse:

— Você está aceitando isso de uma forma muito mais sensata do que achei que aceitaria. Quando se é jovem, você faz tudo no momento em que pensa naquilo. Por exemplo, eu estava pensando em fazer isso durante os últimos trezentos anos... mas presumi que você tentaria fazer algo idiota quando percebeu que ela estava morta.

— Eu jamais faria algo idiota — disse Palamedes, leve. — Tomei a decisão de te matar no momento em que soube que não havia mais uma chance de salvá-la. É só isso.

Ela riu, tão claro e agudo quanto gelo. O riso foi interrompido no meio por uma tosse violenta e profunda, mas ela continuou rindo do mesmo jeito, como se não se importasse.

— Ah, não... não.

— Eu só precisava de tempo — disse ele —, para fazer isso de um jeito lento o suficiente para que você não percebesse: te manter falando.

Houve outra risada, mas essa foi pontuada por outra tosse molhada. Nenhuma risada seguiu. Ela disse:

— Jovem mestre da Sexta Casa, o que você fez?

— Amarrei o nó — disse Palamedes Sextus. — Você me deu a corda. Você tem um câncer sanguíneo severo, assim como Dulcinea. Avançado, assim como o dela quando morreu. Estático, porque o processo Lyctoral começa o processo radical de renovação de células no momento de absorção. Todo esse tempo que estávamos falando, fiquei fazendo um inventário de tudo que há de errado com você: a infecção bacteriana nos seus pulmões, a neoplasma na sua estrutura óssea, e eu só dei um empurrãozinho. Você tem sofrido uma dor imensa nessa última miríade. Eu espero que essa dor não seja nada comparada com o que o seu corpo vai fazer com você, Lyctor.

Você vai morrer pingando os seus pulmões pelas narinas, tendo falhado perto da linha de chegada porque não podia evitar ficar falando sobre os motivos de ter matado pessoas inocentes, como se suas razões pudessem ser *interessantes*... Isso é pela Quinta e pela Quarta, e por todo mundo que morreu, direta ou indiretamente, por sua culpa. E, mais pessoalmente, isso é por Dulcinea Septimus.

A tosse não parou. Dulcinea-só-que-não parecia impressionada, mas não muito preocupada.

— Ah, vai precisar muito mais do que isso. Você sabe o que eu sou... e você sabe o que eu posso fazer.

— Sim — disse Palamedes. — Eu também sei que deve ter estudado fissão radical thanergética, então sabe o que acontece quando um necromante dissipa toda a sua energia de thanergia muito, muito rápido.

— Quê? — disse a mulher.

Ele ergueu a voz:

— Gideon! — chamou ele. — Diga a Camilla que...

Ele parou.

— Ah, não importa. Ela sabe o que fazer.

O leito hospitalar explodiu em um fogo branco, e as amarras que prendiam Gideon estalaram. Ela caiu contra a parede e se virou, embriagada, impelindo-se no corredor enquanto Palamedes Sextus fazia tudo queimar. Não havia calor, mas Gideon fugiu daquela morte branca e fria sem se importar em olhar para trás, como se as chamas estivessem lambendo seus calcanhares. Houve outro *CRRRRRAAAAA-QUEEEE* enorme e um *bum*. O teto sacudiu enquanto caíam chuvas de gesso sobre a cabeça, e ela se atirou pelo batente pesadamente. Ela correu como se sua vida dependesse disso passando pelos corredores longos, os retratos antigos e as estátuas desmantelando, as joias enterradas do túmulo que era a Casa de Canaan, o mecanismo daquela máquina frágil e podre se desfazendo enquanto Palamedes Sextus se tornava uma estrela capaz de matar deuses.

Gideon caiu de joelhos no átrio diante do chafariz seco com o esqueleto ressequido e as toalhas encharcadas. Ela colocou a cabeça contra a beirada de mármore do chafariz e pressionou até ficar uma marca na pele, ainda escutando os barulhos abafados de explosão e destruição atrás dela. Pressionou-se contra o contato da superfície como se só aquilo pudesse tirá-la dali. Não sabia quanto tempo ficou fazendo isso, com quanta força pressionou, por quanto tempo ficou encolhida, não sabia nada. A sua boca estava firme retendo a vontade de chorar, mas os olhos estavam tão secos quanto sal.

Anos depois — vidas depois —, houve um movimento na entrada do átrio pela qual ela tinha se atirado. Gideon virou a cabeça.

Fumaça branca saía pelo buraco. Dentro da fumaça estava uma mulher: seus cachos castanhos se desfaziam tristemente em nada, queimando, os olhos azuis profundos como radiação eletromagnética. Feridas enormes expunham seus ossos e a carne rosada dentro dos seus braços e no pescoço e nas pernas, e as feridas estavam se fechando enquanto Gideon assistia. Ela havia se embrulhado no lençol branco ensanguentado que havia coberto o seu leito, e estava de pé como se fosse a coisa mais fácil do mundo. O seu rosto era antigo — sem rugas e antigo, mais antigo que toda a podridão dentro de Canaan.

A mulher por quem Gideon meio que tinha tesão segurava uma rapieira brilhante. Ela estava descalça. Inclinou-se no batente fumegante da porta e se virou, tossindo: espasmou, vomitou, se segurou na aldrava para se apoiar. Com um grito enorme e asfixiante, ela vomitou o que parecia a maior parte de um pulmão — incrustado de brânquias malformadas, com arames roxos estremecendo e unhas inteiras — no chão na frente dela. O vômito esparramou.

Ela grunhiu, fechou aqueles terríveis olhos azuis, e então ficou em pé. Sangue escorria por seu queixo. Ela abriu os olhos de novo.

— O meu nome é Cytherea, a Primeira — disse ela. — Lyctor da Grande Ressurreição, a sétima santa a servir o Rei Eterno. Eu sou necromante e eu sou cavaleira. Eu sou a vingança de dez bilhões. Eu retornei ao meu lar para matar o Imperador e queimar suas Casas. E Gideon, a Nona...

Ela foi na direção de Gideon, e ergueu a espada. Sorriu.

— Isso começa por você.

36

Camilla atingiu a Lyctor que avançava como se fosse a ira do Imperador.

Ela entrou em colisão pela lateral, as duas adagas brilhando como sinalizadores no saguão iluminado. Dulcinea — Cytherea — cambaleou, ergueu um revide e cedeu ao chão. Ela precisava de distância para erguer a rapieira, mas Camilla a negava; cada passo que dava para trás, a cavaleira empurrava para frente, atacando tão rápido e com tanta ferocidade que Gideon mal conseguia ver os golpes individuais. Por um segundo ou dois, ela achou que Cytherea estava recebendo os golpes com a mão desprotegida, até que ela viu que um pedaço de osso havia nascido da parte de trás dos nós dos dedos.

Camilla Hect sem a coleira era como a luz dançando pela água. Ela acertava as adagas na guarda da Lyctor de novo e de novo e de novo. Cytherea encontrava os golpes habilmente, mas a velocidade de Camilla e seu ódio perfeito faziam com que ela só conseguisse bloquear os golpes mais tempestuosos; ela não conseguia nem começar a revidá-los.

Isso deu tempo o suficiente para Gideon ficar em pé, erguer a espada e colocar a soqueira no lugar, apertando a tira que prendia a luva com os dentes. Era um alívio saber que ela nunca precisaria contar a Camilla que seu necromante tinha morrido. Ela já estava lutando como se o seu coração tivesse explodido.

— Pare — disse Cytherea. Camilla não a ouviu. Ela passou pela guarda da Lyctor e encontrou a lâmina presa entre um arbusto de colunas dorsais que tinham se desdobrado da mão esquerda coberta de ossos. As colunas, flexionando como cobras, começaram a se curvar acima do punho, em cima da mão, chegando ao pulso.

Sem perder nenhum instante, Camilla deu um passo em frente e deu uma cabeçada em Cytherea, bem no rosto. A cabeça da Lyctor voou para trás, mas nenhum sangue saiu. Ela riu, grossa e roucamente. O corpo de Camilla estremeceu, ainda preso pelo emaranhado de ossos em volta da mão. A outra adaga caiu dos dedos flácidos e foi para o chão. A sua pele começou a ondular e ficar cinza. Ela começou a definhar.

Conforme Gideon analisava qual era o melhor ângulo para entrar na luta, uma mão esquelética branca emergiu de trás de Cytherea e agarrou a sua cabeça. Outra mão agarrou o braço da espada no pulso. Por cima do ombro de Gideon, o esqueleto no chafariz começou a se mexer. Harrowhark estava em pé no topo das escadas, as mãos cheias de partículas brancas, o seu rosto pintado como uma caveira, duro e implacável como a manhã: ela atirou as partículas na frente dela como alguém semeando um campo. De cada grão de ossos, um esqueleto perfeito se ergueu, uma massa enorme angular se debatendo e enchendo as escadas, e saíram em formação para atacar a Lyctor um por um. Ela foi afogada por um mar de ossos.

Camilla se atirou para longe do oceano perverso e rápido dos mortos insensatos de Harrow, segurando as facas mais firmemente em suas mãos que se recuperavam — os músculos no braço estavam visivelmente voltando ao normal. Gideon avançou, o coração na garganta, se movendo para tomar o lugar de Camilla.

— Deixa isso quieto! — gritou sua necromante. — Nav! *Aqui*!

Outros seis esqueletos atenderam ao seu chamado. Eles estavam tirando algo que estava preso nas costas de Harrow — o montante, brilhante e pesado e afiado. Ela desafivelou o cinto e a bainha e deixou a rapieira preta cair no chão, largou a luva ao lado dela e enviou uma prece particular agradecendo aos serviços prestados, e então pegou a espada pelo cabo quando chegou até ela. Apertou os dedos no punho e levantou o velho peso familiar.

A pilha de esqueletos que se contorcia explodiu para fora, assim como o chão. Tijolos e azulejos e lascas de madeira lançaram-se cortantes através do átrio como estilhaços. Gideon se atirou atrás da fonte, Camilla mergulhou atrás de um sofá velho, e Harrow se embrulhou em um casulo branco e duro. Esqueletos voaram pelo ar como bonecas de pano mórbidas, estilhaços de ossos batendo em cada superfície. Cytherea, a Primeira, emergiu dessa bagunça, tossindo nas costas da mão, parecendo abarrotada, mas ainda inteira.

Do buraco emergiu uma perna longa e cheia de juntas, e depois outra. E então outra. Um padrão de ossos, teia e laços — tiras longas de dentes, um corpo aninhado, um construto tão grande que transformava as entranhas de qualquer um em uma geleira. O construto gigantesco que havia matado Isaac Tettares preencheu o cômodo atrás de sua mestra, se esticando e expandindo, pulverizando uma parede e a escada conforme se erguia. A grande cabeça de ossos pendia e se erguia acima delas, como uma máscara, os lábios cheios de mofo, os olhos fechados.

Só que agora essa abençoada visão estava diante de seu predador natural, a Reverenda Filha da Nona Casa. Conforme ainda mais esqueletos estremeciam e se levantavam dos seus camaradas caídos, Gideon se levantou, tirou a poeira do corpo e encontrou Harrow em pé em uma poça de poeira óssea, encarando o construto com os olhos incandescentes, quase maravilhada em antecipação. Sem sequer pensar no assunto, o corpo de Gideon se moveu para ficar no seu lugar de direito: na frente da sua necromante, a espada erguida.

— Essa é a coisa que matou Isaac — disse Gideon, urgente. O enorme construto ainda estava tentando sacudir uma das pernas presas no chão, o que teria sido engraçado se não fosse tão terrível.

— Sextus...?

— Morto.

A boca de Harrow enrugou por um momento.

— Um necromante sozinho não consegue acabar com aquilo, Griddle. É osso regenerativo.

— Eu não vou fugir, Harrow!

— É claro que não vamos fugir — disse Harrowhark com desdém. — Eu disse um necromante *sozinho*. Eu tenho você. Nós vamos criar um inferno.

— Harrow... Harrow, Dulcinea é uma Lyctor, uma de verdade...

— Então nós estamos todas mortas, Nav, mas vamos criar um inferno *primeiro* — disse Harrow.

Gideon olhou por cima do ombro para ela e viu o sorriso da Reverenda Filha. Tinha suor sanguíneo saindo da sua orelha esquerda, mas o sorriso dela era grande, doce e lindo. Gideon se encontrou sorrindo de volta com tanta força que a boca doía.

Sua adepta disse:

— Vou manter aquela coisa longe. Nav, mostre o que a Nona Casa faz.

Gideon ergueu a espada. O construto finalmente se livrou dos últimos confinamentos da alvenaria e de madeira apodrecida e se ergueu diante delas, flexionando como se fosse uma borboleta.

— Nós fazemos ossos, filho da puta — disse ela.

Os braços dela estavam inteiros de novo. Sua mais fiel e mais amada companheira — a espada simples, sem nenhum adorno e perfeita — esmagou os tentáculos e dentes como se fosse uma marreta. Os tentáculos de ossos ardentes encontraram a sua lâmina e explodiram como espuma cinza conforme ela ficou em pé e os atingiu com arcos grandes e abertos de bom e velho aço da Nona Casa.

Com Harrow ali, de repente, era tudo mais fácil, e o seu medo do monstro se tornou uma alegria feroz de vingança. Longos anos de guerra entre as duas significavam que elas sabiam exatamente onde cada uma delas ficaria — cada arco da espada, cada escápula que estremecia. Nenhum buraco na defesa da outra estava sem proteção. Elas nunca haviam lutado juntas antes, mas sempre haviam lutado, e conseguiam trabalhar ao lado uma da outra sem precisar nem pensar.

Gideon apertou mais o espaço. Ela forçou um caminho, abrindo passo atrás de passo, cuidadosamente, para o centro do construto. Um tentáculo atacou sua perna, ela o cortou com um golpe para baixo e desviou do chicote duro de molares que ia direto para o seu coração. Atrás dela, Harrow o pegou: sacudiu até ficar em suas partes compostas, e então virou uma poeira de dentes, que caiu como cola que grudava os tentáculos, estremecendo juntos até que se quebrassem entre si para tentar tirá-la. O que Harrow não encarava, Gideon golpeava. Ela atingiu medulas ósseas com a fúria louca e fé repentina de que se ela somente golpeasse e golpeasse e golpeasse — com certa precisão e com certa força e com certa determinação —, poderia reescrever o tempo e salvar Isaac e Jeannemary; salvar Abigail, salvar Magnus.

Só que o tamanho da coisa desafiava pensamentos, e, a cada golpe, criava mais estilhaços. Harrow estava fazendo alguma coisa, projetando um escudo de algum tipo; o ar da chuva de partículas que deveria ter rasgado sua pele de alguma forma não a atingia. Ainda assim, a brancura das lascas que ricocheteavam e dançavam fazia com que fosse mais difícil ver o alvo. Do canto do olho, ela viu Camilla correr por uma nevasca de dentes e medulas e ossos arqueando com as duas facas cruzadas na frente do peito — então ela se foi, longe de vista.

Gideon navegou por um véu de lascas finas de ossos. Elas estavam agora na parte maior do construto. Seis esqueletos ganharam vida e formaram um perímetro — eram pilares sem pernas, enfiados no chão, com braços enormes e ombros com camada reforçada de ossos do mesmo construto na Reação. Eles pegaram grande parte dos tentáculos do construto para si, e na clareira entre as costas dos esqueletos, Harrow flexionou os dedos. Ela tirou partes de ossos dos dedos das mangas e amassou as falanges estremecendo entre as mãos como se fosse argila. Gideon estava ocupada raspando tentáculos que passavam através da guarda dos esqueletos, e foi até sua necromante, conseguindo ver um relampejo confuso dos ossos do rosário que Harrow estava enroscando ao redor do braço. Então, Harrow o jogou para cima como um chicote e passou diretamente pelo meio do monstro, se enterrando em algum lugar profundo.

Ela ordenou para Gideon:

— Fique longe!

Dois dos esqueletos pilares, ainda abraçando o emaranhado de tentáculos de ossos, se curvaram para abrir um caminho. Gideon puxou o capuz por cima da pele exposta do rosto e passou pelo buraco, cambaleando para fora do pesadelo de fíbulas e tíbias cortantes. Mas antes que pudesse recuperar a pose, Cytherea, a Primeira, pulou do lugar da armadilha.

Ela era devastadoramente linda e totalmente terrível: inteira, sem machucados, intocada por qualquer coisa que tinha acontecido. As feridas do último feitiço de Palamedes pareciam ter sumido como se nunca estivessem ali. Era como se ela nem fosse feita de carne. Uma memória relampejou em meio a névoa da adrenalina: *Eu* pareço *estar na majestade do meu poder?*

O golpe rápido da rapieira da Lyctor alastrou-se como um canino, como uma fita. Gideon bateu naquela coisa estípida para cacete com o montante, e virou com momentum para um golpe de cima. Cytherea ergueu a mão livre, pegando a espada pesada, e a segurou imóvel. Um fiapo de escarlate correu da base do polegar por dentro do pulso fino. Atrás delas, o construto chacoalhou e estremeceu e se debateu com o quer que Harrow estivesse fazendo com ele, e os olhos de Cytherea encontraram os de Gideon.

— Eu estava falando sério — disse ela, sincera. — Você foi maravilhosa. Você teria transformado aquela freirinha numa cavaleira e tanto. Eu quase desejei que você fosse a minha.

— Você não me aguentaria nem fodendo — disse Gideon.

Ela deu um passo para trás e ergueu a espada por cima — puxando o braço de Cytherea junto — e fechou o espaço entre elas com pressa, chutando as pernas da Lyctor. Cytherea perdeu o equilíbrio e caiu em cima da maca de ossos espalhada pelo chão do átrio. Ela tossiu e piscou para Gideon, e então os ossos esparramados se ergueram e fecharam em cima dela como ondas, escondendo-a de vista.

De cima veio um grito gutural abafado e terrível — uma dor forçada de lábios fechados. O construto uivava. Tentou ir para frente, mas o movimento continuava sendo impedido em meio ao arranque, como se estivesse preso no chão. Os tentáculos esbofeteavam e se alastravam pelo chão, erguendo enormes nuvens de madeira e fragmentos de carpete. A coisa deu um empurrão final frustrado e perdeu o equilíbrio, e então se estatelou contra o chão onde a sua necromante estava. Houve uma colisão agonizante conforme o chafariz se estilhaçou debaixo do seu peso. O coração de Gideon estava na garganta: mas lá estava a figura de preto empoeirada se erguendo dos escombros, cordas de dentes amarradas nos pulsos onde ela havia puxado a coisa para o chão, uma vanguarda de esqueletos estapeando os tentáculos para longe dela.

Gideon fez o caminho até ela cegamente, golpeando correntes avulsas de ossos e laços conforme ela lutava até Harrowhark. O construto ainda a perseguia, as pernas se debatendo para achar firmeza conforme o chão estremecia e cedia abaixo dele, os bicos afiados de ossos martelando contra a sua adepta. Harrow foi forçada a dividir o foco entre afastar os ossos e manter as mãos nas rédeas que seguravam o construto no chão, o sangue brilhando na sua testa com o esforço. Gideon chegou bem a tempo de ficar plantada na frente da sua necromante e esmagar uma ínfula até virar pó.

— Preciso estar dentro de você — Harrow gritou por cima do alvoroço.

— Ok, você não está nem tentando — disse Gideon.

A sua necromante disse:

— É só o que posso fazer para colocá-lo no lugar, então preciso que termine isso para mim. Arranque as pernas, vou mostrar exatamente onde, e então posso deixá-lo quieto por um tempo.

— Sério? Como?

— Você vai ver — disse Harrow, sombria. — Me desculpe, Nav. Fique pronta.

O construto gemeu em suas correntes. A vara central que Harrow havia de alguma forma conseguido fazer atravessar o seu tronco estava dobrando perigosamente. Gideon mergulhou de volta no turbilhão de juntas e cartilagem com a espada cortando diante dela, assim como na sala de Reação, sentiu outra presença entrar em sua mente como uma faca em uma poça de água. A visão embaçou e alguma coisa foi dita no fundo da sua mente.

À sua direita. Na altura dos olhos.

Não era uma voz, precisamente, mas era Harrowhark. Gideon se virou para a direita, erguendo o montante. A primeira perna do construto se erguia diante dela, uma quantidade pesada de osso impenetrável, mas o fundo de sua mente disse: *errado. Mais para cima. Perfure.*

Gideon ajeitou o peso da espada em suas mãos, firmou o pomo com a palma da sua mão, e então deu o bote. O osso era mais fino ali. Por trás da sua visão embaçada, uma luz parecia piscar e desfocar, a exata mesma coroa de luz que tinha acontecido mil anos atrás — milhares de mil anos, uma miríade de miríades — na primeira câmara teste. Ela tirou a espada e a perna estremeceu.

Meia dúzia de tentáculos a atacaram. Eles a teriam cortado e esburacado de uma maneira interessante, mas um esqueleto cambaleou da escuridão e tomou a maior parte dos golpes, a mandíbula estilhaçada até virar pó enquanto um tentáculo abriu o crânio. Outro esqueleto se ergueu onde o companheiro tinha morrido, mas correu para *além* de Gideon, direto para a ferida aberta brilhante que ela cravara na perna, e enfiou um braço no buraco.

Então ele derreteu. Gideon teve alguns segundos para observar enquanto ele se dissolvia em uma matéria óssea prateada brilhante. Com um estalar de fumaça de cheiro terrível, cobriu a ferida e a parte inferior da perna em uma avalanche de lava óssea quente.

Ela tirou os olhos para passar por baixo do torso pesado da fera, evitando por pouco alguns tentáculos desesperados, cortando por um ninho molhado deles conforme se desdobravam e se recriavam como as vinhas de uma planta afiada. A perna mais próxima havia encontrado apoio no chão com seu pé afiado e delicado, quase como a perna de um aracnídeo, e parecia estar no meio do processo de erguer a coisa toda de volta no lugar.

O fundo da sua mente disse: *Em cima de você.* Gideon colocou a mão no punho da espada, o antebraço alarmado com o esforço, a ponta estremecendo enquanto a perna hesitava acima dela. O fundo da cabeça disse: *Agora.*

Esse foi mais difícil. Ela não tinha muito apoio. Gideon enfiou a espada para cima, segurando o pomo e apertando para dentro do membro, e placas de ossos estilhaçaram acima dela conforme flocos de tutano seco caíam em cima dela como confete. A perna caiu como um tendão cortado.

Ainda outro esqueleto apareceu ao lado dela e, enquanto ela retirava a espada, mergulhou no buraco brilhante. Esse também se dissolveu em uma lama horrível e quente, deslizando-se para dentro do corpo do construto, cobrindo o resto da perna, caindo pesadamente no chão e esfriando como lava. O brilho duro e a agonia de triunfo suprimida no fundo da cabeça de Gideon fez com que seus olhos se enchessem de água, e ela sentiu um orgulho estranho que era inteiramente dela. Puta merda. Osso perpétuo. Harrow tinha mesmo conseguido.

Ela estava ocupada demais admirando a sua necromante para pegar a corda grossa de vértebras que se enrolou ao redor da cintura e apertou.

A conexão na sua mente estremeceu e desapareceu, e então a visão dela ficou mais clara, renderizando tudo que estava acontecendo com ela em uma claridade sanguinolenta. Antes que Gideon pudesse dizer *ah, puta que pariu*, ela foi erguida do chão, jogada para cima, e então atirada pesadamente no ar.

Por um momento de vertigem, ela estava acima do campo de batalha. Ela passou por cima do enorme rosto mascarado de ossos do construto, uma camada grossa de osso regenerativo esguichando das suas pernas como rio — e então estava caindo com uma visão aérea enquanto Camilla dançava pelo caos na direção da figura frágil e calma de Cytherea, a Primeira, que observava enquanto a outra aproximava. Gideon tentou se virar no ar — se ela ao menos conseguisse bater em uma janela, em vez de uma parede…

Ela foi pega com uma força que estremeceu os dentes em sua boca. Um pilar esquelético delgado de braços havia se erguido do redemoinho para pará-la no ar, centenas de ossos das mãos rasgando as suas costas como fitas; mas ela não foi esmigalhada contra a parede, que era o mais importante.

O pilar de braços foi destruído em um golpe enorme e arqueado de um dos chicotes de ossos inumeráveis do construto, e ela caiu no chão novamente, a gravidade atrasada devido às mãos que ajudaram a reduzir a queda de *mortal* para *terrível*. Ela caiu em uma pilha ao lado da sua necromante, e o joelho fez *craque*.

— Eu superei o meu pai — disse Harrow para ninguém em particular, encarando o nada, acesa por um triunfo feroz e irrestrito. As duas estavam deitadas suspensas em coisas que pareciam pés. — Eu superei o meu pai *e* minha avó, cada necromante que já foi ensinado pela minha casa, cada necromante que já tocou em um esqueleto. Você me viu? Você me contemplou, Griddle?

Tudo isso ela disse roucamente, com os dentes manchados de rosa e sangue, antes de Harrow desmaiar, presunçosa.

✦ ✦ ✦

A poeira estava baixando. O construto não poderia se mexer. Estava emitindo grunhidos queixosos e baixos enquanto se debatia em seu caixão de cinzas regenerativas: com os tentáculos, tentava esmagar os casulos de osso nas pernas, mas assim que conseguia quebrar um pouco, a coisa se derretia e se refazia de novo. Agora que estava tão concentrado em si mesmo, Gideon podia encontrar a cavaleira da Sexta.

Camilla, como ela tinha visto de cima, havia alcançado Cytherea, a Primeira. Ela tinha uma mão nos cachos queimados da Lyctor, puxando a cabeça para trás. A outra mão pressionava a adaga contra a garganta da mulher menor. Isso teria sido uma posição de respeito, exceto que a lâmina da faca estava estremecendo no lugar. A beirada apertava a pele pálida, mas não tirava sangue, mesmo que Camilla estivesse forçando o máximo que conseguia. Seja lá qual fosse a força terrível que estava impedindo a faca, também estava lentamente rasgando a pele da mão da cavaleira da Sexta.

— Você é uma garota boazinha — disse a Lyctor. — Eu também tinha uma garota boazinha como cavaleira. Ela morreu por mim. É o que dá para fazer.

Camilla não disse nada. O seu rosto estava molhado de suor e sangue. O cabelo escuro, cortado rente, estava cinza com poeira de ossos. Cytherea parecia vagamente entretida pela lâmina que estava a um dedo de distância de ser enterrada em sua jugular. Ela desdenhou:

— É para isso me matar?

— Espere mais um pouco — disse Camilla, os dentes cerrados.

Cytherea pareceu considerar.

— Acho melhor não — disse ela.

Gideon viu, já que Camilla não conseguia, o tentáculo de ossos que deslizou em silêncio para cima da bagunça atrás da cavaleira, com a ponta furiosamente afiada no comprimento de uma adaga de duelos. Mesmo com um joelho com e sem uma necromante para arrastar junto com ela, Gideon estava longe demais para salvá-la. A ponta se armou, como um ferrão envenenado, e Gideon gritou:

— *Cam!*

Talvez tenha sido o grito, talvez tenha sido os instintos extraordinários de Camilla. A cavaleira da Sexta se virou para o lado, e o gancho que deveria ter atravessado a sua medula travessou apenas a carne do braço em vez disso. Os seus olhos arregalaram com o choque, e a adaga caiu da sua mão semiesfolada. Cytherea aproveitou a oportunidade para empurrá-la no peito com tudo, e Camilla caiu para trás no chão, o osso afiado ainda enterrado em sua carne.

Cytherea pegou a rapieira. Em pânico, Gideon começou a chutar inutilmente para abrir o caminho na selva de ossos amarelos, só que colocar o peso na perna machucada fez com que cambaleasse e quase caísse. Camilla estava tentando se livrar do espetinho de ossos, mas outro tentáculo havia se esgueirado pelas coxas, prendendo-a no chão. A Lyctor ficou de pé em cima dela com a espada verde brilhando na luz.

— Você não pode me machucar — disse Cytherea, quase em desespero. — Nada mais pode me machucar, cavaleira.

A espada brilhou. Gideon se debateu na bagunça de ossos que a sua adepta poderia ter aberto em meio a um bocejo. Enquanto a Lyctor erguia o braço para um golpe direto no coração de Camilla, dez centímetros de aço ensanguentado emergiram da sua barriga.

Camilla olhou para cima, tentando entender o porquê de tudo não ter ficado preto. Uma mancha vermelha estava esparramando pelo lençol branco. O rosto da Lyctor não mudou, mas ela virou a cabeça de leve. Uma cabeça pálida estava mostrando acima do ombro, olhando por cima, como se estivesse verificando que a espada tinha acertado. Cabelo sem cor deslizou por cima da escápula de Cytherea como uma cascata: a figura atrás dela sorriu.

— Falou cedo demais, fundo do baú — disse Ianthe.

— Ah — disse Cytherea. — Ah, nossa! Uma bebê Lyctor.

O construto estava preso na armadilha que Harrow tinha feito para ele, e atrás delas Gideon conseguia ver o corpo central se contorcendo para ver o que estava incomodando a sua mestra, como uma grande caveira se revirando na teia. Estava bem preso, mas ainda tinha certo alcance, e ergueu suas medulas para equilibrar a luta.

Ianthe passou a mão livre pelo sangue deslizando pelo quadril de Cytherea. Ela atirou as gotas quentes por cima do ombro, onde pairaram no ar, queimando. Eles se juntaram como mercúrio — espalhados, achatados e abertos como uma folha transparente brilhante e rosada. Ianthe semicerrou seus olhos de aquarela e apontou a mão livre para cima. A folha se apertou em um disco aguado e aberto de sangue, separando as duas Lyctores do construto.

Um ferrão de ossos se ergueu diretamente para a cabeça de Ianthe, atingiu o disco brilhante e dissolveu. Gideon confirmou o caminho livre, se erguendo para um canto da sala, o mais longe do construto possível. Ela não estava animada sobre se aproximar das duas Lyctores que se abraçavam, mas se ela calculasse tudo bem, ela ainda conseguiria tirar Harrowhark e Camilla dali. Outro ferrão, e então mais outro, golpearam o disco de sangue e evaporaram. Apesar de tudo, ela se virou para assistir: o construto endureceu uma dúzia dos seus tentáculos, duas dúzias, mirando-os como lanças para a forma pequena de Ianthe, e Gideon se lembrou de Isaac Tettares, empalado por cinquenta medulas ao mesmo tempo.

Conforme Gideon passou por ele, a poça de sangue de Ianthe se abriu ainda mais, um escudo grande. O construto a golpeou da sua posição firmada, com todo o seu arsenal de lanças rápidas, o suficiente para reduzir

Ianthe a uma dúzia de cubinhos de carne. Cada um deles evaporou em uma nuvem de fedor.

Os outros cotocos se retiraram, confusos. O construto estremeceu, e os ossos se desfizeram da sua superestrutura por aqui e ali, estremecendo e acrescentando aos destroços gerais das pernas presas. De repente, havia muito mais espaço, tanto machucado quanto preso, e o construto parecia estar se retraindo para dentro de si, puxando os membros que restavam como se estivessem tentando ficar longe de Ianthe.

Gideon passou pelo estrado a tempo de ver Cytherea sorrir.

— Eu sempre quis ter uma irmãzinha — disse ela.

Ela se retirou da espada de Ianthe com um som líquido e ruim. Camilla ainda estava estremecendo no lugar, tentando se livrar do espeto em seu ombro, e Cytherea pisou nela, se apoiando na clavícula tão sem preocupações quanto em um buraco no tapete. Assim que ela estava a alguns passos adiante, se virou e caiu em uma pose fluida e linda, pronta. Ela continuava passando os dedos pelo sangue no abdome, aparentemente maravilhada com a possibilidade de sangrar. Gideon queria que ela estivesse menos maravilhada e mais *morrendo*, mas tinha que aceitar as vitórias onde eram possíveis.

A outra e mais jovem Lyctor ergueu a espada de Naberius, chutando ossos para arrumar a pose.

— Já tentei essa coisa de irmã — disse Ianthe, circulando pelo outro lado —, e eu não fui muito boa nisso.

— Mas eu tenho tanto para te ensinar — disse Cytherea.

As duas avançaram. Um dia, teria sido incrível assistir aos golpes perfeitos da espada da Terceira competirem contra uma anciã e pura guerreira da Sétima, mas Gideon estava se abaixando ao lado de Camilla e tentando calcular se o seu próprio joelho estava tentando deslizar para algum lugar esquisito. Ela depositou uma Harrowhark inconsciente atrás de um pilar de ossos que pareciam macios, com o montante como companhia, e desejando fervorosamente que sua necromante estivesse acordada. Ela pegou os ombros de Camilla com uma mão e a adaga de ossos com a outra, pediu desculpa e puxou. Camilla gritou. Gideon atirou o espinho ensanguentado para longe, passou o braço por baixo da axila de Camilla e a ergueu. Camilla mordeu a sua língua com tanta força que o sangue esguichou da sua boca, mas Gideon a arrastou da luta recorrente sem piedade e para um lugar coberto ao lado de Harrowhark.

Gideon a examinou para ver se os intestinos estavam escorrendo para fora ou algo assim, mas Camilla agarrou a sua manga. Gideon olhou para o seu rosto solene e obstinado, e Camilla disse:

— Ele falou alguma coisa?

Gideon hesitou.

— Ele disse para falar que te ama — disse ela.

— Quê? Ele não disse isso.

— Ok, não, desculpa. Ele falou que você saberia o que fazer...

— Eu sei — disse Camilla com uma satisfação sombria, e se deitou novamente contra os ossos.

Gideon olhou para a luta. Não era como olhar para Ianthe e Silas. Ianthe tinha arrastado a cara de Silas no chapisco enquanto tinha simultaneamente lutado um pouco com a alma de Naberius. Uma luta entre dois Lyctores era um duelo em uma escala além da mortalidade. Elas se moviam mais rápido do que o olhar conseguia acompanhar, cada golpe da espada lançando ondas de cinzas, fumaça e ossos de aerossol para fora.

O átrio espaçoso da Casa de Canaan tinha sido construído para durar, mas não para passar por isso. O chão se desfazia e curvava perigosamente onde o construto tinha se arrastado — os tentáculos estavam cavando as cepas de madeira, soterrados novamente pela chuva de osso e lenha apodrecida —, e, conforme Ianthe e Cytherea lutavam, partes do cômodo explodiam enquanto passavam, as vigas e os pilares anciões caindo com uivos de pedras e madeira. A água parada da fonte havia se esparramado no chão e deslizava pelas rachaduras...

Rachaduras. Merda. O chão estava rachando. *Tudo* estava rachando. Fissuras enormes separavam Gideon das portas. Ianthe — uma madeixa do seu cabelo sem cor na boca, mastigando furiosamente — ergueu a mão, e uma coluna arterial de sangue preto explodiu para cima, erguendo Cytherea a cinco metros no ar e a derrubando. Ela atingiu o chão, deslocada, e conforme se levantava de novo, Ianthe se adiantou, a mão faiscando e brilhando com uma luz branca, e a acertou com um gancho de direita tremendo.

O soco teria feito a força escabrosa e coberta de armaduras de Marechal Crux se virar três vezes e o teria deixado no chão vendo passarinhos esqueléticos. Ele fez Cytherea atravessar a parede por completo. A parede já estava sentindo bastante pena de si mesma e, com essa última ofensa, desistiu por completo e colapsou, com um estrondo terrível de pedra, tijolos e vidro explodindo para fora no terraço do jardim. A luz entrou, e o cheiro de concreto quente e mofo na madeira preencheu o ar. O chão esburacado grunhiu como se quisesse acompanhar. Camilla, que tinha uma coragem de aço e a tolerância para dor de um tijolo, estremeceu para se levantar; Gideon passou um braço por debaixo do braço de espada de Camilla antes que a cavaleira da Sexta pudesse protestar, recuperou o monte de ossos de passarinho que era a sua necromante e cambaleou para fora o mais rápido que essa procissão estropiada conseguia seguir. Simplesmente não havia outro lugar para ir.

O vento salgado do mar assoprou quente e forte através dos buracos no vidro que havia protegido a expansão de plantas mofando que continuavam a secar nas treliças enormes. Insensível com a situação, Dominicus brilhava sobre elas, incrustado no céu cerúleo irreal da Primeira. Gideon depositou Harrowhark em uma sombra da parede quebrada que parecia que não ia mais quebrar, e Camilla se jogou ao lado dela, as espadas cruzadas em cima do joelho. Ao menos esse lugar tinha um número significativamente menor de ossos.

Ianthe passou por um lance pequeno de escadas, a espada na mão, o cabelo quase branco esvoaçando na brisa. As folhas mortas e a matéria de plantas flutuaram ao seu redor, perturbadas pela parede desmoronando. Cytherea estava se levantando da laje onde havia sido atirada, e conforme Ianthe se lançava na direção dela novamente, era óbvio que ela estava na defensiva. Não era tão rápida quanto Ianthe, não tinha a mesma reação. Ela teria atravessado Gideon nos primeiros dez segundos de uma luta justa, mas contra outro Lyctor, as coisas pareciam ir mal. Ianthe ficava mais feroz a cada golpe. Enquanto o sangue de Cytherea flutuava no ar, ela o congelava no lugar, manipulando, costurando linhas vermelhas no espaço ao redor e no meio delas. Cada vez que Cytherea se machucava — e agora ela realmente estava machucada, sangrando como uma pessoa normal, sem nenhuma daquela invulnerabilidade de antes —, a teia de sangue ficou maior e mais complexa, até que elas estavam duelando dentro de uma jaula feita de linhas vermelhas firmes.

Isso não era o pior. Enquanto Gideon assistia, um pouco horrorizada e um pouco fascinada, as feridas mais antigas — a que Palamedes tinha infligido quando se explodiu no leito de doença — começaram a reabrir. Faixas de pele pelos braços da Lyctor escureceram e curvaram, um corte enorme e bagunçado na sua coxa, independente da lâmina de Ianthe. Até mesmo o cabelo cacheado começou a queimar novamente.

— Mas que porra? — Gideon protestou, mais para aliviar seus sentimentos do que para obter uma resposta.

— Ela não se curou — disse Camilla fraca ao lado dela. Gideon olhou em volta, e a outra cavaleira havia se arrastado para se sentar contra a parede e estava observando a luta com olhos sombrios e profissionais. É claro, cavaleiros das outras Casas com mais de um necromante vivo provavelmente já tinham visto necromantes duelarem o tempo todo. — Ela só passou por cima do dano, um conserto na superfície para esconder as rachaduras. Para se curar de verdade, ela precisa de thalergia, força da vida, e ela não tem mais nada sobrando.

— Ah, é — disse Gideon. — Sextus deu para ela câncer turbo.

Camilla assentiu com uma satisfação pessoal gigantesca.

— Bem — disse ela —, isso resolve.

A mágica de Ianthe era tão eficiente e esguia como a arte de espadas de Naberius — desdenhosa e clara, limpa e perfeita demais, sem deixar um compasso ou uma hesitação. Cytherea cambaleou do massacre, e Ianthe fechou a armadilha. A gaiola de ossos repentinamente se contraiu, apertando, se fechando ao redor da Lyctor mais velha como uma teia. Cytherea se embrulhou nela, nem se dando ao trabalho de se desvencilhar, os olhos fechando. O seu cabelo tinha queimado quase até a raiz. Ela estava com dificuldade para respirar. As feridas dos estilhaços estavam abertas, vermelhas e frescas, e os joelhos estavam falhando. O cheiro de sangue e folhas era predominante.

Ianthe ficou diante dela, agora arfando também. Ela continuava sacudindo a cabeça como se para limpá-la — continuava massageando as têmporas freneticamente —, mas ela estava brilhando em triunfo, suando, presunçosa.

— Cansou? — disse ela.

Cytherea abriu os olhos e tossiu.

— Não particularmente — disse ela. — Só que você está exausta.

A teia vermelha fina se dissolveu até não sobrar nada. Nem sequer caiu dela; era como se tivesse sido absorvido de volta através da pele. Ela ficou em pé, deu um passo em frente, agarrando a garganta de Ianthe com uma mão delicada e de ossos finos. Os olhos de Ianthe se arregalaram, e as mãos voaram para agarrar o pulso da outra mulher.

— Exatamente como uma criança. Todos os melhores golpes primeiro — disse Cytherea.

Ianthe se debateu. Um fio de sangue se curvou no ar ao redor dela, inútil, e então caiu no chão. A Lyctor anciã disse:

— Você não está completa, está? Consigo senti-lo empurrando... ele não está feliz. A minha se doou de livre e espontânea vontade, e doeu por séculos. Se eu sou o fundo do baú... *você* acabou de sair do forno.

Ela apertou a garganta de Ianthe, e a sucção horrível que ia até os ossos da ceifa lançou uma onda fria pelo terraço acabado. As árvores e as treliças sacudiram. Isso era a ceifa de almas como Gideon nunca tinha sentido antes. Sem cor nos melhores dias, Ianthe agora estava tão branca quanto um lençol. Os olhos rolavam para os lados na cabeça, e então não havia mais olhos para revirar: ela estremeceu e gritou, sem pupilas, sem írises, como se Cytherea tivesse a habilidade de sugá-las para fora do seu crânio.

— Não — implorou Ianthe —, *não, não, não...*

A ferida enorme na coxa de Cytherea estava começando a se costurar de volta, assim como as marcas de queimadura nos braços e no pescoço. Seu cabelo estava começando a crescer novamente — ondulando em cachos castanho-claros da sua cabeça — e ela suspirou com prazer enquanto sacudia a cabeça.

— Ok — disse Camilla em um tom cuidadosamente neutro —, agora ela está se curando.

A ferida na coxa se fechou, deixando a pele lisa como alabastro. Cytherea derrubou Ianthe desdenhosamente no chão em um montinho amassado.

— Agora, irmãzinha — disse ela para a princesa da Terceira de lábios cinzas. — Não ache que isso quer dizer que não estou impressionada. Você se tornou uma Lyctor... então agora você poderá viver. Por um tempinho. Mas eu não preciso de seus braços e suas pernas, então...

Ela descansou um pé delicado no pulso de Ianthe, e Gideon se pôs de pé. A haste afiada de ossos estendeu dos nós dos dedos, uma lâmina longa de açougueiro com um corte cruel. Cytherea cortou. Sangue fresco vermelho brilhou na luz do sol enquanto o braço direito de Ianthe era cortado acima do cotovelo. Ianthe, fraca demais até mesmo para gritar, só soltou um gemido.

Nessa altura, Gideon já tinha avançado dois passos e se arrependido. A sua patela não estava absolutamente onde deveria estar. Ela se inclinou para o lado, deixando a espada ficar em uma mão só, pressionando a outra no joelho e se amaldiçoando pelo dia que havia escolhido nascer com uma patela. Cytherea estava se virando para o outro lado, para o outro membro, julgando a distância para o seu golpe sangrento...

— Abaixe-se — disse Camilla.

Camilla havia, de alguma forma, se erguido com o braço com a ferida no ombro, que não estava em nenhuma condição de apoio. O braço bom estava atrás da cabeça, segurando a lâmina da faca. Gideon abaixou. A faca sibilou por cima do topo da cabeça de Gideon em um relampejo, e se enterrou nas costas de Cytherea.

Dessa vez, Cytherea gritou. Ela tropeçou para longe da forma inerte de Ianthe, e Gideon viu no que Camilla estava mirando: um caroço, uma massa deformada inchada, exatamente ao lado da escápula de Cytherea. Só estava um pouco inchado, mas assim que se via, era impossível de não notar — ainda mais com uma adaga longa enterrada exatamente em seu centro. Cytherea se debateu com uma mão por cima do ombro, o apêndice ósseo se desfazendo em pó, tateando a faca. Ela a encontrou — puxando para fora, tirando um esguicho horrendo de líquido preto e amarelo da ferida.

A Lyctor virou a cabeça e tossiu miseravelmente na dobra do cotovelo. Então ela olhou para a faca, parecendo absorta. Ela virou a cabeça para olhar para Camilla e Harrow e Gideon. Ela suspirou, pensativa, e passou uma mão pelos cachos.

— Ah, não — disse ela —, bancando as heroínas.

Ela largou a faca, caindo graciosamente de joelhos ao lado de Ianthe e ergueu um braço flácido — o que ainda estava conectado ao corpo — em uma imitação cruel de mãos dadas. Gideon achou por um segundo que ela simplesmente ia arrancar o membro para fora, e se perguntou quão longe ela conseguiria atirar o montante — exceto que ela nunca mais afastaria suas mãos do montante, muito obrigada —, mas Cytherea só estava ceifando. Houve um enorme impulso conforme a energia era drenada da Lyctor mais jovem para a mais velha, costurando a ferida nojenta de novo.

— Uma Lyctor inadequada — disse Cytherea, como se estivesse dando uma dica para Gideon e Camilla para remover manchas —, ainda assim é uma fonte de poder perfeita, uma bateria eterna.

Ela ficou em pé e esfregou a boca com as costas da mão. Então ela começou a andar na direção de Gideon: calma, quase insolente com a tamanha falta de agressividade. Isso ao mesmo tempo era muito mais assustador do que se ela avançasse com ódio nos olhos e uma risada maníaca.

Gideon se plantou diante de Camilla e o corpo inconsciente da sua adepta e ergueu a espada. Elas estavam sozinhas na parte de trás do terraço: uma área pequena que ainda não estava coberta de destroços ou revirada pela luta titânica entre duas feiticeiras imortais. As árvores mortas se curvavam acima. Gideon ficou atrás da cerca de ferro que um dia havia protegido alguma fronteira herbácea, como se os seus espetos tortos servissem para alguma coisa além dela se atirar contra eles como uma última saudação de vai se foder.

Camilla estava amontoada num canto, agora em pé — no que era provavelmente sua própria saudação de vai se foder —, mas o braço ferido estava pendurado, inútil. Ela tinha perdido muito sangue. Seu rosto agora estava de um esverdeado pálido.

— Nona — disse a Sexta, impaciente. — Saia daqui. Pegue a sua necromante. Vai.

— Nem fodendo — disse Gideon. — É hora do segundo round — considerou ela. — Espera. Esse é o terceiro round? Perdi a conta.

Cytherea, a Primeira, estava batendo manchas de sangue do seu vestido improvisado, o sangue sendo sugado por seus dedos como se obedecesse ao mero toque das suas pontas. Ela avançou alegremente para a parte delas do terraço e sorriu o sorriso de Dulcinea para Gideon: com covinhas, os olhos claros, como se as duas soubessem de algo muito bom que mais ninguém sabia.

— Aí está o montante — disse ela, admirada.

— Quer ver mais de perto? — disse Gideon.

A Lyctor arqueou a mão livre langorosamente atrás das costas; entrou em posição, medindo o pé de trás, a espada luminosa em sua mão — de um verde como água parada ou pérolas.

— Você sabe que não pode fazer isso, Gideon, a Nona — disse ela. — Você é muito corajosa, um pouco como outro Gideon que eu conhecia. Só que seus olhos são mais bonitos.

— Eu posso ser da Nona Casa — disse Gideon —, mas se você falar mais alguma outra merda enigmática para mim, vamos ver o quanto você consegue regenerar quando estiver esquartejada em dezoito pedaços.

— Peça por misericórdia — disse Cytherea. A covinha ainda estava lá. — Por favor... Você não entende o que você é para mim... Você não vai morrer aqui, Gideon. E se você me pedir para viver, você não precisa nem mesmo morrer. Eu já te poupei antes.

Alguma coisa acendeu profundamente nas suas costelas.

— Jeannemary Chatur não pediu por misericórdia. Magnus não pediu por misericórdia. Nem Isaac. Nem Abigail. Eu aposto que Palamedes nunca sequer considerou pedir por misericórdia.

— É claro que não — disse a Lyctor. — Ele estava ocupado demais explodindo.

Gideon, a Nona, atacou. Cytherea foi diretamente para o seu coração, sem preliminares, só que essa era uma Gideon que tinha treinado com uma espada montante antes mesmo de ela conseguir segurar aquela porcaria. Essa era uma Gideon que tinha vivido a vida inteira com o cabo de um montante na mão. Não havia mais desvios ou revides ou se mexer para fora do alcance — era ela, a sua espada e todo o poder, força e rapidez que Aiglamene tinha conseguido concretizar nela.

Ela encontrou o golpe liso como água de Cytherea com um corte para cima que lançou a ponta da rapieira da Lyctor para o céu, e deveria ter tirado completamente a espada da sua mão. Ela parou de pensar na dor no joelho e voltou a ser a Gideon Nav que nunca havia deixado Drearburh, que lutava como se aquilo fosse o único jeito de sair dali. A Lyctor dançava para frente e para trás, se aproximando, tentando deslizar a espada em volta ou embaixo da espada de Gideon. Gideon esmagou a coisa no chão, a rapieira lançada contra a laje com um guincho horrível. Cytherea recuou, lindamente, e Gideon pulverizou a sua guarda com um golpe enorme e perfeito de cima.

Deveria ter fendido a Lyctor do ombro ao estômago. Era a intenção. Só que o fio da espada mergulhou na clavícula de Cytherea e *quicou*, como se ela estivesse tentando cortar aço. Havia uma pequena marca rosada na pele, e então nada. O montante havia falhado. Alguma coisa dentro de Gideon se revirou para o lado e desistiu.

Cytherea foi para o golpe fatal, a espada brilhando como uma cobra, como um chicote, e Gideon se moveu um segundo depois para onde ela precisava estar. Ela se salvou de um pulmão perfurado ao bloquear sem jeito com a parte reta da espada. A força sobre-humana da Lyctor fez com que a espada estremecesse com o impacto, e os braços de Gideon estremeceram junto. Sem se deter, Cytherea atacou o braço entorpecido — enfiou a ponta na carne macia acima do bíceps, encontrou o osso, rasgou algo profundo lá. Gideon recuou, a espada de guarda, desesperada por distância. A lâmina estava caindo de suas mãos a despeito de cada pedaço determinado que passava pelo seu corpo. Ela tentou conjurar um pouco da cautela fria e cruel com que Aiglamene sempre a tinha derrubado no chão — observou Cytherea de perto, saiu de uma finta, viu uma abertura — e ficou sólida como ferro, golpeando para frente, diretamente no coração da oponente.

Cytherea ergueu a mão livre e pegou a espada antes que cravasse pelo seu esterno. Ela precisou dar um passo para trás com a força do golpe, mas a mão frágil e exausta estava em volta da lâmina e a prendeu tão facilmente quanto o truque safado da adaga tridente de Naberius tinha segurado sua rapieira. O seu pé deslizou sem apoio no chão, o joelho protestando. O braço esguichava sangue com o esforço. Cytherea suspirou.

— Ah, você foi linda — disse a Lyctor. — Uma coisa de outro mundo.

Ela afastou a espada de Gideon com a mão. Então, ela avançou.

— Cai fora, vadia — disse Harrowhark Nonagesimus, atrás dela.

Cytherea se virou para olhar. A figura de manto e capuz pretos havia cambaleado para frente, tropeço atrás de tropeço, da proteção da parede da torre. Ela estava rodeada por esqueletos — esqueletos grandes demais para terem vivido dentro da meia de carne gordurosa de alguém real. Cada um deles tinha dois metros e meio de altura, com ossos ulnares como troncos de árvores, e espinhos cruéis espiralando em cima dos braços.

— Queria que a Nona Casa fizesse alguma coisa mais interessante que esqueletos — disse Cytherea, pensativa.

Um dos construtos monstruosos se jogou contra Cytherea, como se ela fosse uma bomba na qual estava desperdiçando sua vida. O segundo veio correu atrás dela. Cytherea desviou com desdém dos enormes espinhos nos braços do esqueleto — estilhaçou o outro com a rapieira —, e os espinhos, antes mesmo de terminar de se desfazer, esticaram-se e voltaram para sua forma original. Harrow não estava mais brincando com o osso perpétuo, e, se continuasse assim, ela seria um defunto perpétuo.

Gideon rolou para fora do alcance, pegou a espada e engatinhou. O braço furado deixou uma trilha vermelha e gosmenta como a de uma lesma atrás dela. Foram apenas os anos de treinamento sob a supervisão de Aiglamene que a deram coragem para cambalear e levantar, ficando de pé na frente da sua adepta, cega com o sangue, a espada apoiada rente ao ombro. Outros dois gigantes mortos já estavam se refazendo. Harrow não aguentaria, ela pensou com esforço; Harrow não poderia aguentar isso de jeito nenhum.

— Você está aprendendo rápido! — disse a Lyctor, e ela parecia honestamente maravilhada. — Só que ainda tem um longo caminho a percorrer.

Cytherea contorceu um dos dedos na direção do buraco enorme do lado da torre. Houve um grito lá de dentro, seguido por um som de algo rachando, rasgando e quebrando. Quando o construto horrível de muitas pernas explodiu através do buraco, não era nem tão grande nem tinha tantas pernas quanto antes. Tinha se livrado das algemas de Harrow, e ao fazer isso, tinha deixado a maior parte de si para trás. Era uma sombra deprimente do que havia sido. Comparada com qualquer coisa normal, porém, ainda era uma visão de terror com seus tocos debatendo e tentáculos, todos encompridando e engrossando, recriando-se enquanto elas observavam. Tinha sido atingido e agora estava pela metade, mas ainda conseguia regenerar. O enorme rosto sem expressão brilhava branco na luz da tarde — agora pendendo em um torso pequeno demais para sua máscara — e o vidro quebrado caía pelos lados como se fosse água enquanto se arrastava. Sentou-se com o seu corpo quebrado no terraço como uma bola de raízes brancas, balançando em duas pernas, uma aranha mordida.

Não era justo. Cytherea estava certa o tempo todo: não tinha nada que elas pudessem fazer. Mesmo semidestruídos, os tentáculos repletos e ínfulas ainda se erguiam em mais de centenas no ar. Cambaleou e se armou na direção delas, e não havia para onde correr, para onde pular, para onde escapar.

A Lyctor disse:

— Nenhuma de vocês aprendeu a morrer graciosamente... Eu aprendi isso há dez mil anos.

— Eu ainda não acabei — disse a necromante quase morta de Gideon.

Harrow fechou as mãos. A última coisa que Gideon viu foram os destroços dos servos perpétuos voando na direção delas, quicando pelo ar e por cima da laje, se endurecendo em uma concha acima de Camilla e Harrow enquanto os tentáculos as atingiram de uma vez só. O barulho era ensurdecedor. *bam — bam — bam — bambambambambambam* — até que virou um único martelo, um golpe comedido: *bam... bam... bam...*

O mundo vibrava ao redor delas. Tudo ficou repentinamente muito escuro. Uma luz amarela estremeceu até acender, e Gideon percebeu que, a despeito de tudo, Camilla tinha de alguma forma conseguido manter a lanterna de bolso.

Elas estavam fechadas no casulo com as treliças de metal curvadas e os arbustos decadentes e mortos. O céu, o mar... e o resto do jardim estava isolado atrás de uma concha curva e lisa do que parecia ser um osso sólido e ininterrupto, como a hemisfério de uma caveira apoiada. Harrow se balançou na escuridão enquanto a fera tentava abrir a concha como se fosse uma noz, e olhou para Gideon e Camilla com um rosto que em sua maior parte era sangue. Não era nem mesmo suor sanguíneo: somente sangue. Embaixo da pele, as veias tinham estourado como granadas. Estava saindo através dos poros. Ela tinha conseguido fazer osso perpétuo, quase destruído uma aranha gigante morta do inferno, e agora tinha erguido uma barreira de quinze centímetros de grossura e estava a segurando apenas com determinação.

A Reverenda Filha da Nona Casa sorriu, pequena e triunfante. E então ela se largou nos braços de Gideon.

Gideon tropeçou, enjoada com o terror, ajoelhando no chão segurando uma Harrow deitada como uma boneca de pano despedaçada. Esqueceu sua espada, esqueceu tudo mais enquanto aninhava sua adepta exausta. Esqueceu os ligamentos destruídos do braço da espada, o joelho arruinado, os litros de sangue que tinha perdido, esqueceu tudo menos aquele pequeno sorriso incandescente e vitorioso.

— Vamos, Harrow, eu estou aqui — disse ela, uivando para ser ouvida por cima das trovoadas do ataque do construto. — Me ceifa, droga.

— Depois do que aconteceu com a Oitava? — A voz de Harrow era surpreendentemente forte, considerando que ela era só roupas pretas e feridas. — Nunca mais.

— Você não vai conseguir segurar essa merda para sempre, Harrow! Você não conseguia segurar essa merda dez minutos atrás!

— Eu não preciso segurar para sempre — disse a sua necromante. Ela cuspiu um coágulo de sangue contemplativamente, torcendo a língua dentro da boca. — Escute. Pegue a Sexta e se preparem para segurar bem. Eu vou arremessar vocês pela parede. Os ossos flutuam. É uma distância enorme até o mar…

— *Não…*

Harrow a ignorou.

— … Mas tudo que você tem que fazer é sobreviver à queda. Nós sabemos que as naves de transporte foram chamadas. Saia do planeta assim que puder. Vou distraí-la o máximo que conseguir. Tudo que você tem que fazer é viver.

— Harrow — disse Gideon. — Esse plano é idiota, e você é idiota. Não.

A Reverenda Filha ergueu a mão e fechou um punho na camisa de Gideon. Os seus olhos estavam escuros e vidrados com a dor e a náusea; ela tinha cheiro de suor e medo e umas nove toneladas de ossos. Ela passou a mão no rosto de novo com a manga e disse:

— Griddle, você me fez uma promessa. Você concordou em voltar para a Nona. Você concordou em cumprir seu dever com o Túmulo Trancafiado…

— Não faça isso comigo.

— Eu te devo a sua vida — disse Harrowhark —, eu te devo tudo.

Harrow largou a camisa e ficou no chão. A maquiagem tinha saído inteira. Ela continuava se engasgando e soluçando nos esguichos de sangue que saíam do nariz. Gideon inclinou a sua cabeça molhada e escura para que a sua necromante não acabasse morrendo afogada no muco sangrento, e tentou desesperadamente pensar em um plano.

bam. Um dos tentáculos assolou o escudo com uma rachadura: a luz solar entrou pelo lado de fora. Harrow parecia ainda pior na luz. Camilla disse, firme:

— Me deixe sair. Posso providenciar uma distração.

— Cale a boca, Hect — disse Gideon, sem desviar os olhos da sua necromante, que estava dolorosamente serena mesmo enquanto as sobrancelhas sangravam. — Eu não vou ficar sendo assombrada pelo espectro ruim de Palamedes Sextus me contando fatos do doutorado pelo resto da minha vida só porque deixei você ser pulverizada.

— O outro plano não vai funcionar — reforçou Camilla. — Se pudéssemos atrasá-la e esperar na margem, sim. Só que não podemos fazer isso.

Harrow suspirou, esticada no chão.

— Então nós a atrasaremos o máximo que der — disse ela.

A rachadura se fechou com uma lentidão dolorosa e arrastada. Harrow grunhiu com o esforço. Elas foram deixadas na escuridão novamente, e os sons do lado de fora pararam, como se o construto estivesse considerando qual seria o seu próximo golpe.

Camilla fechou os olhos e relaxou. A franja longa e escura caiu no rosto. Foi isso — Camilla em movimento, e agora Camilla descansando — que fez a pequena voz dentro da cabeça de Gideon dizer, espantada: *nós realmente vamos morrer*.

Gideon olhou para a sua necromante. Ela estava com a expressão pesada de alguém que estava se concentrando sabendo que no momento que parasse de se concentrar, cairia abruptamente no sono. Harrow havia ficado inconsciente uma vez antes: Gideon sabia que o segundo em que deixasse Harrow descansar, nenhuma delas voltaria a acordar. Harrow ergueu o braço — a mão tremendo — e tamborilou os dedos na bochecha de Gideon.

— Nav — disse ela —, você realmente me perdoou?

Confirmado. Elas realmente iam bater as botas.

— Claro que sim, sua palhaça.

— Eu não mereço.

— Talvez não — disse Gideon —, mas isso não me impede de te perdoar. Harrow...

— Sim?

— Você sabe que eu não dou a mínima para o Túmulo Trancafiado, né? Você sabe que eu só me importo com você — disse ela na pressa do coração partido. Ela nem sabia o que estava tentando dizer, só que tinha que dizer isso *agora*. Com um barulho horrível e estremecedor, um tentáculo voltou a martelar, rachando a concha novamente: *bam*. — Eu não sou boa com essa coisa de dever. Eu só sou eu. Não posso fazer isso sem você. Eu não sou sua cavaleira primária de verdade, nunca poderia ter sido.

Bam... bam... bam... A rachadura se abriu com essa punição. A luz do sol entrou, e fragmentos de ossos se dissolveram em uma garoa de matéria cinzenta. Segurou mais, mas Gideon não se importava. O construto não estava ali: a concha não estava ali. Nem Camilla, que tinha se virado educadamente para investigar alguma coisa na parede oposta, estava ali. Eram só ela e Harrow, e o rostinho amargo estúpido e ossudo de Harrow.

Harrow riu. Era a primeira vez que ela ouvia Harrow realmente rir. Era um som fraco e cansado.

— Gideon, a Nona, primeiro florescer da minha Cassa — disse ela, rouca —, você é a melhor cavaleira que já produzimos. Você é o nosso triunfo. Você é a melhor de nós. Foi o meu privilégio ser sua necromante.

Isso bastava. Gideon, a Nona, se ergueu tão repentinamente que quase bateu a cabeça no teto do escudo de ossos. O seu braço reclamou alto, mas ela ignorou. Andou em círculos (Harrow a observou apenas levemente preocupada) estudando o espaço na qual estavam trancadas. As folhas mortas. A laje rachada. Camilla olhou de volta para ela, mas já estava partindo para outra. Ela não podia fazer isso com Camilla. O chuvisco empoeirado de ossos. As pontas de ferro da cerca.

— É, foda-se — disse ela. — Vou tirar a gente daqui.

— Griddle...

Gideon mancou até as floreiras empoeiradas. *BAM... BAM... BAM.* Ela não tinha muito tempo, mas só tinha uma única chance mesmo. Ela se desvencilhou do manto preto e pensou em tirar a camiseta em um momento de pânico mental, mas decidiu que não precisava. Tirou as luvas das palmas vermelhas e rolou as mangas para cima por razão nenhuma, exceto que dava a ela alguma coisa para fazer com as mãos que tremiam. Ela fez com que sua voz ficasse o mais calma possível: de certa forma, ela *estava* calma. Estava a mais calma que já estivera em toda sua vida. Só o seu corpo estava assustado.

— Ok — disse ela. — Eu entendo agora. Eu realmente, verdadeiramente, absolutamente entendo.

Harrowhark estava apoiada nos cotovelos e estava a observando, os olhos negros sem luz e suaves.

— Nav — disse ela, o mais gentilmente que ela já tinha ouvido Harrow. — Eu não consigo segurar por… muito tempo.

BAM… BAM… BAM!

— Eu não sei como você está segurando agora — disse Gideon, dando um passo para trás, vendo no que ela estava se apoiando, e então olhou de volta para a sua necromante.

Ela puxou uma respiração estremecida. Harrow estava olhando para a ela com a expressão Nonagesimus clássica de leve pena, como se Gideon tivesse finalmente perdido todas as faculdades mentais e fosse deixar escapar um xixi a qualquer momento. Camilla a observou com uma expressão que não mostrava nada. Camilla, a Sexta, não era idiota.

Ela disse:

— Harrow, não posso manter minha promessa, porque a minha razão inteira de existir é você. Você entende, certo? É para isso que cavaleiros servem. Eu não existo sem você. Uma só carne, um só fim.

Uma expressão de suspeita exausta passou pelo rosto da sua necromante.

— Nav — disse ela —, o que você está fazendo?

— A coisa mais cruel que alguém já fez com você em toda a sua vida, acredite — disse Gideon. — Você vai saber o que fazer, e se não o fizer, o que eu estou prestes a fazer agora não vai servir de nada pra ninguém.

Gideon se virou e semicerrou os olhos, analisou o ângulo. Julgou a distância. Seria a pior coisa no mundo ter que olhar para trás, então ela não olhou.

Mentalmente, ela se viu de volta diante das portas de Drearburh — com quatro anos de novo, gritando — e todo o seu medo e seu ódio por eles se foi. Drearburh estava vazia. Não havia Crux. Não havia nenhuma tia-avó horrível. Não havia cadáveres inquietos, nem estranhos em caixões, nem pais mortos. Em vez disso, ela era Drearburh. Ela era Gideon Nav, e Nav era um nome da Nona. Ela pegou toda a loucura pútrida, silenciosa e apodrecida do lugar, e abriu as portas. As mãos dela não tremiam mais.

BAM... BAM... BAM. A estrutura se curvou e rachou. Pedaços maiores estavam caindo agora, abrindo enormes buracos de luz solar. Ela sentiu movimento atrás de si, mas foi mais rápida.

— Pela Nona! — disse Gideon.

E então caiu para frente, diretamente na ponta de ferro da cerca.

ATO CINCO

37

— Ok — disse Gideon. — Ok, levante-se.

Harrowhark Nonagesimus se levantou.

— Ótimo! — disse a sua cavaleira. — Você pode parar de gritar a qualquer instante, só pra avisar. Agora, se certifique de que nada vai matar Camilla, eu estava falando sério em não querer assinar o canal pós-morte do *Fatos Nerds de Palamedes Sextus*.

— Gideon — disse Harrow, e de novo, mais incoerente: — Gideon.

— Não dá tempo — disse Gideon. Um vento quente soprou sobre as duas: fazendo com que o cabelo de Harrow chicoteasse no rosto. — Ataque.

O escudo suspirou, estremeceu, e finalmente quebrou. O construto Lyctoral ancião impeliu-se para frente, triunfante na sua falta de cérebro. Harrow o viu como era de verdade: uma largura esponjosa de cinzas regenerativas, e muitas fileiras de dentes. Por toda a sua velocidade mortal anterior, agora avançava contra elas como se estivesse atravessando uma calda. Estremeceu no ar, uma centena de lanças brancas prontas.

Gideon disse:

— Elimine-o.

E Harrow o eliminou. Foi incrivelmente simples. Não era nada mais do que um esqueleto erguido, e um que não tinha sido formado com nenhuma graciosidade em particular. Metade dele já tinha sido destruída, tendo se rasgado para livrar-se da armadilha como um animal. A cabeça era só uma placa de quitina. O torso era um cilindro de ossos. Os tentáculos restantes caíram como chuva, desmontados no meio do golpe. Os ossos responderam ao seu chamado, e juntos voaram pela rachadura dos painéis de vidro do terraço e do jardim para caírem no oceano — um cometa branco gigantesco com a cauda de ossos.

— Ali está minha espada — disse Gideon. — Pegue-a. Pegue-a e *pare de olhar para mim, otária*. Não ouse olhar para mim.

Harrow virou a cabeça para longe da cerca de ferro e pegou a montante, e gemeu: era pesada demais, desconfortável demais. Gideon esticou o próprio braço para estabilizar a mão da espada de Harrow, mudando a posição do outro braço ao redor dela como um abraço estranho. Os dedos dela apertaram as mãos calejadas e cheias de arranhões de Harrow. O puro peso da coisa ainda esticava todos os músculos dos braços de Harrow dolorosamente, mas Gideon segurou o pulso dela, e apesar da dor, elas levantaram a espada juntas.

— Seus braços são moles como macarrão, porra — disse Gideon em reprovação.

— Eu sou uma *necromante*, Nav!

— É, então espero que você curta levantar peso pelos próximos dez mil anos.

Elas estavam lado a lado, bochecha contra bochecha: o braço de Gideon e o braço de Harrow entrelaçados, erguendo a espada no ar, deixando que o aço brilhasse na luz. O terraço se esticava para diante delas, os estilhaços de vidro chuviscando depois da destruição do construto, caindo lenta e levemente para baixo. Harrow olhou para Gideon, e os olhos de Gideon a espantaram, como sempre faziam: o âmbar cromado e profundo, o ouro quente espantoso de chá que tinha acabado de terminar a infusão. Ela piscou.

Harrow disse:

— Eu não consigo fazer isso.

— Você já fez — disse Gideon. — Já era. Você me comeu e me reconstruiu. Não podemos mais voltar para casa.

— Eu não posso aguentar.

— Azar — disse Gideon. — Você já é duzentos filhos e filhas mortos da nossa Casa. Qual a diferença de ter mais uma?

Diante delas estava Cytherea, a Primeira, apesar de elas a notarem quase como um adendo. Ela estava com a espada abaixada, observando, os olhos tão arregalados e azuis como a morte da luz. O jardim se afinou para ser apenas ela e a espada verde sangrenta. Os seus lábios estavam rachados em um *o* pequeno. Ela nem parecia especialmente perturbada: só incrédula, como se as duas fossem uma aurora, uma miragem, um truque falso da luz do sol.

— Agora damos uma surra nela até ela ver estrelas — disse Gideon. — Ah, droga, Nonagesimus, não chora, não dá pra gente lutar com ela se você estiver chorando.

Harrow disse, com alguma dificuldade:

— Não posso conceber um universo em que você não existe.

— Consegue sim, é só um universo pior e menos gostoso — disse Gideon.

— Vai se *foder*, Nav...

— Harrowhark — disse Gideon, a Nona. — Algum dia você vai morrer e ser enterrada no chão, e aí a gente pode discutir isso. Por enquanto, eu não posso dizer que você vai ficar bem. Não posso dizer que fizemos a coisa certa. Não posso dizer porra nenhuma. Eu sou basicamente uma alucinação produzida pela sua química cerebral enquanto está lidando com o trauma gigantesco de se juntar à *minha* química cerebral. Mesmo se eu não fosse, eu não sei de porra nenhuma, Harrow, eu nunca soube... Exceto por uma única coisa.

Ela levantou o braço de Harrow que ainda agarrava o punho. Os dedos dela, calejados, fortes e certeiros, se mexeram com a outra mão de Harrow acima do pomo.

— Eu conheço a espada — disse ela. — E agora, você também.

Gideon as colocou na posição: o peso no pé da frente, o joelho levemente dobrado, o lado direito leve. Ela inclinou a lâmina para que ficasse com a ponta na frente delas em uma linha reta perfeita. Ela moveu a cabeça de Harrow para se erguer e corrigiu seus quadris.

O tempo acelerou, desfocou e se mexeu como luzes fortes à frente. Agora a velha Lyctor Cytherea — deploravelmente velha, parecia impossível que elas a tivessem tomado como qualquer outra coisa — estava de pé no fim das escadas. Os seus olhos azuis radioativos estavam silenciosos; a espada estava pronta. Ela estava sorrindo com lábios pálidos.

— Como se sente, irmãzinha? — perguntou ela.

A boca de Harrowhark disse:

— Pronta pro terceiro round, ou o quarto round. Perdi a conta.

As espadas delas se encontraram. O barulho do metal contra metal ecoou pelo jardim vazio. Cytherea, a Primeira, tinha sido Cytherea, a Primeira, por dez mil anos, e mesmo dez mil anos atrás a sua cavaleira tinha sido ótima. O tempo a havia aperfeiçoado mais do que um cavaleiro mortal poderia entender. Em uma luta justa, elas poderiam até mesmo ter lutado até dar um empate.

Não era uma luta justa. Conforme lutavam — e lutar era como um sonho, como cair no sono —, elas conseguiam ver que Cytherea era feita de partes diferentes. Os olhos dela haviam sido retirados de outro, dois pontos azuis do fogo-fátuo de outra pessoa. Dentro do seu peito outra chama queimava, e esta a consumia viva: fazia fumaça e esquentava onde os pulmões deveriam estar, inchando-se, escura e maligna. Estava inchado a ponto de explodir dentro dela, e a maior parte da energia de Cytherea estava sendo gasta ao tentar manter aquilo imóvel. Harrow poderia tocar o que Palamedes tinha feito, encorajar, deixar fora do controle de Cytherea.

— Ali — disse Gideon no ouvido de Harrow, a sua voz mais baixa. — Valeu, Palamedes.

— Sextus foi incrível — admitiu Harrow.

— É uma pena que você não casou com ele. Vocês dois gostam de umas coroas mortas.

— *Gideon...*

— Foco, Nonagesimus. Você sabe o que fazer.

Cytherea, a Primeira, vomitou um longo fluxo de sangue preto. Não havia mais medo nela. Havia apenas a antecipação que beirava a excitação em pânico, como uma garotinha que esperava sua festa de aniversário. O peso dos braços de Gideon nos antebraços de Harrow ficava mais efêmero, mais difícil de notar; e o toque da bochecha de Gideon de repente não era mais substancial do que a lembrança de uma velha febre. A voz dela ainda estava no seu ouvido, mas já estava muito distante.

Harrow colocou a ponta da espada na escápula de Cytherea. O mundo era lento e frio.

— Uma só carne, um só fim — disse Gideon, e agora era um murmúrio, quase inaudível.

Harrow disse:

— Não me deixe.

— *Onde morreres eu morrerei, e ali serei sepultada. Que o Senhor me castigue com todo o rigor se outra coisa que não a morte me separar de ti* — disse Gideon. — Te vejo do outro lado, gata.

✦ ✦ ✦

Harrowhark enterrou a espada com força, diretamente na coisa maligna no peito de Cytherea: borbulhou e se alastrou por fora dela, um poço de tumores, um câncer, e a tomou por inteiro. O câncer a percorreu como chamas que tocam o óleo, visivelmente ebulindo embaixo de sua pele, suas veias e seus ossos. Incharam-se e estremeceram. A pele dela rasgou, o coração se esforçou, esticou, e depois de dez mil anos de maus serviços prestados, finalmente desistiu.

Cytherea, a Primeira, suspirou em grande alívio. Então ela caiu e morreu.

A espada fez um barulho enorme conforme caiu no chão. A brisa assoprou o cabelo de Harrow para dentro da boca enquanto ela corria de volta e se esforçava puxando os braços da sua cavaleira, puxando e puxando, para que ela conseguisse tirá-la da ponta da cerca e colocá-la de costas no chão. Então ela sentou ali por um bom tempo. Ao lado dela, Gideon estava sorrindo um sorriso pequeno, apertado e pronto, esticado embaixo daquele céu azul e estranho.

Epílogo

Harrowhark Nonagesimus acordou em um ninho branco esterilizado. Ela estava deitada em uma maca, coberta por um cobertor termal enrugado. Ela virou a cabeça; ao seu lado havia uma janela, e do lado de fora da janela estava a escuridão profunda e negra do espaço. As estrelas frias brilhavam no horizonte como diamantes e eram lindas.

Se fosse possível morrer de angústia, ela teria morrido bem ali: como não era, tudo que podia fazer era se deitar na cama e observar os destroços fumegantes do seu coração.

Todas as lâmpadas haviam sido abaixadas para ficar em um brilho calmante e irritante, deixando todo o quarto pequeno em um resplendor leve e benevolente. Brilhavam pela maca, nas paredes brancas, nos azulejos brancos limpos do chão. A luz mais forte do quarto vinha de uma lâmpada de leitura, posicionada ao lado da cadeira de metal em um canto. Na cadeira estava sentado um homem. No braço da cadeira estava um tablet e em suas mãos havia uma resma de papel, que ele ocasionalmente folheava e anotava coisas. Estava vestido de maneira simples. O seu cabelo era cortado rente à cabeça, e na luz brilhava em um castanho discreto.

O homem deve ter sentido o seu despertar, porque ele olhou por cima do papel e do tablet para ela, e os colocou de lado para ficar em pé. Ele se aproximou, e ela viu que suas escleras eram pretas como o espaço. As írises eram pretas e iridescentes como chumbo — como algo oleoso, rodeado de branco. As pupilas eram tão pretas quanto as escleras.

Harrow nunca soube dizer exatamente como descobriu quem ele era; ela apenas descobriu. Ela se desfez do cobertor termal abarrotado — alguém a tinha vestido com um vestido de hospital turquesa horrendo — e saiu da cama, se atirando aos pés do Necromante Primeiro, o Ressurrecto, o Deus das Nove Casas, o Imperador Eterno.

Ela pressionou a testa contra os azulejos frios e limpos.

— Por favor, desfaça o que eu fiz, Senhor — disse ela. — Eu nunca mais lhe pedirei nada de novo, nunca mais, se apenas me devolver a vida de Gideon Nav.

— Eu não posso — disse ele. Ele tinha uma voz rouca e levemente doce, e era infinitamente gentil. — Eu gostaria. Só que essa alma está dentro de você agora. Se eu tentasse tirá-la, tiraria a sua junto, e destruiria as duas no processo. O que passou, passou. Agora é preciso viver com as consequências.

Ela estava vazia. Esta era a pior coisa: não havia nada dentro dela exceto o ódio detestável e borbulhante da sua Casa. Mesmo o silêncio da sua alma não podia diluir a raiva que havia fermentado dentro dela desde a sua gênese na Nona Casa. Harrowhark se levantou do chão e olhou o Imperador diretamente nos seus olhos escuros e brilhantes.

— Como você *ousa* me pedir para viver com as consequências?

O Imperador não a transformou em uma pilha de cinzas, como ela parcialmente tinha desejado que fizesse. Em vez disso, ele esfregou uma têmpora, sustentando seu olhar, sóbrio e igual.

— Porque o Império está morrendo — disse ele.

Ela não disse nada.

— Se houvesse menos necessidade, você estaria sentada em casa em Drearburh, vivendo uma vida longa e quieta onde nada te preocuparia ou te machucaria, e a sua cavaleira ainda estaria viva. Só que tem coisas lá fora que mesmo a morte não consegue impedir. Eu tenho lutado contra elas desde a Ressurreição. Eu não posso lutar sozinho.

— Mas você é *Deus* — disse Harrow.

E Deus disse:

— E eu não sou o suficiente.

Ela voltou a se sentar na beirada da cama, empurrando a barra do vestido do hospital por cima dos joelhos. Ele disse:

— Não deveria ter acontecido assim. Queria que os novos Lyctores se tornassem Lyctores após contemplarem e pensarem, e genuinamente compreenderem o sacrifício. Como um ato de coragem, e não um ato de medo ou desespero. Ninguém deveria ter perdido a vida sem consentimento na Casa de Canaan. Só que Cytherea…

O Imperador fechou os olhos.

— Cytherea é culpa minha — disse ele. — Ela era a melhor de nós. A mais leal, a mais humana, a mais resiliente. A de maior capacidade para a bondade. Eu fiz com que ela vivesse dez mil anos com dor porque fui egoísta, e ela permitiu. Não a odeie, Harrow, posso ver isso nos seus olhos. O que ela fez foi imperdoável. Não consigo compreender. Mas quem ela era... ela era maravilhosa.

— Você perdoa fácil — disse Harrow —, considerando que ela disse que fez tudo isso para te matar.

— Queria que ela tivesse dito isso pra mim — disse o Imperador com pesar. — Se eu e ela tivéssemos discutido isso, teria sido muito melhor para todo mundo.

Harrow ficou em silêncio. Ele parecia perdido em pensamentos. Por fim, ele disse:

— A maioria dos meus Lyctores foi destruída por uma guerra que pensei que era melhor lutar lentamente, através do atrito. Eu perdi minhas Mãos. Não só para a morte. A solidão do espaço profundo tem seu custo, e todos os necrossantos, todos, a aguentaram por muito mais tempo do que qualquer pessoa deveria aguentar. É por isso que eu queria apenas aqueles que descobriram o preço e estavam dispostos a pagá-lo, bem cientes do que isso custaria.

Isso tudo passou pelos ombros de Harrow. Ela logo percebeu que era uma tola: estava fazendo as perguntas erradas e escutando as coisas erradas.

— Quem mais está vivo além de mim, Senhor?

— Ianthe Tridentarius — disse o Imperador —, sem um braço.

— A cavaleira da Sexta estava apenas machucada quando eu a deixei — disse Harrowhark. — Onde ela está?

— Não recuperamos nenhum traço dela ou do seu corpo — disse o Imperador. — Nem da Capitã Deuteros de Trentham nem da Princesa herdeira de Ida.

— *Quê?*

— Todas as Casas terão perguntas esta noite — disse ele. — Não posso culpá-las. Me desculpe, Harrow, mas também não conseguimos recuperar a sua cavaleira.

O cérebro dela parou, abrupto.

— Gideon se foi?

— Todos os outros foram contabilizados — disse ele. — Precisamos nos contentar com os restos parciais da Sétima Casa e do Protetor-mestre da Sexta. Só vocês duas foram confirmadas vivas. Realmente não ajuda que eu não possa ir lá embaixo procurar.

Harrow se encontrou dizendo, distante:

— Por que você não pode voltar? Parecia ser o plano de Cytherea.

O Imperador disse:

— Eu salvei o mundo uma vez, mas não para mim.

Harrow pressionou as pernas contra o estrado de metal frio da maca. Ela esperava sentir alguma coisa, mas não sentiu. Não sentia nada. Havia um vazio enorme e faminto, que era só um pouco melhor do que sentir alguma coisa, pelo menos. Uma voz pequena no fundo da sua cabeça estava dizendo: *alguém vai pagar por isso*, mas era só a voz dela própria.

O Imperador se inclinou de volta na cadeira e eles trocaram um olhar. Ele tinha um rosto ridiculamente normal: um queixo comprido, uma testa grande, o cabelo castanho e sem graça. Só que aqueles *olhos*...

— Sei que se tornou uma Lyctor sob pressão — disse ele.

— Alguns chamariam de *pressão* — falou Harrow.

— Você não é a primeira — disse o Imperador. — Mas me escute. Eu farei o que eu não fiz há dez mil anos, e eu renovarei a sua Casa. — (Como é que ele sabia disso?) — Vou proteger a Nona. Vou me certificar de que o que aconteceu na Casa de Canaan não aconteça de novo. Só que eu quero que venha comigo. Você pode aprender a ser minha Mão. O Império pode ganhar uma nova santa, e o Império precisa de outra santa, mais do que nunca. Eu tenho três professores para você, e um universo inteiro a seu dispor, pelo tempo que quiser.

O Rei Eterno estava pedindo que ela o seguisse. Tudo que ela queria fazer era ficar sozinha e chorar.

— Ou você pode voltar para casa — disse ele. — Não presumi que concordaria comigo. Não a forçarei e não a oferecerei nenhum suborno. Eu manterei a sua Casa informada caso decida vir comigo ou ficar por lá.

— Não podemos mais voltar para casa — disse Harrow.

Havia um vago reflexo dela na janela, interrompido pelos campos enormes do espaço pontuados por estrelas. Ela se virou. Caso se visse no espelho, talvez lutasse contra si mesma: caso se visse no espelho, talvez encontrasse algum traço de Gideon Nav, ou pior — talvez não encontrasse nada, talvez não encontrasse nada mesmo.

Então o universo estava acabando. Ótimo. Ao menos se ela falhasse ali, não precisaria dever nada para ninguém. Harrow tocou a sua bochecha e ficou surpresa ao ver que as pontas dos dedos estavam molhadas, e que o Necrolorde Primordial havia educadamente abaixado o seu olhar.

— Precisarei voltar em algum momento — disse ela.

— Eu sei — falou o Imperador.

— Preciso descobrir o que aconteceu com o corpo da minha cavaleira. Preciso saber o que aconteceu com os outros.

— É claro.

— Mas por enquanto — disse Harrow —, eu serei sua Lyctor, Senhor, se você me aceitar.

O Imperador disse:

— Então erga-se, Harrowhark, a Primeira.

GLOSSÁRIO

Necromante — um adepto das Nove Casas, nascido com a habilidade de controlar thanergia (a energia da morte) e thalergia (energia da vida), assim como a de converter uma para a outra. Não há um código genético isolado associado ao potencial necromante nem a presença de qualquer outra característica biológica além da atividade acentuada de órgãos que, de qualquer outra forma, seriam marcados como vestigiais. A aptidão necromântica precisa ser exercitada para ser usada de maneira eficiente, e é mais forte em um planeta thanergético (como é típico nos das Nove Casas). Um efeito colateral comum é a fraqueza física e a inabilidade de reter e formar massa muscular, apesar de isso também encontrar exceções genéticas. A necromancia não funciona no espaço ou em espaçonaves devido à forma que o espaço dispersa thanergia sem uma âncora thalergética, como a de um planeta: necromantes são quase que inteiramente desprovidos de poder quando viajam de um planeta a outro, apesar de que teoremas (encantamentos) foram criados para durarem certo tempo em espaço profundo.

Cavaleiro — um espadachim das Nove Casas que jurou lealdade a um necromante específico. O cavaleiro líder de cada Casa é chamado de cavaleiro primário, e o segundo em comando é o cavaleiro secundário, e não existem postos além disso. O status de cavaleiro deve ser concedido pela Casa, e um cavaleiro pode ficar com seu título na Coorte. Quem se torna cavaleiro e sob qual jurisdição diferem de Casa em Casa, mas um cavaleiro não pode ser considerado tal sem um necromante que completou um juramento conjunto.

Thanergia — energia da morte. Planetas e corpos gasosos no espaço geralmente produzem radiação thalergética. O sol e os planetas das Nove Casas são de natureza thanergética após a Ressurreição. Os planetas thalergéticos podem ser convertidos em planetas thanérgicos, por exemplo planetas que estão morrendo, mas quase nunca em thanergênicos (produzindo energia de morte em uma quantia estável). A thanergia é produzida pela morte das células.

Thalergia — energia da vida. A maioria dos objetos no universo tem característica thalergênica. Thalergia é produzida pelo crescimento das células e reprodução. A maioria dos planetas, até mesmo os que não possuem massa biológica em vida, é thalergênica. Thalergia é produzida em todas as criaturas vivas.

Nove Casas — o nome tanto do império quanto do sistema que originalmente era o lar do Necrolorde Primordial. As Nove Casas surgiram há dez mil anos com a "Ressurreição", uma resposta à morte em massa dos planetas do sistema e do sol que destruiu toda a vida. Quando o primeiro necromante — o Imperador — ascendeu, ele ressuscitou os planetas e as pessoas que se tornariam as Nove Casas. O território das Nove Casas é de apenas um sistema solar; os planetas e os sistemas que o Império "pastoreia" não são considerados extensões do lar, especialmente porque os necromantes não se reproduzem com sucesso fora do sistema.

Dominicus — a estrela thanergética central do sistema solar das Nove Casas.

Magia de ossos — a escola de magia que majoritariamente trabalha com a manipulação da energia thanergética de ossos, ou impregnando-os com thanergia adicional. Ossos são a única forma de estocar energia em longo prazo, e a magia de ossos trabalha com animar e "programar" ossos (esqueletos erguidos), manipulando os ossos vivos e a matéria morta, ou formando ossos em formas que deve preencher (ressonância topológica). A criação de ossos — reproduzir matéria esquelética de uma amostra — é a forma mais avançada de magia de ossos.

Magia de carne — a escola de magia que majoritariamente trabalha com manipular a existente energia thanérgica da carne, ou impregnando-a com thanergia adicional. A carne é capaz de estocar thanergia no curto prazo, e nas circunstâncias devidas, providencia enorme quantia de impulsos thalergéticos e thanergéticos para o mago. A magia de carne é vasta, e envolve preservação, inserção, manipulação, criação e processamento. A magia de sangue é uma disciplina da magia de carne, já que os resquícios de thalergia e thanergia no sangue são perfeitos para usar em égides. A magia linfática é vastamente considerada uma substituta insatisfatória. A magia de carne também pode ser usada para a automanipulação do corpo humano, para aumentar sua performance ou para diminuí-la, de maneira repentina.

Magia de espíritos — a escola de magia que majoritariamente trabalha com o Rio, fantasmas e espectros, assim como a magia liminar de espaços e relações. A magia de espíritos é diversa, e pode variar vastamente entre criação de espaços antithalergia e antithanergia (impregnação de energia espiritual em espaços que não são o Rio), até manipular as almas das pessoas, formando conduítes para o Rio, até conversas com o espírito de outra pessoa e a thalergia e a thanergia. É também a escola de magia que permite acesso ao Rio, o espaço da pós-vida para onde os mortos são levados. A disciplina da magia do Rio é praticada somente pelo Imperador e seus Lyctores.

O Túmulo Trancafiado — outro nome para a Nona Casa, mas também uma área dentro da própria Nona Casa. O Túmulo Trancafiado é o lugar de repouso de um inimigo intangível do Imperador, morto após a Ressurreição e sepultado na Nona Casa para demonstrar respeito. Há uma escola de pensamento nas outras Casas de que a Nona jamais deveria existir no longo prazo, e que os sacerdotes, freiras e fiéis da Nona Casa veneram o próprio Túmulo *junto* com o Imperador, em vez de como um símbolo do poder do Imperador. O que o Túmulo contém exatamente nunca foi explicitado.

Lyctor — um servo pessoal, guarda e discípulo do Imperador. Os Lyctores são necromantes todo-poderosos e santos eternos cuja aptidão dura até mesmo no espaço. No início do Império, tornaram possível que as Nove Casas agissem inteiramente com seu poder nos planetas thalergéticos, e também estabeleceram estrelas por toda a galáxia, o meio necromante pelos quais a frota das Nove Casas pode viajar rapidamente pelo espaço sem necessitar de uma velocidade maior do que a da luz. Apesar de originalmente haver sete Lyctores plenos, muitos morreram ao longo dos anos, já que nenhum é tão poderoso ou tão eterno quanto o seu Necrolorde Primordial.

O SERMÃO DE CAVALEIROS E NECROMANTES

Excerto dos trabalhos reunidos de M. Bias

Já ouvi críticas sobre a representação cultural de necromantes como romantizando o que é essencialmente um elo de subserviência militar, e é difícil não perceber essas críticas como ignorantes da angústia, humanidade, e as qualidades intrínsecas das Nove Casas contidas nesse conceito. Nós, como civilização, nutrimos um amor pela ideia? Sim! Foi a chave de toda a exploração interestelar e razão do sucesso em conflitos militares? Sim! A série *Seja meu cavaleiro VII* teve seis livros a mais do que seria digno para aquele primeiro romance? Sim, mas apesar de ser representada tão melosamente na poesia e na prosa, nossa preocupação na relação entre necromante e cavaleiro permanece, em seu âmago, um ideal puro: o de que, apesar de estarmos divididos como pessoas entre aqueles que são sintonizados com a aptidão, ou afligidos por ela, e aqueles que são afastados ou poupados da aptidão, nós, nesses dois grupos, compartilhamos uma relação simbiótica. Aqueles que empunham a espada devem fazê-lo por um necromante. Aqueles nascidos com sistemas nervosos thanergéticos praticam sua arte somente pela graça da espada. O necromante é fraco, e a espada é forte. A espada é fraca, e o necromante é forte. Nosso prazer com o elo inquebrável entre necromante e cavaleiro é um reconhecimento das Nove Casas sobre a igualdade dada a nós por Deus.

Isso não quer dizer que essa relação veio à nossa consciência em um conceito completo nem que não observamos as mudanças ao longo das eras. Sua utilização em circunstâncias militares mudou tanto quanto sua utilização na sociedade e na ficção. Pares de necromante-cavaleiro nunca são enviados sem o apoio de regimentos modernos da Coorte: os soldados que fazem a linha de frente das unidades de cavaleiros seriam os primeiros a diferenciar o *seu* trabalho do trabalho de um cavaleiro tradicional. Os cavaleiros da sociedade — ligados aos necromantes principais de suas casas — são atacados por tradicionalistas por contribuírem para a "tendência preocupante" de conceder o título de cavaleiro a pessoas sem experiência na arte da espada: o uso do "cavaleiro" como uma metáfora. Este argumento, no entanto, tem pelo menos cinco mil anos: nós possuímos resmas de notas editoriais criticando cavaleiros primários que falharam em viajar e obter fama e "ao menos uma capitania". A sociedade consideraria isso uma exigência penosa nos dias de hoje para um cavaleiro primário: até mesmo os cavaleiros primários da Segunda Casa começam seus serviços superiores com o cargo baixo de tenente.

O que não mudou é a equação essencial. Um necromante que deixa sua Casa para lutar requer um espadachim. Um espadachim deixando sua Casa para lutar requer, entre as barbaridades repletas de balas dos outros planetas, um necromante. É claro, é o espadachim que permite que a arte do necromante seja possível: os planetas thalergéticos rejeitam o necromante e requerem mortes renovadas, diferentemente do que precisamos para performar nas Nove Casas. Contudo, sem o cuidado e a habilidade do adepto, seria o primeiro combate apenas uma missão suicida? Talvez o espadachim pudesse sobreviver sozinho onde o necromante acharia difícil ou impossível: mas voltamos à matemática. Um se conecta ao outro. Mais guerreiros, e os necromantes teriam dificuldades de performar as proezas que se desdobram do conhecimento íntimo da thanergia do outro; mais necromantes, e o fardo de suprir mais thanergia do espadachim se multiplicaria com cada adepto, sem mencionar a dificuldade de proteger mais de uma pessoa. As duas metades servem como a espada e o escudo. A relação de longa durabilidade é requisito para o calor da batalha, e a estranheza com os métodos do outro os levarão à morte.

Nossa preocupação com essa relação *deveria* ser de longa durabilidade. O amor entre eles deve ser centrado no dever. Não importa a Casa, os votos são curtos:

Uma só carne, um só fim.

O Imperador confirmou há muitos anos que esses foram os votos feitos pelos próprios Lyctores, nos primeiros anos como discípulos após a

Ressurreição. Usando isso como base para nosso entendimento, como é lindo este juramento!

"Uma só carne" é o sustentáculo do nosso Império. Nós nascemos como necromantes ou não nascemos, mas ainda assim o somos. Os não necromantes ainda terão filhos necromantes. O necromante terá pais sem sua aptidão. A possibilidade reside dentro de nós. Nós vivemos sob a luz thanergética de Dominicus, nascemos, crescemos e morremos nas Casas thanergéticas; e assim foi desde a Ressurreição. Nós somos fundamentalmente diferentes daqueles nascidos em planetas thalergéticos além do Império. Nossa ansiedade leva o pai à espera do filho a dar à luz em casa, ou se preocupar com a possibilidade de o bebê ter uma terra que venha do lar. Nossas características necromantes nos levam para mais perto do Imperador. Assim como um dia foi homem e tornou-se Deus, e é Deus que se tornou homem, nós morremos e voltamos a viver, e então ficamos vivos para então morrermos. O necromante e o cavaleiro não são diferentes. Eles são uma só carne. E ainda assim isso é apenas uma interpretação do mistério que nos caracteriza como sociedade.

"Um só fim" é necessariamente fatal. Poderemos interpretar "fim" como um objetivo ou desejo; que o necromante e cavaleiro trabalham para a mesma coisa, não importa quais sejam as diferenças de personalidade ou o método. Os dois membros do par precisam trabalhar juntos para assegurar qualquer caminho que tenha sido marcado para eles pela Casa ou pelo Império. Um só fim é um só Império. É fundamental que se diferencie o amor entre um cavaleiro e um necromante daquele de um soldado pelo Imperador: eles nutrem uma devoção pessoal que embeleza os dois tipos de adoração. Se o cavaleiro e o necromante não tomam o "uma só carne, um só fim" como a máxima de sua paixão um pelo *outro*, o elo é inexistente. Precisam tomar um ao outro como o seu ideal. O necromante deve ser a expressão pura de sua arte para o seu cavaleiro. O cavaleiro deve aspirar a perfeição na sua arte, para ganhar a admiração e confiança do necromante. Não precisam desfrutar da companhia um do outro, apenas precisam tomar sua união como garantida. O cavaleiro que não dorme no mesmo cômodo que seu necromante deve se perguntar o porquê. O amor entre eles é o amor que teme apenas pelo outro: o amor devoto dos dois lados. Alguns tentaram caracterizar essa relação como obediência do cavaleiro ao necromante, mas o necromante, por sua vez, deve ser obediente às necessidades do cavaleiro sem precisar ser solicitado ou requerido: e esse é, provavelmente, um fardo mais pesado.

Como nos preocupamos com o que essa relação *é*, também nos preocupamos em estabelecer o que ela *não* é. O amor do cavaleiro pelo necromante e o amor do necromante pelo cavaleiro não são o mesmo que de um matrimônio. Ele não pode ser libidinoso. "Casamentos da espada", em que um necromante e seu cavaleiro são casados com uma só pessoa como um matrimônio duplo, são quase certamente a invenção de um escritor de ficção ou, mais provável, de um pornógrafo incapaz de ver a beleza sem querer maculá-la com promiscuidade. Isso é prova diante do fato de que após uma miríade de anos de pensamentos no assunto, casar-se com seu cavaleiro permanece como um tabu na melhor das instâncias. Há aqueles que argumentam com eloquência que é uma traição aos ideais do Necrolorde Primordial. Ainda há o precedente na Quinta para que esposos se *tornem* cavaleiros diante de circunstâncias particulares, mas é considerado uma permanência teimosa que é característica da Quinta em não dissolver essa prática. Também não pode ser o amor familiar, e por isso necromante e cavaleiro nunca podem ser pai e filho; regras para irmãos foram afrouxadas, mas somente em tempos de penúria atípica. Muitas Casas ainda se submetem à ideia de que os melhores cavaleiros são aqueles que desde o berço sabem o que são e ao lado de quem são destinados a permanecer; a Segunda Casa notavelmente argumenta contra isso, ditando que isso resulta em uma relação de irmãos. A história nos dá exemplos de sucesso e de falha dos dois métodos: cavaleiros e necromantes prometidos no berço, ou de necromante e cavaleiro que fazem seus votos como estranhos um para o outro.

Saiu de moda a ideia de ter um "casamento-padrão" como regra, e uma das razões é que aderir a "casamentos-padrão" muitas vezes levava à distorção das famílias tradicionais de cavaleiros e famílias administrativas, levando à necessidade de procurar mais ramos para ambos. Matrimônios átrios, de necromante com necromante e cavaleiro com cavaleiro, funcionavam apenas dentro da linhagem das Casas; matrimônios ventriculares, de necromante com cavaleiro de outro necromante, ou vice-versa, funciona melhor entre pessoas de fora. Matrimônios de "troca" ou "contusão" ainda são comuns dessa forma — não adeptos que se casam com necromantes dos dois lados —, mas não são feitos à moda-padrão. Nesta era de regimentos da Coorte mistos e períodos de longa duração no espaço, casamentos entre Casas podem ocorrer por puro acidente ou, no caso da Sexta, por desígnio esperançoso. O único "padrão" permanente na aderência da Sexta tem a ver com pares que produzirão filhos, apesar de que isso é reconhecido pela Biblioteca como tendo pouco a ver com o amor e bastante a ver com a escassez genética. Essa oscilação de estilo e vontade não chega a tocar no pilar principal do cavaleiro e do necromante nem sequer representa o que significam um para o outro e para os filhos da Ressurreição.

Conforme nos aproximamos de uma miríade de anos servindo ao Necromante Divino, nosso Rei das Nova Renovações, primeiro e último entre nós, devemos interpretar o elo cavaleiro-necromante como um presente concedido para a eternidade. Assim como ele, o elo não se alterou; assim como ele, apesar de construirmos altares e acendermos velas, a substância fundamental não se gasta ou mancha ao longo dos anos de devoção. O necromante fica ao lado do cavaleiro. O cavaleiro fica ao lado do necromante. Eles são uma só carne, um só fim, e são todos nós.

UMA NOTA LYCTORAL DE CAVALEIROS E NECROMANTES

DATADA DE QUASE DEZ MIL ANOS DE IDADE, PRESERVADA EM SEGREDO EM UM ARQUIVO QUÍMICO DENTRO DA BIBLIOTECA NA SEXTA CASA PARA RESGUARDÁ-LA DA DEVASTAÇÃO DO TEMPO

valancy diz que uma só carne um só fim parece as instruções de uso de um vibrador. não consigo parar de pensar nisso então alguém pode por favor impedir a cris e o alfred antes que a coisa do vibrador se espalhe, obrigado.

ARQUIVOS DE INTELIGÊNCIA DA COORTE

Relatório de inteligência elaborado no advento da peregrinação Lyctoral por Capitã J. Deuteros (Esquadrão dos Mortos, 12ª Divisão Territorial da unidade Necromante). NÃO DEVERÁ SER ARQUIVADO. Somente utilizado acompanhado da distribuição verbal entre os membros do Almirantado sediados em Trentham, Generais [SUPRESSO] e [SUPRESSO], Comandante da Inteligência [SUPRESSO] e Tenente M. Dyas (Esquadrão dos Mortos, 12ª Divisão Territorial da Unidade de Auxílio a Necromantes), agindo sob função de cavaleira primária.

Segunda Casa

Capitã Judith Deuteros

22 anos

Judith Deuteros, nascida no espaço, lar em Trentham da Segunda Casa. Alistou-se na CTJ (Coorte Territorial Junior) aos onze anos e foi promovida a subtenente aos quatorze. Atribuída à nave classe leviatã *Domínio do Imperador* aos quinze, recebeu medalhas nos jogos de guerra dentro do sistema. Promovida à Primeira-tenente aos vinte e atribuída à nave classe colosso *Rigor*. A bordo da *Rigor*, obteve experiência na ação intergaláctica, na qual comandou as táticas dentro da nave juntamente com tenente Dyas. Foi promovida à capitã aos 22. Retornou a Trentham para o treinamento militar e de inteligência, assim como para aprofundar seus estudos necromânticos.

NOTAS: Perdoe o uso da terceira pessoa. A base da minha representação é dada como parte do meu nascimento e das habilidades da tenente Dyas, e a equação é a soma de nossas partes. Duas pessoas treinadas na Coorte, apesar de não terem visto ação no fronte, podem se dizer ter uma vantagem injusta nesse quesito. Eu estudei a transferência de energia com a tenente Dyas em nossos tempos de escola. Também fui treinada em outras disciplinas, especializando em aplicações militares. Recebi treinamento de primeira classe em Trentham. Assim como passei nos exames psicotécnicos, também estou interessada em adquirir para a Coorte as primeiras informações da Primeira Casa em trezentos anos. Não tenho família ou responsabilidades matrimoniais que irão me distrair.

Tenente Marta Dyas

27 anos

Marta Dyas, nascida em Trentham, lar em Trentham na Segunda Casa. Alistou-se na CTJ (Coorte Territorial Junior) aos dez anos, foi subtenente aos quinze. Concedida o status de cavaleira aos vinte em relação a Judith Deuteros, com pedido à cavaleira secundária, recebeu o título honorário Marta, a Segunda. Atribuída à nave classe leviatã *Domínio do Imperador*, recebeu múltiplas condecorações por sua participação nos jogos de guerra dentro do sistema. Hierarquia dentro da casa mantida sempre nos três primeiros cavaleiros secundários, e nos primeiros cinco do ranking geral. Promovida à Primeira-tenente aos 22, participou de ação a bordo da *Rigor* nas mesmas circunstâncias da Capitã Deuteros. Voltou a Trentham em função de apoio a Capitã Deuteros, e foi ranqueada como a primeira no sistema dois anos atrás por seus duelos.

NOTAS: Nenhum cavaleiro primário atualmente no sistema conta com as credenciais de Dyas. Ela treinou desde a infância, recebeu a primeira condecoração em Trentham e se estabeleceu como a melhor cavaleira antes dos trinta anos. O seu ranking na Casa, apesar de ser alheio à administração da Coorte, é extraordinário. O estilo da segunda mão é a adaga, mas foi treinada em uma variedade de armas, tanto modernas quanto arcaicas. Ela não possui responsabilidades familiares ou matrimoniais que a distrairão, e é uma cavaleira exemplar em todos os sentidos. Em comparação da atual lista de cavaleiros que as Casas levarão, nossos dados sugerem que é a melhor e mais promissora. Protesilaus Ebdoma da Sétima possui uma nota alta no ranking, mas seu afastamento para cuidar de problemas familiares sugere que não está mais em sua melhor performance.

Terceira Casa

Princesa herdeira Coronabeth Tridentarius

21 anos

Coronabeth Tridentarius, nascida em Ida, lar em Ida da Terceira Casa. Recebeu educação domiciliar em vez de frequentar uma instituição específica. Nenhum posicionamento na Coorte, nem nenhuma indicação de querer tal posicionamento. De acordo com a tradição da Terceira, é a mais velha e tomará o controle da Casa quando o pai abdicar. Aptidão necromântica animafilia. Uma clássica maga da Terceira, mas até então não procurou melhorias em seus estudos na Terceira ou em qualquer outro lugar. Sem laços matrimoniais.

NOTAS: Coronabeth Tridentarius pode ser uma necromante diletante ou alguém extremamente poderoso. Nossas informações são incompletas, e a ausência de estudos formais não esclarece a situação. Ela é popular tanto dentro da própria Casa quanto fora dela. Além de ser fisicamente imponente e extraordinariamente bela, ou ao menos considerada bela em um nível subjetivo para muitas pessoas, ela também tem um carisma natural. Ela e outros ao seu redor confundem tal carisma com habilidade de liderança. Tridentarius possui uma história de interação próxima com a Segunda e a Quinta. Eu mesma conheço Corona, como é mais conhecida, desde a infância, e ela sempre foi inconstante. Ela tem uma personalidade intensa, enérgica e direcionada, e é altamente ambiciosa, excelente com pessoas e têm apelo universal. Como necromante é impossível saber, mas, dados os outros fatores, a chance de seu sucesso é alta, apesar de que criaria um vácuo de poder na Terceira. Ver a seguir.

Princesa Ianthe Tridentarius

21 anos

Ianthe Tridentarius, nascida em Ida, lar em Ida na Terceira Casa. Recebeu educação domiciliar em vez de frequentar uma instituição específica. Nenhum posicionamento na Coorte nem nenhuma indicação de querer tal posicionamento. É a terceira na linha de sucessão após sua irmã gêmea Coronabeth. Aptidão necromântica animafilia. Uma clássica maga da Terceira, mas, como a irmã, a ausência de estudos fora de casa e a falta de informações não permitem indicar sua habilidade. Ianthe nunca praticou necromancia sem a a irmã estar presente, o que pode indicar falta de confiança ou aptidão. Seu caráter é mais lânguido e mais apático do que o da irmã. Sem laços matrimoniais.

NOTAS: Ianthe é a versão piorada da irmã em quase todos os sentidos. É fisicamente mais frágil, menos habilidosa em situações sociais, mais reclusa, e de uma personalidade francamente desagradável. Ela parece pensar mais antes de falar do que Coronabeth, mas como nunca aparecem em público separadas, ela defere inteiramente para a irmã. Suas características físicas ao lado das de Corona podem indicar que seus estudos em animafilia não são tão fortes ou que ela elegeu outra disciplina. Seu perfil psicológico sugere que sempre procura a irmã para apoio. Se Coronabeth obtiver sucesso em se tornar uma Lyctor, a liderança recairá sobre Ianthe. Se as duas se tornarem Lyctores, a linha de sucessão não abrange a família próxima.

Príncipe Naberius Tern

23 anos

Naberius Tern, nascido em Ida, lar em Ida da Terceira Casa. Filho único do antigo cavaleiro primário. Família purista desde a Ressurreição, a linhagem que serve Ida e historicamente providencia os cavaleiros. Frequentou várias instituições e academias na Terceira assim como recebeu educação em casa com as princesas. Recebeu reconhecimento formal de cavaleiro quando fez quatorze, mas registrado irregularmente como pertencente às duas. Assim como as gêmeas, nenhum posicionamento na Coorte. Manteve o posicionamento no ranking de duelo da Casa entre os cinco primeiros da sua classe específica de cavaleiros, e dos cinco primeiros gerais.

NOTAS: Em nome, o cavaleiro de Coronabeth, mas Ida se refere tanto interna quanto externamente como o cavaleiro de "ambas" há anos. O estilo da segunda mão é a adaga e a faca tripla clássica da Terceira Casa. Ele se mantém alto no ranking há anos. Nós temos dados formativos e sumários, mas tudo indica que ele é mais um duelista do que um esgrimista. Seus duelos com a Tenente Dyas confirmam. Em questão de caráter, ele é mais público do que Ianthe, mas obtém menos sucesso do que Coronabeth; seu humor muda com frequência, e é mais abertamente materialista, e está predisposto a ser imaturo. Ele também leva em alta conta a opinião de si mesmo e de sua técnica de espada, uma opinião que Tenente Dyas nota que ocasionalmente se alinha com a realidade.

Quarta Casa

Barão Isaac Tettares

13 anos

Isaac Tettares, nascido em Tisis. Família purista desde a Ressurreição, o mais velho entre oito irmãos. Como é normal na Quarta, as crianças são uma mistura de útero artificial ou gravidez XX. O pai foi morto por terroristas em [SUPRESSO] há dezenove anos: todas as crianças foram póstumas e o título foi segurado pelo regente. Treinado em casa com algum tempo frequentando a escola na Corte Koniortos na Quinta, sob a tutela de Abigail Pent. Mago espiritual forte e bom, considerando a tenra idade. Buscou posicionamento na Coorte há dois anos, dispensado da primeira vez devido à idade e da segunda devido à saúde, sob indicação da Quinta Casa. Provavelmente será aceito ano que vem caso decida se alistar novamente.

NOTAS: Isaac Tettares é uma criança talentosa. Cabe a nós perguntar o quanto a Quinta Casa solicitou a inclusão do par para o convite e por qual razão. É pouco provável que Tettares se torne um Lyctor em breve, e é de minha opinião que não seria desejável devido à sua idade e imaturidade. Abigail Pent forjou uma relação próxima de Tettares e Chatur, até mais forte do que a relação de sua mãe com o pai de Tettares. Já foi sugerido que forjarão um noivado com seu sobrinho quando os dois atingirem a maioridade. Isso é uma pena, já que Isaac Tettares parece ter uma personalidade interessante: menos agressiva do que é comum na Quarta, e mais reflexiva e contida. Seria bom para a Quarta Casa continuar nessa direção. Se a Segunda Casa conseguir avançar nas relações com a Quarta durante esse processo, ela o fará.

Sir Jeannemary Chatur

14 anos

Jeannemary Chatur, nascida em Ops. Família purista desde a Ressurreição, a segunda entre seis. Sendo a primeira não necromante da linha, ela é a Chatur de sua geração. Mãe foi condecorada posteriormente pelo Imperador após sua morte em [SUPRESSO], apesar de estar sob quebra de contrato nessa viagem. Prometida como cavaleira de Isaac Tettares desde o nascimento, fez o juramento e ganhou o título aos nove anos. Cavaleira primária só se deu após o atentado do ano passado. Frequentou todas as mesmas escolas que o Barão Tettares, e mantém a mesma relação que ele com Abigail Pent. Buscou posicionamento na Coorte ao lado do seu necromante dois anos atrás sob o seu nome, dispensada pela mesma razão.

NOTAS: Jeannemary Chatur é também uma criança talentosa. Seu estilo da segunda mão é a adaga, e finalmente conseguiu o ranking ano passado apesar da idade: ninguém pensou que ela conseguiria passar das eliminatórias. É a mais agressiva do par, tempestuosa e feroz, apesar de que não é possível determinar se isso é devido à sua personalidade ou apenas à idade. Tanto ela quanto Tettares estão ansiosos para se alistar na Coorte e seriam obviamente grandes trunfos se for possível impedir o instinto natural da Quarta de avançar demais. Tenente Dyas a observará, mas não interferirá.

Quinta Casa

Senhora Abigail Pent

37 anos

Abigail Pent, nascida na Corte Koniortos. Primogênita de dois. Uma historiadora renomada, ela recebeu a liderança da Casa há cinco anos, quando seu marido então se tornou o cavaleiro. Devido a uma falha genética nos cromossomos, os filhos do irmão mais novo se tornarão os representantes se não nomear outro herdeiro. Ela estudou na Quinta, na Terceira, na Segunda e na Oitava Casa. Possui uma variedade de diplomas de primeira classe. Sua necromancia é generalizada com o status de porta-voz de espíritos, mas ela publicou 10 livros, 86 e também dá aulas, além de tomar conta dos deveres como líder da Quinta Casa. O quão devotada Abigail Pent é e a sua liderança são realmente questionáveis, mas ela procurou manter os interesses da Quinta com relação à Quarta Casa. Uma mente formidável, uma aliada brilhante, e sem dúvida as gerações futuras a considerarão uma historiadora formidável das Nove Casas. Não buscou posicionamento na Coorte, e os sentimentos de Pent são frequentemente anti-Coorte. Como o seu avô foi o último Almirante da Frota Eterna, a razão desse sentimento deve ser investigada.

NOTAS: Precisa ser vigiada de perto. A presença necromântica e marcial de Pent é pobre, mas seu capital cultural é alto. Se Pent se tornar uma Lyctor, pode ser um problema.

Sir Magnus Quinn

38 anos

Magnus Quinn, nascido em Rhax. Primogênito entre três. Um administrador, só recebeu treinamento de cavaleiro durante seus tempos de escola e nunca recebeu um ranking ou se destacou dentro do campo. Um funcionário público muito mais capaz, ele atingiu o status de Senescal na Corte Koniortos pouco antes de se casar com Abigail Pent. Buscou posicionamento na Coorte brevemente aos dezoito anos antes de ser rejeitado dentro da própria Casa e não demonstrou interesse depois.

NOTAS: Quinn é o cavaleiro primário simplesmente por coincidência infeliz. A Quinta Casa está certamente desgostosa com o timing. Seu estilo da segunda mão é a adaga, mas Quinn permanece um lutador infantil. O casamento com Pent e a subsequente posse da posição do cavaleiro parece inteiramente de acordo com a abdicação informal de Pent quanto à sua liderança. Alguns sugerem que ela irá declarar o irmão como o herdeiro e renunciar em um futuro próximo. Quinn em si é um burocrata da Quinta Casa, com tudo que isso envolve.

Sexta Casa

Protetor-mestre Palamedes Sextus

20 anos

Palamedes Sextus, nascido na Biblioteca. Poucos dados estão disponíveis sobre Palamedes Sextus. Ele é o mais jovem Protetor-mestre a ter conseguido o título, tomando parte no exame aos treze e ganhando contra outros quinze candidatos bem mais velhos. Todos seus artigos publicados até agora se deram apenas internamente na Sexta Casa, mas relatos de segunda mão sugerem que, entre seus pares da Sexta, ele é considerado um gênio (!). A Sexta Casa mantém sua posição e força durante os primeiros anos sob o comando de Sextus, em vez de se enfraquecer. Infelizmente, ele retém a tradição de sua Casa quanto aos segredos, e as informações são limitadas. Não buscou posicionamento na Coorte.

NOTAS: Eu mesma já encontrei o Protetor-mestre uma vez. Apesar de sua reputação de um intelecto feroz, sua personalidade é mais inclinada à leveza em vez de ponderada ou decorosa. Mais alguns anos na posição talvez o levem à austeridade, mas nesse encontro jamais saberia que era ele o Protetor-mestre caso já não tivessem me avisado.

Camilla Hect

20 anos

Camilla Hect, nascida na Biblioteca. Pouco se sabe sobre Camilla Hect, exceto que passou nos exames para se tornar a cavaleira de Palamedes Sextus quando tinha doze anos. Ela não participou de nenhum torneio de duelos ou lutas informais. Não buscou nenhum posicionamento na Coorte.

NOTAS: Ela é registrada como sua prima de segundo grau; os dados genéticos ainda estão disponíveis e confiáveis conforme é a preocupação principal da Sexta. O estilo da segunda mão é provavelmente a adaga, já que a Sexta Casa não tem confiança o suficiente para se afastar dos clássicos. Um par que dispõe de mentes flexíveis, mas não se importará em competir no que se refere aos cavaleiros.

Sétima Casa

Duquesa Dulcinea Septimus

27 anos

Dulcinea Septimus, nascida em Rhodes. A Duquesa Septimus já foi retirada inúmeras vezes para centros no planeta de atmosfera alta para sua recuperação, já que foi publicamente diagnosticada com câncer sanguíneo Heptanário, e seu estilo de vida segue de acordo. É possível que a necromancia ou a resiliência seja o motivo pelo qual se manteve viva por muito mais tempo que seu diagnóstico terminal, e ela chegou aos seus quase trinta anos; se ela está em um estado de saúde estável ou deteriorante não é sabido, já que não foi vista em público durante mais de cinco anos. Não buscou nenhum posicionamento na Coorte.

NOTAS: A tentativa de se tornar uma Lyctor é provavelmente toda baseada no cavaleiro.

Protesilaus Ebdoma

39 anos

Protesilaus Ebdoma, nascido em Cypris. Um cavaleiro renomado, ele serviu o pai de Septimus como cavaleiro secundário antes de jurar fidelidade a Septimus, mas talvez isso seja devido ao fato de não esperarem que Septimus vivesse por muito tempo e seria um desperdício dar a ela um cavaleiro mais próximo de sua idade. Recebeu educação particular. Buscou posicionamento na Coorte aos dezoito anos e serviu em três linhas da fronte antes de retornar à sua casa. É casado e tem vários filhos. Foi ranqueado o primeiro por três anos consecutivos na classe de duelos geral de cavaleiros antes de se aposentar para cuidar da Duquesa Septimus. Não participou de nenhum duelo desde então, mas sua reputação permanece.

NOTAS: Segundo informações e boatos, Protesilaus Ebdoma é excessivamente hábil. O estilo da segunda mão é a corrente. A Sétima Casa ainda louva os méritos de Ebdoma, mas o porquê de o terem ligado a uma necromante em estágio terminal é uma atitude tão particular da Sétima que desafia toda a lógica. É possível que não houvesse uma intenção de que ele ficasse com ela por muito tempo e que a posição o prepararia para servir por um período mais longo um cavaleiro primário, mas Septimus foi incapaz de morrer e ele permaneceu com ela. As obrigações matrimoniais e familiares em casa significam que sua atenção pode estar dividida. É difícil avaliar.

Oitava Casa

Mestre Silas Octakiseron

16 anos

Pouco se sabe do atual líder dos Templários Brancos. Ele é jovem, mas, como é da tradição da Oitava, sabe sua função desde uma tenra idade. Ele também deve ter sido juramentado ao seu cavaleiro no começo da infância. A idade indica que a Oitava Casa está enviando um Templário confiante no elo genético com seu cavaleiro, o que significa que os dois são parentes próximos. Como é tradição, podemos presumir tranquilamente que Mestre Octakiseron é um adepto de almas, com experiência na disciplina do ceifador.

NOTAS: A Oitava Casa consiste tanto em suposições seguras quanto enigmas absolutos.

??? Asht

32, 34 ou 37 anos

Existem três irmãos atualmente registrados com o sobrenome Asht, que seriam os próximos na linha a servirem Octakiseron. Em parentesco, todos são geneticamente seus sobrinhos, apesar de todos também serem muito mais velhos. A Oitava Casa não vem sendo bem representada nas listas de duelo ultimamente, mas talvez isso indique uma reestruturação do conhecimento esgrimista dentro da Casa.

NOTAS: O estilo da segunda mão pode ser desde uma espada menor até escudo ou garras. Os cavaleiros da Oitava tendem a escolher um estilo mais corporal nas últimas gerações.

Nona Casa

???

Absolutamente nada é sabido do necromante, representante ou cavaleiro da Nona. Devido ao seu status não responsivo, talvez eles nem sequer compareçam ao chamado. As naves ainda são mandadas regularmente, mas todo o conteúdo foi removido dentro do sistema. Alguém com uma autorização maior do que a minha talvez queira examinar o banco de dados. Após a peregrinação de Lyctores, sugiro que a prisão seja contatada para conseguir uma melhor avaliação do perímetro para um relatório mais preciso.

De imediato, pode ser qualquer coisa. O necromante, apesar de ser inevitavelmente um adepto de ossos, pode ser qualquer um. Vamos proceder com cuidado: a Nona Casa é perigosa e pode até justificar um status de hostilidade.

UMA PEQUENA EXPLICAÇÃO SOBRE O SISTEMA DE NOMES

No sistema de dois nomes das Nove Casas, o seu sobrenome não é um sobrenome de verdade: é um aritnômio, indicando a filiação da Casa. O nome é dado pelos pais e pode indicar uma conexão familiar: o primeiro nome geralmente se refere à sua família de alguma forma. Por exemplo, sufixo *Hark* no nome de Harrow e do pai dela honra um peregrino que entrou na linhagem dos guardiões do Túmulo; nomes duplos como *Jeannemary* e *Coronabeth* são inevitavelmente formados por partículas de nomes herdados. O sobrenome sempre indica a Casa na qual nasceu e é considerado parte do nome: é por esse motivo que Abigail Pent é conhecida tanto como "Senhora Abigail" quanto "Senhora Pent" de um jeito que não era típico antes da Ressurreição: tanto Abigail quanto Pent são referentes a ela. Casas diferentes têm métodos diferentes para escolher tanto nomes próprios quanto aritnômios. Muitas Casas também preferem diminutivos de referência (*Mortus* e *Ortus*).

A maioria dos irmãos não compartilha do mesmo sobrenome, apesar de poderem compartilhar partículas. Gêmeos raramente têm o mesmo sobrenome, e, se for o caso, podem ganhar um nome para a "unidade": o fato de que as Tridentarii são conhecidas como as *Tridentarii* diz algo sobre as esperanças e os desejos dos pais de Corona e Ianthe para suas filhas. É claro que sempre há exceções (por exemplo, Colum é um de três irmãos Asht, apesar de não serem trigêmeos).

Nomes não mudam com o casamento. Os não necromantes que se casam devem escolher em qual Casa vão morar para se afiliarem; as crianças serão então da Casa escolhida. Os necromantes, como regra, não podem se casar fora de suas Casas: se casar com um necromante, é afiliado automaticamente com a sua Casa. Há outras regras que também entram nisso (simplesmente *ter um bebê* com alguém da Sexta é um acordo inerente que as crianças todas pertencerão à Sexta, o que pode ser um pesadelo em termos jurídicos).

Alguns nomes abaixo não estão incluídos no guia de pronúncia devido a apareceram na Bíblia ou algum outro lugar (a Segunda, a Quinta, Isaac, Silas).

Como a autora, eu também aproveitei para incluir algumas notas abaixo do guia de pronúncia para compartilhar com você, leitor, todas as piadas desnecessárias de por que eu as incluí, ou que achei engraçadas ou apropriadas. Você não precisa ler nada disso. Coloque um dedo em cima se preferir.

Harrowhark Nonagesimus

RÉ-rôu-rrárk. Nô-ná-GUÉ-zi-mos. O "us" com o som de "ô" fechado.

Nota: O nome de Harrow vem especificamente de "Harrowing of Hell" (A Descida de Cristo ao Inferno). "Hark" é uma palavra antiga e portentosa que sempre precede algo horrível, no sentido de espanto. Hark! Um anjo do Senhor. Hark! Dos túmulos, um som lamurioso.

Gideon Nav

GUÍ-dion. NÁV. Curto.

Nota: Tem muitos motivos para Gideon se chamar Gideon. O profeta guerreiro de Deus que bagunçou a Midiã é parte disso. Gideon é um nome profético: alguém a denominou como a própria morte.

Ortus Nigenad

ÓR-tos. NÁI-gue-nad. Como no de Harrow, o G é forte.

Nota: Apesar de Ortus ser uma referência óbvia ao seu pai, Mortus, Ortus por si só significa "ascender" em latim. Isso é hilário ou horrível?

Pelleamena Novenarius

Peli-Â-mena (em vez de Pelê-a-MÊ-na) Nô-ve-NÁ-rios. Assim como em Harrow, o "us" é mais parecido com som de "ô".

Nota: Nos mitos, Peleus é conhecido como o pai de Aquiles.

Priamhark Noniusvianus

PRÁI-am-hark. Três sílabas distintas, evitando emendar o "h". NÔ-ni-us-vi-Â-nos. Você já deve ter se acostumado com a pronúncia do "us". Se não, tudo bem, ninguém liga, é só um nome aleatório em um livro sobre necromancia.

Nota: Na *Ilíada*, Priam é o pai da cidade que está prestes a ser destruída.

Aiglamene

Ai-GLÂ-me-ne.

Nota: "Aigla" é em referência a "aigle" no francês, que significa águia.

Crux

CRÂKS.

Nota: "Crux" como em "cruz", o que é engraçado em inúmeros sentidos.

Aisamorta

AI-sa-mor-ta.

Nota: "Aisa" é a palavra grega para destino.

Lachrimorta

LÁ-cri-mor-ta.

Nota: "Lachri" vem de "lágrima".

Glaurica

GLAU-ri-ca. Ri como em "ridícula".

Judith Deuteros

DÍU-te-ros.

Nota: Famosamente decapitou Holofernes. O livro de Deuteronômio é um texto muito didático.

Marta Dyas

DAI-as.

Nota: Marta, marcial, guerra. Os nomes da Segunda Casa são sempre sérios.

Ianthe Tridentarius

i-ÂN-te. O "i" é indiscutível. trai-den-TÁ-ri-us. O som do i permanece no nome.

Coronabeth Tridentarius

Co-RÔU-na-beth. "Corona" como de coroa.

Nota: No original, Ianthe e Corona eram "Cainabeth e Abella", uma nomeação nada sutil que eu simplesmente poderia ter escolhido chamá-las de "Gêmeaboa" e "Gêmeamá". E nem seria verdade! Deveria ser Gêmeamá, e Gêmeamenospior.

Naberius Tern

Na-BÍ-ri-us. TÂRN.

Nota: Naberius é um dos príncipes demônios do inferno. Isso vai significar algo importante mais para frente?? (Não).

Jeannemary Chatur

JÔN-mé-ri. Mais como "Mary" do que como "Marie". Um J suave, como no francês. cha-TÚR. Não exatamente como "chata", mas talvez seria apropriado.

Nota: "Jeannemary" é um aglomerado bíblico, mas Jeanne aqui é para se referir a Joana D'arc.

Isaac Tettares

te-TÁ-rez. Não "tetaríes".

Nota: "Isaac" na teologia cristã precede a morte de Jesus ao levar a lenha para o seu próprio sacrifício na montanha. Isaac aqui prenuncia a morte de Gideon por fazer a coisa "mais corajosa e mais idiota", no caso fazer o seu abdômen virar uma grelha de churrasco. Poderia ter chamado Jeannemary e Isaac de "Nãoseapegue" e "Vaimorrerlogo".

Palamedes Sextus

pa-la-MÉ-dis. Eu tinha uma comparação bem suja aqui, mas achei melhor tirar. SÊX-tus. O "us" como em "ônibus", diferente do "o" de Nonagesimus. O "sex" aqui como em "você seria muito estranho se quisesse fazer isso com Harrow".

Nota: Houve uma época breve em que Palamedes era Diomedes, o garoto favorito de Atena na *Ilíada*, mas isso não teria ajudado na piada mais idiota de Gideon no livro.

Camilla Hect

HÉCT.

Nota: O nome de Camilla foi escolhido para combinar com o de Palamedes — os dois têm o fragmento de "am" no meio, de um jeito que apenas os outros pares de cavaleiros e necromantes que se amam muito têm no livro: Pal**am**edes e C**am**illa, Abi**ga**il e M**ag**nus.

Dulcinea Septimus

Dul-ci-NEI-a. Não "dulcínea". SÉP-ti-mos. O "Sep" como em "septo", o "mus" como o de Nonagesimus.

Nota: "Dulcinea" é conhecidamente a figura ilusória assimilada à prostituta Aldonza em *Dom Quixote*: o caso de uma mulher que você gostaria que existisse, mas não existe de verdade. Nesse caso, eu vou...

Protesilaus Ebdoma

pro-tê-si-LÁUS. ÉB-do-ma.

Nota: Protesilaus é o primeiro herói a morrer em Troia. Ele também é o primeiro homem que morre nos testes para ser um Lyctor. "Joãozinho Morre-rápido" também seria uma excelente escolha.

Silas Octakiseron

Oc-tá-QUÍS-se-rôn.

Colum Asht

CÓ-lum. Como "coluna". ÁCHT.

Nota: "Colum" é uma referência a "Columba": Colum e os três irmãos têm nomes de animais de sacrifício — Colum (pomba), Ram (ovelha) e Capris (bode). Infelizmente, eu não consegui superar bem que um dos coitados dos irmãos Asht tem nome de marca de legging e isso não entrou no livro, para mostrar que os garotos Asht foram mal aproveitados até mesmo nas discussões paradidáticas. Sinto muito, pessoal. Deveria ter dado o nome dele de Aiglos.

NOMES ACIDENTAIS E TERMOS

Matthias Nonius

Má-TÁI-as. O "t" firme. NÔ-ni-us.

Nota: Eu estaria mentindo se não falasse que "Matthias", o lendário espadachim da Nona, tem um nome referente à série "Redwall" escrita por Brian Jacques.

Cytherea

QUÍ-te-RÉI-a.

Nota: Referência a Afrodite.

Lyctor

LÍC-tor.

Nota: Lyctor em referência aos "lictores", os guardas do Imperador em Roma.

Casa de Canaan

CÁ-nân. Ênfase na primeira sílaba em vez de na última.

Secundarius Bell

Se-cun-DÁ-ri-us

Drearburh

DRÍ-ar-bûr.

Nota: O nome em maior referência a Gormenghast no livro. "Bur" como referência a "burgo".

Prólogo

A NOITE ANTES DO ASSASSINATO DO IMPERADOR

O SEU QUARTO já tinha há muito mergulhado em quase completa escuridão, sem deixar nenhuma distração do grande e chacoalhante de *boom, boom, boom* de corpo atrás de corpo se atirando contra a grande massa que já cobria o casco. Não havia nada para ver — as cortinas estavam fechadas —, mas você conseguia sentir uma vibração terrível, ouvir o gemido da quitina no metal, a submissão cataclísmica do aço diante das garras de fungos.

Estava muito frio. Uma fina camada de gelo cobria as suas bochechas, o seu cabelo, os seus cílios. Naquela escuridão sufocante, a sua respiração emergia em uma fina fumaça cinzenta e molhada. Às vezes você gritava um pouco, o que não a envergonhava mais. Você entendia a reação do seu corpo com a proximidade. Gritar era a melhor coisa que poderia acontecer.

A voz de Deus veio muito calmamente pelos alto-falantes:

— Dez minutos até o rombo. Nós ainda temos meia hora de ar-condicionado... depois disso, vocês ficarão trabalhando no forno. As portas ficam fechadas até a pressão igualizar. Conservem sua temperatura, pessoal. Harrow, vou deixar a sua porta fechada pelo máximo de tempo possível.

Você cambaleou até ficar em pé, as saias límpidas aglutinadas nas duas mãos, e conseguiu chegar até o botão do interfone. Pensando em alguma represália ou algo inteligente para dizer, você brigou:

— Eu posso cuidar de mim mesma.

— Harrowhark, precisamos de você no Rio, e enquanto você estiver no Rio, sua necromancia não vai funcionar.

— Eu sou uma Lyctor, Senhor — você se escutou dizer. — Eu sou sua santa. Eu sou seus dedos e gestos. Se quisesse uma Mão que precisa de uma porta por trás da qual se esconder, até mesmo agora, então eu te julguei mal.

Do seu santuário distante e profundo no Mithraeum, você o ouviu exalar. Você o imaginou sentado na cadeira gasta e remendada, sozinho, passando o polegar pela têmpora direita da forma como sempre fazia. Depois de uma pausa breve, ele disse:

— Harrow, por favor, não tenha tanta pressa em morrer.

— Não me subestime, Professor — você falou. — Eu sempre vivi.

Você fez o seu caminho de volta através dos anéis concêntricos de acetábulos que havia colocado no chão, a camada fina de fêmures, e ficou no centro e respirou. Inspirava profundamente pelo nariz e exalava pela boca, assim como foi ensinada. A camada de gelo já estava se dissolvendo em um orvalho fino no seu rosto e na parte de trás do seu pescoço, e você estava com calor dentro do manto. Você se sentou com as pernas cruzadas e as mãos descansando impotentes no seu colo. A guarda-mão da rapieira cutucava o seu quadril, como um animal que queria alimento, e em um chilique repentino você considerou desafivelar aquela droga e jogá-la o mais longe que conseguia, para o outro lado do quarto; só que você se preocupou que a distância seria lamentavelmente pequena. Do lado de fora, o casco estremeceu conforme as centenas de Arautos se amontoavam na superfície. Você os imaginava rastejando um por cima do outro, azuis sob a luz dos asteroides, amarelos sob a luz da estrela mais próxima.

As portas dos seus aposentos se abriram com uma exalação antiga de pistões de gás. Só que o intruso não detonou as armadilhas de dentes que você havia embutido no batente nem os pedaços de osso regenerativo que havia amassado na porta. Ela passou pelo batente com as saias como teias de aranha erguidas até acima do joelho, pulando como uma dançarina. Na escuridão, a sua rapieira era negra, e os ossos do seu braço direito brilhavam com um ouro oleoso. Você fechou os olhos para ela.

— Eu poderia te proteger, se você só me pedisse — disse Ianthe, a Primeira.

Uma gota tépida de suor escorreu por suas costelas.

— Eu preferia que meus tendões fossem arrancados do corpo, um por um, e então usados como fio dental por cima dos meus ossos quebrados — disse você. — Eu prefiro ser esfolada viva e então embalada em sal. Eu preferia que meu próprio ácido digestivo fosse pingado como colírio nos meus olhos.

— Então o que estou ouvindo é um... *talvez* — disse Ianthe. — Me ajude aqui. Não se faça de difícil.

— Não finja que está aqui por qualquer outra razão que não seja proteger um investimento.

Ela disse:

— Eu vim te alertar.

— Você veio me *alertar*? — A sua voz parecia monótona e sem afeto, mesmo para você. — Você veio me alertar *agora*?

A outra Lyctor se aproximou. Você não abriu seus olhos. Você ficou surpresa em ouvi-la passar pisoteando pelo seu arranjo métrico de ossos, se ajoelhar sem estremecer no tapete de pó sombrio abaixo dela. Você nunca conseguiria sentir a thanergia de Ianthe, mas a escuridão te dava uma sintonia imensa com relação ao medo dela. Você sentiu os pelos se erguerem nos antebraços dela, ouviu o bater do coração molhado e humano dela, a escápula acirrando enquanto ela tensionava os ombros. Você sentiu o cheiro de suor e perfume: almíscar, rosas, vetiver.

— Nonagesimus, ninguém vai vir te salvar. Nem Deus. Nem Augustine. Nem ninguém. — Não havia nenhum tom de zombaria na voz dela, mas havia alguma outra coisa: excitação, ou talvez, desconforto. — Você vai morrer logo na primeira meia hora. Você é um alvo fácil. A não ser que tenha alguma coisa naquelas cartas sobre a qual eu não sei, seus truques acabaram.

— Eu nunca fui assassinada antes e realmente não tenho intenção de começar agora.

— *Acabou* para você, Nonagesimus. É o fim da linha.

Você finalmente foi forçada em choque a abrir seus olhos quando sentiu que a garota na sua frente havia pegado o seu queixo nas mãos dela — os dedos febris se comparados com o choque frio do metacarpo dourado — e colocou o dedo feito de carne no canto da sua mandíbula. Por um momento, você presumiu estar alucinando, e então essa suposição foi levada embora pela proximidade fria dela, Ianthe Tridentarius ajoelhada diante de você em uma súplica incontestável. O cabelo pálido caía ao redor do rosto dela como um véu, e os olhos roubados fitavam você com um desespero que estava meio implorando, meio desdenhoso: olhos azuis com manchas profundas de um castanho-claro, como ágata.

Olhando profundamente nos olhos do cavaleiro que ela assassinou, você percebeu, não pela primeira vez, e não por vontade própria, que Ianthe Tridentarius era linda.

— Volte — suspirou ela. — Harry, tudo que você precisa fazer é voltar. Eu sei o que você fez e eu sei como reverter, se você ao menos me pedisse. Me peça; é fácil assim. Morrer é para otários. Com você e eu no nosso poder máximo, nós destroçaríamos essa Besta da Ressurreição e sairíamos ilesas. Nós podemos salvar a galáxia. Salvar o Imperador. Deixe que falem de Ianthe e Harrowhark, deixe que *pranteiem* quando falarem de nós. O passado morreu, e os dois morreram, mas você e eu estamos vivas. O que eles são? O que eles *são*, se não mais um corpo que estamos arrastando conosco?

Os lábios de Ianthe estavam rachados e vermelhos. Havia uma súplica crua no seu rosto. Excitação, não desconforto.

Isso era, como você vagamente entendia, um momento psicológico.

— Vá se foder — disse você.

Os Arautos caíram no casco como chuva. O rosto de Ianthe congelou novamente na máscara zombeteira e pálida, e ela largou o seu queixo — desvencilhou os dedos inquietos e aqueles ossos dourados horríveis.

— Não achei que era hora para falar sacanagem, mas posso entrar na brincadeira — disse ela. — Me dá um tapa, papai.

— Sai *daqui*.

— Você sempre achou que a obstinação era uma virtude cardeal — observou ela, sem nenhuma prontidão. — Agora eu acho que talvez você deveria ter morrido lá na Casa de Canaan.

— Você deveria ter matado a sua irmã — você disse. — Seus olhos não combinam com a sua cara.

No alto-falante, a voz do Imperador veio, tão calma quanto antes.

— Quatro minutos para o impacto. — E como um tutor dando uma bronca em crianças desatentas: — Certifiquem-se de estar nos seus lugares, meninas.

Ianthe se virou sem nenhuma violência. Ela ficou em pé e passou os dedos humanos pelas paredes dos seus aposentos, pelos arcos de filigranas, por cima dos painéis de metal polido com ossos encrustados, e disse:

— Bom, eu tentei, e, portanto, ninguém pode me criticar.

E assim saiu pelo arco e para além do saguão. Você ouviu a porta se fechar atrás dela. Você foi deixada profundamente sozinha.

O calor aumentou. A estação deveria estar completamente abafada: embrulhada na mortalha rastejante de tórax e asas, mandíbulas e antenas, os mensageiros mortos de um espectro estelar faminto. O alto-falante chiou com estática, mas só havia silêncio do outro lado. Havia silêncio nos lindos corredores do Mithraeum, e havia um silêncio quente e suado na sua alma. Quando você gritou, gritou sem som, os músculos da sua garganta engolindo mudos.

Você pensou no envelope fino endereçado para você que dizia: *para abrir no caso da sua morte iminente.*

— Eles estão invadindo — disse o Imperador. — Me perdoem... e mostrem a ele o inferno, crianças.

Em algum lugar distante na estação, houve o barulho esmagador de vidro e metal. Os seus joelhos viraram gelatina, e você teria caído no chão em um espasmo se já não estivesse sentada. Com os dedos, você fechou os seus olhos, e então lutou com si mesma até se acalmar. A escuridão só ficou mais escura e mais fria conforme o primeiro escudo de osso perpétuo a envolveu em um casulo — o ato de uma tola, sem nenhum sentido, destinado a se dissolver no momento que mergulhasse —, e então o segundo, e o terceiro, até que você estivesse perdida dentro de um ninho sem ar e inexpugnável. Espalhados pelo Mithraeum, cinco pares de olhos se fecharam simultaneamente, um deles o seu. Diferente deles, os seus não se abririam de novo. Em meia hora, não importa o quanto Professor pudesse ter esperanças, você estaria morta. Os Lyctores do Imperador Ressurrecto começaram a sua longa descida até o Rio onde a Besta da Ressurreição os aguardava — fora de órbita do Mithraeum, meio viva, meio morta, uma massa liminar verminosa —, e você mergulhou com eles, mas você deixou a sua carne vulneravelmente para trás.

— *Eu rezo para que o túmulo esteja para sempre trancafiado* — ouviu-se recitar em voz alta, e não conseguiu falar mais alto do que um sussurro engasgado. — *Rezo para que a pedra nunca se arrede. Rezo para que aquilo que está enterrado permaneça enterrado, insensível, em descanso perpétuo de olhos fechados e mente submissa. Eu rezo para que viva...* Ó, corpo do Túmulo Trancafiado — improvisou você loucamente. — Morta amada, ouça a sua criada. Eu te amei com todo o meu coração apodrecido e desprezível, eu te amei até a extinção de qualquer outra coisa, deixe-me viver o suficiente para morrer aos seus pés.

E então você mergulhou para travar uma guerra contra o inferno.

♦ ♦ ♦

O inferno a cuspiu de volta. Justo.

Você não acordou tendo desmaiado no espaço thanergético que era a província única dos mortos, e dos santos necromânticos que lutavam contra os mortos; você acordou no corredor do lado de fora do seu quarto, deitada de lado e fervilhando, arfando por ar, ensopada por completo por suor — o seu — e sangue — também o seu; com a lâmina da sua rapieira enfiada pelo estômago, perfurando por trás. A ferida não era uma alucinação ou um sonho: o sangue era molhado, e a dor era terrível. A sua visão já estava começando a ficar preta nos arredores conforme você tentou fechar o buraco — tentou costurar suas próprias vísceras, cauterizar as veias, estabilizar os órgãos que gemiam até esfalecer —, mas você já tinha ido longe demais. Mesmo se quisesse, a carta da *morte iminente* não seria sua para ler. Tudo o que você conseguia fazer era ficar deitada arfando em uma poça dos seus próprios fluidos, poderosa demais para morrer rapidamente, fraca demais para conseguir se salvar. Você era apenas uma Lyctor pela metade, e ser uma Lyctor pela metade era pior do que não ser uma Lyctor de forma alguma.

Do lado de fora do vidro, as estrelas estavam bloqueadas pelos Arautos rastejantes e zumbindo da Besta da Ressurreição, batendo as asas furiosamente para queimar tudo que estivesse lá dentro. De um lugar muito distante, você pensou ter ouvido um movimento de espadas e estremeceu com cada grito agudo do aço batendo. Você odiava aquele som desde o dia que nasceu.

Você se preparou para morrer com o Túmulo Trancafiado nos lábios. Só que sua boca idiota prestes a morrer formou outras três sílabas completamente diferentes, e eram três sílabas que você nem sequer compreendia.

Parodos

QUATORZE MESES ANTES DO ASSASSINATO DO IMPERADOR

No ano perpétuo do nosso Senhor — o décimo milésimo ano do Rei Eterno, nosso Ressurrecto, o piedoso Primeiro —, a Reverenda Filha Harrowhark Nonagesimus estava sentada no sofá da sua mãe e observava enquanto seu cavaleiro lia. Ela passava o dedo distraidamente na caveira do brocado desbotado, destruindo em um segundo descuidado longos anos de trabalho de algum anacoreta devoto. A mandíbula se desfez embaixo da pele do polegar.

Seu cavaleiro se sentava ereto na cadeira do escritório. Não havia aceitado ninguém de peso comparável desde os dias do pai dele, e agora estava perigando cair em um suspiro fatal. Ele havia apertado sua estrutura considerável dentro das bordas da cadeira, como se ultrapassá-las pudesse causar um Incidente; e ela sabia muito bem que Ortus odiava Incidentes.

— *Sem acompanhantes. Sem criados, sem serviçais* — leu Ortus Nigenad, dobrando o papel com um cuidado obsequioso. — Então serei somente eu como criado, minha Senhora Harrowhark?

— Sim — disse ela, fazendo votos de manter sua paciência o máximo que conseguisse.

— Sem Marechal Crux? Sem Capitã Aiglamene?

— De fato, *sem acompanhantes, sem criados* e *sem serviçais* — disse Harrow, perdendo a paciência. — Creio que tenha desvendado esse código elaborado. Será você, o cavaleiro primário, e eu, a Reverenda Filha da Nona Casa. Só isso. O que eu acho… sugestivo.

Ortus não pareceu achar aquilo sugestivo. Os seus olhos escuros estavam abatidos embaixo dos cílios grossos pretos, do tipo que Harrowhark sempre imaginou que teria algum animal doméstico bonito, tipo um porco. Ele era perpetuamente abatido, e não por modéstia; os pés de galinha que apertavam cada olho eram linhas de tristeza; as pequenas rugas na testa eram um ato cuidadoso de tragédia. Ela ficou feliz em ver que alguém — talvez a mãe dele, a enjoativa Irmã Glaurica — havia pintado o rosto dele como o pai outrora tinha pintado, com uma mandíbula preta sólida para representar a Caveira Desembocada. Isso não era porque ela tinha algum amor especial pela Caveira Desembocada, considerando todas as maquiagens sacramentais. Era simplesmente porque qualquer caveira com mandíbulas que ele apresentava virava uma caveira larga e branca com depressão.

Após um instante, ele disse, abrupto:

— Senhora, eu não posso te ajudar se tornar uma Lyctor.

Ela só ficou surpresa que ele ousou oferecer uma opinião.

— Isso pode até ser verdade.

— Você concorda comigo. Bom. Agradeço por sua misericórdia, Vossa Graça. Eu não posso te representar em um duelo formal, não com a espada ou com a adaga, ou com a corrente. Não posso ficar em pé diante de uma fileira de cavaleiros primários e dizer que sou seu igual. Tamanha falsidade me esmagaria. Eu não posso sequer começar concebê-la. Eu não poderei lutar por você, minha Senhora Harrowhark.

— Ortus — disse ela —, eu te conheço a minha vida toda. Você acha mesmo que eu mantive alguma ilusão de que você poderia ser confundido, no escuro, por um cachorro tomado por demência sem nenhum conhecimento de objetos pontiagudos com um *espadachim*?

— Senhora, é somente sob a honra de meu pai que eu me reconheço como cavaleiro — disse Ortus. — É pelo orgulho da minha mãe, e pela escassez de minha Casa que eu me reconheço como cavaleiro. Eu não possuo nenhuma das virtudes dos cavaleiros.

— Eu não sei quantas vezes eu preciso repetir a você o quão verdadeiramente consciente eu sou disso — falou Harrowhark, pegando pequenos fragmentos de linha negra com as unhas. — Considerando que constitui cem por cento de todas as nossas conversas durante esses anos, posso apenas presumir que você vai chegar a algum novo ponto, e começo a ficar empolgada.

Ortus se inclinou para frente na cadeira, as suas mãos de dedos longos e descansadas se entrelaçando. As mãos dele eram grandes e macias — tudo em Ortus era grande e macio, como um enorme travesseiro preto fofo —, e ele as abriu, implorando. Ela ficou intrigada, a despeito de si. Isso era mais do que ele ousara até então.

— Senhora — começou Ortus, a voz se aprofundando com timidez —, eu não me aventuraria, mas se o dever de um cavaleiro é o de segurar a espada, se o dever de um cavaleiro é o de proteger com a espada, se o dever de um cavaleiro é morrer pela espada, você nunca considerou **ORTUS NIGENAD?**

— Quê? — disse Harrow.

— Senhora, é somente sob a honra de meu pai que eu me reconheço como cavaleiro — disse Ortus. — É pelo orgulho da minha mãe, e pela escassez de minha Casa que eu me reconheço como cavaleiro. Eu não possuo nenhuma das virtudes dos cavaleiros.

— Eu sinto que já tivemos essa conversa antes — disse Harrowhark, pressionando os polegares um contra o outro, testando com um prazer arriscado o quão maleável ela conseguia tornar a sua falange distal. Um erro e os nervos poderiam romper. Era um exercício antigo que os pais haviam dado a ela. — E, cada vez, a notícia de que você não passou a sua vida adquirindo as virtudes marciais fica um pouco menos chocante para mim. Mas continue. Me surpreenda. Eu estou pronta.

— Eu gostaria que nossa Casa tivesse produzido algum espadachim mais digno de nossos dias de glória — disse Ortus, meditativo, que sempre se entusiasmara com histórias alternativas quando era pressionado a fazer um serviço ou requerido a fazer qualquer coisa que ele achasse difícil. — Queria que nossa Casa não estivesse rebaixada para "*aqueles que mal se dignam a erguer uma lâmina embainhada*".

Harrow se parabenizou por não apontar o quanto essa falta de produtividade era diretamente decorrente de três coisas: a mãe dele, ele mesmo e a *Noníada*, o seu poema épico dedicado a Matthias Nonius. Ela tinha a vil suspeita de que essa frase, com a qual ele tinha alguma forma de enunciar com aspas de referência, era precisamente deste mesmo poema épico, que ela sabia estar já no décimo oitavo livro e não mostrava sinais de que iria parar. No caso, parecia mais ganhar um momentum, como uma avalanche muito entediante. Ela estava compondo uma resposta quando notou que uma Irmã criada havia chegado à biblioteca do seu pai.

Harrow não tinha notado ela bater ou entrar; esse não era o problema. O problema era que a maquiagem cinzenta da irmã estava decorando o adorável rosto cadavérico do Corpo.

As suas palmas ficaram molhadas. Neste cenário, ou a irmã não era real ou o seu rosto que não era, ou a própria irmã em si não era real. Ninguém poderia simplesmente avaliar toda a massa óssea dentro do cômodo e fazer uma estimativa; os ossos dentro de carne geravam tanta thalergia suave enganadora, que somente um tolo tentaria. Ela lançou um olhar na direção de Ortus na vaga esperança de que ele delataria a realidade de um jeito ou de outro. No entanto, o olhar dele estava fixo no chão.

— Nossa Casa já recebeu um bom serviço "*daqueles que mal se dignam a erguer uma lâmina embainhada*" — disse Harrowhark, mantendo a voz em tom neutro. — Que não é um verso que funciona, só para você saber. Ninguém vai ficar surpreso em descobrir que você é um retardatário.

— É um eneâmetro. Da forma tradicional. *Aqueles que mal se dignam a erguer uma lâmina embainhada...*

— Isso não são nove pés de nada.

— *"Sem nunca empunhá-la dentro da batalha"*.

— Você irá treinar com a Capitã Aiglamene pelas próximas doze semanas — disse Harrowhark, esfregando os dedos para frente e para trás, para frente e para trás, até que as pontas dos polegares ficassem muito quentes. — Você cumprirá o requerimento mínimo esperado de um cavaleiro primário da Nona Casa, o que agora é, felizmente, que você seja tão largo quanto alto, com braços que possam carregar peso. Só que eu preciso... de consideravelmente mais coisas de você... do que só a lâmina de uma espada, Nigenad.

A irmã sombreava a visão periférica de Harrow. Ortus havia erguido a cabeça e não parecia ter notado a irmã, o que complicava as coisas. Ele olhava para Harrow com o tipo de pena vaga que ela sempre suspeitava que ele tinha por ela: a pena que o marcava como um forasteiro dentro da própria Casa e que o marcaria ainda mais como um forasteiro na Casa da linhagem de sua mãe. Ela não sabia o que tornava Ortus *Ortus*. Ele era um mistério chato demais para desvendar.

— O que mais precisa? — perguntou ele, um pouco amargurado.

Harrowhark fechou os olhos, o que a impediu de ver o rosto trêmulo e preocupado de Ortus e a sombra da irmã com o rosto do Corpo que recaía sobre a escrivaninha. A sombra não lhe dizia nada. Evidência física era frequentemente uma armadilha. Ela abstraiu a nova e enferrujada rapieira que gemia na bainha no quadril de Ortus. Ela abstraiu o cheiro reconfortante de poeira que ficava quente através do aquecedor que chiava no canto do cômodo, misturado com o cheiro da tinta recém-feita do seu tinteiro. Ácido tânico, sais humanos.

— Não é assim que acontece — disse o Corpo.

O que deu a Harrow uma força curiosa.

— Eu preciso que esconda minha enfermidade — disse Harrowhark. — Eu tenho uma demência, compreende.

AGRADECIMENTOS

Gostaria de expressar minha enorme gratidão pela minha agente, Jennifer Jackson, tanto por seu entusiasmo quanto por seu incansável trabalho em nome de *Gideon, a Nona*. Meus agradecimentos também se estendem ao meu incrível editor, Carl Engle-Laird, e não posso nem começar a listar todas as coisas que fez por mim e por este livro, exceto para dizer que se foi um trabalho de amor da minha parte, foram mil trabalhos da parte dele. Obrigada por ser um representante da Sexta Casa até o fim, Carl.

Agradecimentos especiais à equipe da Tor.com — Irene Gallo, Mordicai Knode, Katharine Duckett, Roxi Chen e todos do grupo —, cujo trabalho duro e apoio são imensamente reconhecidos em todo o processo de publicação e edição.

Gostaria de enaltecer o trabalho de Lissa Harris, que me aconselhou sobre o uso de rapieiras, mãos esquerdas e montantes durante todo o livro. Todas as coisas boas, verdadeiras ou bonitas sobre a esgrima neste livro são graças a ela; qualquer erro ou estupidez é de minha parte, provavelmente porque ignorei um dos seus conselhos, para começo de conversa. Sou grata pela sua paciência, sagacidade e visão, mas gostaria de lembrá-la de que ovos cozidos não deveriam estar em um prato de salada de batatas. Vamos lutar.

Agradecimentos individuais também são devidos a Clemency Pleming e Megan Smith, minhas amigas e primeiras leitoras, cujo apoio significa que agora tenho um avental de cozinha bordado com o pior meme deletado do livro. Seu humor e empatia me mantiveram sã — e agora eu também tenho um avental.

Eu sou grata aos meus excelentes professores da Clarion de 2010, e gostaria de agradecer particularmente a Jeff e Ann VanderMeer, sabendo que Jeff não vai se importar se eu destacar os anos de apoio, boa vontade e entusiasmo de Ann. Ajuda providenciada pelos meus colegas, cujo trabalho eu adorei, cujos conselhos procurei, e da simpatia imensa da qual me aproveitei constantemente durante os anos, e que se provaram inestimáveis. (Valeu, otários). Pelos serviços especiais neste livro, gostaria de agradecer a Kali Wallace, a personificação viva de *nolite te bastardes carborundorum;* John Chu, por sua bondade de coração; e Kai Ashante Wilson, que me deu um gentil chute na bunda para eu enviar logo o manuscrito.

Várias pessoas apoiaram a mim e a este livro no geral. Sou grata pelo amor e apoio dos meus amigos e família, especialmente do meu irmão, Andrew Muir, o cara que acreditava na minha escrita quando eu tinha onze anos e estava postando fanfics tórridas de Animorphs. O apoio dele em todas as estradas da vida fez com que eu seja quem eu sou hoje. E também, obrigada por deixar resenhas críticas anônimas nas minhas obras-primas no fanfiction.net, bocó.

Finalmente, mas ainda mais importante, eu agradeço às contribuições constantes de Matt Hosty, que enxugou tinta, ferveu chá e corrigiu rascunhos com uma paciência de Griselda. Mais dois livros e nunca mais vou mencionar ossos, juro por Deus.

CONHEÇA OUTROS LIVROS DO SELO

Edição em capa dura

Romance e traição

"ESTES PRAZERES VIOLENTOS TÊM FINAIS VIOLENTOS."

— SHAKESPEARE, *ROMEU E JULIETA*

Prazeres Violentos traz uma criativa releitura de *Romeu e Julieta* na Xangai de 1920, com gangues rivais e um monstro nas profundezas do Rio Huangpu

ENTRE EM UMA ESCOLA DE MAGIA DIFERENTE DE TODAS QUE VOCÊ JÁ CONHECEU!

O primeiro livro da trilogia Scholomance, a história de uma feiticeira das trevas relutante que está destinada a reescrever as regras da magia.

Edição em capa dura

Uma fantasia mortalmente viciante

Todas as imagens são meramente ilustrativas.

 /altanoveleditora

 /altanovel

ROTAPLAN
GRÁFICA E EDITORA LTDA
Rua Álvaro Seixas, 165
Engenho Novo - Rio de Janeiro
Tels.: (21) 2201-2089 / 8898
E-mail: rotaplanrio@gmail.com